Veröffentlicht von
DREAMSPINNER PRESS

5032 Capital Circle SW, Suite 2, PMB# 279, Tallahassee, FL 32305-7886 USA
www.dreamspinnerpress.com

Dies ist eine erfundene Geschichte. Namen, Figuren, Plätze, und Vorfälle entstammen entweder der Fantasie des Autors oder werden fiktiv verwendet. Ähnlichkeiten mit lebenden oder verstorbenen Personen, Firmen, Ereignissen oder Schauplätzen sind vollkommen zufällig.

Unvergessene Versprechen
Urheberrecht der deutschen Ausgabe © 2015 Dreamspinner Press.
Originaltitel: Keeping Promise Rock
Urheberrecht © 2021 Amy Lane
Original Erstausgabe. Januar 2010
Übersetzt von Anna Doe.

Umschlagillustration
© 2010 Paul Richmond
www.paulrichmondstudio.com
Die Illustrationen auf dem Einband bzw. Titelseite werden nur für darstellerische Zwecke genutzt. Jede abgebildete Person ist ein Model.

Deutsche ISBN. 978-1-64405-923-4
Deutsche eBook Ausgabe. 978-1-63476-397-4
Deutsche Erstausgabe. Januar 2021
v 1.1

Gedruckt in den Vereinigten Staaten von Amerika.

Unvergessene Versprechen

Amy Lane

Dieses Buch ist allen Menschen gewidmet, die sich an erster Stelle für ihre Familie und dann für ihre Träume entscheiden. Wenn man Menschen hat, mit denen man seine Träume teilen kann, macht es doppelt so viel Spaß, sie zu verwirklichen.

WIDMUNG

MEINE FREUNDIN Wendy führt seit zwölf Jahren mehr oder weniger allein eine Pferderanch. Sie hat in dieser Zeit siebzehn Klapperschlangen erschossen, kann Pferde zureiten und mit ihnen Preise gewinnen und hat sich nie einreden lassen, eine Frau wäre dazu alleine nicht in der Lage. Dieses Buch ist für meine Freundin Wendy.

Meine Freundin Julie folgt ihrem Mann, der bei der Navy ist, seit zwanzig Jahren rund um die Welt. Sie hat sich ihre Hand bei einem Motorradunfall verletzt und durch Stricken ihre Beweglichkeit wieder zurückerlangt. Sie hat mehr Bücher gelesen als jeder andere Mensch, den ich kenne. Und sie lässt sich von niemandem Vorschriften machen. Dieses Buch ist für meine Freundin Julie.

Meine Freundin Barb hat innerhalb eines Jahres alle erwachsenen Mitglieder ihrer Familie verloren, aber sie lebt für ihre Kinder und kämpft um ihr Zuhause. Dieses Buch ist für meine Freundin Barb.

Meine Freundin Bonnie beantwortet auch nachts um halb vier noch E-Mails, weil sie weiß, dass die Uhrzeit keinen Unterschied macht, wenn man gebraucht wird. Sie hat mir über anderthalb Jahre hin immer wieder versichert, dass die Leute, die mich wegen meiner Bücher angreifen, nur Idioten und ahnungslose Dummköpfe sind. Ich kann es nicht oft genug hören. Dieses Buch ist für meine Freundin Bonnie.

Meine Freundin Roxie hat ein langes, erfülltes Leben damit verbracht, auch den Fehlern ihrer Mitmenschen mit Verständnis und Mitgefühl zu begegnen. Sie ist kreativ, wunderbar und frei von Vorurteilen – mit einer Ausnahme: Sie kennt kein Erbarmen, wenn sie mit Boshaftigkeit und Scheinheiligkeit konfrontiert wird. Dieses Buch ist für meine Freundin Roxie.

Meine Freundin Saren schickt mir ständig *Supernatural* Videos, auch wenn ich oft nicht die Zeit finde, sie anzusehen und zurückzuschicken. Ihr Mann beliefert mich mit dem virtuellen Braten zu meinen realen Nudeln. Ohne ihre Geduld und Nachsicht mit meiner altersbedingten Besessenheit für junges Fleisch hätte dieses Buch nie entstehen können. Dieses Buch ist für meine Freundin Saren.

Mein Freund Matt hat eine zerstreute Frau, die lieber Bücher schreibt, als sich um die Hausarbeit zu kümmern. Sie nimmt ihr Hobby auf Kosten der Familie viel zu ernst und interessiert sich dabei mehr für ihre Geschichten als den Erfolg. Matt ist lieb und einfühlsam und er schreit mich nie an, wenn meine Strafzettel uns mal wieder in den Bankrott zu treiben drohen. Er liebt mich auch nach zwanzig Jahren noch. Dieses Buch ist ganz besonders für meinen Freund Matt.

Amy Lane
Januar 2010

VORWORT

Gegenwart: Farah, Irak

CARRICK JAMES Francis wuchs in Levee Oaks, Kalifornien, auf. Es war nicht gerade Death Valley, aber im Sommer wurde es trotzdem ziemlich heiß. Zwischen Juni und September kletterten die Temperaturen regelmäßig über die 35 Grad-Marke und ein heißer Wind blies durch das Tal, der den kühlenden Küstenwinden keine Chance ließ.

Nach zwei Jahren im Irak wünschte er sich, er wäre in Death Valley aufgewachsen. Dann käme er sich vielleicht nicht vor wie in der siebten Hölle der Achselgeruchsdämonen, wenn er mit seinem Sanitätswagen im Einsatz unterwegs war.

„Es ist unglaublich. Jetzt sind es schon zwei Jahre, und im Vergleich zu hier kommt mir Levee Oaks immer noch wie eine Wohltat vor!" Crick schüttelte angewidert den Kopf. Er hatte seine Heimatstadt immer gehasst. Er wäre beinahe von der Schule geflogen, weil er in riesigen Buchstaben ‚Welthauptstadt der Rednecks' auf den Wasserturm geschrieben hatte. Deacon hatte es verhindert, indem er Cricks Botschaft rechtzeitig übermalt hatte, bevor die ganze Stadt es lesen konnte.

Noch so eine Sache, für die er in Deacons Schuld stand. Noch so ein Gefallen, den er Deacon durch Unüberlegtheit und falsche Entscheidungen gedankt hatte.

„Na ja", meinte Private Lisa Arnold kopfschüttelnd. „Du musst ja nicht mehr lange hier bleiben, Punky. Hör schon auf zu jammern!" Cricks blonde, hübsche Partnerin saß neben ihm und sah absolut zum Anbeißen aus in ihrer Ausrüstung. Sie trug die Schutzweste und den Helm mit einer Selbstverständlichkeit wie andere Frauen Shorts und Sonnenbrille auf einer Familienfeier. Sie war immer wie eine kühle, frische Brise in der dürren Wüste gewesen, und Crick liebte sie wie seine eigene Schwester. Wie eine ältere Schwester natürlich. Er hatte seinen jüngeren Halbschwestern so oft die Windeln gewickelt und das Fläschchen gegeben, dass er für den Rest seines Lebens genug davon hatte.

Carrick atmete schnaufend durch. Vor ihnen fuhr ein Konvoi gepanzerter Transportfahrzeuge, vollgepackt mit Soldaten auf dem Weg nach Hause. Aber erst mussten sie die lange Straße durch Sand, Sand und nochmals Sand von Farah nach Bagdad fahren, von wo ihr Flug in die Heimat ging.

„Wie lange noch?" Ihr Sanitätsfahrzeug hatte glücklicherweise eine Klimaanlage, wahrscheinlich aber nur deshalb, weil Hitzschlag und Kreislaufprobleme für mindestens die Hälfte ihrer Einsätze verantwortlich waren. Natürlich mussten sie auch Wunden versorgen – und einige davon waren so schlimm gewesen, dass sie Albträume verursachen konnten –, aber meistens verteilten sie nur Getränke und Eisbeutel, damit sich die kämpfenden Einheiten in der Hitze des Nahen Ostens nicht das Gehirn verschmorten wie Eier in der Pfanne. Die Klimaanlage war eigentlich nicht vorgeschrieben und nur eine Empfehlung, deshalb konnte sie mit den Ozonfressern, die man in Kalifornien für seine Wohnung kaufen konnte, nicht mithalten.

Lisa sah ihn von der Seite an. „Fünf Tage. Von hier nach Bagdad, danach in die Türkei und nach Deutschland. Von dort erst nach L.A. und dann nach Sacramento. Und – Hokuspokus! – bist du zuhause und dieser Ausflug ist nur noch eine schlechte Erinnerung."

Crick lächelte sie liebevoll an. „Ich werde dich vermissen, Popcorn", sagte er. Er meinte es ernst. Die beiden nicht enden wollenden Jahre, die er hier verbracht hatte, waren der beschissenste und größte Fehler in seinem beschissenen Leben gewesen. Er hatte schon ernsthaft darüber nachgedacht, nackt durch ein Minenfeld zu tanzen, damit es endlich aufhörte.

Aber dann hatte er Lisa kennengelernt, die pfiffige, nette und knallharte Lisa. Sie ließ sich nichts vormachen und hatte gleich herausgefunden, was Crick beim Militär vor allen anderen geheim halten musste. Er hatte schon damit gerechnet, dass jetzt alles aus wäre.

Aber stattdessen hatte sie ihm das Leben gerettet.

„Du wirst mich nicht mehr vermissen, wenn du erst nach Hause kommst, wo er auf dich wartet." Sie ließ kurz die Straße aus den Augen und riskierte einen vorschriftswidrigen Blick zur Seite. Er sah in ihr hübsches sommersprossiges Gesicht und ließ sich seine Aufregung nicht anmerken.

„Glaubst du, dass es ihm gut geht?" Er hatte es nicht schon wieder fragen wollen. Er wollte nicht darüber nachdenken, wie es wäre, wenn er nach Hause käme und Deacon hätte es nicht geschafft, hätte die letzten vier Monate nicht durchgehalten. Der Mann war sein Leben lang ein Paradebeispiel für Ehre und Zuverlässigkeit gewesen – bis Crick ihn verlassen hatte und seine Welt in Stücke gebrochen war.

Lisa schüttelte den Kopf und runzelte abwesend die Stirn, als vor ihnen in der flimmernden Hitze ein Hindernis auftauchte. „Komm schon, Baby. Du hast mir doch seine Briefe vorgelesen und …"

Sie brachte den Satz nicht zu Ende. Der Transporter vor ihnen explodierte und seine Einzelteile flogen wie Schrapnelle durch die Luft. Rot glühend und wie tausend scharfkantige Wurfsterne bohrten sie sich in ihren Wagen und zerfetzten ihn.

Crick würde den Anblick von Lisa nie vergessen, die an seiner Seite in Stücke gerissen wurde, während er hin und her geschleudert wurde wie eine Stoffpuppe in der Waschmaschine. Eine Stoffpuppe aus Fleisch und Blut in einer Waschmaschine, die mit scharfen Klingen bestückt war.

Kurz bevor er mit dem Kopf auf den Boden aufschlug, durchfuhr es ihn in einem letzten Moment der Klarheit wie eine Erleuchtung.

Verdammt, Deacon – ich hätte uns mehr Zeit geben sollen.

TEIL I

CRICK

1
EHRLICH WIE EIN PFERD

Levee Oaks, Kalifornien: vor dreizehn Jahren

ALS CARRICK sieben Jahre alt war, fing seine Mutter ein Verhältnis mit einem bibeltreuen Idioten der bigotten Sorte an. Der Mann betrachtete sich Carrick mit seinen glatten, dunklen Haaren, den schwarzen Augen und der blassen Haut. „Der kleine Mex kann als weiß durchgehen. Ich denke, es wird kein Problem sein, ihn richtig zu erziehen", erklärte er nach einer Weile.

‚Der kleine Mex' dankte es ihm mit einem Tritt ans Schienbein und rannte aus dem Haus. Seine Mutter heiratete Bob Coates trotzdem, aber – der Herr sei gepriesen! – der zwang Crick nie dazu, seinen Namen anzunehmen.

Der Nachname seiner Mutter war Francis, und er gefiel Carrick. Von ihr selbst war er nicht so begeistert, besonders nicht nach ihrer Hochzeit mit Coates, aber ihr Name hörte sich gut an. Jedenfalls um einiges besser als ‚der kleine Mex'.

Sie zogen nach Levee Oaks, einer Art Vorort von Sacramento. Levee Oaks war eine merkwürdige kleine Stadt, eine Mischung aus Bilderbuch-Vorstadt und Farmland mit Pferdezuchtbetrieben. Die Oberschule gehörte zu einem Schulbezirk, der auch die weniger gut gestellten Stadtteile von Sacramento umfasste. Die Grundschule gehörte zu einem anderen Bezirk und tat so, als ob die weiterführenden Schulen nicht existieren würden. Es gab keinerlei Zusammenarbeit und das Resultat waren desorientierte Oberschüler und ständige Probleme im Schulalltag. Keiner wollte hier unterrichten und das Kollegium bestand zu einem großen Teil aus Aushilfslehrern, die sich nach Tequila und einer Schusswaffengenehmigung sehnten.

Viele der Einwohner von Levee Oaks hatten ihre Arbeitsplätze in Sacramento, andere hatten gar keine Arbeit. Punkt. Und die meisten gingen in eine der Kirchen, die an jeder Straßenecke standen. Nachdem Carrick mit achteinhalb Jahren seine erste Überschwemmung erlebt hatte, gelangte er zu der Überzeugung, dass die Kirchen dafür zuständig wären, das Hochwasser zurückzuhalten.

Als nach nur einem Jahr wieder die Dämme brachen, war er davon überzeugt, dass sie ihren Job vernachlässigten und daher nutzlos waren. Deshalb fing er an, die Sonntagsschule zu schwänzen und lernte so Deacon kennen.

Die Sonntagsschule zu schwänzen war lange nicht so verheißungsvoll, wie es sich anhörte. Es gab keine Einkaufszentren und Kinos – nur einen mittelmäßigen Supermarkt. Und außerdem hatte Carrick sowieso kein Geld. Also wanderte er in seinen fadenscheinigen Khakis und seinem gestreiften Polohemd durch die Stadt. Er ging eine schmale Straße entlang, bog dann in eine andere ein und kam auf die East Levee Road, der er bis zum Damm folgte.

Eines Sonntags ging er weiter am Damm entlang und kam zu der Pferderanch von Deacons Vater. Und er verliebte sich.

Am Anfang dachte er, er hätte sich in die Ranch verliebt. Es war hier so ganz anders als bei ihm zuhause. Das Wohnhaus war riesig (das Haus seiner Mutter war ihm immer zu klein vorgekommen) und in einem hübschen Blau gestrichen. Es gab einen Rasen und eine Einfahrt, die bis hinter das Haus führte, wo ein großer Hof lag. Der Stall war viermal so groß wie das Haus. Davor lagen zwei Trainingsplätze für die Pferde und die Weide war groß genug für zwanzig Tiere, die friedlich miteinander grasten. Drumherum gab es noch genug ausgedörrtes Land, um mit den Pferden auszureiten.

Aber das Haus, so schön es auch war, war doch nur ein Haus. Also, so schloss Carrick, hatte er sich wohl in die Pferde verliebt. Deacon sagte ihm Jahre später, dass sie damals die hübschesten Fohlen gehabt hätten, die auf der Ranch jemals großgezogen worden waren. Sie waren kastanienbraun und bewegten sich elegant und kraftvoll. Ihr Gang war fließend wie ein Gleitgel. Je mehr Crick die Pferde zu lieben lernte, um so mehr musste er Deacon recht geben. Obwohl er damals noch dachte, dass Gleitgel zum Schmieren von Motoren benutzt würde.

Also verliebte er sich als nächstes in die Pferde. Aber dann fand er seine wirkliche Liebe, und das war der Junge, der in dem Ring eine hübsche junge Stute trainierte. Eine Mischung aus höchster Konzentration und reiner Freude lag in seinem Gesicht, während er das Pferd im Kreis führte. Die harmonischen Bewegungen der Stute, das Spiel ihrer Muskeln und das glänzende Fell waren wie eine Symphonie, die unter der Führung des Jungen zum Leben erweckt wurde.

Crick blickte sich um und merkte, dass er nicht der einzige war, der am Gatter stand und den beiden zusah. Er suchte sich einen Platz zwischen zwei Jungs in seinem Alter und stellte sich auf die unterste Latte, um besser über das Gatter schauen zu können.

„Ist sie nicht wunderschön?", fragte der eine Junge neben ihm flüsternd. Crick sah die Stute an und musste an einen frischen Wind denken.

„Ja", antwortete er.

„Deacon meint, wenn sie von Lucy Star ein männliches Fohlen bekommen, wird *The Pulpit* in Geld nur so schwimmen."

„Deacon?" Es hörte sich so erwachsen, aber trotzdem nett an. In den folgenden Jahren konnte Crick Deacons Namen nicht oft genug hören.

Der Junge neben ihm – ein unauffälliger Junge mit braunen Haaren und ziemlich beeindruckenden Augenbrauen – nickte mit dem Kopf zum Ring und Crick lernte die wahre Liebe kennen.

3

Deacon Winters war schon immer ein schöner Mensch gewesen. Crick würde niemals erleben, dass Deacon das zugab, aber das war auch nicht wichtig. Es reichte Crick, dass er selbst Deacons Schönheit erkannte und zu schätzen wusste.

Der Junge in dem Ring nahm seine blaue Kappe ab und braune, sonnengebleichte Haare kamen zum Vorschein. Sie waren schweißgebadet und klebten an seinem Kopf. Einige kurze Strähnen fielen ihm in die Augen. Sein Gesicht war kantig-oval mit einem kräftigen Kinn, hohen Wangenknochen und einer breiten Stirn. Seine braungrünen Augen waren bemerkenswert hübsch, selbst in dem gleißenden Sonnenlicht.

Seine Hände und sein Gesicht waren braun gebrannt, aber seine Oberarme unter dem T-Shirt waren blass. Selbst mit dreizehn oder vierzehn Jahren hatte er schon ausgeprägte Muskeln an Armen, Brust und Rücken. Seinen knochigen Gelenken und den Schlüsselbeinen, die sich scharf unter dem schweißnassen, blauen T-Shirt abzeichneten, sah man an, dass er noch nicht ganz ausgewachsen war.

Deacon kümmerte sich immer zuerst um die Pferde, bevor er an seine eigenen Bedürfnisse dachte. Das war einer von vielen Gründen, warum Crick ihn im Laufe der Jahre mehr und mehr lieben lernte. Aber die Saat für seine Liebe wurde an diesem Tag gelegt, als er Deacon zusah, der mit seinen großen, fürsorglichen Händen das Pferd durch den Ring führte wie eine Wolke, die das Wasser vom Meer in die Täler trug.

Carrick konnte sich kaum zurückhalten, und wenn das passierte, konnte er schon gar nicht den Mund halten.

„Gott, ist das ein schönes Pferd. Habt ihr das selbst gezüchtet? Wie alt ist sie? Kannst du sie reiten? Verdammt, ich will sie reiten – meinst du, ich könnte sie reiten? Bist du Deacon? Der Junge sagt, du heißt Deacon. Ich bin Carrick. Das hört sich ganz anders an, aber vielleicht ist dein Name auch irisch, wie meiner. Mein Name ist irisch, weil meine Mutter irisch ist, obwohl mein Dad ein Mex war. Aber über den reden wir nicht. Wenn wir beide irisch sind, dann könnten wir doch Brüder sein, oder? Ich hätte nichts gegen einen Bruder, weil meine Mutter schwanger ist und es wird schon wieder ein Mädchen …" Und so weiter und so fort. Alles – alles! –, damit der hübsche Junge Crick ansah, damit er mit ihm redete, damit er ihn zur Kenntnis nahm.

Aber Deacon ignorierte ihn in den nächsten fünfzehn Minuten standhaft. Er arbeitete mit der Stute, und darauf konzentrierte er sich. Das war alles, was ihn interessierte. Die beiden Jungs am Gatter sahen Crick mitleidig an, dann sprangen sie auf den Boden und verschwanden. (Crick erfuhr später, dass es Reitschüler waren, die auf ihren Unterricht warteten. Sie sollten zu den ständigen Begleiterscheinungen seiner unglücklichen Jugend gehören) Carrick blieb am Gatter zurück, zusammen mit seinem großen Mundwerk und dem Jungen seiner Träume.

Als Deacon mit dem Training fertig war, führte er die Stute zum Wassertrog und bürstete sie ab. Dann sah er zu dem kleinen Störenfried am Gatter und gab ihm mit einer Kopfbewegung zu verstehen, dass er ihm folgen sollte.

4

„Du willst reiten?", fragte er Carrick, der an seine Seite gerannt kam. Carrick nickte aufgeregt, hielt aber ausnahmsweise den Mund.

„Wenn du reiten willst, kann ich dir nach Feierabend Unterricht geben. Aber dafür musst mir beim Ausmisten der Ställe helfen."

Crick hielt das für ein faires Geschäft. Außerdem war Pferdemist immer noch besser als die Sonntagsschule.

„Noch was", sagte Deacon und sah ihn aus seiner beeindruckenden Höhe herab an. (Crick würde zehn Zentimeter größer werden als Deacon, aber das wusste er damals noch nicht) „Hör bitte auf, so viel zu reden. Das macht die Pferde scheu."

Hör bitte auf. Das war das harscheste, was er jemals von Deacon hörte. Deacon redete nicht viel. Viele Lehrer hielten ihn für dumm, bis er dann bei den schriftlichen Arbeiten die besten Noten hatte. Die Reitschüler redeten ständig auf ihn ein und versuchten, ihn in Gespräche zu verwickeln. Aber Deacon wurde nur rot und drehte sich weg. Es sollte *Jahre* dauern, bis es Crick gelang, ihn aus seiner Reserve zu locken und ihm sein Herz zu öffnen. Crick war damals gar nicht bewusst, was er damit erreicht hatte, wie selten Deacon überhaupt mit anderen Menschen sprach. Seine beeindruckende Ruhe und Gelassenheit hatte auch viele Vorteile.

Wenn Crick wissen wollte, ob er etwas Falsches getan hatte, musste er nur auf die Worte *Hör bitte auf* warten, und dann … gab er nach.

Diese Wirkung hatte Deacon auf ihn.

Später war er sich sicher, dass er es wahrscheinlich Deacons Einfluss zu verdanken hatte, die nächsten elf Jahre überlebt zu haben und nicht im Knast gelandet zu sein.

AN DIESEM Abend fuhr Parish Winters Crick nach Hause und Deacon saß neben ihm in dem großen, stahlblauen Chevy Truck. Crick mochte Deacons Vater – er hatte graue Haare, ein verwittertes Gesicht und ein freundliches Lächeln. Deacon hätte wahrscheinlich das gleiche Lächeln gehabt, aber er hielt meistens den Mund geschlossen und wirkte sehr konzentriert.

Parish war das egal, er wusste um das gute Herz seines Sohnes. Und an diesem ersten Abend erkannte Crick, dass Parish auch in das Herz eines einsamen, zornigen Jungen sehen konnte.

„Ich denke, wir können den Jungen samstags und sonntags gebrauchen", sagte Parish, als Cricks Stiefvater ihnen die Tür öffnete.

Bob Coates wollte widersprechen. „Sonntag ist der Tag des Herrn! Jungs sollten …"

„… zum Damm wandern und Ärger machen? Ich denke, es ist dem Herrn lieber, wenn er etwas zu tun hat. Meinen Sie nicht auch?" Bob öffnete den Mund, um zu widersprechen. Aber ein einziger Blick von Deacons Vater brachte ihn zum Schweigen.

5

„Hören Sie zu. Ich sehe Ihren Jungen nicht zum ersten Mal durch die Straßen laufen. Wenn Sie ihn sonntags in der Kirche halten wollen, dann sollten Sie sich auch an den restlichen Tagen mehr um ihn kümmern."

„Er ist nicht mein Junge", brauste Coates auf. „Der kleine Mex-Bastard ist Mels Fehler. Aber wir brauchen ihn, damit er sich um seine Schwester kümmert ..."

„Nun, dann werden Sie ihn an den anderen Tagen brauchen müssen", meinte Parish ungerührt und die Abscheu für den Mann stand ihm ins Gesicht geschrieben.

„Warum gerade er?", fragte Coates. „Er ist recht hübsch – stehen Sie auf so was?"

Carricks Kopf schoss in die Höhe. Es war, als hätte Coates ihm direkt ins Herz gesehen und die Sehnsucht erkannt, die in ihm brannte, seit er Deacon kennengelernt hatte. Aber Coates wollte nur den Zorn von Deacons Vater wecken und hatte Erfolg. Parish fasste ihn an seinem verdreckten T-Shirt und stieß ihn an die Tür.

„Hör zu, du ignorantes Arschloch", knurrte er Coates an. „Mein Sohn ist ein guter Junge – er bringt gute Noten nach Hause und schafft sich den Arsch ab – und er will nicht mehr dafür, als auf einem Pferd sitzen zu können. Ob Geburtstag oder Weihnachten, das ist alles, was er sich wünscht. Bis heute. Heute hat er mich gefragt, ob Carrick an zwei Tagen in der Woche bei uns arbeiten kann. Und da Ihnen der Junge offensichtlich scheißegal ist, werde ich Deacon diesen Wunsch erfüllen und Crick das geben, was er braucht." Parish betonte seine Worte, indem er Coates ein letztes Mal an die Tür stieß. Es war die längste Ansprache, die Crick jemals von ihm hören sollte.

„Wenn ihr ihn so dringend wollt, dann von mir aus!", fauchte Coates und spuckte aus. Crick konnte gerade noch verhindern, von seinem Rotz getroffen zu werden. „Aber wehe, wenn er nicht nach der Schule nach Hause kommt und sich für seine Mom um die Kleine kümmert."

„Das mache ich!", versprach Carrick sofort. Er hatte nichts dagegen, auf das Baby aufzupassen. Bernice, kurz Benny genannt, war ein kleiner Schatz mit einem bezaubernden Lächeln. Bevor er Deacon kennengelernt hatte, war sie seine beste Freundin gewesen.

UND DAMIT nahm es seinen Anfang. Es war der Beginn von Carricks lebenslanger Liebesaffäre mit Pferden – und Deacon Winters.

Am nächsten Wochenende, er stand knöcheltief im Pferdemist und war doch glücklicher als zuhause vor dem Fernseher, fragte er Deacon danach. Warum hatten Deacon und sein Vater sich die Mühe gemacht, ihn aus seinem häuslichen Elend zu retten?

Deacon zuckte nur mit den Schultern und grinste ihn an. Sein Grinsen war zurückhaltend, aber blendend wie die Sommersonne. Crick spürte ein Flattern in der Magengrube. „Du bist treu und ehrlich wie ein Pferd, Crick", sagte Deacon. „Laut, aber ehrlich. Das gibt es nicht oft."

Crick hatte also auch gute Eigenschaften, und daran klammerte er sich. Die nächsten Jahre waren nicht einfach – einige waren sogar verdammt hart –, aber Deacon hatte etwas Gutes in ihm gesehen und Crick wollte alles tun, damit sich das niemals ändern würde.

Am folgenden Wochenende setzte Deacon ihn auf einen unerschütterlichen Wallach und führte das Pferd im Kreis durch die Koppel. Sein Gang war so weich wie ein Wattebausch auf einer Wolke. Crick grinste seinen Helden glücklich an. „Verdammt, Deacon, das ist wunderbar … aber ich will *schneller* reiten!"

Deacon legte lachend den Kopf in den Nacken. „Na gut, Speedy. Wir versuchen es mit einem Trab."

Crick klammerte sich fest als ginge es um sein Leben. Deacon gab ihm Tipps und half ihm, die Herausforderung zu bestehen. So sollte es ihr ganzes Leben lang weitergehen, obwohl das Crick damals noch nicht bewusst war.

So ging es weiter, als Crick in der sechsten Klasse beim Gras rauchen erwischt wurde.

Er hatte (panisch und in Tränen aufgelöst) darum gebeten, dass die Schule nicht seine Mutter oder seinen Stiefvater, sondern Parish verständigte. Deacon hatte Parish begleitet.

Wenn Crick einen Wunsch frei gehabt hätte, dann hätte er sich gewünscht, dass Deacon nie von seiner Dummheit erfuhr. Der Junge, der ihn dazu überredet hatte, hatte die gleichen braunen Haare und Augen wie Deacon, nur etwas dunkler, und er hatte Grübchen und er hatte … Crick angelächelt. Hatte mit ihm gescherzt. Hatte Cricks Matheaufgaben abgeschrieben und ihm dafür von seinen Keksen abgegeben. Crick hatte sich noch nie so beliebt gefühlt; da war es kein großer Preis, mit ihm etwas Gras zu rauchen.

Aber dann sah er den ängstlichen Ausdruck in Deacons Augen, als Parish mit seinem blauen Truck vorfuhr. Und plötzlich war der Preis für diesen kurzen Augenblick der Beliebtheit viel zu hoch gewesen.

Parish hatte mit der Schule verhandelt. Es ging darum, dass Bob und Melanie Coates natürlich als erstes informiert werden würden, aber dass sie Crick nicht einen ganzen Monat lang Arrest geben könnten, weil er auf der Ranch arbeiten musste, um seine Familie zu unterstützen.

Und während Parish verhandelte, ließ Deacons Reaktion einen Monat Arrest fast wie ein Zuckerschlecken erscheinen. Ihm schienen die Worte zu fehlen. „Was. Zum. Teufel."

Crick starrte seinen Helden an, der mit den Worten kämpfte, kaum atmen konnte und dessen Hände zitterten, als ob er nicht wüsste, ob er Crick erwürgen oder übers Knie legen sollte.

„Es tut mir so leid, Deacon." Er gab sich alle Mühe, stoisch zu wirken. Wirklich, er versuchte es. Aber die Tränen rollten ihm über die Wangen und er schniefte. Vergiss Brian Carter und seine Kekse – Crick würde alles dafür tun, um Deacons Vertrauen zurückzugewinnen.

7

„Weißt du überhaupt, was passiert, wenn du Gras rauchst, dich betrinkst oder anderen dummen Blödsinn machst? Hast du eine Vorstellung davon?" Crick stand mit dem Rücken an die Wand gelehnt und Deacon ragte vor ihm auf. Er hatte die Faust geballt, als ob er gleich zuschlagen wollte. Crick rührte sich nicht von der Stelle. Bob versohlte ihm mindestens zweimal in der Woche das Fell – Crick konnte Schmerzen ertragen. Und dieses Mal hatte er es sogar verdient.

„Es tut mir leid ... Bitte, schickt mich nicht weg. Ich will weiter für euch arbeiten ..."

Deacon schlug zu – direkt an die Wand über Cricks Kopf. Er stöhnte vor Schmerz und Crick hörte seine Knochen brechen. Aber Deacon drückte nur seine blutige Hand an die Brust und sah ihn kopfschüttelnd an.

„Der Mistkram kann einen Gaul umbringen. Pferde kennen den Unterschied zwischen betrunken und gemein nicht, und du hast auch keine Ahnung davon. Wenn du das noch einmal tust, kannst du nicht mehr zu uns kommen. So was kann dich umbringen!"

Crick sah das Blut an Deacons Hand und sein Weinen wurde lauter. Ohne richtig zu wissen, was er tat, rieb er mit dem Daumen über Deacons verletzte Knöchel. „Nie mehr, Deacon. Bitte. Nur ... bitte sei mir nicht böse. Ich ..."

„Warum hast du es getan?", fragte Deacon und ignorierte Cricks Zuwendung, so wie er es immer tat.

Crick schluckte und besann sich auf die einzige gute Eigenschaft, die man ihm jemals zugestanden hatte. „Er war nett zu mir und ich war so einsam."

Deacon ließ seufzend den Kopf hängen und setzte sich mit der gesunden Hand die Baseball-Kappe wieder auf. „Du musst durchhalten, bis das Wochenende kommt, Crick. Vergiss nicht, dass du von Samstagfrüh bis Sonntagabend Freunde und eine Familie hast. Bitte zwinge mich nicht, das zu ändern. Bitte."

Oh Gott. Deacon hatte ‚bitte' gesagt.

Parish kam aus dem Schulgebäude auf sie zu. „Guter Gott, Deacon. Konntest du nicht in ein Kissen boxen oder so?", war alles, was er sagte. Dann fuhr er seinen Sohn in die Stadt in die Notaufnahme des Krankenhauses.

Nachdem die Hand genäht und eingegipst war, ging er mit den beiden Jungs Eis essen. Der Vorfall in der Schule wurde nicht mehr erwähnt. Weder der mögliche Arrest, noch die Folgen von Drogenmissbrauch oder warum Pferde besser waren als Drogen, kamen zur Sprache. Die drei saßen zusammen, aßen ihr Eis und überlegten, wie Deacon mit seiner eingegipsten Hand die Zügel halten sollte. Der zuckte nur mit den Schultern. „Der kleine Wallach gehorcht schon, wenn ich nur an eine Anweisung denke. Es wird schon gehen."

UND SO war es auch. Sicher, Crick hatte immer noch Probleme. Aber er folgte Parishs und Deacons Anweisungen und hielt sich von Drogen und Alkohol fern. Drei Tage nachdem der Gips durch eine Plastikschiene ersetzt worden war, nahm

Deacon Crick auf einen Ausritt mit. Sie wurden von John Levins begleitet, einem Footballspieler und Deacons bestem Freund. An diesem Tag gab Deacon Crick einen weiteren Grund, ihn niemals verlieren zu wollen.

Der Sacramento River konnte stellenweise sehr unberechenbar sein, doch seine Nebenflüsse in Levee Oaks wurden vor allem zur Bewässerung genutzt. Sie waren zwar tief, aber ruhig. Einer dieser Nebenflüsse floss auch über das Gelände von *The Pulpit*. An seinem Ufer stand unter einigen alten Eichen ein großer Granitfelsen. Deacon und Jon nannten ihn den Schwurstein. Crick fiel auf, wie aufgeregt die beiden waren, als sie ihre Satteltaschen mit Sandwiches, Äpfeln, Wasser und einigen Badetüchern füllten.

Der Ritt dauerte nicht lange. Es war ein heißer Tag und die Temperaturen lagen schon weit über 30 Grad, obwohl es erst Mai war. Aber das war ihnen egal. Parish und Patrick, sein einziger Mitarbeiter, waren mit Lucy Star unterwegs, um die Stute vorzustellen und ihren zukünftigen Fohlen einem guten Stammbaum zu sichern. Bevor Deacon sich die Hand gebrochen hatte, war das seine Aufgabe gewesen. Er konnte auch keine Reitstunden geben, nicht Football spielen oder die Ställe ausmisten. Bis die Hand wieder verheilt war und er die Schiene loswurde, war er so gut wie arbeitslos.

Deacon hatte mit seinem Vater gesprochen und die beiden hatten sich geeinigt, dass ein Ausritt mit den drei Pferden als Training betrachtet werden konnte. Für Crick war es ein Ausflugstag, der jeden Zoo- oder Kinobesuch in den Schatten stellte – alles Dinge, die er noch nie gemacht hatte, weil Stief-Bob ihm dafür kein Geld gab.

Endlich konnte Crick ein Pferd so weit und so schnell reiten, wie er wollte. Seit er das erste Mal in der Koppel im Kreis geritten war, hatte er sich diese Freiheit gewünscht, auch wenn er jetzt zwei Reiter vor sich hatte, denen er kaum folgen konnte, so schnell waren sie unterwegs.

Es war ein unvergleichliches Erlebnis.

Nach einiger Zeit fielen sie in einen gemächlichen Trab, und auch darüber war Crick froh, denn seine Muskeln beschwerten sich bereits. Es war schon schwierig genug, sich auf einem galoppierenden Pferd zu halten. Aber es richtig zu *reiten*, sich mit dem Tier zu bewegen und es mit den Beinen und Händen zu führen, erforderte weitaus größere Anstrengungen. Sie ritten über eine verdorrte Weide, die Parish einmal im Jahr mähte, um Heu zu machen. Crick war kurz davor, sich zu blamieren und die beiden älteren Jungs um eine ruhigere Gangart zu bitten, als er auf der anderen Seite der Weide die Eichen sehen konnte.

Sie trabten gemütlich auf die Bäume zu, stiegen ab und führten die Pferde ans Ufer des kleinen Flusses zu einer seichten Wasserstelle. Crick betrachtete sich in Ruhe den einzigen Platz, den er in seinem Leben heilig halten sollte.

Der Schwurstein war auf den ersten Blick nichts Besonderes. Eine kleine Felsformation über einer breiten und tiefen Stelle in einem kleinen Fluss, der gerade groß genug war, um nicht mehr als Bach bezeichnet werden zu können. Um die Felsen herum standen einige Eichen, die den Platz in ihren Schatten tauchten. Ihr weit verzweigtes Wurzelwerk ließ keinen Unterwuchs zu. Durch die Nähe des Flusses und den Schatten der Bäume waren die Temperaturen wesentlich kühler und angenehmer als auf der offenen Weide. Der Damm und die nächste Straße waren so weit entfernt, dass außer dem Klirren des Pferdegeschirrs und dem erschöpften, aber glücklichen Keuchen der drei Jungs kein Ton zu hören war. Es war ein wunderschöner, friedlicher und geheimnisvoller Ort. Crick fühlte sich zum ersten Mal in seinem Leben im Mittelpunkt seiner kleinen Welt. Niemand außer ihnen – und Parish natürlich – kannte diese kleine Badestelle am Fluss. Es gab keinen Müll, keine leeren Bierdosen und benutzten Kondome. Nichts erinnerte ihn an Stief-Bob, seine kleinen Schwestern, die verhasste Schule und daran, in einer beschissenen kleinen Stadt festzusitzen, der er vermutlich nie entkommen konnte.

Wenn *The Pulpit* seine Welt war und Parish sein heiliger Vater, dann war der Schwurstein seine Kirche.

Deacon wühlte in den Satteltaschen und warf Jon und ihm die Badehosen zu. Dann zog er sich aus und schlüpfte ohne großes Zeremoniell in seine eigene Badehose.

Crick hätte sich fast an seiner eigenen Zunge verschluckt.

Er hatte schon immer gewusst, dass er in Deacon Winters verliebt war. Aber er hatte es für ein ganz normales Gefühl gehalten, eine Art jugendlicher Heldenverehrung. Die anderen Jungs in der Schule redeten oft über Mädchen, und Crick hatte immer angenommen, dass sie ihm früher oder später auch auffallen und er über sie reden würde. Er hatte sich etwas davor gefürchtet, weil Deacon dann den Platz in seiner Seele mit anderen teilen musste. Aber er hielt es für eine altersbedingte Entwicklung, die irgendwann abgeschlossen sein würde.

Deacon Haut war blass – besonders wenn man ihn mit Jon verglich, der zuhause viel Zeit am Swimming Pool verbrachte und deshalb eine gesunde Bräune aufwies. Sein Körper war nicht perfekt. Er hatte eine große Blinddarmnarbe auf dem Bauch und viele kleinere Narben, die er sich beim Football und beim Reiten zugezogen hatte. Aber, bei Gott und allen Heiligen … er war wunderschön. Die harten kleinen Muskeln, die Crick schon vor zwei Jahren aufgefallen waren, hatten jetzt noch mehr an Kontur gewonnen. Aber er aß offensichtlich immer noch nicht genug. Über seiner kräftigen Brust standen die Schlüsselbeine hervor, und die kleine Delle zwischen Hals und Schulter wirkte besonders verletzlich. Neben seiner rechten Brustwarze hatte er ein Muttermal und ein zweites war direkt darüber, unter seinem Schlüsselbein. Crick versuchte sich ihre Position genau einzuprägen, um sich später daran erinnern zu können, ohne Deacon dabei allzu offensichtlich anzustarren. Es fiel ihm sehr schwer. Aber er musste sich jetzt sowieso umziehen, um nicht wie ein Idiot dazustehen. Das half ihm, sich wieder abzulenken und auf andere Gedanken zu kommen.

Er hatte gerade seine Unterhose ausgezogen, als Jon eine unbedeutende, dumme Bemerkung machte. Deacon warf den Kopf in den Nacken und lachte laut. Spontan hob Crick den Kopf und sah ihn an.

Oh Gott. Deacon war nackt und hielt seine Badehose vor sich, um sie anzuziehen. Nackt, lachend und wunderschön stand er vor Crick, dem bei seinem Anblick fast das Herz brach.

Und dann sackte Crick das Blut aus dem Gehirn nach unten direkt in den Pimmel, der sich aufmerksam erhob. Crick wurde rot – wahrscheinlich röter als bei jedem Sonnenbrand – und er schlüpfte schnell in seine Badehose. Ohne die beiden anderen Jungs anzusehen, sammelte er seine Kleidung auf und warf sie in einem wirren Knäuel auf den Felsen. Dann drehte er sich so unbeteiligt wie möglich wieder um.

„Wollen wir jetzt reinspringen?", fragte er und Deacon nickte ihm lächelnd zu.

Glücklicherweise war das Wasser kalt und tat seine Wirkung, sonst hätte Crick sich wahrscheinlich ertränken müssen, um die Form zu wahren.

Während Jon und Deacon auf den Felsen kletterten und von dort mit einem lauten Schrei ins Wasser sprangen, hatte Crick genügend Zeit, um sich über einige Dinge klar zu werden.

Er würde niemals anfangen, sich für Mädchen zu interessieren.

Und er würde Deacon Winters wahrscheinlich für den Rest seines Lebens wirklich und wahrhaftig lieben, so wie andere Männer ihre Frauen liebten.

Und weil Deacon ihn für einen ehrlichen Menschen hielt, würde Crick wahrscheinlich eines Tages seinen ganzen Mut zusammennehmen, um es ihm zu sagen.

Aber nicht heute. Heute würde er lachen und mit Deacon und Jon im Wasser planschen. Heute würde er über Jon lachen (der so extrovertiert und lustig war, wie Deacon introvertiert und zurückhaltend) und genießen, wie Deacons Augen strahlten und er den Mund weit aufriss, um laut über ihre Späße zu lachen.

Heute würde er still zuhören, wie die beiden älteren Jungs schüchtern über ihre Freundinnen redeten, und ihm würde dabei nicht das Herz brechen. Ein unbekanntes Mädchen, das Crick noch nie gesehen hatte, konnte keine Bedrohung für ihn sein.

Heute würde Crick glücklich und zufrieden sein und sich vornehmen, in der Schule nie wieder Ärger zu machen. Deacon sollte immer nur das Gute in ihm sehen und ihn nie so erleben, wie seine Mom und Stief-Bob.

Er schaffte es, sich drei Jahre lang an diesen Vorsatz zu halten.

2
EXPRESS HOFFNUNG

CRICK KONNTE sich nur an einen einzigen Streit erinnern, den er jemals zwischen Deacon und seinem Vater erlebt hatte. Und bei diesem Streit ging es um Crick.

Im Frühjahr vor Deacons Schulabschluss waren alle aufgeregt. Alle, außer Deacon selbst. Offensichtlich hatten schon seit Februar viele Briefe von Colleges im Briefkasten gelegen, die ihm Angebote machten und, wie Parish es nannte, ‚gutes Geld' boten. Es wurde allgemein erwartet, dass Deacon eines dieser Angebote annehmen würde. Er war Sportler, seine Noten waren erstklassig und seine Lehrer, die viele der Bewerbungen eingereicht hatten, ohne vorher mit Deacon darüber zu sprechen, wussten nur Gutes über ihn zu sagen. Der Junge hatte eine große Zukunft vor sich.

„Das College in der Stadt?", hörte Crick Parishs Stimme aus dem Haus schallen, während er Lucy Stars erstes Fohlen am Halfter führte. Es war ein wunderschöner kleiner Hengst, der wegen seines ruhigen Temperaments der Kastration entgangen war. Niemand hatte etwas dagegen, dass Crick, obwohl er erst dreizehn Jahre alt war, mit dem Fohlen arbeitete. Wenn es nach ihm ginge, würde das auch so bleiben, denn wenn er nach den fünf Jahren unter Parishs und Deacon Aufsicht selbst mit einem so gehorsamen Tier nicht umgehen konnte, dann konnten sie ihn auch gleich wieder zum Ställe ausmisten schicken. Diese Arbeit machte jetzt ein anderer Junge – Nathan – den Parish eines Tages schlafend und mit einem blauen Auge im Stall vorgefunden hatte. Crick war zuerst eifersüchtig auf Nathan gewesen, aber Deacon behandelte ihn immer noch wie einen Gleichgestellten und Parish sah ihn wie einen Sohn, also hatte er sein Herz etwas geöffnet und sich mit dem Bengel angefreundet. Immerhin musste er jetzt nicht mehr die Ställe ausmisten.

Aber Vertrauen oder nicht, der Sturm, der in dem sonst so ruhigen Wohnzimmer der Winters' tobte, lenkte ihn von seiner Arbeit im Ring ab.

„Nur für den Anfang", erklärte Deacon geduldig. „Danach Chico State …"

„Als ob Davis nicht näher wäre!"

„Aber es ist teurer!"

„Du bekommst ein volles Stipendium!"

„Ich *brauche* kein Stipendium!", schrie Deacon etwas lauter zurück. „Ich brauche keinen Abschluss als Betriebswirt, um die Ranch zu führen, Dad! Ich muss lernen, wie man Pferde züchtet und hält, etwas Erste Hilfe, Umgang mit Computern und etwas Buchhaltung. Und ich muss *hier* bleiben können!"

Es wurde still und Cricks Welt hörte mit einem lauten Knirschen auf, sich zu drehen. Deacon nicht mehr hier? Er hatte die Briefe gesehen, hatte ihre Gespräche übers College gehört. Aber erst jetzt wurde ihm klar, was das wirklich bedeutete. Deacon würde ihn verlassen. Wie es sich anhörte, war ihm mehr als nur ein Stipendium angeboten worden. Er hatte die Chance bekommen, das verdammte Levee Oaks *endgültig hinter sich zu lassen!*

Und Crick würde in dieser Öde allein zurückbleiben.

Evening Star wieherte, versuchte die Richtung zu wechseln und hätte Crick dabei fast den Arm ausgekugelt. 700 Kilo Hengst waren 700 Kilo Hengst. Man konnte ihn nicht einfach ignorieren, nur weil man sich für fremde Angelegenheiten interessierte. Crick konzentrierte sich wieder auf das Pferd, aber er hielt die Ohren offen.

„Deacon, mein Sohn ... Ich habe es deiner Mom versprochen. Wirklich. Sie wollte, dass du studierst. Sie wollte, dass du all die Möglichkeiten bekommst, die sie selbst nie hatte."

Crick konnte sich Deacons Grinsen gut vorstellen. Es war nur ein kleines Zucken seiner vollen Lippen, kaum wahrnehmbar, aber entschlossen. Es bedeutete, dass er sich um Deacon keine Sorgen machen musste, dass es alles in Ordnung war und Deacon keine Hilfe brauchte.

„Sorry, Dad. Aber alles, was ich will, ist hier. Und ich bin mir sicher, dass Mom es genauso gesehen hat. Sonst wäre sie nicht geblieben." Deacons Stimme beruhigte sich wieder etwas. Crick hob den Kopf und blickte direkt in Patricks Augen. Parishs Mitarbeiter und bester Freund sah ihn aus seinen grauen Augen traurig an. Niemand hatte je über Deacons Mutter gesprochen. Sie musste gestorben sein, als Deacon etwa fünf oder sechs Jahre alt war. Aber die Erinnerung an sie war bei Parish und seinem Sohn lebendig geblieben. Es war, als würde sie noch leben und Deacon mit der gleichen Hingabe und Bodenständigkeit lieben, wie sein Vater es tat.

Patrick machte eine Kopfbewegung und lenkte Cricks Aufmerksamkeit wieder auf Evening Star. Es ging ihm wie Patrick, er lauschte besorgt der Auseinandersetzung im Haus, obwohl er sich eigentlich um ein Pferd kümmern sollte, das mit jedem Schritt mehr graue Zellen zu verlieren schien.

„Verdammt aber auch, Even! Kannst du nicht im Trab bleiben?" Crick fluchte leise vor sich hin und hielt das Halfter straff, um den Hengst nicht wieder zu verunsichern.

„Mein Sohn", sagte Parish nach einer angespannten Pause. „Willst du nicht bei deinen Freunden bleiben? Jon und Amy gehen in den Süden, um dort zu studieren. Willst du nicht mit ihnen gehen? Du könntest noch vier Jahre Football spielen. Ich weiß doch, wie sehr du den Sport liebst."

Deacon murmelte leise etwas vor sich hin, das Crick nicht verstehen konnte. Crick hielt die Luft an und Evening Stars Hufschläge dröhnten in seinen Ohren wie Donnerschläge.

Parishs nächste Worte hörten sich immer noch wie ein Protest an. Aber seine Stimme hatte einen resignierten Tonfall angenommen und Crick wusste – und selbst Evening Star konnte es nicht entgangen sein –, dass Parish verloren und Deacon gewonnen hatte.

„Mein Sohn, er wird immer noch hier sein, wenn du zurückkommst."

„Wir könnten ihn trotzdem verlieren. Das weißt du auch, Dad."

Parishs Stimme klang erstickt, als ob er den Tränen nahe wäre. Crick hatte ihn noch nie so gehört. „Deacon … bitte … du bist noch jung. Es ist vielleicht nicht das, wofür du es hältst."

„Dad … hör bitte auf." Crick schloss die Augen, als er die magischen Worte hörte; Worte, die zeigten, dass Deacon wirklich und endgültig gewonnen hatte. Seine Stimme war leise geworden und Crick fragte sich, was ihn dieser Sieg gekostet hatte. „Bitte, mach es mir nicht noch schwerer, als es jetzt schon ist."

Nach dem Training brachte Crick Evening Star in den Stall zurück und striegelte ihn. Er war nicht bei der Sache und in seinen Augen standen Tränen. Der Hengst wieherte leise und hätte ihn fast an die Wand gedrückt. Crick zog eine Karotte aus der Tasche und hielt sie ihm hin. Er konnte gerade noch seine Finger vor den gierigen Zähnen in Sicherheit bringen. Crick floh aus dem Stall – und vor einem liebesbedürftigen Hengst – und sah sich Deacon gegenüber, der vor der Stalltür auf ihn wartete.

Crick blieb wie angewurzelt stehen und sah ihn an.

„Ich nehme nicht an, dass du uns gehört hast", sagte Deacon mit einem leichten Lächeln auf den Lippen. Er hatte den Kopf eingezogen, als wollte er seine Handlungen herabspielen und nicht zugeben, was er geopfert hatte für … wofür eigentlich? Für einen Streuner, den er und sein Vater aufgelesen hatten? Für einen Stalljungen mit Macken und Problemen? Welch eine Zeitvergeudung!

„Du hast die Chance, von hier zu verschwinden, Deacon", knurrte Crick und kam sich dabei beschissen vor. Er wollte sich vor Deacon auf den Boden werfen, wollte sich an ihn klammern und weinen wie Missy, seine kleine Schwester. *Bitte verlass mich nicht, Deacon. Bitte, bitte!* kämpfte mit *Du verdammter Idiot, wie kannst du deine Zukunft wegen eines Versagers wie mir aufs Spiel setzten!*

„Ich wollte nie von hier weggehen", sagte Deacon leise. „Aber du kannst es tun, wenn du alt genug bist." Er drehte sich um und ging, verschwand so still und leise, wie er gekommen war. Crick sah ihm mit offenem Mund nach. Er fragte sich, ob jetzt der Moment gekommen war, in dem er Deacon die Wahrheit sagen sollte.

Ich habe immer nur dich gewollt, Deacon.

Aber er sagte es nicht. Er war dreizehn Jahre alt – was wusste er schon darüber, die Liebe eines Lebens zu verlieren?

WÄHREND DER letzten Unterrichtswoche hatte die Abschlussklasse mehr oder weniger Narrenfreiheit. Trotzdem war Crick überrascht, als Deacons Truck vor seiner eigenen Schule vorfuhr und Jon und Amy, Deacons Freunde, ausstiegen, um ihn vom Unterricht befreien zu lassen.

„Pssst …", flüsterte ihm Amy zu, als er ins Sekretariat bestellt wurde und die beiden erstaunt ansah. „Tu so, als ob wir dein Onkel und deine Tante wären …" Crick grinste sie an. Sie warf mit Schwung ihre glatten, dunklen Haare über die Schulter und grinste zurück. Er hatte sich in den letzten beiden Jahren mit Amy Huerta, Deacons Freundin, abgefunden. Es wurde ihm dadurch erleichtert, dass sie sehr hübsch war mit ihren dunklen Haaren, den dunklen Augen und ihrer milchkaffeebraunen Haut. Aber sie war auch ein sehr ruhiger Mensch, und in dieser Beziehung ähnelte sie Deacon sehr. Dazu kam, dass sie sich für Carrick als Menschen interessierte und ihn nicht wie einen lästigen kleinen Bruder behandelte, der irgendwie zu ihrem Freund dazugehörte und den sie ertragen musste. Crick gab es ungern dazu, aber es war ihm auch deswegen leicht gefallen, weil sie im Herbst zum Studium nach L.A. gehen würde, während Deacon hier blieb, um seine Sanitäterausbildung zu absolvieren, die ein erster Schritt für seine Ausbildung zum perfekten Ranchbesitzer und Geschäftsmann werden sollte.

Aber das war erst im Herbst. Jetzt standen sie im Sekretariat seiner Schule und die Sekretärin sah die beiden Teenager misstrauisch an, bis sie in Carricks hoffnungsvolles Gesicht sah und ergeben seufzte.

„Äh … Jon und Amy …" sagte sie und kniff die Augen zusammen. „… Francis", fuhr sie dann säuerlich fort. „Sie können Ihren *Neffen* für heute mitnehmen." Kopfschüttelnd rollte sie mit den Augen. „Und richtet Deacon herzliche Grüße von mir aus. Habt ihr wirklich geglaubt, ich würde euch nicht erkennen? Es ist doch erst vier Jahre her, um Himmels Willen!"

Jon schenkte der Frau – sie war eine freundliche, etwas rundliche Frau in mittleren Jahren und hatte drei Kinder – sein strahlendstes Lächeln und gab ihr einen Schmatz auf die Wange. „Vielen Dank, Mrs. Lacey. Sie sind ein Schatz."

Lachend rannten die drei zum Auto. Jon und Crick setzten sich auf den Rücksitz und Amy stieg vorne ein. Es war eigentlich nicht erlaubt, aber so weit mussten sie nicht fahren. Deacon hielt an einem Viehgatter an und nahm dann einen wenig befahrenen Weg durch verdorrte, *ungemähte* Wiesen. Crick sah sich um und versuchte herauszufinden, wo sie waren. Er kniff die Augen zusammen, um sich gegen den heißen Fahrtwind zu schützen. Dann sah er Jon an, dessen lange blonde Haare im Wind wehten. Er sah aus wie ein überdimensionierter Golden Retriever.

„Wohin fahren wir?", schrie er, um den Fahrtwind und die scheppernden Geräusche des Autos zu übertönen.

„Wo wir immer hingehen!", rief Jon zurück. „Zum Schwurstein, dem zweitbesten Badeplatz gleich nach dem Folsom Lake!" Der Folsom Lake lag dreißig Meilen entfernt, und es waren keine leicht zu fahrenden Meilen. Auf der Strecke war viel Verkehr und sie war nicht ungefährlich.

„Wieso habt ihr mich abgeholt?", fragte Crick, aber sein Grinsen zeigte deutlich, dass ihn die Antwort eigentlich nicht sehr interessierte.

„Es war Deacs Idee!", rief Jon zurück. Jon und Amy nannten ihn Deac, aber Crick hatte sich nie mit dieser Kurzform anfreunden können. „Er hat gesagt, wenn wir feiern wollen, dann musst du auch dabei sein."

In einer Kühltasche auf der Ladefläche hatten sie Getränke und Sandwiches mit Grillfleisch, die Parish am Vorabend zubereitet hatte. Sie hatten sogar an eine alte Badehose von Deacon gedacht, die Crick sich ausleihen konnte. Er war ihnen sehr dankbar dafür.

Seit ihrem ersten Besuch waren sie noch oft zum Schwurstein baden gegangen, und er löste in Crick immer noch die gleichen ehrfürchtigen Gefühle aus wie das erste Mal. Dieses Mal zogen sie sich die drei Jungs hinter dem Auto um, während Amy auf der anderen Seite geduldig wartete. „Ich weiß wirklich nicht, warum du dich vor ihr versteckst", grummelte Jon Deacon zu. „Es ist ja nicht so, als ob ihr etwas Neues sehen würdet."

Deacon wurde rot unter seiner Baseball-Kappe und stimmte Jon zu. „Aber es ist eine Frage der Höflichkeit", murmelte er. „Außerdem machen wir im Herbst sowieso Schluss."

Cricks Herz überschlug sich wie eine Cheerleaderin mit ihren Pom-Poms. Jon sah Deacon nur nachdenklich an.

„Warum?", fragte er dann, stand auf und faltete seine Kleidung zusammen. Crick sah ihn an – schlank, elegant, braun gebrannt und wirklich hübsch. Aber im Vergleich zu Deacon mit seiner kräftigen Brust und seiner marmorfarbenen Perfektion war Jon reine Staffage. „Warum wollt ihr euch trennen? Ich meine … Ihr zwei habt euch doch sehr gern!"

Deacon nickte nachdenklich und traurig zugleich. „Das ist richtig", stimmte er Jon zu. Er warf einen traurigen Blick auf Amy, die mit verschränkten Armen auf der anderen Seite des Autos stand und ihr braunes Gesicht in die Sonne hielt. „Wir haben uns sehr gern. Aber sie studiert Jura und will richtig Karriere machen." Er zuckte mit den Schultern und wurde rot. Crick konnte sich keinen Grund dafür vorstellen. „Sie will sich für Menschenrechte einsetzen, politisch aktiv werden. Mein Herz ist hier – das weißt du."

Deacon sah Jon von der Seite an, als ob die beiden schon früher über dieses Thema geredet hätten. Jon gab den Blick an Crick weiter, als ob der eigentlich darüber Bescheid wissen müsste. Aber Crick zuckte nur mit den Schultern, weil ihm die ganze Sache ein Rätsel war. Jon seufzte und verdrehte die Augen.

„Nun", meinte Jon auffallend bedächtig. Es wirkte so gezwungen, dass es schon an ein Wunder grenzte, dass ihm nicht die Stimme weggeblieben war. „Ich hätte nichts dagegen, äh … mich um sie zu kümmern, solange wir hier sind. Falls das in Ordnung ist."

Crick blinzelte verblüfft. *Was ist mit Becca?*, hätte er beinahe laut gefragt. Becca Anderson war schon so lange Jons Freundin, wie Deacon mit Amy zusammen gewesen war. Crick mochte Becca nicht sonderlich gut leiden. Sie hatte lange blonde Haare und ein hübsches Gesicht, was sie unerträglich eitel machte.

Außerdem hatte sie Deacon mehr als einmal zu verstehen gegeben, dass sie kein Problem damit hätte, jederzeit Amys Platz einzunehmen. Crick fand das unfair, sowohl Amy und Deacon als auch Jon gegenüber, der ja schließlich ihr Freund war.

Deacon lächelte Jon, seinen besten Freund seit ihrer Kindergartenzeit, wissend an. „Ich würde es als persönlichen Gefallen auffassen, wenn du dir etwas Zeit lässt, bevor du mit ihr ernst machst. Ist das okay?"

Jon wurde rot und nickte ernst. Er verstand Deacon genau und schien ihm für sein Verständnis dankbar zu sein.

„Seit ihr jetzt endlich soweit?", rief Amy ihnen fröhlich zu. „Wenn ihr euch nicht beeilt, bleibt von mir nur noch ein Schweißfleck übrig!"

„Ich dachte immer, dass Damen nicht schwitzen!", rief Jon zurück. Crick wurde etwas traurig, als er Amys unbeschwertes Lachen hörte.

„Es ist mir eine Ehre, von dir als Dame bezeichnet zu werden, mein Schatz ... Aber wenn ihr jetzt nicht eure Ärsche in Bewegung setzt, dann werde ich biestig!"

Deacon warf lachend den Kopf in den Nacken. Crick mochte Jon und Amy sehr gerne, denn sie waren Deacons beste Freunde und liebten ihn. Und wie konnte man einen Menschen nicht lieben, der so wunderbar war, dass bei seinem Anblick die Zeit stehen zu bleiben schien?

Es war ein strahlender Tag – einer dieser Tage, die sich einem Kind einprägten und die es sein Leben lang nicht vergessen würde. Sie schwammen und spielten. Es gab eine Wasserschlacht zwischen Jon und Crick auf der einen und Deacon und Amy auf der anderen Seite, die Crick entschied, indem er auf einen Felsen am Ufer kletterte und von dort auf Deacons Rücken sprang, der in einer tiefen Stelle stand. Lachend und prustend tauchte Deacon wieder auf. Crick vergaß diese wenigen Sekunden nie, in denen sie sich Muskel an Muskel berührten und sich seine Brust an Deacons Hüfte drückte. Er klammerte sich an diese Erinnerung, bis sie Jahre später durch eine bessere abgelöst wurde.

Später saßen sie gemütlich auf dem Felsen zusammen. Amy lehnte sich mit dem Rücken an Deacons Brust. Sie beobachteten den Sonnenuntergang und unterhielten sich über ihre Zukunftspläne.

„Also erst die Sanitäterausbildung und dann die Pferdezucht?", fragte Jon und malte mit einem Stöckchen Muster auf den Stein.

Deacon vergrub sein Gesicht in Amys Haare. Dann sah er auf und nickte. „Parish hofft wohl immer noch, dass ich etwas anderes an einer anderen Uni studieren will und doch noch eines der Stipendien annehme, die mir angeboten worden sind."

Amy drehte den Kopf zu ihm um. „Bist du dir sicher, dass du das nicht willst, Deac? Du kannst immer noch ..."

Deacon rieb kopfschüttelnd seine Schläfe an Amys Haaren. Selbst Crick erkannte, dass es eine Abschiedsgeste war. „Nein, Baby. Mein Herz schlägt für diese Ranch. Es tut mir leid." Er stützte sich mit der Wange auf ihren Kopf. Amy schloss die Augen und drückte sich fester an seine Brust.

17

Jon legte die Hand auf Cricks Bein und nickte ihm zu. Leise standen sie auf und verschwanden in der Dämmerung, um die beiden allein zu lassen.

„Er bleibt deinetwegen hier, weißt du", brach Jons Stimme unerwartet die Stille. Crick sah ihn scharf an. Er hatte in den letzten Jahren einen ziemlichen Wachstumsschub durchgemacht und sie gingen Schulter an Schulter. Er würde in den nächsten Jahren noch mindestens zehn Zentimeter wachsen, aber momentan war er ungefähr so groß wie Jon und Deacon, also etwa einsachtzig.

„Ich weiß." Crick hörte es nicht zum ersten Mal. „Wie soll ich ihm das nur wieder gutmachen?"

Jon blieb stehen, hob den Kopf und sah in den Nachthimmel. „Ich bin nicht schwul – obwohl ich es mir manchmal wünschte."

Crick blinzelte überrascht. Ihm fiel dazu nichts ein, obwohl es sich eigentlich um sein Element handelte. „Ich weiß wirklich nicht, wie man sich das wünschen kann", sagte er aus tiefster Überzeugung.

„Ich glaube, ich liebe Deacon mehr als jeden anderen Menschen – sogar mehr als Amy", gestand Jon. Sie hatten kein Bier mitgebracht und soweit Crick wusste, trank keiner von ihnen Alkohol. Es war einfach nicht ihre Sache. Deacon hatte oft darüber gescherzt und gemeint, an ihnen wären wahre Mormonen verloren gegangen. Crick hätte jetzt nichts gegen einen Schluck gehabt und Jon lachte über seine offensichtliche Verlegenheit.

„Ich habe einen Grund, dir das zu sagen, Carrick. Die Sache ist nämlich die ..." Jon ließ sich ins Gras fallen, lehnte sich zurück und stützte sich auf die Ellbogen. Er legte den Kopf in den Nacken und betrachtete nachdenklich die Sterne über ihnen. Es war ein wunderschöner Anblick für Crick, der in letzter Zeit gelernt hatte, wofür das Ding zwischen seinen Beinen gut war, das ihm in seinem dunklen, kleinen Zimmer schon viel Freude bereitet hatte. Aber obwohl Jon mit seinen blonden, im Mondlicht glänzenden Haaren jedem Filmstar Konkurrenz machen konnte, fühlte Crick keinerlei Erregung in sich aufflammen.

„Die Sache?", fragte er und ließ sich neben ihn fallen.

„Die Sache ist die, dass ich alles dafür geben würde, um der Richtige für Deacon zu sein. Ich würde ihn heiraten, wenn das möglich wäre. Aber mein Körper spielt einfach nicht mit. Verstehst du, was ich meine?" Jon sah Crick unglücklich an und dem fiel es wie Schuppen von den Augen. Zum ersten Mal in seinem Leben war er genau richtig, um von einem anderen Menschen geliebt zu werden. Und er erkannte, dass er damit auch andere Menschen lieben konnte, nicht nur Deacon und Parish oder seine kleinen Schwestern. Es war eine aufregende Entdeckung, über die er später noch genauer nachdenken musste.

Aber jetzt war es Jon, der ihn brauchte.

„Deacons Körper würde auch nicht mitspielen", erinnerte er Jon. Der lächelte ihn nur nachsichtig an, als ob Crick etwas entgangen wäre.

18

„Deacon ist ein sehr besonderer Mensch", erwiderte Jon locker, aber sein unbedarfter Tonfall war nicht sehr überzeugend. „Bei ihm kommt das Herz vor dem körperlichen Begehren, nicht umgekehrt."

Crick runzelte nachdenklich die Stirn. „Das verstehe ich nicht."

Jon setzte sich auf und sah ihn durch den Vorhang seiner blonden Haare an. Dann schüttelte er den Kopf. „Wenn du glaubst, dass er nur deshalb hier bleibt, um auf seinen kleinen Bruder aufzupassen, dann unterschätzt du seine Liebe zu dir. Mehr kann ich dazu nicht sagen."

Dem war nichts mehr hinzuzufügen und sie verstummten. Sie beobachteten die letzten Strahlen der untergehenden Sonne und Deacon und Amy, denen sie so viel Abstand wie möglich gegeben hatten, um einen letzten intimen Moment zu genießen und sich voneinander zu verabschieden. Crick grübelte über Jons Bemerkung nach.

Er grübelte auch in den nächsten Monaten noch darüber nach, weil es eine Hoffnung in ihm geweckt hatte, die er nie für möglich gehalten hätte. In Cricks Erfahrung war Hoffnung eine trügerische Sache. Als er zehn Jahre alt war, hatte er so sehr gehofft, von seiner Mutter zu Weihnachten nicht nur die obligatorische Jeans geschenkt zu bekommen. Oder von Stief-Bob ein Wort des Dankes zu hören, weil er Benny, Missy und Crystal jeden Tag das Frühstück machte und ihnen Abendessen kochte. Seine Hoffnung wurde enttäuscht. Aber Deacon und Parish hatten ihm einen neuen Sattel und einen Cowboy-Hut geschenkt. Er war fast sprachlos gewesen vor Freude und hatte sich überschwänglich bei ihnen bedankt. Und er hatte gelernt, dass Hoffnung zwar trügerisch war, aber dass man die wunderbarsten Überraschungen erleben konnte, wenn man die Hoffnung schon aufgegeben hatte.

Er hasste Hoffnung. Sie weckte die Angst vor Enttäuschungen.

IM FRÜHJAHR der neunten Klasse hatte er wieder Anlass zu neuer Hoffnung. Er wusste nicht, wie er damit umgehen sollte.

Absurderweise fing es mit einer leichten Gehirnerschütterung und einer gebrochenen Nase an. Er war von drei Jungs verprügelt worden und sie hatten ihn mit dem Kopf auf den Boden geschlagen. Der Rettungsdienst wurde gerufen.

Es war der Monat, in dem Deacon seinen Sanitätsdienst angetreten hatte.

„Verdammt, Crick!", knurrte Deacon und leuchtete ihm mit einer kleinen Taschenlampe in die Augen. Einer der Sanitäter gab ihm einen Eisbeutel für den Kopf und ein Tuch, um das Blut aus dem Gesicht zu wischen. Dann klopfte er Crick aufmunternd auf die Schulter und ging zu den drei anderen Jungs. (Zwei gebrochene Handgelenke und einige ausgeschlagene Zähne – Crick war alles andere als wehrlos) „Was zum Teufel ist hier passiert?"

Crick wich Deacons einfühlsamem Blick aus. „Die chabn angfangn!",
protestierte er. Deacon legte die kleine Lampe auf den Boden und hob
beschwichtigend die Hände, als müsste er ein nervöses Pferd beruhigen.

„Soll ich dir die Nase gleich richten? Oder willst du damit nach Hause
gehen, ohne richtig atmen zu können?"

Crick zuckte mit den Schultern und versuchte, sich seine Angst nicht
anmerken zu lassen. Verdammt, es hatte höllisch wehgetan – und jetzt sollte er
das wieder aushalten müssen? Deacon nahm Cricks Nase zwischen die Hände und
machte dann eine ruckhafte Bewegung mit den Daumen.

Crick bäumte sich auf vor Schmerz und fing an zu wimmern. Deacon drückte
Cricks Kopf an seine Brust und streichelte ihm beruhigend über die Haare. „Ja, ich
weiß. Es tut höllisch weh, nicht wahr?"

Crick nickte. Er hatte ein Gefühl hinter der Stirn, als wäre gerade sein ganzer
Kopf explodiert.

„Es ist wird gleich wieder besser", flüsterte Deacon und schob Cricks Kopf
zurück, um ihm in die Augen zu sehen. Crick holte tief Luft und riss erstaunt die
Augen auf. Ja, es tat höllisch weh. Aber das war es wert gewesen. Deacon lächelte
ihn an.

„Danke, Deacon."

Deacon grinste ihn auf seine typische, dünnlippige Art an und fuhr ihm mit
den Fingern durch die Haare. Crick stöhnte, als Deacons Hand die Beulen und
Schürfwunden auf seinem Kopf berührte. Das Grinsen verschwand wieder aus
Deacons Gesicht und wurde von einer tief besorgten Miene abgelöst. Crick bekam
ein schlechtes Gewissen, weil er sich dafür verantwortlich fühlte.

„Warum ist es passiert?", fragte Deacon nach einigen Sekunden.

Crick zuckte wieder mit den Schultern und wollte sich schon eine passende
Lüge zurechtlegen. Aber er konnte Deacon nicht anlügen. In der fluoreszierenden
Beleuchtung des Rettungswagens waren die Sommersprossen in Deacons Gesicht
nicht zu erkennen. Doch Crick wusste, dass sie da waren. Deacon trug die Haare
an den Seiten immer noch kurz, hatte sie aber oben länger wachsen lassen. Er war
… wunderschön.

Crick versuchte, sich auf eine Antwort zu konzentrieren. Es fiel ihm nicht
leicht, Deacon alles zu erzählen.

„Sie … haben Schimpfnamen benutzt." Das hörte sich für einen Oberschüler
wirklich dämlich an, nicht wahr?

Aber Deacon nahm ihn trotzdem ernst. Er legte Crick die Hand auf die
Schulter. „Was haben sie gesagt?", fragte er, als ob er die Antwort schon wüsste.

Crick drehte den Kopf zur Seite.

„Komm schon, Crick. Die Worte haben nur dann Macht über dich, wenn du
selbst es zulässt. Wie haben sie dich genannt?"

„Es ging nicht nur um mich", murmelte Crick und wich Deacons Blick aus.

„Um wenn ging es noch?", fragte Deacon leise. Es kannte die Antwort schon.

„Um uns … dich, mich, Jon …"

„Wie haben sie uns genannt?"

Crick sah wieder zur Seite und murmelte unverständlich vor sich hin. Deacon schüttelte ihn am Arm. Crick schloss die Augen und sah ihn dann an. „Schwuchteln."

Deacon nickte. „Und was heißt das?"

Crick wurde rot. „Du weißt genau, was das heißt!"

Deacon zog fragend eine Augenbraue in die Höhe und Crick wurde noch röter. „Sag es schon, Mann. Du musst es sagen."

„Es ist jemand, der Männer mag … und der …" Für Crick war dieses Gespräch mittlerweile schlimmer, als seine gebrochene Nase und die Kopfschmerzen zusammen. Aber Deacon erwartete die Wahrheit von ihm und sah ihn an, als ob er mit Cricks Antwort immer noch nicht zufrieden wäre. „… und der mit ihnen schläft." So. Das war's. Na also.

Deacon boxte ihm scherzhaft an den Arm. „Und? Ist das so falsch?"

Crick zuckte zusammen. „Ja, Mann! Es ist … unnatürlich. Das sagen sie jedenfalls in …" Oh, Mist. Jetzt war er selbst bei einer Scheinheiligkeit erwischt worden. „In der Kirche sagen sie das. Und die Kerle sagen es auch."

„Meinst du damit die Kerle, die sich zu dritt auf dich gestürzt und deinen Kopf auf die Straße geschlagen haben? Und wer hat verloren? Du oder sie?"

Ein Grinsen stahl sich auf Cricks Gesicht. „Haben sie wirklich verloren?"

Deacon zuckte mit den Schultern. „Sie werden dich jedenfalls so schnell nicht vergessen. Aber sie haben jetzt die Hand in Gips und du solltest sie in nächster Zeit vielleicht nicht provozieren."

Cricks Grinsen wurde breiter und Deacon rollte mit den Augen.

„Ganz ruhig, mein Junge. Carrick, als du das erste Mal auf die Ranch gekommen bist, hast du die Sonntagsschule geschwänzt. Und jetzt willst du auf die Kirche hören, ausgerechnet dann, wenn sie einen solchen Schwachsinn erzählen?"

Cricks Grinsen verschwand wieder. „Ich weiß nicht, was du damit meinst."

„Crick", sagte Deacon und mit tiefer Stimme und hörte sich jetzt sehr ernst an. „Ich habe Amy wirklich geliebt. Ist dir deswegen egal, was mit mir passiert?"

Crick dachte nach. Es stimmte, dass Deacon nach der Trennung traurig gewesen war. Er hatte abgenommen und war sehr nachdenklich gewesen. Crick hatte oft erlebt, dass Deacon schon nach dem Telefonhörer gegriffen hatte, bevor er sich daran erinnerte, dass Amy nicht mehr zu Hause war. „Nein", sagte er.

„Wäre es dir egal, wenn ich Jons wegen so traurig gewesen wäre?"

Crick sah ihn erschrocken an. Jon wäre eine Bedrohung gewesen. Es hörte sich dumm an – und das war es wahrscheinlich auch –, aber daran ließ sich nichts ändern. „Nein, natürlich nicht!", rief er laut, um seine eigene Verwirrung zu überspielen. Deacons verständnisvoller Gesichtsausdruck zeigte ihm jedoch überdeutlich, dass er durchschaut wurde. Aber Deacon lächelte auch und seine grünen Augen funkelten.

21

„Und glaubst du etwa, dass du mir weniger bedeutest, weil du ‚Männer magst'?", fragte Deacon schließlich. Crick war innerlich dankbar dafür, dass Deacon ihn zu dieser Antwort geführt hatte. Er hatte sich diese Frage schon oft gestellt, aber sie nicht laut auszusprechen gewagt. Es dauerte einen Augenblick, bis Crick wieder sprechen konnte. Er spürte Deacons starke Hand, die auf seinem Bein lag, und konnte durch seine blutende Nase kaum atmen.

„Nein", sagte Crick schließlich. Die intime Atmosphäre, die in dem Rettungswagen herrschte, war ihm überdeutlich bewusst und machte ihn beklommen.

Deacons Grinsen durchdrang Cricks Benommenheit und ließ ihn freier atmen. „Verdammt richtig." Deacon lehnte sich zurück und machte sich Notizen für seine Unterlagen. Er fragte Crick, ob jemand sich zuhause um ihn kümmern und dafür sorgen könnte, dass er wegen seiner Gehirnerschütterung vor morgen früh nicht einschlief.

Crick schüttelte den Kopf. „Nein. Benny und Missy kommen erst um drei Uhr nach Hause und ich hätte schon längst Crystal abholen müssen. Außerdem sollte ich heute den Rasen mähen und …" Bei dem Gedanken sah er plötzlich alles doppelt. Deacon nickte.

„Keine Sorge. Wir kümmern uns um deine Schwestern und bringen sie nach Hause. Dad und Patrick können auf dich aufpassen, dann kannst du heute Nacht etwas schlummern. Sie wecken dich rechtzeitig wieder auf."

Crick wurde schwindelig vor Erleichterung, weil er nicht in das kleine, scheißgelb gestrichene Haus mit seinem verdorrten Rasen zurückkehren musste. Seit dem Marihuana-Vorfall in der sechsten Klasse übernachtete er samstags in Parishs Gästezimmer und nannte es insgeheim sein Zuhause.

Er wollte sich gerade bedanken, als die Tür des Rettungswagens geöffnet wurde und Rektor Arreguin vor ihnen stand. Er sah sehr ernst und autoritär aus mit seinem kantigen Gesicht und den dicken Brillengläsern.

„Wir können ihn erst gehen lassen, nachdem wir mit seinen Eltern gesprochen haben", sagte er warf Crick einen vernichtenden Blick zu. Dem war zu schwindelig, um mit den Augen zu rollen. Er fühlte sich, als hätte ihm jemand mit dem Straßenbesen den Rücken gekratzt.

„Ich bin als Notkontakt für ihn angegeben", erwiderte Deacon trügerisch ruhig. Er und Parish hatten nach dem Marihuana-Vorfall dafür gesorgt, dass sie als erste benachrichtigt wurden, falls etwas mit Crick passierte. Parish hatte zu Recht darauf hingewiesen, dass Crick nicht mit den Pferden arbeiten könnte, wenn sein Rücken von den Schlägen mit dem Gürtel so wund war, dass er sich kaum bewegen konnte.

Mr. Arreguin kniff seine kleinen grauen Augen zusammen. „Das war mir nicht bekannt", sagte er steif. „Nun, wir müssen über seine Suspendierung reden."

Es gab wenig, was Deacon überraschen konnte. Diese Bemerkung gehörte dazu. „Ein Junge wird von drei anderen angegriffen und verprügelt, und *er* soll suspendiert werden?" Er sah Crick streng an, ab wollte er ihn fragen, ob es da noch etwas anderes zu wissen gab. Crick zuckte mit den Schultern und fragte sich, ob sein Gedächtnis unter der Kopfverletzung gelitten hatte. Aber er war sich sicher, dass es nicht seine Schuld gewesen war.

„Sie haben mich gestoßen", nuschelte er und versuchte, die beiden Männer anzusehen. „Ich war auf dem Weg von der Sporthalle zum Mathematikunterricht, da sind sie aus den Umkleidekabinen gekommen und haben mich …" Er wurde rot und sah Deacon hilflos an. „Sie haben mich Schwuchtel genannt und mich gefragt, wo meine schwulen Freunde wären. Dann haben sie Deacon einen Pferdeficker genannt und mich gegen die Wand geworfen." Er schluckte tief, weil er das Deacon zuvor noch nicht erzählt hatte.

Deacon biss die Zähne zusammen. „Und deshalb hast du sie geschlagen?", hakte er nach.

Crick schüttelte den Kopf. „Sie waren zu dritt, Deacon. Ich wollte auf den Hof laufen, wo es Zeugen gab. Eddy …" Er zeigte mit einer Kopfbewegung nach draußen, wo ein Junge mit niedriger Stirn und dunklen Stoppelhaaren wahrscheinlich gerade über seine eingegipste Hand lachte und versuchte, den Gips auf Tomas' und Brandons dicken Schädeln zu zertrümmern. „Eddy hat mich angesprungen und zu Boden geworfen. Ich bin wieder hochgekommen, aber …" Er zuckte gleichgültig mit den Schultern, als könnte er sich nicht mehr an den Geschmack seines Blutes erinnern, weil er sich in die Backe gebissen hatte. Der Zementboden hatte Schürfwunden an seinem Kinn und der Brust hinterlassen und er hatte fürchterliche Angst gehabt. Sie waren zu dritt gewesen und hätten ihn umbringen können. Er hätte dort sterben können, in dem schmalen Gang, in dem es nach Fußschweiß und nassem Metall roch.

„Ich habe mich nur verteidigt", fuhr er leise fort. Deacon sah den Rektor abwartend an.

Arreguin schüttelte den Kopf. „Du hast sie provoziert", sagte er scharf. „Du weißt es ganz genau."

Deacon zog die Augenbrauen hoch. „Er hat sie provoziert, zu dritt über ihn herzufallen?"

Arreguin verzog angewidert das Gesicht. „Schauen Sie sich ihn doch an. Seine Kleidung, seine Frisur, die Leute, mit denen er mittags zusammen isst …"

Deacon sah Crick verblüfft an. Der wünschte sich, sein Kopf würde explodieren und alles wäre vorbei. Es gab Cliquen in der Schule, und jede von ihnen hatte ihren eigenen Stil. Crick trug hautenge Jeans und ein hellblaues, enges T-Shirt, das seinen Bauchnabel freiließ. Wenn er nicht auf der Ranch arbeitete, trug er Slipper – ohne Socken – und seine Haare fielen ihm in langen Strähnen in die Stirn. Äußerlich gehörte er zu den ‚Alternativen'. Worüber er und seine Freunde beim Essen redeten, ging niemanden etwas an.

In Deacons verblüffter Miene war keine Abscheu zu erkennen und er legte auch nicht ablehnend die Stirn in Falten. Stattdessen drehte er sich mit wütendem

Gesicht zu seinem früheren Rektor um – zu dem Mann, der noch vor acht Monaten bei der Abschlussfeier in Lobeshymnen ausgebrochen war über den aufrechten amerikanischen Jungen, als den er Deacon bezeichnet hatte.

„Sir, ich habe den Eindruck, hier liegt ein Fall von Diskriminierung vor. Und ich kann mir nicht vorstellen, dass sie ihre Schüler wegen ihrer Kleidung und ihrer Frisur diskriminieren wollen, nicht wahr?"

Selbst Arreguin in seiner Arroganz konnte die Drohung nicht überhört haben, die in Deacons Stimme mitschwang.

Arreguin blinzelte und trat einen Schritt zurück. „Er gibt sich nicht gerade Mühe, sich anzupassen", meinte er steif.

„Ich kann mich nicht daran erinnern, dass Anpassung eine offizielle Vorschrift wäre", erwiderte Deacon unnachgiebig. „Und jemanden zu verprügeln, weil er sich ‚nicht anpasst', ist meines Wissens nach ein Verbrechen aus Hass und wird mit Gefängnis bestraft. Ist es nicht so?"

Crick holte überrascht Luft und der Rektor wurde rot. Deacon sah Crick über die Schulter hinweg an und verdrehte die Augen. „In meinem Job lernt man nicht nur, wie man Pflaster sortiert", meinte er listig und wandte sich wieder dem Mann zu, der die Macht hatte, das Leben für Crick in den nächsten drei Jahre, drei Monaten und zwei Tagen zur Hölle zu machen.

„Wie ist es, Sir – kann ich Crick jetzt mitnehmen, damit sich jemand um ihn kümmert und er sich erholen kann? Oder muss ich den Sheriff verständigen und ein Verbrechen aus Hass anzeigen?"

Arreguin sah die beiden voller Hass und Abscheu an. „Ich hätte nie vermutet, dass Sie selbst zu dem Typ von Leuten gehören, die sich ‚nicht anpassen', Mr. Winters", sagte er spitz. Deacon grinste ihn humorlos an.

„Ein ‚Typ' zu sein, ist etwas für Kinder, Sir. Ich dachte, unsere kleine Zeremonie im letzten Jahr hätte damit zu tun, solche Typisierungen zu überwinden. Wenn Sie mich jetzt bitte entschuldigen würden, aber ich glaube, Crick muss sich gleich übergeben."

Was Crick auch prompt tat, kaum dass Deacon ihm den Arm um die Schulter gelegt hatte und den Eimer vor ihn hielt.

AM NÄCHSTEN Abend waren Cricks Schwindelgefühle so gut wie verschwunden. Seine Wut war jedoch geblieben.

Den Vorabend hatten seine kleinen Schwestern mit ihnen verbracht. Crick hatte amüsiert beobachtet, wie Parish mit den drei frechen Gören zurechtzukommen versuchte. Es machte viel mehr Spaß, wenn er nicht selbst die Rolle als Kindermädchen/Unterhalter/Chef/Badeaufsicht übernehmen musste.

Als die drei schließlich in Deacons Bett lagen und schliefen – Deacon hatte Nachtschicht und würde erst am Morgen zurück sein –, weckte Parish ihn und ließ sich neben ihm auf die Couch fallen. Sie sahen fern und Parish achtete darauf, dass

Crick nicht fest einschlief oder ohnmächtig wurde. Er stellte einen Wecker auf den Tisch, der jede Stunde klingelte.

„Ich weiß wirklich nicht, wie du das aushältst, mein Sohn. Es ist ziemlich viel Verantwortung für einen Jungen, der so viel um die Ohren hat wie du."

Crick blinzelte. „Ich ... keine Ahnung. Ich muss. Sie brauchen mich."

Parish lachte und schlug ihm – vorsichtig – auf den Oberschenkel. Crick sah vollkommen erschöpft aus. „Nun, sie lieben dich über alles. Ich habe den ganzen Abend nichts anderes gehört, als ‚Crick hat Schmerzen!' und ‚Sei gut zu Crick!'. Benny wollte mich nicht aus den Augen lassen, bis sie gesehen haben, dass du auf der Couch eingeschlafen bist."

Crick hätte mit den Augen gerollt, aber davon wäre ihm wieder schwindlig geworden. „Benny ist klug", murmelte er. „Wenn sie nur ihr Mundwerk besser im Griff hätte."

Parish nickte zustimmend. „Ja, sie ist sehr temperamentvoll. Ich nehme an, das hat sie von ihrem Vater."

Crick verzog den Mund. „Ich weiß nicht – ich war es, der gerade in eine Prügelei verwickelt worden ist."

Parish sah ihn mit seinen grünen Augen an, die Crick immer so an Deacon erinnerten. „Junge, nicht alles, was dir passiert, ist auch deine Schuld. Die drei Mädchen sind mit hierher gekommen, ohne auch nur einmal nach ihren Eltern zu fragen. Das sagt nichts Gutes über die Eltern, aber nur das Beste über dich. Deine Eltern haben kein Wort darüber verloren, ihre gesamte Familie Menschen zu überlassen, die sie angeblich hassen. Das sagt das gleiche. Und diese Jungs – was immer auch ihr Problem ist, es hat nichts mit dir zu tun. Du warst nur ein zufälliges Opfer. Die Gewalt ging von ihnen aus und du warst zufällig zur Stelle. Es war nicht deine Schuld."

Crick rieb sich die Augen. Gott, hatte er Kopfschmerzen! Es ließ zwar langsam nach, aber er hatte keine Medikamente nehmen wollen und wünschte sich jetzt, dass er das doch getan hätte. Aber dann war Parish da und hielt ihm zwei Tylenol und ein Glas Wasser hin. Crick stiegen die Tränen in die Augen.

„Du und Deacon, ihr seid meine beste Familie", flüsterte er. Vielleicht lag es an der Gehirnerschütterung oder seiner Müdigkeit. Oder nur daran, dass Deacons Vater der netteste Mensch auf Erden war. Crick wusste es nicht.

„Junge, uns geht es mit dir genauso", erwiderte Parish und sah zu, wie Crick die Tabletten schluckte. Crick liefen die Tränen über die Wangen.

„Es war nicht richtig, was der Rektor über Deacon gesagt hat", murmelte er. Arreguins Worte hatten ihm schwer zu schaffen gemacht.

Parish schnaubte. „Davon hat mir Deacon nichts erzählt."

Crick spürte die Wirkung der Schmerztabletten und schloss erleichtert die Augen. „Deacon war wunderbar", sagte er. „Deacon kann alles wieder gut machen."

„Ja?"

Crick schilderte Parish die Ereignisse in dem Rettungswagen, aber es war ihm anzumerken, wie sehr es ihn mitgenommen hatte.

„Dieser Mann … er hat Deacon vier Jahre lang dazu bringen wollen, mehr Football für die Schule zu spielen. Jetzt hat Deacon die Schule abgeschlossen und seine eigene Meinung, und da wird der Kerl plötzlich so gemein zu ihm? Redneck. Das Arschloch ist sogar für Rednecks eine Beleidigung."

Crick wurde langsam schläfrig. Das Tylenol wirkte jetzt und er fühlte sich immer noch etwas desorientiert von seiner Kopfverletzung. Er konnte mit seiner Verehrung für Deacon nicht hinterm Berg halten und wollte es auch nicht. „Deacon ist genau das Gegenteil", murmelte er. „Hat dem Mistkerl klar gemacht, was Sache ist. Hat ihn aussehen lassen wie einen ignoranten Idioten. Er war wie Supermann, weißt du?"

„Crick, Deacon ist auch nur ein Mensch. Er hat seine Schwächen, so wie wir alle. Du darfst nicht vergessen, dass er nicht allmächtig ist. Auch seine Kraft ist begrenzt, ja?" Parish hörte sich besorgt an.

Crick öffnete ein Auge und konnte sehen, wie Parish sich mit der Hand durch die grauen Haare fuhr. Er musste daran denken, dass Deacons Vater schon über fünfzig Jahre alt war. Parish wirkte immer so gesund und fit, arbeitete auf der Ranch für zwei; aber er war nicht mehr der jüngste. Und Parish machte sich trotzdem noch Sorgen um Crick.

„Du musst dir keine Sorgen machen", sagte Crick und versuchte erwachsen zu wirken, weil er es für Deacon sein musste. „Ich werde Deacon niemals verletzen oder enttäuschen."

Parish atmete schnaufend aus und beschäftigte sich mit der Fernbedienung. „Schlaf jetzt, mein Junge", sagte er heiser. „Menschen verletzen sich ständig gegenseitig durch ihre reine Existenz. Es kommt darauf an, wie du es wieder in Ordnung bringst, wenn du jemanden verletzt hast."

Es war ein guter Ratschlag, wirklich. Schade war nur, dass Crick am nächsten Abend nicht mehr daran dachte. Seine Geschwister waren zuhause. Parish hatte Cricks Mutter so beschämt, dass sie sich tatsächlich frei nahm, um nach den Mädchen zu sehen – wenn sie es für Crick schon nicht tun wollte. Crick brauchte keine Aufsicht mehr, obwohl er sich immer noch schwummrig fühlte und leichte Schmerzen hatte. Er hatte den ganzen Tag mit der Fernbedienung verbracht und Geschirr gespült, weil er sich schuldig fühlte, Parish und Deacon zur Last zu fallen. Als er nichts mehr zu tun fand und das Fernsehprogramm auch nicht mehr ertragen konnte, fing er an, in seinem Zeichenblock zu kritzeln. Es gab einen Lehrer in der Levee Oaks Oberschule, der tatsächlich nichts gegen ihn hatte und sogar meinte, Crick wäre künstlerisch begabt. Also hatte sich Crick einen kleinen Block für seine alltäglichen Skizzen und einen besonderen Block für besondere Zeichnungen zugelegt. Jetzt hatte er endlich Zeit zu üben, weil es sonst nichts für ihn zu tun gab, das ihn auf den Beinen hielt.

Und zwischendurch fand er sogar noch Zeit, wütend zu sein.

Er war einfach nur wütend.

Rektor Arreguin – der Mann hatte im letzten Jahr noch keine zwei Worte mit Crick gewechselt, und dann tauchte er auf, um ihn zu beschuldigen? Machte Deacon zur Sau, weil der zu ihm hielt? Scheiß Levee Oaks. Scheiß Rednecks. Parish hatte recht. Levee Oaks war die Welthauptstadt der Rednecks.

Crick kniff die Augen zusammen.

Mann, das war eine Botschaft, die die ganze Welt erfahren sollte.

DER WASSERTURM stand genau im Stadtzentrum, auf einem kleinen freien Platz zwischen dem Stadthaus, dem Radweg, vier (wirklich, vier!) Futtermittelgeschäften und einem kleinen Lebensmittelmarkt, in dem die Leute das Nötigste einkaufen konnten, wenn sie nicht die zehn Meilen zum nächsten Wal-Mart oder Safeway fahren wollten. Um neun Uhr abends, als Parish dachte, Crick würde schon schlafen und bevor Deacon nach Hause kam, waren im Stadtzentrum die Bürgersteige schon hochgerollt und über der Durchfahrtsstraße hing das ‚Bitte nicht stören'-Schild. Niemand sah, wie Crick mit einem Eimer roter Farbe, die vom Neuanstrich des Pferdestalls übrig geblieben war, auf den Wasserturm kletterte.

Schon als er halb oben war, kam ihm seine Idee nicht mehr so berauschend vor. Er war noch nicht wieder ganz genesen und zitterte vor Erschöpfung. Er hatte rasende Kopfschmerzen, als würde sein Schädel gleich explodieren und sein Gehirn über den ganzen Turm spritzen, sodass die Farbe nicht mehr nötig wäre.

Als er oben ankam und nach unten sah, hielt er es für die dämlichste Idee aller Zeiten. Fast hoffte er, er würde runterfallen und sich den Schädel einschlagen. Das kam ihm humaner vor, als wieder runterklettern zu müssen.

Aber – verdammt! – der Kerl hatte Deacon beleidigt. Und das war unverzeihlich.

Mit entschlossenem Grinsen fing Crick zu malen an.

Er hatte nicht damit gerechnet, dass um ein Uhr nachts der Rettungswagen durch die Stadt fahren würde. Deacon sah aus dem Fenster auf der Beifahrerseite und fluchte laut genug, um beinahe Sheriff Cooper zu wecken, der in diesem Teil der Stadt wohnte.

„Gott*verdammt*, Crick!" Deacon nahm nur jede zweite Sprosse, als er wie eine Spinne die Leiter an der Seite des Wasserturms hochgeschossen kam. Crick erwartete ihn und versuchte böse auszusehen. Es war nicht sehr überzeugend. Er liebte den Kerl, seit er neun Jahre alt war.

„Er hätte das nicht sagen sollen, Deacon", murmelte er. Dann ließ er den Pinsel in den Eimer fallen und setzte sich auf die Plattform. Er lehnte sich mit den Armen aufs Geländer und starrte auf seine Füße. Welchen Radius würde er wohl erreichen, wenn er von hier aus kotzen müsste? Wahrscheinlich würde er es bald herausfinden. „Ich konnte das nicht zulassen."

Deacon kam kopfschüttelnd oben an. In seinem Gesichtsausdruck war eine Mischung aus Verzweiflung, Mitleid und Humor zu erkennen. „Wer hätte was nicht zu mir sagen sollen?"

Crick drehte sich um und sah ihn mit leerem Blick an. Er fragte sich, warum ihm der Kopf noch nicht abgefallen war. „Der Rektor. Der Bastard. Niemand darf so mit dir reden."

Deacon besah sich Cricks Werk und rieb sich mit den Fingern an den Schläfen. „Und deshalb steht jetzt hier ‚Rednek Captl o th Wurld', ja?"

Crick verzog das Gesicht, als Deacons Aussprache ihn auf seine Rechtschreibfehler aufmerksam machte. Er sah über die Schulter und betrachtete sich seinen Schriftzug. „Ich dachte, ich hätte weniger Fehler gemacht." Die einzelnen Buchstaben waren fast einen halben Meter groß. Wahrscheinlich hatte er in seinem schwummrigen Kopf den Überblick verloren.

Deacon kicherte und streichelte ihm über den Kopf. Dann runzelte er die Stirn. „Crick, du hast Fieber und keine Jacke an. Mist. Zum Teufel mit dem ganzen Scheißkram. Wenn die Leute das morgen früh sehen, wirst du hier keinen Tag länger auf die Schule gehen können. *Mein Gott*, warum hast du nicht mit mir darüber geredet?"

Crick lehnte sich mit der Wange an das kühlende Metall des Geländers. „Du warst nicht da, Deacon. Wenn du nicht da bist, baue ich immer Scheiße."

„Junge, eines Tages wirst du diese Stadt verlassen und dann musst du auch lernen, alleine zurechtzukommen. Aber bis dahin dauert es noch einige Zeit. Erst musst du hier irgendwie die Schule hinter dich bringen."

Mit einem erschöpften Seufzer zog Deacon sein Handy aus der Tasche. „Dad. Ja, wir haben ihn gefunden. Ist Patrick noch da? Du musst mir einen Gefallen tun. Kann Patrick das Sprühgerät und einen Eimer weißer Farbe ins Stadtzentrum bringen? Nein. Ich will dir wirklich nicht sagen, was er getan hat. Wenn er seinen Abschluss hat, erzähle ich es dir vielleicht. Dann kannst du ihm die Meinung geigen." Deacons Stimme wurde leiser und er hörte sich besorgt an. „Nein, es geht ihm nicht gut. Ich denke, dass die Gehirnerschütterung und das Fieber verantwortlich sind, und … Crick ist eben Crick. Ja, mach dir keine Sorgen. Patrick kann mich nicht übersehen, wenn er in die Stadt kommt. Ja, ich passe auf. Ich liebe dich auch."

Patrick musste Crick stützen, als sie die Leiter nach unten kletterten. Deacon blieb auf dem Turm zurück und füllte das Sprühgerät mit weißer Farbe. Er sah ihnen nach bis Patrick Crick zum Rettungswagen gebracht hatte. Deacons Partner Jake lag hinten auf einer Liege und schlief. Er arbeitete Doppelschichten, um seine Alimente bezahlen zu können. Patrick schob Crick in den Wagen, ließ ihm von Jake Tylenol, Wasser und eine Decke bringen – es war erst Anfang März – und ließ die beiden dann schlafend zurück. Danach machte er sich wieder auf den Weg zum Turm, um Deacon zu helfen.

Cricks letzter Gedanke vor dem Einschlafen war, dass er wirklich alles versiebt hatte. Er wusste zwar nicht was und wie, aber irgendwie war alles schiefgegangen.

Als Deacon und Patrick die rote Schrift endlich übertüncht hatten und wieder nach unten kamen, war es schon eine Stunde vor Sonnenaufgang. Es war eiskalt. Cricks Zähne klapperten vor Kälte und weil das Fieber immer noch nicht zurückgegangen war. Er hörte Deacons Stimme. Dann wurde der Motor angelassen und die Heizung eingeschaltet. Eine himmlische Wärme breitete sich aus und der Wagen roch nach Pferden, Rasiercreme, Wandfarbe und Schweiß.

„Hmm …" murmelte er. „Es riecht nach dir, Deacon."

„Weil es meine Jacke ist, du Idiot."

Crick zog die Jacke übers Gesicht und vergrub seine Nase in dem warmen Innenfutter. Es war Deacons Dienstanorak, der außen aus Kunststoff war, aber innen schön knuddelig und warm und Deacon.

Sie brachten Crick auf die Ranch und Deacon bat Jake, eine Vertretung für ihn zu besorgen, weil er die nächste Nacht frei nehmen wollte. Drei Tage später, als es Crick wieder besser ging, er sich nicht mehr übergeben musste und sich das Fieber endlich gesenkt hatte, bekam er eine Gardinenpredigt von epischem Ausmaß zu hören. Aber da er immer noch sehr schwach auf den Beinen und voller Reue war, wurden ihm zumindest nicht die Ohren abgerissen.

Es waren aber nicht Deacons Gardinenpredigt und Parishs besorgtes Gesicht, an die er sich später erinnern sollte, wenn er an diese Nacht zurückdachte. Jedenfalls war es nicht seine vorherrschende Erinnerung.

Von dem Tag, an dem er beinahe aus Levee Oaks – der Schule *und* der Stadt – rausgeschmissen worden wäre, blieb ihm vor allem eines im Gedächtnis. Und das war Deacon, der am nächsten Tag an seinem Bett saß und ihm leise Lieder vorsang, als er fieberstgeschüttelt und jammernd wieder aufwachte.

„Ich wusste gar nicht, dass du auch singen kannst", murmelte Crick vor sich hin. Dann schlief er mit Deacons leisem Lachen im Ohr wieder ein. Und er glaubte, einen zarten, kaum wahrnehmbaren Kuss auf der Schläfe gespürt zu haben.

Ah, ihr Götter! Hoffnung. Unsere Rettung und unsere Qual, der Preis und das Ticket für die Träume, die uns in die Zukunft tragen.

3
DER PREIS FÜR EIN
GEBROCHENES VERSPRECHEN

AN DIESEM Donnerstag um vier Uhr nachmittags war der Kunstraum menschenleer. Auf die kleine Abstellkammer traf das nicht zu.

Mrs. Thompson, die Kunstlehrerin, die Crick zum Zeichnen animiert hatte, verließ sich darauf, dass er und Brian Carter nach dem Unterricht aufräumten. Und das taten sie auch. Sie mochten ihre Lehrerin sehr und würden sie nicht enttäuschen. Sie war die einzige an der Schule, die Crick und Brian verstand und an sie glaubte, die alles über die beiden wusste und sie dafür nicht verurteilte.

Aber das hieß noch lange nicht, dass sie jetzt allzu begeistert von ihnen wäre. Crick und Brian hatten nach dem Aufräumen abgewartet, bis der Hausmeister den Raum ausgefegt hatte. Dann waren sie zurück ins Zimmer und in die Abstellkammer geschlichen.

Sie saßen sich mit angezogenen Knien in der engen Kammer gegenüber, die Hose um die Knöchel und den Schwanz in der Hand. Crick hatte den Kopf zurückgelehnt. Seine Haare wischten den Staub von den Dosen mit den Temperafarben, die schon seit Ewigkeiten niemand mehr benutzt hatte. Er stellte fest, wie gut sich die Hornhaut seiner Hände an seinem Schwanz anfühlte, besonders … ja, genau da.

„Crick", durchbrach Brians keuchende Stimme die dunkle, schwüle Stille. Crick, der kurz vor einem Orgasmus der absoluten Spitzenklasse stand, unterbrach seine frenetischen Handbewegungen, um Brian anzusehen.

„Crick … schau dir das an." Brian steckte einen Finger seiner freien Hand in den Mund, bis er vor Feuchtigkeit glänzte. Dann schob er sich die Hand zitternd zwischen die Beine. Er bebte am ganzen Körper und war sichtlich genauso erregt wie Crick. Cricks Hand bewegte sich nur noch langsam. Er sah fasziniert zu, wie sich Brian mit dem feuchten Finger über die Eier und die kleine, haarige Stelle bis zu seinem Arschloch fuhr. Brian musste sich in seiner unbequemen Sitzhaltung ziemlich verrenken. Aber dann … plopp … rutschte der Finger in das Loch.

„Ahhh!" Brians Stimme klang erstickt, weil sie leise sein mussten. Aber sein Orgasmus war trotzdem ein spektakulärer Anblick. Crick sah mit aufgerissenen Augen zu, wie das Sperma in dicken Strahlen wieder und wieder aus Brians Schwanz spritzte. Ihn durchlief ein Schauer und er schloss die Augen, ließ den Kopf in den Nacken fallen und …

… dann spürte Crick feuchte, warme Lippen um seinen Schwanz. Starke, junge Arme legten sich um seine Taille und sein ganzer Körper ging in Flammen auf, als er zum Höhepunkt kam.

Und kam und kam und kam.

Brian konnte nicht alles schlucken. Crick spürte, wie ihm der Samen über die Eier nach unten lief, durch die Arschritze bis zu seinem Loch. Es kitzelte angenehm. Er öffnete die Augen und grinste Brian an. Der grinste zurück.

Brian hatte zottelige, blonde Haare und ein hübsches, rundes Gesicht mit Sommersprossen auf den Backen und der Nase. In diesem Augenblick hätte Crick ihn am liebsten geküsst und mit einem zärtlichen, verträumten Lächeln auf den Lippen senkte er den Kopf. Dann musste er plötzlich an Deacon denken. Abrupt hielt er inne und zog den Kopf wieder zurück. Er hätte sich am liebsten selbst geohrfeigt, als er sah, wie Brian sich verletzt abwandte.

„Tut mir leid", murmelte Crick und sie zogen sich die Hosen hoch.

Brian zuckte mit den Schultern, als ob nichts geschehen wäre. „Schon gut. Ich dachte nur … du weißt schon …"

Natürlich wusste er. Sie waren gute Freunde, die einander vertrauten. Soweit Crick wusste, waren sie die beiden einzigen Schwulen in ganz Levee Oaks. Punkt. Während der zehnten Klasse hatte Brian ihn oft in seinem kleinen roten Toyota mitgenommen und war sogar schon mit ihm zum Abendessen auf der Ranch gewesen.

Deacon hatte Crick gesagt, Brian wäre ein sehr netter junger Mann.

Aber jetzt, wo die Dinge über das Zusehen hinausgingen, machte Crick einen Rückzieher.

„Es liegt nicht an dir", sagte er leise und legte Brian die Hand auf die Schulter. Er war ihm eine Erklärung schuldig. „Ich … ich dachte, es ginge. Ich dachte … ich dachte, ich könnte das für dich empfinden, aber … Es geht einfach nicht."

„Was jetzt? Bleiben wir einfach nur Freunde?"

Crick legte ihm von hinten die Arme um die Brust und hoffte das Beste. Brian lehnte sich an ihn, aber seine steife Haltung zeigte deutlich, wie unglücklich er sich fühlte.

„Na sicher. Mann, weißt du nicht, wie verdammt wichtig mir deine Freundschaft ist? Kannst du es dir nicht denken?", fragte Crick ihn in der vorbehaltlosen Offenheit, mit der ihn seine Freundschaft zu Deacon belastet hatte. Die Ehrlichkeit in seiner Stimme blieb Brian nicht verborgen und er entspannte sich spürbar.

„Warum dann?"

Crick rieb sich mit der Wange an Brians Haaren. Er dachte darüber nach, wie wunderbar es sich anfühlte, einem anderen Menschen so nahe zu sein. Aber leider war es der falsche Mensch.

„Es ist dumm", flüsterte er. „*Ich* bin dumm. Ich ... ich bin irgendwie in einen anderen verliebt und ich dachte, ich könnte es vergessen. Aber ... es geht einfach nicht."

Seine Erklärung kam nicht gut an. Brian versteift sich wieder, als er Cricks Worte hörte. Dann entzog er sich seiner Umarmung.

„Du hast recht", schnappte er Crick an und stand vom Boden auf. „Du bist dumm. Und ich bin noch dümmer. Ich bin absolut dämlich und ein verdammter ... was auch immer." Er drehte Crick den Rücken zu und hob die Hand an die Wange. Crick konnte hören, wie Brians Stimme brach und er verfluchte sich innerlich. *Nein, Brian. Nicht weinen, bitte ...*

„Brian, ich habe dich trotzdem sehr gern." Crick stand auf und fragte sich, wie er die Situation retten könnte. Sich mit Brian einen runterzuholen und ihm dann zu sagen, dass er in einen anderen Mann verliebt war ... das war wirklich Crick hoch drei, ein klassischer Aussetzer. Oh Gott. Er hatte wirklich versucht, seine Gefühle für Deacon besser zu beherrschen oder sie sogar wieder zu vergessen. Und er hätte sich beinahe für erfolgreich gehalten. Aber dann hatte er die Hoffnung in Brians Gesicht gesehen, und in diesem Augenblick war ihm schlagartig klar geworden, dass ...

Verdammt. Ihm war klar geworden, dass er immer noch ein hoffnungsloser Idiot war.

„Vergiss es", sagte Brian und wischte sich mit dem Ärmel über die Augen. „Ich hätte es mir denken können. Ich dachte, du suchst auch einen Freund, aber ehrlich – wer kann schon mit dem gottgleichen Deacon Winters mithalten?"

Crick schloss die Augen. ‚Ehrlich wie ein Pferd' – und offensichtlich war er auch genauso leicht zu durchschauen. „Ich bin ein Narr", murmelte er. Daran würde sich wahrscheinlich nie etwas ändern.

„Nun, ich bin ein noch größerer Narr. Ich hatte wirklich gehofft, du könntest mich lieben", sagte Brian traurig. Crick streckte die Hand nach ihm aus. Es wäre wirklich schön, so wünschte er sich, wenn sie die Zeit um eine halbe Stunde zurückdrehen und ihre alte Freundschaft wiederbeleben könnten. Er hatte es ernst gemeint. Sie waren wirklich gute Freunde gewesen. Und es war schön gewesen, einen Freund wie Brian zu haben.

„Brian ..."

„Geh zum Teufel." Brian verließ ihn, ohne sich noch einmal umzudrehen. Crick blieb allein in der Kammer zurück, die nach Farben, Staub und Sperma roch.

„Brian ..." Er wollte Brian folgen, aber der brachte ihn mit einem einzigen Satz zum Schweigen.

„Du kannst selbst sehen, wie du wieder nach Hause kommst!"

Crick sah Brian seufzend nach. Mist. Er hatte vor den Mädchen zuhause sein wollen. Nur gut, dass Benny schon alt genug war, um auf Missy und Crystal aufzupassen. Wenn er sich beeilte, konnte er noch rechtzeitig zurück sein, um sich um das Abendessen zu kümmern.

Er lief schnell, aber es war ein weiter Weg. Er fragte sich, ob er Parish anrufen und um Hilfe bitten sollte. Aber es gab mehrere Gründe, die dagegen sprachen. Erstens würde Parish wissen wollen, was passiert war. Und darüber wollte Crick noch nicht reden. Zweitens würde Parish sich wieder um die Mädchen kümmern wollen. Seit Crick verprügelt worden war, kam Parish regelmäßig vorbei und verwöhnte sie, bevor Stief-Bob nach Hause kam, um sich zu betrinken. Parish wollte Crick damit auch entlasten, und dafür war Crick ihm dankbar. Aber heute hatte er wirklich keine Lust, seiner Mutter und Stief-Bob Parishs Anwesenheit erklären zu müssen.

Aber vor allem wollte er nicht mit *Parish* reden, sondern mit Deacon. Er wollte wirklich dringend mit Deacon reden.

Wenn man etwas in seiner Brust gefangen hielt – wuchs es dann und wurde größer? Das musste er wissen. Vielleicht würde es schwächer werden oder sogar ganz verschwinden, wenn er es endlich ans Licht ließ. Vielleicht konnte er es dann ersticken oder irgendwie beenden. Im Moment machte es ihn nur fertig. Brian wäre ein wunderbarer Freund gewesen und – verdammt! – er hatte Cricks Schwanz im Mund gehabt. Aber Crick hatte Brian für einen Traum zurückgewiesen, für den hoffnungslosen Traum, dass Deacon ihn eines Tages genauso lieben würde, wie Crick *ihn* liebte – für immer und ewig, Amen.

Er musste mit Deacon darüber reden und von ihm hören, dass es wieder vorbei gehen würde, sodass es vielleicht eines Tages wirklich vorbei wäre.

Mit diesen Gedanken ging er nach Hause – die Füße auf dem Boden, den Kopf in den Wolken und den Bauch voller Schmetterlinge.

Er kam nach Hause, kochte das Abendessen und steckte die Mädchen in die Badewanne. Dann schickte er sie ins Bett und kümmerte sich um die Wäsche, damit sie am nächsten Tag frische Kleidung hatten. Er hatte gerade die Küche aufgeräumt und verschwand noch rechtzeitig mit einem Sandwich und seinem Zeichenblick in seinem kleinen Zimmer, bevor seine Mutter das Haus betrat. Es war Cricks übliche Routine, um seiner Mutter aus dem Weg zu gehen, wenn sie über ihren Job jammerte und mit furchtsamen Augen auf die Tür starrte, durch die demnächst Stief-Bob zurückkommen würde.

So konnte er auch eine Begegnung mit Stief-Bob vermeiden und musste sich nicht vor den Schuhen ducken, die durch die Wohnung flogen, wenn Bob Lust auf seine abendlichen Suffspiele mit dem ‚kleinen Mex' hatte.

Crick saß in seinem Zimmer und schlug seinen besonderen Block auf, den er seit einem Jahr hütete wie einen Augapfel. Er war fest entschlossen, jede einzelne Zeichnung zu zerreißen und zu verbrennen.

Aber er brachte es nicht übers Herz, denn es waren Bilder von Deacon. Und es waren die besten Zeichnungen, die er je gemacht hatte.

Deacon, wie er, die Stirn konzentriert in Falten gelegt, mit einem Pferd arbeitete. Deacon, wie er, entspannt und fröhlich lachend, ein Pferd mit einem jungen Reitschüler durch den Ring führte. Deacon, wie er unter den Eichen am

Schwurstein saß, mit der Muschelkette um den Hals, die seine hervorstehenden Schulterknochen betonte und ihn noch verletzlicher wirken ließ. Deacon, wie er unter seiner Baseball-Kappe hervorsah und verhalten lächelte, als wolle er Crick auffordern, zurückzulächeln.

Ah, ihr Götter. Mit zitternder Hand schloss Crick den Block wieder und legte ihn auf den Tisch. Dann knipste er das Licht aus und legte sich ins Bett. Er versuchte, an Brians Gesicht zu denken, heute Nachmittag in der Abstellkammer, bevor alles den Bach runtergegangen war. Aber das letzte Bild, das er vor seinem inneren Auge sah, bevor er einschlief, war Deacon, der in seiner Fantasie den Kopf hob, um Crick zum ersten Mal zu küssen.

CRICK WURDE von einem lauten Hämmern an die Haustür geweckt. Dann hörte er Deacons Stimme, die aufgeregt seinen Namen rief.

„Crick … Crick … Mach auf, wenn du da bist. Ich muss kurz mit dir reden!" Deacon hörte sich verzweifelt und unglücklich an. Crick krabbelte aus dem Bett und stolperte in der Dunkelheit hastig zur Tür. Stief-Bob kam ihm trotzdem zuvor.

„Junge", zischte Bob. Seine Alkoholfahne ließ Deacon einen Schritt zurücktreten. „Ich weiß nicht, wer dir Manieren beigebracht hat. Aber es ist drei Uhr nachts. Um diese Uhrzeit betritt niemand mein Haus und …"

„Lass das", knurrte Crick und schob sich an Bob vorbei in die kühle Nacht. Hinter ihm wurde die Tür zugeknallt, aber er konnte nicht mehr darauf reagieren, weil Deacon ihn so fest umarmte, dass ihm fast die Luft wegblieb. Crick war im letzten Jahr stark gewachsen und Deacon musste deshalb nach oben fassen. Er drückte Crick an sich, als wollte er ihn nie wieder loslassen.

„Oh Gott …", keuchte er. „Oh Gott. Es geht dir gut. Ich habe das Auto gesehen und … Gott …"

Crick hob den Kopf und runzelte die Stirn. Deacon trug seine Sanitäteruniform und der Rettungswagen parkte vor dem Haus. „Welches Auto?", fragte er verschlafen. Deacon rieb sich schniefend mit dem Handrücken übers Gesicht wie ein kleines Kind.

Dann schloss er die Augen und bekam sich langsam wieder in den Griff. Er fasste Crick an den Armen und hob den Kopf, um ihm in die Augen zu sehen. In der kühlen Nachtluft bildete ihr Atem kleine weiße Wölkchen. So blieben sie einige Sekunden stehen und sahen sich nur an.

„Es tut mir so leid, Crick", murmelte Deacon schließlich. „Es tut mir so fürchterlich leid. Ich dachte, du wärst es. Du bist seit einem Monat nicht mehr auf die Ranch gekommen und warst oft mit Brian in seinem roten Toyota unterwegs. Und wir haben heute Nacht …" Er richtete sich gerade auf und zog Crick wieder an sich. Crick legte den Kopf an Deacons Brust, weil … Oh Gott, er wusste, was jetzt gleich kommen würde. Brian war so wütend davongelaufen, und er war noch nie ein guter Autofahrer gewesen. Es gab so viele Stellen am Damm, wo ein Auto von der Straße abkommen konnte.

„Brian", flüsterte er.

Deacon drückte seufzend das Gesicht in Cricks Haare. „Ja. Sie haben den Wagen eine Stunde nach dem Unfall gefunden. Er war schon …" – Herzschlag – „… tot. Crick, es tut mir so leid."

„Brian. Oh Gott." Crick fing zu zittern an. Brian, der so wütend und unglücklich gewesen war, weil er Crick sein Herz geöffnet hatte und enttäuscht worden war. Der Freund, den Crick die Hausaufgaben für den Matheunterricht abschreiben ließ, mit dem er im Englischunterricht zusammen an Projekten gearbeitet und nach Mrs. Thompsons Kursen den Kunstraum aufgeräumt hatte …

„Brian … mein Gott. Deacon, es ist meine Schuld. Ich …" Crick spürte einen Druck in der Brust, als würde sie gleich explodieren. Er konnte nicht mehr atmen … nicht mehr atmen …

Deacon half ihm, sich auf den Boden zu setzen. Die Kälte drang durch seine Pyjamahose, aber er spürte sie kaum. Er legte den Kopf auf die Knie und atmete tief durch. Helle Flecken flimmerten vor seinen Augen. Deacon rieb ihm beruhigend über den Rücken und sagte ihm, er sollte still sein bis er wieder normal atmen könnte.

Es war alles egal.

Die ganze fürchterliche Geschichte sprudelte aus ihm heraus, weil es Deacon war. Deacon liebte ihn bedingungslos und Gott – lieber Gott! –, Crick brauchte jemanden, der ihn immer noch liebte.

Als er schließlich aufhörte, zu schluchzen und zu stammeln und sich die Tränen und die Rotze aus dem Gesicht gewischt hatte, zog Deacon ihn an die Brust. Dann senkte er den Kopf und rieb sich mit der Wange zärtlich an Cricks Haaren.

„Du hast ein gutes Herz", flüsterte er Crick zu. „Gott, Crick … Es ist nicht deine Schuld. Du bist nur ehrlich gewesen, das ist alles. Manchmal verletzen sich Menschen gegenseitig, ohne dass es ihre Absicht ist. Du hättest es nicht verhindern können."

„Ich hätte ihn wenigstens küssen sollen", murmelte Crick und sah wieder Brians Gesicht vor sich – glücklich, hoffnungsvoll und strahlend vor Freude. Das hatte er vernichtet. Er mochte Brian nicht umgebracht haben, aber er hatte diese Freude durch seine dumme, egoistische Verliebtheit vernichtet.

Deacon brummte verständnisvoll. „Crick, du hast dein Bestes gegeben. Mann, manchmal kann man nicht mehr tun. Du warst ein guter Freund, aber du warst noch nicht bereit, sein Geliebter zu werden. Dafür kann dir niemand einen Vorwurf machen."

„Ich kann es aber", flüsterte Crick an Deacons Brust. Er war so froh und dankbar, dass Deacon bei ihm war, dass er am Leben war und ihn verstand.

„Bitte nicht", sagte Deacon ernst und Crick durchfuhr ein Schauer. Das waren sie, die abschließenden Worte von dem Helden seiner Träume.

35

„Ich werde es versuchen", versprach Crick, und das tat er auch. Doch es fiel ihm schwer, verdammt schwer. Es fiel ihm schwer, als Mrs. Thompson ihn zu Seite nahm und fragte, wie es ihm ginge. Es fiel ihm schwer, als sie fragte, ob er wüsste, was passiert war und warum Brian allein gewesen war. Es fiel ihm schwer, als Stief-Bob „Und tschüss" sagte, als er am nächsten Tag nach Hause kam. Deacon hatte ihn mit auf die Farm genommen, wo Parish sich um ihn kümmern konnte, weil sie nicht wollten, dass Crick in dieser Nacht Stief-Bobs Launen ertragen musste.

Es fiel Crick besonders schwer, als er sich auf Brians Beerdigung vor der halben Stadt outete.

CRICK HATTE es nicht vorgehabt. Er hatte nur vorgehabt, einem Freund, der den Schulalltag für ihn halbwegs erträglich gemacht hatte, die letzte Ehre zu erweisen. Deacon hatte ihn auf die Beerdigung begleitet und war nicht von seiner Seite gewichen. Sie traten an den Sarg und Crick sah in das bleiche Gesicht, das nur noch eine schlechte Kopie seines Freundes war. „Ich hätte dir diesen Kuss geben sollen, Brian", murmelte er, gerade laut genug, dass Deacon es hören konnte. Deacon nahm ihn am Arm, und als sie sich umdrehten, standen sie Brians Mutter gegenüber.

Sie sah die beiden mit wutverzerrtem Gesicht an.

Brians Mutter war eine spindeldürre Frau mit aufgetakelten blonden Haaren und Riesenbrüsten, die den größten Teil von Brians Leben damit verbracht hatte, einen Ersatz für seinen Vater zu finden, der sich vor Brians Geburt aus dem Staub gemacht hatte. Brian hatte sie immer für wunderschön gehalten. Aber so sah sie jetzt nicht aus, denn trauernde Menschen haben oft rote Augen und eine rote Nase. Man sieht ihnen an, dass sie nicht richtig schlafen können und kurz vor einem Nervenzusammenbruch stehen.

Crick konnte das verstehen. Er sah auch nicht viel besser aus.

„Es tut mir so leid, Mrs. Carter", murmelte er. Ihr Gesicht verzog sich zu einer Grimasse.

„Stimmt das?", fragte sie. „Sag mir, dass es nicht wahr ist. Sag mir, dass du und mein Junge nicht … pervers gewesen seid. Sag mir, dass ihr nicht durch diese Stadt gefahren seid und hinter meinem Rücken diese Dinge getrieben habt! Die ganze Stadt redet darüber … Sag mir, dass es nicht wahr ist!"

Crick sah Deacon hilflos an. Der riss den Mund auf wie ein Fisch auf dem Trockenen. Um Himmels willen, nicht jetzt …

„Meine liebe Frau", sagte Deacon. „Nach allem was passiert ist, machen Sie sich ausgerechnet darüber Gedanken?"

„Mit dir rede ich nicht, Deac!", schnappte sie ihn giftig an. Deacon blinzelte überrascht. „Ich habe diesen schmutzigen kleinen Mex gefragt, ob er meinen Jungen angefasst hat!"

„Nein", erwiderte Crick stumpf, weil er sie nicht noch mehr aufregen wollte. Wenn sie ein Problem damit hatte, dass Crick Mexikaner war – nun, dann konnte er sie beruhigen. „Brian und ich waren Freunde. Wir sind in dieselbe Klasse gegangen und haben uns beide für Kunst interessiert. Und wir waren beide schwul in einer zurückgebliebenen Kleinstadt. Das ist alles. Wir war nie … zusammen."

Ihre Ohrfeige traf ihn unvorbereitet. Er hatte auch nicht mit dem gerechnet, was danach geschah. „Schwuchtel!", schrie sie ihn geifernd an und ihre Spucke traf Crick im Gesicht.

Als Deacon nach einer schweigsamen und angespannten Fahrt vor Cricks Elternhaus anhielt, hatte der seine Betroffenheit wieder halbwegs überwunden. Deshalb konnte es ihn nicht erschüttern, als er die Decke auf dem Rasen vor dem Haus sah, auf der alle seine Habseligkeiten lagen.

„Bleib sitzen", sagte Deacon gelassen. „Ich packe alles ein. Hier." Er zog sein Handy aus der Tasche und reichte es Crick. „Du rufst Parish an und richtest ihm aus, dass er dein Zimmer vorbereiten soll. Er hat das schon erwartet, seit du neun Jahre alt warst."

Crick rief an und hinterließ eine Nachricht. Teilnahmslos sah er zu, wie Deacon seine Bücher aufstapelte. Ein Blatt Papier flatterte im Wind über den Rasen wie ein verwundeter Vogel. Deacon lief ihm nach, um es einzufangen. Crick erkannte mit einiger Verzögerung, was es war. Er sprang aus dem Wagen, um das Blatt vor Deacon zu erwischen.

Aber Deacon war schneller.

Er sah es im Licht der Scheinwerfer ausdruckslos an. Dann blinzelte er verblüfft und ein leichtes Lächeln stahl sich in sein Gesicht. Er kam zu Crick und drückte ihm die Zeichnung vorsichtig in die Hand.

„Das ist wirklich gut, Crick", sagte er mit freundlicher Stimme. „Es ist sogar verdammt schön. Aber so bin ich nicht wirklich."

Es war ein Bild von Deacon, der auf dem Schwurstein saß. Crick hatte es von seinem Standpunkt am Fuß des Felsen gezeichnet. Deacon sah über den Fluss, seine Brust war nackt und er trug nur das Muschelhalsband, das Crick ihm vor fünf Jahren zum Geburtstag geschenkt hatte. Er sah nachdenklich und verletzlich aus. Crick hatte ihn lediglich gezeichnet, so wie er ihn sah – er war nicht verantwortlich für die Aura der Güte, Stärke und Schönheit, die Deacon ausstrahlte, ohne sich dessen selbst bewusst zu sein.

„Natürlich bist du so", erwiderte er, gleichermaßen verwirrt und erleichtert. Deacon gefiel die Zeichnung. „Du kannst dich an den Tag erinnern."

Deacon drehte sich unglücklich um, sammelte Cricks Kleidung ein und wickelte sie in eine Decke aus seinem Truck. „Crick, eines Tages wirst du aus dieser Stadt verschwinden, und dann wirst du merken, dass ich auch nur ein ganz normaler Mensch bin. Ich bin nichts besonderes, so wie der Mann in deinem Bild. Es schmeichelt mir …" Er hielt kurz inne und erschauerte. „Ich bin mehr als geschmeichelt. Ich …" Er blickte zur Seite und sah für einen Moment sehr jung und verwundbar aus.

„Ich wünschte mir wirklich, ich könnte der Mann sein, den du gezeichnet hast. Ich wünschte mir, ich würde dich nie im Stich lassen müssen und …"

Er sah Crick eindringlich an. Der wünschte sich, sie würden diese Unterhaltung bei Tageslicht führen, damit er Deacons Gesichtsausdruck besser deuten könnte. Er meinte, eine Mischung aus Sehnsucht und Selbstverleugnung, vor allem aber einen tiefen Schmerz zu erkennen.

„Niemand kann dieser Darstellung gerecht werden, Carrick. So sehr ich mir auch wünschen würde, immer dein Held zu sein."

Crick sah Deacon an. Er gab sich keine Mühe, seine Gefühle zu verbergen. Es war ihm egal, ob er sich dadurch eine Schwäche leistete. Es war ihm auch egal, ob Deacon ihn nur als kleinen Bruder oder Stalljungen wahrnahm.

„Versprich mir nur, dass du mich immer lieben wirst, Deacon", sagte er mit belegter Stimme. „Versprich mir, dass du nie meine Sachen vors Haus wirfst und mir sagst, ich wäre nicht gut genug. Mehr musst du nicht tun, wenn du mein Held sein willst."

Deacon lächelte, aber in seinen Augen lag eine unerklärliche Traurigkeit. „Sicher, Crick. Aber du musst mir auch etwas versprechen. Du musst uns schreiben, wenn du nicht mehr bei uns bist und ein neues Leben hast. Abgemacht?"

Crick schluckte tief, nickte und drückte sich an Deacons Hand, die auf seiner Schulter lag. Damit hatte er nicht gerechnet. Deacon erwartete offensichtlich, dass Crick sie eines Tages verlassen würde. Und es schien ihm das Herz zu brechen.

Jemand hatte das Schicksal einmal als ‚eine kosmische Macht mit einem tragischen Sinn für Humor' bezeichnet. Crick konnte dem nur zustimmen. Und wieder erlebte er einen dieser Momente, in denen das Schicksal ihn aufs Schmerzhafteste an seine allgegenwärtige Macht über sein Leben erinnerte.

4
ABSCHIED UND NEUBEGINN

CRICKS LETZTES Schuljahr war schon halb vorbei und alles lief bestens. Seit er auf der Ranch lebte, hatten sich seine Noten stark verbessert. Er hatte sich bei einigen Kunstschulen im Süden beworben und hoffte sogar auf ein Stipendium für sein Studium. Parish und Deacon hatten ihm im Januar zu seinem achtzehnten Geburtstag ein Bankkonto geschenkt, in das sie schon seit neun Jahren eingezahlt hatten. Es verschlug ihm immer noch die Sprache, wenn er daran dachte. Er war höllisch neugierig, wie die beiden es geschafft hatten, seine Sozialversicherungsnummer von seiner Mutter zu bekommen. Aber weder Deacon noch Parish wollten sich dazu äußern.

„Hast du wirklich geglaubt, du hättest all die Jahre für uns umsonst gearbeitet?", hatte Parish ihn mit einem lakonischen Grinsen in seinem wettergegerbten Gesicht gefragt. „Es mag uns nicht übermäßig gut gehen, aber ein Taschengeld für unsere Stalljungen ist allemal noch drin!"

Das ‚Taschengeld' würde ausreichen, um ihn zwei Jahre lang studieren zu lassen. Crick hätte beinahe geheult.

Deshalb erwischte es ihn vollkommen unvorbereitet, als einen Monat später während der Pause Patrick mit dem Truck vor der Schule parkte, ausstieg und mit wildem Blick den Schulhof absuchte. Crick war gerade auf dem Weg zum Kunstunterricht, als Patrick ihn entdeckte und nach ihm rief. Ohne sich um die neugierigen Blicke seiner Mitschüler zu kümmern, lief er sofort zu Patrick.

Er hatte sich in den letzten beiden Jahren an die Blicke und das Tuscheln hinter seinem Rücken gewöhnt. Niemand belästigte ihn oder griff ihn offen an – der Tod seines ‚Freundes' hatte ein dünnes Deckmäntelchen der Toleranz über die Homophobie geworfen, die in der Oberschule von Levee Oaks zum guten Ton gehörte. Es waren zwei einsame Jahre gewesen, aber Crick war damit zurechtgekommen. Er konnte jeden Abend auf die Ranch zurückkehren, und das machte sie zu den glücklichsten Jahren seines bisherigen Lebens.

„Patrick." Das runde, faltige Gesicht des Mannes war rot und angeschwollen vom Weinen. Er hatte seine Baseball-Kappe nicht auf und die dünnen Haare flatterten im Februarwind. „Mann, was ist denn passiert?"

Patrick schüttelte den Kopf und brachte kein Wort über die Lippen. Crick fühlte die Panik in sich aufsteigen.

„Oh Gott, Patrick! Ist es Deacon? Ist Deacon etwas passiert?"

Patrick rieb sich mit der Hand über die Augen und schüttelte wieder den Kopf. Das war ein eindeutiges Nein.

„Nein, mein Junge. Ich dachte, du weißt vielleicht, wo er ist. Deshalb bin ich gekommen. Ich …" Er sah Crick an, als wollte er ihn um Entschuldigung bitten, weil er ihm einen Schreck eingejagt hatte. Aber er war offensichtlich so durcheinander und todunglücklich, dass Crick ihm alles verziehen hätte. „Es ist eine beschissene Art, es dir zu sagen, Crick. Ich mache mir solche Sorgen um Deacon. Ich wollte eigentlich, dass er es dir selbst sagt, aber jetzt habe ich nur noch Angst um ihn."

Crick kannte das Gefühl. Oh ja, er kannte es nur zu gut. „Mein Gott, Patrick … was ist geschehen?"

Patrick schluckte und nickte Cricks Kunstlehrerin abwesend zu, die auf den Schulhof gekommen war, um herauszufinden, was der fremde Mann hier wollte.

„Es ist Parish, Crick. Er hat heute früh mit Comet gearbeitet und dann …" Patricks Stimme brach. „Er ist einfach umgefallen. Ich habe die Ambulanz verständigt und Deacon ist gekommen. Und da hat sein Vater auf dem Boden gelegen und … Crick, er war tot. Er war schon tot, als ich zu ihm gekommen bin. Einfach tot."

Crick wurde schwindelig. Wie aus einem Brunnen hörte er die Stimme von Mrs. Thompson, die etwas zu ihm sagte. „Wo ist Deacon?", fragte er aus dem gleichen Brunnenschacht. Patrick nahm ihn am Arm und führte ihn zu dem Truck.

„Deshalb bin ich hier, Carrick. Der Junge … Der Arzt ist gekommen und sie haben Parish auf eine Trage gelegt. Deacon …" Patrick weinte wieder. Als Crick neun Jahre alt war, hätte er geschworen, Patrick wüsste gar nicht, was Tränen sind. Der Mann konnte nur lachen. Aber jetzt war er sich nicht sicher, ob er ihn jemals wieder lachen hören würde. „Deacon sagte ‚Daddy?' und seine Stimme hat sich genauso angehört wie damals, als sie seine Mama weggebracht haben. Dann … dann ist er einfach verschwunden. Das Pferd ist frei im Hof rumgelaufen und Deacon ist auf seinen Rücken gesprungen und verschwunden. Es ist schon eine Stunde her. Crick, ich mache mir solche Sorgen um ihn!"

Parish? Deacons Dad – der erste Mensch, der jemals zu Crick gehalten hatte? Der Mann, der ihn jeden Morgen mit Kaffee und Frühstück – sogar Pop Tarts! – begrüßt und gefragt hatte, was er an diesem Tag alles vorhatte?

Parish und Deacon – egal, ob sie über Pferde, einen Film oder die Weltpolitik sprachen – hatten ihm gezeigt, was eine Familie wirklich bedeutete. Sie hatten ihm Hoffnung gegeben.

„Oh mein Gott", flüsterte Crick, und zum ersten Mal in seinem Leben stand sein eigenes Unglück nicht im Mittelpunkt. „Deacon. Patrick, wir müssen ihn finden!"

Glücklicherweise hatte er eine Idee, wo Deacon sein könnte.

Patrick hatte einen Schlüssel für das Tor der angrenzenden Weiden. Sie machten sich über die Schotterstraßen auf den direkten Weg zum Schwurstein.

40

Crick bereitete sich innerlich darauf vor, was sie dort finden würden. Selbst darauf, dass es nicht Deacon war.

Aber Deacon war da.

Das erste, was sie sahen, war das Pferd. Patrick drückte Crick die Autoschlüssel in die Hand und sie gingen zu der kleinen Brücke, die sich an einer schmalen Stelle über den Fluss spannte. Da Crick fast nur im Sommer hierher gekommen war, hatte er die Brücke noch nie benutzt. Bei vierzig Grad im Schatten war es einfacher, einfach durch den Fluss zu schwimmen. Jetzt war er froh, dass es sie gab.

„Ich bringe Comet zurück", sagte Patrick. „Deacon braucht dich jetzt."

Crick war sich da nicht so sicher. Deacon brauchte einen erwachsenen Menschen. Eine Mutter oder einen Vater oder … jeden, nur nicht Crick, der Deacon in seine nächtlichen Fantasien gezogen hatte, seit er zum ersten Mal welche gehabt hatte.

Trotzdem schien Deacon froh zu sein, ihn zu sehen. Crick kletterte auf den Felsen und setzte sich an seine Seite auf den verwitterten, kalten Granit.

„Hallo, Crick", sagte Deacon mit einem müden Lächeln. „Schwänzt du schon wieder die Schule?"

„Ja." Crick schluckte. „Du kennst mich doch. Ich bin ein Faulenzer."

Deacon nickte und sah auf die leeren Weiden auf der anderen Seite des Flusses. Sie waren nur im Winter grün und in diesem Jahr hatte es viel geregnet. Der Fluss wäre beinahe über die Ufer gestiegen – in dieser Gegend von Sacramento war das eine regelmäßige Bedrohung –, aber dann hatten die Regenfälle doch rechtzeitig aufgehört. Alle waren darüber erleichtert gewesen. Das hieß zwar nicht, dass es nicht wieder geschehen könnte, aber in diesem Jahr waren sie verschont geblieben.

„In ungefähr einem Monat wird die Wiese voller Blumen sein", sagte Deacon abwesend. „Die gelben riechen besonders gut. Ich liebe diese Jahreszeit."

„Ich auch", meinte Crick. Er hatte die blühende Wiese gezeichnet. Aber da er keine Wasserfarben benutzt hatte, sondern nur Kohle, waren die Blumen nie richtig lebendig geworden.

„Wusstest du, dass meine Mutter sich zu Tode gesoffen hat?"

Deacon Stimme klang so abwesend und leer, dass es einen Moment dauerte, bis die Worte in Cricks Bewusstsein vordrangen. Er erstarrte. „Nein", erwiderte er und sah Deacon erschrocken an. „Das wusste ich nicht."

Deacon nickte. „Parish hatte gerade die Ranch gekauft und musste noch arbeiten, um sie abzubezahlen. Nach der Arbeit hat er sich dann um die Pferde gekümmert und … sie war so einsam."

„Sie hatte doch dich", sagte Crick. Er konnte sich nicht vorstellen, wie man ein Baby einfach allein lassen konnte, auch wenn man sich einsam fühlte.

„Ich war noch sehr klein und ziemlich unabhängig. Jedenfalls hat Parish das gesagt. Ich konnte mich selbst anziehen und mir etwas zu essen machen. Es

41

war keine große Sache. Und sie hat es gut verborgen. Sie hat gewartet, bis ich meinen Mittagsschlaf machte oder abends schon im Bett war. Dann … hat sie getrunken. Stundenlang. Bis Parish nach Hause kam und sie bewusstlos auf der Couch gefunden hat. Nach einiger Zeit hat ihre Leber es nicht mehr verkraftet und sie ist krank geworden. Sie war bettlägerig und wir hatten damals noch keine Krankenversicherung. Und sie hat nicht aufgehört zu trinken."

„Mein Gott, das wusste ich nicht. Es tut mir so leid, Deacon." Crick hatte Deacons verstorbene Mutter immer idealisiert. Das Foto auf der Kommode zeigte eine verträumte Frau, eine weibliche Ausgabe von Deacon. Crick hatte immer vermutet, sie wäre an Krebs gestorben. Oder an einer Lungenentzündung oder …

An allem, nur nicht an dem, was Stief-Bob dazu brachte, mit leeren Whiskeyflaschen nach Crick zu schmeißen, wenn der sich nicht rechtzeitig wegduckte.

Deacon zuckte gleichgültig mit den Schultern, als ob es keine große Neuigkeit wäre und heute nicht der schlimmste Tag in ihrem Leben. „Also, es war so … Parish ist an diesem Tag nach Hause gekommen und hat mich im Stall gefunden. Ich habe ihn immer wieder gefragt, wann er auch weggehen würde. Ich dachte mir, wenn sie mich verlassen kann, dann wird er es auch irgendwann tun. Und ich wollte es …"

Er verschluckte sich. Die ganze Trauer und Einsamkeit des kleinen Kindes kamen in dieser Reaktion zum Ausdruck und durchbrachen den hohlen Klang in seiner Stimme.

„Ich wollte es einfach wissen. Ich wollte mich darauf vorbereiten können, um nicht wieder davon überrascht zu werden. Parish sagte mir … Er sagte, er würde bei mir bleiben, so lange er könnte. Bis Gott ihn mir nehmen würde, und auch dann würde er sich bis zum letzten Atemzug wehren."

Verdammt. Crick drehte sich zu Deacon um und legte ihm sanft die Hand aufs Bein. Deacon griff nach seiner Hand und drückte sie so fest, dass es fast schmerzte. Crick rückte näher, bis sich ihre Schultern berührten. Deacon neigte den Kopf zu Seite und Crick – er war mittlerweile zehn Zentimeter größer als sein Held – seufzte leise, als er das Gewicht auf seiner Schulter spürte.

„Er hatte keine Chance, sich gegen den Bastard zu wehren, Crick. Er wurde einfach überrascht. Du weißt auch, dass Parish uns sonst nie verlassen hätte, nicht wahr?"

Crick nickte und rieb sich mit seiner tränennassen Wange an Deacons sonnengebleichten Haaren. „Ja, Deacon. Es war ein Hinterhalt und verdammt unfair."

„Ja", sagte Deacon und ihm versagte fast die Stimme. „Es war verdammt unfair." Er wischte sein Gesicht an Cricks Schulter ab. Crick hob die Hand und wischte ihm die Tränen ab. Deacon hielt Cricks Hand zitternd fest und rieb sich daran die Wange wie ein junges Fohlen. „Mein Gott, Crick. Du bist jetzt die einzige

Familie, die ich noch habe. Du bist der einzige Mensch, der mich noch auf dieser Erde hält, und du wirst mich auch bald verlassen."

Deacon brach komplett zusammen und brach in herzzerreißendes Schluchzen aus. Crick drückte ihn an sich und streichelte ihm tröstend über den Kopf. Oh Gott … Er hatte immer gedacht, er würde wissen, was Schmerz und Tod bedeuten – aber nichts, wirklich nichts war hiermit vergleichbar.

Deacon brauchte ihn. Er brauchte ihn auf eine Art, die nichts mit Cricks Teenagerschwärmerei zu tun hatte und alles mit Familie. Und Crick musste seiner Verantwortung gerecht werden und seinen Mann stehen.

Er legte die Arme um Deacon und wiegte ihn sanft hin und her. Als Deacon Schluchzer verstummten, legte er sich mit dem Kopf in Cricks Schoß, zitternd vor Kälte und Trauer. Es dauerte noch einige Zeit, bis Crick Deacon wieder auf die Beine brachte und sie mit dem Truck zurück zur Ranch fahren konnten, um sich um die unangenehmen Verpflichtungen zu kümmern, die Parishs Tod nach sich zog. In dieser Zeit schob Crick die Hoffnung auf Deacons Liebe in eine abgelegene Ecke seines Herzens, wo sie sich verkroch wie ein schlafender Riese, betäubt von Trauer und Verzweiflung.

Neben dem schlafenden Riesen legte sich auch Cricks Hoffnung auf ein Kunststudium zur Ruhe, denn er wollte verdammt sein, wenn er einfach seine Zelte abbrechen und Deacon hier einsam und allein zurücklassen würde.

Zwei Jahre später waren sie wieder hier am Schwurstein. An diesem Tag wurde der Riese aus seinem Schlaf geweckt und hob brüllend den Kopf, als er die unerwartete Leidenschaft in Deacons Blick sah.

TEIL II
DEACON

5
GEGEBENE VERSPRECHEN

JON UND Amy heirateten im April am Schwurstein. Die Wiesen standen in voller Blüte und die Luft war süß und mild. Ein sanfter Wind strich durch das Tal.

Natürlich war Deacon Jons Trauzeuge. Amy hatte ihre beste Studienfreundin von der Universität um die Ehre gebeten. Der Pfarrer war ein junger Mann und hatte nichts dagegen, für die kurze Zeremonie auf den Schwurstein zu klettern.

Sie hätten sich für eine größere Feier entscheiden können – ihre Eltern hatten genug Geld –, aber das hatten sie nicht gewollt. Sie wollten nur ihre Freunde, ihre Familien und engsten Bekannten dabei haben, und sie wollten an einem ganz besonderen Ort heiraten. Am Schwurstein hatte Jon Amy in den Semesterferien das erste Mal geküsst. Deshalb war Deacon mehr als glücklich, die Hochzeit an diesem Ort auszurichten, der ihnen allen so viel bedeutete.

Den Tag zuvor hatte die ganze Gesellschaft damit verbracht, den Platz herzurichten. Sie hatten Kunstrasen ausgelegt, Girlanden angebracht, Stühle und Vasen mit Blumen aufgestellt. Kurz und gut, sie hatten ihn ‚frauenfreundlich' hergerichtet, wie Crick es nannte, und ihrem Lieblingsplatz damit ein romantisches Flair und etwas Glanz verliehen.

Amy sah wunderschön aus. Sie trug ein elegantes weißes Satinkleid, das sich an ihren zierlichen Körper anschmiegte wie die Robe einer Königin. Am Morgen hatte sie Deacon noch mit einem Kuss auf die Wange begrüßt, aber jetzt hatte sie nur Augen für Jon.

Jon, der mit seinem ovalen Gesicht und den neckischen Grübchen in den letzten sechs Jahren noch attraktiver geworden war, war absolut hingerissen von ihr. Er war heute der glücklichste Mann der Welt. Barfuß – um auf dem Felsen besser Halt zu finden – standen die beiden im Schatten der alten Eiche und sprachen das Gelöbnis, das sie in diesem Teil der Welt zu Mann und Frau machte. Deacon sah ihnen mit einem strahlenden Lächeln zu, bis sein Blick im Verlauf der Zeremonie abschweifte und auf Crick fiel.

Crick betrachtete ihn mit einer so tiefen Sehnsucht, dass Deacon ein Kribbeln im Magen verspürte, wie er es das letzte Mal vor vielen Jahren empfunden hatte, als er und Amy sich genau unter diesem Baum geliebt hatten.

Ihm stockte der Atem. Eine Hitze, die die frühlingshaften Temperaturen Lügen strafte, breitete sich in seinem Gesicht und – bitte nicht! – in seinen Lenden aus. Die letzten beiden Jahre, in denen er und Crick wie Brüder zusammen gelebt und sich um die Ranch gekümmert hatten, waren plötzlich wie weggeblasen.

45

Dieser eine Blick gab ihrer gemeinsamen Zeit eine vollkommen neue Bedeutung. Sie hatten zusammen gefrühstückt, mit den Pferden gearbeitet und ihre Zeit so geplant, dass Crick seine Ausbildung zum Sanitäter beginnen und in seinem Job arbeiten konnte. Zwei Jahre lang waren sie die besten Kameraden und wie eine Familie gewesen. Aber jetzt wurde Deacon wieder an die quälenden Jahre vor dem Tod seines Vaters erinnert.

Er begehrte Crick so sehr, dass es schmerzte, als hätte ihm jemand ein Messer in die Brust gerammt. Und gleichzeitig schämte er sich dafür.

Sicher, ihm war nicht entgangen, dass Crick in ihn verliebt gewesen war. Aber er war einige Jahre älter als Crick und wusste genau, dass solche Jugendschwärmereien selten lange anhielten. Deshalb hatte er den Jungen auf Abstand gehalten und wie einen kleinen Bruder behandelt, den er liebte und unterstützte, so wie er eben war. Carrick schien damit zufrieden gewesen zu sein, besonders in den Jahren nach Parishs Tod, der ihre Welt aus den Angeln geworfen hatte.

Deacon war nicht darauf vorbereitet, daran etwas zu ändern. Er wollte das Verhältnis zu Crick, der einzigen Familie, die er noch hatte, nicht gefährden. Es waren zwei gute Jahre gewesen, wenn man von Cricks unerwarteter neuer Berufswahl absah, in der sein geplantes Kunststudium plötzlich nicht mehr vorkam.

„Was soll der Mist?" Crick war mit den Vertragsunterlagen in der Hand nach Hause gekommen, einen Monat, nachdem sie Parishs Asche auf dem Land der Ranch verstreut hatten. Alles war bereits unterschrieben und besiegelt und konnte nicht mehr rückgängig gemacht werden. Deacon war nicht sehr erfreut gewesen. „Dafür hast du dein Studium aufgegeben?"

Crick hatte nur gleichgültig mit den Schultern gezuckt, ganz so, als hätte er nie vorgehabt, Levee Oaks so schnell wie möglich den Rücken zuzukehren. „Ich habe mein Stipendium aufschieben lassen. Es hat noch einige Jahre Zeit. Ich kann jetzt nicht einfach von hier weg, Deacon. Das weißt du auch. Du hast deinen Job und deine Ausbildung aufgegeben. The Pulpit ist es dir wert gewesen. Und das ist es auch wert."

Deacon schlug sich mit Parishs Stetson ans Bein. Der Hut hatte seine alte Baseball-Kappe ersetzt und war das einzige, was er aus sentimentalen Gründen von Parish behalten hatte. „Aber das hätte Parish nicht gewollt, Crick. Er war so stolz auf dich und wollte immer, dass du deine Träume eines Tages verwirklichen kannst. Das weißt du."

In Cricks Miene lag eine kaum verhüllte Sehnsucht und Deacon wandte den Blick ab. „Diese Familie, diese Ranch ... das ist mein Traum, Deacon. Und versuch erst gar nicht, mir einreden zu wollen, dass du es alleine schaffen kannst. Ich weiß es besser. Bitte, du musst mich bleiben lassen."

Deacon seufzte. „Dann ist es abgemacht. Aber sag mir nicht, ich hätte dich nicht gewarnt. Es ist ein verdammt undankbarer Job und das letzte, was zu dir passen würde."

Crick zuckte mit den Schultern. „Ich kann hier bleiben. Es wird schon gut gehen."

Und es ging gut. Deacon hatte recht gehabt, der Sanitätsdienst war kein Job für Crick. Deacon hatte seine Arbeit geliebt – die Aufregung, Menschen helfen zu können und der erste zu sein, der an einem Unfallort eintraf. Er hatte nie viel geredet, aber sein Lächeln und seine ruhige Art hatten ihre Wirkung auf die Menschen nicht verfehlt.

Anders Crick. Einmal war zu einem Unfall gerufen worden und hatte spontan gerufen: „Mein Gott! Kein Wunder, dass der Kerl es nicht überlebt hat!" In diesem Moment hatte das Unfallopfer die Augen aufgeschlagen und gesagt: „Noch bin ich nicht hinüber. Und jetzt zieh mir den verdammten Zaunpfahl aus der Brust, du Idiot!" Sie hatten noch oft darüber lachen müssen und Deacon hatte seine Kampagne wieder aufgenommen, Crick doch noch zu überreden, das Stipendium anzunehmen und Kunst zu studieren.

Aber jetzt, an diesem milden Frühlingstag und umgeben von ihren Freunden, weckte Cricks Blick andere Wünsche in Deacon.

Gott, es war schon so lange her, dass er die Berührung eines anderen Menschen auf seiner Haut gespürt hatte. Er riss sich mühsam zusammen und konzentrierte sich wieder auf die Hochzeitszeremonie. Er musste gleich den Ring überreichen. Aber dieser Blick von Crick, so intensiv und voller Sehnsucht, ließ Deacon den ganzen Tag über nicht mehr los und lag ihm wie ein Stein im Magen.

Selbst Amy fiel die Veränderung in Deacon auf. Sie tanzten auf dem Kunstrasen zu der Musik aus einer kleinen Stereoanlage, die sie an einen Generator angeschlossen hatten. ‚Always and Forever' hieß das Lied, und die Ironie des Titels blieb den beiden nicht verborgen.

„Also dann. Ist es schon passiert?", fragte Amy unschuldig.

Deacon riss den Blick von Crick los, der am Rand der Tanzfläche stand und sich in der Gesellschaft von Amys Eltern sichtlich unwohl zu fühlen schien. Er sah die frischgebackene Ehefrau seines besten Freundes liebevoll an.

„Was soll passiert sein?", erwiderte er überrascht. Crick spielte mittlerweile nervös mit seinem Hemdkragen. Kein gutes Zeichen.

„Du und Crick – du weißt schon, der Grund, warum du nicht mit mir an die Uni gegangen bist." In ihrer Stimme lag kein Vorwurf. Trotzdem konnte Deacon das Missverständnis so nicht stehen lassen.

„Schatz, du weißt genau, dass der Grund dafür nur *The Pulpit* war." Er lächelte sie nachsichtig an und Amy lächelte zurück. Aber sie gab nicht auf.

„Und dort war Crick, Süßer. Aber du bist meiner Frage ausgewichen, also ist die Antwort wohl Nein." Sie grinste frech und Deacon gab ihr einen Kuss auf die Stirn.

„Crick war immer für mehr bestimmt, als diese kleine Stadt ihm zu bieten hat, Amy. Aber das war bei dir genauso und deshalb kann ich nicht verstehen, warum du wieder zurückgekommen bist." Amy und Jon hatten sich auf Bürgerrechte spezialisiert und wollten demnächst eine Anwaltskanzlei auf dem Levee Oaks Boulevard eröffnen. Deacon konnte sich beim besten Willen nicht vorstellen, wieso sie sich ausgerechnet hier niederlassen wollten.

„Deacon, wenn wir irgendwo wirklich gebraucht werden, dann ist es hier in Levee Oaks. Du und Crick solltet das am besten wissen."

Deacon blinzelte verblüfft. „Amy, ich habe dich wirklich sehr gern. Aber das verstehe ich nicht."

Amy schüttelte den Kopf. „Wenn das, was schon vor zwei Jahren hätte passieren sollen, wirklich passiert wäre … Ich möchte wetten, dann wüsstest du ganz genau, was ich damit meine."

Eine Mischung aus Erregung und Sprachlosigkeit ließ Deacon erröten. Ihm fielen nie die rechten Worte ein, obwohl sie ihm auf der Zunge lagen.

Amys freches Grinsen wurde unvermittelt sanfter. „Weiß er es schon?", wollte sie wissen.

„Weiß er was?" Crick hatte sich mittlerweile von Amys Eltern losgeeist und stand bei Patrick. Die beiden tranken Punsch und sahen ganz so aus, als würden sie sich in nahezu allem wohler fühlen als in den Anzügen, die Deacon für sie gekauft und in die er sie gesteckt hatte. Dabei sah Crick wirklich verdammt gut aus.

„Dass das, was du der Welt als ‚männlich und geheimnisvoll' verkaufst, in Wirklichkeit nur Schüchternheit ist."

Deacon wäre fast über seine eigenen Füße gestolpert. Er fing sich wieder, fiel in den Tanzschritt zurück und funkelte Amy empört an. „Nein", sagte er erschrocken. „Nein. Das hat noch nie jemand durchschaut. Hoffte ich."

Amy sah ihn mitleidig an. Deacon hätte sich am liebsten hinter dem Felsen verkrochen und dort ausgeharrt, bis alle verschwunden waren. „Jon hat mich darauf aufmerksam gemacht. Als wir noch zusammen waren, dachte ich immer, es wäre mein Fehler. Er hat mir gesagt, dass du dich scheust, deine Meinung zu äußern. Mir gegenüber hat sich das mit der Zeit gelegt. Ich wollte nur wissen, ob es sich auch bei Crick geändert hat."

Deacon warf einen unglücklichen Blick auf Crick, der Patrick gerade so zum Lachen gebracht hatte, dass der alte Mann seinen Punsch auf den Boden prustete. „Ich spreche mit Crick", verteidigte er sich nicht sehr überzeugend.

„Ja. Aber weiß er auch, dass er zu den wenigen Auserwählten gehört?"

Deacon dachte daran, wie er mit Crick vor dem Fernseher saß und sich über Baseball ausließ, bis der ihm gut gelaunt auf die Schulter klopfte. *Ich weiß schon, Deacon. Dodgers schlecht – Giants gut. Können wir jetzt umschalten?*

Deacon schüttelte den Kopf. „Crick ist Crick", murmelte er. „Wir verstehen uns gut." Er hatte immer mit Crick über alles reden können, worüber er mit anderen Menschen, selbst seinem Vater, nicht sprechen konnte.

Amy warf den Kopf in den Nacken und ihr Schleier flatterte sanft im Wind. Sie stöhnte so laut, dass Crick sie hörte und zu ihnen hin sah. „Deacon, du bringst mich um den Verstand. Hey, Jon! Komm her und tanze du mit dem sturen Arschloch."

Mit diesen Worten drehte sie sich zu ihrem Vater um, der sie überrascht auffing. Jon und Deacon sahen sich schockiert an. Dann übernahm Jon die Position seiner Frau als Tanzpartnerin und machte Deacons Verlegenheit perfekt.

„Komm schon, starker Mann. Du schuldest mir einen Tanz, bevor du mich in die Arme der Frau entlässt, die mein gebrochenes Herz geheilt hat."

Deacon schnappte nach Luft wie ein Fisch auf dem Trockenen. Unter dem anfeuernden Johlen der Hochzeitsgäste legte er die Arme um seinen Freund und nahm dessen Aufforderung an.

„Du verdammter Idiot", fluchte er grinsend. „Willst du sie eifersüchtig machen? Mann, sie hat dich geheiratet!"

Jons Miene wurde ernst und erinnerte Deacon an ein anderes Gespräch, dass sie vor langer Zeit geführt hatten. Er fühlte sich in Jons Nähe plötzlich unwohl. „Deac, du weißt sehr gut – wenn ich sie mit dir eifersüchtig machen könnte, würden wir jetzt eine andere Hochzeit feiern."

Was war nur mit den beiden los? Wollten sie, dass Deacon sich zu Tode blamierte?

„Du warst noch sehr jung", murmelte er. Jon hatte während ihrer Schulzeit genau an diesem Ort mit ihm geflirtet. Zweimal. Deacon hatte sich darauf eingelassen – sogar mit Begeisterung. Er hatte schon sehr früh festgestellt, dass sein Körper sowohl auf weibliche wie männliche Reize reagierte. Aber Jon hatte wieder einen Rückzieher gemacht. Er hatte schon nach dem ersten harmlosen Kuss kalte Füße bekommen. Deacon hatte die beiden Vorfälle nie wieder erwähnt. Sie waren beide sehr jung gewesen und wussten noch nicht so recht, was sie taten. Doch Jon hatten diese Momente offensichtlich trotzdem etwas bedeutet.

„Ja", meinte Jon ohne die geringste Verlegenheit. Seine Hand lag locker in Deacons Griff. „Mein Geist war willig, aber mein Körper wollte etwas mit Brüsten. Aber ich liebe dich trotzdem, Mann. Und ich mache mir langsam Sorgen um dich."

„Wenn du dir um etwas Sorgen machen willst, dann um meine Füße. Du kannst dich nicht führen lassen." Es stimmte. Jon war schon zweimal aus dem Schritt geraten und Deacons Zehen hatten es abbekommen.

„Richtig. Aber ich bin mir sicher, Crick würde besser zu deinem Führungsstil passen."

Diesmal stolperte Deacon nicht. Aber er blieb abrupt stehen. „Ich brauche etwas zu trinken", murmelte er. Er wollte nicht mehr über dieses Thema reden.

„Ich komme mit." Zusammen verließen sie die improvisierte Tanzfläche und gingen unter dem Applaus der Gäste zu dem Tisch mit den Getränken. Zu Deacons Verdruss war Crick mittlerweile von dort verschwunden. Deacon vermisste ihn. Mit Crick konnte er sich mühelos unterhalten, ohne sich dabei die Zunge zu verknoten. Crick erwartete nicht, dass er zu allem etwas sagte und ihm auf alles eine Antwort gab.

„Ich meine ja nur, dass Crick dich glücklich macht", sagte Jon leise, nachdem sie sich einen Punsch geholt hatten. „Er macht dich glücklich und er hat dich schon immer geliebt …"

„Und er hat eine vielversprechende Karriere als Künstler für mich auf Eis gelegt", erwiderte Deacon ernst. „Na gut, er hat es selbst so gewollt. Aber er wird trotzdem noch studieren, denn ich werde nicht zulassen, dass er seine Träume einer Heldenverehrung opfert, die er einfach nicht aufgeben will."

Jon trank sein Glas aus und seufzte. „Na gut, Deacon. Ich verstehe, was du mir sagen willst. Aber wenn du wirklich glaubst, es wäre Heldenverehrung, die seine Augen strahlen lässt … dann täuschst du dich sehr."

Mit diesen Worten ließ er Deacon stehen, um mit seiner Frau zu tanzen. Deacon blieb allein zurück, bis Crick auftauchte und sich zu ihm stellte.

„Sie wollen dir keine Ruhe lassen, nicht wahr?"

Deacon verdrehte die Augen und Crick lachte herzlich. „Um was ging es eigentlich?"

Sie wollen, dass ich dich ficke, bis du endlich den Mund hältst. Aber das konnte Deacon nicht laut sagen. Schulterzuckend sah er Crick von der Seite an. Aber sein Blick musste mehr preisgegeben haben, als Deacon beabsichtigt hatte – Begehren vielleicht oder auch nur Bewunderung für Crick, der in seinem Anzug wirklich hervorragend aussah. Crick wurde rot.

„Ja?", fragte Crick leise, und jetzt wurde Deacon rot.

„Sie denken, ich würde als alte Jungfer enden, wenn du endlich den Hintern hoch kriegst und dein Studium beginnst", murmelte Deacon und trank einen Schluck Punsch. Er war viel zu süß. Seufzend zog er eine Flasche Wasser aus dem Eiseimer.

„Dabei wissen wir doch, dass *The Pulpit* dann ein Sündenpfuhl wird, in dem sich die Frauen die Klinke in die Hand geben. Stimmt's?" Cricks Stimme klang hart, verärgert und eifersüchtig. Er hatte Deacon nie auf seine Sexualität angesprochen. Deacon hatte Amy geliebt, und das ließ nur eine Schlussfolgerung zu.

„Oder Männer", antwortete Deacon leise und hätte sich fast auf die Zunge gebissen. Wieso hatte er das angesprochen? „Ich lege mich nicht fest, das weißt du."

Crick verschluckte sich an seinem Punsch und fing an zu husten. Deacon drehte sich um und klopfte ihm auf den Rücken. „Dummer Kerl", grummelte er. „Du hörst dich an, als wäre der Punsch mit Fischgräten gespickt."

„Elf Jahre", knurrte Crick. „Seit elf Jahren kennen wir uns, und jetzt erst sagst du mir das!"

Deacon sah Crick von der Seite irritiert und leicht verärgert an. „Du hast es doch gewusst!", schnappte er ihn an.

„Ich habe es lediglich gehofft!", schnappte Crick zurück.

„Hmm", brummte Deacon und nahm einen tiefen Schluck aus der Wasserflasche. Crick, der nur wenige Zentimeter von ihm entfernt stand, strömte eine unerklärliche Hitze aus, die Deacon zu verbrennen drohte wie ein leichtsinnig dahingeworfenes Versprechen. „Ich wollte immer, dass du ein besseres Leben hast als ich", sagte er schließlich mit einem verzweifelten Unterton in der Stimme. Dieser Wunsch war in den letzten Jahren weiter und weiter in die Ferne gerückt, wurde mehr und mehr ersetzt durch das Begehren, das Crick in ihm entfachte. Deacon hatte seinen Körper schon oft flüchtig nackt gesehen – Crick war groß und schlank und wunderschön. Er hatte sehnige Muskeln, schlanke Hüften und wunderbare hellbraune Haut. Sein Schwanz war lang und schmal und Deacon war sich ziemlich sicher, an der Seite ein kleines Muttermal gesehen zu haben. Aber er hatte nicht lange genug hinsehen können, um es genau zu erkennen.

Deacon war kein Heiliger und auch kein Mönch, und in den letzten beiden Jahren hatte er nur eine Fantasie gehabt – Cricks Körper in jeder nur denkbaren Position unter sich zu spüren und sich in ihm zu versenken.

„Und was willst du jetzt?", fragte Crick unvermittelt und viel zu nahe an Deacons Ohr. Deacon schloss die Augen und atmete Crick Geruch ein. Er hatte heute Cricks Rasierschaum und Aftershave benutzt, aber an Crick roch es irgendwie anders – würziger und exotischer. Widerwillig öffnete er wieder die Augen und sah auf die Tanzfläche. Aus der Anlage klang ‚The Ballad of John and Mary‘ von Dire Straits. Es war eines von Deacons Lieblingsliedern.

„Immer noch das Gleiche", sagte er mit zusammengebissenen Zähnen. Es war die Unwahrheit.

„Du lügst", flüsterte Crick, der ihn auch diesmal durchschaute. Dann spürte Deacon Cricks lange, schlanke Finger an seinem Rücken nach unten gleiten und schaute sich vorsichtig um, um zu sehen, ob sie beobachtet wurden. Aber er drehte sich in die falsche Richtung und das einzige, was er sehen konnte war Cricks Kinn, nur Zentimeter von seinen Augen entfernt.

Crick war mit seiner vollen Unterlippe und seinem verschmitzten Lächeln immer noch der verdammt hübscheste Junge, den Deacon jemals begegnet war. Er riskierte einen Blick nach oben und sah in die unergründlichen, braunen Augen seines Freundes. Aber jetzt waren es die Augen eines Mannes, die ihn mit unverhohlener Leidenschaft anblickten. Deacon fühlte sich von dieser geballten Ladung an Emotionen und Sex so überwältigt, dass er sich am liebsten auf ein Pferd geschwungen und über die Weiden davongeritten wäre.

„Nicht ganz", wisperte er hilflos, den Blick auf Cricks Mund gerichtet.

Crick schürzte die Lippen. „Du bist das sturste Arschloch, das ich jemals erlebt habe."

Deacon kniff die Augen zusammen. „Noch kennst du mein Arschloch nicht", zischte er und drehte sich wieder zur Seite. „Außerdem hast du keine Vergleichsmöglichkeit."

Er hatte Crick damit abschrecken wollen, aber der trat hinter ihn und Deacon konnte durch den Stoff seiner Hose die Erektion spüren, die sich an ihn presste. Ihm wurde schwindelig und er konnte kaum noch atmen.

„Verdammt, Deacon", flüsterte Crick und hörte sich jetzt ebenfalls verzweifelt an. „Das hört sich an wie ein Versprechen."

Deacon seufzte und dachte ernüchtert über seine eigenen Worte nach. „Genau das ist der Grund, warum ich so wenig sage", meinte er schließlich resigniert. „Ich muss nur den Mund aufmachen, und schon bin ich am Arsch."

„Verdammt und zugenäht", jammerte Crick ihm ins Ohr. „Das hat sich schon wieder nach einem Versprechen angehört!"

Über die Wiese warf Jon Deacon einen bedeutungsvollen Blick zu. Der lächelte schwach zurück. Sein Widerstand brach langsam in sich zusammen. Er drehte sich frustriert zu Crick um, konnte ihm aber nicht in die Augen schauen.

„Das einzige Versprechen, das ich jemals gegeben habe, war das Versprechen, dich niemals im Stich zu lassen", sagte er dann und sah Crick hilfesuchend an.

Crick blinzelte und dachte kurz nach. „Und das Versprechen hast du gehalten", meinte er leise. In seiner Stimme schwang eine Hoffnung mit, die Deacon tief berührte.

Errötend zuckte er mit den Schultern. „Das werde ich auch immer tun", flüsterte er, drehte sich um und ging davon.

Eine halbe Stunde später spürte Jon ihn auf der sonnenüberfluteten Rückseite des Felsens auf. Es war Zeit für die Hochzeitsfotos, und danach mussten sie noch die Torte anschneiden und den Strauß in die Menge werfen.

„Was ist los mit dir?", fragte Jon besorgt.

„Ich glaube, ich habe gerade aufgegeben", antwortete Deacon und hielt sein Gesicht in die Frühlingssonne. Sie schien mild, aber nicht *zu* mild. Er schwitzte in seinem dunklen Wollanzug.

„Aber du bist dir nicht sicher?"

Deacon zuckte mit den Schultern. „Die Entscheidung liegt bei ihm. Er weiß, dass ich ihn immer lieben werde, egal, wie er sich entscheidet. Wenn er will, dass sich unser Verhältnis zueinander ändert, dann wird es sich ändern."

Jon gab ihm einen Tritt an den Fuß. „Das ist ziemlich passiv von dir, nicht wahr?"

Deacon sah ihn an. „Wenn er sich für mich entscheidet, wird sich das ändern. Es ist *seine* Zukunft, über die wir reden. Es geht hier nicht um ein kurzes

Techtelmechtel, sondern wir haben schon eine lange Beziehung zueinander und – verdammt! – jemand wie Crick gibt das nicht einfach auf."

Mit diesen Worten drehte Deacon sich um und ging um den Felsen herum zum Flussufer. „Und für dich ist es unmöglich", rief Jon ihm noch nach, aber Deacon tat so, als würde er es nicht mehr hören.

6
GEBROCHENE VERSPRECHEN

DEACON UND Crick waren am Aufräumen. Das gehörte dazu, wenn man der Gastgeber war, und sie machten es gerne. Am Tag nach der Hochzeit waren sie zweimal zum Schwurstein gefahren und hatten die Stühle, die Stereoanlage und all die anderen Dinge wieder abgeholt. Jetzt waren sie zum dritten und letzten Mal hier, um den Kunstrasen einzuwickeln und abzutransportieren.

Es war Cricks Idee gewesen, dieses Mal noch schwimmen zu gehen. Er hatte Deacon mit dem Truck vorausgeschickt. Dann hatte er die Pferde gefüttert und war mit Comet nachgekommen.

Er hatte Deacon nicht verraten, dass er ein Picknick geplant hatte. Aber der hatte die Decken, die Kühlbox und den Rucksack mit frischer Kleidung schon gesehen, bevor er losgefahren war. Er schüttelte amüsiert den Kopf. Was dachte sich der Junge nur? Glaubte er etwa, sie würden zu einem Rendezvous fahren und nicht einfach nur zu dem verdammten Felsen? Wie kitschig wäre *das* denn?

Trotzdem …

Da sich bisher keiner von ihnen dazu durchringen konnte, in Parishs früheres Zimmer zu ziehen, teilten sie sich das Badezimmer, das zwischen ihren beiden kleinen Schlafzimmern lag. Gestern Abend hatte Deacon geduscht und stand gerade, nur in ein Badetuch gewickelt, vor dem Spiegel und putzte sich die Zähne. Da hörte er plötzlich ein Geräusch vor der Tür.

„Ich bin gleich fertig", sagte er abwesend. Die beiden lebten schon seit Jahren in dem Haus zusammen. Wenn Crick zuviel Kuchen gegessen hatte und das Badezimmer verstänkern musste, dann konnte er auch in Parishs altes Badezimmer gehen. Es wäre nur höflich.

Deshalb überraschte es ihn, als die Tür aufging und Crick neugierig den Kopf durch den Spalt steckte.

Deacon sah ihn im Spiegel fragend an. „Was ist denn?"

Crick grinste. „Wir waren in diesem Frühjahr noch nicht am Fluss zum Schwimmen. Hast du morgen Lust dazu?"

Deacon zuckte mit den Schultern. Das Wasser wäre noch recht kühl, aber die Luft war schon warm. Wenn sie Badetücher mitnahmen, sprach nichts dagegen. „Und das war jetzt so dringend?"

Crick sah ihn von oben bis unten an. Deacon überzeugte sich im Spiegel, dass alles mit ihm in Ordnung war. Kantiges Kinn, kleine Nase, zusammengekniffener

Mund. Okay. Feuchte, braune Haare, gescheitelt, oben lang, an den Seiten kurz. Okay. Körper – nun, so sah er eben aus. Er hatte eine breite Brust und schlanke Hüften, war aber nicht so groß wie sein Vater. Wenn er jemals einen Bierbauch bekam, würde er aussehen wie ein alter Hydrant. Daran ließ sich nichts ändern.

Er drehte sich um und sah Crick erstaunt an. „Was?"

Crick lächelte. Seine Augenlider hingen auf Halbmast und sein Mund sah aus wie eine Kirsche mit Mandeleis. „Ich wollte nur sehen, ob man den Biss noch erkennen kann", meinte er. Deacon sah auf seinen Nippel mit dem Storchenbiss und wurde rot.

„Ich bin eben nicht perfekt. Na und?"

Crick grinste jetzt noch breiter. „Es gibt einige Dinge, die habe ich mir selbst versprochen. Das ist alles", sagte er selbstgefällig. „Ich wollte nur sichergehen, dass sie alle noch an Ort und Stelle sind."

Dann schlenderte er wieder davon. Deacon blieb mit einer Gänsehaut, einem Ständer und der Erkenntnis zurück, dass jeder Mensch seine Grenzen hatte.

„Ja", sagte er mit etwas Verspätung und hoffte, sich nicht allzu dämlich anzuhören. „Aber diese Dinge haben vielleicht ihre eigenen Pläne."

Aus dem Flur war Cricks Lachen zu hören. Es wirkte nicht sehr beruhigend auf Deacon.

Jetzt, wo sie mit dem Truck über den Schotterweg zu der kleinen Weide am Fluss fuhren, konnte Deacon bei der Erinnerung an den gestrigen Abend nur den Kopf schütteln. Sie hatten ihre normale Abendroutine, lesend oder fernsehend auf der Couch zu sitzen, beibehalten. Aber durch die Szene im Badezimmer lag eine Spannung in der Luft, die Deacon nervös gemacht hatte. Er hatte sein Buch genommen, um sich früher als gewöhnlich in sein Zimmer zurückzuziehen. Crick hatte ihm zum Abschied über den Hintern gestreichelt.

Als der Truck durch das letzte Schlagloch hoppelte, rutschte eine Decke von ihrem Gepäck und enthüllte eine breite Luftmatratze und eine Luftpumpe. Deacon gab sich lachend geschlagen. Na gut. Crick hatte also eine regelrechte Verführung geplant. Falls er nicht noch einen Rückzieher machte, war Deacon darauf vorbereitet. Er würde dem Jungen schon zeigen, dass man ein Raubtier nicht verführen konnte. Man musste sich nur hinlegen und seine Zähne und Krallen ertragen. Deacon nahm sich vor, Crick so um den Verstand zu bringen, bis von ihm nur noch ein bettelndes Bündel Begehren übrig blieb.

In Windeseile packten sie den Kunstrasen zusammen und hoben ihn auf die Ladefläche. Deacon wollte nach dem Rucksack mit ihren Badehosen greifen, aber Crick war schneller. „Nein", sagte er zu Deacon und seine braunen Augen funkelten übermütig. „Die bekommst du nicht. Heute gibt es keine Badehose für dich."

„Ich schwimme nicht nackt", grummelte Deacon. Ein Mann hatte schließlich seine Grenzen.

Crick erhob sich zu seiner vollen Größe und versuchte, Deacon mit der Schulter in den Truck zu schieben. Deacon senkte den Kopf und sah ihn mit blitzenden Augen an. Crick trat einige Schritte zurück, blieb aber sofort wieder stehen, als er Deacons triumphierendes Grinsen sah. Der musterte ihn von oben bis unten. Crick trug kein Hemd und seine tief sitzenden Jeans lenkten den Blick von seinen Hüftknochen nach unten auf das, was hinter dem Reißverschluss verborgen war.

Als Deacon den Blick wieder hob, leckte Crick sich über die Lippen und sein Gesicht war feuerrot. Er sah wieder nach unten und stellte fest, dass Cricks Hose mittlerweile enger saß als noch vor wenigen Sekunden. Dazwischen lagen Cricks Nippel, die sich nur durch Deacons musternden Blick zusammengezogen hatten wie zwei kleine, harte Kieselsteinchen.

Deacon schluckte und versuchte, sich aus seiner Erstarrung zu lösen. Crick hatte Pläne. Er hatte die Luftmatratze, einen Picknickkorb und einigen andere Dinge mitgebracht, die sich in dem Rucksack befanden und die er Deacon noch nicht hatte zeigen wollen.

„Ich will keinen Sand am Hintern haben", sagte Deacon krächzend. „Ich habe das immer für, äh … unangenehm gehalten."

Crick lächelte. Er ahnte nicht, dass Deacon sein halbes Leben damit verbracht hatte, für dieses Lächeln zu arbeiten. Cricks Leben mit all seinen Problemen – den drei Schwestern, um die er sich immer noch kümmerte und dem Stiefvater, der ihn lieber verprügelt als mit ihm geredet hatte – war nie einfach gewesen. Doch Cricks Lächeln hatte seine Strahlkraft nie verloren. Es war voller Hoffnung und Lebensfreude. Aber Crick hatte auch die Angewohnheit, zu handeln, bevor er nachdachte. Und dann lag eine furchtlose Unbekümmertheit in seinem Lächeln, die Deacon mehr als einmal die Flucht ergreifen ließ. Dann hatte Deacon sich in sein Zimmer zurückgezogen, wo er sich auf den Boden hockte und nur noch darauf hoffte, es möge nicht allzu schlimm ausgehen. Dennoch gab es wenig, was er nicht getan, nicht *riskiert* hätte, um dieses Lächeln so oft wie möglich auf Cricks Gesicht zu zaubern. Das war in der Vergangenheit so gewesen und sollte auch in Zukunft so sein.

„Na gut, dann eben mit Badehosen." Cricks Stimme brachte Deacon, dessen Vorsätze sich mittlerweile in Luft aufgelöst hatten, wieder in die Gegenwart zurück. Crick reichte ihm eine Badehose. Deacon nahm sie wortlos entgegen, obwohl es offensichtlich eine von Cricks Badehosen war. „Jetzt zieh dich um, Deacon. Ich kümmere mich um das Essen und den anderen Mist."

Deacon verdrehte die Augen und konnte sich ein Grinsen nicht verkneifen. „Junge, wenn du Mist zum Essen servierst, nehme ich mein Pferd und verschwinde. Dann kannst du sehen, wie du mit dem Rasen fertig wirst."

Crick lachte, verstummte aber wieder als er Deacons lächelndes Gesicht sah. Der ging schnell zum Umziehen, bevor einer der beiden den Grund für diese Reaktion herausfinden konnte.

Das Wasser war kalt, aber nach der harten Arbeit sehr erfrischend. Als Deacon wieder ans Ufer kam, hatte Crick die Luftmatratze und die Decken auf dem Boden ausgebreitet. Die Getränke und Sandwiches hatte er auf einer der Decken angerichtet. Deacon setzte sich und spielte mit. Zum einen hatte er tatsächlich Hunger, und zum anderen ... Na ja, Crick freute sich darauf und würde noch früh genug herausfinden, dass Deacon nicht der Held war, zu dem Crick ihn hochstilisiert hatte. Was immer auch hinter Crick hübschen, braunen Augen vor sich ging, diesen Tag konnte Deacon ihm gönnen.

„Köstlich", murmelte er kauend. Crick strahlte über das Lob.

„Die habe ich selbst gemacht." Das stimmte. Das Haus hatte schon seit Tagen nach Barbecue gerochen. Parish hatte vergeblich versucht, es Deacon beizubringen. Glücklicherweise konnte Crick besser mit dem Grill umgehen.

„Ich weiß das zu schätzen", sagte Deacon und schob sich den Rest Sandwich in den Mund. Dann sammelte er den Müll ein und steckte ihn in eine der Plastiktüten, in denen die Sandwiches eingepackt gewesen waren. Sie gingen ans Ufer und wuschen sich im Fluss die Hände. Als sie wieder aufgestanden waren, stellte Crick sich vor ihn und sah ihn liebevoll an.

„Willst du mich nicht küssen, Deacon?", fragte er. Er hatte diese Frage offensichtlich vorbereitet und geübt, wollte sexy und verführerisch klingen. Aber Deacon erkannte die Unsicherheit und die Sehnsucht in Cricks Stimme.

Diese Kombination war es, die Deacon endgültig schwach werden ließ.

„Immer", flüsterte er. Er legte Crick die Hand auf die Schulter und ließ sie langsam nach unten gleiten, über die kräftige Brust und bis zu dem harten Bauch, wo er innehielt. Crick zog den Bauch ein und ließ ein leises Wimmern hören, das tief aus seiner Kehle drang. Deacon sah ihn lächelnd an. Crick hatte einen Rest Barbecuesoße am Mundwinkel, den Deacon zärtlich mit dem Daumen abwischte.

In diesem Augenblick schien die Zeit still zu stehen. Deacon wollte Crick daran erinnern, dass das alles kein Grund war, seine Studienpläne auf Eis zu legen und seine Träume aufzugeben. Aber dann öffnete Crick den Mund und seine rosa Zunge fuhr feucht und weich über Deacons Daumen. Deacon holte zischend Luft. Cricks Lippen legten sich um seinen Daumen und saugten ihn spielerisch tiefer ein. Deacon konnte keinen klaren Gedanken mehr fassen und seine vorbereitete Rede blieb ihm im Halse stecken.

Er legte die Hand hinter Cricks Kopf und zog ihn zu sich herab, bis sich ihre Lippen berührten. Erst dann nahm er den Daumen aus Cricks Mund.

Oh Gott. Crick schmeckte nach Barbecue, Fluss und ... *Crick*. Deacon konnte nicht aufhören, ihn zu küssen. Ihre Zungen berührten sich und tanzten miteinander. Vorsichtig schob Deacon Crick an den Schultern nach hinten und den Hügel hinauf, bis sie zu der Luftmatratze kamen. Crick setzte sich, aber Deacon ließ nicht locker, bis Crick auf dem Rücken lag.

„Ob ich dich küssen will?", fragte er Crick leise und bedeckte sein Kinn, sein Ohr und seinen Hals mit kleinen Küssen. „Ob ich dich küssen will?" Es folgten mehr Küsse, bis Deacons Mund an Cricks harten Nippeln ankam, wo er sanft zubiss. Dann war Cricks Stöhnen das einzige Geräusch, das die Stille um sie durchbrach.

Deacons Mund glitt langsam tiefer, über Cricks empfindlichen Bauch bis zu den weichen, braunen Haaren, die von seinem Nabel nach unten führten. Er drückte seine Zunge in Cricks Nabel und leckte ihn, bis Cricks Bauchmuskeln unkontrolliert zu zucken begannen und seine Hände haltsuchend nach Deacons feuchten Haaren griffen. Deacon entwand sich ihrem Zugriff und setzte küssend und leckend seine Erkundung fort. Als der Bund von Cricks Hawaii-Shorts ihn stoppte, zog er sie mit beiden Händen nach unten und entblößte ihn vollständig vor seinen Augen.

Er stützte sich auf seine Unterarme und nahm sich etwas Zeit, den Anblick zu genießen. Crick war so lang und schlank, seine hellbraune Haut so wunderbar glatt und makellos. Nur an den Schultern, wo er im Sommer der Sonne ausgesetzt war, hatte er einige Sommersprossen.

Deacon sah ihm in die braunen Augen, die sanft und hilflos seinen Blick erwiderten. Er legte seine schwielige Hand um Cricks Erektion und die Augen öffneten sich weiter, sahen Deacon voller Erwartung und Begehren an. Es lag ein solcher Hunger in Cricks Blick, dass Deacon für einen Moment bezweifelte, ihn stillen zu können. Aber diese Zweifel verflüchtigten sich so schnell, wie sein eigener Hunger nach Crick wuchs.

Deacon fuhr mit dem Finger über das blitzförmige kleine Muttermal und knurrte zufrieden, als Crick den Rücken durchbog und sich bettelnd an ihn drückte. Doch Deacon hatte seine Erfahrungen, wusste auch, wie er selbst reagieren würde. Deshalb beließ er es bei dem einen Finger, den er langsam und zart über Cricks harten Schwanz nach unten gleiten ließ, über die zarte Haut, die seine Eier einhüllte und durch den weichen Pelz, der dazwischen wucherte. Spielerisch fuhr er mit der Fingerspitze über die feuchte Eichel und den kleinen Fleischstrang, der früher Cricks Vorhaut gehalten hatte.

Crick stöhnte laut. Deacon wiederholte seine Berührungen.

Und wiederholte sie wieder.

Crick fing an zu betteln. „Bitte, Deacon. Bitte, bitte, bittebittebitte." Deacon genoss es in vollen Zügen, den sonst so eloquenten Crick so hilflos stammeln und betteln zu hören. Er wusste auch ohne Worte, was Crick von ihm wollte, und als Cricks wunderbarer, steinharter Schwanz zu tröpfeln anfing, öffnete er den Mund und schob ihn sich bis zum Anschlag in den Rachen. Dann hielt er still und schluckte, bis Crick die Kontrolle verlor und laut aufschrie. Es war süß und bitter und köstlich, und Deacon schluckte und schluckte und schluckte.

Aber er schluckte nicht alles. Das hätte er gar nicht gekonnt. Er hob den Kopf und grinste Crick an, während ihm die letzten Samenreste vom Kinn tropften.

„Nachdem wir das jetzt erledigt haben, können wir uns für den Rest etwas mehr Zeit nehmen", sagte er keuchend.

Crick hob den Oberkörper und stützte sich auf die Ellbogen. „Mehr Zeit?",
fragte er benommen.

Deacon lächelte ihn verschmitzt an. „Crick, für das, was ich mit dir vorhabe
… sollten wir uns mehr Zeit lassen."

Crick stöhnte und ließ sich wieder fallen. „Und ich dachte, dass ich dich
verführen müsste!"

Deacon nahm Cricks Schwanz in den Mund und leckte spielerisch ihn ab.
Dann widmete er sich Cricks Schenkeln und bearbeitete sie mit seinen Lippen, den
Zähnen und der Zunge.

„Niemals", murmelte er, streckte sich zwischen Cricks Beinen aus und
schob sie an den Knien nach oben, bis sie zur Seite fielen. Ein Teil des Spermas
war zwischen Cricks Beinen nach unten geflossen, bedeckte seine Arschritze und
sein Loch und lud dort zum Spielen ein.

Deacon folgte der Aufforderung mit seinem Zeigefinger.

„Ahh … Gott … Deacon … Ich wusste nicht, dass du das schon gemacht
hast." Cricks Stimme brach, als der Finger in ihn glitt und ihn langsam kreisend so
sanft dehnte, dass kaum ein Widerstand zu spüren war.

Deacon stützte sich ab und sah den Mann an, den er schon als Jungen
geliebt hatte. Er wollte keine Missverständnisse aufkommen lassen. „Das habe ich
auch nicht", sagte er mit einem ernsten Nicken. „Ich habe nicht den Hauch einer
Ahnung, was ich eigentlich tue." Dann senkte er wieder den Kopf und ersetzte
seinen Finger durch die Zunge. Als er Cricks jammerndes Stöhnen hörte, schob er
sie noch tiefer hinein.

„Du hättest mich … Gott, Deacon, du bringst mich noch um! … hättest mich
fast vom Gegenteil überzeugt. *Ahhh … verdammt!*"

Deacon hatte jetzt wieder den Finger genommen und war an eine kleine
Schwellung in Cricks Innerem gestoßen. Er rieb sie sanft, bis Crick sich hilflos
unter ihm wand und nur noch wimmern konnte.

Deacon grinste. Gut. Jetzt hatte er einen Plan. Er leckte seine Finger ab,
bis sie schön feucht waren. Dann schob er zwei davon in Cricks Loch. Als Crick
irritiert stöhnte, zog er sie schnell wieder raus.

„Warte", keuchte Crick und zog den Rucksack zu sich heran, der neben der
Luftmatratze lag. Er wühlte einige Zeit erfolglos darin herum. Deacon fing aus
Langeweile an, das Alphabet auf Cricks Arschloch zu malen. Der fluchte laut und
setzte seine Suche mit verzweifelter Entschlossenheit fort.

Was er schließlich aus dem Rucksack hervorzog, überraschte und amüsierte
Deacon gleichermaßen.

„Lipgloss mit Kirschgeschmack?", fragte er grinsend. Es war eine Art
Creme in Tuben, die Crick ihm zugeworfen hatte.

„Eigentlich wollte ich Gleitmittel kaufen. Aber dann habe ich Schiss
bekommen."

Deacon kicherte und drückte eine der Tuben aus, um sich die Finger einzureiben. „Hmm. Schön warm", sagte er und presste zwei Finger in Cricks Körper. Crick stöhnte. Deacon wackelte mit den Fingern und spreizte sie immer mehr. Crick schrie zustimmend.

Deacon richtete sich auf und zog seine Badehose aus. Dann legte er sich der Länge nach auf Crick. Crick streichelte ihm über den Schwanz. Er war genauso lang wie Cricks, aber etwas dicker. Und er war so hart, dass Cricks zärtliche Berührung wie ein Stromschlag wirkte.

„Oh Gooott!" Deacon presste sein Gesicht an Cricks Hals und versuchte, sich zu beherrschen. Er war doch kein Junge mehr, der bei der ersten Berührung kam. Crick streichelte ihm über die Haare, bis er sich wieder etwas beruhigt hatte. Verdammt, Deacon wollte nicht kommen, bevor er tief in der Liebe seines Lebens vergraben war.

Der erste Kontakt zwischen seinem Schwanz und Cricks Arschloch ließ sie kurz innehalten. Aber Crick war vorbereitet und locker. Deacon konnte sich kaum noch beherrschen. Crick schluckte, nahm Deacons Kopf zwischen die Hände und küsste ihn.

Deacon küsste ihn zurück. Er hatte nicht mehr die Kraft, sich gegen sein Verlangen zu wehren. Ihr Kuss wurde tiefer und leidenschaftlicher, und dann legte Crick die Hände auf Deacons Rücken und drückte ihn an sich, bis Deacon vor Erregung und Begehren zu zittern begann.

„Deacon? Bitte", keuchte Crick. „Wir müssen jetzt …"

Ja. Deacon zog sich zurück und brachte sich vorsichtig in Position. Er spürte kaum einen Widerstand – dazu hatte er Crick viel zu gründlich vorbereitet – und Crick warf den Kopf in den Nacken und bettelte um mehr, mehr …

Oh Gott. Es war ein himmlisches Gefühl, Cricks Körper zu spüren, der sich um seinen Schwanz legte. Deacon wäre fast gekommen, als Crick sich um ihn zusammenzog und zuckte. Es war unvergleichlich. Deacon schob sich Stoß um Stoß bis zum Anschlag in Cricks Arsch. Crick zog die Beine an die Brust und spreizte sie so weit es nur ging. Dann schloss er keuchend die Augen und seine Hüften kamen Deacon entgegen. Deacon starrte ihn gebannt an. Er wollte dieses erste Mal nie vergessen, wollte nicht, dass es jemals aufhören würde.

Aber das musste es. Deacon musste sich bewegen, musste sich tiefer und tiefer in Carrick Francis' bereitwilligen Körper versenken. Und Crick liebte es. Er wimmerte und bettelte, feuerte Deacon an, härter und härter zuzustoßen. Schließlich zog er mit einem Aufschrei die Beine an die Brust. Dann kam er mit aller Macht und bedeckte ihre schweißgebadeten Körper mit seinem Samen, machte sie noch schlüpfriger und klebriger. Vielleicht war es das, vielleicht war es aber auch der Anblick von Crick, der so offen und verletzlich unter ihm lag, oder einfach nur die Tatsache, dass er seit Jahren keinen Sex gehabt hatte, aber – verdammt! – Deacon wurde regelrecht schwarz vor Augen. Stöhnend presste er sein Gesicht an Cricks Hals und kam.

Und kam und kam und kam.

Aber selbst Momente, in denen die Zeit still zu stehen scheint, müssen irgendwann enden. Ungelenk zog Deacon seinen schlaffen Schwanz aus Cricks Körper und ließ sich auf die Seite fallen. Er legte den Kopf auf Cricks Schulter und starrte nachdenklich in das Geäst der Eiche, das sich wie eine grüne Kuppel über ihnen ausdehnte. In den nächsten Minuten war nichts zu hören außer ihrem Atem, der sich nur langsam beruhigte, und der leichten Brise des Windes, der die Blätter über ihnen zum Rascheln brachte.

„Ich liebe dich, Deacon."

„Ich dich auch, Crick."

„Also", sagte Crick mit einem leisen Lachen. „Heißt das, dass ich bleiben darf?"

Deacon runzelte die Stirn und fragte sich, ob er gerade den letzten Rest seines Verstandes verschossen hatte. „Wo bleiben?"

„Bei dir natürlich. Kein ‚wenn Crick weggeht' mehr. Schluss mit dem Mist."

Deacon schnitt eine Grimasse und richtete sich auf. „Das ist kein Mist, Crick. Du hast diese Stadt immer gehasst. Du wirst hier niemals glücklich sein können, ohne etwas von der Welt dort draußen kennengelernt zu haben. Das soll nicht heißen, dass …"

Crick stand auf und zog sich mit übertriebener Hast die Badehose wieder an. Deacon wunderte sich, was den jetzt schon wieder schief gelaufen war. „Oh, ich weiß schon, was das heißen soll. Es soll heißen, dass ich an die Universität gehe, während du hier zurückbleibst und auf mich wartest wie ein gottverdammter Märtyrer oder Mönch."

„Ich bin kein Märtyrer, wenn ich gerne hier bleibe und auf dich warte!"

Crick holte den Rest seiner Kleidung von dem kleinen Felsen, auf den er sie gelegt hatte, und zog sich an. Er schien wütend zu sein und Deacon fragte sich in einem Anflug von Panik, was diese Verwandlung in Crick bewirkt hatte. Er fragte sich auch, ob er nicht besser auf die andere Seite des Flusses zu seinem Truck schwimmen sollte, um sich ebenfalls anzuziehen. Denn wenn Crick jetzt das Pferd nahm, um zurückzureiten, dann wollte er rechtzeitig auf der Ranch sein, um ihn abzufangen und die Sache auszudiskutieren.

„Und ich bin glücklich, wenn ich hier bei dir bleiben kann!", schrie Crick aufgeregt und schlüpfte mit nackten Füßen in seine Stiefel. Deacon streckte die Hand nach ihm aus und versuchte vergebens, Crick zu beruhigen und diesen Streit, der wie aus dem Nichts über sie hereingebrochen war, wieder zu schlichten.

„Crick, bitte …" *Bitte glaube nicht, dass ich nicht bei dir sein will.*

Das wollte er sagen. Er war sich dessen sicher. Er hatte es sagen wollen, seit Crick vor zwei Jahren seinen Studienbeginn das erste Mal aufgeschoben hatte. Es war ein so einfacher, ein so kurzer und klarer Satz. Und es war die selbstverständlichste Sache der Welt.

Crick sah ihn an, als hätte Deacon eine Pistole gezogen und auf ihn geschossen.

„Oh Gott", murmelte er. „Du bist genau wie Bob. Du willst mich auch nur loswerden."

Deacon war so erschrocken und schockiert über diese Bemerkung, dass er Crick nur mit offenem Mund anstarren konnte. Er wollte widersprechen, aber als er endlich die rechten Worte fand, war es schon zu spät.

Crick saß auf seinem Pferd und preschte über die Weiden davon. Deacon rannte barfuß über die kleine Brücke und zog sich hastig an, um ihm zu folgen. Was immer auch in Cricks Kopf vor sich ging, es konnte nichts Gutes bedeuten.

Deacon ließ alles zurück – die Decken, die Kühlbox, alles. Er nahm sich kaum die Zeit, seine Jeans, ein T-Shirt und die Stiefel anzuziehen. Und offensichtlich ließ er auch seinen Verstand zurück, denn er fuhr los, ohne sich anzuschnallen.

Das rächte sich, als er mit vierzig Stundenkilometern durch ein Schlagloch raste, die Achse des Chevy brach und er mit dem Kopf an die Windschutzscheibe knallte.

7
ZERBROCHENE TRÄUME

DEACON KAM erst im Krankenhaus wieder zu sich. Er fühlte sich wie der letzte Idiot. Carrick saß an der Seite des Betts und sah ihn an, als wäre ihm ein zweiter Kopf gewachsen.

„Das soll nicht heißen, dass wir nicht zusammen sein können." Deacon hatte das Gefühl, als hätte er einen Wattebausch im Mund. Allerdings er war sich einigermaßen sicher, sich verständlich ausgedrückt zu haben.

„Deacon, mein Gott – ist alles in Ordnung mit dir? Du hast mir eine Todesangst eingejagt! Ich dachte, du wärst schon zu Hause; aber du warst nicht da, als ich aus der Stadt zurückgekommen bin und dann …"

Deacon runzelte die Stirn und versuchte, sich durch den Schleier vor seinen Augen auf Crick zu konzentrieren. „Was hast du denn in der Stadt gewollt?"

„Du warst nicht angeschnallt!", sagte Crick vorwurfsvoll.

Deacon schämte sich im Nachhinein für seine Dummheit. „Ich habe wahrscheinlich Glück gehabt", meinte er müde, fühlte sich dabei aber alles andere als glücklich. Crick sah aus, als müsste er gleich ein dreihundert Pfund schweres Hufeisen auf Deacons schmerzenden Kopf fallen lassen.

„Was hast du gesagt?", fragte er und reichte Deacon einen Plastikbecher mit Wasser.

Deacon trank einen Schluck und fühlte sich etwas besser. „Dass ich wahrscheinlich Glück gehabt habe?" Crick wich seinem Blick aus. Mist. Was mochte nur passiert sein, dass Crick ihm nicht in die Augen sehen konnte?

„Davor. Als du aufgewacht bist." Crick war sich so oft mit den Fingern durch die Haare gefahren, dass sie in Strähnen auf seine Schultern hingen. Deacon versuchte erfolglos zu rekonstruieren, wie viel Zeit seit seiner Einlieferung wohl vergangen sein mochte.

„Ich habe gesagt, dass wir auch zusammen bleiben können, wenn du an die Universität gehst. Wir können uns besuchen, texten … heiße Wochenenden. San Francisco oder L.A. sind schließlich nicht am Ende der Welt, oder?"

Crick ließ sich schwer auf seinen Stuhl fallen. Deacons ungutes Gefühl nahm einige Stufen zu und er wartete nur darauf, dass die Bombe gleich hochging. „Sicher", meinte Crick mit feuchten Augen. Deacons Kopfschmerzen wurden stärker. Auch sein Arm fühlte sich schlecht an (was war mit *dem* eigentlich passiert?) und Deacon kämpfte gegen die Tränen.

„Crick?" Wie schlimm konnte es denn sein? ‚Ich habe dein Lieblingspferd verkauft'-schlimm? Oder ‚Ich bin aus deinem Bett gekrochen und habe einen anderen Mann gefickt'-schlimm? Was war los?

„Ich hätte wahrscheinlich länger warten sollen. Dann hättest du die Chance gehabt, mir das früher zu sagen, hä?", fragte Crick. Sein Versuch zu lächeln hatte den Charme einer verfaulten Kartoffel.

„Crick …" Deacon stöhnte vor Schmerz, als er sich aufrichten wollte. Ein Blick auf seinen Arm zeigte ihm, dass er bis zur Schulter eingegipst war. Offensichtlich hatte er das Mistding bei seinem Unfall gebrochen. Verdammt. Der Truck musste wahrscheinlich zur Reparatur. Später. „Was hast du angestellt?"

Crick sah Deacon aus rot geweinten, blutunterlaufenen Augen an. Es fiel ihm sichtlich schwer. „Darüber können wir reden, wenn es dir wieder besser geht …", wich er aus. Deacon wurde wütend.

„Wir werden *jetzt* darüber reden!"

„Es lässt sich nicht mehr ändern", flüsterte Crick. „Ich musste alles doppelt und dreifach unterschreiben und es ist endgültig."

Deacon Angst nahm langsam überhand und ließ ihn fast die Schmerzen vergessen. Was einiges heißen wollte, denn sein Kopf fühlte sich an, als würde ihm das Gehirn durch die Ohren nach draußen gepresst. „Gott verdammt – Carrick James Francis, was hast du getan?"

Crick saß nur wehrlos da und starrte auf seine Hände. Sein Blick war so stumpf und leer, als könnte er sich selbst nicht erklären, was eigentlich geschehen war.

„Irak", flüsterte er.

Deacon verstand jetzt gar nichts mehr. „Tibet?", erwiderte er versuchsweise. Vielleicht war es ja eine Testfrage für Patienten mit Gehirnerschütterung.

„Ich gehe in den Irak, Deacon. Ich habe mich verpflichtet. Bei der Armee. Deshalb war ich in der Stadt."

„Du hast … *was*?" In Deacons Ohren dröhnte ein ganzer Tsunami. Er konnte nicht glauben, was er da gehört hatte.

Crick zuckte mit den Schultern, wie er es als Kind immer getan hatte, wenn Deacon oder Parish ihn nach der Schule gefragt hatten und er nicht zugeben wollte, wie beschissen es gelaufen war. „Ich, äh … ich habe gedacht, du willst mich loswerden." Cricks Stimme klang vollkommen emotionslos. Er stellte nur eine Tatsache fest.

Deacon fühlte sich, als hätte ihm ein Außerirdischer das Herz aus der Brust gerissen, um es zu sezieren. Ihm wurde schwindelig und er ließ sich aufs Bett fallen. Dann durchfuhr ihn ein Schauer und er fing am ganzen Körper zu zittern an.

„Mein Gott, Crick."

„Es tut mir so leid, Deacon."

„Warum … Wie konntest du nur denken, dass …"

64

„Ich … Du hast mich immer wieder weggestoßen und … Ich weiß auch nicht. Ich dachte, du hättest das heute als Abschiedsgeschenk gemeint."

Deacon war aufgeregt genug, um sich wieder aufzusetzen. Er kämpfte mit seinen Schwindelgefühlen. „Abschied? Du verdammter Idiot! Ich habe nicht mehr widerstehen können! Wie kommst du nur auf die Idee, ich würde dich jemals loswerden wollen?"

Carricks bleiches Gesicht verlor den letzten Rest Farbe. „Weil du der einzige Mensch bist, der mich noch nicht loswerden wollte. Ich dachte, jetzt wäre es endlich soweit."

Dazu fiel Deacon nichts mehr ein. Wenn Crick ihm nicht vertraute, obwohl sie schon seit vier Jahren wie Brüder zusammengelebt hatten und nachdem Deacon fast ein ganzes Leben lang für ihn da gewesen war … Irak. Im Irak starben Menschen. Täglich. Von dort konnte Deacon ihn nicht einfach abholen und nach Hause bringen. Dort war Crick eine halbe Welt von ihm entfernt. Deacon konnte ihn nicht mehr berühren und … Es war, wie mit seiner Mutter und Parish.

Ein verzweifelter Schrei entfuhr ihm und zerriss ihm fast die Brust. Er fühlte einen Schmerz, gegen den der gebrochene Arm und die Gehirnerschütterung ein Nichts waren. Er legte den Kopf in den Nacken und schrie – aus Wut, aus Schmerz und aus Enttäuschung. Die grauen Wände und die Decke warfen seinen Schrei zurück. Dann verstummte er wieder und sah Crick an.

„Carrick … mein Gott. Was …" Seine Stimme drohte zu versagen. „Was habe ich nur getan …" Jetzt überschlug sie sich und er musste sich räuspern. „Was habe ich nur getan, dass du mich so verletzen kannst?"

Deacon wartete nicht auf eine Antwort. Er wollte sie nicht hören. Er drehte sich nur um und starrte an die Wand, während ihm die Tränen in Strömen übers Gesicht liefen. Er wünschte sich, er wäre schneller gefahren, als er das Schlagloch erwischt hatte. Nach all den Jahren als Sanitäter wusste er genau, was dann passiert wäre. Und alles war besser als das, was er im Moment fühlte.

War es wirklich erst heute Morgen gewesen, dass er seinen Traum, den einzigen Wunsch, den er für sein Leben hegte, in Reichweite gesehen hatte? Und jetzt lag er hier im Krankenhaus und sein Traum war ein Scherbenhaufen, von einem Schrapnell in Stücke gerissen wie sein Herz, das Crick ihm aus der Brust gerissen hatte.

Vielleicht war er eingeschlafen, denn er schrak zusammen, als er Cricks Stimmer hörte. Und mit dem Bewusstsein kamen die Schmerzen zurück, so wild und frisch und unerträglich wie zuvor.

„Bitte, Deacon", sagte Crick. „Bitte?"

Deacon wollte ihn ignorieren, aber die Gewohnheit von elf Jahren ließ sich nicht einfach ablegen. Er war immer für Crick da gewesen. Das ließ sich auch jetzt nicht ändern. Crick saß immer noch in dem Stuhl an seinem Bett, ließ den Kopf hängen und sah furchtbar aus.

Mist.

Elf Jahre lang hatte Deacon ihm erzählt, dass er ihn immer lieben würde, egal, was Crick auch an Dummheiten anstellte. Was war dieses Versprechen wert, wenn Deacon jetzt nicht zu ihm halten konnte? „Was ist?", fragte er leise. Crick strich ihm mit dem Daumen sanft die Tränen aus dem Gesicht. Dann legte er ihm die Hand an die Wange.

„Du hast mir versprochen, dass du immer mein Zuhause sein wirst. Ich … ich habe Scheiße gebaut. Ich habe dir heute nicht geglaubt. Bitte … bitte, lass mich nicht allein."

Oh Gott. „Crick, du …"

Crick nickte und rieb sein Gesicht an Deacons Schulter. „Ich weiß. Ich muss dich verlassen. Aber ich habe noch zwei Wochen Zeit und …" Crick hörte sich jetzt so jung und verletzlich an, wie er sich verhalten hatte. „Ich habe solche Angst. Bitte … Ich möchte wieder nach Hause kommen dürfen, wenn das alles vorbei ist."

Mist. Mist, Mist, Mist.

Deacon seufzte und streichelte über Cricks Wange, so wie Crick ihn gestreichelt hatte. „Wie lange muss ich noch hier bleiben?", fragte er und ihm schossen all die Fragen durch den Kopf, die er sich schon gleich nach dem Aufwachen hätte stellen sollen.

„Du wirst morgen entlassen. In zwei Tagen wird der Gips abgenommen und du bekommst eine Plastikschiene. Ich habe danach gefragt."

Deacon nickte. Es hörte sich vernünftig an. Er wurde müde und sein ganzer Körper schmerzte, nicht nur der Kopf. „Wenn wir morgen nach Hause fahren, besorgen wir Wandfarbe und Bettwäsche und was wir sonst noch brauchen. Wir ziehen in Parishs altes Zimmer, bevor du gehen musst."

„Ich kann alles besorgen", erwiderte Crick zögernd. „Was hättest du gerne?"

Deacon lächelte schwach. Er fühlte sich traurig und müde. „Es ist auch dein Zimmer, Crick. Du kannst es dir selbst aussuchen."

Crick nickte, rührte sich aber nicht von der Stelle. Er weinte jetzt stärker, aber Deacon ging es nicht anders. „Aber es ist doch auch dein Zimmer, oder?"

„Ja", antwortete Deacon und schloss die Augen. „Aber du musst bald gehen. Ich möchte eine Erinnerung an dich zurückbehalten."

Eine drückende Stille breitete sich aus, über die sie später viel reden und noch mehr verschweigen würden. Nach einiger Zeit wurde Crick von der Müdigkeit übermannt und schlief ein. Deacon rutschte vorsichtig auf ihn zu und zog seinen Kopf auf das Kissen. Crick legte die Arme unter den Kopf und öffnete verschlafen die Augen.

„Wenn du mich nach dieser Geschichte noch lieben kannst, dann wirst du mich wahrscheinlich immer lieben", sagte er leise. Deacon brummte zustimmend.

„Alles hängt davon ab, ob du wieder zu mir zurückkommst, Crick. Ich kann dir alles verzeihen, nur eines nicht: Dass ich dich nicht mehr lebend wiedersehe."

DIE NÄCHSTEN beiden Wochen vergingen wie im Flug. Sie konnten die Zeit nicht aufhalten, so sehr sie es sich auch gewünscht hätten.

Es war noch viel zu erledigen und vorzubereiten. Zusätzlich zu ihrer Arbeit auf der Ranch mussten sie Cricks Angelegenheiten in Levee Oaks regeln, und Deacons Unfall zog auch einiges nach sich, das erledigt werden musste. Crick suchte nach einem Nachfolger für seinen Job auf der Ranch. Er hatte Glück. Einer von Parishs und Deacons ehemaligen Stalljungen hatte gerade die Schule abgeschlossen und suchte nach einem Aushilfsjob mit flexibler Arbeitszeit, um seine College-Ausbildung finanzieren zu können.

Edgar war ein attraktiver Junge und Deacon hatte den Verdacht, dass er Crick etwas eifersüchtig machte. Aber dazu bestand kein Anlass, denn Edgar hatte eine feste Freundin, die er geradezu anbetete.

In den ersten beiden Tagen nach Deacons Entlassung aus dem Krankenhaus renovierten sie Parishs altes Zimmer. Crick musste die meiste Arbeit übernehmen und Deacon, zur Untätigkeit verdammt, führte grummelnd die Aufsicht. Crick strich das Zimmer in sanften Grüntönen und einem blassen Violett. Als alles erledigt war, sah Deacon sich kopfschüttelnd in dem Zimmer um.

„Gefällt es dir nicht?", fragte Crick nervös. Deacon drehte sich zu dem Mann um, mit dem er in den letzten drei Nächten das Bett geteilt hatte. Sie hatten sich wegen Deacons Verletzungen nicht lieben können, aber sie hatten Seite an Seite geschlafen und sich zärtlich gestreichelt. Jede Berührung war ihnen wie die letzte vorgekommen und hatte sie an ihre bevorstehende Trennung erinnert.

„Es ist wunderbar, Crick." Deacon lächelte unglücklich. „Ich kann immer noch nicht glauben, dass du dich für zwei Jahre verpflichtet hast. Es wird schwer werden für dich."

Crick sah sich in dem frisch gestrichenen Zimmer um und schlug die farbverschmierten Hände vors Gesicht. „Oh Gott. Sie werden mir das Leben zur Hölle machen, nicht wahr?"

Deacon ging zu ihm und strich ihm die Haare aus dem Gesicht. „Nein. Wenn sie dir erst die Haare abrasiert haben, wirst du von den anderen Kerlen nicht mehr zu unterscheiden sein. Ganz bestimmt."

Crick blinzelte ihn durch seine schmutzigen Finger an. „Meinst du wirklich?", fragte er hoffnungsvoll.

Deacon zuckte mit den Schultern. „Es ist ja nicht so, dass du mit einem rosa T-Shirt und der Aufschrift ‚Soldat auf der Flucht vor seinem schwulen Liebhaber' rumläufst."

Cricks erschrockene Miene war bedauernswert. „Deacon, ich …"

Deacon wurde rot und drehte sich um.

„Nein, Deacon! Verdammt, das darfst du nicht glauben!"

„Vergiss es", murmelte Deacon beschämt. Er hatte seine Bemerkung scherzhaft gemeint, aber Cricks Reaktion hatte ihn an den ernsten Hintergrund seiner Worte erinnert.

Crick fasste ihn an den Schultern und sie sahen sich in die Augen. Ihnen wurde erneut bewusst, dass Crick Deacon mittlerweile nicht nur deutlich überragte, sondern – ja! – dass sie auch seit vier Tagen Geliebte waren.

„Deacon, es ist alles meine Schuld. Hörst du mich? Es ist meine Schuld. Ich bin ein verdammter …"

„Ich auch!" Deacon schämte sich dafür, diesen vermeidbaren Unfall gebaut zu haben. Er würde es sich nie verzeihen.

„Ich habe dich provoziert. Ich bin schon immer ein Idiot gewesen!"

„Das ist nicht wahr!" Deacon wusste es ganz genau. War Crick temperamentvoll? Ja. War er impulsiv? Ja. Aber ein Idiot? Nein. Crick war ein Mann mit vielen wunderbaren Eigenschaften, von seiner künstlerischen Begabung und seinem Verantwortungsbewusstsein bis hin zu seiner bedingungslosen Liebe für Deacon.

Crick sah Deacon ungläubig an und schüttelte den Kopf. „Wenn es überhaupt etwas Gutes an mir gibt, dann verdanke ich das nur dir und deinem Dad. Wenn ihr euch nicht um mich gekümmert hättet, dann … Was ich getan habe, was ich *immer* noch tue – das ist keine Art, sich für eure Güte zu bedanken. Es ist nicht deine Schuld. *Ich* war es, der ausgerastet ist. *Ich* habe den Kopf verloren und diese Katastrophe verursacht." Crick schluckte und sah zu Boden. Deacon wurde zum wiederholten Mal daran erinnert, wie jung Crick noch war.

„Mach dir keine Sorgen, Carrick", sagte er leise und legte Crick die Hand unters Kinn. Gott … wie glatt seine Haut noch war. Zwanzig. Crick war erst zwanzig Jahre alt. Welche Narren ließen einen so jungen Mann ein so schwerwiegendes Papier unterzeichnen, das ihn das Leben kosten konnte? Wie konnte jemand erwarten, dass er die Konsequenzen durchschaute? Ihm keine Rückzugsmöglichkeit geben?

„Deacon Parish Winters, glaubst du wirklich, ich könnte in den nächsten beiden Jahren an etwas anderes denken?", fragte Crick bitter.

„Du darfst nur an eines denken – zu mir zurückzukommen", erwiderte Deacon fest, aber Crick sah ihn nur traurig an.

„Deacon, kann dich eigentlich gar nichts wütend machen?"

In diesem Augenblick spürte Deacon tatsächlich so etwas wie Zorn in sich aufsteigen, und es nahm ihm fast den Atem. Er verdrängte das Gefühl, bis es sich in eine dunkle Ecke in ihm zurückzog, wo es sich fauchend und schimpfend verkroch.

„Ich werde noch wütend genug sein, wenn du nicht mehr hier bist."

In dieser Nacht lagen sie nicht nur zusammen und streichelten sich. In dieser Nacht küsste Crick ihn mit der gleichen Leidenschaft, mit der er selbst von Deacon am Schwurstein geküsst worden war. Am Anfang war Deacon überrascht, aber dann gab er es auf, darüber nachzudenken. Verdammt, Crick konnte mit einer einzigen Bewegung seiner Zunge sämtliche Synapsen in Deacon in Alarmbereitschaft versetzen. Er ließ seine gesunde Hand über Cricks Brust und Rücken nach unten gleiten. Crick presste sich an ihn und erwiderte seine Zärtlichkeiten.

Als Crick eine Prellung an Deacons Bauch berührte, zog der zischend die Luft ein. Crick schob sich unter die Decke und küsste ihn, erst am Bauch, dann an der Hüfte. Kurz darauf war Deacon nackt.

„Wie wollen wir das machen?", fragte Crick und rieb sich mit der Wange an Deacons Hüfte. Dann nahm er Deacons Schwanz in den Mund. Deacon stöhnte leise.

„Wir machen es schon richtig so", sagte er keuchend. Crick rollte sich über ihn und wühlte in der Schublade des Nachttisches. „Was suchst du da?", fragte Deacon.

„Auf dem Auburn Boulevard gibt es einen Sex-Shop", murmelte Crick und kam wieder zurück. Deacon drehte sich vorsichtig auf den Rücken, um zu sehen, was Crick vorhatte. Aber bis er seinen geschienten Arm unter die Decke geschoben hatte, war Crick auch schon fertig. Auf Händen und Knien kroch er über Deacon und verschwand dann ganz unter der Decke. Das erste, was Deacon spürte, waren Cricks Lippen, die sich wieder um seinen Schwanz legten. Dann hob Crick eine Hand und fasste nach hinten. Mit der anderen Hand – sie fühlte sich jetzt feucht und schlüpfrig an – griff er nach Deacons Schwanz und gab ihm ein kräftiges, männliches Händeschütteln.

„Ahhh", entfuhr es Deacon, dann blieb ihm die Stimme weg. Was Crick mit der Zunge an seinem Schwanz anstellte, ließ Deacon am ganzen Körper zittern. Was er dann mit den Fingern an seinem Schwanz und seinen Eiern machte, ließ Deacon mit der gesunden Hand nach Cricks Kopf greifen. Deacon fing an zu zucken und schneller als ihm lieb war, näherte es sich dem Ende.

„Aufhören", bettelte er. „Ich komme sonst."

Crick hörte so plötzlich auf, dass ihm Deacons Schwanz mit einem lauten Plopp aus dem Mund rutschte. „Nein. Nein, das geht nicht. Ich habe noch andere Pläne damit", sagte Crick. Er griff wieder hinter sich und Deacon konnte eine Mischung aus Lust und Schmerz in seinen Gesichtszügen erkennen. Dann entspannte sich Cricks Körper, er ließ etwas auf den Nachttisch fallen, drehte sich um und fiel, mit dem Rücken an Deacon gepresst, auf die Seite.

Cricks Arsch war feucht und schlüpfrig. Als Deacon seinen Schwanz in Position brachte, konnte er spüren, dass Cricks Loch schon gedehnt war.

„Was zum Teufel …"

„Butt plug", keuchte Crick. „Aber jetzt ist er wieder raus, und deshalb brauche ich dich. Bitte, Deacon. Bitte, bitte … ahhh … Danke, danke, danke …"

Oh Gott, Crick hatte sich selbst für ihn vorbereitet. Bei dem Gedanken stieg Deacons Erregung noch um einige Grad an. Er stellte sich vor, wie Crick, auf Händen und Knien und mit dem Arsch in der Luft, ihn geblasen hatte, während dieses Ding in ihm gesteckt und ihn gedehnt hatte und …

„Stillhalten, Crick", stöhnte Deacon. Er lag auf seiner gesunden Seite und hob vorsichtig den geschienten Arm auf Cricks Hüfte, um ihn zu stabilisieren. Es funktionierte nur, weil Crick jede falsche Bewegung vermied, um Deacons Schwanz nicht entkommen zu lassen. Aber Deacon konnte sich so besser bewegen und Crick half ihm, in dem er jedem seiner Stöße entgegenkam, bis sie beide kaum noch atmen konnten.

„Fass dich an", forderte Deacon Crick auf, weil er es selbst nicht tun konnte. „Fass dich an … fest … komm schon Carrick, komm für mich."

„Ahhh …"

Verdammt. Das war geil. Crick fing an zu zittern und zu zucken, dann kam er und sein Arschloch zog sich um Deacon zusammen. Deacon hielt sich nicht mehr zurück und presste sein Gesicht stöhnend an Cricks Schulter, während sein Orgasmus ihn von innen nach außen kehrte.

Befriedigt lagen sie nebeneinander im Bett. Der Geruch nach Sex lag schwer in der Luft.

„Das war ein interessanter Einkauf, Crick", murmelte Deacon träge. Crick lachte.

„Ich habe manchmal auch gute Ideen", meinte er und Deacon legte den Arm – trotz Schiene und allem – um Cricks Brust und zog ihn an sich.

„Das habe ich schon immer gewusst, Crick. Und ich verlasse mich darauf", flüsterte er heiser.

Zwei Tage vor Cricks Abreise luden sie Amy und Jon, Patrick und Cricks Schwestern ein, um ihnen das neu gestrichene Wohnzimmer zu zeigen (Crick hatte eine Leidenschaft fürs Anstreichen entwickelt und wollte gar nicht mehr damit aufhören), und um Crick mit einem gemeinsamen Abendessen zu verabschieden.

Jon platzte fast vor Wut und Amy ging es nicht viel besser.

„Er hat *was* getan?"

Deacon fütterte die Tiere, während Crick und seine Schwestern sich in der Küche um das Essen kümmerten. Deacon gönnte ihnen die Zeit zusammen – vor allem Benny, die unter Cricks Abwesenheit am meisten leiden würde. Benny war ein frühreifes junges Ding mit einem frechen Mundwerk. Ihre braunen Haare hatte sie knallrot gefärbt und sie hatte die Angewohnheit entwickelt, heimlich hinter dem Stall Zigaretten zu rauchen. Crick fuhr einmal in der Woche mit seinen Schwestern in den Vergnügungspark oder lud sie ins Kino ein. Dass er dabei auf Deacons Begleitung angewiesen war, um sie aus dem Haus zu eisen, war ein Zeichen dafür, dass sie die gleichen Probleme mit ihren Eltern hatten, die auch Carricks Jugend so unerträglich gemacht hatten.

„Du hast es doch gehört", knurrte Deacon und füllte Evening Stars Trog mit Hafer. Der Hengst hatte sich bei den Züchtern einen Namen gemacht und seine einzige Aufgabe war, gesund und glücklich zu sein und so viele Stuten wie möglich zu befruchten. Traurigerweise für Evening Star geschah das zwar nie auf natürlichem Weg, aber er erfüllte trotzdem seine Pflicht und hatte sich ein gutes Leben verdient.

„Wir sind hier, um ihn zu verabschieden, weil er zur Armee geht", wiederholte Amy, als hätte sie es beim ersten Mal nicht glauben können. Ihre Reaktion war verständlich. Deacon war es genauso gegangen.

„Ja." Deacon hatte den letzten Trog gefüllt. Sie verließen den Stall, um zurück ins Haus zu gehen. Zigarettenrauch lag in der Luft. Verdammt. Er musste nach Benny sehen, bevor hier alles in Flammen aufging.

„Deacon", sagte Jon geduldig und warf seiner Frau einen bedeutungsvollen Blick zu. „Du hast dein Auto zu Schrott gefahren und Crick geht zur Armee. Da muss mehr dahinter stecken."

Deacon wurde rot. „Das tut es auch", erwiderte er ruhig. „Wir hatten eine Unterhaltung, die in die falsche Richtung abgetriftet ist. Crick ist von seinen alten Problemen eingeholt worden und hat mich falsch verstanden. Er dachte, ich würde ihn wegschicken. Dabei wollte ich nur, dass er studiert und an den Wochenenden zurückkommt. Und da Crick eben Crick ist …"

„… hat er sich verpflichtet." Amy schien es endlich verstanden zu haben. Jons Blick zeigte Deacon jedoch, dass dieses Thema noch nicht erledigt war.

„Deacon", sagte Jon zuvorkommend. „Mit wem von uns willst du dieses Gespräch zu Ende führen, und wer von uns soll Benny ins Haus bringen und ihr die Zigarette abnehmen?"

Deacon sah verlegen zu Boden. Amy gab ihm einen Kuss auf die Wange. „Ich gehe dann zu Benny", sagte sie und verschwand winkend um die Ecke.

Deacon sah ihr seufzend nach und drehte sich dann mit einem leichten Lächeln zu Jon um. „Es hätte alles viel leichter sein können, wenn ich mit dir an die Uni gegangen wäre."

Jon nickte und setzte sich auf einen Heuballen. „Aber ich denke, dass Crick dich glücklicher machen wird und …" Er hielt kopfschüttelnd inne und sah Deacon an, der sich auf den Ballen neben ihm gesetzt hatte. „Zumindest hätte er dich glücklicher machen können, wenn das alles nicht passiert wäre …"

Heute früh hatten sie zusammen im Bett gelegen und Crick, mit dem Kopf auf Deacons Bauch, hatte nachdenklich an die Wand gestarrt.

„Ich sage dir, Deacon – Kätzchen wären perfekt. Kleine, knuddelige Kätzchen. Einfach süß."

Deacon schnaubte. „Hättest du nicht lieber ein impressionistisches Gemälde? Oder den Mann des Monats aus dem Feuerwehr-Kalender? Das würde das Zimmer so richtig schön schwul machen."

Crick rollte sich auf den Bauch und sah Deacon schief an. „Ich sage es dir nur ungern, oh mächtiger Testosteron-Produzent, aber wir sind schwul."

Deacon zog eine Augenbraue hoch. „Du vielleicht. Du bist schwul. Ich bin bi." Crick rollte mit den Augen und streckte ihm die Zunge raus. Deacon musste lachen. „Gut, gut, gut ... Ich gebe zu, unser Sex ist nicht bi. In diesem Bett und mit dir bin ich die perfekte Verkörperung einer Schwulen-Parade. Bist du jetzt zufrieden?"

Crick blinzelte. „Hier und jetzt?", fragte er ernst.

Deacon nickte. „Ich war noch nie so glücklich. Aber damit haben wir immer noch nicht das Problem gelöst, welches Bild wir an die Wand hängen sollen." Er strich Crick die Haare aus der Stirn. In wenigen Tagen würden sie abgeschnitten. „Du kannst mir ein Bild malen, wenn du wieder zurück bist. Lucy Star, Even Star oder Comet Star – egal wer. Ein schönes großes Bild, das aus dem Herzen kommt. Das hängen wir dann hier auf. Okay?"

Crick zog eine Grimasse. „Du großer, schwuler Bastard. Ich werde noch ganz verklemmt."

Nun, dann waren sie zu zweit.

„Er macht mich glücklich", sagte Deacon leise. „Und wenn das alles wieder vorbei ist, wird er mich sogar überglücklich machen." Es war die Wahrheit, und doch war es auch eine bittere Lüge. Aber Deacon hätte nicht sagen können, worin der Unterschied lag.

Jon sah ihn von der Seite an, aber Deacon blickte stur geradeaus. Der Stall vor ihnen war dreimal so groß wie das Haus, sauber und luftig, mit elektrischem Licht und zwei Boxenreihen. Es roch nach Heu, Pferd und – ab und zu – nach Pferdemist. Und es roch nach den Karotten, die in einem großen Sack am Tor standen und die sie den Pferden zur Belohnung gaben. Deacon sah Crick als kleinen, ungelenken Jungen vor sich, der durch den Stall ging und den Pferden Lieder vorsang. Crick konnte keinen Ton halten, aber er sang die Popsongs aus voller Kehle vor sich hin, wenn er den Stall ausmistete. Manchmal hatte er den Pferden sogar Witze erzählt.

Deacon zog scharf die Luft ein, als er daran denken musste, wo der kleine Junge im Hier und Jetzt demnächst sein würde.

„Es wird nicht einfach, die zwei Jahre durchzuhalten", sagte Jon mitfühlend. Deacon zuckte gleichgültig mit den Schultern.

„Ich schaffe es schon."

Jon legte ihm eine Hand auf die Schulter und zog ihn an sich. Deacon legte den Kopf auf die Schulter seines besten Freundes. „Du wirst dich melden, wenn du Hilfe brauchst, ja?", fragte Jon. Deacon brummte nur unverbindlich und Jon seufzte leise. „Ich weiß, es ist nicht deine starke Seite, jemanden um Hilfe zu bitten. Ich kenne dich."

„Es wird schon gut gehen", murmelte Deacon. Jon lachte humorlos.

„Mhmm. Kannst du dich noch an die neunte Klasse erinnern? An den Mathe-Kurs, in dem du gelandet bist, oh Großes Rechengenie? Du hast bis tief in die Nacht gepaukt, dann hast du die Pferde gefüttert, bist zum Footballtraining gegangen, hast wieder die Pferde gefüttert, und dann ging es von vorne los. Kannst du dich noch erinnern, wie es ausgegangen ist? Hmm?" Jon hatte ein Bündel Strohhalme in der Hand und zerlegte es in kleine Stücke. Anschließend waren seine schwarze Hose und Deacons Armschiene über und über mit gelben Schnipseln bedeckt.

Deacon zuckte wieder mit den Schultern und versuchte sich mit einem zuversichtlichen Grinsen. „Ja. Aber Drüsenfieber kann man nur einmal bekommen. Ich bin jetzt immun." Er war gerade wieder gesund geworden und hatte sich einigermaßen davon erholt, als Crick das erste Mal auf *The Pulpit* aufgetaucht war. Danach hatte Deacon keine Zeit mehr gefunden, über sein eigenes Unglück und seine Schwächen nachzudenken.

Jon schob Deacons Kopf von seiner Schulter, stand auf und trat frustriert gegen den Heuballen. „Du weißt ganz genau, dass ich es so nicht gemeint habe. Du bist jetzt hier allein, Deacon. Das Haus ist leer und die Arbeit hier nicht ungefährlich. Wenn Crick mich nicht wegen der Versicherung für den Chevy angerufen hätte, hättest du die Achse wahrscheinlich selbst reparieren wollen und mit einem Lötkolben und Kaugummi wieder zusammengeklebt."

Deacon wurde rot. „Ich habe nur auf den Rückruf von der Versicherung gewartet", murmelte er. Jon gab ihm einen Klaps auf den Hinterkopf.

„Du hast darauf gewartet, von der dämlichsten Versicherungsgesellschaft der Welt verarscht zu werden. Mein Gott, Deacon – wann wirst du endlich lernen, dass nicht jeder so ehrlich ist wie du? Und genau darum geht es. Es ist dir vielleicht nicht ganz klar, aber um solche Probleme hat sich immer Crick gekümmert."

„Das weiß ich sehr wohl!" Deacon wusste es wirklich und es verging kein Tag, an dem er sich nicht bei Crick dafür bedankte.

„Der Punkt ist, dass du nie – nie! – um Hilfe bittest. Crick hat es aus Liebe zu dir getan. Aber du würdest niemals zugeben, dass Deacon Winters, Gottes Geschenk an den Football und die Pferde, eben *keine* Insel ist, die für sich alleine existieren kann!"

Deacon sagte kein Wort und sah an Jon vorbei auf den Stall. Er liebte diesen Stall. Deacons Vater hatte ihn vor dem Tod seiner Mutter gebaut. Davor hatte es für die Pferde nur einen einfachen Verschlag gegeben. Aber nachdem der Stall fertig geworden war, hatten ihre Pferde – und die fremden Pferde, die hier untergestellt wurden – einen der besten und größten Ställe der Gegend bekommen. Er war groß genug, um drei Tonnen Heu zu lagern und hatte Boxen für zwanzig Pferde. Außerdem gab es zwei Schlafkammern, obwohl Patrick nur dann im Stall schlief, wenn die Stuten fohlten. Und hier hatte ein einsamer kleiner Junge gelebt, der sich nichts mehr gewünscht hatte, als der Welt zu zeigen, dass er schon groß genug war, um keinen Menschen mehr zu brauchen. Selbst dann nicht, wenn er müde, hungrig und verzweifelt war.

Hier hatte auch Crick gelebt. Deacon konnte sich daran erinnern, als wäre es erst gestern gewesen. Crick hatte die Pferde gestriegelt und dabei gesungen – Deacon würde ,Time Of Your Life' von Green Day nie wieder mit den gleichen Ohren hören – und es war schräg gewesen und trotzdem wunderschön. Plötzlich war der Stall keine Festung mehr gewesen, die Deacon gegen seine Einsamkeit in Schutz nahm. Er war zu einem Ort geworden, an dem er all die Menschen traf, die er am meisten liebte.

Deacon hatte nie darum gebeten oder damit gerechnet, aber es hatte ihm das Leben gerettet.

„Ich habe dich gehört", sagte er tonlos, ohne Jons betroffenes Gesicht oder den sanften Frühlingsabend wirklich wahrzunehmen. Er lebte in der Erinnerung an einen warmen, sonnigen Sommertag, das Sonnenlicht fiel gleißend durch die Oberlichter, Crick war im Stimmbruch und sein schräger Gesang erschreckte sogar die Pferde.

Jon seufzte. Es war unmöglich, zu Deacon durchzudringen. „Verdammt. Aber ... bitte ... du musst mir versprechen, dass du dich meldest, wenn du Hilfe brauchst. Ja?"

Deacon seufzte ebenfalls. Sie wussten beide ganz genau, dass es dazu wahrscheinlich nicht kommen würde. Er wollte Jon angrinsen, aber das schien seinen Freund nur noch trauriger zu machen. „Komm jetzt", sagte er schließlich und stand auf. „Lass uns ins Haus gehen, bevor Crick das Essen anbrennt und er sich den ganzen Abend bei uns dafür entschuldigt."

Das Essen verlief angenehm. Crick tat so, als ob alles in Ordnung wäre. Die anderen wünschten ihm viel Glück und Amy vergoss einige Tränen. Als sie die Mädchen nach Hause fuhren, sagte Benny, Crick solle sich zum Teufel scheren und krepieren. Dann umarmte sie ihn und drohte ihm ein fürchterliches Ende an, falls er nicht gesund zurückkommen würde. Keiner brachte es übers Herz, sie für ihr Fluchen zur Rechenschaft zu ziehen. Crick sah den drei Mädchen nach, als sie über den ungepflegten Hof gingen und im Haus verschwanden. Dann sah er Deacon an und riss erschrocken die Augen auf.

„Verdammt, Deacon ... Ich glaube, sie brauchen mich."

Deacon konnte ihm nicht in die Augen sehen und fuhr wortlos los. Natürlich brauchten sie Crick.

Die letzten beiden Tage verliefen erschreckend normal. Was war ein Abschied schon mehr, als sich einfach umzudrehen und zu gehen. So zu tun, als wäre es keine große Sache, als würden sie sich schon in einigen Stunden wiedersehen, als hätten sie sich in den letzten beiden Wochen nicht geliebt wie ein junges Paar in den Flitterwochen, als wären sie nicht elf Jahre lang eine Familie gewesen. Wirklich, es war erstaunlich einfach.

74

Nachdem sie die Tasche mit den wenigen Habseligkeiten, die Crick mitzubringen erlaubt waren, ins Auto gepackt hatten, küssten sie sich lange und leidenschaftlich. Dann war es zu Ende. Als Deacon Crick an diesem kühlen Morgen im Mai an dem Sammelpunkt der Rekruten ablieferte, waren sie nur noch gute Freunde und Brüder.

„Melde dich, wenn du Heimaturlaub hast", sagte Deacon mit belegter Stimme und sah Crick durch das Autofenster ernst an.

„Ich werde keine Zeit mehr haben, um zu Besuch zu kommen", erwiderte Crick leise. Hier waren so viele Soldaten unterwegs, dass er sich keine Gefühlsregungen leisten konnte. Deacons Gesicht war wie eine unbewegliche Maske freundschaftlicher Sympathie, doch Crick legte all seine Liebe in den Blick seiner braunen Augen. Wenn sie nicht hier vor aller Augen einen Skandal provozieren wollten, musste Deacon verschwinden. Und zwar sofort.

„Dann komme ich eben zu dir", sagte er. „Melde dich, sobald du einen Termin erfährst." Dann fuhr Cricks Bus vor. „Pass gut auf dich auf, mein Junge. Ich schreibe dir."

Crick nickte und wischte zitternd sich mit dem Finger an der Nase. „Das will ich doch hoffen." Wortlos bewegte er die Lippen: „Ich liebe dich, Deacon." „Ich dich auch", gab Deacon tonlos zurück. Dann fuhr er los.

Er fuhr zurück auf die Ranch und fütterte die Pferde. Dann ging er ins Haus und spülte das Geschirr. Es war Dienstag, also ging er ins Büro, um sich um die Abrechnungen zu kümmern. Er verrechnete sich und gab auf. Er ging in ihr frisch renoviertes Schlafzimmer und warf einen sehnsuchtsvollen Blick auf das Bett. Die grünen, violetten und weißen Kissen lagen in einem wirren Haufen in der Mitte des Bettes, die Decken zusammengeknüllt am Fußende. Es roch nach Sex.

Deacon war sich nicht sicher, wie lange er hier gestanden und auf das Bett gestarrt hatte. Er kämpfte gegen den Impuls, sich einfach hinzulegen, Cricks Duft einzuatmen und an nichts anderes mehr zu denken. Aber er riss sich zusammen und ging ins Büro zurück. Die Zahlenreihen verschwammen ihm vor den Augen.

Teil III

Leben im Spiegel der Briefe

8
ÜBERSTÜRZTE ENTSCHEIDUNGEN

CRICK HATTE nicht lange nachgedacht, als er sich für den Militärdienst verpflichtet hatte. Tatsache war, dass er eine Ausbildung hatte, die für die Armee sehr interessant war. Aber er hatte nicht versucht, daraus Kapital zu schlagen.

Nach vier Wochen Grundausbildung in Fort Benning wurde er in das Büro seines Vorgesetzten gerufen. Er fragte sich, was der Mann wohl von ihm wollte.

Bisher hatte es noch keine Probleme gegeben. Deacon hatte recht behalten. Sobald Cricks Haare geschnitten waren und er in einer Uniform steckte, unterschied er sich durch nichts mehr von den anderen Rekruten. Er war vielleicht etwas größer und schlaksiger, stellte sich auch manchmal etwas ungelenk an, aber es gab kein rosa T-Shirt und keine Aufkleber, und so lange ihn niemand zum Dekorieren abordnete, war sein Schwulsein kein Thema.

Aber er würde nie zum Soldaten des Jahres gewählt werden.

Crick war bei seinem Dienstantritt ziemlich fit gewesen, weil er immer körperlich gearbeitet hatte, sei es mit den Pferden, bei der Arbeit auf den Weiden oder wenn er die Maschinen reparieren musste. Außerdem hatte Deacon dafür gesorgt, dass sie mindestens dreimal in der Woche am Damm zum Joggen gingen. Die Ausbildung hier war zwar anstrengend, aber sie brachte ihn nicht um. Außerdem hatte er gewusst, was auf ihn zukommen würde. Er kam recht gut damit zurecht.

Er hatte sogar gelernt, den Mund zu halten – was ihn selbst am meisten überraschte.

Das einzige Problem waren die Waffen. Er wusste auch nicht warum, aber er konnte sich damit nicht anfreunden. Er konnte zwar mit Parishs Gewehr umgehen, aber das lag nur an den Klapperschlangen, die er aus tiefster Überzeugung hasste. Mittlerweile hatte Deacon zwei Hängebauchschweine angeschafft, um diese Pest in Schach zu halten. Aber davor hatten sie nur das Gewehr gehabt, und deshalb kannte Crick sich damit aus. Er konnte nicht nur einigermaßen schießen, er konnte die Waffe auch auseinandernehmen, reinigen und wieder zusammensetzen. Daher hatte er nicht damit gerechnet, dass ihm der Umgang mit der M-16 Probleme bereiten würde. Bis der Sergeant, der für die Ausbildung zuständig war, ihn anschrie.

Es war das erste Mal, dass sie eine M-16 auseinandernehmen und reinigen sollten. Crick hatte das Gewehr anschließend wieder zusammengesetzt und starrte jetzt irritiert auf den Tisch.

„Private! Wo liegt das Problem?"

Crick war Menschen wie dem Sergeant immer aus dem Weg gegangen. Er hörte auf das Fleisch der Ausbildung und ignorierte die bittere Soße dazu, mit der der Mann ihm sein Selbstwertgefühl nehmen wollte. Es fiel ihm nicht allzu schwer. Die letzten beiden Schuljahre waren um vieles schlimmer gewesen.

„Es ist ein Teil übrig geblieben", erwiderte er erstaunt.

„Was?" Cricks Antwort hatte den Sergeant aus dem Tritt gebracht und er wirkte plötzlich menschlich. Er war ein Karrieresoldat in den Vierzigern, dessen ganzer Stolz es war, seinen Jungs in den sechs Wochen Grundausbildung alles beizubringen, was sie zum Überleben brauchten. Eine Waffe, der ein Teil fehlte, gehörte definitiv nicht dazu.

„Was zum Teufel ist das eigentlich?", murmelte der Sergeant vor sich hin. „Ich habe ein solches Stück Metall noch nie im Leben gesehen …"

An diesem Tag verpassten Crick und der Sergeant die Mittagspause. Sie hatten die M-16 wieder auseinandergenommen und versuchten, das merkwürdige Einzelteil irgendwo unterzubringen. Sie fanden nie heraus, wohin es gehörte. Cricks Waffe wurde ausgemustert, weil sie Angst hatten, sie abzufeuern. Bei der nächsten Übungsstunde stand der Sergeant hinter Crick und ließ ihn keine Sekunde aus den Augen. Er wollte nicht riskieren, dass Crick etwas zerbrach oder Teile demontierte, die nicht demontiert werden sollten. Es ging alles gut aus und die Waffe sah nach dem Zusammensetzen wieder genauso aus wie vorher.

Aber sie schoss fast einen Meter nach links.

Am Anfang wollten sie es Crick nicht glauben. Er saß hinter seinem Heuballen und schoss auf die Scheibe vor ihm, so wie alle anderen auch. Aber die Scheibe blieb so unberührt und rein wie die Träume einer Jungfrau. Als der Sergeant ihm ins Gesicht brüllte, dass der Speichel nur so flog, dachte Crick über seinen Vergleich nach. Er fand ihn plötzlich nicht mehr so passend. Seine Träume waren, bevor er seine Unschuld verloren hatte, genauso schmutzig gewesen wie danach. Nur vielleicht etwas sehnsuchtsvoller und verzweifelter.

„Ich ziele aber auf die Scheibe!", verteidigte sich Crick.

„Tust du nicht", meinte der Rekrut links von ihm. „Aber du hast meine Scheibe zerfetzt."

Der Sergeant sah Crick aus zusammengekniffenen Augen misstrauisch an, als ob das alles Cricks Schuld wäre. „Zeigen Sie mir ihre Waffe, Soldat!"

Crick reichte sie ihm. Die anderen Rekruten mussten ihre Schießübungen unterbrechen und der Sergeant zielte auf die Scheibe … schoss … und Private Comptons Scheibe wurde in Fetzen gerissen.

Der Sergeant grunzte und sicherte die Waffe. Dann ließ er sich Private Comptons Waffe geben und befahl Crick, damit zu schießen. Endlich – endlich! – wurde auch Cricks Scheibe das erste Mal getroffen und penetriert. Crick freute sich für das arme Ding. Er wusste wie es war, so lange warten zu müssen.

Der Sergeant sah erst auf Cricks Waffe, dann auf Crick. In seinen pulvergrauen Augen lagen eine widerstrebende Anerkennung und fast so etwas wie Zuneigung.

„Mein Sohn", sagte er zögernd, als müsste er sich noch überlegen, was er von der Angelegenheit halten sollte. „Hast du irgendwelche speziellen Kenntnisse oder Erfahrungen, die dieser Armee von Nutzen sein könnten?"

„Kenntnisse?", fragte Crick unsicher.

„Kenntnisse, mein Sohn. Was hast du getan, bevor du dich verpflichtet hast?"

Crick lächelte. Das war einfach. „Ich war Sanitäter, Sergeant. Und ich habe auf einer Pferderanch gearbeitet."

Damit überraschte er den Sergeant das zweite Mal in diesen sechs Wochen. Er sollte später hören, dass er damit einen Rekord gebrochen hatte. „Kannst du sonst noch etwas?"

„Zeichnen, Sergeant."

„Zeichnen?"

„Portraits und so. Ich wollte Kunst studieren, bevor …" Crick zog eine Grimasse. „… bevor ich den Verstand verloren habe und hier gelandet bin." War das nicht ein Klischee? Dem jungen Helden wird das Herz gebrochen und er endet in der Fremdenlegion?

„Portraits." Der Sergeant schüttelte den Kopf. „Halleluja. Junge, du wirst dich morgen nach dem Frühstück bei deinem Vorgesetzten melden. Hast du mich verstanden? Lass das Schießtraining ausfallen …" Er schüttelte wieder den Kopf und sah Cricks Waffe an, als würde sie gleich auf ihn losgehen und ihn beißen. „Du bist ab sofort vom Schießtraining befreit. Verstanden?"

Crick zuckte mit den Schultern. Der Kerl brüllte ihn mit zwanzig Jahren Stimmbandtraining an. Natürlich hatte er ihn verstanden.

AM NÄCHSTEN Tag machte er sich auf den Weg zum Büro seines Vorgesetzten. Er ging aufrecht und zackig. (Soweit er das konnte. In seinem Kopf konnte er den Sergeant hören, der ihm den Unterschied zwischen marschieren und schlendern erklärte) Vor dem Schreibtisch nahm er Haltung an. Der Tisch war mit Papierstapeln beladen, die militärisch ordentlich in Reih und Glied sortiert waren.

„Sir!" Crick salutierte. Er wollte nicht schwul wirken und gab sich deshalb immer Mühe, alles zackig und akkurat zu machen. Salutieren gehörte da – für seine Verhältnisse jedenfalls – zu den leichteren Übungen.

Captain Roberts (so war auf dem Namensschild auf dem Schreibtisch zu lesen) war ein Mann in den Dreißigern, mit blonden Haare, braun gebrannter Haut und hellen Augen. Und diese hellen Augen sahen Crick jetzt mit der gleichen müden Resignation an, wie gestern die des Sergeants.

„Mein Sohn. Sie haben sich bei uns verpflichtet, ohne Ihre Ausbildung zum Sanitäter oder Ihre Erfahrung mit Pferden anzugeben. Ist das richtig?"

Crick nickte schulterzuckend. „Ja, Sir."

Der Captain holte tief Luft. „Sind Sie nicht auf den Gedanken gekommen, dass diese Dinge – vielleicht – ein wichtiger Faktor sein könnten, wenn man in einem Krieg kämpft, in dem Kamele als Transportmittel eingesetzt werden?"

Crick runzelte die Stirn. Parish und Deacon hatten ihn vor Jahren in einen Zirkus mitgenommen, weil sie sich für seinen Geburtstag immer etwas Besonderes einfallen ließen. Dort hatte er auch ein Kamel gesehen. „Sir, Pferde und Kamele haben nur eines gemeinsam. Man kann auf ihnen reiten." Den Geruch und das Verhalten konnte man jedenfalls nicht vergleichen. Abgesehen davon hatte das Mistvieh schlimmer um sich gespuckt, als ein Kaugummi kauender Redneck.

„Was ist mit Ihrer Erfahrung als Sanitäter?", fragte der Captain mit widerstrebender Anerkennung.

Crick wurde rot. „Daran habe ich damals nicht gedacht, Sir."

Der Captain zog die Augenbrauen in die Höhe, bis sie fast an seinen Haaransatz stießen. „Nicht gedacht?"

Crick wurde noch röter. „Sir, drei Kunstschulen haben zwei Jahre lang versucht, mir Stipendien zu geben. Ich möchte es so formulieren – mich zu verpflichten war nicht gerade die klügste Entscheidung meines Lebens."

Der Captain sah in grimmig an. „Soll das heißen, dass Sie betrunken waren? Wenn das der Fall ist, können Sie wieder entlassen werden, ohne dass es Konsequenzen hat."

„Nein." Crick schüttelte seufzend den Kopf. Wie sollte er es nur erklären … „Man hat mir etwas angeboten, das ich mir schon immer gewünscht hatte. Mit der Person, mit der ich es mir gewünscht hatte. Aber weil ich ein zurückgebliebener Idiot bin, Sir, habe ich es falsch verstanden und gedacht, ich würde rausgeworfen."

Der Captain sah Crick an wie einen Außerirdischen, der plötzlich vor seinem Schreibtisch aufgetaucht war. Crick hätte am liebsten geschrien *Ich bin ein Schwuler! Lasst mich hier raus!* Aber er tat es nicht.

„Und deshalb haben Sie sich zum Militärdienst verpflichtet?", fragte der Captain erstaunt.

„Deshalb habe ich mich verpflichtet, Sir", erwiderte Crick.

Der Captain atmete schnaufend aus. „Die Sache ist die, mein Sohn. Sowohl Ihre Sanitätsausbildung als auch Ihre Erfahrung mit Tieren sind sehr wertvoll für uns. Nach einer kurzen Zusatzausbildung können Sie damit zum Leutnant befördert werden. Wir könnten uns natürlich auf den Standpunkt stellen, da Sie es nicht angegeben haben, kommt eine Beförderung nicht mehr in Frage. Dann bleiben Sie auf Ihrem niedrigen Dienstgrad sitzen. Um ehrlich zu sein – wir brauchen beides. Welche Option ist Ihnen lieber?"

„Sanitäter oder … äh …" Wie nannte man das andere eigentlich? „Kamelreiter?"

„Ist das nicht eine rassistische Beleidigung?"

„Nicht, wenn sie händeringend gesucht werden. Einige der jungen Männer aus Ihrer Heimatstadt haben sich dafür beworben. Falls Ihnen das die Entscheidung erleichtert."

Crick war sich nicht sicher, ob ihm der Schrecken anzusehen war, der ihm durch die Glieder schoss. In Levee Oaks wussten alle, dass er schwul war. Diese Arschlöcher wiederzusehen, war wirklich das Letzte, was er wollte. Dann tröpfelte eine Erinnerung durch seinen Kopf wie ein Schweißtropfen durch die Arschritze. Sie waren auf dem Exerzierplatz vor Kurzem an einer Einheit vorbeigekommen, die dort Liegestützen machte, und ihm war ein bekanntes Gesicht aufgefallen. *Eddy? Eddy Fitzpatrick?* Er hatte damals nicht weiter darüber nachgedacht. Aber zwischen den Kamelen im Irak dem Kerl zu begegnen, der ihn in der neunten Klasse verprügelt hatte, war keine sehr angenehme Perspektive. Und es wäre unvermeidlich.

„Sanitäter, Sir!", sagte er schnell. Und zackig.

Der Captain nickte und es schien fast, als hätte er Crick genau verstanden. „Gut, Private. Dann also Sanitäter. Gehen Sie davon aus, nach Ihrer Ausbildung befördert zu werden."

„Jawohl, Sir!"

„Zumindest hält Sie das von den Waffen fern. Soweit das beim Militärdienst überhaupt möglich ist. Wir sind hier nicht sehr abergläubig, Private. Aber ich will kein Risiko mit Ihnen eingehen. Egal, was auch mit den M-16 passieren mag, sobald sie in Ihre Hände geraten."

Crick konnte sich ein Grinsen kaum verkneifen. Dem Captain schien es genauso zu gehen. „Verstanden, Sir. Bin ich entlassen?"

„Sie sind entlassen." Der Captain machte noch einige Notizen in Cricks Unterlagen. Crick drehte sich um, aber bevor er die Tür erreichte, wurde er zurückgerufen.

„Private?"

„Sir?"

„Wird sie auf Sie warten?"

Crick konnte seine Überraschung nicht verbergen. „Sir?"

„Das Mädchen ... die Person ... das, was Sie sich immer gewünscht hatten, als Sie dachten, rausgeworfen zu werden. Wird es noch da sein, wenn Sie zurückkommen?"

Crick kam sich nackt und bloßgestellt vor. Aber das war ihm egal. „Das ist unser Plan, Sir."

Der Captain nickte. „Das freut mich zu hören, mein Sohn. Beeilen Sie sich, damit Sie das Essen nicht verpassen. Sie können etwas mehr Fleisch auf den Rippen vertragen."

An diesem Abend hatte Crick einige Minuten Zeit, um Deacon zu schreiben. Er nutzte sie gut.

Deacon,

Ich habe einige Tage Urlaub, bevor wir in den Irak geschickt werden. Die Daten schicke ich dir per E-Mail. Es sind allerdings nur drei Tage und es ist hier so heiß und feucht, dass wir nicht viel unternehmen können. Aber trotzdem. Ansonsten ist alles in Ordnung. Mir geht zwar so ziemlich alles auf die Nerven hier, aber damit hatte ich gerechnet und deshalb ist es keine große Überraschung. Und ich bin befördert worden ...

Crick schrieb in den sechs Wochen, die er in Fort Benning blieb, drei Briefe. Deacon kannte jeden von ihnen auswendig. Er hatte sich angewöhnt, Crick jeden Abend einige Sätze zu schreiben. Es waren alltägliche Dinge, über die er berichtete – wie es den Pferden ging, was Patrick gesagt hatte oder ob Jon wieder angerufen hatte. Er hatte zweimal versucht, Cricks Schwestern zu besuchen, war aber abgewiesen worden. Es ärgerte ihn, doch formal war Stief-Bob im Recht, denn Deacon war nicht mit den Mädchen verwandt, auch wenn er sich Crick verpflichtet fühlte.

Das letzte Mal hatte er die Mädchen ins Kino einladen wollen. Bob und einige seiner Saufkumpane hatten ihn wieder weggejagt. Deacon hatte gesehen, wie es im Wohnzimmer der Coates' aussah. Auch die bedeutungsvollen Blicke von Bobs Kumpanen waren ihm nicht entgangen. „Du solltest dich schämen, du nutzloses Arschloch. Wenn du nicht willst, dass ich hierher komme und mich um deine Kinder kümmere, dann könntest du wenigsten selbst den Arsch hochreißen und es versuchen."

Er konnte dem Bleirohr nicht ganz ausweichen, das plötzlich auf ihn zukam. In einem Hinterzimmer standen die Mädchen am Fenster und sahen ihm verängstigt nach, als er das Blut an seiner Schläfe stillte und wieder davonfuhr. Zwei Wochen später ging sein Flug nach Georgia. Er hatte Crick versprochen, sich um die Mädchen zu kümmern. Jetzt wusste er nicht, was er ihm sagen sollte. Er wusste auch nicht, wie er ihm sagen sollte, dass Patrick Cricks Gremlin ruiniert hatte (Crick hatte das Auto geliebt, auch wenn es absolut nutzlos war). Patrick war auf dem Weg nach Wheatland gewesen, um ein Geschäft mit Evens Samen zu besprechen, als die alte Schüssel auf einem Schotterweg einen Reifen verloren hatte. Sie mussten ein neues Auto kaufen. Das Schlimme war, dass Deacon das Versprechen nicht halten konnte, Crick sein Zuhause zu bewahren. Es ging Stück um Stück zu Bruch.

Crick,

Ich werde kommen. Unten habe ich dir den Namen des Hotels und die Zimmernummer notiert. Ich stelle mir jetzt schon vor, wie es an der Tür klopft und du vor mir stehst. Es gibt gute und schlechte Nachrichten. Die schlechte Nachricht ist, dass du nach deiner Rückkehr aus dem Irak einen brandneuen Hyundai

Hybrid fahren wirst. Die gute Nachricht ist, dass Bobs nutzlose
Kumpane nicht gut zielen können ...

DEACON ÖFFNETE vorsichtig die Tür seines Hotelzimmers. Crick musste nichts sagen – sie waren mitten in Georgia, kaum eine Meile von Fort Benning entfernt. Wenn jemand sie zusammen sah, war Crick am Arsch. Er kam schnell ins Zimmer gehuscht und schloss die Tür. Dann standen sie sich gegenüber und sahen sich an.

„Du siehst müde aus", sagte Crick im gleichen Augenblick, als Deacon feststellte: „Du hast abgenommen!" Ein dümmliches Grinsen breitete sich in Cricks hagerem Gesicht aus. Deacon schob ihn mit dem Rücken an die Tür. Er trug keine Schiene mehr und legte seine bleiche, dünne Hand an Cricks Wange. Mit der anderen Hand hielt er Crick am Hemdkragen fest. Lächelnd und schwer atmend standen sie sich gegenüber. Dann legte Deacon die Hände um Cricks Kopf und küsste ihn mit aller Leidenschaft.

Später lagen sie nackt und befriedigt zusammen in dem zerwühlten Bett. Ihr Atem ging keuchend. Crick hatte sich mit dem Kopf auf Deacons Brust gelegt und Deacon hielt ihn fest an sich gedrückt.

„Das ist also deine neue Frisur?", fragte er und küsste Crick auf die kurz geschorenen, schweißnassen Haare.

„Ja. Wieso?"

„Ich hasse sie."

„Ich auch. Wenn ich zurückkomme, lasse ich sie sofort wieder wachsen."

Deacon lachte leise und Crick zitterte leicht, als Deacon ihn zärtlich streichelte. „Hoffentlich hast du genug zu tun, damit dir die Zeit bis dahin schneller vergeht."

Crick lachte ebenfalls. Deacon hatte dieses Lachen so sehr vermisst. Er wimmerte leise.

„Wieso bist du befördert worden?", fragte er Crick, um sie aus ihrer traurigen Stimmung zu reißen.

Crick erzählte ihm die Geschichte mit all den Details, die er in seinem Brief nicht erwähnt hatte. Als ihr Lachen langsam verstummte, drehte er sich auf den Bauch und sah Deacon ernst an. „Das hast du also mit dem schlechten Ziel gemeint?", wollte er wissen und strich mit dem Finger sanft über die unverheilte Wunde über Deacons linkem Auge.

Deacon zuckte zusammen. „Er wollte mich zusammenschlagen und hat mich verfehlt. Das nenne ich schlecht zielen."

Crick sah ihn traurig an. „Deacon, das ist genau das, was ich befürchtet habe."

Deacon sah ihn verständnislos an. „Du hast befürchtet, dass Bobs Kumpel mit einem Bleirohr auf mich losgehen? Keine Angst. Ich glaube nicht, dass es ein zweites Mal passiert."

Crick ließ den Kopf auf Deacons Brust fallen. Ihm entfuhr ein ersticktes Lachen. „Nein, du Idiot. Ich habe befürchtet, dass in meiner Abwesenheit lauter entsetzliche Dinge passieren, die du nicht ernst nimmst. ‚Na ja … war nicht so schlimm. Kann jedem passieren, dass der Heuwender ihm den Schwanz absäbelt. Und dass er zehnmal so groß und grün wird, nachdem er wieder angenäht worden ist … vollkommen normal. Mach dir keine Sorgen, Crick! Ich melde mich bestimmt, falls etwas Ernsthaftes passiert. Ich kann es jetzt schon hören.“

Als Crick fertig war, krümmte sich Deacon vor Lachen. Crick boxte ihn an den Arm.

„Lass das, Deacon! Verdammt! Das ist nicht lustig. Ich meine es ernst.“

Deacon sah ihn an und rollte mit den Augen. „Glaub mir, Mann, aber ich nehme es auch ernst, wenn mir der Schwanz abgesäbelt wird. Besonders jetzt, wo ich wieder weiß, wozu er gut ist.“

Crick boxte ihn noch einmal an den Arm, ließ sich dann auf den Rücken fallen und sah Deacon böse an. „Das habe ich nicht gemeint. Und das weißt du ganz genau, du Arschloch!“

Deacon rieb ihm mit der Hand über die kurzen, dunklen Haare. Er mochte das stachelige Gefühl, aber es war trotzdem kein Ersatz für Cricks lange Haare. „Was hast du denn sonst gemeint, Baby?“

Sie sahen sich einen Moment erstaunt an. Kosenamen hatten sie bisher noch nie benutzt. Deacon wartete wie erstarrt auf Cricks Reaktion, während Crick erst verdauen musste, was er da von Deacon gehört hatte.

Nach einigen Sekunden zog Crick Deacons Hand an den Mund und küsste sie sanft. Deacon rutschte unruhig hin und her, als er Cricks Zunge an der Handfläche spürte. „Ich möchte gerne wieder so genannt werden“, meinte Crick schließlich leise. „Aber erst musst du mir gut zuhören. Ich werde dich in einigen Tagen allein zurücklassen, Deacon. Ich weiß, dass ich außer Jon der einzige Mensch bin, mit dem du offen redest. Aber Jon ist nicht jeden Tag da, so wie ich es war. Ich habe höllische Angst davor, dass es dir schlecht – richtig schlecht – geht, wenn du allein bist. Und ich habe Angst davor, dass du es niemandem sagen wirst. Wenn du es nicht schreiben kannst – selbst mir nicht – was wird dann geschehen? Ich muss sicher sein, dass das nicht passiert und dass es dir gut geht. Aber wenn du nicht ehrlich zu mir bist, dann wirst du vielleicht nicht mehr der alte Deacon sein, wenn ich zurückkomme.“

Deacon hörte sich die kleine Rede an. Dann legte er sich seufzend auf den Rücken und verschränkte schützend die Arme vor der Brust.

„Willst du wissen, wovor *ich* Angst habe, Crick?“

Crick drehte sich auf die Seite und sah ihn an. Deacon Blick blieb starr an die gelb getünchte Decke des billigen Hotels gerichtet. „Ja. Bitte … Baby.“

„Ich habe Angst davor, dass du nicht mehr nach Hause kommst. Ich habe Angst davor, dass dich meine dummen Beschwerden über irgendwelche alltäglichen Probleme so ablenken, dass du im entscheidenden Moment einen tödlichen Fehler machst, dass du dann nicht mehr nach Hause kommen kannst und alles wieder gut wird. Sag mir …" Deacon rieb sich über die Nase, als könnte er damit die Verstopfung in seinem Gehirn lösen und seine Traurigkeit vertreiben – zumindest so lange, bis Crick nicht mehr hier war und damit belastet wurde. „Sag mir, was ich tun soll, Crick. Lieber behalte ich alles für mich, bis du wieder bei mir bist, und schütte dann den ganzen Kübel Mist auf einmal über dir aus, als dass ich riskiere, dass du gar nicht mehr nach Hause kommst und … und …" Verdammt. Verdammt, verdammt, verdammt. *Sprich es schon aus, Deacon! Sag es, du Feigling, damit es für Crick genauso real wird wie für dich!* „Wenn einem von uns etwas passieren sollte, dann sollst du nicht denken, es wäre deine Schuld und du hättest mich im Stich gelassen. Das ist meine größte Sorge, Carrick. Also werde ich aus jedem Elefanten eine Maus machen, und wenn du nach Hause kommst, wenn ich dich wiederhabe, dann stehen die Chancen recht gut, dass es wahrscheinlich wirklich nur noch eine Maus war. Okay?"

Crick nickte schniefend und Deacon verfluchte sich, weil er ihn zum Weinen gebracht hatte. Er streckte die Arme aus und Crick schmiegte sich an ihn, drückte sein Gesicht an Deacons Brust und schluchzte sich das Herz aus dem Leib. Deacon rieb ihm tröstend über den Rücken. Stille Tränen liefen über seine Wangen. Er musste jetzt stark bleiben, und das konnte er auch. Carrick brauchte ihn.

Die drei Tage vergingen viel zu schnell. Sie bestellten Essen aufs Zimmer, duschten oft und verbrauchten eine ganze Flasche Gleitgel. Crick war überrascht, dass Deacon Kondome mitgebracht hatte, denn Deacon hatte seit Amy mit niemandem Sex gehabt und Crick – nun, der hatte vor Deacon mit niemandem Sex gehabt. Dann erwischte er Deacon dabei, wie der die Kondome in Cricks Gepäck verstaute.

„Deacon!", rief er jammernd und kam sich wie ein kleiner Junge vor.

„Crick!", rief Deacon jammernd zurück.

Es war Cricks letzte Nacht. Sie hatten schon alles gepackt, damit er morgen nur noch duschen und sich anziehen musste, bevor es Zeit wurde zu gehen. Deacon wollte einige Stunden später abreisen, nachdem Crick in dem Bus saß, der ihn nach Fort Benning zurückbringen würde.

Crick trat hinter Deacon und spielte mit dem Handtuch, das Deacon sich um die Hüfte gewickelt hatte. „Glaubst du wirklich, dass ich mit dem nächstbesten Kerl ins Bett springe, nachdem ich jetzt dich habe?"

Deacon musste wider Willen lachen, aber er drehte sich noch nicht zu Crick um. Nein, Crick würde nicht mit dem nächstbesten Kerl ins Bett springen. „Du hast auf mich gewartet, Crick. Weißt du, wie selten es das noch gibt? Wenn du ein Mädchen wärst, hätten wir eine ganze Kuhherde für dich bekommen." Er sah nachdenklich auf die kleine Seitentasche, in der er die Kondome verstaut hatte. Er hoffte inständig, dieser Reißverschluss würde nie wieder geöffnet werden.

„Aber warum …"

Deacon konnte den Anblick der Tasche nicht mehr ertragen. Er drehte sich um und – Wunder über Wunder! – legte den Kopf an Cricks Brust. Es ergab sich einfach so, weil Crick schließlich der größere von ihnen war. Crick hatte noch nicht geduscht, seit sie sich das letzte Mal (vor zwanzig Minuten) geliebt hatten. Er roch nach Sex und Schweiß. Deacon leckte ihm über die verschwitzte Brust, die so haarlos war, als wäre sie gewachst.

„Du wirst lange weg sein, Landei", murmelte er, als ob sie das nicht beide wüssten. „Und es gibt viele Dinge, über die du in dieser Zeit mit niemanden reden kannst. Wenn du … wenn du jemanden finden kannst, der dich hält und tröstet und für dich da ist …" Deacon hob den Kopf, stolz darauf, dass seine Augen trocken geblieben waren. Crick sah ihn wie erstarrt an. „… dann solltest du dieses Geschenk annehmen, Crick. Ich weiß, dass es nichts mit mir oder mit uns zu tun hat." Er legte die Arme um Crick und zog ihn fester an sich. „Es wird sehr einsam für dich sein, Carrick. Ich kann es nicht ertragen, wenn du einsam bist. Ich …" Der Gedanke brach ihm das Herz. Sich Crick mit einem anderen Mann vorzustellen war dagegen das kleinere Übel.

Crick nickte und Deacon konnte seinen warmen Atem in den Haaren spüren. „Aber ich werde sie nicht benutzen."

„Du darfst dich nicht in Gefahr bringen, nur um dein Versprechen zu halten. Nimm sie einfach mit."

Am nächsten Morgen wurden sie von dem schrillen Klingeln des Weckers aus dem Schlaf gerissen. Für eine Minute – länger war es nicht, Deacon hatte auf die Uhr gesehen – blieben sie Arm in Arm liegen. Crick legte den Kopf auf Deacons Brust.

„Bleib liegen", murmelte er. „So will ich dich in Erinnerung behalten. Wenn du im Bett liegst, hast du ein ganz besonderes Lächeln."

Deacon sah ihn an und … lächelte. „Wie das?"

„Normalerweise ist dein Lächeln zurückhaltend und irgendwie … beschäftigt." Crick drückte ihm einen harten Kuss auf die Lippen. „Aber wenn du im Bett liegst, dann ist es sanfter. Dann erinnert es mich am meisten an deinen Dad."

Deacon war so überrascht, dass er ihn mit offenem Mund anstarrte. Crick nutzte die Gelegenheit und küsste ihn wieder, hart und leidenschaftlich, bis Deacon kaum noch atmen und schon gar nicht mehr denken konnte. Genau das hatte Crick wahrscheinlich auch beabsichtigt, denn als Deacon wieder halbwegs zu sich kam, war Crick schon aus dem Bett gesprungen und halb angezogen.

„Willst du nicht noch duschen?", fragte Deacon verwirrt. Crick hatte gestern Nacht darum gebeten, Deacon zu toppen. *Ich will alles mit dir erleben.* Deacon konnte es noch an den ungewohntesten Stellen fühlen. Es war wunderbar. Aber er war zu lasch, um den neuen, effizienten Crick aus seiner morgendlichen Routine zu reißen.

Crick grinste ihn schief an. „Ich will dich so lange wie möglich auf der Haut spüren."

Deacon wurde rot und Cricks Grinsen breiter. Er zog ein T-Shirt und seine Uniformhose an, dann beugte er sich über Deacon und küsste ihn auf die blasse Brust. Deacon hatte eine typische Arbeiterbräune, sie reichte nur bis zu den Oberarmen. Als er an sich herabsah, stellte er beschämt fest, dass er rote Flecken auf der Brust hatte.

„Du wirst am ganzen Körper rot", sagte Crick erstaunt. Sein träges Lächeln war zauberhaft. „Mir ist das beim Sex schon aufgefallen, aber so ... Wow. Du bist meinetwegen von oben bis unten rot geworden!"

Deacon wurde noch röter und Crick lachte begeistert. „Oh Gott!" Deacon war sich noch nie so nackt vorkommen. Er setzte sich auf, zog die Beine an und schlug die Hände vors Gesicht.

Crick schaffte es trotzdem, ihm einen Kuss an die Schläfe zu drücken. „Es ist wunderschön", sagte er zärtlich. „Es ist wie ein Geschenk. Ich werde es mitnehmen und nie vergessen. Ich bin der einzige Mensch, der dich so kennt."

Deacon blinzelte durch seine gespreizten Finger. *Oh Carrick, du bist der einzige Mensch, der mich überhaupt kennt. Wie kannst du das nicht wissen?*

Crick zog grinsend die Stiefel an. Dann warf er einen erschrockenen Blick auf die Uhr. Er musste zum Bus und die Zeit wurde knapp. Hastig hängte er sich die Reisetasche über die Schulter und kam ans Bett zurück, um Deacon einen letzten Abschiedskuss zu geben.

„Lächelst du für mich, Deacon? Bitte! Ich will auch dein Lächeln mitnehmen."

In den schrecklichen Jahren, die diesem Abschied folgten, musste Deacon noch oft daran zurückdenken. Dieses Lächeln war wahrscheinlich das Tapferste, was er jemals getan hatte. „Ich liebe dich."

„Ich liebe dich auch." Ihr letzter Kuss war zart und bitter zugleich. Dann war Crick verschwunden. Deacon hörte seine Schritte, die sich über den Korridor entfernten und leiser wurden. Dann schlug eine Tür zu.

Deacon rollte sich auf die Seite, wo das Bett immer noch warm war und nach Crick roch. Er vergrub das Gesicht im Kissen und weinte wie ein kleines Kind.

9
ZWISCHEN DEN ZEILEN GELESEN

CRICK HATTE schon oft davon gehört, dass der Militärdienst vor allem aus einer Mischung aus Langeweile und plötzlicher Hektik bestand. Es stellte sich als wahr heraus. In den letzten drei Monaten hatte er einen Hubschrauberabsturz, massenweise Hitzschläge, etliche (sogar recht viele!) Durchfallerkrankungen und einige wenige Schusswunden behandelt. Wahrscheinlich konnte sich das jederzeit ändern, aber darauf legte er, ehrlich gesagt, keinen gesteigerten Wert.

Zu behaupten, dass es im Irak heiß wäre, war, als würde man die Sonne als heiß bezeichnen. Es war eine maßlose Untertreibung. Das konnte man nicht oft genug wiederholen, denn es war die reine Wahrheit.

Crick war in der Nähe von Farah stationiert. Wo das genau lag, hätte er beim besten Willen nicht sagen können. In seinem ersten Brief nach Hause erzählte er Deacon davon.

Deacon war entsetzt darüber, und das schrieb er ihm auch.

Verdammt, Junge – du hast also keine Ahnung, wo du bist, und noch weniger, was dich dort erwartet?

Dieser Brief steckte in einem Carepaket. Deacon schickte ihm Süßigkeiten, Bücher (Deacon schickte ihm mindestens zwei Bücher im Monat, was Crick in seiner Einheit sehr beliebt machte), Karten von Vorderasien und Zeitungsberichte über die jüngsten Kampfhandlungen in der Region.

Und Deacon schickte auch – obwohl das wahrscheinlich nicht seine Absicht gewesen war – eine ganze Ladung Sorgen.

Auch wenn er Crick nicht über alles auf dem Laufenden hielt – das wenige, was er schrieb, verursachte Crick mehr Magenbeschwerden als ein ganzer Topf Chili.

Entschuldige meine Handschrift. Ich habe mir schon wieder die Hand gebrochen, weil Shooting Star mich abgeworfen hat. Wenn das so weiter geht, muss ich in Zukunft dein Pferd reiten.

Deacons Pferd, Shooting Star, war sehr temperamentvoll. Sie biss und trat nach jedem, der sich ihr näherte. Deacon war der einzige, der mit dem Tier umgehen konnte. Soweit Crick sich erinnern konnte, war Deacon noch nie abgeworfen worden. Shooting Star verehrte Deacon und gehorchte ihm aufs Wort. Was war also passiert, dass Deacon sich nicht im Sattel halten konnte? Im Gegensatz zu Shooting Star war Cricks Lieblingspferd, Comet, sehr sanftmütig und geduldig. Crick freute sich darüber, dass der Wallach in seiner Abwesenheit auch etwas Aufmerksamkeit bekommen sollte. Aber ... er sorgte sich um Deacon. Und der Brief, den er einen Monat später von Deacon erhielt, war auch nicht sehr beruhigend.

Ich habe deine Schwestern besucht, bevor ihre Eltern nach Hause gekommen sind. Missy und Crystal haben mir erzählt, sie hätten Benny schon seit einiger Zeit nicht mehr gesehen. Sie hängt wahrscheinlich mit anderen Jugendlichen vor dem Spirituosenladen rum. Ich werde versuchen, sie zu finden, wenn ich das nächste Mal dorthin komme.

In diesem Brief steckten zwei Nachrichten, die Crick als besorgniserregend empfand. Die erste war, dass Benny verschwunden war.

Die zweite war die Erwähnung des Spirituosenladens.

„Wieso?", fragte Cricks Fahrer, Private Jimmy Davidovic. Jimmy fuhr den Transporter, während Crick sich hinten um die Verwundeten kümmerte. Sie waren auf dem Weg zu dem Feldhospital außerhalb von Farah. Wenn die Verwundungen – oder der Hitzschlag oder der Durchfall – besonders schlimm waren, nahmen sie den Helikopter. Es war ein gemischtes Vergnügen, mit dem Black Hawk zu fliegen. Einerseits war es aufregend, aber andererseits jagte es Crick eine Höllenangst ein, seit er zu dem Hubschrauberabsturz gerufen worden war. Es war ein einziges Schlachtfeld gewesen, ein wirres Durcheinander aus verbogenem Metall, Leichenteilen und Blut.

„Deacon trinkt keinen Alkohol", antwortete er Jimmy später, als sie durch das Feldlager zur Messe gingen. Sie hatten wegen des Krankentransports das Mittagessen verpasst und waren hungrig. Hoffentlich konnten sie noch etwas ergattern, das sie nicht selbst zu Durchfallpatienten machte. Normalerweise waren Deacons Briefe immer sehr allgemein gehalten. Der Vorteil daran war, dass Crick sie seinen Kameraden zeigen konnte. Er musste sich keine Gedanken machen, dass die Briefe mehr über sein Verhältnis zu Deacon preisgaben, als ihm lieb war.

Der Nachteil war, dass er nie erfuhr, wie es Deacon tatsächlich ging. Ob Deacon mit der Trennung zurechtkam und was er wirklich dachte. Crick hätte alles dafür gegeben, mehr darüber zu wissen. Deacons Briefe beunruhigten ihn mehr, als sie ihm halfen.

„Meinst du damit, dass er abends immer schon nach dem ersten Bier aufhört?", wollte Jimmy wissen. Crick sah ihn irritiert an.

89

„Deacon trinkt nicht. Punkt", schnappte er Jimmy an. Er machte sich ernsthaft Sorgen. Deacon trank keinen Alkohol und war, soweit Crick wusste, noch nie betrunken gewesen. Jedenfalls war das so gewesen, als Crick noch bei ihm war. Mist.

Jimmy sah ihn mit einem Schulterzucken an. „Mein Gott, Crick – wie schlimm kann es schon sein? Er schreibt dir und schickt Kekse! Das ist mehr, als die meisten hier von ihren Frauen bekommen. Noch mehr, und die Leute werden denken, dass ihr beiden was miteinander habt!"

Crick warf Jimmy einen bösen Blick zu. Bisher war noch niemand auf den Gedanken gekommen, das Crick schwul sein könnte. Aber das lag wahrscheinlich nur daran, dass die Leute hier blöder waren als ein Stück Kamelscheiße. Wer wie ein Soldat lief, wie ein Soldat sprach und Kampfuniform trug, der konnte per Definition nicht an anderen Männern interessiert sein. Blödsinn. Crick waren schon im ersten Monat mindestens drei ‚Gleichgesinnte' aufgefallen. Es war ein Wunder, dass sie noch keinen Club gegründet hatten. Aber außer dieser einen Sache, über die sie nicht reden konnten, hatten sie nichts gemeinsam. Trotzdem musste Crick sich jedes Mal zurückhalten, wenn Jimmy oder einer der anderen Männer ihre gar nicht so subtilen Andeutungen machten.

„Ich sage dir, Jimmy – der Mann trinkt nicht."

Sie ließen das Thema fallen. Crick dachte daran zurück, wie er und Deacon sich in dem Hotel das letzte Mal geliebt hatten. Es war ein wunderbares Gefühl gewesen, Deacon zu lieben. Und noch wunderbarer war gewesen, wie sehr Deacon es gewollt hatte. Crick hatte ihn genau beobachtet. Deacons grüne Augen hatten sich verdunkelt und seine Unterlippe hatte sich in höchster Konzentration nach vorne geschoben, als ob er schmollen würde. In seinem Gesicht war so viel mehr zu erkennen gewesen, als nur Lust und Leidenschaft. Deacon war ... er war erstaunt gewesen, verspielt und auf eine schüchterne Art ekstatisch. In seinen Augen hatte Crick den gleichen Ausdruck erkennen können, mit dem er selbst Deacon ansah, wenn sie sich liebten.

Es war nicht der beste Sex gewesen – für Crick war die Rolle als Top ungewohnt und er überließ sie lieber Deacon. Deshalb hatte es drei Monate gedauert, bis er sich fragte, warum ihn die Erinnerung daran nicht losließ. Sie suchte ihn heim wie das Bild eines Verbrechens, dass man sich wieder und wieder betrachtet, um den Grund dafür zu verstehen. Er dachte an Deacons Briefe zurück. Deacon schien ihm von Brief zu Brief älter und müder zu werden. Und in diesem Moment erkannte er die Antwort auf seine Frage.

Deacon hatte damals so jung gewirkt. Weil er noch jung *war*. Er war jung und verwundbar. Ihre Liebe war für ihn genauso neu und unbegreiflich wie für Crick selbst. Aber Deacon trug zusätzlich die Last der Verantwortung für die Ranch und – daran hatte er nie einen Zweifel gelassen – für Cricks Glück und Wohlergehen. Crick war es so gewohnt, zu dem ‚älteren' Deacon aufzusehen und sich auf ihn zu verlassen, dass ihm ganz entgangen war, dass Deacon nie eine eigene Jugend gehabt hatte.

Bis er in Cricks Armen lag.

Oh Gott. Was war zuhause los?

Deacon,

hier ist nichts los. Seit dem Hubschrauberabsturz im ersten Monat dreht sich alles nur noch um die Hitze, um kotzen und scheißen. Das erste, was mich hier begeistert hat, war das vorgeschnittene Brot. Jetzt kann mich nur noch eines von Hocker reißen – die Eisbeutel, die in unsere Helme passen. Ab und zu kommt auch die Armee auf gute Ideen.

Aber eins muss ich dir sagen, Kumpel. Ich mache mir langsam Sorgen um dich. Du bist vom Pferd gefallen, hast dir die Hand gebrochen, und warst in den letzten drei Monaten öfter krank, als in den zwölf Jahren davor. Du hast dir die Schulter ausgerenkt und mir nie verraten, wieso das eigentlich passiert ist. Ich weiß – du willst mir die schlechten Dinge erst verraten, wenn ich wieder zuhause bin. Aber ich mache mir Sorgen und habe Angst, dass ich zurückkomme und das Schlimmste, was ich vorweisen kann, ist meine Sonnenbräune, während von dir nichts mehr übrig geblieben ist.

Bitte, Deacon, schreibe mir die Wahrheit. Egal, was es auch ist, es kann nicht so schlimm sein wie die Sorgen die ich mir mache, weil du mir etwas verschweigst.

10
SCHREIBE MIR DIE WAHRHEIT

DIE WAHRHEIT – die reine Wahrheit – war, dass Jon mit einer Flasche Wodka auf der Ranch aufgetaucht war, als Deacon aus Fort Benning zurückkam. An diesem Abend hatte Deacon sich das erste Mal in seinem Leben betrunken. An diesem Zustand sollte sich in den nächsten drei Monaten nichts ändern.

Deacon lernte, damit umzugehen und es so gut wie möglich zu verbergen. Nachdem die Stute ihn abgeworfen hatte, weil er zum Frühstück zwei Tequila getrunken hatte, beschloss er, von seiner verstorbenen Mutter zu lernen, wie man als Alkoholiker halbwegs funktionieren konnte. Er wachte morgens auf, kotzte und nahm gegen seinen Kater einige Aspirin, die er mit einem Liter Wasser hinunterspülte. Mittags aß er Kekse und abends etwas Proteinhaltiges. Zum Nachtisch trank er, was gerade im Haus war, bis er endlich umkippte. Überraschenderweise bekam er keinen Bierbauch und wenn er nüchtern genug gewesen wäre, um darüber nachzudenken, dann wäre er vielleicht sogar stolz darauf gewesen. Er nahm sogar ab, und das erleichterte ihm sein morgendliches Jogging.

Patrick beäugte ihn misstrauisch, wenn er ab und zu hinter dem Stall stand und die Kekse wieder auskotzte. Jon sprach ihm eine aufgeregte Nachricht nach der anderen aufs Handy, aber Deacon rief ihn nicht zurück. Er hatte sich die Hand gebrochen, als er von Shooting Star abgeworfen wurde. Die ausgerenkte Schulter hatte er sich zugezogen, weil er verkatert und immer noch halb betrunken mit einem anderen Pferd gegen eine Stallwand geritten war. Gegen sieben Uhr abends musste er dringend einen Schluck trinken, weil seine Hände zu zittern anfingen. Aber kein Preis war zu hoch für die ersehnte Betäubung, die ihn die Stille im Haus nicht mehr wahrnehmen ließ, die ihm in nüchternem Zustand wie Glockengeläut in den Ohren klang.

Schreibe mir die Wahrheit.

Mist, dachte Deacon auf dem Weg zum Spirituosenladen. Das war der einzige Preis, den er nicht bezahlen wollte.

DER LADEN, der an einer Straßenecke lag, hielt gerade so eben den Mindestabstand zur Schule ein. Als Deacon das erste Mal hier war, um sich seinen Alkoholvorrat für die nächste Woche zu holen, hatte er noch ein schlechtes Gewissen gehabt und sich schuldig gefühlt. Mittlerweile hatte sich das aber gelegt.

An diesem Tag blieb er mindestens fünfzehn Minuten vor dem Laden stehen. Er stieg aus und lehnte sich an die geschlossene Wagentür. Sein Körper zitterte leicht in Erwartung all der verlockenden Getränke, die nur wenige Meter von ihm entfernt in den Regalen standen. Deacon war nicht sehr wählerisch – Hauptsache, er hatte etwas Starkes zum Abendessen. Die Nachwirkungen von Tequila waren zwar nicht sehr angenehm, aber dafür ließ er sich leicht kippen. Jack Daniels war auch gut, Wodka noch besser. Brandy war unübertroffen. Mit Mischgetränken hatte Deacon noch keine Erfahrung, aber da es ihm nicht auf den Geschmack ankam, war das auch nicht unbedingt nötig.

Schreibe mir die Wahrheit.

Seine Hände zitterten stärker und ihm stand der kalte Schweiß auf der Stirn. Er verbrachte seinen Tag damit, sich nach dem klaren Gift zu sehnen. Allein der Gedanke, Crick diese Wahrheit schreiben zu müssen, war erschreckend genug, um ihn den Rest des Abends hier bei seinem Wagen zu halten. Wenn das die einzige Wahrheit war, die er Crick schreiben konnte, dann musste er das ändern. Denn mit dieser Wahrheit konnte und wollte er Crick nicht belasten.

„Was ist los Deacon? Schaffst du es nicht mehr bis in den Laden?"

Deacon blinzelte und versuchte, sich auf die Stimme zu konzentrieren. „Ich gehe nicht in den Laden", sagte er benommen. „Ich wollte es, aber ich kann nicht." Sein Blick wurde wieder klarer und er sah das Mädchen an.

„Benny?", fragte er überrascht. Sie sah fürchterlich aus. Ihr Gesicht war hager und schmutzig und ihre Zähne waren so gelb, als hätte Benny sie seit Wochen nicht mehr geputzt. Ihr Haar war immer noch knallrot gefärbt, aber es war strähnig und verzottelt.

„Es wundert mich, dass du mich noch erkennst", fuhr sie ihn an. „Du läufst schon seit einer Woche jeden Tag an mir vorbei."

Seit einer Woche? „Ich habe dich gesucht", sagte er abwesend. Da hatte er sich wochenlang Sorgen um Cricks kleine Schwester gemacht und jetzt sie war *hier*, ausgerechnet hier, wo sie einen Logenblick darauf hatte, wie Deacon sein Leben das Klo runterspülte. Verdammter Mist.

„Seit wann?", wollte sie wissen. Die Welt um Deacon schien sich zu drehen, aber er erkannte die verzweifelte Hoffnung, die sich hinter Bennys zornigen Worten verbarg.

„Seit zwei Monaten", antwortete er. „Ich habe mich vor zwei Monaten in euer Haus geschlichen, um Missy und Crystal etwas zu essen zu bringen. Seitdem habe ich mich nach dir umgehört. Sie haben gesagt, dass du ab und zu vorbeikommst, aber sie wussten nie, wann du das nächste Mal auftauchst."

„Warum gehst du nicht mehr hin?", fragte sie misstrauisch und Deacon sah betreten zu Seite.

„Deine Mom hat mich erwischt. Sie hat mir mit der Polizei gedroht. Hat mich einen perversen Idioten genannt." Gott, das hatte ihn getroffen. Melanie Coates hatte kaum genug, um den Mädchen etwas zum Anziehen zu kaufen. Seit

Crick nicht mehr bei ihnen lebte, mussten sich die Kleinen ihr Essen selbst kochen. Und dann erwischte sie Deacon, der ihnen ein Marmeladenbrot machte, und schon schwang sie sich zur Mutter des Jahres auf. Deacon fand die Kraft, Benny in die Augen zu sehen. „Ich hatte keine andere Wahl, Benny. Ich gehöre nicht zu eurer Familie."

Benny sah ihn erschrocken an und sackte in sich zusammen. Sie ballte die Hände zu Fäusten und Deacon fiel auf, wie eng ihre Jacke über dem Bauch saß. Er hatte plötzlich eine Ahnung, warum sie von zuhause fortgelaufen war. *Mein Gott, Benny. Wie alt bist du? Vierzehn?*

„Mein Bruder liebt dich", sagte sie erstickt und die Tränen liefen ihr wie ein Rinnsal über die schmutzigen Wangen. „Wie kannst du da nicht zur Familie gehören?"

Oh Gott. *Mein Bruder liebt dich.* Deacon schluckte und kämpfte gegen seine aufsteigende Übelkeit an. „Es war nicht einfach", murmelte er. *Schreibe mir die Wahrheit.* Seit er Crick in Georgia zurückgelassen hatte, war das die einzige Wahrheit, die ihm über die Lippen gekommen war.

Benny griff nach seiner schweißgebadeten Hand und drückte sie. „Ja", erwiderte sie leise.

„Hast du es deinen Eltern gesagt oder bist du einfach weggelaufen, bevor sie dich rauswerfen konnten?", fragte er sie freundlich und ohne Vorwurf in der Stimme. Sie schien seine Ehrlichkeit zu schätzen.

„Na ja. Es scheint, als ob du nicht der einzige gewesen wärst, der am falschen Ort Trost gesucht hat, als Crick uns verlassen hat." Sie sah mit traurigen Augen auf ihren dicken Bauch. „Ich esse nicht genug", meinte sie entschuldigend. „Ich würde gerne, aber ich kann nie länger als eine Nacht bei meinen Freunden bleiben."

Deacon nickte verständnisvoll. „Du bist jederzeit auf der Ranch willkommen, Benny."

Benny sah ihn bitter an. „Ich werde nicht wieder bei einem Säufer leben, Deacon Winters. Bob hat mir gereicht."

Oh Gott. Sie musste so verzweifelt gewesen sein, und er war einfach blind an ihr vorbeigegangen, nur mit seinem eigenen Unglück beschäftigt. „Ich bin offiziell auf Entzug", sagte er und hoffte, sie würde nicht merken, dass er kurz davor war, schreiend in den Laden zu rennen und mit der erstbesten Flasche seine Sucht zu befriedigen.

„Das glaube ich dir erst, wenn ich es sehe", schnappte sie ihn an. Sie musste ihm angesehen haben, wie es um ihn stand. Aber er würde Cricks Schwester nicht im Stich lassen – das hatte er drei Monate lang getan. Aber jetzt war Schluss damit. Er konnte sie hier nicht einfach zurücklassen. Verdammt, das Mädel brauchte ihn.

„Ich werde es dir beweisen", sagte er gefasst.

„Und wie?" Die Frage war berechtigt. Sie hatte Gründe für ihr Misstrauen.

„Ich finde schon eine Möglichkeit. Aber erst musst du mit deinen Eltern reden. Essen. Baden. Deine Angelegenheiten regeln. Vielleicht können sie mit deiner Schule reden. Es ist leichter, wenn sie es tun. Wenn ich es versuche, wird das nur Ärger geben. Ist heute … Sonntag?" Verdammt, er zitterte schon wieder. Mist. Er musste wieder nach Hause. Er musste allein sein, um das Gift ohne Zeugen loswerden zu können.

„Ja, Sonntag." Sie sah ihn wissend an. Er biss die Zähne zusammen und richtete sich gerade auf.

„Kümmere dich um alles. Ich fahre dich noch bei deinen Eltern vorbei und warte vor dem Haus, damit nichts passiert. Du musst ihr Gebrüll und die ganze Scheiße nur vier Tage durchhalten. Am Freitag komme ich vorbei und hole dich ab. Dann beweise ich es dir. Bei Gott, das schwöre ich dir."

„Das ist leicht gesagt", flüsterte sie traurig. Sie wollte es ihm so gerne glauben. Deacon hätte sie am liebsten sofort mitgenommen. Aber er wusste genau, was ihm in den nächsten Tagen bevorstand. Und das konnte er ihr nicht zumuten. Wenn es nach ihm ginge, würde es nie jemand erfahren.

„Na gut. Ich schwöre es dir bei Crick." Er hielt ihr die Hand hin und sie schüttelte sie. Als sie den kalten Schweiß fühlte, verzog sie angewidert das Gesicht.

„Schaffst du es überhaupt, mich nach Hause zu fahren?", fragte sie unsicher. „Du siehst ziemlich beschissen aus."

„Ich schaffe es schon", versprach er und versuchte es dann mit der Wahrheit – früher war er darin gut gewesen. „Aber es wird knapp werden. Steig jetzt ein, Benny. Und erzähle ihnen nichts von dem Baby, bevor ich am Freitag wieder vorbeikomme. Bis dahin wird es mir wieder besser gehen."

Er brachte sie nach Hause und wartete ab, bis sie ihm aus dem Fenster zuwinkte und das Signal gab, dass alles in Ordnung wäre. Sie sah nicht sehr glücklich aus und er schwor sich erneut, sie nicht im Stich zu lassen.

Auf dem Rückweg musste er zweimal anhalten und sich übergeben. Zuhause schaffte er es gerade noch bis ins Badezimmer, dann ging es auch schon wieder los. Dieses Mal kam nur noch gelbe Magensäure hoch, als er würgend über der Toilette hing.

AM NÄCHSTEN Morgen saß er, zusammengekauert und in eine Decke gewickelt, in der Badewanne. Denn Kopf hatte er auf den Toilettendeckel gelegt. In der Ecke lagen seine vollgekotzten Klamotten. Von unten war Patrick zu hören, der nach ihm rief, so wie er es jeden Morgen tat.

„Patrick, kannst du mir einen Gefallen tun?", rief er heiser zurück.

Patrick war ihr Arbeiter, Parishs bester Freund und ein Teil von Deacons erweiterter Familie, seit Deacon noch ein kleines Kind gewesen war. Aber sich Patrick so zu zeigen, war wohl das tapferste, was Deacon jemals abverlangt worden war.

„Mein Gott, Deacon! Ist alles in Ordnung mit dir?"

Deacon zog die Decke fester um sich und hoffte, dass sein Magen einige Minuten Ruhe geben würde. Dann ließ er sich mit dem Rücken an die Badewanne fallen. „Patrick, kannst du mir einen Gefallen tun?", wiederholte er seine Frage. „Würdest du bitte Jon anrufen und ihm sagen, dass ich einige Tabletten Valium brauchen könnte?" Seine Lippen waren wie ausgetrocknet und fingen an zu bluten. „Und ein Glas Wasser wäre jetzt ein wahrer Segen."

Sich Patrick so zu zeigen, war schon schwer gewesen. Aber Jon gegenüberzutreten, war noch schlimmer.

Eine Stunde später betrat Jon das Badezimmer. „Deacon?", fragte er zögernd. Jon hatte allen Grund dazu. Erst vor wenigen Minuten hatte das Wasser, das Deacon getrunken hatte, dessen Magen wieder verlassen.

„Was noch von mir übrig ist", krächzte Deacon. *Bitte, Jon. Gib mir einfach die Valium und lass mich wieder allein.*

„Mein Gott." Jon hörte sich erschüttert an. „Deacon, was ist mit dir los? Du siehst todsterbenskrank aus. Was willst du mit dem Valium?"

Deacon wurde schwarz vor Augen und er musste blinzeln. „Valium ist ein Benzo." Er kürzte den Namen ab, weil er sich nicht versprechen wollte. Aber ansonsten war er recht stolz, sich noch daran zu erinnern. „Es wird gegen die Symptome von Alkoholentzug eingesetzt und hilft mir hoffentlich gegen das Gefühl, als ob meine Haut sich von den Knochen lösen wollte. Hast du es dabei?"

Jon gab ihm eine Tablette aus dem braunen Fläschchen, das er mitgebracht hatte. Er füllte ein Glas mit Wasser und reichte es Deacon. Deacon nahm die Tablette und trank das Wasser. Dann lehnte er den Kopf zurück und wartete ab, ob sein Magen sie akzeptierte oder ob sie wieder hochkommen würde.

„Ich habe sie von Amy", sagte Jon. „Sie war vor ihrer Prüfung ziemlich nervös und konnte nicht schlafen. Aber jetzt braucht sie die Tabletten nicht mehr, deshalb sind noch einige übrig geblieben. Hast du gerade Alkoholentzug gesagt?"

„Gott, bist du aufmerksam." Oh … Deacons Magen fühlte sich leerer an als Bobs Seele. Das bisschen Chemie hatte wahre Wunder bewirkt. Seufzend entspannte er sich etwas und hob den Kopf von der Toilette.

„Aber … Deacon, du warst in deinem ganzen Leben nur einmal betrunken. Und das ist schon drei Monate her."

„Ja", gab Deacon zu und wünschte sich, lieber schnell an seiner Scham zu sterben, als langsam an den Entzugssymptomen. „Willkommen zum Kater."

Jon wurde blass und setzte sich neben der Wanne auf den Boden. Dann verzog er angeekelt das Gesicht. Deacon hatte nicht immer sehr gut gezielt, wenn ihm der Magen hochgekommen war. „Ist das meine Schuld?"

Verdammt. „Sei kein Idiot. Es ist allein meine Schuld. Wahrscheinlich liegt es in der Familie. Mom ist daran gestorben. Und ich hätte es besser wissen sollen." Juhuu! Jetzt war das auch raus. Gut gemacht, Valium!

„Oh Mann …" Jon sah ihn unglücklich an. „Deacon, ich wusste nicht …"

96

Deacon fing an zu schwitzen. Er stank fürchterlich. Als ob die Kotze und der Durchfall nicht schon genug gewesen wären … „Ich habe es nie jemandem erzählt", murmelte er. „Parish wollte es mir erst auch nicht sagen. Es ist nicht deine Schuld, Jon. Der einzige Mensch, der Bescheid weiß, ist …" Deacon konnte den Namen nicht aussprechen. Nicht in diesem Zustand. Mein Gott …wie sollte er Crick jemals wieder in die Augen blicken können?

„Crick." Jon brachte den Satz für ihn zu Ende und fasste ihn an den Schultern. „Mann, Deacon! Du musst einen richtigen Entzug machen. Achtundzwanzig Tage und Behandlung und so. Ich besorge dir einen Platz in der Klinik und bezahle die Rechnung …"

„Vergiss es", murmelte Deacon. „Welchen Tag haben wir heute?"

„Montag. Warum?"

„Weil ich bis zum Freitag wieder nüchtern sein muss, deshalb. Cricks kleine Schwester kommt auf die Ranch, um hier zu leben. Bis dahin müssen alle Flaschen aus dem Haus verschwunden sein und Cricks altes Zimmer braucht mehr rosa und …" Mist, ihm wurde wieder übel. *Nein … nein … schon besser.* „… ich muss wieder als menschliches Wesen erkennbar sein."

„Cricks kleine Schwester?", fragte Jon verblüfft. „Wieso zum Teufel …"

„Sie ist schwanger, Jon." Deacon fragte sich, ob seine Psyche es durchhalten würde, wenn er die ganze Geschichte noch einmal erzählen müsste. Aber warum nicht? Gehörte das nicht zu einem Entzug dazu? „Ich bin seit einer Woche an ihr vorbeigelaufen, wenn ich mir Schnaps besorgt habe. Und ich habe sie nicht erkannt. Ich … ich habe sie im Stich gelassen und ich habe ihr ein Zuhause versprochen."

Ein Schauer lief durch seinen Körper und er zog die wärmende Decke fester um sich. Dadurch wurde es etwas besser. Das Schlimmste schien vorbei zu sein. Jedenfalls so lange, bis er das Valium wieder absetzen musste.

„Vier Tage?" Jon sah ihn an, als hätte Deacon den Verstand verloren. Nun, Deacon war ein funktionierender Alkoholiker. Da gehörte es dazu, den Verstand verloren zu haben. Oder nicht? „Womit fangen wir an?"

Deacon versuchte seufzend, sich aufzurichten. Er schwankte und stützte sich am Rand der Wanne ab. Dann drückte er langsam die Knie durch und lehnte sich an die Wand. Er hatte sich glücklicherweise schon an die ständigen Schwindelanfälle gewöhnt.

„Wie wäre es mit einer Dusche?", fragte er.

Jon nickte und stand ebenfalls auf. Dann sah er auf den Boden und verzog das Gesicht, als er erkannte, worin er gerade gesessen hatte. „Ich dusche nach dir. Hast du saubere Klamotten, die ich anziehen kann?"

„Tonnenweise", antwortete Deacon. Es stimmte. Er hatte sich seit Tagen nicht mehr umgezogen. Wer brauchte schon frische Kleidung? Er ließ die Decke einfach fallen, weil Jon ihn schon oft genug nackt gesehen hatte. Dann warf er sie in die Ecke zu den verdreckten Klamotten. „Ich wäre dir dankbar, wenn du das einfach verbrennen könntest und …"

„Verdammter Mist", flüsterte Jon und sah ihn entsetzt an. Deacon fühlte sich, als würde sein Kopf mindestens hundert Pfund wiegen. Er schaffte es nicht, an sich herab zu sehen. Also zog er einfach den Vorhang zu und drehte den Wasserhahn auf. Er hätte beinahe geschrien vor Schreck, so kalt war das Wasser. Seine Haut war überempfindlich und er musste sich zusammenreißen, um sich nicht wieder hinzuhocken. Zitternd stand er unter dem kalten Wasserstrahl. Jon stand vor der Dusche und Deacon hörte, wie er sich schwer auf den Toilettendeckel fallen ließ, um sich die Schuhe auszuziehen.

„Deacon … du bist nur noch Haut und Knochen. Verdammt, wann hast du eigentlich das letzte Mal gegessen?" Jon hörte sich wütend und resigniert an.

„Jon …"

„Ich meine es ernst! Hättest du mich nicht anrufen können? Und die Hand hast du dir auch gebrochen?"

Deacon fühlte ein Lachen in sich aufsteigen. „Ja. Ich habe mir die Hand gebrochen, die Schulter verrenkt und vermutlich sogar die Nase gebrochen, als ich nachts gegen die Tür gelaufen bin. Aber die habe ich mir anscheinend gleich wieder eingerenkt, bevor ich endgültig hinüber war."

„Hör auf damit!", schrie Jon und riss den Vorhang auf, gerade als das Wasser langsam warm wurde. Es war wie in einem Albtraum. Deacon stand vor ihm, nackt und zitternd, komplett am Arsch. Sein Leben war vollkommen aus den Fugen geraten und es gab niemanden mehr, bei dem er sich ausweinen konnte. Deacon hatte sie alle durch sein verantwortungsloses Verhalten enttäuscht und verloren.

Zitternd zog er an dem Vorhang, wollte allein sein mit seinem Unglück. Aber Jon ließ nicht zu, dass Deacon sich vor ihm versteckte.

„Hättest du nicht um Hilfe bitten können? Verdammt, Deacon!" Jons Stimme brach. Wenn Deacon sich vorher schon wie ein Stück Scheiße gefühlt hatte, dann … dann fühlte er sich jetzt wie wiedergekäute Scheiße. Seine Schuldgefühle schlugen über ihm zusammen, als wollten sie ihn unter sich begraben. „Warum hast du mich nicht früher angerufen?"

Deacon konnte Jon auf seine Frage keine Antwort geben. Er griff nach dem Shampoo, aber die Flasche rutschte ihm aus der Hand und fiel zu Boden. Als er sich nach ihr bücken wollte, legte Jon ihm die Hand auf die Schulter.

„Das mache ich", zischte er. „Wenn du dich jetzt bückst, kippst du wieder um."

Das stimmte wahrscheinlich und Deacon gab nach.

„Du hast meine Frage noch nicht beantwortet." Der Boden musste sowieso aufgewischt werden, also ließ Jon den Vorhang offen und fing an, Deacon die Haare zu waschen. Deacon ließ es über sich ergehen wie ein kleines Kind. Es war eine freundschaftliche Geste von Jon, die in Deacon nicht die geringsten sexuellen Gefühle auslöste. Dazu vermisste er Crick viel zu sehr.

„Welche Frage?" Oh verdammt. Es tat so gut, von einem Menschen berührt zu werden, auch wenn es nichts mit Sex zu tun hatte. Deacon sehnte sich so sehr nach menschlichem Kontakt, dass es für ihn in diesem Augenblick keine Rolle spielte. Deacon schloss die Augen und hoffte, Jon könnte die Tränen nicht sehen, die sich mit dem Wasser vermischten und über sein Gesicht liefen. Menschlicher Kontakt. Eine einfache Berührung. Es war fast so gut wie Schnaps. Wer hätte das gedacht?

„Warum hast du mich nicht schon früher angerufen?"

Jetzt war Deacon wirklich froh, die Augen geschlossen zu haben. „Weil ich nicht wollte, dass du mich so erlebst", flüsterte er. Ohne sich darum zu kümmern, dass er noch bekleidet war, kam Jon in die Dusche und legte Deacon den Arm um die Schultern.

„Dein Pech, Deacon", sagte er leise. Deacon klammerte sich hilflos an ihn, beschämt und trotzdem nicht in der Lage, es zu verhindern. „Dein Freund zu sein, war für mich immer ein großes Geschenk und ein Segen. Weißt du eigentlich, dass du auch ein Geschenk für meine Ehe bist? Egal, wie es dir geht, ich werde immer für dich da sein und du kannst mich nicht davon abhalten. Du wirst immer ein Geschenk für mich bleiben, ja?" Jon legte die Arme um Deacon und hüllte ihn ein wie eine behagliche, wärmende Decke. Dann fing er leise zu weinen an. Deacon gab den letzten Widerstand auf und lehnte sich haltsuchend an seinen Freund.

„Unter diesen Umständen wäre es dir vielleicht lieber gewesen, wir hätten dir statt dessen Silberbesteck geschenkt", murmelte er in Jons klatschnasse Schulter.

„Oh nein", flüsterte Jon zurück. „Davon haben uns Amys Eltern genug geschenkt. Dich gibt es nur einmal."

Deacon hätte nach dem duschen gerne etwas gegessen, vielleicht auch das Haus aufgeräumt und geputzt. Aber es blieb bei dem Wunsch. Jon schaffte es kaum, ihn abzutrocknen und anzuziehen, bevor Deacon wieder ins Bett kroch, um seine Entzugserscheinungen auszuschlafen. Als er gegen Abend wieder aufwachte und aus dem Schlafzimmer torkelte, konnte er sein Haus nicht wiedererkennen.

„Waren das die Heinzelmännchen?", murmelte er vor sich hin. „Wo sind die Flaschen geblieben?" Er ging durch den Flur ins Wohnzimmer und hätte sich am liebsten auf dem Absatz wieder umgedreht, um sich in seinem Bett zu verkriechen. „Ahh … verdammter Mist."

„Einen herzlichen guten Morgen, Deac", erwiderte Amy trocken und sah ihn über die Schulter hinweg an. Sie stand in der Küche am Herd. „Hast du wirklich gedacht, Jon würde mir nicht Bescheid sagen?"

Das Wohnzimmer war tadellos aufgeräumt. Nicht eine leere Flasche war mehr zu sehen. Auch das benutzte Geschirr war verschwunden. Amy hatte sogar Staub gewischt. Auch die Küche sah schon wesentlicher besser aus, obwohl in einer Ecke vier Mülltüten mit leeren Flaschen noch darauf warteten, nach draußen in die Tonne gebracht zu werden.

„Ich hatte gehofft, dass dich der Ekel von hier fernhält", erwiderte er ehrlich, während ihm schon wieder die Tränen in die Augen stiegen.

Sie legte den Kochlöffel hin und drehte sich zu ihm um. Die Augen in ihrem braunen Gesicht weiteten sich und Deacon dachte wieder sehnsüchtig an sein Bett zurück. „Nein", sagte sie mit gebrochener Stimme. Dann rieb sie sich mit der Handfläche über die Wange und drehte sich wieder zum Herd um. „So leicht wirst du uns nicht los. Obwohl ich dir möglicherweise später noch gehörig den Hintern versohle."

Seufzend kam Deacon ins Wohnzimmer und ließ sich an der Theke, die Wohnzimmer und Küche trennte, in einen Stuhl fallen. Wortlos füllte Amy ein Glas mit Wasser und stellte es vor ihm auf die Theke. Er trank es gierig aus und sie füllte es wieder auf. „Wo ist Jon?", fragte Deacon.

„Er füttert die Pferde", sagte sie kurz angebunden. Deacon sprang von seinem Stuhl auf.

„Mist. Ich muss ihm helfen."

„Setz dich wieder hin, verdammt!" Ihre Worte hallten wie ein Peitschenschlag durch den Raum. Deacon starrte sie an.

„Ich habe mein Leben lang die Pferde gefüttert!"

„Ist mir egal." Sie sah Deacon an und versuchte nicht mehr, ihre Tränen vor ihm zu verbergen.

„Oh Amy … verdammt." Er ging in die Küche und klopfte ihr auf den Rücken. „Nicht weinen. Ich bin es nicht wert …"

„Du hältst jetzt den Mund, Deacon Winters", schniefte sie, zog ihn ohne jede Vorwarnung in die Arme und klammerte sich an ihm fest. Er erwiderte ihre Umarmung. Amy schluchzte laut, als sie durch das T-Shirt seinen abgemagerten Körper fühlen konnte. Dann stieß sie sich von ihm ab und ging wieder zum Herd. „Halt den Mund und setzt dich wieder hin. Du wirst jetzt etwas essen. Um Himmels Willen – du siehst fürchterlich aus."

„Es geht mir gut", sagte er und zog den Stuhl zu sich heran. Es war eine schamlose Lüge, und wenn er Amy eben schon für wütend gehalten hatte, so wurde er jetzt eines Besseren belehrt.

„Gut?", schrie sie mit heiserer Stimme. „Gut, Deacon? Kannst du dich noch an das Footballspiel erinnern, nachdem ich so betrunken war, dass du mir den Kopf halten musstest und ich habe deine Schuhe vollgekotzt?"

Deacon kicherte leise. „Es war unserer letztes Schuljahr und du warst ziemlich angeheitert", gab er zu.

„Du hast mir keine Vorwürfe gemacht. Nicht ein einziges Mal. Du hast dich um mich gekümmert und mich gebeten, es Crick nicht sehen zu lassen. Aber du hast mir keine Vorwürfe gemacht." Mit einem lauten Knall wurde ein großer Teller mit mexikanischer Hühnersuppe vor ihm abgestellt. Ein Löffel wurde platschend in den Teller geworfen. Dann tauchte eine Scheibe Brot vor ihm auf, die dick mit Butter bestrichen war. Amy funkelte ihn böse an. Die Botschaft war unmissverständlich. Deacon nahm gehorsam den Löffel in die Hand und begann zögernd zu essen. Als sich sein Magen nach den ersten Bissen ruhig verhielt, langte er kräftiger zu.

„Du warst nur etwas ausgelassen", murmelte er mit vollem Mund. Die Suppe war wirklich köstlich.

„Und du warst nur sehr traurig!", fauchte sie zurück. „Glaubst du wirklich, dass wir dir dafür einen Vorwurf machen? Dass du traurig warst?"

100

Darauf fiel ihm keine passende Antwort ein. Er war drei Monate lang besoffen gewesen, hatte Crick, Jon und Amy belogen, Benny im Stich gelassen – es war so unverzeihbar, dass ‚traurig' sein Verhalten auch nicht ansatzweise entschuldigen konnte.

„Und du wolltest das alles alleine bewältigen", fuhr sie leise fort und sah ihn erwartungsvoll an. Ihm fiel immer noch nichts ein und er wich ihrem Blick aus. Sie würde sich damit nicht zufriedengeben, das war ihm klar. „Erinnerst du dich noch an meine Studienfreundin?", wollte sie dann wissen.

„Karen?", fragte er. Amy hatte ihm mehrere Studienfreundinnen vorgestellt, aber Karen war ihm am besten im Gedächtnis geblieben.

„Die, die du nach einem verpfuschten Schwangerschaftsabbruch ins Krankenhaus gefahren hast?", fuhr ihn Amy an. „Ja, Deacon, die meine ich. Habe ich dir schon erzählt, dass sie danach Medizin studiert hat?"

„Nein", erwiderte Deacon kopfschüttelnd.

„Habe ich dir schon gesagt, dass sie den Menschen heute noch erzählt, dass du sie dazu inspiriert hast? Sie sagt, wenn man sich so idiotisch verhalten hat wie sie und trotzdem mit so viel Hilfsbereitschaft und Freundlichkeit behandelt wird, dann muss man sein Leben einfach ändern und ein besserer Mensch werden."

„Oh Gott." Wie sollte er sich nach dieser Geschichte besser fühlen? Er konnte kaum den Löffel halten, so sehr zitterten seine Hände. Sein ganzer Körper schrie nach Alkohol, egal in welcher Form.

„Sie hat mir ein Rezept für Valium ausgestellt, weil meine Tabletten nicht stark genug sind für dich. Sie hat mir genug verordnet, um dich durch den Entzug zu bringen. Aber sie wollte mir nicht glauben, als ich ihr sagte, wie viel du unserer Schätzung nach noch wiegst. Ist dir klar, dass sie deinetwegen ihre Zulassung aufs Spiel gesetzt hat? Und sie hat es freiwillig gemacht, ohne dass ich sie darum bitten musste. Weil du ihr das Leben gerettet hast. Und sie ist nur eine von vielen. Sie ist nur eine von vielen, denen du geholfen hast, ohne sie richtig zu kennen. Du und Parish – ihr habt mindestens sechzehn Stalljungen gehabt im Laufe der Jahre. Crick mag der einzige sein, der geblieben ist, aber sie alle haben euch verdammt viel zu verdanken. Du bist immer für andere Menschen da gewesen, und jetzt …" Sie hatte während ihrer Rede nicht ein einziges Mal stillgestanden. Wie ein Wirbelwind war sie durch die Küche gefegt, hatte zwei weitere Teller auf den Tisch gestellt, Milch, die Jon offensichtlich frisch gekauft hatte, in Gläser gefüllt und schmutziges Kochgeschirr in die Spüle geknallt. Jetzt blieb sie stehen und sah ihn aus rotgeränderten Augen verzweifelt an.

„Jetzt hockst du in der Badewanne und kotzt – ganz allein?", schluchzte sie. Deacon legte den Löffel auf den Tisch, stand auf und nahm sie in die Arme. Ihr zierlicher Körper bebte. „Es tut mir leid", sagte er leise.

„Du hättest sterben können", murmelte sie in seine Brust. „Karen sagt, so viel Alkohol im Blut und nach dem Gewichtsverlust … wenn Patrick nicht panisch geworden und uns angerufen hätte … du hättest *sterben* können!"

„Danke", murmelte er. „Danke, dass ihr gekommen seid und mir geholfen habt."

„Bedank dich nicht bei uns!", rief sie. Ihre Stimme war nur gedämpft zu hören. Sie klammerte sich immer noch so fest an ihn, dass er sich kaum auf den Beinen halten konnte. „Hör auf, dich zu bedanken. Aber tu das nie wieder! Ich meine damit nicht das Trinken. Jeder macht Fehler und es gibt immer Rückschläge. Nur ... lass es nie wieder so weit kommen, dass wir dich vom Boden abkratzen müssen. Um Himmels willen, Deacon ..."

„Schhh", beruhigte er sie. In diesem Moment kam Jon zurück. Deacon sah auf und winkte ihn heran, um Amy seinen tröstenden Armen zu übergeben. Aber der dumme Kerl kam nur auf sie zu, stellte sich hinter Deacon und nahm sie beide in seine kräftigen Arme.

„Sie hat recht", flüsterte er Deacon zu. Der stand, zwischen seine beiden Freunde eingeklemmt, wie von einem warmen Mantel der Zuneigung und Liebe umgeben da. Ihm fiel nichts anderes ein, als ihnen sein Versprechen zu geben.

„Das nächste Mal bitte ich euch um Hilfe ... Ehrenwort. Ich werde das nie wieder tun."

Nach einigen Minuten ließen sie sich wieder los. Jon und Amy aßen im Stehen. Deacon setzte sich wieder auf seinen Stuhl. Nachdem ihm schon zum zweiten Mal der Löffel aus der Hand gefallen war, räusperte Jon sich vernehmbar.

„Du gibst deinen guten Vorsatz schon wieder auf", sagte er, halb scherzhaft und halb verärgert.

„Das stimmt nicht", murmelte Deacon. Seine Zähne fingen an zu klappern. „Aber ich will nicht ... Ich will mich nicht an das verdammte Valium gewöhnen."

Jon zog die Flasche mit den Tabletten aus der Tasche und legte eine davon neben Deacons Glas. Dann drehte er sich wortlos um und verließ die Küche.

Deacon seufzte und schluckte die Tablette. Dann sah er Amy beschwichtigend an. „Es wird nicht einfach sein", sagte er.

Amy zog die Augenbrauen hoch und nahm einen Löffel Suppe. „Das mit dem Mädchen auch nicht. Bist du sicher, du kommst mit einem Teenager im Haus zurecht? Mit einem schwangeren Teenager? In deiner Lage?"

Deacon zuckte mit den Schultern. „Ich kenne mich mit jungen Mädchen nicht aus", gab er zu. „Aber ich kenne dich. Und ich kenne Crick. Benny ist eine Mischung aus euch beiden – sie ist gebaut wie du und hat Cricks Temperament."

Amy gab lachend auf. „Das stimmt wahrscheinlich. Ich werde trotzdem ab und zu vorbeischauen, um euch zu helfen."

„Dafür wäre ich dir sehr dankbar." Deacon wollte noch etwas essen. Aber obwohl das Valium mittlerweile wirkte und ihm nicht mehr schlecht war, fühlte er sich gesättigt. Seufzend schob er den Teller weg. „Es wird ihr auch Vertrauen in mich geben. Ich habe ihr versprochen, für sie da zu sein. Ihr könnt mir helfen, es ihr zu beweisen."

Amy nahm Deacons Teller und stellte ihn nachdenklich ins Spülbecken. „Hast du über ein Entzugsprogramm nachgedacht, Deacon? Anonyme Alkoholiker oder so?"

Deacon erschauerte. „Amy, es fällt mir schon schwer genug, dich und Jon um Hilfe zu bitten. Glaubst du wirklich, ich könnte mich wildfremden Menschen anvertrauen?"

Amy nickte. „Ich glaube, du kannst keine halben Sachen machen. Für dich ist schon ein einziger Drink zu viel. Es gibt keinen Mittelweg."

„Das liegt in der Familie", stimmte Deacon ihr zu. „Wenn ich auch nur eine Flasche kaufe, bekomme ich sofort wieder Probleme."

Jon kam mit einem Stapel Papieren und der Badezimmerwaage unterm Arm in die Küche zurück. Er war offensichtlich im Büro gewesen und hatte sich Unterlagen ausgedruckt.

„Stell dich auf die Waage", schnauzte er Deacon an. Deacon seufzte und gehorchte seiner Anweisung. Konnte es wirklich noch schlimmer kommen, auch wenn er AA-Treffen besuchte? Eigentlich nicht. Erschrocken sah er auf die Anzeige der Waage. Mein Gott. Er wusste, dass ihm die Hosen von den Hüften rutschten. Sogar die Unterhosen. Aber das …

Jon biss die Zähne zusammen. In seinem Filmstar-Gesicht lag ein Ausdruck von Wut und tiefer Betroffenheit. „Du bist einsachzig groß und wiegst noch … einhundertfünfunddreißig Pfund. Verdammt."

Dem war nichts hinzuzufügen und Deacon wartete geduldig darauf, dass Jon weiterredete.

„Ich habe es mir ausgedruckt", fuhr Jon murmelnd fort. „Mein Gott, Deacon! Hättest du zu dem Jack Daniels nicht wenigsten Speck essen können?" Er zog einen Marker aus der Hosentasche und kringelte einige Zahlen rein. „Das ist dein Körpergewicht, das deine Größe und das die tägliche Valiumdosis in Milligramm. Es ist eine Mindestdosis und eine Höchstdosis angegeben. Du musst sie etwa eine Woche lang nehmen. Für heute hast du nur die Mindestdosis genommen. Reicht dir das? Kann dein männliches Ego damit leben? Kannst du für eine Woche deinen Stolz überwinden und einfach nur wieder gesund werden?"

„Ja, Parish", erwiderte Deacon demütig. Jon sah ihn verärgert an. Als er den Humor in Deacons Augen erkannte, gab er ihm einen Klaps auf den Hinterkopf.

Deacon musste noch ein Jahr, acht Monate und vierzehn Tage durchhalten.

> *Crick,*
> *du hast recht und es tut mir leid. Ich war nicht für dich*
> *da, als du mich gebraucht hast. Ich habe einige schwere Monate*
> *hinter mir. Alkohol ist nicht gut für mich – mehr möchte ich dazu*
> *nicht sagen. Es gibt auch einen Grund dafür, dass dein Päckchen*
> *später kommt. Aber der ist im Moment egal. Es gibt wichtigere*
> *Dinge, über die ich dir berichten muss – gute wie schlechte, also*
> *setz dich lieber hin. Wir hoffen trotzdem, dass es für dich gute*
> *Nachrichten sind.*

Wir haben Benny gefunden (eigentlich hat sie mich
gefunden) und sie muss Stief-Bob nicht länger aushalten, weil
sie jetzt mich am Hals hat. Sie ist in dein altes Zimmer gezogen.
(Wir haben übrigens auch die, äh, Kalender unter deinem Bett
gefunden. Sehr subtil, Crick. Und es hat viel Spaß gemacht, sie
zu erklären.) Das Baby bekommt im Februar mein altes Zimmer.
Ich hoffe sehr, dass du nicht in eines der Zimmer zurückziehen
wolltest. Es würde dir nicht leicht fallen, zwischen all den Farben
– Rosa, Violett, Orchidee, Pfirsich, Fuchsie, Lavendel und etwas
Weiß als Kontrast – zu entscheiden. Das Haus ist von oben
bis unten östrogengeschädigt. Noch so ein Mädchen, und den
Fensterläden wachsen Titten.
Deine Schwester hat sich recht gut eingelebt. Es hat etwas
gedauert, bis wir uns vertrauen konnten. Aber Jon und Amy
haben uns dabei geholfen. Benny wollte dir nicht schreiben, weil
sie sich schämt. Aber ich habe ihr gesagt, dass sie keine Angst
haben muss. Du wärst nur froh, dass es ihr wieder gut geht. (Mir
geht es genauso.) Ich habe ihr eine Kamera geschenkt, damit
sie Bilder von dem Baby machen kann. Jetzt macht sie ständig
Fotos von mir und sagt, sie wären ihr Brief an dich. Sie sagt,
du wüsstest schon, wie das gemeint wäre. Sie hat lange darüber
nachgedacht, ob sie das Baby behalten soll. Ich weiß nicht, wie
du darüber denkst, Crick. Benny sagt, dass wir beide der Grund
dafür sind, dass sie das Baby doch behalten will. Ich habe ihr
versprochen, dass sie und das Baby bei uns immer ein Zuhause
haben. Ich hoffe, das war in deinem Sinn. Wenn nicht, kannst du
mir nach deiner Rückkehr dafür die Hölle heiß machen, ja?
Das nächste Päckchen und der nächste Brief werden
wieder pünktlich kommen, das verspreche ich. Ich kann dir nicht
versprechen, keine Fehler mehr zu machen. Aber ich werde mir
alle Mühe geben, es nicht zu tun. Pass gut auf dich auf, Carrick
James.
Deacon

Der Brief war viel zu kurz und vieles blieb unerwähnt. Er enthielt kein Wort
darüber, wie leblos Deacons Körper sich anfühlte ohne Crick an seiner Seite. Kein
Wort darüber, dass Deacon in seinen Träumen Cricks Geschmack auf der Zunge
spüren konnte und dass er keine Luft bekam, wenn er aufwachte und Cricks Atem
nicht hören konnte. Kein Wort darüber, dass er eines nachts, nachdem er Cricks
letzten Brief gelesen hatte, in der Dunkelheit aufwachte, den Bauch voller Sperma
und bittere Tränen in den Augen.

Diese Wahrheit wäre auch für Crick zu viel gewesen.

11
DIE LEHREN AUS EINEM AUSFLUG

CRICK WUSSTE nicht, dass der Brief eine Woche zu spät kam. Er saß in irgendwo in der verdammten Wüste fest. Und es war nicht seine Schuld.

Ein Konvoi war zehn Meilen von ihrem Lager entfernt in einen Hinterhalt geraten und steckte fest. Crick wurde ausgeflogen, um bei der Versorgung der Verwundeten zu helfen und die Schwerverletzen auszufliegen. Jimmy kam mit dem Transporter nach, um auch die Leichtverletzen zurückzubringen, für die in dem Helikopter kein Platz war.

Das Chaos im Hubschrauber wurde durch das Chaos am Boden abgelöst. Nach der Landung schien die Welt nur noch aus achtzehnjährigen Jungs zu bestehen, die Crick von allen Seiten umgaben und nach ihm riefen.

Crick schaffte es. Er hatte zuhause einen ähnlichen Einsatz erlebt, als ein Bus mit älteren Kasinobesuchern von einem Laster gerammt worden war. Hier war es nicht ganz so schlimm, die Panik und das Schreien hielten sich vergleichsweise in Grenzen. Aber das ständige Gewehrfeuer im Hintergrund brachte ihn fast um den Verstand.

Crick selbst fühlte sich einigermaßen sicher. Er war von einer Horde junger Soldaten umgeben, die ihn sicherten. Er kümmerte sich um die Notversorgung und sie brachten die Schwerverletzen in den Black Hawk, um sie ins Lager zurückzufliegen. Dort waren genug erfahrene Ärzte, um die Jungs wieder zusammenzuflicken.

Crick blieb mit einem jungen Soldaten zurück, der eine Kugel im Bein hatte. Sie hockten hinter einem Panzer und hofften, dass das Gewehrfeuer der M-16 endlich verstummen möge. Aber das war nicht der Fall und Crick wurde sich langsam der Gefahr bewusst, diesen Einsatz nicht zu überleben.

Zum ersten Mal seit sie zusammen im Einsatz waren, freute Crick sich darüber, dass Jimmy mit seinem Transporter auftauchte. Aber dann, sie hatten den Konvoi kaum hinter sich gelassen, gab die Scheißkiste den Geist auf und kippte um. Eine Kugel hatte die Ölversorgung unterbrochen.

Jimmy hatte sich ziemlich aufgeregt und rumgebrüllt, weil er bei dem Transporter bleiben und Rettung abwarten wollte. Crick war sich nicht sicher, ob Jimmy den Ernst der Lage einzuschätzen wusste. Die Jungs bei dem Konvoi hatten sich verschanzt und rechneten damit, dort ausharren zu müssen, bis der Black Hawk zurückkam und sie evakuierte. Von ihnen war keine Hilfe zu erwarten. Wenn sie bei dem Transporter blieben, wären ihre Überlebenschancen minimal, dafür würden entweder die Kugeln der Angreifer oder die glühende Hitze sorgen.

Schließlich gab der Dienstgrad den Ausschlag. Crick war Sanitäter und hatte einen Streifen, Jimmy war Fahrer und hatte keinen. Crick legte den blutenden Soldaten auf eine Plane und kühlte sein Bein mit Eisbeuteln. Dann packte er die wichtigsten Medikamente und Verbandmaterial zusammen und legte sie ebenfalls auf die Plane. Er füllte seinen Rucksack mit Wasserflaschen und Trockenrationen und trug dem jammernden Jimmy auf, mehr Verpflegung und die Gewehre zu übernehmen.

„Warum kannst du die Gewehre nicht nehmen?"

„Weil ich unseren Patienten hinter mir herziehen muss, du Idiot!" Crick erwähnte nicht, dass seine Pechsträhne im Umgang mit einer M-16 auch in den letzten fünf Monaten nicht nachgelassen hatte. Mit der M-4 kam er recht gut zurecht, aber die M-16 und er würden nie Freunde werden. Er war der einzige in ihrer Einheit, dessen Waffe beim Üben jemals Ladehemmung gehabt hatte. Und das gleich zweimal.

Sie hatten es mit Private Blutlos gerade bis zum nächsten Hügel geschafft, als Crick sie kommen sah. Es war eine Einheit der bösen Jungs, die mitten auf der Straße marschierte. Es gab nur zwei Möglichkeiten: Entweder wollten sie die Einheit auslöschen, die Crick und Jimmy bei dem Konvoi zurückgelassen hatten, oder ihnen gehörte das ganze Land (worüber sich Crick immer noch nicht recht im Klaren war). Wie dem auch war, er und Jimmy schafften es rechtzeitig, die Straße zu verlassen und Deckung zu finden, bevor sie gesichtet werden konnten. Es grenzte an ein kleines Wunder.

Und es führte dazu, dass sie sich in der Wüste verirrten.

Natürlich wussten sie noch ungefähr, wo sie sich befanden. Dank Deacons Karten und den Zeitungsartikeln hatte Crick mittlerweile eine vage Vorstellung von ihrer direkten Umgebung. Aber das Gelände war hart, besonders wenn man zu Fuß querfeldein unterwegs war und einen Verwundeten hinter sich herziehen musste.

In der ersten Nacht wäre Private Blutlos (auch bekannt als Andrew Carpenter, ein höflicher junger Mann aus Georgia mit einer Hautfarbe wie der Nachthimmel in Ägypten) beinahe von einer der ekelhaften sandfarbenen Schlangen gebissen worden, die in der Dunkelheit den Schatten der Felsen verließen und auf Jagd gingen. Crick hatte das Biest gesehen, als es sich Carpenters Plane näherte, und mit einem Eisbeutel nach ihr geworfen. Die Schlange hatte sich umgedreht und ihn angezischt. Er warf einen zweiten Eisbeutel und hätte sie damit wahrscheinlich in die Flucht geschlagen, wenn Jimmy nicht durchgedreht wäre.

Jimmy nahm sein Gewehr *am Lauf* und schlug damit mehrmals auf die flüchtende Schlange ein.

„Jimmy, du verdammter Idiot! *Die Waffe ist nicht gesichert!*"

„Was?" Jimmy sah ihn an. Seine Augen glänzten wild und er wirkte völlig außer sich. Crick saß vor Private Carpenter und hatte ihm schützend die Hände auf den Kopf gelegt. Vorsichtig stand er auf und ging mit ausgestreckten Armen langsam auf Jimmy zu, fast so, als wäre der die Schlange.

„Private Davidovic, wenn Sie eine tödliche Waffe am Lauf nehmen und sie als Knüppel benutzen, hätten Sie dann bitte die Umsicht, *das Ding vorher zu sichern?*"

Jimmy sah auf die Waffe in seiner Hand und wurde bleich. „Verdammt, Leutnant. Gut, dass ich es war. Sie hätten sich bei Ihrem Glück wahrscheinlich den Kopf weggeblasen!"

Crick sah erst Jimmy, dann Andrew an, der ebenfalls auf Jimmy starrte. Dann setzte Crick sich kopfschüttelnd wieder hin und hielt nach der nächsten Schlange Ausschau. *Lieber Deacon,* formulierte er in Gedanken einen Brief, *langsam glaube ich dir, dass ich gar nicht so schlimm bin. Ich habe hier jemanden kennengelernt, der ist ein noch größerer Idiot. Wenn ich an seiner Stelle wäre, würde ich wahrscheinlich nicht mehr leben.*

Am nächsten Tag sahen sie eine große Spinne. Crick hatte alle Mühe, Jimmy davon abzuhalten, das Tier zu erschießen, als es im Gestrüpp verschwand. „Verdammt, die sind nicht giftig!", schrie er erfolglos. „Private, still gestanden!" wirkte schließlich.

Wow. Es war, als wäre Jimmy abgeschaltet worden. Er stand mit der gesenkten Waffe in der Hand da und sah Crick erwartungsvoll an. „Jimmy, wo sind wir?", fragte Crick mit Engelsgeduld.

Jimmy blinzelte verblüfft. „Ich habe keine Ahnung, Sir."

Crick nickte. „Aber ich. Ungefähr jedenfalls, und das reicht, um uns ins Lager zurückzubringen. Aber es reicht nicht, um zu überleben, wenn Sie hier wegen einer harmlosen Spinne rumballern und uns damit jeden Aufständischen auf den Hals hetzen, der sich in Hörweite befindet. Sie werden die Waffe jetzt sichern und sie Private Carpenter geben, bis ich Ihnen etwas anderes befehle." Dann drehte er sich zu der Plane um. Carpenter blutete nicht mehr, aber er zitterte von dem Wundfieber, das mittlerweile eingesetzt hatte. „Private Blutlos, wie geht es Ihnen?"

„Ich bin bei Bewusstsein, Sir."

„Meinen Sie, Sie könnten mit dem Ding hier besser umgehen als Jimmy?"

„Verdammt ja, Sir!"

„Hervorragend." Und damit machten sie sich wieder auf den Weg.

Sie rationierten das Wasser und benutzten die Eisbeutel so lange wie möglich, um ihre Helme zu kühlen. Aber nach drei Tagen in dieser lebensfeindlichen Umwelt hatten sie nichts Kühlendes, nichts Feuchtes und keine Geduld mehr. Und das war noch nicht das Schlimmste.

Ihre Notrationen, ein eingeschweißter, nahrhafter Eintopf, waren dazu gemacht, Temperaturen von über vierzig Grad auszuhalten. Aber offensichtlich war es in den letzten Tagen wesentlich heißer gewesen. Am dritten Tag saßen im Gestrüpp hinter einer Felsgruppe (nachdem sie es auf Schlangen abgesucht hatten) und der Wassermangel wurde zu einem ernsten Problem. Der arme Andrew schafft es schon nicht mehr, sich hinter den nächsten Felsen zu schleppen. Er lag seit zwölf Stunden auf der Plane in seiner eigenen Scheiße.

Dann endlich – Jimmy kam nicht mehr dazu „Gott, ist es heiß hier!", „Wann zum Teufel sind wir im Lager?" oder, Cricks Lieblingsspruch, „Ich habe Durst, Leutnant!" zu sagen, und Crick hätte ihn höchstpersönlich erschossen, wenn er es noch einmal gehört hätte – tauchte am Horizont zwischen zwei Felsen ihr Lager auf. Sie konnten den Hubschrauberlandeplatz, die Baracken und die Zelte erkennen. Cricks Lieblingsanblick waren die Duschen und die Messe, aber er war nicht wählerisch – nach den letzten drei Tagen kam ihm hier alles wie der Gipfel aller zivilisatorischen Errungenschaften vor.

Mit Ausnahme der fünf Meter langen Kobra, die zwischen den beiden Felsen lag und sie anstarrte.

„Was ist nur mit den Schlangen hier los?" fragte sich Crick laut. „Wirklich, ich bin an Klapperschlangen gewöhnt, und die sind schon nicht sehr angenehm … Aber die Viecher hier führen sich auf, als würde das Land ihnen gehören."

Hinter ihm seufzte Private Carpenter schwach. „Ja. Ich würde sie jederzeit gegen eine Mokassinschlange eintauschen."

Private Jimmy ließ sein Ende der Plane fallen und griff nach der M-16. Crick wurde davon überrascht und als er sah, was Jimmy vorhatte, stellte er ihm ein Bein und brachte ihn zu Fall.

Drei Meter vor der Kobra fiel Jimmy zu Boden. Die Schlange richtete sich zischend auf. Es war ein furchteinflößender Anblick. Ihr Körper war zusammengerollt und ihr Kopf pendelte zwei Meter über dem Boden.

„Verdammter Mist!"

„Kriech langsam zurück, du Idiot. Sehr, *sehr* langsam. Los!"

Ausnahmsweise tat Jimmy sofort, was ihm befohlen wurde. Als er wieder bei Crick ankam, sah er seinen Leutnant – der ihm nach Cricks bescheidener Meinung in den letzten Tagen mehr als einmal den Kopf aus der Schlinge gezogen hatte – wütend an und fauchte: „Zum Teufel, was soll das?"

„Jimmy, wo ist die Schlange?"

Jimmy sah über die Schulter auf den zwei Meter hohen Turm des Todes, der sie wütend anzischte. „Direkt vor uns, Sir."

„Und was ist hinter ihr, mein Schatz?"

Jimmy blinzelte ihn verständnislos an. „Unser Lager Sir."

„Und wie weit ist es entfernt, Private?"

Jimmy zuckte gleichgültig mit den Schultern. „Keine Ahnung, Leutnant. Eine halbe Meile?"

„Und wie weit schießt eine M-16?"

Es dauerte einen Augenblick. Einen qualvollen Augenblick. „Über tausend Meter, du Idiot", krächzte Private Carpenter dann. „Wenn du nicht versehentlich einen Unschuldigen treffen könntest, würde ich den Leutnant bitten, dich auf die

Schlange schießen zu lassen. Und zu der Verhandlung vor dem Kriegsgericht würde ich eine Tüte Popcorn mitbringen."

Schlange hin oder her, Crick musste lachen. Es war eine gar zu schöne Vorstellung. „Private, wenn wir es bis ins Lager geschafft haben, werde ich dafür sorgen, dass Sie ihre Tüte Popcorn bekommen."

„Ein Film mit Beyoncé wäre auch in Ordnung, Sir."

„Dann also Austin Powers, Private."

„Das ist ja alles recht nett, aber wie sollen wir an der verdammten Schlange vorbeikommen?", schnappte Jimmy sie irritiert an.

„Carpenter, haben wir noch die harten Eisbeutel aus Plastik?"

Sie warfen mit den Eisbeuteln nach der Schlange und benutzten Jimmy als Köder. Sobald sie sich auf den langsam zurückweichenden Jimmy konzentrierte, ging Crick vorsichtig um sie herum. Dann nahm er einen größeren Stein – etwa dreißig Pfund – und ließ ihn auf den Hals der Schlange fallen, direkt zwischen ihrem aufgerollten Körper und dem Kopf, der ernsthafte Anstalten machte, Jimmy aufs Korn zu nehmen.

Crick sprang zurück, bevor sie sich umdrehen und mit dem Kopf zustoßen konnte, um ihn mit dem tödlichsten Gift der Welt vollzupumpen.

Jimmy schnappte sich schnell einen anderen Stein und ließ ihn – glücklicherweise vorsichtig – auf den Kopf der Schlange fallen. Nachdem sie sicher waren, dass die Schlange den Kopf nicht mehr bewegen konnte, zog Crick sein Messer und schnitt das Biest zwischen den beiden Steinen in zwei Teile. Dann ließen sie das Teufelsvieh zuckend im Sand zurück und stolperten auf ihr Lager zu.

EINE STUNDE später lag Private Carpenter in der Chirurgie. Er bekam Bluttransfusionen, Flüssigkeit und Antibiotika, während die Schrapnellsplitter aus seinem Bein entfernt wurden. Crick war frisch geduscht und lag neben Jimmy auf einem Bett, wo sie ebenfalls behandelt wurden – allerdings ohne die Bluttransfusionen und die Operation.

Ihr Vorgesetzter kam vorbei, um ihnen dafür zu gratulieren, dass sie es geschafft hatten. „Hey, ich wollte bei dem Transporter bleiben. Ich bin für diesen verdammten Albtraum nicht verantwortlich", sagte Jimmy.

Der Captain sah ihn verächtlich an. „Dieser verdammte Albtraum hat dir deinen Arsch gerettet, Soldat. Wir haben den Transporter gefunden. Jedenfalls das, was noch davon übrig war, nachdem er von einer Bodenrakete zerfetzt worden ist. Wenn sie jetzt nichts dagegen hätten, möchte ich kurz den Vorhang zuziehen und Cricks Beförderung vornehmen."

„Oh Gott", fluchte Crick. „Eine Beförderung ist wirklich das letzte, was ich jetzt will."

Der Offizier lächelte ihn an. „Sie ist nur mit einer Gehaltserhöhung verbunden. Für einen zweiten Streifen reicht es noch nicht ganz."

„Gott sei Dank."

Der Captain stellte etwas neben Cricks Bett ab. „Ich habe die Kiste mit Ihren Sachen mitgebracht. Außerdem ist vor einigen Tagen ein Päckchen für Sie eingetroffen. Die Plätzchen sind wahrscheinlich schon stibitzt worden, aber die Briefe und die Bücher sind unberührt."

„Oh Freude!", rief Jimmy von der anderen Seite des Vorhangs. „Ich kann schon vor mir sehen, wie er wegen dem Typ zu strahlen anfängt wie eine verliebte Schwuchtel!"

Vor einigen Monaten wäre Crick bei Jimmys Bemerkung noch in Panik geraten. Aber mittlerweile wusste er, dass Jimmy einfach nur ein dämlicher Idiot war. „Besser schwul als dumm, du Idiot!", rief er zurück und Captain Somers lachte laut.

„Amen, Soldat. Übrigens können Sie Ihre Familie informieren, dass wir während der Feiertage Satellitenempfang haben und einen Bildschirm installieren. Es ist zwar nicht sehr privat, aber wenn Ihre Familie einen Computer hat, können Sie sich sehen. Die Gesprächszeit wird nach dem Dienstrang zugeteilt, Sie haben also gute Aussichten."

Crick starrte auf den großen, braunen Umschlag in seiner Hand. Er schien außer Deacons Brief auch Fotos zu enthalten. „Ich werde sie fragen", sagte er mit belegter Stimme. Es fiel ihm schwer, seine Sehnsucht nach Deacon zu unterdrücken. „Ich werde sie fragen, wann es ihnen am besten passt."

Der Captain nickt und wollte wieder gehen, da fiel ihm noch etwas ein. „Mein Sohn, Sie haben nach Weihnachten auch ein ganzen Monat Urlaub. Sie möchten ihn vielleicht zuhause verbringen, aber ..." Crick sah ihn sehnsuchtsvoll an. „... ich würde es Ihnen nicht empfehlen."

„Nein?", fragte Crick abwesend. Er war in Gedanken weit, weit fort.

„Nein." Captain Somers' Miene war ungewöhnlich sanft. „Ich habe es oft erlebt – ihr sehnt euch so nach euren Lieben, dass ihr es kaum noch aushalten könnt. Es gibt viele, die nicht mehr zurückgekommen sind. Damit war für sie alles aus. Denn wer desertiert, muss auch seine Familie verlassen, ob freiwillig oder unfreiwillig. Ich würde dir vorschlagen, dass du eine Woche Urlaub machst, in Deutschland beispielsweise. Denn Rest kannst du anschreiben lassen und wirst dann früher entlassen. Denk darüber nach, ja?"

„Ja, Sir", murmelte Crick und schluckte enttäuscht. Aber er hatte ja noch seinen Brief ...

> *Crick,*
> *du hast recht und es tut mir leid. Ich war nicht für dich da,*
> *als du mich gebraucht hast ...*

Crick las den Brief und vergaß die Welt um ihn herum. Dann las er ihn ein zweites Mal und versuchte, die Lücken zu füllen, die Deacon in seinen Worten gelassen hatte. Er öffnete das Päckchen und musste sich zusammenreißen, um nicht zu weinen, als er Bennys Fotos sah.

Auf den meisten Bildern war Deacon zu sehen.

Eine Nahaufnahme zeigte ihn, wie er seine Nase an der Schnauze von Cricks Pferd rieb. Deacon hatte die Augen halb geschlossen und – oh Gott! – dieses Lächeln, mit dem er Comet ansah. Es war das gleiche Lächeln, mit dem er Crick anschaute, wenn sie zusammen im Bett lagen – ein sanftes, zärtliches Lächeln, das ihn so jung und verletzlich wirken ließ. Crick drehte das Bild um und las, was Benny auf die Rückseite geschrieben hatte: *Ich habe ihm gesagt, er soll an dich denken.*

Crick schloss die Augen und überließ sich seinem Schmerz. Es schmerzte, dass Deacon glaubte, versagt zu haben. Es schmerzte, dass das schwere Leben seiner kleinen Schwester noch etwas schwerer geworden war. Es schmerzte, dass Deacon für ihn einspringen und ihr helfen musste. Und am meisten schmerzte es, ein Bild von Deacon in den Händen zu halten, ohne ihn berühren zu können.

Der Schmerz breitete sich in ihm aus, fuhr ihm in die Knochen und lag ihm auf der Zunge. Langsam sah er sich ein Bild nach dem anderen an.

Deacon mit Lucy Star im Ring, mit seinem üblichen, konzentrierten Lächeln auf den Lippen und in einer Jacke, die wie ein Segel um seinen Körper weht. Auf der Rückseite stand: *Es ist das einzige, was ihn für kurze Zeit vergessen lässt.*

Deacon und Benny. Sie hatte den Arm um seine Hüften gelegt und sah ihn an, als hätte sie ihn lange zu diesem Foto überreden müssen und würde jetzt ihren Erfolg genießen. Deacon lächelte sie resigniert an und verdrehte die Augen. Bennys Bauch nach musste sie mindestens im vierten Monat sein. Deacon wirkte neben ihr noch hagerer als auf den anderen Fotos. *Er ist mein Held.*

Deacon mit Amy und Jon. Crick wusste nicht, worüber sie geredet hatten. Aber Deacon hatte die Stirn in Falten gelegt und Amy sah ihn herausfordernd von der Seite an. Auf seiner anderen Seite stand Jon und blickte trotzig in die Kamera. Es gab noch ein ähnliches Bild, auf dem sie alle entspannt lachten. Nur Deacons Augen zeigten, dass er sich in seiner Haut nicht wohlfühlte. Auf der Rückseite erklärte Benny: *Sie haben ihm angedroht, dass sie dir zeigen wollen, wie viel er abgenommen hat. Es hat ihm nicht gefallen – er will nicht, dass du es erfährst.*

Oh. Verdammter Mist. Crick war ein Idiot. Wie hatte er so blind sein können. Er zog das Bild heraus, das Deacon mit Lucy Star im Ring zeigte. Dann holte er seinen Block aus der Kiste und verglich das Foto mit seinen Zeichnungen von Deacon.

Crick wusste, wie riskant es gewesen war, diesen Block mitzubringen. Er enthielt nur Zeichnungen von Deacon, und keine von ihnen wies ihr Verhältnis als heteronormal aus. Aber Crick wollte verdammt sein, wenn er zwei Jahre am anderen Ende der Welt verbrachte, ohne den Mann, den er liebte, nicht wenigstens in seinen Zeichnungen mitzunehmen.

Jetzt zahlte sich dieses Risiko aus. Er blätterte durch den Block (er kannte jedes seiner Bilder auswendig), bis er die Zeichnung fand, die Deacon mit der gleichen Jacke zeigte, wie er auf Shooting Star durch den Ring ritt. Das Pferd war übermütig und Deacon musste kämpfen, um nicht abgeworfen zu werden.

Die Zeichnung war nur eine grobe Skizze, denn Crick hatte damals schwer mit seinen Hormonen zu kämpfen gehabt. Aber die Jacke spannte sich über Deacons Brust.

Sie flatterte definitiv *nicht* wie ein Segel um seinen Körper.

Mein Gott … hatte Deacon wirklich so viel abgenommen? Crick sah sich jedes Foto genau an. Deacon, der vor dem Fernseher eingeschlafen war. Er hatte die Hand unter den Kopf geschoben und die Knöchel standen hervor. *Er sieht immer deine Lieblingssendungen, obwohl sie ihm eigentlich gar nicht gefallen.*

Und dann war es nicht mehr zu leugnen: Deacon auf dem Schwurstein. Er saß auf dem Felsen und blickte in den Himmel, die Ellbogen auf die Knie gestützt und den Kopf in den Nacken gelegt. In der gleichen Haltung hatte ihn Crick vor vielen Jahren, als Deacon noch ein Teenager war, gezeichnet. Damals war Deacon mehr traurig als nachdenklich gewesen und die Sonne hatte nicht ganz so strahlend geschienen. Aber ansonsten war es das gleiche Bild. *Von diesem Foto weiß er nichts. Er hat seit meinem Einzug zehn Pfund zugenommen. Aber ich wollte dir zeigen, wie schlecht es ihm gegangen ist, bevor ich auf die Ranch gekommen bin.*

Crick stockte der Atem. Oh Gott. Deacon.

Alkohol ist nicht gut für mich – mehr möchte ich dazu nicht sagen.

Er war nicht nur schlank oder sehnig. Er war nicht nur dünner geworden. Er war abgemagert und halb verhungert. Der alte Deacon, das waren zweihundert Pfund starke, zähe Muskeln gewesen. Jetzt waren da nur noch ein eingefallener Bauch, hervorstehende Schlüsselbeine und Rippen, die man zählen konnte.

Und das, nachdem er wieder zugenommen hatte?

Oh Deacon, was hast du dir nur angetan?

Crick starrte auf die Fotos in seiner Hand und wischte sich ab und zu die Tränen aus dem Gesicht. Es wusste nicht, wie lange er schon so da saß, als Jimmys Stimme von der anderen Seite des Vorhangs zu hören war. Er hätte den Mann am liebsten erwürgt.

„Alles okay, Leutnant? Ich habe das nicht ernst gemeint mit der Schwuchtel. Es ist doch nichts passiert zuhause, oder?"

„Nichts, bei dem ich ihnen von hier helfen kann", antwortete Crick mit gebrochener Stimme. Er überlegte, ob er mit Jimmy reden konnte, einfach zu ihm gehen und ihm die Fotos zeigen sollte, damit es wenigstens *einen* Menschen gab, der verstehen konnte, was in ihm vorging.

Aber Jimmy war nicht dieser Mensch. Jimmy würde Crick höchstens eine unehrenhafte Entlassung einbringen, aber er würde niemals verstehen, was die Fotos von Deacon auf den ersten Blick zeigten – dass Deacon den Preis für Cricks Dummheit zahlte, weil sie ihm das Herz gebrochen hatte.

Ich werde noch wütend genug sein, wenn du nicht mehr hier bist, hatte Deacon gesagt. Crick hoffte darauf. Er hoffte, dass Deacon gegen die Möbel treten und Cricks Namen verfluchen würde. Alles – alles! – war besser als das, was diese Bilder zeigten.

Deacon,

ich muss dir dafür danken, dass du mir in der letzten Woche das Leben gerettet hast – und das nicht nur einmal. Ich bin durch die Wüste geirrt (und das meine ich wortwörtlich), bin mit Giftschlangen konfrontiert worden und mit einem Private, dem ich am liebsten eine Kugel verpasst hätte. Aber die ganze Zeit habe ich an dich gedacht, und das hat mir den Arsch gerettet.

Du und deine verdammten Karten waren meine einzige Orientierung. Deine Internetrecherchen haben uns davor bewahrt, von Schlangen gebissen zu werden oder feindliches Feuer auf uns zu ziehen. Deine Vernunft hat verhindert, dass wir unser ganzes Wasser am ersten Tag schon ausgetrunken haben, dass wir keine Wachen aufgestellt haben und was weiß ich noch alles. Ich kann gar nicht alles aufzählen. Es war deine Stimme in meinem Kopf, die mir in diesen drei Tagen in der Wüste gesagt hat, was ich zu tun habe. Dass ich auf Schlangen und nächtliche Gefahren achten muss und nicht sinnlos rumballern darf. Mit deiner Stimme konnte ich einem verwundeten Mann, der sonst vielleicht aufgegeben hätte, wieder neuen Lebensmut zusprechen. Und – das schwöre ich, bei allem was mir heilig ist! – du hast auch verhindert, dass ich diesem Idioten, der hier neben mir liegt, eine Kugel in den Kopf geschossen habe für seine Dummheit.

Als ich wieder zurück im Lager war, habe ich erfahren, dass du nicht nur mich gerettet hast, sondern auch Benny. Seit sie drei Jahre alt war, habe ich sie nicht mehr so glücklich gesehen. Sie hat einen Fehler gemacht und Mist gebaut. Ich möchte wetten, dass du ihr das nicht ein einziges Mal vorgeworfen hast. Es wäre nicht deine Art gewesen. Du verurteilst die Menschen nicht für ihre Fehler. Du glaubst an das Gute in ihnen.

Deshalb darfst du dir selbst auch keine Vorwürfe mehr machen für das, was passiert ist. Das mit dem Alkohol hat mich tief getroffen. Aber nicht deshalb, weil du dich betrunken hast, sondern deshalb, weil ich nicht für dich da sein konnte, als du mich gebraucht hast. Du vergleichst dich jetzt wahrscheinlich mit deiner Mom. Du redest zwar nie darüber, aber du hast es nie vergessen können. Ich habe lange gebraucht, um das zu verstehen – dass solche Erlebnisse nicht einfach aus dem Gedächtnis verschwinden, nur weil man nicht mehr darüber spricht. Sie haben ein Eigenleben und verfolgen uns bis in unsere Träume. Ich kann mir nicht vorstellen, wie du es ertragen hast. Erst ihre Krankheit und dann, nach ihrem Tod, das leere Haus. Aber du musst mir eines glauben, Deacon – du warst nie so wie deine Mutter. Du warst immer für uns da und bist es immer noch.

Du redest dir vielleicht ein, dass du mich im Stich gelassen hättest. Aber ich habe mich selbst im Stich gelassen, und dir habe ich damit das Herz gebrochen. Damit muss ich leben. Es ist nicht deine Schuld. Du redest dir vielleicht auch ein, dass du Benny im Stich gelassen hättest. Aber sie wäre die erste, die zugibt, dass es ihre eigene Schuld war. Du hast sie, genau wie mich, über die Fakten des Lebens aufgeklärt, als sie noch ein kleines Kind war. Ich kann mich noch gut daran erinnern. Du bist danach tagelang mit einem roten Kopf rumgelaufen.

Du hast gesagt, es gäbe nur eine Sache, die du mir nicht verzeihen könntest – dass ich nicht zu dir zurückkehre. Das einzige, was ich dir nicht verzeihen kann, ist, dass du nicht mehr da bist, wenn ich zurückkomme. Bitte, Deacon – pass auf dich auf genauso gut auf wie auf Benny. Und – um Gottes willen! – du musst mehr essen. Die Fotos haben mir eine Heidenangst eingejagt.

Ich liebe dich.
Crick

12
DAS KIND BEKOMMT EINEN NAMEN

DEACON WAR verdammt froh darüber, sich in einen Mann verliebt zu haben. Er hätte es niemals ausgehalten, den Rest seines Lebens mit einer Frau verbringen zu müssen.

„Guter Gott, Benny! Was soll denn das? Es sieht aus, wäre hier jemand umgebracht worden!"

„Oh, Mist! Sorry, Deacon."

Benny steckte den Kopf aus der Badezimmertür. Deacon zog sich schnell den Reißverschluss zu. Neben Parishs altem Zimmer gab es ein geräumiges Badezimmer mit Wanne und Dusche. Deacon nahm sich vor, in Zukunft auch zum Pinkeln nur noch dieses Bad zu benutzen. Benny hatte keinerlei Respekt für die Privatsphäre anderer Menschen. Crick hatte ihrem Schlafzimmer schon einen ‚schwulen' Anstrich gegeben, aber was Benny mit dem Rest des Hauses gemacht hatte … Nun, ‚aufgemädelt' würde es nur unzureichend beschreiben.

Deacon ging zum Waschbecken und wusch sich die Hände. „Ernsthaft – was ist das? Es ist sogar an den Wänden."

Benny grinste ihn unter ihrem Handtuchturban an. Dann zog sie ihn sich vom Kopf. „Es ist ‚Blut-Granat-Burgunderrot'. Ich habe mir die Haare gefärbt."

Deacon beäugte misstrauisch die roten Streifen an den Wänden. „Das soll Haarfarbe sein? Benny, bist du dir sicher, dass sie sich wieder abwaschen lässt?"

Benny blinzelte schelmisch. Sie hatte große, blaue Augen unter ihrem dunklen (na gut: ‚Blut-Granat-Burgunderroten') Haarschopf und war auf ihre jungenhafte Art ein sehr hübsches Mädchen. Ihr dicker Bauch war ein verstörender Anblick für Deacon, denn er war ein unmissverständliches Anzeichen dafür, dass sie aus ihrer Adoleszenz direkt ins Erwachsenendasein katapultiert wurde.

„Mist. Ich hole gleich ein Wischtuch und Reinigungsmittel, Deacon. Es tut mir leid, aber die Flecken sind mir nicht aufgefallen. Wenn es nicht mehr abgeht, kann ich die Wand neu streichen. Ich verspreche es, ehrlich. Oder ich …"

„Schon gut, Shorty!", unterbrach Deacon ihren aufgeregten Redefluss, bevor sie aus Luftmangel umkippen konnte. Crick hatte genauso geredet, als er in ihrem Alter gewesen war. Und sie war sehr darauf erpicht, ihm nicht lästig zu fallen.

AN DEM Nachmittag, als sie Benny von ihrem Elternhaus abgeholt hatten, hatte sie auf der Treppe vor der Haustür auf sie gewartet. Sie hatte einen Kissenbezug neben sich liegen gehabt, in den sie ihre Kleider gestopft hatte. In der Hand hielt sie eine alte Stoffpuppe, die Crick ihr vor Jahren geschenkt hatte. Er hatte sich das Geld dafür von Parish leihen müssen. Und Benny hatte ein blaues Auge.

Deacon hatte sie und ihr Gepäck zu Amys Wagen gebracht und Jon gebeten, im Truck auf ihn zu warten. Dann war er zum Haus zurückgegangen und hatte an die Tür geklopft.

Als Bob Coates öffnete, hatte Deacon ihm einen Faustschlag in sein wutverzerrtes Gesicht verpasst und die Tür wieder zugezogen. Dann war er zum Truck zurückgegangen, war eingestiegen und hatte Jon gebeten, sofort loszufahren. Er hatte gewartet, bis die Wagen wieder auf der Straße waren und Benny ihn nicht mehr sehen konnte, und sich dann stöhnend die Schulter massiert. Deacon hatte nicht mehr die Muskeln, um richtig zuzuschlagen. Außerdem war er immer noch ziemlich schwach auf den Beinen und das Valium machte ihn schläfrig und schlapp. Aber es hatte ihm durch die schlimmsten Entzugserscheinungen geholfen. Er hatte erwartet, dass Benny mehr Gepäck haben würde, und da er selbst nicht in der Lage war zu fahren, hatte er Amy und Jon gebeten, ihn zu begleiten und ihren Wagen mitzubringen.

Benny hatte er dafür vor einigen Minuten einen anderen Grund genannt, der der Wahrheit näher kam. *Ich bin nicht der einzige, der dir helfen will, Shorty. Ich habe Unterstützung, die für mich einspringt, falls ich dich wieder hängen lasse.* Sie hatte ihn weinend umarmt und erwidert: *Du bist gekommen, Deacon. Schon dafür bist du mein Held.*

Jetzt krümmte sich Bennys Held stöhnend vor Schmerz auf dem Beifahrersitz des Trucks zusammen. Aber er war fest entschlossen, ihre Erwartungen in ihn nicht zu enttäuschen. Mit diesem Entschluss – und der Hilfe von Jon und Amy – hatten sie die erste Woche gemeistert.

ABER JON und Amy hatten ihr eigenes Leben, und auch Deacon hatte seine Verpflichtungen auf der Ranch. Nach einer Woche kehrten Jon und Amy in ihr eigenes Haus zurück und kamen nur noch einmal wöchentlich zum Abendessen zu Besuch. Deacon und Benny mussten wieder allein zurechtkommen.

Wie sich herausstellte, klappte es recht gut.

Benny besuchte den Unterricht für junge Mütter und lernte zuhause. Einmal in der Woche fuhr Deacon mit ihr zur Schule, sie gaben die Hausaufgaben ab, Benny absolvierte die wöchentlichen Tests und nahm die neuen Aufgaben mit nach Hause. Die Schule machte ihr keine Probleme und ihre Noten besserten sich. Deacon lobte sie dafür, eine so gute und fleißige Schülerin zu sein. Sie meinte nur, das Lernen würde ihr allein mehr Spaß machen, als mit den ganzen Idioten ihrer Klasse im normalen Unterricht zu sitzen. In ihrer freien Zeit kümmerte Benny sich um den Haushalt, nahm Telefongespräche entgegen, machte Termine mit dem Tierarzt aus und übernahm alles, was sonst noch so anfiel.

Deacon sagte ihr mehr als einmal, dass sie ihm eine unverzichtbare Hilfe geworden war.

Er selbst arbeitete auf der Ranch, fütterte und trainierte die Pferde, gab Reitunterricht, brachte die Tiere auf die Weide und kümmerte sich um die trächtigen Stuten. Er sorgte dafür, dass Evening Stars preiswürdiger Schwanz nicht einrostete und genügend Nachwuchs zeugte. Auch sonst erledigte er alles, was es außerhalb des Hauses zu tun gab. Im Haus und im Büro hatte Benny die Geschäfte übernommen und sorgte dafür, dass sie reibungslos liefen.

Sie hatte in gewisser Weise Cricks alte Aufgaben übernommen. Aber da Benny nicht zusätzlichen einen Job bewältigen musste, hatte sie mehr Zeit, sich um die Angelegenheiten der Ranch zu kümmern. Sie hatte sich einen Arbeitsplan aufgestellt, arbeitete vormittags im Büro und lernte nachmittags für die Schule. Und wenn Deacon am Abend ins Haus kam, hatte sie schon das Essen gekocht.

Deacon war die ganze Sache fast unheimlich, und das sagte er ihr auch.

„Du solltest in deinem Alter noch nicht so zuverlässig sein. Es ist nicht normal. Willst du nicht mit deinen Freundinnen ausgehen oder so?"

Benny sah ihn fragend an, als wollte sie wissen, was sie falsch gemacht hatte. „Ich ... Es tut mir leid ... Soll ich ... soll ich es anders machen? Was kann ich besser machen?"

Deacon lächelte sie an. Benny erinnerte ihn so sehr an Crick in diesem Alter, dass es ihm beinahe das Herz brach. „Du machst es wunderbar, Benny. Nur ..." *Es war ironisch, wie sehr ihn seine eigenen Worte an Jon erinnerten. „Nur vergiss nicht, dass du mich jederzeit um Hilfe bitten kannst. Du bist jetzt hier zuhause. Außerdem müssen wir demnächst einkaufen fahren. Du bist schon so dick, dass dir deine alten Klamotten nicht mehr passen. Wir können auch schon Sachen für das Baby besorgen. Und ..."* *Er verstummte, als er die Tränen in Bennys Augen sah. Daran waren bestimmt diese verdammten Östrogene schuld.*

Benny warf sich weinend in seine Arme. „Du bist Cricks Familie, Benny. Was hast du denn von mir erwartet?", murmelte er verlegen. Aber sie hatte ihm nicht antworten können.

So schlimm waren die paar Farbspritzer im Badezimmer eigentlich gar nicht. Sie waren ein Zeichen dafür, dass Benny sich hier wohlfühlte. Es bedeutete, dass sie sich vielleicht auch über das Fernsehprogramm streiten konnten, dass sie sich vielleicht bald ein Weihnachtsgeschenk für das Baby wünschen würde oder er eines Abends sein Essen selbst in die Mikrowelle schieben musste, weil er vor lauter Lesen die Zeit vergessen hatte. (Sie fuhren einmal in der Woche in die Bücherei. Deacon staunte immer wieder, was das Mädchen alles lesen konnte.)

Als sie zurückkam, wühlte er im Badezimmerschrank nach einer dieser alltäglichen Sachen, die sich immer dann als unverzichtbar herausstellten, wenn man sie nicht finden konnte.

„Was suchst du denn?", fragte sie. „Vielleicht kann ich dir helfen, damit ich dich endlich loswerde und hier putzen kann."

„Lippencreme", erwiderte er verlegen. Deacon hatte zwar schon einige Pfund zugenommen, war aber immer noch so dünn, dass er leicht austrocknete. Er trat zur Seite. Benny öffnete eine der kleinen Schubladen in dem Schränkchen am Waschbecken und zog …

… eine nagelneue Tube seiner Lieblingscreme mit Kirschgeschmack hervor.

Deacon nahm sie erstaunt entgegen. „Wo kommt die denn her?"

Sie zuckte mit den Schultern. „Die alte Tube war leer. Ich habe sie mitgebracht, als du mich das letzte Mal zum Einkaufen gefahren hast."

Deacon nickte nur. Seine gute Laune hatte ihn schlagartig verlassen. Wortlos drehte er sich um und verließ das Haus.

„Wo willst du hin?", rief Benny ihm nach, als sie hörte, wie er die Haustür öffnete. „Das Essen ist gleich fertig!"

„Ich habe vergessen, Comet zu füttern!", rief er zurück. Eine andere Antwort fiel ihm auf die Schnelle nicht ein. Zum ersten Mal seit fast drei Monaten wünschte er sich etwas – egal, was –, das ihm für kurze Zeit Vergessen bringen konnte.

Comet Star war das hässlichste Pferd, das Parish Winters jemals gezüchtet hatte. Ein Schuldner hatte ihm vor Jahren als Bezahlung eine Zuchtstute überlassen. Das Tier war ungelenk, knochig, hatte einen Senkrücken und ein plattes Gesicht. Ihr hellgelbes Fell war so attraktiv wie frische Babyscheiße.

Aber sie war ein unglaublich gutmütiges Tier. Ihr Name war – passenderweise – Sugar und sie war so geduldig, dass sie Reitanfänger auf ihr unterrichteten. Parish nannte sie ‚bombensicher', weil selbst ein Granateneinschlag sie nicht aus der Ruhe bringen konnte. Und da sie nur von Anfängern geritten wurde, konnte niemandem auffallen, wie unbequem man auf ihr saß.

Comet war ein Sohn von Sugar und Even Star und es war, als hätte die Natur in ihm Sugars Temperament mit einem Schuss Honig und Schokolade aufgepeppt. Die Gene von Even Star hatten ihm einen etwas besseren Körperbau mitgegeben – er hatte keinen Senkrücken und war auch nicht knochig, sondern hatte kräftige Hinterbacken –, aber sein Gesicht war genauso platt, wie das seiner Mutter. Auch seine schmutzig-beige Farbe war seit seiner Geburt keinen Ton dunkler geworden (er wurde offiziell als Falbe geführt; Parish hatte immer behauptet, jeder einigermaßen stolze Falbe, der mit einen solchen Fell aufwachte, würde es als Rache Gottes der Modeindustrie spenden wollen). Bedauerlicherweise war Gutmütigkeit kein erstrebenswertes Charaktermerkmal mehr in der Pferdezucht, deshalb war der arme Comet ein Wallach. Aber sie hatten das Fohlen behalten, weil er groß und kräftig zu werden versprach.

Parish hatte schon damals gewusst, dass Crick eines Tages ein Pferd wie Comet brauchen würde.

Deacon nahm sich einige Karotten aus dem Sack an der Stalltür, weil Comet ein Leckerli erwarten und ihn abschnüffeln würde, wenn er ihm nichts mitbrachte.

Als Deacon dem großen Trampel gegenüberstand, atmete er tief den Geruch nach Pferd und Stall ein. Woran lag es nur, dass diese Mischung aus Pferdemist, Schweiß und Heu immer so beruhigend auf ihn wirkte?

Comet fraß ihm die Karotten aus der Hand und stieß ihm mit dem Kopf vor die Brust. Deacon streichelte ihn zwischen den Ohren. Die Nähe zu Comet spendete ihm den Trost, nach dem er sich so sehnte.

„Wer braucht schon Jack Daniels?", flüsterte er Comet zu, obwohl er die Antwort auf seine rhetorische Frage sehr genau wusste. „Ich habe doch dich, mein Großer. Wir beide schaffen das schon, bis er wieder bei uns ist."

„Ich bringe dein Essen", sagte Benny hinter ihm. Deacon drehte sich um und sah einen Teller Eintopf und ein Glas Milch auf einem Heuballen stehen.

„Danke, mein Herz. Das wäre nicht nötig gewesen."

„Oh doch, Deacon", erwiderte sie und machte es sich auf einem der anderen Ballen bequem. „Du willst hier noch länger bleiben und kannst es dir nicht leisten, eine Mahlzeit ausfallen zu lassen. Noch nicht."

„Übst du schon für deine Rolle als Mama?", fragte er scherzhaft. Sie rümpfte die Nase.

„Ich brauche die Übung. Schließlich hatte ich zuhause nicht gerade ein gutes Vorbild dafür."

Deacon seufzte und gab Comet noch einen Klaps auf die Nase. Dann setzte er sich zum Essen auf den Heuballen. „Aber du hattest Crick", erinnerte er sie.

„Ja. Und ich hatte auch Parish und dich", fügte sie hinzu. „Hat Parish dich eigentlich jemals angeschrien, Deacon?"

Deacon musste an den Tag denken, an dem er seinem Vater mitgeteilt hatte, dass er seine Studienpläne aufgegeben hätte. „Einmal", sagte er leise und aß einen Löffel Suppe.

„Oh nein!", rief sie aufgeregt und Deacon fragte sich, was er denn jetzt schon wieder falsches gesagt hatte. „Jetzt habe ich dich schon wieder traurig gemacht!", schniefte Benny. Deacon rutschte an ihre Seite und legte ihr den Arm um die Schultern. Einer der angenehmsten Aspekte ihres Zusammenlebens war, dass sie beide ‚Off Limits' waren. Sie war zu jung und zu schwanger, und er zu alt und zu sehr in ihren Bruder verliebt. Es gab keinerlei sexuelle Erwartungshaltung, die ihre Beziehung zueinander hätte stören können. Sie waren fast wie Geschwister. Deshalb konnte sich Benny auf seinen Schoß setzen und er konnte sie umarmen. Deshalb konnten sie sich aneinanderklammern wie zwei kleine Kinder. Es gab keine Missverständnisse und kein unangemessenes Verhalten – es gab nur Verständnis und Trost. Deacon musste sich eingestehen, dass er genau das bei Comet gesucht hatte, weil er sonst in den Laden gefahren und sich Schnaps besorgt hätte.

Und jetzt hatte er auch Benny. Aber wenn er sie nicht wieder verlieren wollte, durfte er sie nicht enttäuschen.

„Shorty, du bist nicht für alles verantwortlich, was mich traurig macht. Vergiss nicht, ich bin Alkoholiker. Ich habe schon vor dir Probleme gehabt." Sie lehnte sich schniefend an ihn und fluchte leise über ihre verdammten Hormone. Er wies sie für ihre Wortwahl nicht zurecht.

„Es war die Creme, nicht wahr? Die mit dem Kirschgeschmack?", wollte sie wissen und gab sich dann selbst die Antwort auf ihre Frage. „Habt ihr die als Gleitmittel benutzt oder was?"

Deacon hätte sich fast an seiner eigenen Zunge verschluckt und röchelte etwas unverständlich Intelligentes vor sich hin. „Woher kennst du dich nur damit aus? Verdammt, Benny ... könnten wir bitte so tun, als ob ich eine unbescholtene Jungfrau wäre? Du bringst mich sonst um."

Benny lachte und Deacon war so froh, dass sie nicht mehr weinte, dass er die Peinlichkeit wegsteckte. „Ich hatte recht!", rief sie vergnügt. „Oh Gott! Wie *süüüß!*"

Jetzt musste auch Deacon lachen. Er hatte wirklich keine Ahnung, was schwule Paare in den Augen weiblicher Teenager so romantisch machte. Benny jedenfalls schien ihn und Crick für absolut hipp zu halten. Nun, umso besser für sie. Wenn Crick erst zurück war, würden noch genug Schwierigkeiten auf sie zukommen. Und es war schön zu wissen, dass Benny nicht dazu gehörte.

„Ja", sagte er leise. „Das haben wir." Und ausnahmsweise war die Erinnerung daran nicht mit dem bitteren Beigeschmack verbunden, den seine Sehnsucht nach Crick sonst ihm auslöste.

Sie schwiegen. Nur die Pferde waren zu hören, die sich in ihren Boxen auf die Nacht vorbereiteten. Die Sonne war schon untergegangen – es war bereits Oktober – und die Luft wurde langsam kühl. Deacon schälte sich aus seiner Jacke und legte sie Benny um die Schultern. Sie kuschelte sich an ihn.

„Was ist passiert, Deacon?", fragte sie leise. Deacon war so froh, über Crick reden zu können, dass er sich nicht die Mühe machte, seine Worte zu beschönigen, wie er es Jon gegenüber getan hatte.

„Na ja. Wir waren am Schwurstein", fing er an und musste grinsen. „Wir hatten gerade eine ganze Tube Lippencreme mit Kirschgeschmack aufgebraucht. Crick hat mich gefragt, ob es für immer wäre. Ich wollte ihm sagen, dass ich ihn nie wieder gehen lasse."

„Das verstehe ich nicht", warf sie ein.

„Benny, du lebst schon seit zwei Monaten bei mir und wartest immer noch darauf, dass ich dich anschreie oder mich betrinke."

„Und?"

Deacon lehnte den Kopf an die Holzwand und dachte an diesen Tag am Schwurstein zurück. Crick hatte ihn wie versteinert angesehen, noch bevor Deacon seinen Satz zu Ende gebracht hatte. „Nun, deinem Bruder ging es so ähnlich. Er hat jeden Tag erwartet, nach Hause zu kommen und seine Habseligkeiten auf dem Rasen vorzufinden. Bis wir endlich alle Missverständnisse aufklären konnten, hatte er sich schon verpflichtet. Es war gewissermaßen seine Art von Präventivschlag."

„Er wollte dich verlassen, bevor du ihn wegschicken konntest", sagte Benny verständnisvoll.

„Ja. Den Rest kennst du." Der Rest war sein persönlicher Tiefpunkt. Trotz Cricks letztem Brief, den Deacon wieder und wieder gelesen hatte, konnte er die Scham dieser ersten Monate nicht vergessen. Er würde es nie wieder gutmachen können.

Benny legte seufzend den Kopf an seine Brust. Die Stille war ihnen beiden willkommen. „Ich weiß nicht, ob ich ihm das verzeihen könnte", sagte sie nach einiger Zeit. Deacon sah sie überrascht an.

„Ich auch nicht. Was meinst du wohl, warum ich so viel getrunken habe?" Sie zuckte spürbar zusammen. Er versuchte schnell, die Wucht seiner Worte wieder abzumildern. Und er tat es, indem er ihr die Wahrheit sagte. „Aber ich werde ihm verzeihen, Shorty. Ich habe keine andere Wahl. Es ist Crick. Wie kann man deinen Bruder *nicht* lieben?" Er wartete ihre Antwort nicht ab. „Es ist unmöglich, ihn nicht zu lieben. Ich werde ihm verzeihen. Ich würde es sonst nicht überleben."

Sie dachte darüber nach. „Deacon, was ist dein zweiter Vorname?", fragte sie dann wie aus heiterem Himmel.

Er musste lachen. Der Witz war alt. „Parish."

„Wie dein Daddy?"

„Ja. Und sein zweiter Vorname war Preacher. Es war der Name meines Großvaters, dessen zweiter Vorname Pastor war, nach seinem Vater. So geht es immer weiter zurück, bis in die Zeit vor dem Goldrausch." Deacon wurde langsam müde und auch Benny wurde immer schwerer in seinen Armen.

„Dann waren sie wohl alle sehr religiöse Menschen, oder?"

„Ja. Deshalb heißt die Ranch auch *The Pulpit* – Die Kanzel. Es ist schon merkwürdig, weil ich nicht glaube, dass einer von ihnen jemals eine Kirche betreten hat. Jedenfalls nicht mehr seit der Zeit des Bürgerkriegs. Wieso wolltest du das wissen?" Ihre Haare rochen scharf nach dem Färbemittel, aber sie fühlte sich in seinen Armen wie ein Kind an, obwohl sie selbst schon ein Baby unter dem Herzen trug. Er wollte sie beschützen und behüten und konnte plötzlich verstehen, wieso Parish immer wieder neue Stalljungen auf die Ranch gebracht hatte. Es gab zu viele Kinder auf dieser Welt, die einen Vater brauchten. Parish hatte versucht, den Jungen dieser Vater zu sein, und er hatte diesen Wunsch an Deacon weitergegeben.

„Ich wollte das Baby Parish nennen", sagte Benny unerwartet. „Der Name passt auch für ein Mädchen. Ich dachte, ich könnte ihr noch deinen zweiten Vornamen geben. Dann hätte sie etwas von euch beiden gehabt."

Deacon schluckte gerührt. „Das ist schön, Benny. Parish wäre sehr stolz darauf." Er wollte sie nicht daran erinnern, dass sein Name es nicht wert gewesen wäre, weitergegeben zu werden. Sie sprachen hier von seinem Daddy.

„Ja", sagte sie seufzend. „Aber wenn ich ein Mädchen Parish Deacon nenne, werde ich wahrscheinlich wegen Kindesmisshandlung angezeigt."

Deacon kicherte. „Sehr wahrscheinlich. Was ist denn dein zweiter Vorname, Shorty?"

„Angela. Aber ich will sie nicht nach mir nennen. Es wäre wie ein Fluch."

Er legte ihr die Hand unters Kinn und sah ihr in die Augen. Ihr schmales, jungenhaftes Gesicht war ernst. Seit sie wieder regelmäßig zu essen bekam, hatte sie etwas zugenommen. Es stand ihr gut. „Dann nenne sie doch Angel, als Zeichen für die Hoffnung. Parish Angel. Es wäre ein hübscher Name für ein Mädchen, findest du nicht?"

Ein strahlendes Lächeln erhellte ihre Züge und erinnerte ihn an Cricks charmantes, schiefes Grinsen. Sie hatte Tränen in den Augen und wischte sich ihr Gesicht an seinem Hemd ab. „Wenn ich irgendwann noch einen Jungen bekomme, werde ich ihn Deacon Carrick nennen", drohte sie grinsend und Deacon musste lachen.

„Dann werde ich höchstpersönlich das Jugendamt verständigen und dich anzeigen."

EINE WOCHE später schickte Crick ihnen den Termin und die Uhrzeit für ihr ‚Feiertagsgespräch'. Er hatte sich früh beworben, weil die Chance bestand, dass er dann noch ein zweites Mal berücksichtigt werden würde. Ihr erster Termin war kurz nach Thanksgiving. Er schrieb ihnen auch über seine Pläne für den bevorstehenden Urlaub. Sie überraschten Deacon nicht sehr. *Bleib drüben*, schrieb er zurück. *Lass dir zwei Wochen geben, besorge dir einen Euro-Pass und besuche Paris und München. Besichtige die Museen und buche Ausflüge – tu alles das, was du dir immer gewünscht hast, als du noch studieren wolltest. Fahr überall dorthin, wo ich auch schon immer hin wollte. Du kannst es mir dann irgendwann später zeigen. (Tu alles, alles, aber bitte – komm nicht nach Hause, nur um mich wieder zu verlassen. Ich würde es nicht aushalten, Carrick. Es wäre wie ein zweiter Dolchstoß ins Herz.)* Den letzten Satz schrieb er natürlich nicht. Aber er war stolz darauf, ihn wenigstens gedacht zu haben.

Dann kam Thanksgiving – mit Jon, Amy, Patrick, Benny und Deacon. Sie hielten Crick einen Platz am Tisch frei. Es war ein schöner Tag, voller Lachen und Fröhlichkeit. Crick hatte am Abend unerwartet die Möglichkeit bekommen, sie anzurufen. Natürlich war er nicht allein im Raum, aber immerhin.

Als Deacon übers Telefon Carricks Stimme hörte, wurden ihm die Knie so weich, dass er sich setzen musste. Danach konnte er sich nicht mehr erinnern, worüber sie gesprochen hatten. Es war auch egal. Eigentlich hätten sie gar nichts sagen müssen. Sie hielten sich über ihre Briefe auf dem Laufenden und der Rest war viel zu nebensächlich für ihr erstes Gespräch nach über sechs Monaten. Aber sie brachten es hinter sich und danach gab Deacon den Hörer weiter. Er sah erschrocken auf, als er Jons Stimme hörte: „Ich werde es dir nie verzeihen." Aber

Jon winkte ab und brachte den Satz leise zu Ende. Dann kam der Hörer zu Deacon zurück. Crick hatte nur noch wenige Minuten Gesprächszeit.

„Du bist doch vorsichtig, Crick, nicht wahr?"

„Ja, Deacon. Ich habe dir versprochen, dass ich wieder zurückkomme. Es war kein Witz, was ich dir über deine Stimme in meinem Kopf geschrieben habe. Sie passt auf mich auf. Ich werde dich nicht wieder verlassen, das verspreche ich."

„Gut", murmelte Deacon und fragte sich, woher Crick den weggelassenen letzten Satz seines Briefes kannte. „Mehr will ich nicht."

„Du solltest mehr vom Leben erwarten", sagte Crick bitter, und bevor Deacon ihm widersprechen konnte, fügte er noch schnell hinzu: „Ich habe nur noch einige Sekunden, aber du weißt, was ich denke. Bitte sage es mir, ich muss es von dir hören." Dann verstummte er.

Es waren riskante Worte gewesen vor den Zuhörern auf Cricks Seite. Aber er beendete seine Briefe schon seit Monaten mit *Ich liebe dich*, während Deacon, der genau wusste, das Cricks Post gelesen wurde, immer nur schrieb: *Pass gut auch dich auf.*

„Ich liebe dich, Carrick. Ich werde dich immer lieben. Pass gut auf dich auf und komm wieder gesund nach Hause. Und brich mir nie wieder das Herz." Im Zimmer wurde es totenstill, aber das war Deacon egal. Crick musste es hören, und das allein rechtfertige alle Peinlichkeiten der Welt.

„Du sagst es, Deacon. Einmal hat gereicht." Cricks Stimme brach. „Wir sehen uns nächste Woche vor dem Computer", sagte er zum Abschied.

„Wir werden da sein."

„Bis dann", flüsterten sie beide. Dann war ihr Gespräch beendet. Deacon sah sich verlegen im Zimmer um. „Ich … ich gehe raus und sehe nach den Pferden", murmelte er. Jeder wusste, dass es eine Lüge war. Er hatte erst vor einer Stunde, kurz vor dem Nachtisch, nach den Pferden gesehen.

„Bitte nicht, Deacon", sagte Benny leise und schob sich unter seinen Arm. „Bleib bei uns. Du kannst ruhig weinen, aber geh nicht da raus, wo du ganz allein bist. Nicht heute."

Deacon seufzte und blickte in die Runde. Seine Freunde sahen ihn besorgt an. Er wollte nur ein paar Minuten alleine sein. Aber sie würden sowieso nicht mehr lange bleiben, und dann hätte er wahrscheinlich mehr Einsamkeit, als er sich eigentlich wünschte. Benny zuliebe brachte er ein müdes Grinsen zustande. „Männer weinen nicht, Shorty. Sie haben höchstens eine verstopfte Nase. Und wenn ich noch mehr verstopfe, als ich schon bin, brauche ich noch ein Stück Kuchen."

Eine Woche später saßen er und Benny in ihrer besten Sonntagskleidung in dem kleinen Büro neben Deacon und Cricks Zimmer. Sie warteten auf Crick.

> *Crick,*
> *ich weiß, dass meine Briefe an dich leicht in falsche*
> *Hände fallen können. Also solltest du diesen Brief vielleicht nach*

123

dem Lesen verbrennen. Ich freue mich unbändig darauf, dich wiederzusehen, selbst wenn es nur auf einem Computerbildschirm ist. Aber ich habe auch Angst davor. Ich habe Angst, dass mir meine Gefühle die Sprache verschlagen und ich nur dasitze und dich anstarre. Dann hätten wir diesen Moment verschenkt.

Ich sehne mich so danach, dich zu fühlen. Ich möchte dir so viel sagen, tausend bedeutungslose Kleinigkeiten, die nur du verstehen kannst. Ich träume von deinen Augen und deinem schiefen Grinsen, und ständig rede ich in Gedanken mit dir und bin dann enttäuscht und traurig, wenn du mir nicht antworten kannst. Ich liebe dich, auch wenn ich dir immer noch böse bin. Aber ich habe dir versprochen, dass ich dir nicht mehr böse sein werde, wenn du wieder zuhause bist. Mach dir keine Sorgen, ich werde meine Versprechen halten. Ich liebe dich, und alles andere zählt nicht. Ich würde für dich sterben, und ich darf gar nicht daran denken, dass du jetzt an einem Ort bist, an dem du vielleicht für unser Land sterben musst und ich kann dir nicht helfen. Ich bin froh darüber, dass du meine Stimme in deinem Kopf hören kannst und dass sie dir hilft, diesen Krieg zu überleben. Ich höre deine Stimme auch in meinem Kopf. Sie hilft mir, nicht den Verstand zu verlieren.

Das alles musst du wissen, und du musst es für später im Gedächtnis behalten. Deine zwei Jahre sind noch nicht einmal zur Hälfte vorbei, Baby. Wir werden es nicht schaffen bis zum Ende, wenn wir uns weiter so hängen lassen. Ich muss jetzt auch für Benny leben. Und du musst für mich leben, jeden Tag und jede Sekunde. Du darfst nicht damit aufhören.

Wenn du wieder nach Hause kommst, werden sich die Schleusentore öffnen und die Flut wird alles wegspülen. Dann bleiben nur noch wir beide, neu und rein, und wir werden uns spüren können und uns so nahe sein, als wären wir nie getrennt gewesen. Wenn du nach Hause kommst, werden wir Geliebte sein.

In der Zwischenzeit können wir uns nur auf dem Computer sehen und müssen so tun, als ob wir Brüder wären. Jetzt, wo dein Vorgesetzter die Genehmigung erteilt hat, können wir texten und ‚twittern‘ (Danke für das Wort, Benny). Wir werden uns jedes Wort genau überlegen müssen, so wie bisher auch. Aber du wirst wissen, dass ich dich immer noch liebe. Und das darfst du niemals vergessen. Es gibt einen Grund, warum du deine Unterschrift unter dem Vertrag nicht zurückgezogen hast, als du die Möglichkeit dazu hattest. Und es gibt einen Grund, warum ich es nicht von dir verlangt habe. Daran müssen wir uns immer erinnern. Es ist der Grund, warum wir die Menschen sind, die wir sind, und es ist der Grund, warum wir uns trotz aller Hindernisse immer lieben werden. Ich weiß, dass du Heimweh hast, Crick. Ich sehne mich genauso nach dir und es fühlt sich an, als wäre mir ohne dich meine Heimat genommen. Aber wir müssen jetzt durchhalten und hoffen, dass du in Frieden zurückkehren kannst.

(Wenn es dir auch nur halbwegs so geht wie mir, bist du mittlerweile wahrscheinlich geiler als ein Ziegenbock im Frühling. Ich will damit nicht vom Thema abweichen, aber ich möchte es doch erwähnen, damit du weißt, dass du dir auch um diesen Teil unserer Beziehung keine Sorgen machen musst.)

Kannst du dich noch an das Lied erinnern, das auf Jons und Amys Hochzeit gespielt wurde?

I need you like I want you. Always and forever. I want you like I love you. Always and forever.

Das ist ein Versprechen.

Deacon

13
EIN NÄCHTLICHER FEHLTRITT

CRICK LERNTE den Brief auswendig. Er besorgte sich aus einem Materialschrank transparentes Klebeband und versah das Papier mit einem Schutzüberzug. Dann faltete er es zusammen und steckte es zu den Fotos von Deacon in seine Börse. Wenn ihn jemand bestehlen und vor der ganzen verdammten Armee der Vereinigten Staaten outen wollte – nun gut, dann sollte er das tun. Dann musste der Dieb aber seinen Vorgesetzten auch erklären, warum Kameradendiebstahl ehrenhafter sein sollte, als die Briefe, die Deacon an Crick geschrieben hatte. Crick wäre ganz Ohr.

Er hatte die Börse als Talisman dabei, als er vor dem Computer stand und auf die Verbindung wartete. Was würde Deacon wohl denken, wenn er ihn nach so langer Zeit wiedersah?

„Mein Gott, Crick! Deine Brust ist ja fast doppelt so breit geworden!" Deacons Überraschung war offensichtlich. Crick hoffte nur, dass er der einzige war, der diese Überraschung richtig zu interpretieren wusste.

„Ja, großer Bruder", pflichtete Benny Deacon bei. Mein Gott, welche Farbe hatten ihre Haare den jetzt? Knallig war gar kein Ausdruck. „Du siehst zum Anbeißen aus."

Crick musste über Deacon lachen, der bei Bennys Kommentar das Gesicht verzog. „Igitt, Shorty. Also wirklich!"

„Oh Gott, Benny – deine Haare sind wahrscheinlich bis zum Mond zu sehen", sagte Crick lachend. Die beiden saßen zusammen wie Bruder und Schwester. Ihr Anblick machte Crick glücklich. Es erleichterte ihn, dass sie sich so gut zu verstehen schienen, und ihm fiel ein Stein vom Herzen.

„Dann kannst du vermutlich auch meinen Bauch sehen", meinte Benny, der die Verlegenheit ins Gesicht geschrieben stand. Sie drehte sich zur Seite. In dem eng anliegenden, schwarz-rosa gestreiften T-Shirt war unübersehbar, dass sie bald Mutter werden würde.

Crick nickte. „Wie weit bist du? Fünfter oder sechster Monat?"

„Im sechsten Monat. Sie kommt im Februar, kurz nach deinem Geburtstag. Aber bilde dir nichts darauf ein. Ich werde sie Parish nennen, nach Deacon und seinem Daddy." Deacon legte ihr die Hand auf die Schulter. Trotz des kleinen Bildschirms konnte Crick sehen, wie Benny sie sanft tätschelte.

„Parish Deacon?", fragte er verblüfft. „Das ist doch Kindesmisshandlung!"

Deacon und Benny lachten spontan. Crick wusste sofort, dass er mit seiner Bemerkung den Nagel auf den Kopf getroffen hatte. Es war offensichtlich ein alter Witz zwischen den beiden. Crick fühlte sich plötzlich wie ausgeschlossen. „Parish Angel", korrigierte Deacon, dem der verletzte Ausdruck in Cricks Miene nicht entgangen war. „Parry Angel. Das hört sich mädchenhaft genug an, um zu ihrem Zimmer zu passen." Deacon rollte mit den Augen und tat so, als müsste er sich gleich übergeben. Crick konnte wieder lachen. Aber es hielt nicht lange an.

„Hast du meine Geburtstagskarte bekommen, Deacon? Ich habe sie rechtzeitig losgeschickt." Deacon hatte Ende November seinen sechsundzwanzigsten Geburtstag gefeiert. Es erinnerte Crick daran, wie jung sein Geliebter – sein Held – noch war. Viel zu jung für die Verantwortung, die auf seinen Schultern lastete.

„Deacon!", rief Benny empört und gab ihm einen Klaps auf den Arm. „Warum hast du mir davon nichts gesagt?"

Deacon wurde so rot, dass Crick es auch in über sechstausend Meilen Entfernung noch sehen konnte. „War doch nicht so wichtig", grummelte Deacon. Von der Seite war seinem Gesicht deutlich anzusehen, dass er immer noch weit von seinem ursprünglichen Körpergewicht entfernt war.

„Doch, das ist es", widersprach Crick. „Es war am neunundzwanzigsten November, Benny. Geh mit ihm Eis essen oder so. Er hat immer noch nicht genug zugenommen."

„Es reicht mir schon, dass deine Schwester alles mit Käse überbacken muss!", protestierte Deacon halbherzig. Es tat Crick gut, die beiden so vertraut miteinander scherzen zu sehen. Für die Dauer der nächsten zwanzig Minuten konnte er daran teilhaben, konnte seine Sorgen und den Trennungsschmerz vergessen. Deacon sah immer noch gut aus, obwohl er so stark abgemagert war. Er wirkte etwas müde und seine Wangenknochen traten schärfer hervor, aber er war immer noch attraktiv, egal, ob er grimmig dreinblickte oder liebenswert lächelte. Selbst sein verkniffenes Alltagslächeln, dass er nur im Bett aufgab und durch sein spezielles Crick-Lächeln ersetzte, war wie Balsam für Cricks verwundete Seele. Und seine wunderbar grünen Augen, immer noch nachdenklich und …

Hatten sie ihn schon immer so traurig angeblickt? Vielleicht. Vielleicht war Crick nur zu unaufmerksam gewesen, um es zu bemerken.

Die Zeit verging viel zu schnell. Crick wünschte sich fast, sie hätten weniger geredet und sich einfach nur angesehen. Dann wären ihm die zwanzig Minuten länger vorgekommen.

Deacon fragte Crick noch, ob sein Weihnachtsgeschenk schon angekommen wäre. Er hatte ihm ein nagelneues Blackberry geschickt, damit sie sich Texte schicken und twittern konnten.

„Benny hat es programmiert. Es ist alles so vertraulich wie möglich eingerichtet. Wir müssen nur verdächtige Wörter meiden, aber das sollte dir nicht schwer fallen. Du findest mich unter ‚DP' und …" Deacon verstummte, als Crick in lautes Gelächter ausbrach.

„Benny, du kleines Biest! DP?"

Benny wurde rot. „Ich schwöre dir, Crick, es ist mir erst aufgefallen, als die ganze Pornowerbung eingetrudelt ist."

Deacon blinzelte ihn mit seinen großen, grünen Augen ahnungslos an. *Er ist nicht nur jung, er ist auch unschuldig,* fuhr es Crick durch den Kopf.

„Was ist daran so komisch?", knurrte Deacon.

Crick schluckte tief. „DP ist eine Pornobezeichnung, Deacon. Es ist die Abkürzung für doppelte Penetration."

Deacon blinzelte wieder und seine Kinnlade klappte herunter. Dann wurde er knallrot. „Oh Mann, dann werde ich die beschissenen Angebote in den nächsten achtzehn Monaten gar nicht mehr los. Ich hoffe, ihr seid jetzt zufrieden und glücklich mit dem, was ihr erreicht habt."

Crick sah ihn zärtlich an. „Oh ja, Deacon. Ich bin seit einem halben Jahr nicht mehr so glücklich gewesen wie heute." Der Private, der für die Computerverbindung zuständig war, gab ihm das Zeichen, langsam zum Ende zu kommen. Crick hätte ihn am liebsten ignoriert, weil er noch so viel zu sagen hatte. Aber das war nicht möglich. „Leute, ich muss jetzt ..."

Deacon schluckte und sah ihn grimmig an. „Fröhliche Weihnachten Crick. Ich werde jeden Abend pünktlich um neun Uhr über Twitter zu erreichen sein. Dann ist es bei dir sieben Uhr morgens, stimmt das?"

Crick nickte. Er war der modernen Technologie noch nie so dankbar gewesen, auch wenn das kleine Ding, das Benny für ihn ausgesucht hatte, knallrosa war. „Perfekt. Aber ich kann dir nicht über alles berichten", sagte er zurückhaltend. Deacon nickte nur.

„Ich verstehe. Uns interessiert sowieso nur ein einziger Satz. Das reicht uns, wenn du für mehr keine Zeit hast."

Es geht mir gut. „Verstanden", erwiderte Crick. „Deacon, ich habe deinen Brief bei mir."

Deacon sah ihn erstaunt und resigniert an. „Ich habe jedes Wort ernst gemeint." Code. Jedes Wort genau überlegen. Mehr hatten sie nicht, aber die Botschaft war angekommen.

Crick verließ das Zelt. „Hey, Crick! Wo war sie?", rief einer des Soldaten ihm nach.

Crick sah sich überrascht um. „Wer?"

„Es geht das Gerücht um, dass zuhause jemand auf dich wartet. Dass du deshalb nicht ... du weißt schon ..." Dass er deshalb nicht hinter jeder Frau her war, die in ihr Lager abkommandiert wurde. Dass er sich nicht für den eingeschmuggelten Porno interessierte und sich mit den Bildern, die Private Comptons Frau regelmäßig schickte, unter der Dusche einen runterholte.

„Ja", murmelte Crick errötend. Er wusste. „Wir haben unsere Beziehung gewissermaßen auf Eis gelegt, bis ich wieder zurück bin. Das eben war meine Familie. Mehr brauche ich nicht."

ER BRAUCHTE einige Zeit, sich ans Twittern zu gewöhnen. Ihre ersten Nachrichten waren steif und voller Tippfehler. Aber nach einiger Zeit war Crick auf der kleinen Tastatur fast so schnell wie Benny. Auch Deacon wurde langsam besser. Aber es konnte die Briefe nicht ersetzen, die sie sich weiterhin regelmäßig schrieben. Dafür war Crick dankbar, denn so konnte er Deacon ab und zu eine Wahrheit schreiben. Er schrieb ihm, wie sehr das Versteckspiel ihn belastete. Er schrieb ihm, dass er jetzt sogar ab und zu ein Pornoheft auslieh und es mit auf die Toilette nahm, nur um nicht aufzufallen. Er schrieb ihm, wie idiotisch er sich dabei vorkam. Und jedes Mal, wenn seine Verzweiflung allzu deutlich wurde, schickte Deacon ihm einen wunderbaren, zärtlichen Liebesbrief. Den beklebte Crick mit der Transparenzfolie und steckte die ihn seine Börse, die immer dicker und voller wurde.

Aber auch diese Briefe konnten ihn nicht trösten, als im Februar das Handy klingelte.

DP @Crick – Das hübscheste Baby aller Zeiten. Siehe Link.

Und – Gott! – war das Baby hübsch! Benny sah müde und erschöpft aus, wie sie da in einem Krankenhausbett lag und das kleine Bündel in den Armen hielt. Das Baby hatte große, blaue Augen, aber sie hatten die gleiche Form wie Bennys und Cricks Augen. Es gab noch ein zweites Bild, das Benny aufgenommen hatte. Es zeigte Deacon mit dem Baby. Er sah unbeschreiblich glücklich aus. Seine Augen strahlten und waren voller Liebe auf das kleine Wesen gerichtet, das er in seinen großen Händen hielt. Crick erkannte, dass er etwas Unwiederbringliches verpasst hatte. Benny war von zuhause ausgerissen und hatte eine schwere Zeit hinter sich. Aber sie hatte ihr Leben wieder im Griff und sie hatte Deacon etwas geschenkt, das Crick ihm niemals geben konnte.

Crick @DP – Du bist verliebt, gib es zu!
DP @Crick – Sie hat deine Augen.

Crick kämpfte mit den Tränen. Oh Gott … *Deacon, die Kleine wird dir das Herz brechen, wenn du nicht gut aufpasst. Es muss in der Familie liegen.*

Crick @DP – Lass nicht zu, das sie dir das Herz bricht.
DP @Crick – Es ist viel stärker, als es früher war. Es ist groß und stark genug für euch alle.
Crick @DP – Ich muss Schluss machen. Richte Benny und Parry Angel aus, dass ich sie liebe.
Und dich auch, Deacon. Dich liebe ich mehr, als alles andere auf der Welt.

So KAM es, dass Crick sich niedergeschlagen und unglücklich fühlte, als seine zwei Wochen Urlaub genehmigt wurden. Dazu kam noch, dass Jon und Amy, während er in dem Transportflugzeug nach Deutschland saß, ihren ersten Hochzeitstag ohne ihn feierten.

Sobald er auf der deutschen Militärbasis gelandet war, meldete er sich ab. Zu seiner großen Freude hatte er das Glück, Private Jimmy über den Weg zu laufen. Crick stand vor der Basis und wartete auf den Bus nach Berlin, von wo aus er dann in einigen Tagen mit dem Zug nach Paris fahren wollte. Deacon hatte ihn dazu ermuntert, die Chance zu nutzen und Paris kennenzulernen. Crick stimmte ihm zu, denn wenn er erst auf der Ranch zurück wäre, würde er keinen Schritt mehr tun ohne Deacon an seiner Seite.

„Hallo, Leutnant! Wo soll's hingehen?" Es hörte sich harmlos an. Und Crick sehnte sich so nach einem menschlichen Kontakt und Gesellschaft – mit wem auch immer –, dass er an diesem Abend mit Jimmy in einer Sex-Bar in Berlin landete. „Komm schon Crick, wir müssen meinen Abschied feiern! Es ist vielleicht das letzte, was ich von der Welt sehe. Wenn ich wieder zuhause bin, wartet höchstens ein McJob auf mich."

In der umgebauten alten Halle wackelte Fräulein Wundertitte zu der lauten Technomusik mit sämtlichen Rundungen. Crick wunderte sich, was Jimmy wohl daran fand. Aber die Musik war zu laut, um ihn zu fragen. Dann vibrierte das Handy in seiner Hosentasche. Es war Benny.

Benny @Crick – Hast du schon was nacktes, heißes gefunden?
Crick @Benny – Bitte nicht, Benny. Ich bin unglücklich.
Benny @Crick – Deac auch. Er hat Comet auf Hochglanz gestriegelt.
Crick @Benny – Ich habe Urlaub und bin nicht zuhause.
Benny @Crick – Das wissen wir auch, du Idiot!
Crick @Benny – Eine Schickse wackelt mit den Titten vor mir rum und ich muss so tun, als ob es mich interessiert.
Benny @Crick – Tu etwas, das ich nicht tun würde. Es wird Deacon glücklich machen.
Crick @Benny – HA!
Benny @Crick – Es macht ihn traurig, dass du so allein bist.
Crick @Benny – Ich will jetzt nicht darüber reden. Morgen.
Benny @Crick – Morgen.

„Wer war an der Buschtrommel?" Jimmy musste sich vorbeugen und Crick ins Ohr brüllen, um verstanden zu werden. Crick zuckte mit den Schultern. Er fühlte sich müde, traurig und unerträglich einsam. Aber selbst das machte Jimmy nicht interessanter für ihn.

„Meine Schwester."

„Sag ihr, du hast keine Zeit. Sieh dir das an!"

Crick sah es sich an. Es war Fräulein Wundertitte, die ihm von der Tür zur Garderobe hinter der Bühne auffordernd zuzwinkerte. Sie war hübsch, hatte ein nettes Lächeln und trug ein rotes Seidenkleid. Crick seufzte. Er könnte zwei Fliegen mit einer Klappe schlagen – seinen Status als heterosexueller Mann bestätigen und gleichzeitig Jimmy loswerden.

„Ich sollte mit ihr reden", schrie er Jimmy über die hämmernde Technomusik ins Ohr. Der grinste ihn an.

„Tu nichts, was ich nicht auch tun würde!", schrie er zurück.

„Darauf würde ich mich nicht verlassen, Private. Viel Glück in den Staaten!", erwiderte Crick, schnappte sich seine Tasche und schlängelte sich durch das Publikum vor der Bühne. Eine Minute später stand er mit dem Mädchen, das sich verführerisch an ihn schmiegte, in dem dunklen Korridor.

„Hallo, GI", flüsterte sie ihm mit ihrem starken, aber liebenswerten Akzent zu. „Ich hätte einen Vorschlag für dich, was meinst du?"

Er sah sie lächelnd an. Sie hatte ein sehr hübsches, rundes Gesicht. Ihre großen blauen Augen waren stark geschminkt und ihr Haar zu einem Pferdeschwanz gebunden, der ihr über die Schulter hing. Wenn er sich auch nur im Geringsten für Frauen interessieren würde, hätte er nicht lange nachgedacht und ihr Angebot angenommen.

„Tut mir leid", sagte er. Es war ruhiger hier und er musste nicht so laut schreien. „Du bist sehr hübsch", fuhr er lächelnd fort. Die ganze Situation war ihm ziemlich peinlich. „Aber du bist nicht mein Typ."

Er hängte sich die Tasche über die Schulter und machte sich auf den Weg zu der Tür am Ende des Ganges, als sie nach seinem Arm griff. „Amerikaner?" Er drehte sich mit einem höflichen Lächeln um. Ihre nächste Frage machte ihn sprachlos. „Bist du mehr der Typ meines Bruders?"

Crick starrte sie an und ihm wurde plötzlich unerklärlich heiß. „Äh …"

Sie sah ihn mit einem amüsierten Lächeln an. „Ihr Amerikaner macht alles immer so kompliziert. Das war mein letzter Auftritt für heute. Du kannst warten, bis ich mich umgezogen habe."

Er dachte, sie würde ihn hier im Gang stehen lassen. Aber da er offensichtlich nicht an ihr interessiert war, gab sie ihr Spiel auf und zog ihn hinter sich her in die Garderobe. Es war eine klitzekleine Kammer, kaum größer als die Toilette eines Flugzeuges. Sie schälte sich aus ihrem Seidenkleid und zog Alltagskleidung an. Crick stand an die Tür gepresst wie ein begossener Pudel.

„Was ist los mit dir, Amerikaner? Hast du Angst vor mir?"

Crick fragte sich, wie er das Deacon erklären sollte. Der würde wahrscheinlich über die Geschichte nur lachen. Doch Deacon hätte auch gewusst, wie man in einer solchen Lage angemessen reagierte.

„Ich weiß wirklich nicht, ob das eine gute Idee ist", sagte Crick verlegen. „Dein Bruder ist vielleicht gar nicht interessiert."

131

Sie zuckte mit den Schultern. „Wenn er an dir nicht interessiert ist, dann an deinem Geld. Und wenn du ihm gefällst, ist es kostenlos."

„Aber ich bin nicht interessiert", protestierte Crick, während sie schon hinter ihn griff und die Tür öffnete. Er fiel nach hinten und stolperte in den Flur. Sie schnappte sich seine Hand und zog ihn hinter sich her.

„Natürlich bist du das. Du hast den einsamsten Blick, den ich je gesehen habe."

Na wunderbar. Jetzt hatte schon eine hart gesottene Stripperin Mitleid mit ihm und wollte ihn mit ihrem Bruder verkuppeln.

Es hatte geregnet und die Schuhe der Frau klatschten auf den feuchten Asphalt. Die Leuchtreklamen spiegelten sich in den Pfützen. Crick kam sich seltsam entrückt vor. Was zum Teufel hatte Carrick James Francis hier verloren, in einer fremden Stadt und in Begleitung einer Stripperin?

„Äh … wie heißt du eigentlich?", fragte er. Sie lachte.

„Anke. Wieso interessiert dich das? Mich wirst du nicht ficken."

„Ich wollte nur höflich sein", murmelte er. Er war fest entschlossen, ihren Bruder sofort über das Missverständnis aufzuklären und ihn nach der nächsten U-Bahn-Haltestelle zu fragen. Soweit er wusste, fuhren sie die ganze Nacht.

Anke wohnte ganz in der Nähe. Er hatte eine ungefähre Vorstellung davon, wo sie sich befanden. Höchstwahrscheinlich konnte er von hier den Weg zu Bahnhof auch selbst finden. Anke zog ihn in ein Haus und sechs Stockwerke die Treppen hoch, bis sie am Ende eines Ganges vor einer schäbigen Wohnung ankamen. Ohne zu anklopfen, zog sie ihn durch die Tür in ein kleines Wohnzimmer mit Kochnische, schlängelte sich durch einen schmalen Flur und klopfte an eine Tür auf der linken Seite.

„Stefan!", rief sie. „Stefan, aufwachen! Ich habe etwas mitgebracht!"

„Kann man es essen?", fragte eine verschlafene Stimme. Anke öffnete die Tür und steckte den Kopf ins Zimmer.

„Kommt ganz drauf an. Er ist Amerikaner, also sprich bitte englisch." Anke kam auf den Flur zurück und sah Crick mit einem strahlenden Lächeln an. „Den Rest überlasse ich dir, Amerikaner. Verbrauche nicht das ganze heiße Wasser, falls du morgen noch eine Dusche nimmst." Dann verschwand sie mit einem fröhlichen Winken in dem Zimmer gegenüber.

„Verdammt, Anke! Heute ist mein freier …" Ein Kopf tauchte in der Tür auf und zwei blaue Augen blickten Crick entgegen. „Hallo. Danke, Schwesterherz!"

„Gern geschehen, Stefan. Sei lieb zu ihm, er ist sehr einsam."

„Einsam", sagte der junge Mann. Sein Akzent war noch stärker als der seiner Schwester. „Ja, das kann man sehen."

Einsam. Crick fragte sich langsam, ob ihm jemand heimlich dieses Wort auf die Stirn geschrieben hatte. Erst fing Private Jimmy damit an, und dann auch noch die beiden Geschwister, die er nur zufällig hier in Berlin kennengelernt hatte.

„Also, Stefan … so heißt du doch, ja? Ja. Also … es tut mir leid. Ich wollte das alles gar nicht. Wenn du mir sagen könntest, wie ich zur nächsten U-Bahn komme …" Crick ging langsam rückwärts in Richtung der Wohnungstür. Die Situation wurde immer surrealer und er kam sich vor wie der letzte Idiot. Stefan kam, nur mit einer Unterhose bekleidet, auf den Flur. Crick blieb wie angewurzelt stehen.

Oh. Stefan war ein schöner Mann. Natürlich kein Vergleich zu Deacon, aber … Gott. Es war schon so lange her, dass er einen Mann auch nur so hatte *anschauen* dürfen. Stefan war nicht sehr muskulös, aber das was er an Muskeln hatte, war hart und fest. Er war groß, nicht so groß wie Crick, aber etwas größer als Deacon. Unter den weißblonden Haaren hatte er ein hübsches, ovales Gesicht und einen vollen Schmollmund. Hübsch. Hübsch und fast nackt.

Crick musste an die Kondome denken, die Deacon ihm in die Seitentasche gesteckt hatte. Er gab seinem eigenwilligen Schwanz eine strenge Ermahnung, dann sah er Stefan an, um ihm erneut sein Bedauern über das Missverständnis auszudrücken.

Stefan kam auf ihn zu, bis die wunderbaren blauen Augen Crick direkt ins Gesicht sahen.

„Du bist einsam, Amerikaner. Und es ist mein freier Abend. Komm mit, ich beiße dich nicht. Wir können uns auf mein Bett setzen und einfach nur reden." Er grinste Crick an – ein freches kleines Grinsen, dass Crick bis in die Zehenspitzen spüren konnte. „Außer natürlich, wenn du mehr willst."

Crick schüttelte den Kopf. „Ich … ich habe lange nicht über ihn sprechen können", sagte er. „Aber er wartet auf mich."

Stefan nickte verständnisvoll, als würde er das nicht zum ersten Mal hören. „Das amerikanische Militär. Es macht euch das Leben so unnötig schwer, ich weiß. Komm jetzt. Hast du ein Bild von ihm?"

Crick wühlte schon in seiner Börse, bevor sie Stefans Zimmer betraten. Es war sehr unordentlich – überall lag Kleidung, Pizzaschachteln und kleine Zettel mit Telefonnummern. Stefan räumte wie selbstverständlich einen Platz auf seinem Bett frei und klopfte einladend mit der Hand auf die Matratze. Crick zog die Fotos von Deacon hervor, die Benny ihm geschickt hatte. Es gab ein ganz neues Bild, auf dem Deacon mit dem Baby auf der Couch lag und schlief. Darauf sah er schon nicht mehr so halb verhungert aus. Aber das Bild von Deacon und Comet war immer noch Cricks Lieblingsfoto. Dann gab es noch eine neuere Aufnahme, die Deacon mit einem verlegenen Grinsen auf einem der Pferde zeigte. Darauf sah er am besten aus. Doch das war alles noch nicht genug. Crick zog jedes einzelne Foto aus seiner Börse und machte auch vor den Briefen nicht halt.

In Stefans grinsendem Gesicht lag eine Spur Ironie. „Gut, dass heute mein freier Abend ist. Du hättest in deinem Portemonnaie nicht mehr genug Platz für das Geld gehabt."

Crick wurde rot. „Das Geld habe ich woanders", sagte er und Stefan musste lachen. Es war ein nettes Lachen, etwas atemlos und sehr weich. Dann schaute Stefan sich wieder Cricks Fotos an.

„Er ist ein sehr schöner Mann", sagte er. „Sein Blick ist genauso traurig wie deiner."

„Ich kenne ihn schon, seit ich neun Jahre alt war", erklärte Crick. „Es fällt uns schwer, getrennt zu sein."

Stefan nahm Crick an der Hand und legte sich aufs Bett. „Glaubst du wirklich, er will, dass du so einsam bist? Würdest du das von ihm verlangen?"

Crick schloss die Augen. „Ich ... ich will einfach nur über ihn reden können", sagte er.

Stefan drückte ihm die Hand und Crick drückte zurück. „Wie heißt du, Amerikaner?"

„Crick."

„Crick?"

„Ein Kurzform von Carrick."

Stefan grinste wieder und Cricks Herz fing schneller zu schlagen an. „Und wie heißt er?"

Crick schloss die Augen und ließ sich den Namen auf der Zunge zergehen. „Deacon. Deacon Parish Winters."

„Ist er ein guter Mann, dein Deacon?", fragte Stefan leise. Crick nickte mit geschlossenen Augen. Er konnte den Atem an seinem Gesicht spüren, als Stefan weitersprach. „Ein guter Mann wird dich verstehen und dir verzeihen, Crick. Wenn selbst meine Schwester beim Tanzen deine Einsamkeit erkennen konnte, dann wird er es auch wissen."

Stefans Atem kam näher. Er hatte sich nach dem Aufwachen die Zähne noch nicht geputzt, aber das war nicht schlimm. Im Gegensatz zu den meisten Deutschen, die Crick bisher kennengelernt hatte, schien Stefan kein Raucher zu sein. Und er hatte auch nicht getrunken. Sein Atem war warm – warm und männlich. Crick hob den Arm und legte ihm die Hand auf die nackte Brust.

„Ich wollte einfach nur seinen Namen sagen", erklärte er Stefan, aber die Einsamkeit brannte hinter seinen Augenlidern und quoll zwischen seinen Wimpern hervor.

„Dann halte die Augen geschlossen", flüsterte Stefan und küsste ihn sanft. „Halte die Augen geschlossen und sage seinen Namen."

„Deacon", hauchte Crick, dann raubte Stefans Mund ihm die Worte.

AM NÄCHSTEN Morgen stand Crick leise auf und zog sich seine Unterhose an. Er wollte Stefan nicht wecken. Er warf die benutzten Kondome in den Müll und schlich sich in das winzige Badezimmer, wo er mit einem Waschlappen und Ankes duftender Seife eine militärische Notdusche nahm. Als er fertig war, zog er sich an.

Zum Schluss beugte er sich übers Bett und gab Stefan einen zarten Kuss auf die Wange.

„Vielen Dank", flüsterte er leise. „Du … du warst sehr gut zu mir."

Stefan öffnete verschlafen die Augen. „Fühlst du dich schuldig, Amerikaner?"

Crick zuckte beiläufig mit den Achseln. „Ich spende der Kollekte einen Dollar."

Stefan schnaubte nur und winkte mit einem verträumten Lächeln ab. „Wenigstens warst du nicht mehr so einsam. Viel Spaß in Paris, Amerikaner. Ich habe mit dir jedenfalls Spaß gehabt." Dann schloss er seine blauen Augen und schlief wieder ein. Crick schlich sich aus der kleinen Wohnung wie ein Dieb. Und so fühlte er sich auch.

Die Haltstelle war schon von der Haustür aus zu sehen und Crick machte sich durch die kühle Morgenluft auf den Weg zur U-Bahn. Es war Zeit für seinen Chat mit Deacon. Er griff mehrmals nach seinem Blackberry, wusste aber nicht, was er Deacon berichten sollte.

Du bist treu und ehrlich wie ein Pferd, Crick.

Mist. Die Erinnerung an diese Worte ließ ihn jedoch schließlich die richtige Entscheidung treffen.

Crick @DP – Ich bin heute früh in Berlin neben einem Fehler aufgewacht. Und das nur, weil ich deinen Namen sagen wollte.

ER MUSSTE länger als üblich auf die Antwort warten und wünschte sich – bitte, bitte! –, schnell zu sterben, damit sein Herz endlich aufhörte, so wild zu schlagen. Er wusste, dass Deacon nie wieder ein Wort zu ihm sagen würde.

DP @Crick – Wenn es dir das Leben gerettet hat, kann es kein Fehler gewesen sein.

CRICK BLIEB wie angewurzelt mitten auf dem Bürgersteig stehen, der sich mittlerweile mit Fußgängern gefüllt hatte, die auf dem Weg zur Arbeit waren. In diesem Moment konnte er es glauben – er konnte es *endlich* glauben. Er würde niemals zurück auf die Ranch kommen und seine Habseligkeiten auf dem Rasen vorfinden.

Crick @DP – Mein Leben gerettet? Wahrscheinlich stimmt das sogar.

DP @Crick – Dann sag mir wenigstens, ob du einen Regenmantel angezogen hast. Ein guter Soldat hält seine Waffe sauber.

CRICK SCHLOSS für einen Augenblick erleichtert die Augen. Dann ging er weiter und seine Finger huschten über die Tastatur.

Crick @DP – Peinlichst sauber. Ich will schließlich nicht, dass sie mir auseinanderfällt, wenn es endlich ernst wird.

DP @Crick – Das würde mir auch nicht sehr gefallen. Keine Sorge, ich werde dich immer lieben.

Crick @DP – Ich werde mir immer Sorgen machen, solange ich nicht zuhause bin.

DP @Crick – Ja. Ich auch.

Deacon,

Paris im Frühling hat all meine Erwartungen erfüllt. Ich habe dir einige Zeichnungen geschickt. Es sind die üblichen Bilder – der Triumphbogen, die Kathedrale, Straßencafés und die Seine. Alles das, was man von einem jungen Künstler erwarten kann, der Paris das erste Mal besucht. Kitsch eben.

Was den Fehler in Berlin angeht: Ich habe dich für verrückt gehalten, als du mir vor meiner Abreise gewissermaßen die ‚Erlaubnis‘ dazu gegeben hast. Aber ich habe deine Menschenkenntnis unterschätzt. Es überrascht mich immer wieder, dass du nicht der einzige Mensch bist, der so viel Mitgefühl hat. In dieser Nacht habe ich einen solchen Menschen gefunden.

Die gute Nachricht ist, dass ich mir nach der Rückkehr ins Lager meinen neuen Fahrer selbst aussuchen durfte. Wahrscheinlich hatten sie ein schlechtes Gewissen, weil ich mich so lange mit Jimmy rumschlagen musste. Ich habe mich für ein Mädchen entschieden. Sie hat mit den anderen in einer Reihe gestanden und mich angelächelt. (Was ihr nicht erlaubt war. Von wegen ‚Stillgestanden!‘ und so.) Aber sie hat mich so sehr an Amy erinnert. Und ich habe mir gedacht, mit einer Frau, die vorschriftswidrig lächeln kann, muss ich mich einfach verstehen. Wäre es nicht schön, auch in dieser Hölle etwas Verständnis und Mitgefühl (Zugegeben, nicht das gleiche wie in Berlin!) zu finden?

Das mit dem Twittern gefällt mir. Eine Technologie kann nur gut sein, wenn sie mir sofort Vergebung gewährt. Aber es ist wie mit der M-16 – es kommt immer darauf an, wer sie bedient.

Ich liebe dich. Manchmal möchte ich es einfach laut herausschreien. Ich weiß, dass du dir Sorgen machst, weil unsere Briefe gelesen werden könnten. Die Erinnerung an die Erfahrungen aus dem letzten Weltkrieg steckt uns wohl allen in den Knochen. Ich weiß auch, dass im Internet nichts geheim bleiben kann. Ich mache mir deswegen auch Sorgen. Aber manchmal habe ich das Gefühl, ersticken zu müssen. Und wenn ich es dir sage oder dich bitte, es mir zu sagen – dann ist es wie eine Befreiung und ich kann wieder atmen.

Ich werde dich immer lieben,
Crick

14
Durch dick und dünn

Das erste Jahr war schwer, aber sie fanden Wege, mit der langen Trennung umzugehen. Manchmal war es, als hätte man einen Arm verloren oder wäre plötzlich blind geworden, doch es ließ sich überleben. Jedenfalls dachte Deacon das, bis dann die Nachricht aus Berlin eintraf.

Deacon hatte noch nicht geschlafen, weil er Baby-Dienst hatte. Benny erwartete das zwar nicht von ihm, aber er machte es gerne. Es war spät, das Haus war still, und es gab nur ihn und dieses kleine Wesen, das er bis jetzt noch nicht enttäuscht hatte. Deacon sang leise vor sich hin und Parry Angel hörte ihm aufmerksam zu. Da klingelte das Handy in Deacons Hosentasche.

„I've finally stopped pretending that I didn't break your heart", sang Deacon mit den Eels und das Baby gluckste vergnügt. Sie mochte seine Stimme und er war glücklich, sie zum Lachen zu bringen. Alles war gut. Er balancierte das Baby im Arm und zog mit der anderen Hand das Telefon aus der Tasche. Dann las er die Nachricht und ließ prompt das Handy fallen.

Sein Herz klopfte wie wild, obwohl er sich innerlich schon lange auf eine solche Nachricht vorbereitet hatte. *Ich will nicht, dass er einsam ist* – hatte er sich das nicht immer eingeredet? Er hob mit schweißnassen Händen das Handy wieder auf. Jetzt war der Moment gekommen, an dem er zu seinem Wort stehen musste.

DP @Crick – Wenn es dir das Leben gerettet hat, kann es kein Fehler gewesen sein.

Deacon war fest davon überzeugt. Aber das konnte nicht verhindern, dass er sich nach dem Gespräch mit dem schlafenden Baby im Arm auf der Couch zusammenrollte und leise vor sich hin weinte.

Nach einiger Zeit kam Benny gähnend aus dem Schlafzimmer. „Warum hast du mich nicht geweckt? Jetzt bin ich dran."

„Ich mache es gern", murmelte er. Benny ließ sich nicht hinters Licht führen. Sie ließ sich neben ihm auf die Couch fallen und knuddelte sich an ihn wie ein kleines Kind.

„Was ist los, Deacon?"

Er hätte sie gerne abgewimmelt, aber er wollte sie nicht anlügen. Das war eine der Situationen, in denen er um Hilfe bitten sollte. Jon hatte darauf bestanden. Wenigstens das konnte Deacon lernen, bevor Crick wieder zurückkam.

„Dein Bruder hat gerade getextet. Er ist – er *war* – einsam."

Sie schwieg einen Moment, um die Nachricht zu verdauen. „Aber jetzt ist er nicht mehr einsam?"

„Gestern Nacht war er nicht einsam."

„Oh." Sie verstand ihn sofort.

Er zuckte mit den Schultern. „Ich werde es überleben. Wir werden es alle überleben. Ich bin nur froh, dass es ihm wieder besser geht." *Und das nur, weil ich deinen Namen sagen wollte.* „Wir sind wenigstens nicht allein und können über ihn reden. Er hat niemanden."

Benny nickte. „Du musst mir einen Gefallen tun. Richte ihm von mir aus, dass er durchhalten soll. Aber sag ihm nicht, dass ich ihm am liebsten in den Arsch treten würde für das, was er dir angetan hat. Okay?"

„Warum kannst du ihm das nichts selbst sagen?"

Benny schniefte und wischte sich mit der Babydecke übers Gesicht, so wie Deacon es vor einigen Minuten getan hatte. „Weil ich ihm das gleiche geraten habe und er wusste, dass es nicht ernst gemeint war. Und jetzt, wo er es doch getan hat … Ich bin kein so guter Mensch wie du, Deacon. Und ich bin stocksauer auf ihn …"

„Schhh." Er beruhigte sie und brachte die beiden Mädels ins Bett. Dann wählte er Cricks Nummer.

DP @Crick – Benny sagt ‚Weiter so'.

Crick @DP – Das Mädel hat merkwürdige Prioritäten.

DP @Crick – Du würdest dich wundern. Gute Nacht, Crick. Ich liebe dich.

Crick @DP – Du bist lange wachgeblieben. Gute Nacht, Deacon. Ich liebe dich auch.

„Wirklich", sagte Lisa. „Gibt es hier überhaupt eine Jahreszeit außer ‚Hölle vorm Einfrieren'?"

Crick sah von seinem Zeichenblock auf und sah sie aus zusammengekniffenen Augen gegen die Sonne an. Er saß vor seiner Baracke und genoss den Schatten und das Licht des frühen Morgens, bevor sich die Wüste gegen Mittag wieder daran erinnerte, dass sie menschliches Leben hasste, und sie sich in der sengenden Sonne wie Grillhähnchen vorkamen.

„Im Dezember gibt es zwei Wochen Regen und vermodert und stinkt. Ich versuche mein Bestes, es einfach zu ignorieren."

Cricks Fahrerin zog die Nase hoch und ließ sich neben seinem Stuhl auf den Boden fallen. „Es ist so verdammt langweilig und öde."

Crick musste über ihren Ausdruck lachen. Sie arbeiteten seit einigen Monaten zusammen und es hatte ihm viel Spaß gemacht. Lisa war lustig und zuverlässig. Und im Gegensatz zu Jimmy war sie ein helles Köpfchen. Er nahm ihr offenes Freundschaftsangebot gerne an. Es wäre dumm gewesen, nicht darauf einzugehen, denn Menschen wie Lisa waren hier selten.

„Ich habe Kisten voller Taschenbücher in der Baracke. Willst du sie dir ansehen?"

Sie sah ihn süß lächelnd an und klimperte mit den Augenlidern. Crick stand lachend auf und streckte sich. Dann legte er seine Zeichenblocks auf den Stuhl und ging in das Zelt, um eine der Bücherkisten zu holen, die Deacon ihm regelmäßig schickte.

Als er zurückkam, hielt Lisa seine Zeichenblocks in der Hand.

„Du bist wirklich gut", murmelte sie. Sie blätterte durch einen der ‚öffentlichen' Blocks, in denen er nur alltägliche Beobachtungen und Eindrücke skizzierte.

„Danke", erwiderte er und stellte die Bücherkiste auf den Boden, ohne sich seine Nervosität anmerken zu lassen. Lisa blätterte mit flinken Fingern durch den Block, der grobe Skizzen von Kamelen, Panzern und den Bergen im Morgenlicht enthielt. Der Block darunter enthielt seine Zeichnungen von Deacon. Er streckte die Hand aus und hoffte, sie würde ihm die Blocks zurückgeben, ohne …

„Einen Moment. Darf ich mir die anderen auch ansehen?" Sie wartete seine Antwort nicht ab. Es schmeichelte ihm, dass sie seine Arbeit für so gut hielt und sie sehen wollte. Aber … „Ohhh … wer ist denn das?", fragte sie dann zu seinem Schrecken und hörte auf zu blättern.

Es war ein älterer Block. Deacon war auf den Zeichnungen noch viel jünger und Cricks Stil noch nicht so sicher. Lisa blätterte langsam weiter, als wollte sie Cricks Gefühle hinter den Zeichnungen erkunden.

Bei einer der letzten Zeichnungen hielt sie inne. Sie zeigte Deacon in dem Hotel in Georgia. Er lag schlafend auf der Seite, die Decke um die Hüfte gewickelt und einen Arm über dem Kopf ausgestreckt. Den anderen Arm hatte er sich unter den Kopf geschoben und seine Haare – oben lang und an der Seite kurz – fielen ihm verstrubbelt ins Gesicht. Für Deacons Verhältnisse sah er friedlich und entspannt aus. Sein Gesicht wirkte jung und verletzlich. Crick sah Lisa über die Schulter und hielt die Luft an. Jedes Mal, wenn er das Bild sah, fragte er sich, ob Deacon nach seiner Rückkehr noch der gleiche Mann sein würde wie der, den er verlassen hatte.

Lisa hob den Kopf und sah Crick voller Mitgefühl an. Crick erwachte aus seiner Erstarrung und nahm ihr den Block aus der Hand.

„Ich … Diese Zeichnungen zeige ich normalerweise niemandem", murmelte er mit einem gezwungenen Lächeln.

„Wie heißt er?", fragte sie zu Cricks Überraschung. Die Katze war aus dem Sack. Was immer auch passierte, Crick sah keinen Grund mehr, die Situation nicht wenigstens zu genießen.

„Deacon. Deacon Parish Winters."

Sie blinzelte. „Nennst du ihn Deac?"

Crick schüttelte heftig den Kopf. „Niemals."

„Warum nicht?"

Crick schloss die Augen und kam sich ziemlich lächerlich vor. „Ich sage seinen Namen so gern", antwortete er.

Lisa griff nach dem Block und entwand ihn vorsichtig seinen Händen. Er wollte sich dagegen wehren, aber sie sagte leise: „Ich glaube, es ist besser, wenn wir ihn in meiner Kiste aufbewahren. Bei dir ist er nicht sicher."

Natürlich hatte sie recht. In den letzten drei Monaten waren schon zwei Männer wegen Diebstahls festgenommen worden. Crick hatte bisher einfach nur Glück gehabt. Aber trotzdem kam er sich vor, als würde er sein Baby bei fremden Nachbarn zurücklassen müssen. „Ich … ich blättere gern …"

„Wir können uns abends hier treffen", sagte sie mit einem freundlichen Lächeln. „Du bringst die Bücher mit und ich … Deacon." Sie sah ihn unsicher an und strahlte die gleiche Verzweiflung und Einsamkeit aus, die Crick vor seiner Reise nach Deutschland empfunden hatte. „Wir könnten Freunde werden."

Crick nickte ihr lächelnd zu. „Ja, damit kann ich gut leben, Popcorn."

„Popcorn?", fragte sie und rümpfte ihre sommersprossige Nase.

„Es passt zu dir. Süß und impulsiv."

Von diesem Tag an trafen sie sich regelmäßig hier, um über Bücher oder ihre Familien zu reden oder einfach nur rumzualbern. Bis zu Cricks letztem Tag im Irak. Neben Deacons Briefen waren es diese Treffen, die ihn durchhalten ließen und denen er wahrscheinlich sein Überleben verdankte.

Crick @DP – Ich höre mich wahrscheinlich an wie eine Teenagerin, aber ich habe eine neue Freundin.

DP @Crick – Sollen wir dir Make-up und rosa Pantöffelchen schicken? Vielleicht fühlst du dich dann wohler.

Crick @DP – Bist du immer so ein Arschloch?

DP @Crick – Nur, wenn es sonst nichts zu tun gibt.

Crick @DP – HAHA! Lass das!

DP @Crick – Nein. Erzähl mir von deiner neuen Freundin.

Crick @DP – Sie ist meine Fahrerin. Sie hat die Zeichnungen gesehen und findet dich heiß. Und sie sucht jemanden zum Reden. Wir haben beide einen Gewinn davon.

DP @Crick – Und sie ist eine Sie. Mein Gewinn.

Crick @DP – Ich weiß. Aber ich werde den Fehler nicht mehr wiederholen.

DP @Crick – Keine Sorge, ich überlebe deine Fehler.

Crick @DP – Aber ich brauche die Fehler nicht mehr, wenn ich jemanden zum Reden habe.

DP @Crick – Es ist nicht leicht, so ein Gespräch in 140 Anschläge zu packen.

Crick @DP – Sieh es als minimalistische Liebesgedichte. Ich liebe dich, du Schwachkopf.

DP @Crick – Ich dich auch, du Dämel.

Crick @DP – Wie bitte?

DP @Crick – Vergiss es.

Benny @Crick @DP – Ich liebe euch beide, ihr Idioten!

DP @Benny – Verschwinde, Shorty!

Crick @Benny – Gott, Benny! Misch dich nicht in die Gespräche von Erwachsenen ein!

Benny @Crick @DP – *ROFLMAOSTCAYUAL*

Crick @Benny @DP – Ich will gar nicht wissen, was das heißt.

DP @Crick – Willkommen in meiner Welt.

Benny @Crick @DP – Tschüss, Jungs. Ich liebe euch.

DP @Benny – Wir dich auch. Raus jetzt!

Crick @DP – Ich liebe dich aber anders.

DP @Crick – Ich dich auch.

DEACON KANNTE den jungen, dunkelhäutigen Mann nicht, der in der Tür stand. Aber er mochte ihn sofort, als er das liebenswerte Lächeln sah, mit dem der Mann das pummelige, neun Monate alte Baby in Deacons Armen ansah.

„Hallo. Ich, äh … mein Name ist Andrew Carpenter. Ich weiß nicht, ob Crick Ihnen von mir erzählt hat?"

Deacon blinzelte. Doch, ja. Aber das war schon lange her. Und damals hatte Deacon noch andere Sorgen gehabt und …

„Äh, Leutnant Francis meine ich." Andrew grinste strahlend. Er wirkte vertrauenswürdig und Deacon lächelte freundlich zurück. „Könnte sein, dass er mich Private Blutlos genannt hat." Der junge Mann zog ein Hosenbein hoch und zeigte seine Beinprothese. In diesem Moment ging Deacon ein Licht auf.

„Private Blutlos!", rief er erfreut. „Komm rein! Es ist schön, einen Freund von Crick kennenzulernen!" Er drehte sich zur Küche um. „Benny! Wir haben einen Gast zum Abendessen! Pack mehr Käse drauf, Schatz, es juckt dir sowieso in den Fingern!"

„Wird er auch mit einem Steak zufrieden sein?", rief sie fröhlich zurück und Deacon drehte sich wieder zu dem Mann um. „Geht auch ein Steak?", fragte er grinsend.

„Ein Steak wäre prima!", erwiderte der junge Mann begeistert. Deacon zog ihn lachend ins Haus. Es war schon November und draußen regnete es.

Zwei Stunden später kannten Benny und Deacon alles Details des Wüstenausflugs aus Sicht des Mannes, der auf der Plane gelegen hatte. Deacon konnte sich nicht erinnern, wann er jemals so viel gelacht hatte oder so stolz auf Carrick gewesen wäre.

„Mein Gott, Private …"

„Andrew, Sir."

Deacon rollte mit den Augen. „Deacon, Andrew – wie auch immer. Crick hat uns die Geschichte anders erzählt."

„Stimmt", fügte Benny hinzu. „Er wusste nicht, ob er Private Jimmy lieber erschießen, erwürgen oder ihm den Schädel einschlagen sollte. Am besten alles gleichzeitig. Jetzt wissen wir auch, warum."

Sie tranken Milch und Benny füllte Andrew nach. Dann holten sie alle drei tief Luft. Parry Angel saß in ihrem Hochstuhl und quietschte vergnügt vor sich hin. Sie aß pürierte Nudeln mit Gemüse – soweit sie sie nicht in ihrem Gesicht und den Haaren verteilte. Benny sah das Baby an und seufzte resigniert.

„Ich hätte sie ja gefüttert, aber nein – Onkel Deacon lässt sie lieber mit dem Essen spielen!"

Deacon wurde rot und bekam ein schlechtes Gewissen, weil er der Kleinen nichts abschlagen konnte. „Ich wasche sie gleich noch, bevor ich die Pferde füttern muss und …"

Benny schlug ihm lachend auf die Hand. „Lass das! Ich bade sie gerne. Außerdem hast du es drei Tage hintereinander übernommen. Sie vergisst noch ganz, dass ich ihre Mama bin!"

Parry Angel quietschte wieder und schlug klatschend mit dem Löffel in den Teller, so aufgeregt war sie über die lebhafte Unterhaltung der Erwachsenen. Benny scheuchte Deacon zur Seite. „Verschwinde schon! Comet wird dir nie verzeihen, wenn er nicht bald seine Karotten bekommt."

Deacon hob ergeben die Arme und ging in den Flur, um sich eine Jacke anzuziehen.

„Sir … Deacon", sagte Andrew und erhob sich von seinem Stuhl. „Darf ich mitkommen und mir die Pferde ansehen?"

Andrew sah sie nicht nur an, er half auch beim Füttern und stellte viele Fragen über die Pflege der Tiere. Dann lehnte er sich an die Box und fütterte Comet die Karotten. Deacon nahm die Hilfe gerne an. Ihr letzter Stalljunge ging jetzt aufs College und war weggezogen. Bisher hatten sie noch keinen Ersatz für ihn gefunden. Ställe ausmisten war wie Wäsche waschen oder Geschirrspülen – es hatte nie ein Ende, und je länger man es aufschob, umso schlimmer wurde es. Deacon ging zu Shooting Stars Box, um eine Schubkarre voller Mist nach draußen zu fahren und zu leeren. Sie verkauften den Kompost an einen örtlichen Düngemittelfabrikanten und sicherten sich damit einen kleinen Nebenverdienst. Pferde brauchten viel Futter und Pflege. Die Einnahmen der Ranch setzten sich aus einer Vielzahl von kleineren Verdienstmöglichkeiten zusammen – Unterstellung und Ausbildung von Pferden, Zureiten, Preisgelder, Reitunterricht und die Einkünfte aus Even Stars unversiegbarem Wunderschwanz hielten *The Pulpit* in den schwarzen Zahlen. Das meiste Geld machten sie mit der Zucht und Ausbildung, aber davon allein konnte die Ranch nicht existieren. Es war diese Abwechslung, die Deacon so sehr an seiner Arbeit liebte.

Als Deacon mit der Schubkarre zur Stalltür fahren wollte, kam ihm Andrew mit einigen Karotten entgegen. Deacon nahm sie ihm dankbar ab und fütterte sie

Shooting Star, die sich über ihr Leckerli freute und gleich einige von Deacons Fingern mit abbeißen wollte. Deacon schob ihren Kopf zur Seite.

„Gieriges altes Biest. Sie weiß genau, dass sie damit bei mir nicht durchkommt."

Er ging wieder zu der Schubkarre zurück, aber Andrew kam ihm zuvor. „Wo soll der Mist hin, Deacon?"

Deacon sah ihn überrascht an. Füttern war eine Sache, Pferdemist wegbringen eine andere. Schweigend begleitete er Andrew zu dem Komposthaufen hinterm Stall. Dann dämmerte es ihm.

„Private Carpenter, was hast du auf dem Herzen?"

Andrew kippte die Schubkarre aus, ohne von seiner Prothese bei der Arbeit behindert zu werden. Das zu zeigen, war wohl der Sinn der Übung gewesen.

„Sir ..."

„Ich bin ein ganz normaler Mensch, Andrew. Crick ist der Offizier."

„Nein Sir, Sie auch. Das sieht man auf den ersten Blick. Bitte, ich ... ich bin direkt nach der Schule zur Armee gegangen und habe zwei Einsätze im Irak mitgemacht. Über drei Jahre. Und jetzt haben sie mich entlassen. Ich ..." Andrew fuhr die Schubkarre an ihren angestammten Platz zurück und lehnte sich an die Wand.

„Ich weiß nicht, was ich tun soll", sagte er schließlich und sah Deacon an. „Ich habe in meiner Heimatstadt schon vorher keine guten Berufsaussichten gehabt, und jetzt ist es ganz vorbei." Er zeigte auf sein Bein. „Crick hat mich besucht, bevor sie mich zurücktransportiert haben. Er hat mir von der Ranch erzählt und es hat sich so perfekt angehört. Er hat recht gehabt. Es ist perfekt. Und ich weiß nicht, was ich tun soll."

Deacon blinzelte verblüfft. „Andrew, suchst du einen Job?"

Andrew zuckte mit den Schultern. „Ich weiß, dass Sie nicht viel bezahlen können. Aber ich habe die kleinen Schlafkabinen im Stall gesehen und eine Dusche gibt es auch. Wenn Sie dort Platz für mich hätten ..." Er sah verlegen zu Boden und Deacon konnte erkennen, wie verzweifelt Andrew war. Er brauchte ein Zuhause und Deacon würde es ihm gerne geben. Aber erst mussten sie noch einige Dinge klären.

„Also gut, Private ..."

„Andrew."

„Andrew. Wir brauchen einen Stalljungen. Du kannst hier essen und wohnen. Ich kann dir auch ein kleines Taschengeld bezahlen, aber erst ..." Mein Gott. Crick war immer so furchtlos gewesen, aber für Deacon war es das erste Mal, dass er darüber mit einem fremden Menschen sprechen musste. Er ging einige Schritte vor die Tür. Als er auf der Weide ankam, sah er in den Nachthimmel, wo die Strahlen des Vollmonds sich ihren Weg durch eine dichte Wolkendecke bahnten, die schon den ganzen Tag den Himmel bedeckt hatte.

„Andrew, Benny schläft in Cricks altem Zimmer und Parry Angel hat meines. Das Haus hat drei Schlafzimmer. Was denkst du wohl, wo Crick schlafen wird, wenn er zurückkommt?" Nun, so konnte man es auch versuchen. Deacon betrachtete sich den Mond und wünschte, er könnte die Sterne erkennen. Aber dazu lag Levee Oaks zu nahe an Sacramento mit seinen Lichtern.

Als seine Andeutung bei Andrew ankam, hörte Deacon ein leises Schnauben. „Ich nehme an, er wird in Ihrem Zimmer schlafen, Sir."

Deacon drehte sich zu ihm um. „In unserem Zimmer. Er hat es für uns neu gestrichen, bevor er nach Georgia gefahren ist. Willst du den Job immer noch, Andrew?"

Andrew sah ihn an und nickte. „Auf jeden Fall, Sir", erwiderte er ohne zu zögern.

„Junge, dann solltest du endlich damit aufhören, mich Sir zu nennen."

DP @Crick – Ich habe heute einen Freund von dir kennengelernt. Er hat mir euren Ausflug in die Wüste ganz anders geschildert.

Crick @DP – Lügen, nichts als Lügen. Wie geht es Private Blutlos?

DP @Crick – Er hilft deiner Schwester beim Spülen und zieht dann in unserem Stall ein.

Crick @DP – Das ist verdammt nett von dir, Deacon.

DP @Crick – Er ist ein netter junger Mann. Und offensichtlich sehr liberal.

Crick @DP – Liberal?

DP @Crick – Er weiß, wo du schläfst.

Crick @DP – Das war mutig von dir.

DP @Crick – Ich habe es von dir gelernt.

Crick @DP – Blödsinn. Ich habe es dir nur nachgemacht.

DP @Crick – Lass das. Ich muss jetzt einen Heizlüfter und einen Schlafsack für ihn holen.

Crick @DP – Erst will ich es lesen.

DP @Crick – Ich liebe dich, Carrick James. Ich bin jeden Tag stolz auf dich. Und ich vermisse dich wie wahnsinnig. Reicht das?

Crick @DP – Beeindruckend. Ich liebe dich auch. Crick Ende.

„VERDAMMT, DEACON! Du hast schon wieder abgenommen!" Crick hörte sich entsetzt an. Es war ihr Weihnachts-Gespräch vor dem Computer, und in diesem Jahr fiel es genau auf Deacons Geburtstag. Und Deacon sah fürchterlich aus.

Er lächelte Crick müde an. „Tut mir leid, Carrick. Es war … ein schwieriger Monat."

„Wo sind Benny und das Baby?" Crick hatte sich auf das Baby gefreut. Deacon schickte ihm zwar täglich Bilder von Parry Angel, aber das war kein echter Ersatz.

„Sie sind im Krankenhaus und bekommen Infusionen. Es tut mir leid, Crick. Ich habe dir doch geschrieben, dass wir krank sind. Heute früh ist es richtig schlimm geworden." Deacon fuhr sich mit zitternder Hand übers Gesicht. „Deacon, verdammt …", konnte Crick eine Stimme aus dem Hintergrund hören.

„Er hat dreißig Minuten, Drew. Ich werde keine Sekunde davon verschenken", sagte Deacon grimmig, obwohl er offensichtlich genauso krank war, wie seine beiden Mädels.

Crick fühlte sich so hilflos an seinem Ende der Welt. Es traf ihn wie ein Hammerschlag. Das musste die gleiche hilflose Angst sein, wie sie seine Familie jeden Tag um ihn hatte. Es war ein entsetzliches Gefühl.

„Was ist es denn?", wollte er wissen.

Deacon zuckte mit den Schultern. „Eine dämliche Grippe. Es ist hoffentlich bald vorbei, aber …" Deacon zitterte am ganzen Leib. Crick war sich nicht sicher, ob es mehr am Fieber oder an der Angst lag. „Das Baby hat es am schlimmsten erwischt. Es ist …" Deacons Stimme versagte und er schluckte tief. „Wenn du jemals vorgehabt hast, deinen Frieden mit Gott zu machen – jetzt wäre der geeignete Moment dazu."

„Und wie geht es dir?"

„Mir geht es gut."

„Du bist gegen den ärztlichen Rat aus dem Krankenhaus abgehauen, du Idiot!", rief Andrew aus dem Hintergrund. „Hör auf, ihn anzulügen. Er sollte die Wahrheit erfahren."

Deacon sah ihn böse an, war aber zu geschwächt und zu besorgt, um seinem Blick die richtige Wirkung zu verleihen. „Sie können mich morgen haben", schnappte er. „Auf einen Tag kommt es nicht an." Er drehte sich wieder zur Kamera. „Hör nicht auf ihn, Crick. Er macht sich nur Sorgen, das ist alles. Er hat sich in den letzten Wochen so sehr an uns gewöhnt, dass er uns nicht mehr missen will."

„Ich sollte bei euch sein", erwiderte Crick und spürte die ganze Last der letzten achtzehn Monate auf seinen Schultern.

„Verdammt richtig! Das solltest du!", brüllte Deacon. Sein Zorn kam so plötzlich, dass Crick erschrocken zusammenzuckte. Deacon rieb sich wieder übers Gesicht. „Verdammt. Es tut mir leid. Ich wollte dich nicht anbrüllen. Ich … Es ist egal, ob du hier bist oder irgendwo in der Wüste. Du könntest uns sowieso nicht helfen. Wir müssen da jetzt durch, und wir werden es auch schaffen. Hast du mich verstanden?"

Crick fühlte sich, als läge ihm ein Stein im Magen. Deacons und Bennys Nachrichten waren schon seit Tagen verhalten und ausweichend gewesen, sodass sie ein leichtes Unbehagen bei ihm ausgelöst hatten. Sie hatten zwar von einer Krankheit geschrieben, aber das ganze Ausmaß dieser Seuche hatten sie ihm verheimlicht.

„Du hättest mir gleich schreiben sollen, wie schlimm es ist", sagte er nach einigen Sekunden.

„Wir haben es auch erst heute früh gemerkt", erwiderte Deacon. Es hörte sich aufrichtig an. „Außerdem kannst du wirklich nicht helfen. Um ehrlich zu sein – ich bin froh, dass du dich nicht auch noch anstecken kannst."

Sie unterhielten sich noch einige Minuten und Crick versprach, sich um eine neue Verbindung zu bemühen, damit er das Baby sehen konnte. Er konnte nichts anderes tun, als in Deacons fiebrige Augen zu sehen, wortlos „Ich liebe dich" zu flüstern und zu hoffen, dass es niemandem aufgefallen war. Deacon wiederholte die Worte, dann tauchte Andrews dunkle Hand auf dem Bildschirm auf und zog Deacon vom Stuhl, um ihn ins Bett zu bringen. Crick stolperte aus dem Zelt und hätte fast Lisa umgerannt, die ihm entgegen kam.

„Hey, Crick! Was macht die Familie?"

Lisas fröhliche Stimme verstummte, als sie in sein versteinertes Gesicht blickte. „Alle krank. Schwer", krächzte er. Sie nahm ihn am Arm und zog ihn in die Messe, wo sie ihm ein Bier spendierte und sich die ganze Geschichte anhörte.

Während der nächsten zwei Tage warteten sie auf Neuigkeiten, wie ein Flutopfer auf seinem Hausdach auf Rettung. Nachdem am ersten Tag noch keine Entwarnung eingetroffen war, fand Lisa Crick nach längerer Suche in der Gluthitze des Rettungswagens. Er hockte auf dem Boden, hatte die Arme um die Knie geschlungen und wiegte sich hin und her.

„Was machst du da, Leutnant?", fragte sie besorgt.

„Ich bete", murmelte er. „Aber es will nicht helfen."

„Weil du es falsch machst", erklärte sie. „Ich bin keine große Kirchgängerin, aber zum Beten braucht man Freunde." Sie setzte sich ihm gegenüber auf den Boden. Cricks Beten war das einzige, was in der nächsten halben Stunde zu hören war. „Bitte, Gott, lass sie wieder gesund werden."

Am nächsten Nachmittag klingelte Cricks Telefon das erste Mal in fast drei Tagen.

Benny @Crick – Das Baby und ich sind wieder zuhause. Es geht uns gut.

Crick @Benny – Gott sei Dank! Und Deacon?

Benny @Crick – Sie lassen ihn noch nicht gehen. Aber er ist wieder bei Bewusstsein.

Crick @Benny – Wieder bei Bewusstsein???

Benny @Crick – Der Idiot hätte im Krankenhaus bleiben sollen. Aber du bist der einzige, auf den dieser Sturkopf hört.

DP @Crick @Benny – Lek mich, kleine Schwester, s geht mir gut.

Benny @DP – Mit dir rede ich erst wieder, wenn du zuhause bist. Arschloch. Verdammt, Deacon, du solltest dich ausruhen!

DP @Crick @Benny – Wolte Crick kein sorgen machn.

Benny @DP – Toll. Jetzt machen wir uns alle Sorgen. Drew macht sich Sorgen, Patrick macht sich Sorgen, Jon und Amy machen sich Sorgen.

DP @Benny – Halt Amy da raus!!! sie is schwanger!

Crick @Benny @DP – Hätte mir vielleicht auch jemand Bescheid sagen können?

DP @Crick – viellos, kein Z eit

Crick @DP – Verschwinde, verdammt! Schlaf jetzt und werde gesund.

DP @Crick – wil dich sehn

Crick @DP – Ich komme bald zurück, Deacon. Versprochen. Schlaf jetzt!

DP @Crick – nacht

Crick @DP – Gute Nacht, Deacon. Ich liebe dich.

AN WEIHNACHTEN konnten sie wieder miteinander reden. Deacon hatte sich alle Mühe gegeben, nicht wie der aufgewärmte Tod auszusehen. Aber die Grippe hatte in diesem Jahr mächtig zugeschlagen. Deacon hatte sogar Patrick für einen Monat zu seiner Schwester geschickt, weil er Angst um ihn hatte. Der alte Mann hätte eine Infektion wahrscheinlich nicht überlebt.

Deacon und Benny hatte gerade so die Kraft gefunden, das Haus etwas zu schmücken (und da hatte Andrew schon mächtig helfen müssen). Gut, dass es das Internet gab. Mit der Kreditkarte, die Deacon Benny gegeben hatte, und mit Cricks Hilfe, der auch über einige Ersparnisse verfügte, hatten sie Toys-R-Us geplündert. In den letzten zwei Wochen war ein Päckchen nach dem anderen eingetroffen und war liebevoll in Geschenkpapier gewickelt worden. Deacon hatte sich auch einiges einfallen lassen, um Benny zu verwöhnen – T-Shirts mit Aufdrucken aus ihrem Lieblingsfilm, Jack Skellington-Bücher und einen Geschenkgutschein für einen Haarsalon, wo sie sich die Haare färben lassen konnte, ohne dass die Badezimmerwände neu gestrichen werden mussten.

Deacon selbst war von Benny, Crick, Jon, Amy, Patrick und Andrew mindestens tausendmal über seine Wünsche zu Weihnachten befragt worden. Er hatte sich schließlich für ein iPhone und Musik entschieden. So konnten sie etwas Geld für ihn ausgeben und er konnte ihnen seinen einzigen wirklichen Wunsch verschweigen. Sie hätten ihn sowieso gekannt.

Was er – außer dem iPhone – dann noch geschenkt bekam, war ein Laptop mit Kamera. Und das war keine schlechte Sache, denn das konnte er im Wohnzimmer benutzen, um Crick das Baby zu zeigen. Parry Angel saß grinsend und sabbernd auf dem Boden und spielte hingebungsvoll mit einem lauten, rosa Plastikspielzeug.

Crick war absolut begeistert von den Bildern. „Sie sieht wieder ganz gesund aus", sagte er über den Lautsprecher des Laptops. „Sie ... Mann, Deacon, sie ist so wunderbar."

„Sie hat seit dem Krankenhaus schon wieder zugenommen", meinte Benny. „Wir haben uns Sorgen um sie gemacht, weil wir alle tagelang nicht richtig essen konnten."

„Außer mir", rief Amy aus dem Hintergrund. Deacon sah sie grinsend an. Sie sah schon recht füllig aus, obwohl sie erst im zweiten Monat war. Jon ließ sie nicht aus den Augen. Es war verdammt süß.

„Und du, Deacon?", fragte Crick besorgt. Hinter ihm mischte sich eine weibliche Stimme ein, aber die Frau war auf dem Bildschirm nicht richtig zu erkennen.

„Ohhh … sag ihm, er soll sein Hemd ausziehen. Will sehen!"

Deacon wurde rot – wahrscheinlich bis zu den Fußzehen – und Crick griff sofort ein: „Äh, nein. Das … das ist nur für mich."

„Du musst Lisa sein", meinte Deacon trocken und stellte den Laptop auf den Küchentisch. „Nett, dich kennenzulernen." Amy und Benny hatten tagelang gekocht, und obwohl die Bewohner der Ranch noch unter den Folgen der Grippe litten, hatten sie mächtig zugeschlagen. Über Cricks Schulter tauchte ein rundliches, hübsches Gesicht mit Sommersprossen auf. Lisas Haare waren zu einem Pferdeschwanz zusammengebunden und einige Locken, die dem Haarband entwischt waren, kringelten sich an den Seiten.

„Du bist Deacon", erwiderte sie. „Crick hat sich ziemlich um dich gesorgt."

Deacon wurde noch einen Ton röter. „Nun, dem Baby und Benny ging es nicht sehr gut", meinte er ausweichend. „Ich bin froh, dass Crick eine so gute Freundin hat, die ihn unterstützen konnte."

Lisa klopfte mit dem Finger auf ihr Handgelenk und Crick nickte. „Deacon, kannst du den Laptop in ein anderes Zimmer bringen?"

Sie hatten den größten Teil ihrer Gesprächszeit dem Baby und der Familie gewidmet, deshalb gab es keinen Widerspruch. Das fröhliche Geplauder aus der Küche war noch für einige Sekunden zu hören, während Deacon den Laptop ins Schlafzimmer brachte und auf die Kommode stellte.

„Hast du …"

„Ja, Deacon. Ich habe das Päckchen und die Geschenke bekommen. Mach dir keine Sorgen, ja? Ich will nur sehen, ob es dir wirklich wieder gut geht."

Deacon zuckte mit den Schultern. „Ich bin müde. Aber das liegt wahrscheinlich an den vielen Geschenken, die ich packen musste. Ich bin erst spät ins Bett gekommen", wiegelte er grinsend ab. Crick schüttelte nur den Kopf.

„Pass auf. Lisa hat die ganze Belegschaft mit Eggnog vors Zelt gelockt. Zieh den Pulli und dein Hemd aus!"

„Crick …" Oh Gott. Deacon war schon wieder von oben bis unten rot angelaufen.

„Bitte, Deacon. Ich will nur wissen, ob du nicht wieder aussiehst, wie … bevor Benny gekommen ist."

Deacon seufzte. Er sah nicht wieder so aus. Aber fast. Er zog den Pulli und das Hemd aus. Crick zog zischend die Luft ein, während Deacon frierend in dem kalten Zimmer stand und ihm nicht in die Augen sehen konnte. „Ich bin im Moment nicht gerade Pinup-Qualität", versuchte er es mit einem Scherz.

149

„Schau mich bitte an", flüsterte Crick.

Deacon hob den Blick. Um die halbe Welt und nach neunzehn Monaten der Trennung sah er auf dem grisseligen Bildschirm das erste Mal wieder Cricks braune, liebevolle Augen auf seinen Körper gerichtet. „Das gehört alles mir", sagte Crick mit rauer Stimme. „Nur mir. Du hast es versprochen. Achte darauf und vernachlässige es nicht. Verstanden? Du wirst vernünftig essen und vernünftig fahren. Du wirst dich von deinem sturen Gaul nicht mehr abwerfen lassen. Du wirst dafür sorgen, dass es mich gesund erwartet, wenn ich wieder nach Hause komme. Hast du mich verstanden?"

Deacon lächelte sein sanftes, liebevolles Bettlächeln und Crick lächelte zurück. Hinter Crick waren jetzt wieder Stimmen zu hören und er sagte schnell: „Ich liebe dich."

„Ich liebe dich auch."

„Fröhliche Weihnachten."

„Fröhliche Weihnachten."

Dann war die Verbindung beendet.

DP @Crick – Verdammt, jetzt bin ich geil.

Crick @DP – Es liegt alles in der Schublade.

DP @Crick – Das kann ich nicht benutzen, es gehört dir.

Crick @DP – Hat der Kram ein Verfallsdatum?

DP @Crick – Vielleicht sollte ich es besser wegwerfen, ohne es auszuprobieren.

Crick @DP – Nur, wenn du alles wieder nachkaufst!

DP @Crick – Ich warte damit, bis du nach Hause kommst.

Crick @DP – Durchhalten, Baby. Ich komme bald.

DP @Crick – Ich leider nicht.

Crick @DP – Noch nicht.

DP @Crick – Ha, ha, ha ...

Crick @DP – Deacon?

DP @Crick – Hmmm?

Crick @DP – Du bist mir immer noch böse, nicht wahr?

DP @Crick – Es wird jeden Tag weniger.

Ihr Rettungswagen war in ein tiefes Schlagloch gefahren und auf die Seite gekippt. Die beiden Verwundeten hatten den Unfall nicht überlebt. Crick und Lisa saßen, mit ihren M-16 in den Händen, Rücken an Rücken zusammen und lauschten auf feindlichen Beschuss.

„Tut mir leid mit dem Unfall, Leutnant", sagte Lisa mit angespannter Stimme. Sie hatten sich aus dem Wagen befreit, nach Verletzungen abgesucht und über Funk Hilfe angefordert. Das lag jetzt schon eine Stunde zurück. Crick war unwohl bei dem Gedanken, dass ihr Überleben von ihm und einer M-16 abhängen könnte.

Verdammt, er hatte den ersten Geburtstag des Babys und seinen zweiundzwanzigsten in dieser Scheißwüste überlebt. Und er hatte Deacon versprochen, dass er zurückkommen würde. Was immer auch passierte, er würde sein Versprechen halten.

„Es war nicht deine Schuld, mein Schatz", murmelte er. Und das war es auch nicht. Direkt vor ihnen war eine Bombe eingeschlagen. Lisas Ausweichmanöver hatten ihnen beiden das Leben gerettet. Aber es war schade um die zwei verletzten Soldaten. Crick hatte noch nicht viele Patienten verloren und es ging ihm an die Nieren, dass die beiden nicht überlebt hatten.

„Sagst du das zu allen Frauen, mit denen du einen Unfall hast?" Es war ein beschissener Versuch, die Stimmung aufzuhellen. Aber allein das war einige Pluspunkte wert.

„Nur zu denen, die mich decken und meine Geheimnisse wahren", sagte er und sah sie über die Schulter hinweg an. „Mist!" Wer auch immer da hinter ihr stand, es war kein Freund. Crick zielte, schoss und traf. Es war der einzige Schuss, den er in diesem Krieg abgeben sollte. Und er kam so unerwartet, dass er sich kaum daran erinnern konnte. Bevor Lisa nachsehen konnte, was genau geschehen war und auf wen Crick da geschossen hatte, hörten sie laute Motorengeräusche am Himmel und die Schüsse verstummten.

„Hört sich verdächtig nach einem Black Hawk an, oder?", fragte Lisa mit einem hoffnungsvollen Lächeln.

„Hey – meinst du, wir hätten mittlerweile genug Übung im Beten, um erhört zu werden?", fragte er atemlos zurück und sah nach oben. Wie die kleinen Kinder und nur halb im Scherz fingen sie zu singen an: „Bitte, Gott, lass es einen von uns sein! Bitte, Gott, lass es einen von uns sein!" Von oben wurden Schüsse abgefeuert, dann tauchte der Black Hawk auf und landete auf der Kuppe des kleinen Hügels. Halleluja, verdammt noch mal. Amen.

Kurz darauf waren sie wieder im Lager. Bis auf einige Prellungen und Schürfwunden war ihnen nichts passiert. Sie genehmigten sich ein Bier und hielten sich zitternd an den Händen. Crick griff in die Tasche, um Deacon anzurufen, aber – verdammte Scheiße! – das Blackberry war nicht mehr da. Mist, Mist, Mist. Nach dem Unfall hatte er es noch gehabt. Vermutlich war es beim Anschnallen im Helikopter verloren gegangen. Er konnte es wahrscheinlich zurückbekommen, aber wann?

„Mein Gott, Lisa!" Crick brach der Angstschweiß aus. „Ich muss ihn erreichen! Er wird es in den Nachrichten sehen. Wenn ich mich nicht melde … Er wird mich für tot halten!"

Sowohl er als auch Lisa versuchten es über das Satellitentelefon, aber die Wetterbedingungen waren zu schlecht. Am nächsten Abend rief ihn sein Vorgesetzter und zeigte ihm die Berichte über Überschwemmungen im Norden Kaliforniens. Da wusste Crick, dass Deacon im Moment wahrscheinlich andere Probleme hatte, als auf seinen Anruf zu warten.

151

15
GEBROCHENE DÄMME, TOTE PFERDE UND SCHWUL HINTERM STEUER

DEACON TAT alles weh und er konnte sich nicht erinnern, wann er das letzte Mal ein Auge zugemacht hatte. Der Dauerregen hatte schon im November angefangen, Dezember und Januar waren nicht viel besser gewesen, aber jetzt … jetzt ging es erst richtig los. Der Boden konnte die Niederschläge schon nicht mehr aufnehmen, da fing es im Februar zu gießen an, als hätte Petrus einen zu viel gehoben und würde alles über Nor-Cal wieder auspissen wollen.

Deacon hatte drei schlaflose Tage und Nächte damit verbracht, Sandsäcke zu schleppen. Er hatte die Weiden am Damm abgesichert, einen Ring aus Sandsäcken um das Haus gelegt und der Nationalgarde geholfen, die den Damm verstärkte. Jetzt war es spät am Abend – normalerweise die Zeit, in der Crick sich meldete. Deacon hatte seit drei Tagen nichts von ihm gehört. In gewisser Weise war der Sturm ein Segen, denn er hatte keine Zeit gefunden, über Crick nachzudenken und ihn zu vermissen. Er hatte auch die Nachrichten nicht verfolgt und wusste deshalb nichts über die letzten Gefechte im Irak. Ein Grund weniger, sich Sorgen zu machen und sich Crick tot oder verletzt in der Wüste vorzustellen. Die verdammten Sandsäcke hatten das verhindert. Er hatte an nichts anderes denken können, als die Ranch – ihr Zuhause – zu retten.

Daran dachte er auch jetzt, als der Truck auf dem Weg zwischen dem Feuerwehrhaus, wo die Sandsäcke gelagert waren, und der Ranch liegenblieb. Der Motor hatte versagt. Direkt vor Sandys Bar.

Vor einer Kneipe? Wirklich, Gott? Ich habe seit drei Tagen nichts von Crick gehört und du setzt mich vor einer Kneipe ab? Ich glaube langsam, Crick hat recht mit seiner schlechten Meinung über dich, du verdammtes Arschloch.

Deacon sah resigniert in den wolkenbehangenen Nachthimmel, aus dem es immer noch in Strömen goss. Warum konnte Gott nicht wenigstens ein einziges Mal darauf Rücksicht nehmen, was Deacon von seinen verdammten Plänen hielt?

Es war die Zündung. Das Mistding hatte ihm schon die ganze Woche Probleme bereitet. Deacon wollte Jon anrufen und ihn um Starthilfe bitten, aber das schlechte Wetter hatte sämtliche Verbindungen unterbrochen. Er konnte in die Bar gehen, um über das Festnetz Benny zu erreichen. Aber die besuchte ihre Großmutter in Natomas und war deshalb nicht zuhause. Benny lebte mit einem elf Jahre älteren Mann zusammen und die alte Kuh drohte immer wieder damit, die Sozialbehörde zu verständigen. Die regelmäßigen Besuche bei ihr waren daher nötig, um Ärger abzuwenden. Patrick war immer noch bei seiner Schwester in El Dorado Hills. Deacon hatte schon ernsthaft darüber nachgedacht, auch Benny, Parry Angel, selbst Jon, Amy und Andrew morgen zu ihnen zu schicken. Falls der Damm brach, würde wahrscheinlich trotz der Sandsäcke nicht mehr viel von der Ranch übrig bleiben.

Mist. Seufzend legte er den Kopf auf das Lenkrad seines alten Chevy. Na gut, Deacon. Du hast schon seit mehreren Monaten vor der Geburt des Babys keinen Drink mehr angerührt. Geh rein, bestell dir eine Limo und ruf Jon an. Dann verschwinde wieder von hier.

Und genau das hätte er tun sollen.

Als er in die Kneipe kam, war er erstaunt, wie viele Gäste trotz des Wetters hier waren, sich betranken und die Nachrichten im Fernseher verfolgten. Er ging direkt zur Bar und betrachtete gelassen die vielen Flaschen mit den vertrauten Namen. Dann drehte er sich zu Sandy – einem drei Zentner Mann mit Vollbart, der in seinem Trailer hinter der Bar hunderte von Katzen durchfütterte – um und bestellte sich eine Limo.

„Eine Limo?"

Deacon lächelte verlegen und nickte. „Seven-Up wäre prima. Ich würde gerne jemanden anrufen und …"

„Deacon? Deacon Winters, bist du das?"

Deacon drehte sich erstaunt um. „Becca … Becca Anderson?"

Es war Jons frühere Freundin, an der die letzten zehn Jahre nicht spurlos vorübergegangen waren. Ihre Haare waren jetzt gefärbt, und sie war mit dem Alter eher dürr als füllig geworden. Aber trotz ihres verlebten Äußeren war sie immer noch eine hübsche Frau.

„Deacon!", rief sie und fiel ihm – unaufgefordert und etwas zu intim – um den Hals. Er lächelte höflich und versuchte, sich wieder aus ihrer Umarmung zu befreien. Er hatte nicht vergessen, dass sie sich vor Jahren immer wieder zwischen ihn und Amy drängen wollte. Aber er hatte Jon nicht erzählt, was Becca für ein Luder war. Auch deshalb hatte es ihn erleichtert, als Jon ihm am Ende ihres letzten Schuljahres gestand, schon lange in Amy verliebt gewesen zu sein. Der Geschmack seines Freundes hatte sich offensichtlich gebessert und er würde nicht in die Hände eines Luders wie Becca fallen, das ihn nur ausnutzen wollte.

„Bec. Schön, dich zu sehen", sagte er unaufrichtig und nickte Sandy zu, der ihm die Limo reichte. Er trank einen tiefen Schluck – es schmeckte schön süß – und stellte das Glas wieder ab.

„Ich muss jetzt telefonieren", murmelte er, aber Becca schüttelte den Kopf.

„Bleib doch noch hier, Süßer. Was willst du jetzt schon zu Hause? Hast du den Jungen nicht auch gekannt?"

Deacon zuckte zusammen. „Welchen Jungen?"

Becca zeigte zum Fernseher, wo CNN über zunehmende Gefechte an den Grenzen zu Kuwait berichtete. „Du weißt schon – der Junge, der bei dir Reitunterricht genommen hat. Einige Jahre jünger als wir …"

„Crick", flüsterte Deacon. Ihm wurde schwarz vor Augen und er konnte nicht mehr richtig atmen.

„Nein, nicht der. Eddy oder so …"

Deacon holte tief Luft. Es stank nach Alkohol. „Eddy Fitzpatrick", sagte er, aber ihm war immer noch schwindelig. Seine Hände und Knie zitterten und er musste sich an der Bar festhalten.

„Ja! Der! Kannst du dich noch an ihn erinnern?"

Deacon erinnerte sich daran, dass Eddy Crick verprügelt hatte. Er bekam ein schlechtes Gewissen, weil er keinerlei Bedauern über Eddys Tod empfinden konnte. „Entfernt", murmelte er und suchte nach den passenden Worten. „Wie schlimm. Bitte entschuldige mich, Becca."

Er schaffte es bis zur Toilette, bevor er sich übergeben musste. Oh Gott. Er hatte gedacht … natürlich hatte er das gedacht. Der Idiot hatte seit drei Tagen nicht mehr angerufen! Verdammt! Deacon wusch sich die Hände und das Gesicht. Als sein Kopf wieder einigermaßen klar war, verließ er die Toilette, ging zu dem Münztelefon an der Wand und hinterließ auf Jons Anrufbeantworter eine kurze Nachricht, weil Jon und Amy offensichtlich ebenfalls nicht zuhause waren. Wo mochten sie um diese Uhrzeit nur sein?

Mist. Jetzt hing er hier in der Kneipe fest. Niemals. Es waren nur drei Meilen bis zur Ranch, und die konnte er gut zu Fuß gehen. Dann konnte er wenigstens die Pferde aus dem Stall lassen, falls das Wasser weiter steigen sollte. Er ging zurück an die Bar und lächelte Becca zu.

Sie lächelte zurück. Als Deacon das Glas mit der Limonade an die Lippen setzte, fiel ihm ein verdächtiges Funkeln in ihren Augen auf.

Er roch den Gin, kurz bevor er ihn schluckte. Daran sollte er seine Freunde später erinnern, als sie ihn davon überzeugen wollten, die Ereignisse dieser Nacht wären nicht seine Schuld gewesen. Er erklärte es Jon, der nicht glauben wollte, dass Deacon selbst an dem Schlamassel schuld war. Er erklärte es Benny, damit sie endlich wütend werden und ihn an sein gebrochenes Versprechen erinnern würde. Er erklärte es auch Crick, damit der endlich kapierte, dass sie jetzt für Berlin quitt wären – obwohl Deacon nie darüber Buch geführt hätte.

Er erklärte es ihnen allen, aber sie wollten ihm nicht glauben. Er hatte seit drei Tagen kaum gegessen oder geschlafen, er hatte gerade die schlimmste Schrecksekunde seines Lebens hinter sich und er hatte den spärlichen Rest seines Mageninhalts in die Toilette von Sandys Bar gekotzt. Der Alkohol auf seiner Zunge war ihm wie ein Lebenselixier erschienen, und als er den Gin Tonic trank, den Becca ihm untergeschoben hatte, war er durch Deacons Körper geschossen wie der Blitz.

154

Er konnte sich kaum noch daran erinnern, das Glas abgestellt zu haben. Er konnte sich auch kaum noch an Beccas Stimme erinnern, die ihm samtweich versicherte, er müsse sich keine Sorgen machen, weil sie ihn schon sicher nach Hause bringen würde.

DEACON WACHTE kurz vor Sonnenaufgang auf und schoss wie von der Nadel gestochen in die Höhe. Dann fiel er stöhnend wieder auf den Rücken. *Oh Gott, bitte! Wenn ich dir verspreche, mit Benny und Parry Angel wenigstens einmal in die Kirche zu gehen – könntest du dann etwas gegen meine Kopfschmerzen unternehmen? Bitte? Mir platzt gleich der Schädel.*

Beccas tiefes Lachen an seinem Ohr sagte ihm jedoch, dass er diese Gnade nicht verdient hatte. Dann klingelte sein Handy. Er kroch aus dem Bett und wühlte in seinen Hosentaschen (War er *nackt*? Verdammter Mist. Er war *nackt*! Und da war … *Igitt!* … Glücklicherweise war da auch ein Kondom, aber es hing immer noch an seinem Schwanz. Und es war *benutzt*!). Wenn er diesen Kater schon nach seinem ersten Suff gehabt hätte, er hätte niemals drei Monate lang weitergetrunken.

„Benny?", murmelte er. „Ich dachte, du wärst noch bei deiner Oma?"

„Na ja. Sie hat mir erklärt, dass es dem Baby bei ihr besser gehen würde und dass alle Schwulen in der Hölle landen. Da habe ich mich wieder nach Hause bringen lassen. Deacon, zum Teufel! Wo bist du? Es ist vier Uhr früh und draußen ist die Hölle los!"

„Der Wagen hat versagt. Vor Sandys Bar …"

„Die *Bar*! Oh Gott, Deacon! Du hast doch nicht …"

„Doch, Benny. Ich habe. Aber mach dir keine Sorgen, mein Schatz. Wenn du mich anhörst und mir noch eine Chance gibst, dann war es der letzte Drink, den ich in meinem verdammten Leben *jemals* angerührt habe." Er stand auf und warf das Kondom in den Mülleimer neben Beccas Bett, das einen Großteil ihrer winzigen Einzimmerwohnung einnahm. Dann hob er seine Jeans und die Unterhose – sie steckten immer noch zusammen – vom Boden auf und zog sie mit einer Hand an, während er mit der anderen das Handy an sein Ohr hielt.

Benny sagte einen Augenblick lang gar nichts. Deacon schickte ein Stoßgebet gen Himmel, dass sie sich nicht ihr Baby schnappen und zu ihrer Großmutter nach Natomas verschwinden würde. Er könnte es nicht ertragen, die beiden zu verlieren.

„Ich werde wegen einem einzigen Rückfall nicht alles aufgeben und vergessen, was du für uns getan hast. Mann, Deacon – für wie undankbar hältst du mich eigentlich?"

Deacon schloss erleichtert die Augen und dankte Gott aus tiefstem Herzen für seine Güte. „Benny, du bist die beste kleine Schwester auf der ganzen Welt. Ich liebe dich und ich lasse dich nie wieder so im Stich. Hast du mich verstanden?"

„Du hast mich auch diesmal nicht im Stich gelassen, Deacon", flüsterte sie mit belegter Stimme. „Aber wie bringen wir dich jetzt nach Hause, damit du mir den Rest erzählen kannst?"

Er fand sein T-Shirt am Fuß des Bettes. Als er an sich herab blickte, sah er die Knutschflecken, die Becca auf seinem Bauch und weiter unten – *Oh Gott, da auch!* – hinterlassen hatte. Ihm wurde schwindelig und er musste die Augen schließen. Er konnte nur hoffen, dass es Crick damals in Berlin besser ergangen war, als er in dem fremden Bett aufgewacht war.

„Ruf Jon an. Vielleicht hat er Amy zu ihrer Familie gebracht. Aber falls er da ist, soll er mich vor Sandys Bar abholen und ein Starterkabel mitbringen. Wenn nicht, soll Andrew vorbeikommen. Er ist doch im Haus, oder?" In dieser Nacht hätte kein Mensch im Stall übernachten können.

„Ja, er ist hier. Jon und Amy sind auch hier. Ihr Haus steht fast einen Meter tief unter Wasser. *The Pulpit* ist bisher verschont geblieben."

Oh, gut. Und seine Socken steckten auch noch in den Stiefeln, die an der Wohnungstür des schäbigen kleinen Apartments standen. Wenigstens war er höflich genug gewesen, den Schlamm nicht in die Wohnung zu tragen, wenn er schon so dämlich gewesen war, sich zu betrinken und mit Becca Anderson zu bumsen.

„Prima. Ich möchte, dass ihr eure Sachen packt. Ruft Patricks Schwester in El Dorado Hills an. Andrew wird dich, das Baby und Amy dorthin bringen."

„Wir werden nicht von hier …"

„Doch, ihr werdet. Ihr beide habt Babys, auch wenn Amys noch nicht geboren ist. Das ist wichtiger, als die Pferde oder die Ranch. Also reißt euch zusammen und lasst euch in Sicherheit bringen, verstanden?"

„Na gut", schnappte sie und Deacon atmete erleichtert aus.

„Gut, Shorty. Du schickst mir jetzt jemanden mit dem Starterkabel vorbei, dann kann ich dir die Geschichte noch erzählen, bevor ihr nach El Dorado Hills aufbrecht. Glaub mir, sie ist ein Straßenfeger."

„Wie kommst du zur Bar zurück?", fragte sie misstrauisch. Er sah Becca an, die ihn aufmerksam beobachtete.

„Indem ich renne wie der Teufel", erwiderte er trocken und legte auf.

„Oh, komm schon, Deacon", sagte Becca mit dem kehligen Lachen, das sie in ihrer Schulzeit bei den Jungs so begehrt gemacht hatte. „Wir haben doch viel Spaß gehabt! Na gut, es war schnell vorbei – muss lange her gewesen sein für dich. Aber es hat dir gefallen."

Deacon sah sie erstaunt an, während er in seine Jeansjacke schlüpfte. Sie war immer noch feucht von drei Tagen Arbeit im Regen. Aber sie war besser als nichts, und hierlassen wollte er sie auf keinen Fall.

„Woher soll ich das wissen, zum Teufel?" Verdammt, wo war nur sein Stetson? Oh, da hing er auf der Stuhllehne. Er setzte ihn auf und wartete auf Beccas Antwort. Sie setzte sich auf und hielt sich die Decke vor die Brust.

„Süßer, du hast mir gesagt, dass du mich liebst."

Deacon blinzelte verblüfft. „Das ist höchst unwahrscheinlich", antwortete er. Allein bei dem Gedanken hätte er sein Gedächtnis am liebsten neu formatiert. Becca wurde wütend und ließ die Decke fallen. Deacon hielt sich instinktiv die Hand vor die Augen. „Doch, das hast du!", kreischte sie. „Ich hatte deinen Schwanz im Mund und du hast gesagt ‚Bec, ich liebe dich'. Ich habe es deutlich gehört."

Die Welt schien plötzlich still zu stehen und selbst der Sturm war nur noch ein entferntes Rauschen in Deacons Ohren. „Crick", krächzte er. „Ich habe gesagt ‚Crick, ich liebe dich'."

„Hast du nicht!" Deacon war erleichtert, als sie endlich die Decke wieder hochzog. Er nickte nur, weil das die einzige Sache war, an die er sich noch erinnern konnte.

„Doch, das habe ich. So betrunken kann ich gar nicht gewesen sein, dass ich Bec mit Crick verwechselt habe."

„Crick? Das ist doch ein Männername!"

Deacon nickte wieder und unterdrückte mit Mühe ein hysterisches Lachen. „Oh ja, das ist es."

„Crick? Ist das nicht der schwule Mex, der bei euch den Pferdemist geschippt hat?"

Deacon sah keinen Grund, wegen Becca Anderson ein Blatt vor den Mund zu nehmen. „Der ‚schwule Mex' ist im Irak und dient unserem Land, du billiges Luder. Und er ist ein besserer Mensch, als du es jemals gewesen bist."

„Oh mein Gott!" Ihr Schreien begleitete ihn auf dem Weg zur Tür. „Du bist *schwul*? Habe ich jetzt etwa AIDS?"

„Dann hast du mich wahrscheinlich angesteckt!", brüllte er zurück und knallte die Tür hinter sich zu.

IHRE WOHNUNG war zwei Meilen von der Bar entfernt. Als Deacon durch den Regen darauf zu trabte, wartete Jon mit seinem blauen Mercedes schon auf ihn. Der Motor schnurrte leise und der Auspuff dampfte.

„Willst du mit mir über gestern reden?", wollte Jon wissen und reichte ihm das Starterkabel. Deacon knurrte nur, öffnete die Motorhaube seines Chevy und schloss das Kabel an.

„Eigentlich nicht. Aber wenn du dir eine Tüte Popcorn besorgst und es dir auf dem Sofa bequem machst, kannst du eine gute Show erleben, wenn ich es nachher Benny erzähle." Er warf einen Blick auf den Motor, drehte sich dann seufzend um und lehnte sich an die Karosserie, um abzuwarten, bis die Batterie wieder aufgeladen war.

„Du könntest mir die ungekürzte Version erzählen", schlug Jon ungerührt vor. Deacon legte den Kopf in den Nacken und ließ sich den Regen übers Gesicht strömen. Er war sowieso schon tratschnass.

Als er die Geschichte zu Ende erzählt hatte, lachte Jon lauthals. „Crick, ich liebe dich", wiederholte er kichernd. „Verdammt, Deacon – das ist einfach nicht mehr zu überbieten!"

„Halt den Mund", knurrte Deacon, aber Jon lachte einfach weiter.

„Wie besoffen war sie eigentlich, dass sie ‚Crick' mit ‚Bec' verwechselt hat?"

„Habe ich dir nicht gesagt, du sollst jetzt den Mund halten?"

„Ja. Aber ich ignoriere es. Mann, du ahnst ja nicht, wie gut das tut. Selbst du bist nicht vor unseren menschlichen Schwächen gefeit."

„Habe ich dir das nicht schon bewiesen, als ich drei Monate im Suff verbracht habe?" Deacon drehte den Zündschlüssel und hörte erleichtert das Tuckern des Motors. Er hatte noch zwei Tonnen Sandsäcke auf der Ladefläche. Sie waren zu nichts nutze, wenn der Truck nicht noch mindestens bis zur Ranch durchhielt.

„Schon. Aber in den letzten achtzehn Monaten hast du gelebt, als würdest du für ein Kapitalverbrechen büßen müssen." Jon verstummte unter Deacons finsterem Blick.

„Können wir jetzt das Thema wechseln?", knurrte Deacon. Jon zuckte mit den Schultern und sah seufzend in den grauen Himmel.

„Na gut, für jetzt lasse ich dich aus den Klauen." Sie schüttelten sich, als es über ihnen zu donnern begann. Trotz des prasselnden Regens und der laufenden Motoren war der Fluss zu hören, dessen Fluten dröhnend gegen die Wände des Dammes prallten.

Deacon klemmte das Starterkabel ab und hielt für einen Moment gespannt den Atem an. Aber der Motor lief weiter und er gab die Kabel mit einem dankbaren Kopfnicken an Jon zurück.

„Wir sehen uns dann zuhause. Hat Amy schon für die Fahrt nach El Dorado Hills gepackt?"

„Wir wollen in das Hotel in Rocklin fahren, weil es näher liegt. Keine Angst, Amy hat Benny und das Baby eingeladen. Sie fährt selbst, sodass ich auf der Ranch bleiben und dir helfen kann." Jon schlug seine Motorhaube zu und rollte mit den Augen, als er Deacons Miene sah.

„Wieso willst du mir helfen?", fragte Deacon zögernd. „Du solltest bei Amy bleiben."

„Anstatt die Ranch zu schützen? Vergiss es, Deacon. Du wirst jede Hand brauchen können, und dieses Mal warte ich nicht darauf, dass du mich um Hilfe bittest. Fahr voraus. Ich will sicher sein, dass du gut ankommst." Jon schlug die Autotür mit unnötiger Wucht hinter sich zu und wartete ab, bis Deacon auf der Straße war und die Richtung zur Ranch eingeschlagen hatte.

SPÄTER MUSSTE Deacon zugeben, dass Jon recht gehabt hatte. Denn so gab es einen Zeugen, als er von der Polizei angehalten wurde.

Seufzend drehte er das Fenster auf, als der Polizist auf ihn zukam. Oh. Oh, verdammter Mist. „Hallo, Jason", murmelte er und hätte am liebsten mit der Stirn ans Lenkrad geschlagen. „Hast du nichts Besseres zu tun, so kurz bevor der Damm bricht?"

Jason Gresham. Schulhofschläger und örtlicher Sheriff. Und – nicht zu vergessen – Beccas gelegentlicher Liebhaber, seit Jon mit ihr Schluss gemacht hatte.

„Hallo, Schwuchtel", erwiderte Jason und verzog angeekelt das Gesicht. Deacon seufzte resigniert.

„Ach so ist das. Becca füllt mich ab, nimmt mich mit nach Hause und fickt mich – und dann beschwert sie sich bei dir, wenn es nicht nach ihren Wünschen läuft?" Rückblickend gesehen war das keine sehr diplomatische Äußerung von Deacon gewesen. Um ehrlich zu sein, seine Reaktion hätte Crick alle Ehren gemacht. Und das traf auch auf die Konsequenzen zu. Jason knallte Deacons Kopf mit aller Gewalt ans Lenkrad. Dann zog er seinen Schlagstock und fing an, die Scheinwerfer des Chevy einzuschlagen.

„Hey, Jason!", rief Jon, als der gerade mit seinem Stock ausholte, um der Windschutzscheibe die gleiche liebevolle Behandlung angedeihen zu lassen. „Bitte freundlich lächeln, ich will das Foto meiner Frau schicken!"

Deacon hob benommen den Kopf und wischte sich das Blut aus den Augen. „Wieso kommst du erst jetzt?", fragte er irritiert und stieg aus, damit Jason gar nicht erst auf den Gedanken kam, sich mit Jon anzulegen.

„Ich wollte erst sicher sein, dass wir einen guten Empfang haben", entschuldigte sich Jon. Dann richtete er sein iPhone wieder auf Jason. Er drückte gerade im passenden Moment auf den Auslöser, den Jason kam nun mit seinem Schlagstock und wütendem Gesicht auf Levee Oaks' besten Anwalt zu. Eine Sekunde später, und auf dem Foto wäre zu sehen gewesen, wie Deacon ihm ein Bein stellte und Jason im Schlamm landete.

„Ihr beiden Arschlöcher seid festgenommen!", brüllte Jason, während er sich mühsam aus dem Schlamm aufrappelte. Aber Deacon und Jon saßen schon wieder in ihren Autos.

„Wenn du mich festnehmen willst, dann weißt du ja, wo du mich finden kannst, du Arschloch!", rief Deacon zurück. Dann fuhren die beiden davon und machten sich in zulässiger Höchstgeschwindigkeit durch den Regen auf den Weg, um sich auf der Ranch in Sicherheit zu bringen.

WÄHREND BENNY die Platzwunde an Deacons Stirn versorgte, erzählte der ihr die Geschichte seiner gestrigen Erlebnisse. Das klebrige Kondom fiel dabei genauso der Zensur zum Opfer, wie die Tatsache, dass er während des Höhepunkts Cricks Namen gerufen hatte.

Benny war noch naiv genug, um zu erwarten, dass Menschen – zumindest Erwachsene – fair behandelt wurden. Deshalb reagierte sie ziemlich ungehalten auf Deacons Geschichte.

„Sie hat dein Glas ausgetauscht?", fragte sie empört und knallte den Deckel des Erste-Hilfe-Kastens zu. „Diese dumme Fotze hat dein Glas ausgetauscht und du tust so, als ob das ganze Schlamassel *deine* Schuld wäre?"

„Ich habe es schon beim ersten Schluck gemerkt, Benny. Sie musste mir nicht erst die Pistole an die Schläfe halten und mich zum Trinken zwingen."

„Was soll die Scheiße?", fauchte Benny und wischte sich mit dem Handrücken über die Augen. „Sorry, Deacon – aber das erinnert mich sehr an die Nacht, in der Parry gezeugt wurde. Und nur, weil du kein minderjähriges Mädchen bist …"

Deacon blinzelte verwirrt und griff nach ihrer Hand. Sein Kopf schmerzte und er kam sich vor, wie in einem Labyrinth widersprüchlicher Emotionen gefangen, die ihn fatal an ein Bild von Escher erinnerten. „Er hat dich auch betrunken gemacht?", fragte er sicherheitshalber nach. Vielleicht sollte er etwas essen und … Aber dann wurde ihm so schlecht, dass er den Gedanken schnellstens wieder aufgab.

„Dazu haben wir jetzt keine Zeit", grummelte Benny und wandte sich ab. Deacon sah seine Freunde hilfesuchend an.

Amy zuckte nur mit den Schultern. „Sie hat recht. Die nächste Sturmfront ist schon im Anmarsch. Ihr solltet die Sandsäcke abladen, bevor sie eintrifft und hier alles im Wasser versinkt. Crystal hat uns heimlich angerufen. Stief-Bob hat natürlich nicht die geringsten Vorsichtsmaßnahmen getroffen. Die Mädchen stehen schon auf ihren Betten. Wenn wir sie nicht da rausholen …"

Deacon stöhnte auf. Bitte … eins nach dem anderen. „Also gut. Wir müssen unseren Plan der neuen Lage anpassen. Jon, du lädst mit Andrew die Sandsäcke ab und verstärkst damit die Schwachstelle am Damm. Amy, du bleibst im Haus und kümmerst dich um Parry. Benny, du kommst mit mir und wir holen deine Schwestern da raus. Und wenn deine Mom immer noch darauf besteht, dass ich ein Perverser bin … dann wird sie mich kennenlernen und ausnahmsweise Grund zur Angst haben. Jon, ich fahre mit deinem Wagen. Und falls es noch jemanden gibt, der schon mal besoffen neben einem Fremden aufgewacht ist und der die Geschichte dringend loswerden muss … Vor Juni will ich keinen Ton darüber hören. Ist das klar?"

„Gilt das auch für die Geschichte von Private Jimmy und dem Kamel, Sir?", fragte Andrew drollig. Und weil seine Stimme das trockenste war, das sie seit einer Woche erlebt hatten, brachen sie in lautes Gelächter aus. Dann warf Jon Deacon den Autoschlüssel zu.

DER HUNDESOHN wollte die Tür blockieren und Deacon musste ihm erst einen Kinnhaken verpassen, um den Weg freizumachen. Mit einem lauten Platschen fiel

Stief-Bob in dem überschwemmten Flur auf seinen fetten Arsch. Glücklicherweise kamen Crystal und Missy bereitwillig mit, nachdem Benny sie gerufen hatte. Dass die beiden keine Angst vor ihm hatten, war auch recht nett von ihnen. Deacon und Benny hatten die Mädchen nie ganz aus den Augen verloren und sie oft besucht, wenn sie nach der Schule allein zuhause gewesen waren. Sie umarmten Benny zur Begrüßung und der Anblick tat Deacon gut.

„Ist alles in Ordnung mit ihm?", fragte Missy und schubste ihren Vater mit dem Fuß an.

„Du hättest nicht so hart zu sein brauchen!", rief Melanie Coates empört und bückte sich zu ihrem Mann, der in dem fünfzehn Zentimeter hohen Schmutzwasser lag. Deacon hatte sich schon lange daran gewöhnt, die beiden zu ignorieren. Für ihn waren sie nur ein Hindernis und der beständige Klotz an Cricks Bein, aber keine ernst zu nehmenden Gesprächspartner mehr. Er nahm sie auch jetzt kaum wahr.

„Wahrscheinlich nicht", gab er Melanie recht. „Aber es war ein gutes Gefühl. Kommt, Mädels, das Wasser steigt und wir müssen hier weg."

„Ihr wollt mich hier doch nicht zurücklassen?", heulte Melanie. Deacon stellte zu seiner Verblüffung fest, dass sein Mitgefühl offensichtlich doch nicht so grenzenlos war.

„Du hast dich Cricks ganzes Leben lang auf die Seite deines Mannes gestellt", sagte er mitleidlos. „Dort solltest du auch jetzt bleiben." Damit stiegen sie in den Wagen und fuhren los.

Als sie alle wieder auf der Ranch waren, bereiteten sich die Frauen auf die Fahrt nach Rocklin vor. Es war eine schwere Entscheidung gewesen, sie gehen zu lassen. Sicher, auf der Ranch konnte es passieren, dass die Sandsäcke den Wassermassen nicht standhielten. Aber durch den Sturm zu fahren, war auch nicht ungefährlich. Der Motor konnte versagen oder sie konnten unterwegs von den Fluten überrascht werden. Deacon hatte sich in einer Zwickmühle befunden und konnte nur hoffen, sich richtig entschieden zu haben. Der Strom war bereits vor einigen Stunden ausgefallen und nur das alte Telefon in der Küche funktionierte noch. Auf der Straße stand das Wasser schon fast zehn Zentimeter hoch. Die Frauen mussten sich beeilen, wenn sie noch bis Rocklin durchkommen wollten. Deacon kam sich vor wie ein Neandertaler, der die Frauen in die sichere Höhle schickte, um allein eine Mammutherde aufzuhalten.

Deshalb war er so überrascht, als Benny, nachdem sie alles in den Wagen gepackt und Parry in ihrem Kindersitz festgeschnallt hatten, wieder aus dem Auto sprang.

Amy hupte zweimal zum Abschied und Benny winkte ihr nach, als sie losfuhr. Deacon und Jon gingen auf Benny zu, um ihr die Meinung zu sagen. Aber dazu kam es nicht, denn Benny drehte sich zu ihnen um und sah sie mit tränenüberströmtem Gesicht an.

„Amy passt auf das Baby auf, ihr Idioten. Die Ranch ist auch *mein* Zuhause."
Mit diesen Worten stürmte sie ins Haus. „Kümmert euch um die Sandsäcke! Ich
räume das Wichtigste aus dem Erdgeschoss nach oben", rief sie ihnen noch über
die Schulter zu.

„Das war's wohl", meinte Deacon und sie machten sich an die Arbeit, weil
der Fluss von Minute zu Minute lauter wurde.

Jon gab ihm einen Klaps auf den Hinterkopf. „Wir schaffen das schon."

Es war eine Sisyphusarbeit. Andrew warf Jon einen Sandsack zu, der gab ihn
an Deacon weiter, der die Säcke zu einem gut einen Meter hohen improvisierten
Damm aufschichtete. Sie mussten fast zweihundert Meter tief liegendes Weideland
absichern, das hier an die Straße am Damm grenzte. Der Truck war bei ihrer Ankunft
endgültig abgesoffen, also mussten sie die Säcke bis zum Ende ihres Dammes tragen.
Deacon war gerade am äußersten Ende der kleinen Weide, als er sie sah.

„Verdammte Scheiße!" Er drehte sich um und schlug den direktesten Weg
zum Haus ein, rannte weg von Jon und Andrew und dem Truck mit den Sandsäcken.

„Deacon! Deacon, was soll das?", schrie Jon und Deacon drehte sich noch
einmal kurz zu ihnen um.

„Klapperschlangen!", rief er ihnen zu. „Die Nachbarweide scheint schon
überflutet zu sein!" Die Weide wurde schon seit Jahren nicht mehr benutzt, und
der Eigentümer hielt dort nicht, wie Deacon, Hängebauchschweine, die den
Biestern auf ökologisch verträgliche Art den Garaus machten. Das halbe Dutzend
Klapperschlangen, das Deacon eben entdeckt hatte, war genauso in Panik wie alle
anderen Lebewesen hier auch. Es interessierte sie nicht, dass Pferde nicht zu ihren
natürlichen Beutetieren gehörten.

„Es ist eine ganze Familie! Die Pferde sind auf der Weide am Stall, Jon! Mit
den Fohlen! Ich brauche ein Gewehr und eine Schaufel – die Biester sind auf dem
Weg zum Stall!"

Der Stall stand auf dem höchsten Punkt des Geländes und war von tiefer
liegenden Weiden umgeben. Mist.

„Deacon, Mann! Der Damm bricht gleich!"

„Ladet die Säcke ab, zingelt die Biester damit ein und lauft zurück zum
Haus! Ich komme gleich mit Comet zurück und kümmere mich um den Rest!"

„Na toll", grummelte Jon und Deacon rannte weiter. „Verrückte
Bullen, Überschwemmungen und Klapperschlangen … fehlt nur noch die
Heuschreckenplage, verdammt!"

„Die hebt sich der liebe Gott für meinen Geburtstag auf!", rief Deacon noch.
Dann hatte er keine Puste mehr zum Reden.

Er ging durch die überflutete Garage und holte seine Flinte aus dem
Gewehrschrank. Im Stall schnappte er sich eine Schaufel und eine Decke, die er
Comet über den Rücken warf. Als er sich auf das Pferd schwang, waren Jon und
Andrew schon wieder auf halbem Weg zum Haus.

„Wir haben die meisten erwischt", rief Jon ihm durch den Regen zu. „Aber
ein oder zwei Schlangen sind uns entwischt. Sei vorsichtig, Deacon!"

„Wird gemacht!" Er hielt die Augen fest auf den Boden gerichtet, während Comet langsam lostrabte. Durch den Dauerregen war das Gras lang und grün. Jede Bewegung unter den flach auf dem Boden liegenden Halmen war deutlich zu erkennen und Deacon hatte die schwarzbraunen Schlangen bald gefunden. Er sprang vom Pferd und schlug mit der Schaufel auf die erste Schlange ein, bis die Schaufel blutverschmiert war und sich unter dem Gras nichts mehr rührte. Dann schob er mit der Schaufel das Gras zur Seite, hieb dem armen Biest den Kopf ab und begrub es an Ort und Stelle. Comet stand geduldig wartend einige Meter entfernt.

Deacon schwang sich wieder auf das Pferd. Besorgt sah er in den düsteren Himmel. Im Damm waren bereits einige Lücken zu erkennen, durch die das Wasser auf die Weiden lief. Er würde nicht mehr lange durchhalten. Die Decke auf Comets Rücken war verrutscht und Deacon zog sie mühsam gerade. Er würde lieber auf einem sicheren, gut befestigten Ledersattel sitzen. Aber es hätte zu lange gedauert, Comet zu satteln. Die Zeit drängte und Deacon hoffte, dass Comet auch heute seinem Ruf als ruhigstem Pferd der Welt gerecht werden würde.

Während er über die Weide ritt, wurde der Himmel dunkler und dunkler. Es blitzte und donnerte nahezu pausenlos. Mit etwas Optimismus konnte man darin das Zeichen für einen bevorstehenden Wetterumschwung sehen, aber im Moment war davon noch nichts zu spüren. Schwarze Wolken türmten sich auf und Deacon kam sich vor wie der einzige Mensch in einer untergehenden Welt. Auf den Weiden standen einige vereinzelte Eichen, sodass er den Elementen nicht gänzlich schutzlos ausgeliefert war. Aber trotzdem war es nicht ungefährlich, so schutzlos durch das Gewitter zu reiten. Jetzt auch noch vom Blitz getroffen zu werden, wäre wirklich das i-Tüpfelchen auf einem rundum beschissenen Tag.

Er ritt zu den Sandsäcken, mit denen Jon und Andrew die Schlangen eingekreist hatten. Sie hatten gute Arbeit geleistet. Einige der Tiere waren schon tot – zerquetscht zwischen den schweren Säcken. Deacon stieg ab und stach mit der Spitze der Schaufel auf die überlebenden Tiere ein. Er wünschte sich, dass er schon zurück wäre hinter dem kleinen Damm, mit dem sie das Haus gesichert hatten. Er sehnte sich nach Wärme und wollte sich endlich wieder trocken fühlen. Seine Hände waren gefühllos. Unter dem feuchten Leder der Handschuhe hatten sich durch das Schlagen und Stechen mit der Schaufel Blasen gebildet. Deacon wollte gar nicht daran denken, dass er gleich wieder die Zügel in die Hand nehmen und das Pferde lenken musste.

Er beendete seine grauenhafte Arbeit und legte Comet beruhigend die Hand auf die Flanke. Die Blitze und der Donner kamen näher und näher. Das laute Tosen des Flusses hörte sich an, als wäre es direkt vor seinen Füßen, nicht fast zweihundert Meter entfernt. Deacon hob den Blick von dem Gemetzel auf dem Boden und sah auf die andere Straßenseite zum Damm. Verdammt, das Wasser stand hoch – gefährlich hoch sogar. Einige der Sandsäcke, die als Verstärkung auf der Dammkrone lagen, waren unterspült worden. Sie rutschten langsam an der Seite nach unten und hinter ihnen schoss das Wasser durch die Löcher, die sie in der

Verstärkung hinterließen. *Bitte, bitte, lieber Gott ... kannst du mir den Schlamassel in der Bar nicht verzeihen, ohne das Haus unter Wasser zu setzen? Bitte ...*

Gott belohnte sein Gebet mit einem leisen Klappern im Gras, direkt zwischen Comets Hufen. Im gleichen Moment schlug in der Nähe ein Blitz ein und über ihnen war ein ohrenbetäubendes Donnern zu hören. Comet reagierte darauf, wie jedes Pferd reagiert hätte – obwohl es überhaupt nicht seine Art war, schon als junges Fohlen nicht. Er scheute. Mit einem panischen Wiehern stieg er auf die Hinterbeine, während Deacon sich verzweifelt an die Zügel klammerte und ihn wieder zu beruhigen versuchte. *Verdammt ... lass ihn nicht gebissen werden, bitte ...* Beim nächsten Donnerschlag wurde Deacon endgültig abgeworfen und fand sich am Boden wieder, Auge in Auge mit der letzten überlebenden Klapperschlange. Glücklicherweise hatte er noch die Schaufel in der Hand.

Die Schlange zog angriffslustig den Kopf zurück und stieß zu – direkt in die Schaufel. Deacon rappelte sich auf und schlug auf sie ein. Er erwischte das Biest zwei- oder dreimal an Kopf und Rücken, wobei er gleichzeitig versuchte, sich vor Comets Hufen in Sicherheit zu bringen. Comet wollte ihm ebenfalls ausweichen und verlor dabei fast das Gleichgewicht. Er fiel mit den Vorderbeinen auf den Boden zurück und ... Oh Gott. Was war das für ein Geräusch? Es war wie ein lautes Schnappen und Reißen, dann folgte ein gellender Schrei, bei dem Deacon fast das Trommelfell gerissen wäre. Er hatte sein ganzes Leben mit Pferden verbracht, aber einen solchen Schrei hatte er noch nie gehört. Oh Gott. Verdammt ...

Comet stieg wieder auf die Hinterbeine und suchte verzweifelt nach Halt, wollte das Bein nicht belasten, das ... Deacon konnte es sich kaum ansehen. Er hatte schon oft gebrochene Gliedmaßen bei Menschen gesehen, aber noch nie bei einem Pferd. Es war Comets Vorderbein und ... oh Gott, *es war in zwei Teile gebrochen!* Der Mittelfußknochen ragte aus dem Fell wie die Schneide eines Messers und der Rest des Beines schwang nutzlos hin und her, nur noch durch einen schmalen Streifen Fell zusammengehalten. Comet schaffte es nicht mehr, sich auf den Hinterbeinen zu halten. Er war kein Mensch, der aufrecht gehen konnte. Er fiel nach vorne auf den Beinstumpf und der Knall, als Comets Radius am Proximalende brach, wurde nur durch den lauten Donner am Himmel übertönt. Comet fiel auf die Seite und blieb hilflos liegen. Er krümmte sich, schreiend vor Schmerz, und schlug mit den verbleibenden drei Beinen durch die Luft.

Deacon starrte ihn wie gelähmt an. Cricks Pferd war hilflos und wahnsinnig vor Schmerz, zum Tode verurteilt.

Cricks Pferd. Der treue, zuverlässige Comet, der Deacon in Cricks Abwesenheit so oft getröstet hatte. Und jetzt musste Deacon ihn ... Oh Gott, bitte ...

Comet schrie wieder und es war ein fürchterlicher Laut, der Deacon durch Mark und Bein fuhr. Er schloss die Augen und schluckte tief. Er musste sich um Comet kümmern. Und er musste es *jetzt* tun. Comet war ein guter Freund gewesen, und jetzt hatte er unerträgliche Schmerzen. Ein Bein, das so durchgebrochen war, das einen zweiten Bruch am Oberschenkel hatte, ein solches Bein konnte nicht mehr geheilt werden.

Deacon schluckte wieder und riss all seine Kraft und Entschlossenheit zusammen. Glücklicherweise war Comet auf die rechte Seite gefallen und nicht auf Deacons Gewehr, das an seiner linken befestigt war. Deacon hätte lieber eine schwere Waffe gehabt, die einen sauberen Schuss ermöglichte. Aber die hätte er erst holen müssen, und Comets Anblick in seiner unbeschreiblichen Agonie ließ Deacon diesen Gedanken schnell wieder vergessen.

Ein sauberer Schuss diente nur Deacons Gewissen, Comet konnte es egal sein. Das Pferd wäre – so oder so – sofort tot, wenn Deacon die Waffe richtig ansetzte, direkt hier, unter Comets Kiefer …

„Ganz ruhig, mein Junge", murmelte Deacon beruhigend, weil er Comet noch einen kurzen Augenblick des Friedens und Trostes schenken wollte, bevor er ihn auf seine letzte Reise schickte. „Alles ist gut. Parish wird da sein und auf dich warten. Ich vermisse ihn sehr. Parish und meine Mom – sie hat Pferde auch sehr geliebt." Er hatte Angst, dass auch Crick auf Comet warten würde. Aber das wollte er dem Pferd nicht versprechen, weil er Crick hier noch brauchte. Er tätschelte das Pferd am Kopf, bis seine Schmerzensschreie leiser wurden und schließlich verstummten. Keuchend und mit wild klopfendem Herzen lag Comet da und wartete darauf, dass Deacon ihm helfen würde.

Deacon brachte die Waffe in Schussposition und klopfte Comet ein letztes Mal auf die Nase. Danach trat er einen Schritt zurück, betätigte den Abzug und erlöste das Tier von seinen Schmerzen.

Er sicherte die Waffen und legte sie auf den Boden. Dann hob er die Schaufel auf, die er bei Comets Sturz hatte fallen lassen, und fing an zu graben.

Der Verstand sagte Deacon, dass es keinen Sinn hatte. Der Boden war aufgeweicht und so viel er auch schaufelte, er würde nur eine riesige Schlammgrube ausheben können. Selbst wenn er zwei Meter tief grub, es wäre nur ein wassergefülltes Schlammloch, das er noch mit Ätzkalk füllen musste. So nahe am Damm stand das Grundwasser auch in den trockenen Monaten sehr hoch. Aber er wollte verdammt sein, wenn er seinen Freund zum Abdecker brachte, wo er zu Hundefutter verarbeitet würde.

Er fluchte vor sich hin. Er fluchte, schrie und tobte, während er grub und grub. Rhythmisch stieß er die Schaufel in den Boden und grub sich unerbittlich tiefer in den Schlamm.

„Du verdammter Bastard … du verfluchter Idiot … Wie soll ich für dich da sein, wenn du einfach wegläufst und so einen Mist machst? Du hättest mir vertrauen sollen, du Arschloch, du hättest mir vertrauen sollen. Ich hätte dich niemals im Stich gelassen. Ich habe dich nie im Stich gelassen und ich werde es auch nie tun. Verdammter, beschissener, dämlicher, sturer Idiot … Ich hasse dich. Verdammt, ich hasse dich. Wie konntest du mich hier so allein lassen? Ich habe nichts mehr … du bist einfach verschwunden und ich habe hier nichts mehr. Ich bin hier genauso allein, wie du in deiner verfluchten Wüste … Hast du mich gehört? Hast du mich gehört, du Bastard? Ich habe hier nichts … *nichts* habe ich! *Ich bin allein!* Leck mich am Arsch, du Bastard! *Wie kannst du mich hier so zurücklassen?*"

Irgendwann hörte er auf zu graben und schlug mit der Schaufel auf den toten Comet ein. Sein Fuß schmerzte, als hätte er etwas getreten. Wahrscheinlich den verstümmelten, toten Körper des armen Pferdes, aber er konnte nicht aufhören. Er konnte einfach nicht aufhören und …

Dann hörte er ein Geräusch, als würde die Erde laut stöhnen. Ein Knirschen und Rumpeln kam aus Richtung des Dammes und Deacon blieb wie erstarrt stehen.

Er drehte sich zum Damm um und sah mit zusammengekniffenen Augen durch den strömenden Regen. Die Sandsäcke rollten von der Dammkrone nach unten als wären sie mit Watte gefüllt. Ein Riss ging durch den Damm, dann ein zweiter, dann wurde die gesamte Krone weggespült. Mit einem einzigen lauten Dröhnen wurde eine fast zwanzig Meter breite und über einen Meter tiefe Bresche in den Damm geschlagen, durch den das Wasser nur so strömte. Schäumend und tobend kam es auf die erbärmliche Sandsackbarriere zu, an der Deacon vier Tage lange gearbeitet hatte, um seine geliebte Ranch, sein Heim vor dem Zorn Gottes zu schützen.

„So ist das also?", schrie Deacon gen Himmel. „Du willst mit mir spielen, ja? Willst du das? Ich habe seit vier Tagen nichts von Crick gehört, und *du* willst mit mir spielen? Habe ich dir schon gesagt, was du für ein Arschloch bist?" Das Wasser stieg, füllte den kleinen Graben am Fuß des Dammes und schwappte über die Straße.

„Du willst meinen Wall einreißen, nicht wahr? Willst alles zunichtemachen? Glaubst du, das interessiert mich noch? Versuch's doch, du Bastard! *Versuch's doch!*" Wild sprang er vor Comets misslungenem Grab auf und ab und schwenkte drohend die Schaufel in Richtung der Fluten. Das Wasser stieg … und stieg … und schwappte über die Sandsäcke und in die tiefer gelegene Weide.

„Ist das alles? Mehr kannst du nicht, du Bastard? Glaubst du etwa, ich könnte nicht schwimmen?" Das Wasser stieg ihm bis zu den Knöcheln, aber er kümmerte sich nicht darum. Er lief nicht weg, blieb einfach stehen und forderte Gott heraus. Sollte der alte Bastard es doch ein letztes Mal versuchen; bisher hatte er Deacon jedenfalls noch nicht kleinkriegen können.

Und Gott versuchte es. Das Wasser stieg – reichte Deacon bis an die Knie, bis an die Hüfte und dann bis an die Brust. Es war eiskalt und er konnte kaum atmen. Er verlor kurz den Boden unter den Füßen und wurde von der Wucht der heranströmenden Wassermassen nach hinten gedrückt. Die Fluten bedrohten sein Zuhause, sie raubten ihm den Atem und die Hoffnung. Und dann raubten sie ihm auch all die Bitterkeit, gegen die er seit einundzwanzig Monaten ankämpfte, die er besiegen musste, bevor sie seine Liebe zu Carrick zerstören konnte.

Keuchend kämpfte er um festen Boden unter den Füßen, um sich dieser letzten Herausforderung entgegenzustemmen.

Und dann kamen die Fluten zum Stillstand. Das Wasser lief über die asphaltierte Straße nach beiden Richtungen ab und zog sich Meter um Meter vom Haus zurück. Die Weide stand noch unter Wasser, aber das Haus war – dank Deacon – verschont geblieben. Deacon blieb keuchend zurück. Seine Kehle war heiser geschrien, seine Hände in den Handschuhen blutig und er zitterte am ganzen

Leib. Er zitterte vor Kälte, vor Nässe und vor Trauer. Vor ihm lagen das tote Pferd und ein großes, schwammiges Loch im Boden.

Der Boden unter Comets Körper gab durch das abströmende Wasser nach und das tote Tier rutschte in das Loch. Deacon hatte hart und schnell gegraben in der kurzen Zeit, die ihm das Wasser gelassen hatte. Comet sank über einen Meter tief ein. Dann gab der Boden unter Deacons Füßen ebenfalls nach. Er fiel mit dem Hintern voran zu Cricks totem Pferd in die schlammgefüllte Grube.

Deacon ruderte mit dem Armen, bis ihn die Kräfte verließen. Er hatte seit Tagen nichts gegessen und kaum geschlafen. Sein Körper war zu geschwächt, um sich länger gegen den Schlamm zur Wehr zu setzen. Für einen kurzen Augenblick dachte er, er würde hier sterben, würde hier lebendig begraben werden zusammen mit Comet und dem, was von seinem eigenen Verstand noch übrig geblieben war. Aber wenigstens würde er dann Crick wiedersehen. Doch dann spürte er festen Boden unter den Füßen und richtete sich mühsam wieder auf. Er stand auf Comets totem Körper. Langsam ließ er sich zur Seite gleiten, bis er mit den Knien an den etwas festeren Grubenrand stieß. Vorsichtig zog er sich mit dem Oberkörper aus der Grube heraus. Dann blieb er erschöpft liegen und schnappte keuchend nach Luft.

Mein lieber Gott, für heute reicht's mir. Wir sehen uns bei der nächsten Überschwemmung wieder, du Schlappschwanz.

WAHRSCHEINLICH WÄRE er hier irgendwann an Unterkühlung und Scham gestorben, doch dann spürte er starke Hände, die ihm von rechts und links unter die Arme griffen. Sie zogen ihn hoch und halfen ihm, ganz aus der Grube zu klettern, die jetzt Comets Grab geworden war.

„Hallo, Jon", stammelte er. Jon schüttelte nur wortlos den Kopf.

„Mann, Deacon", sagte Andrew auf der anderen Seite. „Hast du nicht gemerkt, dass der Damm gebrochen ist? Warum bist du nicht von hier verschwunden und auf höheres Gelände gegangen?"

„Weil Gott und ich etwas zu bereden hatten", murmelte Deacon so würdevoll wie möglich. „Ich habe ihm gesagt, er wäre ein Schlappschwanz. Er hat gemeint, ich wäre ihm scheißegal. Es ging unentschieden aus."

Jon nahm Deacons Arm und zog ihn sich über die Schulter. „Deacon, wo ist dein Pferd?"

„Cricks Pferd." Daran hatte sich nichts geändert. „Cricks Pferd ist tot, Jon. Er hat sich ein Bein gebrochen und ich musste ihn erschießen. Ich habe eine Grube gegraben und Gott hat mir geholfen, das arme Tier zu bestatten. Cricks Pferd, Crick ... sie sind alle fort. Sie haben mich verlassen. So sind sie eben."

Jon und Andrew sahen in die Grube, aus der sie Deacon eben herausgezogen hatten. Jon ließ Deacon kurz los und hob die Schaufel auf, die noch neben der Grube auf dem Boden lag. Er stieß sie in den flüssigen Schlamm, bis er einen Widerstand spürte.

„Mein Gott", murmelte er. „Kein Wunder, dass du den Verstand verloren hast, Deacon. Dir ist heute wirklich nichts erspart geblieben."

Deacon fror erbärmlich und konnte sich kaum auf den Beinen halten. Aber er bekam urplötzlich wieder einen klaren Kopf. „Ich habe seit vier Tagen nichts von Crick gehört, Jon."

Jon nickte und legte seine Stirn an Deacons. „Ich weiß, Deac. Wir beten alle für ihn."

„Gott ist viel zu sehr damit beschäftigt, mich zu quälen. Er hat keine Zeit für eure Gebete."

„Vielleicht. Aber noch bist du auf den Beinen, Kumpel", meinte Jon trocken.

„Nur, weil ihr rechtzeitig gekommen seid und mir geholfen habt", erwiderte Deacon voller Dankbarkeit. Darauf fiel auch Jon nichts Kluges mehr ein.

„Es hat lange genug gedauert, bis du endlich meine Hilfe angenommen hast", meinte er dann leise. Schweigend nahmen er und Andrew Deacon zwischen sich und führten ihn zum Haus. Es war der schwerste Gang in Deacons bisherigem Leben.

Sie schleppten ihn in den Waschraum bei der Küche und zogen ihn aus. Jon erfand einige beeindruckende Flüche, als er Deacons blutende Hände und die Fußzehen sah, die grün und blau waren von den Tritten, die er dem toten Comet versetzt hatte. Andrew hatte eine Decke geholt, und sie war warm und trocken. Weil die Sandsäcke gehalten hatten. Ja, verdammt, sie hatten gehalten! Das einzige Wasser, das ins Haus gekommen war, hatten sie selbst hereingetragen. In diesem Augenblick klingelte das Telefon.

„Mein Gott", sagte Deacon erstaunt. „Ich hatte ganz vergessen, dass das Mistding noch funktioniert." Er hatte fürchterliche Kopfschmerzen, entweder von der schlammverschmierten Wunde an seiner Stirn oder dem Schlafmangel und dem Hunger, vielleicht auch noch von dem Alkohol gestern Abend. Es konnte auch eine Mischung aus allem sein, denn er fühlte sich, als würde ihm gleich das Gehirn aus den Ohren laufen.

Benny kam ins Zimmer gelaufen und zog das Telefon hinter sich her, bis das Kabel nicht mehr weiter reichte.

„Mann, Benny, kannst du nicht …"

„Es ist Crick", sagte sie atemlos. „Es ist Crick. Er hat sein Blackberry im Helikopter zurückgelassen und ruft über das Satellitentelefon an, um uns zu sagen, dass es ihm gut geht."

Noch bevor sie zu Ende gesprochen hatte, riss Deacon ihr das Telefon aus der Hand und lehnte sich damit an die Wand. Seine Beine gaben nach und er rutschte auf den Boden, den Hörer fest ans Ohr gepresst.

„Ist alles gut?", fragte er verträumt. „Sag mir bitte, dass alles gut ist."

„Ja, Deacon. Es geht mir bestens. Du hörst dich furchtbar an. Benny hat sich entsetzliche Sorgen um dich gemacht. Was ist mit dir passiert?"

Deacon lachte hysterisch. Es war, als würde die ganze Bitterkeit der letzten Monate aus ihm herausbrechen und ihn mit einem Schlag verlassen. „Was passiert ist?", fragte er kichernd. Verdammt, Crick … das ist die Milliarden-Dollar-Frage.

Willst du nicht lieber wissen, was *nicht* passiert ist? Oder wir fangen erst mal mit dem Besten und dem Schlimmsten an, was hältst du davon?"

„Deacon", flüsterte Crick mit kaum hörbarer Stimme. „Du machst mir Angst."

„Du mir auch, Baby", erwiderte Deacon ernüchtert. Sie schwiegen. Deacon suchte nach den passenden Worten für seine Erlebnisse. „Ich wäre fast in einer Schlammgrube mit deinem toten Pferd ertrunken, weil ich dich auch für tot gehalten habe. Aber es ging ja noch gut aus."

„Mein Gott ... Deacon, es tut mir so ..."

„Sag nichts", unterbrach in Deacon sanft, weil er sich auch so fühlte. „Bitte. Nicht weil ich sonst wütend werde, sondern weil ich keine Wut mehr in mir habe." Es war die Wahrheit, so sehr es Deacon selbst erstaunte. „Sie ist wie weggeflogen. Die ganze Wut hat sich in Luft aufgelöst, Crick. Ich fühle mich endlich wieder rein. Du musst dich nicht mehr entschuldigen. Damit ist es vorbei. Hast du mich verstanden?"

Oh ja, es war die reine Wahrheit. Dort draußen im Regen, als er Gott seine Meinung gesagt, ihn herausgefordert hatte ... dort draußen hatte ihn seine ganze Wut verlassen. In seinem Herzen war kein Platz mehr Bitterkeit und Zorn. Crick war da, er war am Telefon und er lebte noch. Deacon saß nackt und halb erfroren auf dem Fußboden, aber alles was für ihn zählte, war Crick.

„Schon gut, Deacon", sagte Crick. Er hörte sich verwirrt und traurig an. „Was soll ich dir stattdessen sagen?"

„Hmm." Deacon entspannte sich, als er Cricks Stimme hörte. Er legte sich auf den Boden und schob sich den Arm unter den Kopf. Mit der anderen Hand hielt er sich den Hörer ans Ohr. „Rede einfach, Baby. Erzähl mir, was passiert ist und was du heute gemacht hast. Sag mir, dass es dir gut geht."

Weit weg am anderen Ende der Welt wurde Cricks Stimme, diese geliebte Stimme, sanft und zärtlich. „Wir sind unter Beschuss geraten und der Wagen ist umgekippt. Aber bis auf einige Prellungen und Schürfwunden ist uns nichts passiert. Wir haben Rücken an Rücken dagesessen und auf unsere Rettung gewartet. Dann ist der Black Hawk für uns gekommen."

„Hmm", brummte Deacon und ließ sich vom Klang der geliebten Stimme einlullen. Die Geschichte war etwas beängstigend, aber Cricks Stimme tröstete und beruhigte ihn, ließ ihn allen Hader mit dem Schicksal und der Welt vergessen, bis auch sein Körper Ruhe fand.

Er merkte nicht mehr, wie ihm Benny den Hörer aus der Hand nahm und Crick sagte, dass er eingeschlafen wäre. Er merkte auch nicht mehr, dass sie ihn fotografierte. Erst eine Woche später, als er sich wieder einigermaßen erholt hatte, fand er das Foto, das sie Crick geschickt hatte, auf dem Telefon. Es zeigte ihn schlafend auf dem Fußboden des Waschraums, auf seinen Lippen ein glückliches Lächeln, als würde er noch im Traum Cricks Stimme hören.

16
UNNÖTIGE SCHEREREIEN

NACH ZWEI Wochen erreichte Crick ein sechsseitiger Brief, aus dem er endlich alle Details dieses katastrophalen Tages erfuhr. Eine Woche später kam ein zweiter Brief an, eine Fortsetzung des ersten und nicht weniger beunruhigend. Crick brauchte drei Tage, um alles zu lesen. Er musste immer wieder unterbrechen und das bisher Gelesene verdauen.

> *Crick,*
> *beinahe hätte ich diesen Brief aus einer Gefängniszelle*
> *schreiben müssen. Es ist doch gut, mit dem besten*
> *Strafverteidiger der Stadt befreundet zu sein.*

Crick musste den Satz zweimal lesen. Deacon – in einer Zelle?

> *Wie sich herausstellte, ist es doch nicht strafbar, schwul hinterm Steuer zu sitzen. Jon hatte recht, und deshalb ist Beccas Freund jetzt gefeuert worden und wird selbst hinter Gittern landen. Ich kann mir eine gewisse Schadenfreude darüber nicht verkneifen. Jon hätte beinahe Probleme bekommen wegen Missachtung des Gerichts. Er fand es unangemessen, dass der Richter wissen wollte, ob ich wirklich schwul wäre. Aber der Richter hat ihm dann erklärt, dass Jason, wenn ich wirklich schwul wäre und er es vorher gewusst hat, auf jeden Fall festgenommen und die Anklage ausgeweitet werden würde. Wenn nicht, wäre es nur Beleidigung und Sachbeschädigung, weil Jason sauer war, dass ich mit Becca geschlafen habe. Dann wollte der Richter noch wissen, warum ich überhaupt mit Becca geschlafen hätte, obwohl ich doch schwul bin. Ich musste die ganze Geschichte mit dem vertauschten Drink erzählen und ihm erklären, dass mein Schwanz ein überzeugter Anhänger des Gleichbehandlungsgrundsatzes ist. Ich weiß nicht, was ich lieber getan hätte – laut lachen oder vor Scham im Boden versinken. Aber eigentlich war es gar keine so große Sache. Du hast dich auf einer Beerdigung geoutet, ich vor Gericht. Zusammen haben wir Stadtgeschichte geschrieben. Weiter so.*

Crick musste an Deacons zurückhaltende, schüchterne Art denken. Keine große Sache? Aber sicher. Wahrscheinlich hatte Deacon diese Nacht bei den Pferden im Stall geschlafen, weil er niemandem in die Augen sehen konnte. Nicht, dass Deacon sich seiner Sexualität geschämt hätte – das war es nicht. Aber die öffentliche Aufmerksamkeit musste ihn tief getroffen haben.

> *Die Sache mit Becca tut mir leid. Ich habe keine Entschuldigung dafür. Ich hätte den Gin einfach ausspucken sollen – am besten in ihr Gesicht. Ich muss oft an ein Bild denken, das du von mir gemalt hast und auf dem ich aussehe wie ein Gott. Nicht könnte weniger zutreffen. Es tut mir so leid, dass ich nicht der Mann sein konnte, den du in mir gesehen hast. Ich hoffe nur, dass ich wenigstens noch der Mann bin, zu dem du zurückkommen willst.*

Diesen Absatz las Crick wieder und wieder. Eine Woche, nachdem Crick zuhause angerufen und erfahren hatte, dass Deacon halb tot war und die Ranch beinahe abgesoffen wäre, hatte ihm der Pilot des Helikopters sein Blackberry zurückgebracht. Crick hatte ihm zum Dank eine Kiste Taschenbücher geschenkt und seit dem jede freie Minute damit verbracht, mit Benny Nachrichten auszutauschen, um über Deacons Gesundheit auf dem Laufenden zu sein.

Er zog das kleine Wunderwerk der Technik aus der Tasche und sah sich das Bild an, das ihm Benny kurz danach geschickt hatte.

Es zeigte Deacon, der halb nackt auf dem Boden des Waschraums lag und vor Erschöpfung eingeschlafen war. Er hatte sich das Gesicht abgewaschen, aber seine Haare waren noch voller eingetrocknetem Schlamm und standen in alle Richtungen ab. Deacon hatte den Kopf auf den Arm gelegt und seine Haltung erinnerte Crick an das Bild, das er von ihm in dem Hotel in Georgia gezeichnet hatte. Sogar der Gesichtsausdruck war der gleiche. Deacon war abgemagert und sein ganzer Körper voller blauer Flecken. An den Händen hatte er blutende Blasen vom Sandsäcke schleppen und vom Schaufeln, an der Stirn war die Platzwunde zu erkennen, für die dieses Arschloch von einem Bullen verantwortlich war. Trotzdem war seine Miene entspannt und friedlich. Ein leichtes Lächeln lag auf seinen Lippen. Benny hatte Crick geschrieben, Deacon wäre mit seiner Stimme im Ohr eingeschlafen.

Nein, Deacon war kein Gott. Er war nur ein Mensch, stur und mit vielen kleinen Fehlern. Seine Schüchternheit verlor er nur gegenüber den wenigen Menschen, die ihn liebten. Er war stark und mitfühlend und praktisch. Und er war tapfer – so unglaublich tapfer –, wenn es um die Ranch ging und um die Menschen, die er liebte und die sich auf ihn verließen und ihm vertrauten.

Nein, Deacon war kein Gott. Aber er war immer noch der Mann, den Crick in dem Hotel in Georgia zurückgelassen hatte, auch wenn die letzten Jahre nicht spurlos an ihm vorüber gegangen waren. Er war mehr als ein Gott. Er war Deacon.

Nach der Gerichtsverhandlung ist deine Mutter gekommen und hat die beiden Mädchen wieder abgeholt. Wir hatten ihnen Bennys Zimmer gegeben und Benny hat bei dem Baby geschlafen. Wenn nicht bald etwas passiert, wird Crystal genauso enden wie Benny. Es ist zwar nicht strafbar, schwul hinterm Steuer zu sitzen, bringt aber dummerweise nicht unbedingt Pluspunkte bei den Sozialarbeitern ein. Wir mussten lange verhandeln, bis sie endlich davon überzeugt waren, dass es Benny und dem Baby bei mir besser geht als in einer fremden Pflegefamilie. Die Aussicht hat uns eine Heidenangst eingejagt.

Oh Gott. Deacon liebte das Baby und Benny – sie waren seine Familie. Crick hätte am liebsten geheult. Er hätte das für sie sein müssen. Dann hätte Benny bei ihrem Bruder und seinem Freund gelebt, und das hätte alles viel einfacher gemacht. Verdammt, er sollte bei ihnen sein!

Aber sie dürfen bleiben. Benny hat damit gedroht, dass sie ausreißen würde. Das hat der Sozialarbeiterin vermutlich Angst gemacht. Und mir auch. Verdammte Göre. Sie ist klug und tüchtig, aber ... Crick, sie ist wie du.
Die ganze Aufregung war nicht gut fürs Geschäft. Einige Leute wollten ihre Tiere abholen und uns nicht bezahlen. Aber das hat Jon verhindert – wofür sind Verträge denn da? Trotzdem, in einigen Monaten laufen sie aus und dann haben wir weniger Einnahmen. Wir werden uns überlegen müssen, wie wir den Verdienstausfall wieder ausgleichen können. Benny hat eine Website eingerichtet (hier ist der Link, falls du sie dir ansehen willst) und wir schicken Even Stars Wundersperma jetzt ins ganze Land, nicht mehr nur zu den Züchtern hier in der Gegend. Das ist auch gut so, denn irgendein Idiot hier hat Gerüchte über ‚Pferde-AIDS‘ in Umlauf gebracht. Ich schwöre bei Gott, Crick ... ich habe noch nie so gut verstanden, warum du immer von hier weg wolltest. Wir haben einige Jährlinge, die ich verkaufen kann. Es gibt auch viele neue Fohlen (deshalb schreibe ich dir erst jetzt; ich habe die letzten Wochen fast nur im Stall verbracht und Fohlen rausgezogen). Einige sind sehr vielversprechend, aber ich kann nicht alle verkaufen. Ich brauche Tiere, die ich ausbilden kann, sonst fehlt uns das Geld im nächsten Jahr. Aber mach dir keine Sorgen. Vergiss es. In vier Wochen kommst du nach Hause und dann ist alles wieder gut.

Crick holte tief Luft. Zeit war eine merkwürdige Sache. Der erste Monat hatte sich unerträglich in die Länge gezogen. Danach war sie wie im Flug vergangen. Aber die letzten beiden Wochen waren wieder wie in Zeitlupe verlaufen, wie ein langer Flur in einem Horrorfilm, der sich endlos hinzog. Crick wusste nicht, wie er es noch bis zum Ende aushalten sollte.

> *Das mit deinem Pferd tut mir leid, Crick. Es war nicht Comets Schuld. Das Gewitter und die Schlange waren zu viel für ihn. Jedes Pferd hätte so reagiert. Er hat einfach Pech gehabt. Es war nicht seine Schuld. Als es wieder trocken wurde, sind wir rausgefahren und haben sein Grab in Ordnung gebracht, mit Ätzkalk und einem richtigen Grabstein. Ich habe noch zwei Schlangen entdeckt und erschlagen. Wenn ich Geld hätte, würde ich die Nachbarweide kaufen und die Schweine darauf loslassen, nur um diese verdammten Klapperschlangen auszurotten.*

Benny hatte sich dazu eindeutiger geäußert. *Jeden Abend geht er zur Tür, weil er dem verdammten Gaul seine Karotten bringen will. Ich sage dir, Crick – es ist fast wie damals, als du uns verlassen hast.*

Crick hatte den sanftmütigen und geduldigen Comet geliebt. Wenn Deacon ein Pferd gewesen wäre, er wäre genauso gewesen – nur besser aussehend. Er wusste – und Deacon hatte es ihm selbst erzählt –, dass Deacon die letzten beiden Jahre ohne Comet vermutlich nicht überstanden hätte. Wie konnte das dumme Vieh sie ausgerechnet jetzt im Stich lassen, wo Deacon ihn am meisten brauchte? Crick verzog angewidert das Gesicht, als ihm die Ironie seiner Frage zu Bewusstsein kam.

> *Es ist schon seltsam, Carrick. Ich habe das College für die Ranch aufgegeben. Und jetzt hätte ich sie beinahe an die Flut verloren. Aber dafür bekomme ich dich zurück. Wenn ich mich zwischen der Ranch und dir entscheiden müsste – ich würde keine Sekunde nachdenken. Komm gesund zurück.*

Gott, Deacon, dachte Crick. *Du solltest wirklich etwas mehr vom Leben erwarten.*

> *Nur noch ein Päckchen für dich, dann bist du wieder zuhause. Ich habe fast Angst, daran zu denken. Ich will kein Unheil heraufbeschwören. Aber ich sage dir, dass ich dich liebe, Carrick, damit du den Kopf über Wasser halten kannst.*
>> *Ich liebe dich,*
>> *Deacon*

Drei Tage nach Eintreffen des Briefes kam Lisa zu ihrem üblichen Treffpunkt. Crick saß mit rot geweinten Augen auf dem Boden und starrte auf das Papier, das er in den Händen hielt. Sie nahm es ihm ab, um es selbst zu lesen.

„Er scheint es einigermaßen gut verkraftet zu haben, Crick", sagte sie leise. „Er ist offensichtlich ein Meister im Untertreiben, aber es hört sich trotzdem so an, als ob sie die Sache im Griff hätten."

Crick zog das Blackberry aus der Tasche und zeigte ihr das Foto.

„Ohgottohgott."

„Benny schreibt, sie hätten ihn noch unter die Dusche geschleppt. Danach hätte er zwölf Stunden geschlafen."

„Na ja, er musste sich offensichtlich erholen …"

„Als er aufgewacht ist, haben sie ihn verhaftet. Es hat zwei Tage gedauert, bis Jon ihn wieder rausholen konnte."

Lisa schnaubte und sah wieder auf das Foto. „Davon hat er in dem Brief nichts geschrieben."

„Benny hat es mir getextet. Ich sage dir, Lisa – es geht ihm nicht gut. Und selbst wenn es so wäre … *mir* geht es nicht gut." Crick fuhr sich mit den Fingern durch die Haare. Er hatte sie schon wieder etwas länger wachsen lassen. „Und er hat das alles alleine durchstehen müssen …"

„Er hat seine Familie an seiner Seite gehabt", sagte sie sanft. Crick sah sie gequält an.

„Aber *ich* war nicht an seiner Seite!", heulte er. Lisa streichelte ihm den Rücken und er unterdrückte sein Schluchzen, weil er nicht wollte, dass jemand vorbeikam und ihn so sehen konnte. Er hatte sogar die Angst vor einem Outing verloren – verdammt, er hatte seine Zeit abgedient und sein Wort gehalten. Aber er hatte in den letzten beiden Jahren Deacons ruhige Stärke und Entschlossenheit neu zu schätzen gelernt. Deshalb wollte er jetzt nicht noch in letzter Sekunde erwischt werden. Er wollte Deacon nicht beschämen.

„Crick, hast du den Captain gefragt, ob du zuhause anrufen kannst? Wegen eines familiären Notfalls oder so?"

Crick nickte schniefend. „Ich habe schon vor zwei Wochen den Notfall beansprucht. Sie werden das Haus nicht verlieren. Noch nicht. Und es ist auch niemand schwanger. Wenn meine Frau sich nicht scheiden lassen willen oder so, dann kann ich es nicht schon wieder versuchen."

„Wirklich?", fragte Lisa und Crick sah sie überrascht an. So hatte er sie noch nicht erlebt. In ihrem Blick lag eine Mischung aus Entschlossenheit und … war das Schlitzohrigkeit?

Crick @DP – Lisa ruft in fünfzehn Minuten an. Tu so, als wäre sie deine Freundin. Du willst mit ihr Schluss machen.

DP @Crick – WTF WTF WTF?

Crick @DP – Ich will nur deine Stimme hören. Anders geht es nicht.

DP @Crick – Wie dramatisch. Es geht mir gut.

Crick @DP – Das glaube ich nicht.

DP @Crick – Hier, sieh dir das Bild an.

Der Bastard schickte ihm ein Bild von sich, auf dem Sofa liegend und mit dem schlafenden Baby im Arm. Er grinste breit in die Kamera, aber Crick nahm ihm die Show nicht ab.

Crick @DP – Du hast wieder abgenommen.

DP @Crick – Verdammt, hat dir das Benny gepetzt?

Crick @DP – Das war nicht nötig. Jetzt tu mir den Gefallen und rede mit Lisa, ja?

DP @Crick – ‚Hallo, Lisa. Ich bin geil und vermisse Crick. Willst du noch mehr wissen?'

Crick @DP – Idiot. Nimm mich ernst. Sie hat eine Liste mit Fragen. Du antwortest mit einer Zahl zwischen 1 und 5 ...

DP @Crick – Hast du nichts zu tun dort unten?

Crick @DP – 1=emotional abgeschottet und in Qualen; 2=emotional abgeschottet und in Schmerzen; 3=nehme die Frage nicht ernst

DP @Crick – Ich spare dir jetzt viel Zeit. Die Antwort auf alle Fragen ist 3.

Crick @DP – 4=es geht so, aber trotzdem in Schmerzen; 5=es wird gut werden. Wenn du bei zehn Fragen einen Durchschnitt von unter 20 Punkten erreichst, dann ...

DP @Crick – Spinnst du?

Crick @DP – ... wird sich Crick vor dem gesamten Lager outen, damit er unehrenhaft entlassen wird und schneller nach Hause kommt.

DP @Crick – Das ist kein Witz, Crick!

Crick @DP – Ich lache auch nicht. Nicht das kleinste bisschen. Reiß dich zusammen und sei ehrlich.

DP @Crick – Ehrlichkeit ist deine Sache. Ich bin der Geheimnisvolle.

Crick @DP – Geheimnisvoll zählt als 1. Ich meine es ernst, Deacon. Ich habe noch zwei Monate vor mir und brauche dich, wenn ich zurückkomme.

DP @Crick – Ich habe es dir doch versprochen, oder? Du bist nicht der einzige, der mich braucht. Es geht mir gut.

Crick @DP – Emotional abgeschottet und stoisch gibt auch nur 1 Punkt.

DP @Crick – Ich habe noch nicht eine einzige Frage beantwortet!

Crick @DP – Aber du nimmst mich langsam ernst.

DP @Crick – Wirklich, Carrick James Francis, habe ich jemals etwas anderes in dir gesehen, als eine Gefahr für mein Herz und meinen Verstand?

Crick @DP – *schmoll* Du glaubst wohl, ich werde schwach, wenn du meinen vollen Namen benutzt. Keine Chance.

DP @Crick – LOL. Aber du könntest mir die psychologische Begutachtung ersparen.

Crick @DP – Lisa ist jetzt im Zelt. Sie ruft gleich an. Keine Angst, ich will nur wissen, ob es dir wirklich gut geht.

Deacon seufzte, als das Telefon klingelte. Benny sah ihn an und streckte die Arme nach dem schlafenden Baby aus.

„Er macht sich nur Sorgen um dich."

„Nach zwei Jahren sollte er es besser wissen."

„Ja. Aber für dich waren die beiden Jahre schwerer als für ihn."

Das Telefon hörte nicht auf zu klingeln. Deacon nahm den Hörer ab. Lisa spielte die verletzte Freundin so überzeugend, dass er lachen musste. Sie war Crick eine wunderbare Freundin.

„Bitte, Deacon … bitte versprich mir, nicht diese fürchterliche Becca Anderson zu heiraten!" Es hörte sich an, als würde sie sogar einige Tränen vergießen. Deacon hätte sich fast verschluckt.

„Mein Gott, Süße! Du kannst Crick ausrichten, das wäre das Allerletzte, was ich tun würde."

Sie schniefte leise und dann war ein sehr überzeugender Schluckser zu hören. „Bist du dir sicher? Sie ist auch dein Typ."

Deacon seufzte resigniert. „Du kannst ihm ausrichten, nur weil ich nichts gegen ihren Typ habe, muss ich mich noch lange nicht dem Satan verschreiben."

„Aber Baby … du hast doch mit ihr geschlafen, oder?"

Oh Gott. Wenn das Frage Nummer drei war, musste Crick das Thema wirklich sehr beschäftigt haben. „Richte ihm aus, ich hätte in einem kritischen Moment ‚Crick, ich liebe dich' gesagt, und sie hätte ‚Bec' verstanden und angefangen, die Kücheneinrichtung auszusuchen. Ich muss den Verstand verloren haben. Reicht das schon für 20 Punkte?"

Sie überspielte ihr Lachen mit einem Schluchzer. Offensichtlich hatte sie mehr Spaß an diesem Gespräch als Deacon, und er gab ihr auch einige Punkte dafür. „Ich mache mir nur Sorgen, weil du jemanden verloren hast, der dir sehr nahe stand."

Autsch. „Ja", erwiderte er leise. „Comets Tod hat mich schwer getroffen."

„Aber du bist nicht ehrlich zu mir, Schatz. Du musst mir sagen, was du wirklich darüber fühlst."

„Können wir diese Frage überspringen?" Er sah Benny an, die ihn mit unverhohlener Neugierde beobachtete und jedem Wort lauschte. Deacon hatte das Gefühl, von den beiden Frauen in die Enge getrieben zu werden. Es gab ihm eine ungefähre Vorstellung davon, wie seine Zukunft aussehen würde. Willkommen im ehelichen Glück.

„Wir werden sie überspringen und Crick wird durchhalten", meinte Lisa ernst. „Ich habe deine Briefe gelesen und die Fotos gesehen. Ich habe es Crick nicht gesagt, aber wenn du mein Mann wärst – ich wäre auf der Stelle desertiert. Ich bin der einzige Mensch hier, der ihn wirklich kennt. Er hält sich gut, aber das schafft er nur, wenn er weiß, dass es dir gut geht. Deshalb will ich die Wahrheit hören. Wie hast du Comets Tod verkraftet?"

Deacon wurde langsam ungeduldig, doch das war immer noch besser als betrübt und traurig zu sein. „Ich war so wütend darüber, dass er mich verlassen hat … ich habe seinen Kadaver getreten, bis mir fast die Zehen abgefallen sind. Ist dir das Wahrheit genug, Lisa? Willst du ihm das wirklich erzählen? Es war einer der schlimmsten Augenblicke in meinem Leben. Es kommt gleich nach dem Erlebnis, mit meiner toten Mutter allein im Haus gewesen zu sein, als ich noch ein Kind war. Glaubst du wirklich, dass es ihm in seiner gegenwärtigen Verfassung helfen wird, das zu erfahren?"

„Hmm", brummte sie nachdenklich. „Unser Punktesystem ist nicht so perfekt wie wir dachten. Ich weiß nicht, ob ich das als 1 oder 4 werten soll."

„Gib mir vier Punkte, dann musst du nur noch eine Frage stellen", meinte er hoffnungsvoll.

„Ich gebe dir einen Punkt und wir gehen die restlichen Fragen komplett durch", antwortete sie zuckersüß. Deacon musste wider Willen lachen.

„Deine Zuhörer scheinen verschwunden zu sein."

Sie fing wieder zu schluchzen an. „Ich war nur … es war …"

„Typisch Frau?", ergänzte er hilfsbereit und sie lachte wieder. Er mochte ihr Lachen. Es erinnerte ihn an Amy.

„Yep. Du kennst doch die Armee, mein Freund. Zur nächsten Frage. Wie war die Gerichtsverhandlung?"

Deacon schlug seufzend mit der Stirn gegen den Türrahmen. „Verdammt und absolut hochnotpeinlich."

Sie musste ihr Lachen wieder mit Schluchzen überspielen, aber dieses Mal wollte es nicht so recht gelingen. „Mist", kicherte sie. „Das gibt zwei Punkte, weil du mich zum Lachen gebracht hast."

„Ich habe dafür eine 5 verdient. Es wird gut werden."

„Nein. Du hast deine ehrlichen Gefühle mit Humor überspielt. Die nächste Frage ist einfach. Wieviel wiegst du?"

„Keine Ahnung", sagte er seufzend.

„Du weichst einer Antwort aus, Deacon. Ich habe noch drei Minuten. Wenn wir die Liste nicht abarbeiten, weil du zu trödeln versuchst, macht Crick seine Drohung wahr."

„Achtzig Kilo." Es waren nur fünfundsiebzig. Jon hatte ihn heute früh auf die Waage gescheucht. Der Mann führte sich auf wie ein Gefängniswärter.

„Ein Punkt fürs lügen. Wenn du achtzig Kilo wiegst, dann bin ich einsachtzig groß. Du hast noch eine Chance, Kumpel. Wenn du die vermasselst, decke ich seine Flucht, wenn er sich von hier absetzt."

„Das bringt euch vors Kriegsgericht", krächzte Deacon.

„Daran siehst du, wie ernst es uns ist. Noch eine Minute und drei Fragen."

„Fünfundsiebzig."

„Mehr essen, verdammt. Was wirst du tun, falls sie dir Benny und das Baby abnehmen?"

177

Deacon zuckte zusammen, als hätte sie auf ihn geschossen. „Dann schicke ich Crick unsere neue Adresse in Kanada." Die Brutalität ihrer Frage hatte ihn so überrascht, dass er nicht über seine Antwort nachgedacht hatte.

„Wow, Deacon. Das war deine erste 5. Nächste Frage. Wie sieht es finanziell aus?"

Deacon wimmerte leise. „Beschissen. Glücklich?"

„Noch eine Frage. Crick will wissen, ob es das wert war. Nach all den Schmerzen, die er dir zugefügt hat und nach allem, was du allein durchstehen musstest – war es das wert? Würdest du es wieder tun?"

Deacon schloss die Augen und sah Cricks Gesicht vor sich, als sie sich am Schwurstein geliebt hatten und das Licht durch Blätter fiel und auf ihrer nackten Haut tanzte. Er sah Crick in dem Hotel in Georgia vor sich. *Ich bin der einzige Mensch, der dich so kennt.*

„Jederzeit", brachte er hervor. „Ich würde es jederzeit wieder tun. Nur die wenigen Tage waren es schon wert. Sag ihm das, ja?"

„Deacon, sie sind zurück", flüsterte sie und fuhr in ihrer Bühnenstimme fort: „Schon gut, Baby. Ich wollte nur hören, dass du mich noch liebst … Nein. Nein, du musst dir keine Sorgen machen. Ich werde nichts tun, das ich anschließend bedauere. Du musst nur durchhalten. Es dauert nicht mehr lange, ich verspreche es."

„Sag ihm, dass ich ihn liebe", flüsterte Deacon mit gebrochener Stimme.

„Ich liebe dich auch, Baby. Ich würde es jederzeit wieder tun."

Crick @DP – So. Wie geht es dir jetzt?

DP @Crick – Hör auf. Ich rede nicht mit dir.

Crick @DP – War es denn so schlimm?

Benny @Crick – Er hat gesagt, du sollst aufhören. Er ist im Stall. Was immer du getan hast, es war zu viel.

Crick @Benny – Er war kurz vor dem Zusammenbruch. Ich musste wissen, wie es ihm geht.

Benny @Crick – Dann hättest du auch gleich Jack the Ripper vorbeischicken können. Das wäre nicht so brutal gewesen.

Crick @Benny – Soll das heißen, ich sollte ihm seine Lügen glauben? Denn ganzen Unsinn, den er mir vorgemacht hat?

Benny @Crick – Er hat auch seinen Stolz, du Arschloch. Du hast ihm seinen Stolz genommen, als würdest du ein altes Pflaster abreißen.

DP @Benny – Lass uns allein, Schätzchen. Das ist ein Gespräch unter Männern.

Benny @Crick – Wenn du ihm noch einmal wehtust, gebe ich Melanie deine Adresse und sage ihr, dass du Geld hast. Ich würde dir am liebsten die Eier abreißen.

Crick @Benny – Autsch.

DP @Crick – Sie will mich nur in Schutz nehmen.

Crick @DP – Ich. Auch.

DP @Crick – Ich bin kein Kind mehr, Carrick. Wie willst du mich als Mann sehen, wenn du mich wie ein Kind behandelst?

Crick @DP – Ich habe dich nicht wie ein Kind behandelt ...

DP @Crick – Konntest du mir nicht meine Illusionen lassen? Dass ich es alleine schaffen kann?

DP @Crick – Carrick, ich habe mein ganzes Leben lang den Menschen etwas vorgemacht. Bis auf die letzten zwei Wochen. Und es ist immer gut gegangen. War das wirklich nötig?

Crick @DP – Ich will nicht, dass du nur so tust, als ob alles in Ordnung wäre. Ich will, dass alles in Ordnung IST. Ich will, das es WUNDERBAR IST. Ich will, dass du die ganze Welt haben kannst, verdammt!

DP @Crick – Die ganze Welt wird viel zu hoch bewertet, Carrick. Alles, was ich jemals wollte – und will – sind die Ranch und du. Aber ich gebe mich auch mir dir zufrieden.

Crick @DP – Du sollt dich aber nicht zufrieden geben!

DP @Crick – Ich habe es nicht verdient, dass ihr mich überfallt und mir das Herz aus der Brust reißt.

Crick @DP – Ich habe es nicht verdient, dass ich erst deine emotionale Verstopfung beseitigen muss, um zu sehen, wie es dir wirklich geht.

DP @Crick – Na schön. Es geht mir NICHT gut. Bist du jetzt glücklich?

Crick @DP – Nein.

DP @Crick – Es tut mir leid, Carrick. Du hast es gut gemeint. Wenn du mir die Fragen hier gestellt hättest, wäre es nicht so schlimm gewesen. Aber mit Lisa als Zwischenhändlerin ...

Crick @DP – Es ging aber nicht anders. Ich hatte nur sie.

DP @Crick – Und ich hatte nur meinen Stolz.

Crick @DP – Ich wünschte, du würdest dich auch so sehen können, wie ich dich sehe. Dann wüsstest du, dass du noch nicht einmal in deinem Leben einen Grund gehabt hast, dich für etwas zu schämen.

DP @Crick – Ich muss Schluss machen. Ich liebe dich immer noch. Bis morgen.

Crick @DP – Läufst du vor mir davon, Deacon?

DP @Crick – Verdammt richtig.

Seufzend steckte Crick sein Blackberry in die Tasche. Lisa sah ihn über den Tisch hinweg fragend an.

„Hat er es nicht gut aufgenommen?"

„Es hat seinen Stolz verletzt. Das ist mir neu. So habe ich ihn bisher nicht eingeschätzt."

179

Lisa tätschelte ihm beruhigend die Hand. „Ihr habt beide euren Stolz. Aber ich habe schon bei meinem Gespräch mit ihm gemerkt, dass er den Löwenanteil abbekommen hat."

Crick streckte sich gähnend. Wenn er doch nur schon zuhause wäre. „Wir werden uns wahrscheinlich zuhause noch darüber streiten, oder?"

Seine Partnerin lachte und trank einen Schluck aus ihrer Coladose. „Ich denke, ihr beiden passt hervorragend zusammen. Und selbst in den glücklichsten Ehen gibt es hier und da Streit." Sie lächelte ihn aufmunternd an. „Keine Sorge, Crick. Wenn man eure Briefe und Texte gelesen hat, muss man einfach an die wahre Liebe glauben. Twu Wuv ith what bwings uth together today …"

Crick lachte und sagte grinsend: „Popcorn, du bist ein Geschenk des Himmels. Ich weiß nicht, womit ich dich verdient habe."

„Punky, du bist die große Schwester, die ich mir immer gewünscht habe."

Jetzt mussten sie beide lachen. Dann machte Crick Pläne, was er alles mit Deacons abgemagertem Körper anstellen würde, so lange sie darauf warteten, dass er wieder etwas Muskeln ansetzte und Cricks Haare nachwuchsen. Hmm … es waren die besten Ideen, die er heute gehabt hatte.

17
WAHRHEITEN MIT FOLGEWIRKUNG

Crick @DP – Was machst du gerade?
DP @Crick – Abrechnungen, was sonst?
Crick @DP – Immer noch knapp bei Kasse?
DP @Crick – Wir überleben. Reicht das oder willst du mir alle Einzelheiten aus der Nase ziehen?
Crick @DP – Hast du denn gar nichts gelernt?
DP @Crick – Bitte, Carrick. Meinetwegen? Ich habe Kopfschmerzen und muss mit Zahlen jonglieren.
Crick @DP – Aber nur, weil du so lieb bittest. Willst du wissen, was ich heute noch mache?
DP @Crick – Wenn es nicht eklig ist, mich wütend macht oder ich mir ein Ticket an die Front kaufen muss.
Crick @DP – Ich arbeite meinen Nachfolger ein.
DP @Crick – Ohhhhh BABY! Mehr davon!

Sie konnten zwei der sechs Jährlinge verkaufen und Evens Wunderschwanz war im Dauereinsatz, aber trotzdem war das Geld knapp. Deacon sortierte seine Rechnungen nach Dringlichkeit – was gleich bezahlt werden musste und was noch mehr oder weniger Zeit hatte. Selbst kleine Dinge wurden kompliziert. So mussten sie die Karotten für die Pferde im Supermarkt kaufen, weil der Bauernmarkt Deacon keine mehr verkaufen wollte, obwohl Parish einer der Gründer des Gemeinschaftsunternehmens gewesen war. Den Dünger mussten sie an eine Farm in Woodland liefern, weil die in Levee Oaks plötzlich noch ausreichend Vorräte hatte.

Aber für Deacon waren das nur kleinere Irritationen. Sie waren zwar nervend, aber unbedeutend. Benny legte im Gemüsegarten ein Karottenbeet an und Parry Angel leistete ihr dabei Gesellschaft. Sie saß im Schlamm und backte Kuchen. Durch Kontakte des neuen Geschäftspartners in Woodland wurden Deacon zwei Pferde vermittelt, die er in seinem Stall unterstellte. Sie ersetzten zumindest teilweise die fünf Tiere, die sie nach der ‚Schwul am Steuer'-Geschichte verloren hatten. Es war in Ordnung. Es musste einfach gut gehen.

Bald kam Crick wieder nach Hause.

Trotzdem war es nicht gerade die pure Freude, selbst die Rasenkanten zu schneiden, anstatt einen Gärtner zu beauftragen. Deacon war auf dem Weg in den

Stall, um eine neue Nylonschnur zu holen, als Andrew mit quietschenden Reifen auf den Hof gefahren kam und gerade noch einem der Schweine ausweichen konnte.

Er hatte Benny bei Jon und Amy abgeholt. Amy, die immer so zierlich und lebhaft gewesen war, hatte Probleme mit der Schwangerschaft. Kurz nach Deacons Gerichtsverhandlung hatte sie unerwartet Blutungen bekommen und musste seitdem das Bett hüten. Benny besuchte sie dreimal in der Woche, um ihr Gesellschaft zu leisten und zu kochen, sich um das Haus zu kümmern (obwohl sie behauptete, das Haus von Jon und Amy wäre ein Zuckerschlecken im Vergleich zu dem Chaos, dass die drei Menschen und ein Baby auf der Ranch anrichteten). Jon hatte halbherzig versucht, ihre Hilfe abzulehnen. Doch Deacon hatte nur schadenfroh darüber gelacht.

Das bisschen Hilfe kannst du doch annehmen, Kumpel. Verrechne es mit den Gerichtskosten. Weil die beiden Deacon natürlich keine Rechnung über die Anwaltskosten geschrieben hatten. Damit war das Thema vom Tisch. Jon hatte den Mund gehalten und Bennys Hilfe angenommen, während Deacon, Andrew und Patrick die Ranch wieder auf Vordermann brachten. Einmal in der Woche kochten Jon oder Deacon, dann aßen sie abends gemeinsam bei Amy und Jon. Amy musste sich oft die Tränen verkneifen über ihre Hilfsbereitschaft. Es war ein Segen, eine solche Familie zu haben.

Heute war das nicht der Fall.

Heute machte Benny Andrew die Hölle heiß, als sie aus dem Wagen stiegen. Schimpfend holte sie Parry Angel aus dem Kindersitz, schnappte sich die Einkaufstüten und die Handarbeitssachen, die sie für Amy besorgt hatte. (Die beiden hatten eine Leidenschaft fürs Stricken entwickelt und, soweit Deacon das laienhaft beurteilen konnte, schon mehrere hundert Meter Schals gestrickt.)

Deacon, der von Benny noch nie ein böses Wort gegenüber Cricks früherem Armeekameraden gehört hatte, ließ vor Schreck seinen Kantenschneider fallen. Er ging zu Benny und half ihr mit den Einkaufstüten, weil er den Grund für ihre Aufregung erfahren wollte.

„Bei Gott, Andrew Carpenter, ich schwöre dir – wenn du noch einmal einen solchen Unsinn machst, werde ich kein einziges Wort mehr mit dir reden. Auch nicht auf der verdammten Verhandlung."

„Es wird keine Verhandlung geben, Benny", schnappte Andrew sie an. „Wenn es eine Verhandlung gäbe, dann müsste dieses Arschloch zugeben, was er dir angetan hat und …"

„Und wenn schon!" Benny drehte sich mit Tränen in den Augen zu Andrew um. „Was passiert, wenn er dazu steht und sie nehmen uns Parry ab? Hast du darüber nachgedacht? Nein! Du spielst für mich den Ritter in glänzender Rüstung, aber du vergisst dabei, dass ich einen Grund habe, den Mund zu halten!"

„Oh Mann!" Deacon ließ die Tüten fallen und nahm Benny, die sich nicht dagegen wehrte, Parry aus den Armen. „Benny, Andrew, bringt den Schei… Kram ins Haus." Parry Angel war schon fünfzehn Monate alt und wiederholte jedes Wort, das sie aufschnappte. „Ich lege das Baby schlafen. Wenn ihr beiden euch wieder beruhigt habt, können wir über die Angelegenheit reden." Er sah Andrew ernst an. „Oder meinst du, dass die Polizei schneller ist und schon vorher vor der Tür steht?"

Andrew schüttelte den Kopf und spuckte auf den Boden. „Er ist ein Feigling, Sir. Er will nicht, dass sein Daddy oder der Rest der Welt etwas davon erfährt."

Deacon nickte. „Nun, dann haben wir ja Zeit. Komm, Angel. Willst du dein Fläschchen? Ich singe dir ein Lied vor."

Das Baby nickte und patschte ihm lachend mit seinen kleinen Händchen ins Gesicht. „Diek-diek!"

Deacon lachte sie an und gab ihr einen Süßen auf die Nase. Dann warf er Benny und Andrew einen vielsagenden Blick zu. Die beiden drehten sich schweigend um und kümmerten sich um die Einkäufe.

Nachdem das Baby sein Fläschchen getrunken und Diek-diek ihr eine Geschichte vorgelesen und sie ins Bett gebracht hatte, ging er in die Küche zurück. Benny hatte Sandwiches gemacht. Sie stand schweigend mit Andrew in der Küche, was schon ein Fortschritt war. Deacon nahm sich ein Sandwich und bedankte sich bei Benny dafür.

Nachdem er einige Bissen gegessen hatte, fragte er sie: „Ich nehme an, es geht um Parrys Vater?"

Benny nickte und sah zu Boden.

„Gut, Benny. Wir reden gleich darüber, ja? Musst du nicht jetzt … die Wolle wegräumen? Du kannst danach wieder zurückkommen."

Sie nickte Deacon dankbar zu und verließ mit einem unglücklichen Lächeln die Küche. Benny trug Jeans und eines von Deacons T-Shirts. Es erinnerte ihn daran, dass sie gerade erst sechzehn Jahre alt war. Deacon vergaß das manchmal, denn sie war ein sehr reifes Mädchen und er schätzte ihre Zuverlässigkeit und Hilfsbereitschaft sehr. Er drehte sich seufzend zu Andrew um.

„So, Private. Jetzt bist du dran."

Die Sache war ganz einfach. Andrew und Benny waren mit ihrem Einkaufswagen aus dem Supermarkt gekommen. Sie hatten auf dem Weg zum Auto mit dem Baby gescherzt, und dann war Benny mitten auf dem Bürgersteig plötzlich wie angewurzelt stehen geblieben. Sie hatte den Mund zusammengepresst, den Wagen umgedreht und einen anderen Weg zum Auto genommen, obwohl sie nur noch wenige Meter davon entfernt gewesen waren.

Ein junger Mann im Collegealter mit blonden Haaren und blauen Augen rief ihnen nach: „Hey, Benny – Lust auf einen Tequila? Ich könnte einen Blowjob vertragen, Süße!" Seine Stimme klang arrogant und abwertend.

Benny hatte sich erschrocken und beschämt zu Andrew umgedreht, und der junge Soldat verlor die Nerven.

„So redet man nicht mit einem jungen Mädchen", hatte er gesagt. „Egal, was zwischen euch war – das gehört sich nicht."

Deacon holte tief Luft. Er stimmte Andrew zu. „Und dann hast du ihm eine reingehauen?"

Andrew nickte und sah Deacon verlegen an. „Benny hat mich von ihm weggezogen und mir gesagt, dass er Parrys Vater wäre. Deacon …" Andrew rutschte unruhig hin und her. „Deacon, der Kerl war fast so alt wie ich. Ich bin zweiundzwanzig. Wenn er Parrys Vater ist und Benny Alkohol gegeben hat, dann ist er nicht nur ein Arschloch, dann war das …"

„Eine Straftat. Ich weiß. Danke, Drew. Ich werde wegen der Angelegenheit Jon anrufen. Aber erst muss ich mit Benny darüber reden." Er biss in sein Sandwich. Andrew stand auf und wollte die Küche verlassen. „Äh, Andrew?", rief Deacon ihm nach.

„Sir?"

„Noch zwei Punkte. Falls die Bullen kommen und dich verhaften, holen wir dich so schnell wie möglich wieder raus. Das weißt du doch, oder?"

Andrew lächelte ihn dankbar an. Die weißen Zähne blitzten in seinem dunklen Gesicht.

„Und zweitens, eigentlich auch noch drittens – Benny weiß deinen Einsatz vielleicht im Moment nicht zu schätzen. Ich aber schon. Crick und Benny … Sie hatten nie eine Familie, die zu ihnen gestanden hat. Ich bin froh, dass du heute für sie da gewesen bist."

Andrews dunkles Gesicht lief rot an und er sah verlegen zur Seite. „Benny hat es verdient, Sir. Sie ist ein ganz besonderer Mensch."

Deacon wurde an ein Gespräch erinnert, dass sein Vater vor Jahren mit ihm über Crick geführt hatte. Jetzt war er selbst an der Reihe. „Das ist sie. Du aber auch." Er wurde rot. „Es ist in Ordnung, wenn du auf sie warten willst. Nur …" Beim nächsten Satz musste er auf seine eigene Erfahrung zurückgreifen. „… lass sie darüber nicht im Unklaren. Ich habe es Crick damals nicht gesagt. Ich wollte immer, dass er vorher noch etwas von der Welt sehen kann. Deshalb sind wir in diesem Schlamassel gelandet. Und wenn sie es auch so sieht, dann sage ihr, dass du auf sie wartest. Du bist ein Ehrenmann und wir vertrauen dir."

Andrew sah ihn strahlend an. „Vielen Dank, Sir. Ich werde darüber nachdenken."

Deacon nickte und biss wieder in sein Sandwich. „Gut. Sie sind entlassen, Private Blutlos. Sei bitte so gut und richte Benny aus, ich wäre ein braver Junge und würde mir dafür einige Plätzchen nehmen."

Benny hatte seine kleinen Schwächen schon lange herausgefunden. Und neben einem saftigen Steak gehörten dazu Plätzchen mit Puddingfüllung, die es in der Bäckerei jeden Dienstag frisch zu kaufen gab. Benny vergaß nie, ihm welche mitzubringen, und Deacon vergaß nie, sich überschwänglich dafür bei ihr zu bedanken. Er zog einen Stuhl heran und öffnete die Keksdose. Er hatte gerade das erste Plätzchen in ein Glas mit Milch getunkt, als Benny in die Küche zurückkam.

„Hol dir einen Stuhl, Shorty. Ich gebe dir ein Plätzchen ab."

„Sie machen dick", schniefte sie. Deacon grinste sie nur an. Die Mutterschaft war ihr nicht anzusehen. Sie war immer noch genauso schlank und rank wie Crick, nur etwas kleiner.

„Süße, wenn du schon nicht mehr in die Höhe wächst, dann solltest du wenigstens in der Breite etwas zulegen. Jetzt setz dich und nimm dir ein Plätzchen. Wir tun für eine Minute so, als ob du noch ein Kind wärst, ja?"

„Ich bin schon fast erwachsen", grummelte sie, konnte aber schon wieder lächeln. Dann setzte sie sich auf den Stuhl und bediente sich in der Keksdose. Er hielt ihr die Milch hin und sie tunkte ihr Plätzchen in das Glas. Mit einem genießerischen Stöhnen biss sie ein Stück davon ab.

„Du bist aber noch nicht erwachsen, Shorty. Das Leben hat dir und Crick einiges abverlangt, aber ihr wart noch viel zu jung, als ihr schon auf eigenen Beinen stehen musstet."

„Wir waren nicht so jung wie du, Deacon", erwiderte Benny leise. Deacon lächelte sie grimmig an. Sie hatte offensichtlich sein Gespräch mit Lisa gehört. Aber trotz ihrer offensichtlichen Neugier hatte sie ihn nicht darüber ausgefragt.

Er seufzte. Wenn er etwas aus den Missverständnissen zwischen sich und Crick gelernt hatte, dann war das die Tatsache, dass man Ehrlichkeit und Offenheit erwidern musste.

„Ich mache dir einen Vorschlag, Shorty. Ich erzähle dir etwas Unangenehmes und Peinliches aus meiner Kindheit, und dann bist du dran mit einer Geschichte." Er biss wieder in sein Plätzchen. Aber er war so nervös, dass er es kaum genießen konnte. Benny sah ihn mit dem gleichen hoffnungsvollen Blick an, der seit ihrem Einzug auf der Ranch stets in ihren Augen lag, wenn sie miteinander redeten. Sie wollte ihm vertrauen.

„Das hört sich gut an, Deacon", meinte sie und holte tief Luft.

„Meine Mutter hat sich zu Tode gesoffen, als ich fünf Jahre alt war", fing er an zu berichten. Er ließ nichts aus. Er erzählte Benny, wie er immer wieder durch das Haus gelaufen war, aus Angst seine Mutter allein zu lassen. Sie hatte ihn schon oft gebraucht, wenn es ihr schlecht ging. Und jetzt lag sie plötzlich reglos in ihrem Bett und atmete nicht mehr. Er erzählte Benny, wie Parish ihn am Abend gefunden hatte, als er von der Arbeit nach Hause gekommen war. Da hatte Deacon sich schon unter einer Decke im Stall verkrochen, nur um die Tiere atmen zu hören. *Ich war so allein, Daddy. Es tut mir leid, dass ich Mama allein gelassen habe, als sie mich gebraucht hat.*

Als er mit seiner Geschichte zu Ende war, zuckte er mit den Schultern und verzog keine Miene. Er wollte Benny nicht mehr aufregen als unbedingt nötig. „Wie du siehst, komme ich nicht sehr gut allein zurecht. Ich … Es ist wahrscheinlich eine meiner größten Schwächen. Ich ertrage es nicht, nur meinen eigenen Herzschlag zu hören. Vielleicht war es ja gut, dass Crick weggegangen ist. Jetzt weiß er wenigstens, auf was er sich mit mir einlässt."

185

Sie umarmte ihn schluchzend. Sie hatten die Milch ausgetrunken und keinen Appetit mehr auf Plätzchen. Deacon stand auf und sie gingen zu Couch, wo sie sich besser unterhalten konnten.

Als Benny sich ausgeweint hatte, wischte sie sich ihr Gesicht an seinem Hemd ab und sah ihn an. „Du machst alles richtig, Deacon", sagte sie. „Es ist nicht verboten, nicht allein sein zu wollen. Das Problem sind Idioten wie Crick und ich, die so viel Angst vor Enttäuschungen haben, dass sie ihren besten Freunden nicht vertrauen können und sie von sich stoßen."

Deacon lächelte schwach. „Ich bin erleichtert, dass du es so siehst, Shorty. Ich habe euch beide immer für ausgesprochen tapfer gehalten. Willst du mir jetzt auch etwas über dich erzählen?"

Benny sah zu Boden. Sie legte den Kopf an seine Brust und wischte sich wieder über die Wangen.

„Ich hatte solche Angst, nachdem Crick in den Irak aufgebrochen ist", flüsterte sie. „Solange er noch in Georgia war, konnte ich es aushalten. Aber der Irak …"

„Ja, der Irak hat die ganze Sache plötzlich so real werden lassen." Deacon konnte ihre Gefühle sehr gut nachempfinden.

„Richtig. Und der Kerl … Ich war auf einer Party im Discovery Park. Er hat mir zu trinken gegeben …" Sie sah ihn ernst an. „Ich wusste, dass es Alkohol war, Deacon. Ich wollte mich betrinken."

„Du warst erst vierzehn, Benny."

„Ich habe mich nicht zum ersten Mal betrunken!" Es war ein ehrliches Geständnis. Sie wollte, dass Deacon von diesen Fehltritten erfuhr, wollte dafür die Verantwortung übernehmen. Aber das konnte er nicht zulassen.

„Das ist normal in diesem Alter!", sagte er scharf. „Aber deswegen liebe ich dich nicht weniger, Benny. Rede jetzt weiter."

„Ich … ich kann mich nicht mehr sehr gut erinnern. Ich weiß noch, dass ich Nein gesagt habe. Aber er hat nur gelacht und gesagt, das würde ich nicht ernst meinen. Dann bin ich wieder aufgewacht. Ich habe auf dem Boden gelegen. Ich war nackt und da war Blut …" Sie wurde rot und Deacon fluchte laut. Er musste sich sehr zusammenreißen, um den Neandertaler in sich im Zaum zu halten, der nach Blut und Rache schrie. Das letzte Mal war ihm das passiert, als Crick in der Schule verprügelt worden war.

Deacon holte tief Luft. Erst einmal, dann noch ein zweites Mal.

„Warum hast du uns das nie erzählt, Benny?", fragte er sanft.

„Hätte es einen Unterschied gemacht?", wollte sie wissen. Sie hörte sich verzagt und unsicher an. Oh Gott. Sie und Crick – sie waren beide Opfer gewesen, und dann hatte ihre Familie sie dafür aus dem Haus geworfen.

„Zwischen uns beiden? Nein. Du hättest die Partyqueen persönlich sein können, mein Schatz, du hättest jeden einzelnen Kerl dort freiwillig bumsen können – ich würde dich immer noch lieben und hier haben wollen." Ihr Kichern erleichterte ihn, obwohl es sich mehr betrübt als fröhlich anhörte. Aber Deacon hatte noch mehr dazu zu sagen. „Es war falsch, was der Kerl getan hat. Kannst du dich an seinen Namen erinnern? Wie alt war er?"

„Keith Alston", schniefte sie. „Er hatte gerade das College abgeschlossen und war nach Levee Oaks zurückgekehrt."

Drecksau! Deacon sagte es nicht laut. „Pass auf, Benny. Wenn er sich so verhalten hat, dann … Es ist wahrscheinlich, dass er das nicht zum ersten Mal getan hat, verstehst du? Wir müssen jetzt eine Entscheidung treffen, und es ist keine leichte. Egal, wie wir uns entscheiden, es wird nicht einfach werden."

„Muss ich erlauben, dass er das Baby sieht?", wollte sie wissen. Er spürte, wie schwer ihr diese Frage gefallen war.

„Das, mein Schatz, hat mit unserer Entscheidung nicht das Geringste zu tun."

Benny nickte und kuschelte sich an ihn. Deacon nahm sich vor, so bald wie möglich mit Jon zu reden. Er musste dafür sorgen, dass seiner Familie nichts passieren konnte.

„Deacon?", flüsterte sie, während er noch seine Pläne schmiedete.

„Ja, Shorty?"

„Warum hat Andrew das gemacht? Keith schlagen, meine ich. Ich habe ihn noch nie so wütend erlebt, selbst damals nicht, als Shooting Star ihn umgerannt und seine Prothese abgetreten hat." Gott, der Gaul war wirklich ein fürchterliches Biest!

„Weil es ihm genauso geht wie mir, Shorty. Er liebt dich."

Benny schwieg nachdenklich. „Meinst du damit, dass er mich so liebt wie du Crick liebst?", wollte sie schließlich wissen.

Gütiger Himmel, gab es den keinen Schutz gegen Jungverliebte?

„Könnte sein. Wäre dir das unangenehm?"

Sie schnaubte. „Er hat mich nicht gerade von meiner besten Seite kennengelernt."

Deacon lachte und sah im Kopf Crick vor sich, der schwankend und mit fieberglänzenden Augen auf dem Wasserturm stand. Oder Crick, der weinend im Büro des Rektors saß, voller Reue und immer noch high von seinem ersten (und einzigen) Joint. Ein Bild nach dem anderen lief vor seinem inneren Auge ab. Crick – blutend und zerschlagen, aber nicht gebrochen. Crick – verlegen und beschämt, aber immer standhaft und ehrlich. Crick – glücklich und mit einem frechen Grinsen im Gesicht, weil er wieder eine Idee ausgeheckt hatte, auf die außer ihm niemand gekommen wäre und vor der man besser gleich die Flucht ergriff oder kapitulierte.

„Man liebt einen Menschen nicht nur von seiner besten Seite, mein Schatz. Man liebt ihn, weil man gar nicht anders kann. Aber du bist noch zu jung, um dir darüber Gedanken zu machen. Und Andrew ist ein zu guter Mensch, um es dir jetzt schon zuzumuten." Deacon musste an den Tag zurückdenken, als Parish gestorben war. Crick hatte so reif gewirkt. Deacon hatte den Kopf in Cricks Schoß gelegt und gewusst, dass er ihm von ganzem Herzen vertrauen konnte.

„Wenn man einen Menschen liebt und ihm vertraut, dann sieht man ihn jeden Tag von seiner besten Seite."

DP @Crick – Arbeitet sich der Neue gut ein?
Crick @DP – Beschissen. Ich habe mich immer für einen unübertroffenen Idioten gehalten. Bis ich hierhergekommen bin.
DP @Crick – Es wird schon, Crick. Ich vertraue auf dich.
Crick @DP – Ich habe wirklich keine Ahnung, warum. Du hast doch meine Dummheiten in der ersten Reihe miterlebt.
DP @Crick – Deine besten Momente aber auch. Und die schlagen alles, das ist keine Frage.
Crick @DP – Jetzt hast du es geschafft, dass ich vor Verlegenheit rot werde.
DP @Crick – Mach mir keinen Vorwurf. Du bist eben so.
Crick @DP – Mann, Deacon. Hast du wirklich alles vergessen? Ich dachte, du kennst mich.

LISA LAS Deacons Brief ein zweites Mal durch. Sie bekam auch oft Post von ihren Eltern, die sie Crick vorlas. Es waren liebe Briefe mit Neuigkeiten von zuhause, aber – so sagte sie – sie waren mit Deacons Briefen nicht zu vergleichen. Crick gab ihr recht. So schüchtern Deacon manchmal Fremden gegenüber war, in seinen Briefen nahm er kein Blatt vor den Mund. Sein trockener Humor, seine Menschenkenntnis und sein klarer Verstand waren in jedem Satz zu erkennen.

Andrew wollte seinen Straßenkreuzer in die Luft jagen, aber das haben wir ihm wieder ausgeredet. (Schon deshalb, weil wir ihn nicht in Levee Oaks im Knast sehen wollten. Du weißt ja selbst, wie sie hier Minderheiten behandeln.) Ich habe Jon angerufen und wir haben uns einen Plan zurechtgelegt. Wir haben das Arschloch vor die Wahl gestellt – entweder er gibt alle Rechte an Parry Angel auf, oder wir bringen ihn wegen Vergewaltigung einer Minderjährigen vor Gericht. Ich weiß schon, was du jetzt denkst. Du denkst, dass ein Schweinehund wie der nicht damit aufhört. Wenn er einmal eine Vierzehnjährige abfüllt und vergewaltigt, dann wird er es mit Sicherheit wieder tun. Aber wir haben vorgesorgt und von ihm verlangt, dass er es vor einem Richter zugibt. Der Idiot hat nicht gemerkt, worauf er sich einlässt. Er hatte zu viel Angst, dass sein Daddy kein Geld mehr rausrückt, wenn sein eigener Anwalt davon erfährt. Ich freue mich jetzt schon auf die Gerichtsverhandlung. Ich glaube, ich hatte lange nicht mehr so viel Spaß.
Natürlich ist sie genau an dem Tag angesetzt worden, an dem du entlassen wirst und wieder nach Hause kommst. Dabei hatte ich mir eigentlich besseres vorgenommen, wie du dir sicherlich denken kannst.

Lisa las den Brief zu Ende und verzog das Gesicht.

„Was ist? Du verstehst doch, was passieren wird, oder?"

Lisa nickte. „Oh ja. In Seattle sind die Gesetze genauso. Es ist nicht das Opfer, das Anklage erheben muss. Es ist ein offizielles Delikt, und damit hat er die Staatsanwaltschaft am Hals. Ziemlich clever von Deacon. Er hat ihm alle Ansprüche an Parry Angel abgenommen und ihm gleichzeitig einen Platz in der Kartei für Sexualverbrecher verschafft. Deacon hat zwei Fliegen mit einer Klappe erschlagen."

„Warum siehst du dann so enttäuscht aus?" Crick räumte Verbandmaterial und Medikamente in die Schränke des Rettungswagens. Er hatte seinen Nachfolger, den Leutnant Hochnase, einweisen wollen. Aber der war zu beschäftigt damit, einen Bericht über Crick und dessen mangelhafte Dienstauffassung zu schreiben. Er war der Meinung, Crick würde sich nicht ausreichend an die Regularien halten. Crick hatte den Captain schon darauf vorbereitet, aber der hatte Crick nur kopfschüttelnd angesehen.

Leutnant, ich kann nichts über Sie als Zivilperson sagen. Aber ich bin verdammt stolz darauf, dass Sie bei mir gedient haben.

Es war eines der schönsten Komplimente, das Crick jemals bekommen hatte – wenn man von Deacon oder Parish absah. Crick wusste das zu schätzen.

„Ich weiß nicht ... diese Sache mit Andrew und Benny ..."

Crick, der gerade die Inventarliste aktualisierte, sah sie über die Schulter an. „Welche Sache?"

Lisa warf ihm einen vielsagenden Blick zu. „Die Sache, dass Andrew dem Kerl eine reingehauen hat, weil der Benny beleidigt hat. Komm schon, Crick. Du weißt genau, wovon ich rede."

Crick überlegte einen Augenblick. Er dachte an Deacon, der ihn vor Brians durchgedrehter Mutter in Schutz genommen hatte. Deacon, der ihn und seine Sachen von dem Rasen abgeholt hatte, als Crick vor die Tür gesetzt worden war. Deacon, der ihm geholfen hatte, sich um seine Schwestern zu kümmern. „Ja, ich weiß, welche Sache du meinst", gab er zu. „Diese Sache." Natürlich.

„Du machst dir deswegen keine Sorgen?"

Crick studierte seine braun gebrannten Hände und den kleinen Medikamentenschrank. Er hasste es, als Sanitäter zu arbeiten. Bis letzte Woche hatte er darüber nicht nachgedacht, aber auf der Ranch war das Geld so knapp, dass er vielleicht wieder in seinem alten Job arbeiten musste. Und all diese Jahre hätte er an der Uni Kunst studieren können. Wenn ... ja, wenn. Wenn er gewusst hätte, dass ‚diese Sache' zwischen ihm und Deacon ernst gewesen wäre, und nicht nur eine vage Hoffnung seinerseits.

„Ich habe nur eine Sorge – dass Benny meinen Fehler wiederholt", erwiderte er.

„Welchen Fehler?"

„Nicht daran zu glauben und deshalb alles zu vermasseln."

Crick @DP – Deacon?

DP @Crick – ?? Crick??

Crick @DP – Wird es besser, wenn ich wieder zuhause bin? Werden wir dann mehr Mut haben, miteinander zu reden?

DP @Crick – Es wird wohl seine Zeit dauern. Wir müssen uns erst daran gewöhnen.

Crick @DP – Ich bin so verdammt nervös. Werde nicht wieder schüchtern und geheimnisvoll.

DP @Crick – Ich bin jetzt ein anderer Mensch. Ich habe Mist gebaut und dich im Stich gelassen. Du wirst am Anfang wahrscheinlich von mir enttäuscht sein.

Crick @DP – HALT DEN MUND!

DP @Crick – Ich meine es ernst.

Crick @DP – Ich auch.

DP @Crick – Ich habe Angst davor. Du wirst dich entscheiden müssen, ob ich in deinen Augen ein Gott oder ein Mensch bin. Egal wie, du wirst enttäuscht werden.

Crick @DP – Ich habe eine Neuigkeit für dich. Ich habe mich schon entschieden. Du bist so oder so wunderbar.

Crick @DP – Deacon? Bist du noch da?

DP @Crick – Es wird gut werden. Keinprobblm.

Crick @DP – Was ist los?

DP @Crick – Mir zittern die Hände. Du machst mich fertig, das ist alles.

KEITH ALSTON mochte mit seinem hübschen Gesicht und den Grübchen in den Wangen ein gut aussehender Mann sein. Aber Deacon konnte in ihm nur den Kerl sehen, der Benny vergewaltigt hatte.

„Ja, Euer Ehren. Ich bin hier, um die Tat zu gestehen. Dann muss ich doch keinen Unterhalt bezahlen. Oder?"

Der Richter – es war der gleiche, der Deacons Verhandlung geführt hatte – zog die buschigen, grauen Augenbrauen in die Höhe und sah Jon perplex an. Jon lächelte so unschuldig, dass er einer ganzen Bordellbelegschaft die Unschuld hätte wiedergeben können.

„Mein Sohn, bist du dir sicher, dass du keinen Anwalt willst?"

Keith schüttelte den Kopf. „Nein, Sir. Ich will nur mit dem Gör nichts zu tun haben und wieder von hier verschwinden."

Richter Crandall kniff die Augen zusammen. Benny saß, mit Parry Angel im Schoß, auf der Klägerbank und lächelte süß.

„Dann rede weiter, mein Sohn."

190

Mehr war nicht nötig, um den verwöhnten Scheißkerl dazu zu bringen, die Vergewaltigung einzugestehen und alle Rechte an Parry Angel aufzugeben.

DP @Crick – Du hättest sein Gesicht sehen sollen, als er abgeführt wurde!
Crick @DP – Ich bin nur froh, dass Benny sich nicht mehr bedroht fühlt.
DP @Crick – Ja, wir haben allen Grund zum Feiern.
Crick @DP – Gut.
DP @Crick – Du bist sehr zurückhaltend.
Crick @DP – Ich musste daran denken, dass Benny vielleicht bald wegziehen will.
DP @Crick – Danke für die kalte Dusche. Wirklich, vielen Dank.
Crick @DP – Ich habe schon genug Unheil angerichtet, als ich dich verlassen habe. Ich will nicht, dass sich das wiederholt.
DP @Crick – Bist du nicht bald fertig mit deinem Dienst? Wann brichst du auf?
Crick @DP – Morgen früh.
DP @Crick – Dann wollen wir uns darüber freuen. Können wir nicht für einen Tag den Rest vergessen?
Crick @DP – Ja, Deacon. Für jetzt können wir einfach nur glücklich sein. Kein Problem.

Crick starrte auf das Handy und versuchte, seine Beklommenheit zu überwinden. Bald. Sehr bald würde er wieder zuhause sein. Was wäre, wenn Deacon es sich noch anders überlegte, wenn er ihn nicht zurückhaben wollte? Was wäre, wenn Deacon feststellte, dass er Crick in den letzten beiden Jahren auf ein Podest gestellt und ihn jetzt doch nicht ertragen konnte?

DP @Crick – Vergiss es. Ich bin erst glücklich, wenn ich dich wiedersehe.
Crick @DP – Bist du sicher, dass ich es wert bin?
DP @Crick – Worauf du dich verlassen kannst.

Am nächsten Tag hängte sich Crick seine Reisetasche über die Schulter, schüttelte dem Captain und den anderen Jungs in seiner Einheit zum Abschied noch einmal die Hand und sprang zu Lisa in den Rettungswagen. Sie hatte sich freiwillig gemeldet, ihn zu dem Flughafen in Kuwait zu bringen, von wo sein Flug nach Hause ging. Kam saß er auf dem Beifahrersitz, stöhnte er laut und schlug sich mit der Hand an die Stirn.

„Ahhh ... verdammter Mist!"

„Was ist los, Punky? Ist dir eingefallen, dass du um zwei Jahre verlängert hast?" Lisa grinste ihn unter ihrem Helm frech an. Die Straße war in den letzten Wochen nicht sehr sicher gewesen.

„Nein." Er sah sich verstohlen um. „Ich habe einige Dinge in deiner Kiste zurückgelassen", ergänzte er bedeutungsvoll. Lisa riss erschrocken die Augen auf. Der Konvoi war abfahrbereit und wartete nur noch auf sie. Und Crick hatte nicht an seine Zeichenblocks und Deacons Briefe gedacht, die sie in Lisas Kiste versteckt hatten. Er hatte nur die wichtigsten Briefe in seiner Börse und in seinem Helm bei sich gehabt, für alle hatte der Platz nicht gereicht.

„Mist, Punky. Ich schicke sie dir nach. Ich habe deine Adresse und gebe sie sobald wie möglich in die Post."

Crick lächelte erleichtert. „Danke, Popcorn. Ohne dich hätte ich das alles nicht durchgehalten."

„Ich weiß", sagte sie frech und schwang sich hinters Steuer. Crick lehnte sich zurück und zog sein Blackberry aus der Tasche.

Crick @DP – Wir brechen gerade auf. Bald sehen wir uns. Ich liebe dich. Habe schon Schmetterlinge im Bauch und feuchte Hände.

DP @Crick – Nicht nervös werden. Ich fresse dich erst auf, wenn du wieder hier bist.

Es war der anzüglichste Text, den Deacon bisher gesendet hatte. Aber was sollte er sonst sagen? Er war schon seit gestern Nacht ganz kribbelig. Crick kam nach Hause.

Crick @DP – Verdammt, Deacon. Wenn du damit nicht aufhörst, wird es eine sehr unbequeme Reise für mich. Meine Hose wird eng.

Sie schickten sich noch einige kurze Texte, dann verabschiedete sich Crick, weil er noch mit Lisa reden wollte. Er wollte die wenigen Stunden ausnutzen, die sie noch zusammen unterwegs waren.

DP @Crick – Bis bald, Carrick James. Ich liebe dich.
Crick @DP – Ich liebe dich auch.

DIE FAMILIE erfuhr erst am nächsten Tag, dass der Konvoi in einen Hinterhalt geraten war. Um acht Uhr in der Früh kam ein Anruf aus dem Verteidigungsministerium. Sie saßen gerade beim Frühstück und überlegten, wohin sie Crick zum Essen ausführen sollten.

Teil IV

Eingelöste Versprechen

18
EINE LANGE UND EINE KURZE REISE

UNGLÄUBIGKEIT. ERSCHRECKEN. Chaos.

Deacon war sich sicher, dass sein Herz sofort aufhören würde zu schlagen, falls Crick nicht überlebte. Wenn Crick in dem Krankenhaus in Deutschland bleiben musste, war das kein Problem für sie. Deacon, Benny und das Baby hatten schon lange Reisepässe und Visa für diesen Fall. Aber die professionelle Stimme am Telefon hatte ihm erklärt, dass es keine gute Idee wäre, jetzt sofort nach Deutschland aufzubrechen.

„Mein Sohn, wenn wir ihn nicht bald stabilisieren und zurück in die Staaten bringen können, dann kommt ihr umsonst und müsst in einem fremden Land um ihn trauern, anstatt zuhause bei eurer Familie zu sein. Ihr solltet erreichbar bleiben und abwarten, bis wir euch mehr sagen können. Wir werden uns sofort melden, wenn er transportfähig ist und nach Virginia in das Hospital überführt wird."

Deacon war auf dem Küchenfußboden sitzen geblieben und hatte verzweifelt versucht, seine Gedanken zu sortieren und sich die nächsten Schritte zu überlegen. Er konnte kaum Luft bekommen, aber … Er brauchte einen Plan. Er musste Geld für die Flugtickets beschaffen, Andrew und Patrick fragen, ob sie auf der Ranch ohne ihn zurechtkamen und dafür sorgen, dass das Baby reisebereit war und …

Er konnte immer noch keinen klaren Gedanken fassen. Crick war verwundet. *„Leutnant Francis und seine Fahrerin sind heute früh in Kuwait in einen Hinterhalt geraten. Leutnant Francis wird gerade operiert und es wird einige Zeit dauern, bis ich mehr sagen kann."*

Oh Gott. Die Fahrerin auch. „Lisa?"

„Es tut uns sehr leid, mein Sohn, aber Private Arnold hat die Explosion nicht überlebt."

Deacon schnappte keuchend nach Luft. Die Nachricht von Lisas Tod würde Crick schwer treffen. Sie war dort unten seine einzige Freundin gewesen. Und Crick hätte es beinahe auch nicht überlebt.

Deacon legte den Kopf auf die Knie und wünschte sich, er wäre ein Mädchen und könnte einfach umkippen, um nicht mehr denken zu müssen. Da spürte er kleine Hände, die ihm auf die Schulter klopften.

„Diek-diek …"

„Hey, Angel", krächzte er und sah sie mit Tränen in den Augen an. Benny, Andrew und Patrick standen ebenfalls vor ihm. Sie sahen ihn gespannt an.

„Er wird gerade operiert", flüsterte er. „Wenn …" – *wenn*, nicht falls! – „… wenn sich sein Zustand stabilisiert hat und sie ihn nach Virginia bringen, rufen sie fort an und wir können ihn besuchen."

Benny wimmerte leise und ließ sich neben ihn auf den Boden fallen. Er legte ihr den Arm um die Schultern und zog sie an sich. Dann fing sie an zu schluchzen.

„Patrick, du hast doch gesagt, dass jemand an Lucy Stars Fohlen interessiert war, oder?"

„Ja, Sir." Der alte Mann sah plötzlich noch älter aus. Deacon musste daran denken, dass Patrick sich schon seit einem Jahr zur Ruhe setzen wollte und nur noch geblieben war, um bis zu Cricks Rückkehr auszuhelfen.

„Frag nach, ob sie immer noch an ihm interessiert sind. Wir brauchen das Geld. Sieh nach, ob wir noch genügend Samen in Reserve haben, dann kann sie gleich ein neues Fohlen bekommen." Sie hatten Lucy Star eigentlich ein Jahr Pause gönnen wollen, aber jetzt brauchten sie ihre Fohlen, um Geld zu verdienen. In diesem Jahr würde sich keiner von ihnen ausruhen können.

„Ja, Sir", erwiderte Patrick ruhig. Er ging vor Deacon in die Hocke und fuhr ihm durch die Haare. „Er wird wieder gesund, Deacon. Ich glaube fest daran."

Deacon starrte mit leerem Blick auf den Küchenschrank gegenüber. An der Tür war die Farbe abgeblättert. „Ich weiß nicht. Du musst mir etwas von deinem Glauben abgeben."

SIE PACKTEN und besorgten Flugtickets mit offenem Abflugdatum, die in Sacramento auf dem Flughafen auf sie warteten. Dann kümmerten sie sich wieder um ihre Arbeit. Was hätten sie auch tun sollen? Deacon war nicht bei der Sache. Seine Hand war angeschwollen, weil Shooting Star ihn in den Finger gebissen hatte. Er hatte es kaum gemerkt. Dann hätte er Even beinahe zu einer trächtigen Stute auf die Weide gelassen, was in diesem Fall keine gute Idee war. Aber das Tier war mit Even verwandt und sie sollte von einem anderen Hengst besamt werden.

Als eines der Fohlen ihn beinahe an den Kopf getreten hätte, sattelte Andrew Lucy Star und brachte sie zu ihm. „Geh reiten. Verschwinde. Mach dir keine Sorgen um uns. Du hast dein Handy. Wir rufen sofort an, wenn sich jemand bei uns meldet."

So fand sich Deacon erst an Comets Grab wieder, dann ritt er weiter zum Schwurstein.

Es tat ihm gut, auf einem Pferd zu sitzen. Lucy hatte immer noch einen geschmeidigen Gang. Deacons Körper nahm ihren Rhythmus auf und wiegte sich mit jedem Schritt des Tieres vor und zurück. Es war ein beruhigendes Gefühl. So lange sein Körper noch in Ordnung war, konnte auch seine Seele weiterleben.

Er hatte erwartete, dass der Anblick von Comets Grab ihn noch trübsinniger machen würde. Aber so melodramatisch war er glücklicherweise nicht veranlagt. Er blickte auf die grasbewachsene Delle im Boden. Es war wieder trockener

195

geworden, aber der Boden hatte genug Feuchtigkeit gespeichert, um die Wiese blühen zu lassen. Sie war über und über mit gelben Blumen bedeckt. Der verdammte Gaul hatte die Blumen geliebt und ihnen mit Begeisterung die Köpfe abgefressen. Auch Deacon und Crick liebten diese Jahreszeit auf der Ranch. Deacon wollte jetzt nicht mehr an Comets Tod erinnert werden. Er musste an Benny und Parry Angel denken, die ihn brauchten und sich auf ihn verließen. Er war ihre Familie.

Er drehte dem Grab den Rücken zu und lenkte Lucy in gemächlichem Trab zum Fluss und in Richtung des Schwursteins.

Dieser Platz war voller Erinnerungen, und nicht alle hatten mit Crick zu tun.

In dem Sommer, als Deacons Mutter gestorben war, hatte Parish ihn mindestens zweimal in der Woche mit hierher genommen. Im September dieses Jahres war Deacon in den Kindergarten aufgenommen worden. Die vielen Menschen hatten ihn verwirrt und er war weinend nach Hause gekommen. Parish hatte ihm gesagt, er solle sich einfach ein Kind aussuchen – nur eines – und zu seinem Freund werden. Wenn Deacon das schaffte, würden sie jede Woche zum Promise Rock reiten und zusammen schwimmen gehen, so lange, bis das Wasser zu kalt wurde.

So hatte Deacon Jon kennengelernt, den immer gut gelaunten Jon mit seinem fröhlichen Grinsen. Aber in dieser Woche hatte Deacon ihn weinend im Bad gefunden. Er war unglücklich gewesen, weil seine Eltern wieder verreisen wollten und er ihnen nicht von seinem Tag erzählen konnte, wenn er abends nach Hause kam. Deacon hatte ihn zum Schwimmen eingeladen, und von diesem Tag an waren sie unzertrennlich gewesen.

Jon hatte hier versucht, Deacon zu küssen. Deacon hatte nichts dagegen gehabt, weil es ihm ganz natürlich vorgekommen war. Mädels waren in Ordnung. Sie waren genauso erregend wie Jungs. Aber Jon und er kannten sich schon so lange, dass es irgendwie einfacher war. Als der Kuss für die beiden in einem Lachanfall endete, war Jon wahrscheinlich enttäuschter darüber gewesen als Deacon selbst. Aber das war auch in Ordnung gewesen, denn es hatte ihrer Freundschaft nicht geschadet.

Amy und er hatten hier ihre Unschuld verloren. Sie war so süß gewesen, so zierlich und lebendig. Ihre glatte Haut und ihre kleinen, weichen Brüste hatten sich so wunderbar angefühlt. Ihr Körper war so süß und zart um seinen Schwanz gewesen, als wäre er aus Samt und Seide. Alles an Amy war süß, zart und wunderbar gewesen. Manchmal sogar zu wunderbar. Deacon hatte sich oft unbeholfen gefühlt, wie ein Elefant im Porzellanladen.

Und dann Crick.

Deacon hatte es sofort gespürt. Schon als Crick ihn und Jon das erste Mal begleitet hatte, um hier mit ihnen schwimmen zu gehen, war ihm aufgefallen, dass Crick sich in ihn verliebt hatte. *Er ist so wunderschön und ich liebe ihn auch, aber es ist noch zu früh*, hatte Deacon gedacht.

Crick war noch zu jung gewesen, zu naiv und unbedarft. Das war auch später noch so geblieben, als Crick schon auf die Oberschule ging. Deacon erinnerte sich daran, wie verloren und unglücklich Crick nach Brian Carters Beerdigung gewesen war. Sie hatten Crick auf sein Zimmer gebracht und Deacon war in dieser Nacht mindestens sechsmal aufgestanden, um zu ihm zu gehen und ihn zu trösten. Er konnte Crick durch die Zimmertür weinen hören und hatte die Hand auf die Klinke gelegt. Aber er hatte das Zimmer nicht betreten.

Er war nicht zu Crick ins Zimmer gegangen, weil er ihm seine Zukunftschancen nicht verbauen wollte, weil er Crick nicht mehr hätte gehen lassen können. Crick mit seinem schiefen Grinsen und seinem hellen Verstand konnte alles erreichen. Er war nicht schüchtern und in sich gekehrt – Crick war furchtlos. Was sollte er hier, in dieser beschissenen Kleinstadt, mit jemandem wie Deacon anfangen, der schon seit seiner frühesten Jugend wusste, dass er – trotz seiner guten Noten – nur an einem einfachen Leben auf der Ranch interessiert war?

Deacon erinnerte sich an den Tag, an dem sein Vater gestorben war. Er hatte so selbstständig sein wollen – wollte trauern wie ein Erwachsener, die Verantwortung für die Ranch übernehmen und Crick der große Bruder sein, den der Junge brauchte. Dann war Crick zu ihm gekommen wie ein Freund, wie ein Gleichgestellter, und Deacon hatte sich an ihn gelehnt und sich von ihm trösten lassen. Es war ein weiteres Kettenglied in dem Band der Liebe geworden, dass sich um Deacons Brust gelegt hatte und dessen Gewicht er tragen musste, ob es ihm gefiel oder nicht.

Am Tag von Jons und Amys Hochzeit war Deacon schwach geworden. Schwach und dumm und verantwortungslos. Der nächste Tag war ein …

Nein. Der nächste Tag war *kein* Fehler gewesen. Er hatte Crick alles geben wollen – seine Freiheit und die Liebe, die alles perfekt gemacht hätte. Aber Crick …

Crick, der so viele bewundernswerte Eigenschaften hatte – an diesem Tag hatte er seinem einen, großen Fehler nachgegeben. Seiner Impulsivität.

Deacon ließ den Blick über den Schwurstein schweifen. Die Blätter der Eiche flatterten im Wind und warfen ihre Schatten auf den Fels. Die gelben Blumen auf der Weide schwangen in der sanften Brise leicht hin und her. Nur Deacons eigene Stimme durchbrach die Stille.

Bitte, Gott, ich will nicht mit dir streiten. Ich will mit dir verhandeln, dich um etwas bitten. Ich habe meine Versprechen so gut es ging gehalten. Crick hat seine Versprechen gehalten. Dieser Ort hier, er ist uns heilig. Hier haben wir uns versprochen, immer füreinander da zu sein. Bitte ... Bitte, lass ihn überleben. Ich kann dir nicht viel anbieten. Ich kann die Ranch nicht aufgeben, weil sie nicht mehr nur mir gehört. Ich kann dir mein Leben nicht anbieten, weil Crick mich brauchen wird, wenn es ihm wieder besser geht. Ich kann dir nicht versprechen, weiterzuleben, wenn du mir Crick nimmst. Parish hat mir beigebracht, keine falschen Versprechen abzulegen. Und ich bin jetzt auch so etwas wie ein Vater, und deshalb sollte ich ein Vorbild sein und kann dich nicht belügen. Ich habe dir nichts anzubieten. Ich kann dich nur bitten. Bitte. Bitte.

Er war Lucy Star für ihre Geduld dankbar, denn er konnte nicht sagen, wie lange sie schon hier waren. Aber jetzt war es an der Zeit, wieder zurück zu reiten. Lucy Star hatte es sich verdient. Er bewegte sich mit ihr und es war die beste Therapie, die seine Welt zu bieten hatte.

Auf dem Rückweg sah er im Gras eine Klapperschlange. Sie weckte sein Verantwortungsgefühl und er machte sich direkt auf den Weg zum Waffenschrank. Dort fand ihn Benny.

„Deacon!"

Er sah erschrocken auf. Ihr Gesicht war blass und sie zitterte. „Benny? Was ist los?" Dann redeten sie gleichzeitig. „Gibt es Neuigkeiten?"

Deacon schloss den Waffenschrank und drehte sich blinzelnd zu ihr um. „Ich habe nichts gehört. Aber ich habe auf der Westweide eine Klapperschlange gesehen. Es wäre nicht gut, wenn sie sich dort einnistet, oder?"

Benny stützte sich am Türrahmen ab und atmete erleichtert aus. Deacon wurde urplötzlich klar, weshalb sie so aufgeregt gewesen war.

„Benny?"

„Ja?", fragte sie und schluckte tief.

„Du und Parry – ihr seid meine Familie." Er schluckte ebenfalls. „Ihr seid vielleicht für einige Zeit meine einzige Verbindung zu Crick. Parish hat mir beigebracht, dass man seine Familie nicht im Stich lässt. Es wäre …" Er holte tief Luft und entschloss sich, ehrlich zu ihr zu sein.

„Ich gebe zu, dass es mir kurz durch den Kopf geschossen ist. Aber ich musste nur an euch denken, und da war es auch schon wieder vorbei. Egal, was auch passiert – ich werde euch nicht allein lassen. Hast du mich verstanden?"

Benny nickte erleichtert, und dann – weil sie Benny war und ihrem Bruder in nichts nachstand – warf sie sich Deacon mit solcher Macht an den Hals, dass der mit dem Rücken an den Waffenschrank prallte und sich die Hüfte anschlug. Die blauen Flecken würden wahrscheinlich noch in Wochen zu sehen sein.

„Ich habe nur das Gewehr gesehen und es hat mir einen höllischen Schreck versetzt", gestand sie.

„Ich weiß, Baby. Aber ich lasse meine Mädels nicht im Stich", flüsterte er ihr in die Haare (die in diesem Monat lila gefärbt waren).

„Okay", erwiderte sie nickend. Aber sie weinte immer noch leise und er ließ sie nicht aus den Armen. Nach einiger Zeit schniefte sie und wischte sich das Gesicht an seinem Hemd ab. „Kannst du mir einen Gefallen tun?", fragte sie mit einem leisen Lachen.

„Welchen, Shorty?"

„Schickst du Andrew, um die Schlange zu erschießen? Das letzte Mal hast du ein Pferd erschießen müssen. Dein Glück mit Gewehren ist keinen Deut besser als Cricks."

Er konnte es nicht verhindern. Er musste lachen. Sie klammerten sich aneinander und kicherten und weinten gleichzeitig, bis sich das Baby bemerkbar machte, das aus seinem Mittagsschlaf aufgewacht war.

Benny wischte sich wieder das Gesicht ab und lief dann zu Parry Angel, während Deacon den Waffenschrank abschloss und sich auf die Suche nach Andrew begab. Unter den gegebenen Umständen hatte Benny wahrscheinlich recht, was sein Geschick im Umgang mit Gewehren betraf.

DEN REST des Tages verbrachten sie in angespannter Erwartung. Als der Abend kam und mit ihm die Zeit, zu der er normalerweise Crick kontaktiert hätte, rief er stattdessen die Nummer in Deutschland an, die das Verteidigungsministerium ihm gegeben hatte. Der barsche, freundliche Mann am anderen Ende der Leitung war durch eine Frau ersetzt worden, die ihm in kurzen, unmissverständlichen Sätzen mitteilte, Leutnant Francis hätte die erste Operation gut überstanden. Sobald sich sein Zustand wieder stabilisiert hätte, würde er eine zweite Operation über sich ergehen lassen müssen. „Rufen Sie uns morgen wieder an, dann wissen wir mehr", schloss sie. „Wir melden uns nur, wenn sich die Lage drastisch verschlechtert."

„Wie gut", schnappte Deacon. Er kam sich vor, als wäre er in einem Paralleluniversum gelandet, in dem die Luft durch Gelatine ersetzt worden wäre. „Dann denken wir also jetzt bei jedem Anruf, Crick wäre gestorben."

Die Frau in Deutschland schnaubte erschrocken und verwandelte sich unerwartet in ein menschliches Wesen. „Nein, Sir. Es tut mir leid. Wir melden uns auch dann, wenn es ihm besser geht. Rechnen Sie bitte nicht mit dem Schlimmsten. Die Ärzte haben gesagt, dass er mit aller Kraft um sein Leben kämpft."

Deacon bedankte sich murmelnd und legte den Hörer auf. „Er kämpft mit aller Kraft?", wiederholte er an Benny gewandt, obwohl die diesen Teil der Unterhaltung nicht gehört hatte. „Das will ich doch sehr hoffen."

Im gleichen Augenblick klingelte das Telefon. Er nahm sofort den Hörer ab. „Wie geht es ihm?"

„Das wollte ich von dir erfahren, du Idiot", erwiderte Jon. „Ich habe mir die Finger wund gewählt. Wieso geht bei euch niemand ans Telefon?"

Deacon schnaubte und gab ihm einen kurzen Bericht. „Ich habe Patrick übrigens gerade noch davon abhalten können, das Fohlen zu verkaufen", sagte Jon.

„Wieso denn das? Wir brauchen das Geld für ..."

„... die Tickets und das Hotel. Ich weiß. Das geht auf meine Rechnung, Deacon."

„Lass die Scheiße!", knurrte Deacon. Na prima. Noch so ein Idiot, der ihm den letzten Stolz nehmen wollte.

„Vergiss es, du Trottel. Meine Familie hat Millionen von Freiflugmeilen, die sie nie im Leben aufbrauchen kann. Und meine Eltern sind dir einiges schuldig, weil ihr mich aufgezogen habt. Halt den Mund und vergiss es. Verstanden?"

Deacon holte tief Luft und wollte gerade dankend ablehnen, als Jon fortfuhr: „Und sage jetzt nicht, dass wir dir nichts schulden, weil wir nicht zur Familie gehören. Es würde mir das Herz brechen."

Deacon atmete zischend aus. „Auf den Gedanken würde ich niemals kommen", murmelte er resigniert. Dann gab er Jon alle Informationen, um die Rechnung für die Flugtickets bezahlen zu können. Er sagte ihm nicht, dass sie das Fohlen vermutlich trotzdem verkaufen mussten. Sie brauchten das Bargeld, damit Andrew und Patrick in seiner Abwesenheit die anfallenden Rechnungen der Ranch bezahlen konnten. Aber Deacon wollte seinem Freund nicht in die Parade fahren.

Danach warteten sie weiter. Am nächsten Morgen machten sie sich wieder an ihre Arbeit, während Crick das zweite Mal operiert wurde. Benny kam von ihrem Besuch bei Amy zurück und hatte einen Schal gestrickt, den man zweimal ums Haus hätte wickeln können. Deacon schlug ihr vor, das nächste Mal etwas mehr Maschen aufzunehmen und eine Decke für das Baby zu stricken. Benny blinzelte ihn an und sah auf die hundert Meter Schnur, die sie produziert hatte. Dann meinte sie, das wäre eine gute Idee für den Flug.

In dieser Nacht kämpfte Crick um sein Leben. Deacon und Benny legten sich erst gar nicht schlafen. Sie saßen auf der Couch und sahen sich die DVDs mit Cricks Lieblingssendungen an, eine nach der anderen, bis sie vor Erschöpfung doch noch einschliefen, Deacon am einen Ende der Couch, Benny am anderen. Sie waren gerade bei der vierten Folge von *Gilmore Girls*. Es war die Folge, in der ein Typ vorkam, der Deacon immer an Crick erinnerte. Aber Cricks Augen waren viel brauner und sein Grinsen viel schiefer und frecher.

Am nächsten Tag war Cricks Zustand unverändert. Deacon legte den Hörer auf und schlug mit der Faust an die Wand im Waschraum. Benny kam mit dem Erste-Hilfe-Kasten angerannt und verband ihm die Hand. Deacon flickte das Loch in der Wand. Dann klingelte wieder das Telefon.

Es war wieder der ältere, barsche Mann. Er hörte sich müde an, sagte ihnen aber, dass Crick nicht mehr in Lebensgefahr schwebte.

„Wir fliegen ihn morgen früh nach Virginia aus. Übermorgen können Sie ihn besuchen."

Deacon hockte sich vor Erleichterung auf den Boden und lehnte sich an die Wand. Er hielt immer noch die Schale mit dem Gips in der Hand. Gott schien endlich ein Einsehen gehabt und sich entschieden zu haben, es ihnen selbst überlassen zu wollen, wann und wie sie sich das Leben schwer machten. Deacon war ihm von Herzen dankbar dafür.

Als Benny zurückkam und ihn am Boden sitzen sah, befürchtete sie das Schlimmste. „Crick ... Oh, mein Gott ... *Crick* ..."

„Pack die Sachen für das Baby", sagte Deacon gelassen. „Wir fliegen nach Virginia."

Damit war der Rest des Tages für sie gelaufen. Sie mussten sich früh schlafen legen, da sie am nächsten Tag auf der Ranch noch viel zu erledigen hatten, bevor sie nach Sacramento aufbrachen, von wo ihr Nachtflug nach Virginia ging. Deacon lag im Bett und sah sich in dem Zimmer um. Die grün und violett gestrichenen Wände, die Kissen und die Einrichtung, alles erinnerte ihn an Crick. Sicher, es war schon zwei Jahre her, seit Crick das Zimmer renoviert hatte. Aber davon war nichts zu bemerken, denn Deacon hatte öfter auf der Couch als in seinem eigenen Bett geschlafen.

An der Wand hing an der Stelle, die er für Cricks Zeichnung freihielt, ein Kalender mit jungen Kätzchen. Deacon hatte ihn irgendwann im Februar gekauft. Es sollte eigentlich ein Kalender mit Pinup-Boys sein, aber dann …

Deacon schloss die Augen und dachte an Crick und daran, wie sehr er selbst sich in den zwei Jahren verändert hatte. Trotz der vielen anzüglichen Texte, die er Crick geschickt hatte, konnte er sich nicht erinnern, wann er das letzte Mal so etwas wie Begehren oder Lust verspürt hatte. Es war, als hätte sich sein Körper in seine eigene Welt zurückgezogen und wäre in eine Art Winterschlaf gefallen. Der einzige Ausrutscher war die unglückselige Nacht mit Becca gewesen, und daran konnte er sich beim besten Willen nicht erinnern. Er wollte es auch gar nicht.

Wie würde es sein, wieder zusammen mit Crick in einem Bett zu schlafen?

Mit dem Gedanken an Crick schlief er schließlich ein.

DER FLUG kam ihm viel zu kurz vor und von dem Hotelzimmer behielt er nur Nummer im Gedächtnis, um es wiederfinden zu können. Dann eilten er und Benny durch die Flure des Krankenhauses, als sie plötzlich eine bekannte – und nicht sehr willkommene – Stimme hörten.

„Es ist mir egal, was er gesagt hat", jammerte Melanie Coates. Ihr sonst so wirres Haar war zu einem ordentlichen Zopf geflochten und sie trug einen neuen Hosenanzug aus blauem Polyester. „Unsere Gemeinde hat für das Flugticket gesammelt. Ich will ihn sehen."

„Der Patient wünscht nicht, Sie zu sehen", erwiderte der Arzt scharf. Er hielt eine Akte in der Hand und sah die beiden Feldjäger an seiner Seite erwartungsvoll an.

„Das ist die undankbarste …" Melanie drehte sich um und fand sich Auge in Auge mit Benny und Deacon.

„Passt ja, dass ihr beiden hier auftaucht", fauchte sie. „Wir hatten gehofft, die Armee würde einen Mann aus ihm machen. Aber solange ihr hier rumhängt …"

Deacon trat auf sie zu und senkte den Kopf. Seine Stimme klang sehr, sehr tief. „Dein Sohn hat sein Leben für dieses Land eingesetzt, Melanie. Wenn du nicht willst, dass die Sozialbehörde zur Abwechslung bei dir zuhause auftaucht, anstatt bei uns, dann solltest du kein weiteres Wort sagen, das seinem Ruf hier schaden könnte. Darüber kann nur Crick selbst entscheiden. Und ich werde alles tun, damit es dabei bleibt."

Es war eine leere Drohung. Deacon und Benny hatten die Sozialarbeiter schon mehrfach auf die miserablen Umstände im Haushalt der Coates' hingewiesen, die viel schlimmer waren als auf der Ranch. Aber die Behörden hatten nicht darauf reagiert – was Melanie glücklicherweise nicht ahnen konnte. Doch Deacon war nur noch wenige Meter von Crick entfernt und ließ sich seine Frustration deutlich anhören.

Cricks Mutter sah sich erschrocken um und trat den Rückzug an. Vermutlich ging sie in ihr Hotelzimmer zurück. Deacon war sich bewusst, dass die Angelegenheit damit noch nicht ausgestanden war. Schwul am Steuer war schon schlimm genug, aber Melanies Gemeinde hatte eine große Gefolgschaft in Levee Oaks. Das waren für die zukünftigen Geschäfte der Ranch keine günstigen Aussichten. Doch das war ihm egal. Solange er Crick die Gegenwart seiner Mutter ersparen konnte – besonders jetzt –, war ihm dafür kein Preis zu hoch.

Die beiden Feldjäger hatten ihre Stellung an der Seite des Arztes nicht verlassen. Sie sahen Benny und Deacon – sogar das Baby – misstrauisch an, als die drei auf sie zukamen und Deacon nach Cricks Zimmer fragte.

„Nur Familienbesuch ist erlaubt", sagte einer der beiden ernst.

„Ich bin seine Schwester und das ist mein Baby", erwiderte Benny. Dann sah sie Deacon an und erkannte das Problem. Deacon mochte vielleicht der einzige sein, der auf Cricks Notfallliste stand. Aber er war – zumindest nach den militärischen Vorschriften – kein Mitglied von Cricks Familie.

„Das ist mein Ehem…"

„Bernice Angela Coates! Du wirst nicht lügen, wenn dein Bruder nur wenige Meter entfernt im Krankenbett liegt", wies Deacon sie zurecht. Benny sah ihn unglücklich an.

„Aber Deacon …"

„Geh zu ihm", erwiderte Deacon rau. „Sag ihm, dass wir hier sind und ihn nicht für einen Strandurlaub allein gelassen haben."

Benny nickte und biss sich auf die Lippe. Mit Tränen in den Augen schob sie den Kinderwagen den Gang entlang. Parry Angel krähte vergnügt und freute sich über das Echo.

Deacon ignorierte die Soldaten und sprach den Arzt direkt an. „Sehen Sie, ich weiß nicht, was Ihnen diese Frau erzählt hat, aber … wir sind seine Familie."

„Sir", sagte der Arzt ungeduldig. Deacon zweifelte nicht daran, dass er ein viel beschäftigter Mann war, aber – verdammt! – es ging hier um Crick.

„Lassen Sie den ‚Sir' sein und hören Sie mir gut zu", fuhr er den Arzt an. „Mein Vater und ich haben diesen Jungen großgezogen. Er war neun Jahre alt, als wir ihn aufgenommen und ihm alles über Pferde beigebracht haben und auch, was eine Familie wirklich ist. Von seiner eigenen Familie hat er nur gelernt, wie man einer fliegenden Bierflasche ausweicht. Wir haben seine Geburtstage und seine Schulzeugnisse mit ihm gefeiert. Wir haben ihm gesagt, dass er etwas erreichen kann und dass wir Vertrauen in ihn haben. Ich war bei ihm, als er elf wurde und seine Eltern seinen Geburtstag vergessen hatten. Ich war bei ihm, als er zwölf war und in der Schule Dummheiten gemacht hat. Ich war bei ihm, als in der zehnten Klasse sein bester Freund gestorben ist, und ich war bei ihm, als – Gott verdammt! – diese dumme Kuh seine Sachen auf den Rasen geworfen und ihn aus dem Haus geschmissen hat. Ich war bei ihm, als wir die Asche meines Vaters verstreut haben und er geweint hat vor Schmerz, weil ich es nicht konnte. Ich war bei ihm, als er uns das Herz gebrochen hat, weil er sein ganzes Talent an die Armee verschwendet hat. Und ich bin *jetzt* hier. Nicht, weil mich meine Kirchengemeinde geschickt hat, sondern weil ich Blut, Schweiß und Tränen geopfert habe, damit es ihm gut geht. *Ich* bin es, der seinen Verband wechseln wird. *Ich* bin es, der ihn zur Krankengymnastik fahren wird. Und wenn das alles mich nicht als Besucher qualifiziert, dann gibt es nichts auf dieser Welt, was das tun könnte."

Der Arzt war bei Deacons Worten zunächst erschrocken zurückgewichen und hatte hilfesuchend die beiden Feldjäger angesehen. Aber Deacon hatte ihn nicht bedroht, war nicht einmal wütend geworden. Er war nur ehrlich gewesen und die Verzweiflung stand ihm ins Gesicht geschrieben. Nichts war ihm mehr anzumerken von seiner üblichen Schüchternheit und Verlegenheit, nichts war ihm geblieben als die pure Sehnsucht, Crick zu sehen und sich von seinem Wohlergehen zu überzeugen.

Die Reaktion des Arztes erinnerte Deacon an die Frau, mit der er telefoniert hatte. Der Mann holte tief Luft und hinter seiner bürokratischen Maske kam der Mensch zum Vorschein.

„Ich besorge Ihnen seine Pflegehinweise. Wir werden ihn in einer Woche entlassen. Bringen Sie ihn auch nach Hause?"

„Worauf Sie sich verlassen können", sagte Deacon und schloss erleichtert die Augen.

„Nun, bevor Sie aufbrechen, möchte ich mich noch mit Ihnen über die Details seiner Pflege unterhalten. Die Verbände und Übungen und …"

„Ich habe drei Jahre als Sanitäter gearbeitet. Ich kenne mich aus. Sie können mit später alles genau erklären." Aber jetzt … jetzt …

„Dann können Sie jetzt zu ihm gehen."

Deacon betrat das Zimmer und sah Crick auf seinem Kissen liegen. Benny hielt Parry Angel in den Armen, die fröhlich plapperte und mit den Händen nach Crick greifen wollte.

Cricks Haare waren noch kurz, aber nicht mehr vorschriftsmäßig kurz. An der Seite waren sie abgeschoren, damit das Pflaster an seiner Schläfe besser hielt. Am Hals hatte er ebenfalls ein Pflaster. Sein linker Arm und das linke Bein waren stark bandagiert. Unter dem Kittel, der an einer Stelle blutgetränkt war, drückten sich weitere Verbände ab.

Aber seine braunen Augen blickten das Baby wachsam an und er lächelte ihm ehrfürchtig zu.

„Sie ist schon so groß, Benny! Wie hast du das nur geschafft?"

203

„Sie ist ein Pummel", meinte Benny liebevoll und prustete dem Baby an den Hals, bis es fröhlich kicherte. Parrys Kichern war wie eine Blumenwiese im Sommer und nahm dem Krankenzimmer etwas von seiner Tristesse.

„Das Baby ist absolut perfekt", sagte Deacon leise. Crick drehte überrascht den Kopf zu ihm um und verzog vor Schmerzen das Gesicht, weil er nicht an die Wunde an seinem Hals gedacht hatte.

Deacon trat ans Bett und Benny machte ihm ungefragt Platz an Cricks Seite. Er nahm Cricks Hand und … Gott, es war doch nur eine Hand! Aber die Berührung fuhr ihm bis ins Mark. Er schloss die Augen und presste die Lider fest zusammen. Als er sie wieder öffnete, war sein Gesicht feucht. Crick ging es ebenso.

„Es ist schön, dass du deinen Ausflug endlich beendet und deinen faulen Arsch wieder nach Hause geschleppt hast", murmelte Deacon. Crick nickte nur. Ihre Blicke trafen sich und sagten alles, was sie in Worten nicht ausdrücken konnten.

„Du weißt doch, wie es ist. Echte Männer vermissen irgendwann den Geruch nach Pferdemist." Crick versuchte zu grinsen und es war … Nun, es war eben Cricks Grinsen. Es war schief und frech, auch wenn ihm die Erschöpfung und die Schmerzen anzusehen waren. Doch Deacon konnte seinen alten Crick in dem verwundeten Mann sofort wiedererkennen.

Deacon lächelte sanft zurück und Cricks Kehle entrang sich ein ersticktes Stöhnen. Dann seufzte er und drückte auf den Knopf, der das Bett anhob. „Kannst du mir einen Gefallen tun, kleine Schwester?"

„Alles, Crick. Jedenfalls heute. Wenn du wieder zuhause bist, kannst du das Putzen übernehmen und all die anderen Sachen, die ich nicht gerne mache. Den Letzten beißen die Hunde, Kumpel!", erwiderte sie scharf, aber Crick lachte nur darüber. Dann sah er Deacon mit einem kalkulierenden Blick an. Es war der Crick, der gerne die Regeln etwas beugte und nur um Haaresbreite an der nächsten Katastrophe vorbeischlitterte.

„Könntest du Deacon eine Cola besorgen? Ich muss …" Crick wurde rot und daran erkannte Deacon, dass er die Wahrheit sagte. „Sie haben vor zwei Stunden den Katheder entfernt und jetzt … Deacon muss mir helfen, aufs Klo zu gehen."

Crick setzte sich auf und schwang die Beine aus dem Bett. Sie waren blass und haarig in der hellen Beleuchtung des Krankenzimmers. „Ihhh", meinte Benny und musste lachen. Deacon trat – ganz der Profi – ans Bett und legte sich Cricks gesunden Arm über die Schulter, um ihn zu stützen und ihm beim Aufstehen zu helfen.

Crick klammerte sich an Deacons Schulter fest. Der sah ihn an, schloss die Augen und rieb seine Nase an Cricks Haaren und Hals.

„Bring mich einfach nur auf die Toilette", flüsterte Crick. Deacon ließ ein leises Wimmern hören.

Crick stützte sich schwer auf ihn. Er brauchte die Hilfe wirklich, und als sie in das kleine Badezimmer kamen, rollte er den Infusionsständer an die Wand und schloss vorsichtig die Tür, um die Schläuche nicht einzuklemmen.

„So, jetzt hilf mir, mich umzudrehen. Ich lehne mich an dich und erledige den Rest selbst", wies er Deacon an.

„Soll ich ein Stück Schokolade in die Schüssel werfen, damit du besser zielen kannst?", fragte Deacon trocken. Crick unterdrückte ein Lachen, lehnte sich an ihn und fummelte unter seinem Kittel rum.

„Du Bastard. Wenn ich mich bepinkele, bist du schuld."

„Lass mich", erwiderte Deacon und zog den Kittel zur Seite. Erleichtert erledigte Crick sein Geschäft.

„Wenn ich das erste Mal scheißen muss, wird das auch ein öffentliches Ereignis", grummelte Crick und beugte sich vor, um den Toilettendeckel runterzuklappen. „Hilf mir, mich zu setzen."

„Ich kann dich ins Bett zurückbringen ..."

„Halt den Mund", krächzte Crick. Er ließ sich auf den Deckel sinken und legte seinen gesunden Arm um Deacons Hüfte. Dann zog er ihn zwischen seine Beine.

Deacon ließ sich nicht zweimal bitten. Verdammt, aber seine Hände zitterten, als er sie in Cricks kurzen Haaren vergrub und dessen Kopf an sich zog. Crick zerrte an Deacons T-Shirt und zog es aus dem Bund der Jeans nach oben. Dann legte er seine Wange an Deacons nackten Bauch. Deacon bebte und zitterte am ganzen Leib, als er Cricks Berührung auf der Haut spürte. Er streichelte ihm über die Schulter und den Rücken, wo immer er Haut fand, die nicht unter Verbänden versteckt war, unter denen sich Wunden verbargen. Crick klammerte sich so fest an ihn, dass ihm beinahe die Knie nachgegeben hätten. Deacon beugte sich vor und küsste ihn auf den Kopf.

Sie sagten kein Wort. Es gab nichts zu sagen, weder „Es tut mir leid" noch „Ich habe dich vermisst". Deacons zitternde Hände an Cricks Gesicht, Cricks krampfhafte Umarmung von Deacons Körper – sie sprachen für sich.

Deacons Augen brannten und er kniff sie fest zusammen, um nicht in Tränen auszubrechen. Aber dann erinnerte er sich daran, dass er seine Tränen vor Crick nicht verbergen musste. Crick weinte auch und Deacon konnte die Tränen auf der nackten Haut seines Bauches spüren.

„Gott, bist du dünn geworden", murmelte Crick. Deacon hätte sich fast an seinem Lachen verschluckt.

„Dafür sind deine Schultern jetzt doppelt so breit. Mann, Junge, haben sie euch bei der Armee mit Steroiden gefüttert?"

„Das kommt davon, wenn man erwachsen wird", erwiderte Crick verlegen. Sein Atem kitzelte Deacon am Bauch und er kicherte in Cricks Haare.

„Du suchst dir nie den leichtesten Weg, nicht wahr?", stellte Deacon fest und Crick lachte mit einem Anflug von Hysterie auf.

„Wirklich? Du hättest nur auf mich warten und dich zuhause um die Ranch zu kümmern brauchen, und trotzdem glaube ich, dass du mir mittlerweile den Rang streitig machst."

205

Deacon musste wieder lachen. „Das Kompliment habe ich nicht verdient. Gott, Carrick … Es ist, als ob ich nach zwei Jahren das erste Mal wieder meine eigene Haut fühlen könnte."

Crick schob die Hand unter Deacons Hemd und rieb ihm über den Rücken. Deacons Haut bitzelte, als wäre sie elektrisch aufgeladen. Es war nicht Lust oder Begehren – Cricks Zustand verhinderte solche Gefühle –, es war … Leben. Es war, als wäre Deacon nach zwei Jahren aus einem langen, dunklen Schlaf aufgewacht und wiedergeboren worden. Er konnte das Blut spüren, das durch seine Adern floss. Cricks Berührung war wie ein Blitzschlag, der ihm neues Leben geschenkt hatte.

Crick atmete schwer und zog ihn noch fester an sich. Deacon hatte das Gefühl, als würde ihm jeden Augenblick das Herz aus der Brust springen. Es klopfte wild in seiner Brust und in seiner Kehle. Er hätte fast darum gebetet, dass es aufhören möge zu schlagen, um nicht in diesem kleinen Badezimmer des Militärkrankenhauses zu explodieren.

„Du musst mir etwas versprechen", krächzte er und Crick antwortete mit einem „Mhmm", das die Haut an Deacons Bauch vibrieren ließ. „Versprich mir, dass du mich nie wieder verlässt. Oder dass du mich vorher im Schlaf erschießt, damit ich es nicht mehr erleben muss."

Crick hob den Kopf und sah ihn erschrocken an. Seine braunen Augen waren gerötet und schwammen in Tränen. „Deacon …"

„Versprich es mir, ja?"

„Ich verspreche dir, dich nie wieder zu verlassen", sagte Crick erschüttert. Deacon spürte die Macht seiner Worte auf Crick, konnte sie aber nicht zurücknehmen.

„Das reicht für den Anfang", murmelte er und unterdrückte seine Angst. „Für den Anfang ist das mehr als genug."

Sie konnten nicht viel länger hier bleiben. Sie konnten die Zeit nicht einfach in einen Umschlag stecken und wegschicken, während sie sich hier, an einem Ort, der diese Dinge nicht erlaubte, in den Armen hielten wie Geliebte.

Kurz darauf kehrte Benny ins Zimmer zurück und sie konnten durch die geschlossene Tür ein vernehmliches Räuspern hören. „Jungs … falls Crick nicht komplett aus Pisse besteht, wäre es jetzt langsam an der Zeit, dass ihr wieder da raus kommt."

Crick stöhnte. Ihm tat jeder Knochen und jeder Muskel weh. Zusammen zogen sie ihn hoch und führten ihn ins Zimmer zurück, wo er sich aufs Bett setzte. Dann legte er sich wieder hin. Der kurze Ausflug hatte ihn erschöpft. Deacon zog die Decke über seine dürren, müden Beine.

„Willst du jetzt ein Nickerchen machen?" Sie konnten sich nicht in die Augen sehen, aus Angst, sofort wieder in Tränen auszubrechen. Auch Bennys Blick wichen sie geflissentlich aus.

„Gleich. Aber erst musst du mir eine Geschichte erzählen." Crick schloss die Augen und Deacon zog einen Stuhl ans Bett, um sich an seine Seite zu setzen.

„Ja? Was willst du hören? Von der Prinzessin und dem Einhorn?"

Crick lächelte. „Mit mir in einem Spitzenkleid und dir in glänzender Rüstung auf einem Schlachtross? Besser nicht."

Deacon zuckte mit den Schultern. „Meine Rüstung ist rostig und das Pferd habe ich erschossen. Das Spitzenkleid kannst du auch vergessen. Was willst du hören?"

„Erzähl mir von den Pferden", antwortete Crick. „Erzähl mir von zuhause."

Deacon schluckte tief. Zuhause – das war ein schwieriges Thema. Das war ein Stapel Rechnungen, die er kaum bezahlen konnte, das waren Pferde, die er verkaufen musste, obwohl er sie lieber behalten hätte, und das war Even, dessen Wunderschwanz so beansprucht wurde, dass Deacon sich wunderte, wie der Hengst sich noch auf den Beinen halten konnte. Zuhause – das waren ablehnende Nachbarn, die ihre Verträge kündigten und wütende Kunden, die ihn anspuckten und ihre Pferde lieber in kleinen, schmutzigen Ställen unterbringen ließen, als bei Deacon, wo sie sich ‚Pferde-AIDS' holen könnten. Zuhause – das waren Berge von Pferdemist, weil die Mutter ihres letzten Stalljungen aus dem Drogenentzug entlassen worden war und ihren Sohn, zwei Wochen nach dem ‚Schwul am Steuer'-Vorfall, keifend von der Ranch gezerrt hatte. Deacon hatte es noch nicht übers Herz gebracht, ihn durch einen Nachfolger zu ersetzen.

Zuhause – das war die ständige, panische Angst in Deacons Brust, das war die bittere, anklagende Furcht, dass Deacon die Menschen, die von ihm abhängig waren, im Stich ließ und das Vermächtnis seines Vaters betrog, der Deacons Vertrauen in ihn nicht ein einziges Mal betrogen hatte.

„Der wilde Senf hat geblüht, als wir aufgebrochen sind", sagte er und musste an das gelbe Blumenmeer auf Comets Grab denken. „Und es hat so viel geregnet, dass die Kirschbäume auch schon blühen. Kannst du dich erinnern, wie es abends duftet? Das Heu und die Blüten und das Wasser? Auf einigen Weiden wächst in diesem Jahr Mohn und macht den Duft noch süßer. Sugar ist von Even trächtig. Ich weiß nicht, ob das neue Fohlen ein Ersatz für Comet sein kann. Aber sie ist ein so gutmütiges Tier, dass wir es auf jeden Fall lieben werden. Der Fluss am Schwurstein führt viel Wasser und es ist ziemlich kalt durch den geschmolzenen Schnee. Wir haben das Baby …" Deacon hob den Kopf und sah Bennys Blick bedeutungsvoll auf sich gerichtet. Sie wusste, was er Crick alles verschwieg, mischte sich jedoch nicht ein. „Wir haben das Baby noch nicht mitgenommen zum Schwurstein. Im letzten Jahr haben wir sie im Auto zum Fluss mitgenommen und ihr die Bäume gezeigt. Sie hat geschlafen und gegluckst. Crick, in diesem Alter machen sie die schönsten Geräusche. In diesem Jahr müssen wir ihr Schwimmflügel kaufen. Dann kannst du mit ihr baden gehen und es zählt als Krankengymnastik. Was meinst du? Sie ist so lustig, Crick. Sie kann stundenlang mit den gleichen Spielsachen spielen und freut sich dabei. Manchmal frage ich mich, was sie sich so denkt …"

„Benny war genauso", flüsterte Crick träumerisch. Seine Augen waren fast geschlossen und er war schon halb eingeschlafen.

„Ja? Dann hat Parry Angel das von ihr … Sie kann stundenlang im Schlamm sitzen und mit ihrer Plastikpuppe spielen und …"

Deacon redete noch lange weiter, nachdem Crick schon eingeschlafen war. Als er mit seiner Geschichte fertig war, sah er Benny auf dem Bett sitzen und Cricks Hand streicheln. Das Baby war ebenfalls eingeschlafen, eingelullt von Diek-dieks beruhigender Stimme. Es lag in seinem grünen Kinderwagen mit den rosa Blumen und schnarchte leise vor sich hin.

Benny sah Deacon mit feuchten Augen an und schüttelte den Kopf. „Das war die wunderbarste Lügengeschichte, seit Menschen die Lüge erfunden haben, Deacon. Ich weiß wirklich nicht, wie du das gemacht hast."

„Es war die Wahrheit", erwiderte Deacon würdevoll. Benny schüttelte nur wieder den Kopf und rieb sich mit ihrem knallgrünen T-Shirt die Tränen vom Gesicht.

„Deacon, wenn er nach Hause kommt, wird er die Wahrheit mit eigenen Augen sehen können. Und sie sieht anders aus."

„Ich werde dafür sorgen, dass es Wahrheit wird", sagte Deacon mit ruhiger Entschlossenheit. „Ich schwöre dir, Benny – wir werden unser Zuhause nicht verlieren."

Benny nickte. „Wir würden dich trotzdem lieben. Deine Rüstung ist nicht rostig. Das war auch gelogen."

„Halt den Mund, Shorty. Lass uns ins Hotel zurückgehen. Ihr könnt euch schlafen legen und ich hole mir ein Buch. Dann komme ich hierher zurück. Kannst du kurz einen Blick vor die Tür werfen und nachsehen, ob wir alleine sind?"

Benny sprang auf und sah durch das Fenster in der Tür auf den Flur. „Die Luft ist rein."

Deacon stand auf, beugte sich über das Bett und küsste Crick sanft an die Schläfe. „Ich liebe dich, Carrick James. Wir kommen später zurück, ja?"

Crick räkelte sich leicht und murmelte: „Ich verlasse dich nicht, Deacon. Versprochen."

Deacon schloss die Augen. Vier Monate voller Schuldgefühle schlugen über ihm zusammen. Er vertraute Cricks Versprechen und konnte nur hoffen, dass er es ihm nicht mit Lügen zurückzahlte.

SIEBEN TAGE später wurde Crick entlassen und Deacon wollte endlich wieder nach Hause. Am dritten Tag ihres Aufenthalts in Virginia hatten sie einen panischen Anruf von Andrew erhalten. Ein Anwalt war vor der Tür aufgetaucht mit einem Brief der Bank, die die Rückzahlung aller Kredite innerhalb von dreißig Tagen verlangte. Sonst würden sie die Ranch verlieren. Deacon hatte, ebenfalls voller Panik, Jon angerufen, der ihm bestätigte, dass die Forderung der Bank rechtswidrig wäre. Dann hatte Jon aufgelegt und sich kurze Zeit später wieder gemeldet, um ihm die Ergebnisse seiner Nachforschungen mitzuteilen.

„Melanie und Stief-Bob sind offensichtlich eifrige Kirchgänger", erklärte er Deacon angewidert. „Sie kennen den Direktor der Bank persönlich. Pass auf, Deacon. Du hast mir Kontovollmacht gegeben, und ich werde unsere Geschäfte damit auf eine andere Bank übertragen. Du bist kreditwürdig. Wenn sie dich diskriminieren, dann ist das rechtswidrig. Sag mir, wie weit ich gehen soll. Amy und ich legen dann noch eine Schippe drauf, nur als Genugtuung."

Deacon presste das Handy ans Ohr und sah aus dem Badezimmer zu Benny und dem Baby, die auf dem Boden saßen und Parry Angels Lieblingssendung im Fernseher anschauten. Das Baby war ganz aufgeregt, die bekannte Sendung so weit weg von zuhause sehen zu können.

„Ich will unser Zuhause behalten, Jon. Ich will leben, wie ich immer gelebt habe, mit den Menschen, die mir etwas bedeuten. Was immer dazu nötig ist, wen immer wir vor Gericht zerren müssen und was immer ich unterschreiben soll – ich bin dabei."

„Gut, Deacon. Ich warte bis zu eurer Rückkehr. Ich werde einige Unterschriften von dir brauchen. Du kommst nach Hause, steckst Crick ins Bett und rufst mich dann sofort an. Wenn du *The Pulpit* behalten willst, müssen wir einen Gang zulegen."

Deacon schüttelte sich und legte auf. Es war Zeit für seinen Besuch bei Crick.

Als Deacon am letzten Tag das Krankenzimmer betrat, saß Crick, in Jogginghosen aus Armeebeständen und ein weißes T-Shirt gekleidet, auf dem Bett. Er unterhielt sich mit einem Offizier, der sich bei ihm im Zimmer befand. Ihr Gespräch verlief freundschaftlich, wenn auch etwas formell.

„Sir, äh … entschuldigen Sie, aber meine Schwester und das Baby kommen", unterbrach Crick ihre Unterhaltung, als er sie kommen sah.

Der Offizier drehte sich um, machte die Tür frei und lächelte Benny freundlich an. Sie starrte dem Mann mit so großen Augen an, dass Deacon lachen musste. Benny war wie Crick. Die beiden fühlten sich definitiv nicht wohl in der Gegenwart von Autoritätspersonen.

„Hallo. Sie müssen Deacon sein. Crick hat mir gesagt, Sie bringen ihn nach Hause, ja?"

Deacon lächelte verlegen und streckte die Hand aus. „Ich muss noch unsere Pflegeanleitungen abholen", sagte er entschuldigend. „Aber wenn die Formalitäten erledigt sind und ich die Papiere und Medikamente habe, dann können wir aufbrechen." Er nickte Crick zu. „Ich bin gleich zurück. Du kannst solange mit dem Baby spielen. Ihr habt viel nachzuholen."

Crick sah schon viel besser aus als noch vor einer Woche. Er konnte sitzen und sich bewegen, und er konnte ohne Hilfe auf die Toilette gehen. (Aber er hatte recht behalten: Sein erstes größeres Geschäft war ein öffentliches Ereignis gewesen – und kein sehr angenehmes. Benny hatte mit rotem Kopf das Zimmer verlassen und erklärt, davon habe sie mit Parry Angel genug. Aber sie hatte einen Pfleger verständigt, der Deacon mit den Aufräumarbeiten helfen sollte. Der Pfleger war von Deacons Erfahrung und Sachverstand sehr beeindruckt gewesen und mit einer Ladung schmutziger Wäsche wieder verschwunden. Crick hatte angesäuert bemerkt, dass Deacon wohl alles tun würde, um seinen Arsch zu sehen. „Sieht so aus", hatte Deacon liebenswert geantwortet und Crick hatte errötend gelächelt.)

Benny konnte das Baby jetzt problemlos auf Cricks Schoß setzten, ohne sich um seine Verletzungen Sorgen machen zu müssen. Crick hielt Parry Angel fest und wippte sie auf seinem gesunden Bein. Deacon drehte sich brüsk um und machte sich auf die Suche nach dem Arzt.

Eine Stunde später kam er zurück, beladen mit Prospekten und Formularen, einer Tüte voller Schmerzmittel und Antibiotika sowie einer ellenlangen Liste von Adressen für Physiotherapeuten in Kalifornien. Crick musste noch warten, bis die letzten Kanülen entfernt waren und seine Muskeln gestreckt wurden. Die Haut an seinem Arm, dem Bein und der Hüfte war stark verbrannt worden. Deshalb mussten die Verbände oft gewechselt werden, um die Wunden sauber zu halten. Die vielen Pflegeanleitungen machten Deacon etwas schwindelig. Verdammt, es war so unglaublich knapp gewesen. Crick hatte nur um Haaresbreite überlebt und starke Muskelschäden davongetragen. Aber das, was noch von ihm übrig war, machte einen gesunden Eindruck. Deacon konnte gar nicht in Worte fassen, wie dankbar er darüber war, Crick und sein schiefes Grinsen endlich wieder mit nach Hause nehmen zu dürfen.

Auf dem Flur kam ihm der Offizier entgegen. Deacon hatte sich in der Apotheke nach dem Mann erkundigt und erfahren, dass es ein alter Bekannter aus Cricks Ausbildungszeit war. Deacon fand es verdammt anständig von dem Mann, dass er sich so um einen früheren Rekruten sorgte und ihn besuchte.

Er nickte dem Offizier im Vorübergehen zu und der Mann – um die dreißig und mit hellen Augen – streckte den Arm aus und hielt Deacon auf.

„Ist das Mädchen nicht mitgekommen?", wollte er von Deacon wissen.

„Sir?" Deacon sah ihn fragend an.

„Crick hat mir vor seinem Einsatz erzählt, dass … Wie war das noch?" Er hielt kurz inne, um nachzudenken. Deacon war mittlerweile klar geworden, dass Crick sich eine Geschichte ausgedacht haben musste. „Richtig … Er hätte alles haben können, was er wollte. Aber stattdessen hat er geglaubt, er würde rausgeschmissen. Ich habe mich nur gefragt, ob das Mädchen noch auf ihn wartet, weil sie nicht mit Ihnen gekommen ist."

Deacon Wertschätzung für den Captain stieg um einige Punkte an. Er überlegte, wie er dem Mann eine Antwort gegeben konnte, ohne zu viel zu verraten. „Die Situation hat sich nicht verändert, Sir", sagte er dann. „Wenn ich die Ranch behalten kann, wird Crick dort alles finden, was auf ihn gewartet hat."

Captain Roberts nickte stirnrunzelnd. Der durchdringende Blick seiner hellen Augen machte Deacon unruhig.

210

„Sir?", fragte er ungeduldig. Er wollte zurück zu Crick. Ihr Flug ging in zwei Stunden und er wollte Cricks heilenden Körper nicht unnötigen Belastungen aussetzen, wenn sie sich verspäteten und die Zeit wieder aufholen mussten.

„Warum hat er nichts gesagt?", fragte der Captain schließlich leise.

„Sir?" Deacon blieb beinahe das Wort im Halse stecken.

„Er hat in meinem Büro gestanden und ich habe ihn gefragt, ob er betrunken gewesen wäre, als er den Vertrag unterschrieben hat. Er hätte nur sagen müssen, dass er … dass Sie …" Captain Roberts wurde rot. „Nur ein einziger Satz, und ich hätte ihn …"

„Ihn was?", wollte Deacon wissen. Sein rotes Gesicht hatte nichts mit Verlegenheit zu tun. Er war wütend. „Was hätten Sie getan?"

„Ihn unehrenhaft entlassen", erwiderte der Mann wahrheitsgemäß und wurde feuerrot.

„Crick mag manchmal etwas chaotisch sein, Sir. Aber er hat ein Versprechen gegeben. Und an dem Mann ist kein noch so kleines Quäntchen *Un*ehrenhaftigkeit."

Captain Roberts sah ihn verlegen und etwas verärgert an. Aber er drückte die Schultern durch und ließ Deacon nicht aus den Augen, als er sagte: „Sie müssen es ja am besten wissen."

Deacon senkte den Kopf und sah zu Boden. „Es gibt gute und schlechte Tage."

„Dann hoffe ich, dass heute ein guter Tag ist. Passen Sie gut auf den Jungen auf. Er hat in seiner Zeit bei uns viele Menschen dauerhaft beeindruckt."

Deacon sah Captain Roberts in die Augen und schüttelte ihm zum Abschied die Hand. „Ich war der erste, bei dem ihm das gelungen ist."

19
Konfrontationen mit der Wirklichkeit

Die Heimreise war, wie nicht anders zu erwarten, eine nervenaufreibende Angelegenheit. Die Ärzte hatten Crick noch einige Tage länger im Krankenhaus behalten wollen, aber der hatte sich dagegen gesträubt. Es war Deacons erfolgreicher Unterstützung zu verdanken, dass er dann doch zu dem ursprünglich vorgesehenen Termin entlassen wurde. Deacon hatte für den Rückflug von Atlanta nach Los Angeles Tickets erster Klasse gebucht, damit Crick mehr Platz hatte. Aber für den Anschlussflug nach Sacramento mussten sie sich mit zweiter Klasse zufriedengeben. Als sie das Flugzeug verließen, spürte Crick jeden Knochen im Leib, obwohl Deacon ihm Schmerztabletten gegeben hatte.

Deacon hatte sich auch um alles andere gekümmert. Er hatte einen Rollstuhl bestellt, damit Crick nicht mit seiner Krücke durch den Flughafen humpeln musste. Er hatte Getränke besorgt und in der Wartehalle die besten und bequemsten Sitzplätze freigehalten. In dem engen Anschlussflug hatte er das Baby auf den Schoß genommen, damit Crick mehr Platz hatte, um seine Beine auszustrecken. Er sprach nicht viel, und wenn er etwas sagte, wurde er rot und wandte den Blick ab. Crick merkte sofort, dass Deacons Schüchternheit, die er sonst so gut verborgen hielt und die noch nie zwischen ihnen gestanden hatte, nun mit aller Macht zum Vorschein kam.

Es schmerzte ihn fast so sehr, wie seine verbrannte Haut und die zerschossenen Eingeweide und Muskeln.

Deacon war schüchtern. Crick gegenüber. Einem der wenigen Menschen, denen er immer sein Herz geöffnet hatte. Crick hatte fast zehn Jahre gebraucht, um zu erkennen, wie anders als dem Rest der Welt sich Deacon ihm, Amy, Jon und Parish gegenüber verhielt.

Es dauerte nur einige Flugstunden, bis Crick sich darüber klar wurde, dass er es nicht verkraften würde, wenn sich das geändert haben sollte.

Aber in dem überfüllten Flugzeug konnte er wenig dagegen unternehmen. Außerdem schien Deacon hundemüde zu sein. Seine Miene war zwar genauso gelassen wie immer, aber die müden Augen und die tiefen Furchen in seinem Gesicht sprachen eine andere Sprache. Sie waren ein unübersehbares Anzeichen dafür, dass Deacon nicht mehr der umgängliche und sorgenfreie Mensch war, den Crick an dem Frühlingstag vor über zwei Jahren verführt hatte. Als sie in L.A. landeten und Deacon sich auf die Suche nach dem Mann mit dem Rollstuhl machte, fragte er seine Schwester nach den Gründen, warum Deacon so erschöpft und ausgelaugt aussah.

„Es gibt Probleme mit der Bank", erklärte sie ihm, während sie dem Baby einen Keks nach dem anderen fütterte. (Nicht mehr lange, und die Kekse würden auf dem Boden landen.) „Er hat mir auch nichts darüber sagen wollen, aber er hat jeden Abend ein oder zwei Stunden mit Jon telefoniert, um eine Lösung zu finden. Wir haben in der letzten Woche auch wieder Kunden verloren und er muss sehen, wie er mit dem Geld zurechtkommt."

Crick sah Benny erschrocken an und versuchte, sich vorzustellen, wie Deacon sich in dieser Lage fühlen musste.

„Er darf die Ranch nicht verlieren", sagte er schließlich. „Es würde ihn umbringen."

Benny verzog das Gesicht und Crick fiel auf, wie sehr ihre neue Rolle als Mutter sie in den letzten beiden Jahren verändert hatte. Benny war erwachsen geworden. „Deacon ist stärker, als du ihm zutraust. Das einzige, was ihn umbringen würde, wäre, wenn er uns im Stich lassen müsste. Wenn du ihm sagst, dass du die Ranch nicht brauchst, dann wird er ihren Verlust überleben."

Crick runzelte die Stirn. Über dieses Thema wollte er jetzt nicht mit ihr streiten. „Kann er sich das nicht denken?"

„Woher soll ich das wissen, du Genie? Wieso hast *du* denn damals nicht gewusst, dass er dich niemals weggeschickt hätte? Wenn du einfach verschwinden und dich verpflichten kannst, dann darf *er* auch denken, dass du ihn nur wegen der Ranch liebst." Sie stand auf und ging unruhig vor ihrem Sitz hin und her. Dann wischte sie sich die Hände an der schwarzen Kapuzenjacke ab, die sie über dem leuchtend rosa T-Shirt trug. „Dieses Gespräch kotzt mich an. Ich gehe mit Parry in den Wickelraum. Warte hier auf uns und versuche nicht, in der Zwischenzeit irgendeiner Sekte beizutreten oder so."

Crick hatte sich nicht mehr vom Fleck gerührt, bis sie an Bord gehen mussten. Aber Bennys Worte hallten immer noch in seinen Ohren nach.

Da war die Sache, dass Deacon ihr offensichtlich erzählt hatte, warum Crick zur Armee gegangen war. Er konnte sich kaum vorstellen, dass Deacon einem anderen Menschen gegenüber so offen darüber geredet hatte. Benny schien jetzt auch zu diesem auserwählten Kreis zu gehören. Crick war einerseits froh darüber, dass Deacon ihr vertraute. Andererseits war er sich sicher, dass Benny selbst ihn jederzeit fallen lassen würde, wenn sie die Wahl zwischen ihm und Deacon hätte. Der Gedanke schmerzte ihn. Aber was ihn in den nächsten eineinhalb Stunden am meisten sorgte, war die Wahrheit, die hinter Bennys Worten zum Vorschein gekommen war.

Deacon hatte ihm verziehen. Crick konnte es spüren und er zweifelte nicht daran. In Deacons Haltung war nichts mehr von Wut oder Vorbehalten zu erkennen. Aber diese Schüchternheit und Zurückhaltung war schlimmer, viel schlimmer. Und

Crick hatte auch nicht damit gerechnet, dass Deacon nicht der einzige war, der ein Recht darauf hatte, auf Crick sauer zu sein.

Als sie *The Pulpit* erreichten, wurde ihm diese Tatsache schmerzlich vor Augen geführt.

Jon hatte mit seinem protzigen Mercedes am Flughafen auf sie gewartet. Crick stützte sich auf seine Krücke und Jon sprang aus dem Auto, um das Gepäck einzuladen. Aber er hatte für Crick nur ein zurückhaltendes Lächeln übrig, nicht die Umarmung, die der zur Begrüßung erwartet hatte.

„Schön, dass du wieder hier bist, Carrick."

„Ich bin auch froh darüber", erwiderte Crick verlegen. Er fragte sich, was er denn jetzt schon wieder angestellt hatte.

Als sie im Wagen saßen, wollte Jon mit Deacon über die Geschäfte reden, aber Deacon ging nicht darauf ein.

„Wir haben eine Absprache", sagte er. „Ich kümmere mich darum, sobald Crick wieder zuhause ist. Es geht ihm nicht gut und sein Kopf platzt gleich. Lass uns abwarten und ihm etwas Ruhe gönnen, ja?"

Crick sah Deacon vom Rücksitz aus dankbar an. Deacon wurde rot und zwinkerte ihm zu.

Jon ließ sich jedoch nicht von seinem Thema abbringen. „Schön, dann ist Crick eben wichtiger. Er wird bestimmt sehr gespannt sein, wenn du ihm erklärst, wie man mit sechs Personen in einer Einzimmerwohnung von einem Job leben kann, der seit fünfzig Jahren aus der Mode gekommen ist."

„Ich kann auch als Sanitäter arbeiten", warf Deacon ein. „Das reicht für eine Zweizimmerwohnung."

„Ich habe einen Oberschulabschluss", ergänzte Benny stolz. „Mann, damit können wir uns sogar ein Badezimmer und die teure Erdnussbutter leisten!"

„Du wirst studieren, Benny", sagte Deacon und wurde wieder ernst. „Jon und ich haben uns darum gekümmert. Wenigstens einer von uns wird aus dieser beschissenen Stadt rauskommen – und zwar nicht in den Irak!"

„Amen!", meinte Crick, obwohl ihm nicht zum Scherzen zumute war. Seine Welt schien in Scherben zu liegen, und doch hatte Deacon sich in dem ganzen Chaos noch darum gekümmert, dass Benny versorgt war.

DAS SCHLAFZIMMER hatte sich nicht im Geringsten verändert. Alles war noch so, wie Crick es verlassen hatte. Nur die kleine Holzkiste mit seinen Briefen aus dem Irak und ein Kalender mit kleinen Kätzchen waren neu, aber sonst …

„Verdammt, Deacon! Auf der Decke sind noch die Falten von meiner Reisetasche zu sehen!"

Deacon drückte ihn ins Kissen und gab ihm seine Schmerztablette und ein Antibiotikum. „Gefällt es dir noch?"

Crick sah sich lächelnd im Zimmer um. Oh ja, es war immer noch der sichere Hafen, den er sich immer darunter vorgestellt hatte. „Worauf du dich verlassen kannst!"

„Gut. Wir haben kein Geld, um es neu zu streichen."

„Es ist dir doch nicht zu schwul, oder?" Crick fiel erst nach zwei Jahren Wüste und Schweißfüßen auf, wie auffällig die Farben an den Wänden wirklich waren.

Deacon lachte herzlich über seine Bemerkung. Es war das erste ehrliche Lachen von ihm, seit Crick in das Haus gestolpert war und sich nur noch nach Ruhe gesehnt hatte, um endlich seinen Schmerzen für kurze Zeit entkommen zu können. „Warte nur ab, bis du die Zimmer der Mädchen siehst. Im Vergleich zu Bennys Zimmer ist dieses ein Ausbund an Männlichkeit."

Mit diesen Worten ging Deacon in die Küche, um Crick etwas zu essen zu holen. Als er ins Zimmer zurückkam, war Crick bereits eingeschlafen. Deacon stellte die Suppe und das Knoblauchbrot auf dem Nachttisch ab, wo sie langsam kalt wurden.

Nach einigen Stunden wachte Crick wieder auf. Irgendwann in der Zwischenzeit hatte Deacon seine Verbände gewechselt und, da die Wunden immer noch nässten, auch das Bett frisch bezogen. Crick hatte es kaum gespürt und nur im Halbschlaf mitbekommen, wie er vorsichtig von einer Seite auf die andere gerollt worden war. Dann wurde er nach einigen Stunden wieder kurz geweckt, um eine Schmerztablette zu schlucken und von Deacon mit frischer Suppe gefüttert zu werden (die andere war mittlerweile vom Nachttisch verschwunden). Als er endlich richtig wach wurde, war es bereits dunkel und er verspürte einen fürchterlichen Druck auf der Blase.

Crick stand auf und machte sich stolpernd auf den Weg ins Badezimmer. Von draußen rief ihm eine Stimme nach: „Crick? Bist du das?"

Crick grunzte zustimmend und pinkelte. Danach fühlte er sich besser. Ihm tat zwar immer noch jeder Knochen im Leib weh, aber er war doch verdammt froh, endlich in seinem eigenen Haus pinkeln zu können und nicht auf die Ärzte gehört zu haben, die ihn noch einige Tage im Krankenhaus hatten behalten wollen.

„Mehr oder weniger", beantwortete er dann etwas verspätet die Frage. „Jon? Was machst du denn hier?"

„Ich warte auf ein Fax von der ,American Civil Liberties Union'. Wir haben hier einen Fall von Diskriminierung, deshalb habe ich die ACLU eingeschaltet", erwiderte Jon mit nüchterner Stimme. Crick dachte verschlafen über Jons Antwort nach, während er in dem Medizinschrank nach seinen Schmerztabletten suchte. Die Wirkung der Tablette von heute Nachmittag ließ langsam nach und er war sich sicher, eine neue nehmen zu können. Sein Blick fiel auf eine kleine, noch fast volle Packung und er runzelte die Stirn, als er die Aufschrift las.

Er nahm eine seiner eigenen Tabletten und torkelte ins Schlafzimmer zurück, um sich wieder ins Bett zu legen. „Jon?", rief er. Das Fax hatte noch nicht gepiepst.

„Ja?"

„Hat Deacon einen Psychiater gesehen?" Crick schob sich Papierhandtücher unter die Verbände, um die Bettwäsche zu schonen.

Jon kam aus dem Büro ins Schlafzimmer. „Schön wär's. Warum?", wollte er wissen.

„Ich habe im Medizinschrank eine Packung Valium gesehen. Sie ist schon zwei Jahre alt."

Jon brummte. „Wieviel war noch drin?"

Crick wollte mit den Schultern zucken, aber dazu hätte er sich bewegen müssen. „Fast alles."

Jon lachte humorlos. „Das dachte ich mir fast. Leg dich wieder schlafen."

Crick schloss die Augen, aber Jons Bemerkung ließ ihm keine Ruhe. „Wofür waren die? Er hat in seinen Briefen nichts darüber geschrieben …"

Jon fluchte leise. „Crick, ich bin verdammt froh, dass du wieder zurück bist und dass es dir gut geht. Ich habe dich vermisst. Versteh mich also bitte nicht falsch – aber das musst du schon Deacon selbst fragen. Ich will nicht darüber reden, weil ich sonst wieder wütend werde."

Deacon fragen? „Ja sicher, weil er es mir sofort sagen wird", erwiderte Crick trocken. Jons Lachen klang jetzt schon weniger bitter.

„Stimmt, du hast recht."

„Wo steckt er eigentlich?"

Jon streckte sich gähnend und Crick beneidete ihn. Sein Körper ließ solche Bewegungen noch nicht zu. „Draußen bei den Pferden, was immer er dort auch tut. Füttern, Stall misten, Karotten verteilen und Even ins Ohr flüstern, was der Hengst für ein toller Kerl ist. Er ist lieber im Stall, als sich mit der Realität auseinanderzusetzen."

„Er geht dir aus dem Weg?" Das hörte sich nicht nach Deacon an.

„Wenn es das nur wäre. Dann würde er wenigstens ein einziges Mal nicht versuchen, die Verantwortung für die ganze Welt auf seine Schultern zu packen. Wirklich, ich wäre froh darüber, wenn er mir aus dem Weg gehen würde." Jon setzte sich seufzend zu Crick aufs Bett. Crick spürte, wie die Matratze unter Jons Gewicht nachgab und wünschte sich, es wäre Deacon, der zu ihm kam.

„Er sieht so erschöpft aus", murmelte er. Er wollte Jon nicht noch weiter aufregen, aber er musste mit jemandem darüber reden.

„Ja", seufzte Jon resigniert. „Wir hatten ein gutes Jahr nach der Geburt des Babys. Alles lief glatt, bis sie dann krank wurden. Das war schlimm."

„Sie haben mir nie gesagt, wie lange Deacon im Krankenhaus bleiben musste", beschwerte sich Crick. Jon lachte wieder sein trockenes, humorloses Lachen. Es zeigte Crick, dass Jon in den letzten beiden Jahren auch älter und reifer geworden war.

„Ungefähr ebenso lange wie du."

Crick wurde rückwirkend von Panik erfasst und atmete scharf ein. „Ich wäre nach Hause gekommen", sagte er dann. „Ich wäre desertiert und nach Hause gekommen."

„Und du hättest die nächsten Jahre im Militärgefängnis verbracht. Das ist einer der Gründe, warum wir dir nichts darüber gesagt haben." Jon fuhr sich mit der Hand durch die Haare. Sie waren immer noch lang und sexy. Er atmete hörbar aus. Als er weitersprach, klang seine Stimme müde und besorgt.

„Ich wollte dir schreiben, Crick. Ich hätte dir am liebsten mindestens zwei Briefe am Tag geschrieben, um die Scheiße loszuwerden. Ich wollte dir schreiben, wie schlecht es ihm ging und wie sehr wir uns um ihn gesorgt haben. Ich wollte dir alles berichten, aber … was soll ich sagen? Du bist im Irak gelandet, weil du manchmal nicht richtig nachdenkst, bevor du handelst. Nachdem Benny hierhergekommen ist, hatte ich dir sogar schon einen Brief geschrieben. Ich hatte alles aufgeschrieben, was ich nicht laut sagen wollte. Der Brief lag auf dem Tisch, im Umschlag und mit Briefmarke. Ich hätte ihn am nächsten Tag nur noch einwerfen müssen. Aber ich bin in der Nacht schweißgebadet aufgewacht, weil ich davon geträumt habe, dass du genau das tust … dass du desertierst, und sie fangen dich ein und holen dich von uns weg. Dann hätte die ganze Scheiße wieder von vorne angefangen." Er lachte bitter. Das Licht aus dem Büro ließ sein Profil hervortreten. Er war immer noch ein wunderschöner Mann, aber die Sorgen der letzten Jahre hatten ihn verändert und ließen ihn wirklicher erscheinen.

„Am nächsten Morgen habe ich den Brief in kleine Fetzen gerissen und in den Papierkorb geworfen. Sei froh, dass du ihn nie bekommen hast, Kumpel." Jon tätschelte ihm sanft sein gesundes Knie. „Die ganze Geschichte liegt mir schwer auf der Seele. Dich so schwer verwundet zu sehen … Ich muss immer wieder an unsere Schulzeit zurückdenken und daran, wie sehr Deacon und ich uns damals um dich gesorgt haben. Als ich an der Universität war, hat er mir oft geschrieben, weil ich wissen wollte, wie es dir geht. Du gehörst zu unserer Familie und ich habe dich sehr gern. Aber du hast ihn sehr verletzt, und darüber werde ich dir noch einige Zeit böse sein. Kannst du das verstehen?"

Crick seufzte. Die Tabletten taten ihre Wirkung. Er fühlte sich träge und weggetreten. „Ich liebe dich auch", murmelte er. „Und ich bin mir auch böse. Aber ich vermisse Deacon. Wo ist er?" Bevor Jon ihm eine Antwort geben konnte, fielen ihm die Augen zu.

Irgendwann in der Nacht spürte er warmen Atem an seinem Hals. Dann wurde er auf die Schläfe geküsst. „Deacon?"

„Mhmm. Ich bin gleich bei dir."

Kurz darauf spürte Crick Deacons warmen Körper an seiner unverletzten Seite. Deacons Kinn legte sich auf Cricks Schulter und eine warme, schwielige Hand schob sich unter sein T-Shirt. Crick drehte den Kopf und drückte Deacon einen Kuss auf die Stirn. Dann schlief er wieder ein.

217

AM MORGEN wurde Crick von einem frisch geduschten Deacon geweckt, der seine Verbände abnahm und ihn mit warmem Wasser vorsichtig abwusch. Die Seife roch köstlich nach Deacon. Dann wurden seine Wunden professionell eingecremt und versorgt. Crick ließ alles im Halbschlaf über sich ergehen, bis ihm ein wichtiger Gedanke durch den Kopf schoss.

„Deacon", murmelte er. „Warum hast du Valium im Medizinschrank?"

Deacon lachte leise. Die Morgensonne, die durch das Fenster ins Zimmer schien und im Spiegel zurückgeworfen wurde, ließ die kleinen Fältchen an seinen Augen schärfer hervortreten, als Crick sie in Erinnerung hatte. Aber Deacons Grinsen hatte sich nicht verändert.

„Warum? Willst du eine? Ich glaube nicht, dass sie sich mit deinen Schmerztabletten vertragen."

Crick brummte. Die Benommenheit der letzten sechzehn Stunden ließ langsam nach und er konnte wieder etwas klarer denken. „Im Krankenhaus haben mich die Tabletten nicht so umgeworfen. Meinst du, sie haben uns eine höher dosierte Variante mitgegeben?"

„Ich meine, dass dich der Flug ziemlich erschöpft hat", antwortete Deacon. „Ich habe dir doch gesagt, wir hätten dich auch einige Tage später aus dem Krankenhaus abholen können." Seine starken, zuverlässigen Hände erneuerten den Verband um Cricks Brust. Crick hielt sie fest und drückte sie an sich.

„Ich hätte es keinen Tag mehr ohne dich ausgehalten", sagte er. Seine Stimme klang weinerlich, aber das war ihm im Moment absolut egal. „Ich konnte gar nicht so oft pinkeln gehen, wie ich deine Arme um mich spüren wollte."

Deacon lächelte. Crick stockte der Atem, als er *sein* spezielles Lächeln erkannte.

„Das letzte Mal hast du mich so angelächelt, als ich dich nackt fotografieren wollte", sagte er atemlos. Deacon errötete.

„Das hat Spaß gemacht", murmelte er und wollte seine Hände von Cricks Brust nehmen, aber der ließ sie nicht los.

„Du musst dich nie, nie, niemals vor mir schämen", flüsterte Crick. Er hatte sich seit zwei Wochen nicht mehr so gut gefühlt. „Bitte, Deacon – behalte dein Lächeln für mich, aber … na ja, sei nicht mehr so schüchtern."

Deacon verdrehte die Augen. „Ich habe dich immer so angelächelt, es ist dir am Anfang nur nicht aufgefallen. Übrigens kommt Amy gegen neun Uhr vorbei. Der Arzt hat es ihr erlaubt, wenn sie sich sofort wieder auf die Couch legt. Also könnt ihr zusammen im Wohnzimmer rumhängen und fernsehen. Was auch immer. Ich habe zu tun, aber Benny kann mich jederzeit auf dem Handy erreichen. Um elf Uhr kommt jemand vom Sozialamt …"

„Sozialamt?", fragte Crick verblüfft. Es war so viel passiert in seiner Abwesenheit. Nur das Schlafzimmer war noch das gleiche, alles andere im Haus

218

hatte sich verändert. Er ließ Deacons Hand los und der kümmerte sich um die restlichen Verbände.

„Ja. Melanie und Stief-Bob waren während deiner Zeit im Krankenhaus nicht untätig. Die Sozialarbeiterin soll sich davon überzeugen, dass wir hier nicht nackt rumlaufen und vor den Augen des Babys auf dem Küchentisch bumsen." Deacon seufzte resigniert. Es schien nicht das erste Mal zu sein, dass Melanie ihnen Probleme machte.

„Deacon, haben sie das wirklich behauptet?"

Deacon zuckte mit den Schultern. „Die Sozialarbeiterin ist im Grunde keine schlechte Frau. Sie ist nur etwas steif und formell. Ich glaube nicht, dass sie Crystal und Missy im letzten März gerne von hier weggeholt hat. Ich denke auch nicht, dass sie mich für pervers hält, aber sie muss ihren Job erledigen und sich an die Vorschriften halten. Verstehst du das?"

„Nein, das verstehe ich nicht", murmelte Crick. „Wie kann dich jemand für pervers halten, Deacon? Ich verstehe nicht …"

Deacon grinste frech. „Keine Ahnung, Carrick. Aber ich betatsche dich seit zwei Tagen, obwohl du schläfst und dich nicht wehren kannst. Und es macht mir sogar Spaß. Bekomme ich dafür etwa keine Perversionspunkte?"

Crick musste lachen und hätte sich fast verschluckt. Dann hob er seinen verbundenen Arm und fuhr Deacon mit den Fingern durch die Haare. Der vergaß für einen Augenblick seine Probleme und grinste ihn breit an.

„Perversionspunkte hättest du nur dann bekommen, wenn es mir nicht gefallen würde", flüsterte Crick zärtlich und fragte sich, ob Deacon in den letzten beiden Jahren auch nur Bruchteile der Fantasien gehabt hatte, die er selbst in der Wüste gesponnen hatte.

„Du warst nicht bei Bewusstsein", erwiderte Deacon, immer noch breit grinsend.

„Dann musst du es wiederholen, wenn ich wach bin", erklärte ihm Crick und sah ihn so ernst wie möglich an.

Deacon befestigte den letzten frischen Verband und stand auf. Dann beugte er sich zu Crick herab und drückte ihm einen sanften Kuss auf die kaum verheilte Wunde an der Schläfe, die immer noch rot und empfindlich war.

„Damit werden wir noch etwas warten müssen, Crick. Du musst erst wieder gesund werden. Im Moment wirst du dich darauf beschränken müssen, deine Haare nachwachsen zu lassen."

„Deacon", jammerte Crick. „Bist du denn gar nicht geil?"

Deacons Grinsen wurde jetzt richtiggehend diabolisch. „Ich muss zugeben, dass ich in deiner Abwesenheit nicht sehr oft geil war. Ich habe zwar mit dir darüber geredet, damit du dich besser fühlst. Aber wenn ich ehrlich bin, habe ich mich manchmal wie ein kastrierter Kater gefühlt. Aber jetzt?" Er fuhr Crick mit dem Daumen über die Lippen. „Jetzt bin ich geil. Also beeile dich und werde schnell wieder gesund, Baby, damit das Warten ein Ende hat."

Damit drehte Deacon sich um und verschwand. Crick hörte seine Schwester und das fröhliche Glucksen des Babys aus dem Nachbarzimmer. Er kam sich vor wie ein Faultier, als ihm kurz darauf die Augen zufielen und er wieder einschlief.

Als Crick nach einigen Stunden wieder aufwachte, fühlte er sich wie neu geboren. Er wusch sich das Gesicht und putzte sich die Zähne, dann humpelte er mit Unterstützung einiger Wände und Türrahmen ins Wohnzimmer. Er blieb stehen, als er Amy in einem Schaukelstuhl sitzen sah, der offensichtlich neu war. Unter ihrem Umstandskleid zeichnete sich ein perfekter, runder Bauch ab.

„Das ist neu", sagte er lächelnd und ließ sich vorsichtig auf die abgesessene, karierte Couch sinken.

„Neu ist auch, dass du mich nicht drückst, Crick", beschwerte sich Amy. Crick strahlte sie an und stand wieder auf, um sein Versäumnis nachzuholen.

„Ich dachte, du wärst vielleicht auch dem Club der Crick-Hasser beigetreten", gab er zu. Sie hob kopfschüttelnd die Arme, zog ihn zu sich herab und drückte ihn fest an sich.

„Deacon hat dir alles verziehen, mein Süßer. Mehr muss ich nicht wissen", sagte sie, als er wieder auf der Couch saß.

Als im gleichen Augenblick Benny mit einer Schüssel Müsli für ihn ins Wohnzimmer kam, sah er ihr erwartungsvoll entgegen. „Danke. Hast du das gehört?", fragte er sie.

„Deacon und Amy sind viel verständnisvoller als ich", teilte sie ihm mit und schaltete den Fernseher an. Das Baby, das von einem Ende des Zimmers ans andere gekrabbelt war, ließ sich auf den Hintern plumpsen und quietschte vergnügt.

„Oh ja!", kommentierte Benny trocken. „Spongebob."

„Psst", erwiderte Amy und nahm ihre Stricksachen wieder auf, die sie bei Cricks Eintreten zur Seite gelegt hatte. „Es ist die Folge mit Squidward. Ich liebe sie."

„Oh Gott … An die kann ich mich noch aus meiner Schulzeit erinnern." Obwohl Crick in ein vollkommen verändertes Zuhause zurückgekehrt war und trotz der beiden Jahre, die er in der Wüste verloren hatte, kehrte mit dem vertrauten Cartoon ein Hauch von Normalität in sein Leben zurück. Die Frauen strickten und das Baby wippte aufgeregt vor dem Fernseher auf und ab.

Crick fühlte sich wohl und genoss die behagliche Atmosphäre in vollen Zügen, als es unvermittelt an der Tür klopfte.

„Ich gehe schon", sagte Benny und legte hastig ihr Strickzeug auf den Tisch. Crick überlegte stirnrunzelnd, wer das sein könnte.

Er hatte nicht damit gerechnet, sich Schwester Ratchet aus dem Film ‚Einer flog übers Kuckucksnest' gegenüber zu sehen, die in ihrer Polyester-Uniform vor ihnen stand.

„Mizz Abernathy. Treten Sie doch ein", begrüßte Benny die Besucherin so höflich wie möglich. Crick beobachtete die Frau misstrauisch, die ins Haus kam und ihre Aktentasche auf dem Küchentisch abstellte, als wäre sie hier zuhause. Wer

220

war diese Fremde und warum sah sie sich im Haus um, als müsse sie es begutachten und eine Mängelliste anlegen?

„Wollen Sie nicht ins Wohnzimmer kommen? Dort ist derzeit unsere Krankenstation", versuchte Benny zu scherzen. Ihre Reaktion ließ bei Crick sämtliche Alarmglocken klingeln und er ärgerte sich über den Eindringling.

„Das kann ich sehen", erwiderte Ms. Abernathy. Benny bot ihr den Sessel an, der neben der Couch stand. Crick streckte Ms. Abernathy zur Begrüßung die Hand entgegen und ihre Miene wurde etwas freundlicher, als sie seine Narben und Verbände sah.

„Entschuldigen Sie, dass ich nicht aufstehe", sagte er und versuchte sich daran zu erinnern, was er über gute Manieren gelernt hatte.

„Natürlich. Sie sind also Bennys Bruder?"

„Ja, Ma'am. Und Sie sind das verklemmte Biest, das Deacon für eine Perverse hält?" Mist. Das war nicht gut gelaufen.

„Crick!", zischte Benny, aber ihr erschrockener Gesichtsausdruck ließ ihn völlig kalt.

„Schon gut, es tut mir leid", schnappte er sie an. „Ich verstehe ja, dass ihr diese Frau nicht verärgern wollt. Aber dem Baby geht es prima, dir geht es auch prima, und Deacon hat es nicht verdient, dass sie hier auftaucht und ihn wie den letzten Dreck behandelt!"

‚Die Frau' riss sich sichtlich zusammen. „Es gab Anlass zu der Befürchtung, dass Mr. Winters ein unangemessenes Verhältnis mit Ihrer Schwester hat, Mr. Francis. Wir sind darüber in Kenntnis gesetzt worden, dass er schon mit Ihnen sexuellen Kontakt hatte, während Sie noch zur Schule gingen", sagte sie dann.

Crick sah sie an und wurde feuerrot. Das Blut rauschte ihm durch die Adern und seine Wunden fingen zu pochen an. „Schön wär's gewesen", knurrte er wütend und sie zuckte zurück.

„Nun, Sie waren erst sechzehn, als Sie hier eingezogen sind."

„Weil meine Eltern mich aus dem Haus geworfen haben, als ich mich geoutet habe!" Warum musste dieser Tag immer noch sein Leben bestimmen? Man sollte wirklich meinen, dass es nach zwei Jahren im Irak wichtigere Dinge gäbe, über die er berichten konnte.

„Ich … ich hatte den Eindruck gewonnen, Sie – und Ihre Schwester – wären von zuhause ausgerissen", erwiderte sie verstört. Cricks Miene verfinsterte sich.

„Ich war auf einer Beerdigung. Als ich zurückkam, lagen meine Sachen auf dem Rasen vor dem Haus. Deacon hat mir geholfen, sie abzuholen, und Parish hat mir ein freies Zimmer in diesem Haus angeboten."

„Wenigstens haben sie deine Sachen auf den Rasen geworfen!", knurrte Benny. „Als ich ihnen von meiner Schwangerschaft berichtet habe, hatte ich nichts außer meinem Schlafanzug und ein blaues Auge, als Deacon kam und mich abgeholt hat." Sie sah die Sozialarbeiterin mit Abscheu in den Augen an. „Und das habe ich Ihnen alles schon erzählt. Aber Sie haben es nicht hören wollen. Wie ich sehe, scheinen Sie Crick mehr zu glauben."

Ms. Abernathy besaß genug Anstand, um rot zu werden. „Ihr Bruder ist sehr überzeugend."

Crick sah sie wütend an. „Das ist meine Schwester auch. Sie hätten ihr nur zuhören müssen. Und der ganze Unsinn über ein unangemessenes Verhältnis ..." Er schauderte bei dem Gedanken, aber es erklärte zumindest Deacons Zurückhaltung. „Sagen Sie, äh ... haben Sie Deacon diesen Mist wirklich gefragt?"

„Er hat es abgestritten", gab Ms. Abernathy zu. „Aber Sie waren nicht hier, um es zu bestätigen. Wenn Bernice nicht mit aller Macht darauf bestanden hätte, dass er sich ihr nicht genähert hat, dann ..."

Oh Gott. Das aus ihrem Mund zu hören ... Crick wollte gar nicht daran denken. Deacon hatte mit aller Kraft versucht, seine Familie zusammenzuhalten, und er war dafür nur mit den übelsten Vorwürfen bestraft worden. Mit zitternden Beinen erhob Crick sich von der Couch.

„Wer kommt nur auf den Gedanken, ihm das zu unterstellen?", fragte er mit Tränen in den Augen. „Welcher Schweinehund hat das über Deacon gesagt?" Er sah Benny wütend an. Sie wurde rot, wirkte aber so resigniert, als müsste sie diese Frage nicht zum ersten Mal beantworten.

„Was glaubst du wohl, Crick? Und als wir sie aus dem Krankenhaus weggeschickt haben, ist es noch schlimmer geworden. Sie und Bob haben gar nicht mehr aufhören wollen mit ihrem üblen Gerede."

Crick musste sich auf die Couch stützen und fluchte innerlich über seine Schwäche. Er hätte am liebsten um sich getreten. „Bist du high? Ist diese ganze Stadt high? Wir reden hier über Deacon Winters! Verdammt ... wie konnten Sie das von ihm denken?"

Ms. Abernathy war sichtlich erblasst, aber sie verteidigte ihre Haltung. „Mr. Winters war nicht sehr gesprächsbereit, als ich ihn fragte, warum er Bernice aufgenommen hat. Und er hat schuldbewusst gewirkt, besonders dann, wenn wir über Sie gesprochen haben."

Crick presste sich die Hände vor die Augen, um nicht zu heulen wie ein Baby. „Weil es ihm peinlich war, Sie Biest!"

„Crick!", zischte Amy, aber er winkte nur ab.

„Lass das. Niemand wird so über Deacon reden! Und Sie hören mir jetzt gut zu. Sie werden Ihren Vorgesetzten – wer immer das auch ist – einen Bericht abgeben, und Sie werden darin sagen, dass Deacon Winters der beste Mann ist, den ich jemals kennengelernt habe. Sie werden sagen, dass ich die geilste zwanzigjährige Jungfrau auf Gottes Erdboden war, und dass ich trotzdem *ihn* verführen musste. Sie werden sagen, dass er meine Schwester aufgenommen hat, weil er ein anständiger Kerl ist und Benny meine Familie. Und dann werden Sie sagen, dass wir in Zukunft unsere Ruhe haben wollen, haben Sie mich verstanden?"

„Mr. Francis ..."

„Für Sie immer noch Leutnant Francis! Ich habe meinem Land zwei Jahre lang gedient und ich habe alles, was ich über Ehre und Anstand weiß, von einem Mann gelernt, den Sie gerade als Kinderschänder bezeichnet haben! Wenn Sie das nächste Mal hier auftauchen, bringen Sie besser einen Durchsuchungsbefehl mit!"

„Crick!", protestierte Benny und Amy stemmte sich aus ihrem Sessel hoch. Crick hatte es aufgegeben, seine Tränen zurückhalten zu wollen. Sie liefen ihm in Strömen übers Gesicht, als er die Sozialarbeiterin ansah.

„Ich meine es ernst", sagte er mit erstickter Stimme. „Niemand wird Deacon so behandeln. Niemand."

Ms. Abernathy erhob sich aus dem Sessel und strich ihren Rock glatt. „Nun, zumindest haben Sie uns einige unserer Befürchtungen genommen", sagte sie erschüttert. Crick sah sie nur kopfschüttelnd an.

„Wo, zum Teufel, muss ich unterschreiben, damit Sie endlich von hier verschwinden?"

20
VERBORGENE GÄRTEN

DEACONS HAND war nach dem Bruch nie wieder richtig verheilt. Seit der Gips abgenommen worden war, hatte er sich schon dreimal den Daumen ausgerenkt. Es war immer überraschend gekommen und mit großen Schmerzen verbunden gewesen.

Aber wenigstens wusste er jetzt, wie er damit umzugehen hatte.

Er arbeitete mit einem der zweijährigen Fohlen – das waren die, mit denen er am meisten Geld verdienen konnte, wenn sie gut ausgebildet waren –, als der Wagen der Sozialarbeiterin vorfuhr und das schreckhafte Tier den Kopf zur Seite schleuderte.

„Mist!", fluchte er aus voller Brust, machte damit aber nicht viel Eindruck – weder auf das Fohlen noch die Frau, die ihn sowieso nicht sonderlich leiden konnte.

Andrew kam angerannt und griff nach dem Halfter. Deacon ließ los, lehnte sich an den Zaun und versuchte, die schwarzen Flecken vor seinen Augen loszuwerden. „Ahhh, Mist!", keuchte er. „Ich muss das wieder einrenken."

„Ja", sagte Andrew voller Mitgefühl. „Aber geh diesmal erst in die Nähe der nächsten Toilette."

Der plötzliche Schmerz, der Deacon beim Einrenken des Daumens durchfuhr, löste immer einen unüberwindlichen Brechreiz aus. Es war ihm unsagbar peinlich, ließ sich aber nicht verhindern. Das hatten die ersten drei Versuche bewiesen.

Deshalb fühlte er sich nicht besonders gut, als er durch den Waschraum in die Küche stolperte. Crick und Ms. Abernathy sahen ihn erschrocken an. Deacon bemühte sich um ein Lächeln, aber ihm war immer noch schwindlig. Mehr als ein schmerzverzerrtes Zucken der Mundwinkel brachte er nicht zustande.

„Ms. Abernathy. Schön, Sie zu sehen. Crick … ihr habt euch schon kennengelernt. Äh, würden Sie mich entschuldigen, ich … äh …" Die Schmerzen breiteten sich von seinem Daumen in die Hand und dann den ganzen Arm aus. Es brannte höllisch. „Was immer auch aus dem Badezimmer zu hören sein wird, bitte ignoriert es."

„Oh Gott, Deacon", rief Benny, die aus dem Wohnzimmer angerannt kam. „Ist es schon wieder passiert?"

„Ja, Shorty. Kannst du mir helfen? Du kennst dich schon damit aus."

Ohne ihre Antwort abzuwarten, stolperte er zum Badezimmer. Als er dort ankam, legte er den Daumen an den Türpfosten und ließ sich mit seinem ganzen

Gewicht dagegen fallen. Der Daumen renkte sich mit einem lauten Knall wieder ein und Deacon schrie auf vor Schmerz. *Warte ... noch nicht ...*

Er saß auf dem Rand der Badewanne und füllte die Toilette mit seinem Frühstück, als Crick mit einer Bandage ins Zimmer gehumpelt kam.

„Deacon?" Crick hörte sich müde, aber auch leicht amüsiert an. Deacon reagierte nur mit einem weiteren Würgen. Dann blieb er noch kurz mit zitternden Schultern sitzen und atmete tief durch, bevor er den Kopf hob und Crick erschöpft anlächelte.

„Ob du es glaubst oder nicht, aber es geht mir schon wieder besser." Es war die Wahrheit. Wenn er den Daumen fest einbandagierte, würde er in zwei oder drei Tagen nichts mehr davon spüren.

„Ich glaube es eher nicht", erwiderte Crick sanft. Deacon richtete sich auf und klappte den Toilettendeckel nach unten, damit Crick sich setzen konnte. Der setzte sich dankbar hin und zu zweit schafften sie es, den Daumen einigermaßen einzuwickeln und ruhig zu stellen. Es war eine ziemlich unbeholfene Angelegenheit, aber es funktionierte. Als sie fertig waren, nahm Crick Deacons verletzte Hand zwischen seine Hände und streichelte ihm zärtlich mit den Fingern übers Handgelenk.

„Ist sie weg?", wollte Deacon wissen. Cricks Finger an seinem Gelenk übten eine beruhigende Wirkung aus und es ging ihm langsam wirklich besser. Er hatte gesehen, wie Crick in der Küche einige Papiere unterschrieben hatte. Vielleicht hatte Crick – als Bennys Bruder – ja mehr Glück im Umgang mit den Behörden als Deacon, der nur ihr schwuler Schwager war.

„Ja. Als du zu kotzen anfingst, ist sie ziemlich schnell verschwunden. Sie war fürchterlich, Deacon. Es tut mir so leid, was sie dir in meiner Abwesenheit alles angetan haben." Crick sah untröstlich aus. Deacon lächelte ihn zärtlich an, um ihn wieder zu beruhigen.

„Es war nicht so schlimm. Du hast den Scheißkram dein ganzes Leben lang aushalten müssen." Er schloss die Augen und konzentrierte sich auf Cricks Finger, die ihn immer noch streichelten. Ahhh ... Es war ihm so egal, wo sie sich aufhielten. Das einzige, was zählte, war Crick. Er war wieder da und Deacon konnte ihn fühlen.

„Nein, Deacon. Das war schlimmer", widersprach Crick. Deacon sah das nicht so.

„Was hast du unterschrieben? Kann Parry bei uns bleiben?"

„Ja. Ich habe volles Sorgerecht für Benny und Parry. Mir können sie die beiden nicht so schnell wegnehmen, weil wir blutsverwandt sind. Arschlöcher."

Deacon wollte lächeln, aber er hätte sich dabei fast verschluckt. Also nickte er nur.

„Was ist?" Crick kannte ihn immer noch zu gut und wusste sofort, wenn etwas nicht stimmte.

225

„Nichts." Deacon schüttelte den Kopf, seufzte aber resigniert, als Cricks Griff um seinen Arm fester wurde. „Es war ein gutes Gefühl, Parrys Vater zu sein – wenn es auch nur auf dem Papier war. Das ist alles."

Crick sah zu Boden. „Ich kann es nicht ändern, Deacon." Diesmal klappte es mit Deacons Lächeln.

„Solange Benny bei uns bleibt und es uns erlaubt, kann Parry unser Baby sein. Das ist doch genug, oder?"

Cricks ernste Miene ließ ihn um Jahre älter wirken. „Deacon, du solltest mehr vom Leben erwarten und dich nicht immer nur mit den Brotkrümeln zufriedengeben. Ich meine es ernst. Es gibt so viele Dinge, die du dir in deinem Herzen wünschst. Aber du lässt sie nie raus. Ich hätte niemals gedacht, dass du dir Kinder wünschst, weißt du das? Wenn Benny nicht schwanger geworden wäre, dann hätte ich nie erfahren, worauf du verzichtest. Kinder sind eine wichtige Sache. Es ist, als würdest du auf einen Arm oder ein Bein verzichten."

Deacon zuckte mit den Schultern. „Du hättest es schon irgendwann gemerkt. Du bist noch jung. In dem Alter kann man nicht immer nur an andere denken."

Crick runzelte die Stirn und sah ihn finster an. „Und was hast du in dem Alter gemacht?"

Dazu fiel Deacon nichts mehr ein. Er stand auf, um sich die Zähne zu putzen. Es gab noch viel zu tun. Crick sah ihm unglücklich zu. Als Deacon sich wieder einigermaßen frisch fühlte, legte er Crick die Hand auf die Schulter und gab ihm einen Kuss auf den Kopf. „Du hast deine gute Tat für heute erledigt, Carrick. Deine Familie ist jetzt sicherer, als sie es mit mir je war. Wie wäre es, wenn du dich vor den Fernseher legst und ein Nickerchen machst? Dein alter Mann muss noch arbeiten."

„Du bist siebenundzwanzig, Deacon", sagte Crick, aber er konnte schon wieder lächeln.

„Dann habe ich noch einige gute Jahre vor mir", meinte Deacon grinsend und machte sich auf den Weg. An der Tür hielt ihn Cricks Stimme zurück.

„Deacon?"

„Ja?"

„Wirst du mir irgendwann sagen, für was du das Valium gebraucht hast?"

„Nur, wenn ich es nicht verhindern kann", erwiderte Deacon, klopfte mit seiner gesunden Hand zum Abschied an den Türrahmen und verschwand um die Ecke.

UND – AH, lieber Gott – es war so verdammt gut, Crick wieder zuhause zu haben.

Deacon kümmerte sich um Cricks Verbände – es wurden von Tag zu Tag weniger – und sorgte dafür, dass Crick seine Tabletten einnahm. Er tat alles, um ihn wieder gesund zu machen und seine Schmerzen so gering wie möglich zu halten. Crick erholte sich schneller als der Wind.

Er genoss seine erste Dusche, obwohl er sie noch sitzend auf einem Plastikstuhl in der Badewanne nehmen musste. Deacon war dankbar dafür, ihn endlich wieder gesund und frisch unter dem prickelnden Wasser sitzen zu sehen.

„Ich werde Narben zurückbehalten", bedauerte Crick. Deacon konnte ihm nicht widersprechen.

„Aber du wirst wieder laufen können", erwiderte er nachdrücklich. „Und nach der Krankengymnastik kannst du deine Hand wieder gebrauchen. Dann kannst du wieder reiten."

Crick sah kritisch an sich herab. Das warme Wasser lief über seinen Körper. Deacon schäumte ihm mit der antibiotischen Seife die Brust ein und gab sich dabei alle Mühe, die Kanülen in Cricks Brust nicht zu berühren und die Wunden nicht wieder zu öffnen.

„Früher hatte ich wirklich einen schönen Körper", meinte Crick unglücklich und brachte Deacon damit zum Lächeln.

„Ich hätte nie gedacht, dass du so eitel bist, Carrick. Ich finde dich immer noch schön." Und wie schön! Cricks Körper heilte wieder, wen kümmerten da die paar Narben. Er tat alles, um wieder gesund zu werden. Seine Muskeln funktionierten noch und seine langen, schlanken Gliedmaßen bewegten sich auf Kommando. Er konnte sehen, hören und sprechen. Deacon konnte jede Nacht seine zärtlichen Hände spüren, die ihm über die Brust und den Bauch streichelten, um sich wieder mit ihm bekannt zu machen und die Haut eines anderen Menschen unter den Fingerspitzen zu fühlen. Crick konnte alleine sitzen, war hellwach und konnte sich frei bewegen. Es war der schönste Anblick in Deacons Leben.

Crick sah ihn durch das warme Wasser an, das ihm übers Gesicht lief. „Deacon, wie lange liebst du mich schon?", wollte er wissen.

Deacon wusste, dass er schon wieder rot wurde, konnte es aber nicht verhindern. Er zog den Duschvorhang zu und wischte umständlich das Wasser vom Fußboden auf.

„Spielt das eine Rolle?", fragte er, weil Crick immer noch auf eine Antwort wartete.

„Nur deshalb, weil es noch eine der Sachen ist, die ich nicht wusste, als ich glaubte, dich zu verführen", erwiderte Crick. Heute Nacht wollte er Deacon wieder fühlen. Er war schon stark genug, um alleine zu laufen – wenn auch noch langsam – und bei einfachen Arbeiten im Haushalt zu helfen, wofür Benny ihm sehr dankbar war. Er konnte noch nicht auf das Baby aufpassen, das zu schnell für ihn war. Aber Parry saß gerne an seiner Seite und ließ sich Geschichten erzählen (nur singen durfte er nicht). Deacon fiel auf wie jung und doch müde und traurig sich Cricks Stimme anhörte. Nachdem er Crick wieder ins Bett gebracht hatte, würde er in den Stall zurückgehen müssen, wo die Arbeit liegen geblieben war. Er hatte kaum die Kraft für mehr, als sich über Cricks Rückkehr zu freuen.

„Das hört sich an, als ob ich Geheimnisse vor dir hätte, Crick." Der Gedanke war absurd. „Falls es dir noch nicht aufgefallen ist – ich bin ein sehr einfacher

Mensch." Er wurde von einer unerklärlichen Furcht erfasst und riskierte einen Blick hinter den Duschvorhang. „Oder hast du Angst, ich würde dir langweilig werden?"

Crick grinste ihn an, ohne sich seiner Nacktheit oder seine Narben zu schämen. Jedenfalls jetzt noch nicht. „Niemals. Ich werde vielleicht wütend auf dich oder ungeduldig, weil du keine Frage direkt beantworten kannst. Aber ich werde mich mit Sicherheit nie mit dir langweilen."

Deacon schüttelte verlegen den Kopf. „Du machst alles so dramatisch", murmelte er. „Es gibt wirklich keinen Grund für so viel Aufregung, nur weil ich dich schon liebe, seit du als Kind das erste Mal einen Fuß auf die Ranch gesetzt hast."

Das Grinsen verschwand aus Cricks Gesicht. Er wirkte plötzlich so offen und verletzlich wie der kleine Junge, den Deacon vor vielen Jahren kennengelernt hatte. „Und du behauptest, *ich* hätte *dich* um den Verstand gebracht. Verdammt, Deacon – kannst du mich bitte das nächste Mal warnen, bevor du so etwas sagst und ich einen Herzanfall bekomme?"

Deacon drehte grinsend das Wasser ab und hielt Crick, der sich vorsichtig von dem Stuhl erhob, ein frisches Handtuch hin. „Vielleicht solltest du dich langsam daran gewöhnen, dass man dir Komplimente macht."

Er wickelte Crick in das Handtuch ein wie ein zu groß geratenes Kind. Der lehnte sich an ihn und ließ sich zum Bett führen. Nach etlichem Hin und Her, das mit einigem Grapschen von Crick verbunden war, gelang es ihnen, Crick trocken und mit einem Pyjama bekleidet wieder ins Bett zu packen.

Crick gab sich alle Mühe, nicht sofort einzuschlafen. „Kommst du zu mir ins Bett, Deacon?" Es war eine berechtigte Frage. Die Ranch und die Büroarbeiten waren sehr zeitaufwendig, von der Pflege Cricks gar nicht zu reden. Deacon war in den letzten Wochen erst sehr spät ins Bett gekommen und in aller Frühe wieder aufgestanden, um sein Arbeitspensum zu schaffen.

„Ich muss noch einiges erledigen. Ich komme gleich nach", sagte er lächelnd. Crick war erst vor gut einer Woche zurückgekommen, aber es erfüllte Deacon immer noch mit einer unbändigen Freude, ihn in ihrem gemeinsamen Bett liegen zu sehen.

Heute Nacht jedoch sah Crick ihn nur auf eine stille, intensive Art an, die Deacon etwas aus dem Gleichgewicht brachte. „Deacon, dir ist doch klar, dass du irgendwann mit mir reden musst, nicht wahr? So viel kannst du gar nicht zu tun haben, um dem auf Dauer auszuweichen."

Deacon zog seufzend einen Stuhl ans Bett und setzte sich hin. „Im Moment leider doch. Über was willst du mit mir reden?"

Crick schüttelte müde den Kopf und ihm fielen wider Willen die Augen zu. „Zum Beispiel darüber, dass du immer noch nicht zugenommen hast."

Deacon sah an sich herab. Er fand, dass er schon wieder viel besser aussah. Beim letzten Familientreffen hatte er sich gewogen – es war mittlerweile zu einem Ritual geworden – und war auf einundsiebzig Kilo gekommen. Das war immer noch etwas wenig, aber langsam ging es aufwärts. Allerdings war das vor dem Anruf aus Deutschland gewesen, und seitdem schien er wieder abgenommen zu haben.

„Das ist nur, weil ich mir Sorgen um dich gemacht habe, du Idiot. Wenn du mir versprichst, dich nicht wieder in die Luft jagen zu lassen, dann esse ich alles, was du willst. Speck, Käse, Kekse – was auch immer."

„Untergewicht ist nicht gut für dein Herz, Deacon", sagte Crick ernst. „Du weißt doch – das gleiche Herz, das Parish hatte?"

Autsch. Deacon wusste genau, warum Crick ihn daran erinnerte. Es war seine Angst, von Deacon auch verlassen zu werden. Sie würden diese Angst nie überwinden können. Niemals.

„Mein Cholesterinspiegel ist in Ordnung", erwiderte Deacon leise. „Es gibt für nichts eine Garantie, Crick. Ich kann dir nur versprechen, so gesund wie möglich zu leben. Aber ich kann dir nicht garantieren, dass nie etwas passieren wird. Mein Gott, das einzige, was ich dir nach den Erfahrungen der letzten beiden Jahre versprechen kann, ist, dass wir hier wahrscheinlich nie wieder eine Heuschreckenplage bekommen."

Crick lachte leise und gab es auf, die Augen offen halten zu wollen. Deacon stand auf und küsste ihn – erst auf die glänzenden, hellen Narben im Gesicht, weil er die auch liebte, dann auf den Mund. Crick öffnete den Mund und … Ohhh, das hatten sie noch nicht gemacht. Cricks Atem roch nach frischer Minze und sein Mund war warm. Für einen kurzen Augenblick schloss Deacon die Augen und überließ sich seinem Kuss.

Es erinnerte ihn daran, wie lange er nicht mehr berührt worden war – richtig berührt, am ganzen Körper. Es erinnerte ihn daran, wie sehr er Crick vermisst hatte nach den beiden kurzen Wochen, die sie vor zwei Jahren zusammen gehabt hatten. Allein das Wissen, dass Crick ihm gehörte, ließ ihn hart werden vor Begehren und seine Bauchmuskeln zogen sich schmerzhaft zusammen.

Crick schnappte keuchend nach Luft und wurde wieder wach. Er legte Deacon die Arme um den Hals und zog ihn an sich. Deacon fragte sich, ob er wohl eine Medaille überreicht bekommen würde, wenn er jetzt standhalten konnte.

„Ahhh … Gott, Carrick … Ich muss gehen!"

„Deacon!", jammerte Crick und Deacon hätte fast nachgegeben. Er strich Crick mit dem Daumen über die Lippen.

„Wann werden die Kanülen entfernt?", fragte er, obwohl er die Antwort genau wusste.

„In drei Tagen", erwiderte Crick schmollend. Deacon grinste.

„Nun, dann werden wir in drei Tagen etwas zu feiern haben. Ich kann dir keine Sensationen versprechen, aber ich werde mir auf jeden Fall im Kalender mit Bleistift einen ‚Termin mit Crick' eintragen. Einverstanden?"

Crick sah ihn mit funkelnden Augen an. „Wie schön, in Zusammenhang mit einem Bleistift erwähnt zu werden."

Deacon musste laut lachen und warf einen verspielten Blick unter die Bettdecke. Oh ja, das war mehr als ein Bleistift, der sich in Cricks weißer Unterhose abzeichnete. Er steckte den Kopf unter die Decke und küsste ihn. Die Baumwolle war weich und schmeckte frisch gewaschen. Dann ließ Deacon die Decke wieder fallen und verschwand, immer noch lachend, aus dem Schlafzimmer. Crick blieb wimmernd und leise stöhnend zurück.

Als Deacon in den Stall kam, holte ihn die Wirklichkeit wieder ein.

Er, Andrew und Patrick hatten so lange und so viel gearbeitet, wie ihre Kräfte es zuließen. Trotzdem hatte er noch ein oder zwei Stunden Arbeit vor sich, um die Boxen auszumisten. Er hatte Andrew versprochen, damit bis morgen zu warten; aber dazu war keine Zeit. Morgen musste er sich in der Zeit, die er normalerweise im Stall verbringen würde, mit Jon um die Vorbereitung der Gerichtsverhandlung kümmern. Andrew und Patrick hatten auch noch anderes zu tun und konnten diese Arbeit nicht zusätzlich übernehmen.

STUNDEN SPÄTER fand Benny ihn in einer Ecke des Stalls. Er hatte sich auf eine Mistgabel gestützt und war im Stehen eingeschlafen.

„Verdammt, Deacon", fluchte sie und weckte ihn. Er ließ die Mistgabel fallen und wäre fast umgefallen. Benny zog die Jacke, die sie über ihrem Nachthemd trug, vor der Brust zusammen und kam in ihren Flip-Flops vorsichtig auf ihn zu. Deacon hob die Mistgabel auf, aber Benny riss sie ihm aus der Hand.

„Benny …"

„Leck mich, Deacon. Crick hat mich geweckt, weil du vor drei Stunden verschwunden bist und nur einige Minuten bleiben wolltest. Jetzt schau dir das an … Du bist im Stehen eingeschlafen, verdammt!"

Deacon runzelte die Stirn. „Hast du gerade gesagt, ich soll dich lecken?"

„Ich bin stocksauer!", fuhr sie ihn an. „Zwei Jahre lang hast du wegen meinem Bruder rumgeheult wie ein verlassenes Hündchen, und jetzt kannst du keine zehn Minuten mit ihm im gleichen Zimmer verbringen!"

Deacon zuckte schuldbewusst zusammen. Sein Verstand war noch etwas träge, deshalb rutschte ihm heraus, was er lieber für sich behalten hätte. „Es wird ihm nicht viel helfen, wenn wir unser Zuhause verlieren, kaum dass er wieder bei uns ist!"

Benny starrte ihn an und holte tief Luft. Dann lehnte sie die Mistgabel vorsichtig an die Wand. Es war Frühling und Shooting Star verbrachte die Nacht auf der Weide. Bei seinem Temperament war das wahrscheinlich auch gut so.

„Deacon, so sehr wir alle die Ranch lieben – du weißt genau, ohne dich ist sie nicht mehr unser Zuhause."

Deacon wurde rot. Das war eines der nettesten Komplimente, die er je bekommen hatte. „Ich habe deinem Bruder versprochen, dass er hier immer ein

Zuhause hat", erwiderte er, weil ihr Kompliment seine Ehrlichkeit verdient hatte. „Ich … ich kann ihn jetzt nicht im Stich lassen."

Benny schüttelte traurig den Kopf. „Nun, warum hast du mich dann nicht um Hilfe gebeten und …"

„Weil du schon viel zu viel tust!", wies er sie zurecht. „Du bist hier nicht zum Arbeiten. Du bist noch jung und du hast das Baby. Du brauchst auch Freizeit!"

„Und du etwa nicht, Deacon?", fragte sie erschöpft.

„Dein Bruder ist wieder in Sicherheit", sagte er lächelnd. Dann fügte er seufzend hinzu: „Aber du hast recht. Ich werde den Rest morgen erledigen."

„*Ich* werde den Rest morgen erledigen", knurrte Andrew, der in seinen Schlafanzughosen und einem T-Shirt den Stall betrat. Seine helle, unbedeckte Prothese kontrastierte scharf mit seinem gesunden, kaffeebraunen Fuß. Benny starrte ihn mit weit aufgerissenen Augen fasziniert an.

„Du hast morgen schon genug zu tun", murmelte Deacon. „Tut mir leid, dass wir dich geweckt haben."

„Mir auch. Geht jetzt ins Bett." Er blieb stehen und sah Benny an, die ihn immer noch interessiert betrachtete. „Was ist? Willst du etwas wissen?"

Benny grinste ihn an. „Hätten sie das nicht passend anstreichen können?"

Andrew grinste zurück. Seine dunklen Augen funkelten amüsiert. „Ich hätte nicht erwartet, das jemals gefragt zu werden. Die meisten Leute schauen lieber weg, deshalb fällt es ihnen nicht auf."

„Aber mir ist es aufgefallen", erwiderte sie ungerührt. Andrew ging auf sie zu und fuhr ihr mit der Hand durch die Haare.

„Ich werde den Arzt bei meinem nächsten Besuch danach fragen. Jetzt verschwindet schon und legt euch schlafen. Und … Deacon?"

Deacon blinzelte ihn verblüfft an. Er war schon wieder eingenickt, obwohl die beiden schamlos vor ihm geflirtet hatten. „Hmm?"

„Ich füttere morgen früh die Pferde. Du schläfst aus."

Ihm fiel kein Grund mehr ein, Andrew zu widersprechen. „Das hört sich gut an."

Es hätte auch gut sein können, wenn er nicht einen wachen und verärgerten Crick vorgefunden hätte, als er nach seiner Dusche ins Schlafzimmer kam.

„Es tut mir leid", murmelte er erschöpft. Cricks böse Blicke hielten Deacon davon ab, sich an ihn zu kuscheln.

„Deacon! Es ist schon nach zwei Uhr! Was hast du noch getrieben?"

„Ausgemistet", erwiderte Deacon kurz angebunden. Dann kroch er unter die Decke und rollte sich zusammen.

„Deacon", fuhr Crick beharrlich fort. Nach drei Stunden Schlaf konnte er sich das wahrscheinlich leisten. „Du arbeitest dich noch zu Tode. Ständig hast du Besprechungen mit Jon, über die du mir nichts erzählst. Wir leben von Erdnussbutter und Ramen-Nudeln. Meinst du nicht, dass es langsam an der Zeit wäre, mich in eure Probleme einzuweihen?"

Deacon knurrte leise. „Die Erdnussbutter und die Ramen-Nudeln waren Bennys Idee. Ich habe ihr gesagt, dass sie nicht am Essen sparen soll. Aber sie hat gesagt, es könne nicht schaden."

„Du hast meine Frage nicht beantwortet."

Deacon verkroch sich tiefer ins Bett. Er wollte nur noch schlafen, danach könnten sie über alles reden. *Bitte, Crick. Nur ein paar Stunden Schlaf, dann sage ich dir alles. Ich muss doch unseren Arsch retten.*

„Weil ich es nicht will", gab Deacon zu. „Tut mir leid, dass es so lange gedauert hat …"

„Seit wann dauert ausmisten so lange?" Crick ließ nicht locker. Deacon wusste, was auf ihn zukam.

„Seit ich bei der Arbeit eingeschlafen bin", sagte er gähnend. Crick schien zu erkennen, dass es kein Scherz gewesen war, denn die Matratze bewegte sich leicht, und dann legte sich ein bandagierter Arm um Deacons Brust und drückte ihn sanft.

„Deacon, du willst mich immer vor allem abschirmen. Ich kann das verstehen. Aber es kommt mir manchmal vor, als ob du mich anlügen würdest, und das hasse ich. Ich bin kein Kind mehr. Wenn ich die Bandagen nicht mehr brauche, kann ich euch auch helfen!" Deacon machte Crick keinen Vorwurf für seinen schmollenden Tonfall. Er streichelte über den Verband und dachte nach.

„Wenn du wieder auf den Beinen bist, werde ich dir alles erzählen", bot er Crick großzügig an. „Aber jetzt müssen wir beide schlafen."

„Nein. Keiner von uns wird schlafen, bevor ich nicht die Wahrheit weiß." Oh Gott. Crick hatte sich offensichtlich festgebissen.

„Worüber?", schnappte Deacon ihn an, weil er zu müde war, um noch geduldig zu sein.

„Keine Ahnung, Deacon. Alles? Wie war der Entzug?"

Deacon fuhr wie von der Tarantel gestochen in die Höhe. Cricks bandagierter Arm wurde mit hochgerissen und rutschte dann über Deacons Brust nach unten. „Beschissen", knurrte Deacon. Er war zu überrascht, um nicht ehrlich zu sein. „Woher weißt du darüber Bescheid?"

Cricks dunkle Augen glänzten unglücklich. „Ich habe es mir denken können. Du hast Valium im Medizinschrank. Außerdem weigern sich Andrew und Benny, Bier im Haus zu haben. ‚Alkohol ist nicht gut für mich' hast du geschrieben. Ich bin ein Idiot, sonst hätte ich es schon früher gemerkt."

„Was haben sie dir gesagt?", wollte Deacon wissen. Erschrocken dachte er darüber nach, dass die anderen auch nicht alles erfahren hatten. Benny wusste, dass er einige Zeit viel getrunken und dabei abgenommen hatte. Sie wusste nichts über die Episode, als er nackt und vollgekotzt in der Badewanne gelegen und Jon um eine Valium angebettelt hatte. Sie wusste auch nichts über die drei Tage, die er zitternd im Bett verbracht und nur mit Hilfe der Tabletten hatte überstehen können.

In der ersten Woche nach ihrem Einzug hatte er kaum die Pferde allein füttern können.

„Benny hat mir erzählt, dass du ein hoffnungsloser Alkoholiker warst. Und dass du den Spirituosenladen ohne eine einzige Flasche verlassen hast, nachdem sie mit dir gesprochen und dir ihre Schwangerschaft gestanden hat." Crick hörte sich wütend an, weil Deacon nicht offen zu ihm gewesen war. Deacon war erleichtert, dass Crick nicht mehr von Benny erfahren hatte.

„Es war nicht gerade einer meiner besten Momente", murmelte er. „Können wir das nicht für heute Nacht vergessen?"

„Du hast mir noch nichts über den Entzug erzählt", sagte Crick beharrlich. Deacon zog die Knie hoch und rieb sich mit der Hand übers Gesicht.

„Es war ein unvergleichliches Erlebnis, ja? Zwei Wochen voller Spaß und Freude, wie sie mein Körper noch nie erlebt hat. Und hoffentlich nie wieder erleben wird. Bitte …" Deacons Stimme zitterte. „… bitte, Carrick. Ich möchte dir die Geschichte nicht erzählen. Du hast immer viel von mir gehalten, nicht wahr? Du hast immer gedacht, ich wäre etwas Besonderes. Ich will dir nicht erzählen, dass ich eine einzige zitternde Masse Kotze war. Ich habe Angst davor, dass du mich in Zukunft immer noch so sehen wirst. Wenn du willst, kann ich auf der Couch schlafen … Wenn du nicht ertragen kannst, was ich war, dann … Ich kann auf der Couch schlafen und du musst nicht mehr warten, bis ich ins Bett komme. Aber …" Verdammt. *Reiß dich zusammen, Deacon. Du hast noch viel zu tun, und für den Mist ist es jetzt sowieso zu spät. Reiß. Dich. Zusammen.* „Zwinge mich nicht dazu, es dir zu erzählen."

Deacon zitterte. Er bebte am ganzen Körper, als er die Arme um die Knie schlang, um sich wieder einigermaßen zu beruhigen. Crick setzte sich an seiner Seite unbeholfen auf.

„Ich habe doch gesagt, dass ich auf der Couch schlafen kann", murmelte Deacon und wollte das Bett verlassen. Aber Cricks Stimme hielt ihn zurück. Sie klang wie ein Peitschenschlag.

„Untersteh dich, dieses Bett zu verlassen, Deacon Winters." Er schlang seinen gesunden Arm um Deacons Schultern und zog ihn steif an die Brust. Deacon zögerte, aber Crick gab ihm einen Kuss auf die Schläfe. „Bitte? Bitte, Deacon – sei mir nicht böse und bleib bei mir. Rede mit mir", murmelte er.

„Crick …" Deacon konnte nicht aufhören zu zittern. „Es geht mir gut, ja? Ich brauche nur einige Stunden Schlaf."

„Es geht dir nicht gut", widersprach Crick, legte sich wieder hin und zog Deacon mit sich. „Du redest, als würde ich meine Meinung über dich ändern können, nur weil ich die Wahrheit erfahre. Ich habe das Gefühl, dass du mit nicht vertraust, Deacon … und das tut weh."

Oh Gott, Crick fühlte sich so gut an. Er war so stark – vielleicht stark genug, um Deacon einen Teil der Probleme abzunehmen, die ihm auf den Schultern lasteten. „Das darfst du niemals denken, Crick", flüsterte er. „Ich vertraue dir. Aber ich will dich nicht verletzen." Gott, er war so unendlich müde. Es tat gut, sich für einen Augenblick an Crick anzulehnen. Das Zittern war noch nicht verschwunden, aber es wurde von Sekunde zu Sekunde weniger.

„Du willst mich nicht verletzen?"

„Mhmm." Er lag auf Crick und ihm fielen die Augen zu. Cricks warmer Körper und sein Atem, der sanft über Deacons Haare blies, hatten eine hypnotische Wirkung.

„Dann gib *einmal* zu, dass es dir nicht gut geht. Nur ein einziges Mal."

Deacon stöhnte leise und schmiegte sich enger an Crick. „Aber es geht mir gut", murmelte er. „Im Moment geht es mir wunderbar."

Soweit er sich später erinnern konnte, was das das Ende ihrer Unterhaltung. Crick musste Mitleid mit ihm bekommen haben.

21
THERAPIE

CRICK SAß auf dem Beifahrersitz des Trucks und fragte sich, warum er sich so beschissen fühlte. Er hatte doch nichts anderes getan, als Deacon beim Wort zu nehmen. *Es war verdammt übel, Crick. Was soll ich sonst dazu sagen?* Der Sturkopf hatte ihm von dem Entzug erzählt. Gewissermaßen. *Patrick hat mich am Morgen gefunden. Ich war ziemlich hinüber. Jon hat das Valium besorgt und mir geholfen, das Haus wieder einigermaßen in Ordnung zu bringen. Können wir die Sache nicht einfach vergessen?*

Es war wieder ein langer Tag gewesen. Dieses Mal war es Crick, der auf der Suche nach Deacon in den Stall gegangen war, wo er ihn stehend K. O. vorgefunden hatte. Deacon hatte sich geweigert, mit ins Haus zu kommen und sich ins Bett zu legen. Er hatte geduscht und Crick mit Küssen bedeckt, dann waren sie ins Büro gegangen, um die Papiere zu unterschreiben, die Jon ihnen in der Zwischenzeit gefaxt hatte.

Crick musste erst das schmerzhafteste aller Themen anschneiden, um Deacon dazu zu bewegen, die Abrechnungen zu vergessen und sich umarmen zu lassen.

Wahrscheinlich hätte ich mir erst eine Kanüle aus der Brust reißen müssen, damit er endlich die Arbeit sein lässt und etwas Zeit mit mir verbringt, dachte Crick bitter. Er glaubte Deacon, dass der ihm nicht absichtlich aus dem Weg ging. Es war schwer, Deacon nicht zu glauben, wenn der einen Untersuchungstermin beim Arzt fast wie einen Ausflug in den Zirkus behandelte.

„Was hältst du davon, wenn wir anschließend gut essen gehen?", hatte Deacon aufgeregt gefragt, als sie von der I-50 auf die I-5 wechselten. Crick hatte nur gegrinst, weil er Deacon seine gute Laune nicht verhageln wollte.

„Auf jeden Fall. Ich könnte sterben für ein gutes Steak. Und wir können für Benny neue Lebensmittel besorgen, bevor wir wieder zurückfahren."

Deacon sah ihn mit großen Augen an. „Oh Mann, die Kekse mit der Puddingfüllung! Ich habe mich schon immer gefragt, wo sie die entdeckt hat. Sie sind absolut köstlich."

Crick musste lachen. Gegen Deacons süßen Zahn war kein Kraut gewachsen. Und auch der Rest von ihm war einfach nur süß, selbst wenn es manchmal besonderer Tricks bedurfte, um es aus ihm herauszulocken. Es war den Aufwand wert.

Deacon kam mit in das Behandlungszimmer. Er hatte höflich darum gebeten, und da Deacon für den Verbandswechsel zuständig war, hatte niemand etwas dagegen einzuwenden gehabt. Crick saß, nur in seine Unterhose bekleidet, auf der Liege und wartete zuversichtlich auf das Urteil des Arztes. Der korpulente Mann – er war um die fünfzig und sein Haar schon etwas schütter – begutachtete das rosa glänzende Narbengewebe und nickte zufrieden.

„Sehr schön. Wer immer sich um Sie gekümmert hat, Leutnant Francis, er hat hervorragende Arbeit geleistet. Wir können jetzt auf die Verbände verzichten, außer für den Fall, dass ihre Kleidung die Narben wund scheuert und …"

„Das tut sie nicht", unterbrach ihn Crick erleichtert. Der Arzt hatte endlich die Kanülen entfernt und alles, was davon übrig geblieben war, waren zwei weiße Pflaster, die durch die frischen Wunden der Einstichöffnungen etwas blutgetränkt waren. Wenn Crick nicht noch die Schmerzen in seinem Arm und der Hüfte gehabt hätte, er hätte sich fast wie neu geboren gefühlt, nachdem er endlich die vielen Verbände und Bandagen los war.

Sein Arm war allerdings kein schöner Anblick.

Die Haut war … nun, sie sah verzerrt und faltig aus. Als hätte sie jemand ausgewrungen und dann vergessen, sie zu bügeln. Die Muskeln in dem Arm und der Hand waren steif und angespannt. Er konnte die Hand kaum öffnen und sie sah aus wie die Kralle eines Raubvogels. Am liebsten hätte Crick sie wieder verbunden, nur um sie nicht sehen zu müssen.

Er wollte gar nicht daran denken, mit der Hand die Zügel eines Pferdes halten zu müssen.

Aber weder der Arzt noch Deacon schienen sich darüber größere Sorgen zu machen. Der Arzt hob Cricks Hand mit professionellem Griff hoch und streckte die Finger aus. Dann musste Crick sie wieder zusammendrücken. Der Mann bewegte Cricks Finger noch etwas hin und her, um ihre Beweglichkeit zu testen. Zufrieden erklärte er alles für ‚in Ordnung'.

„Gut, Leutnant. Es sieht noch schlimmer aus, als es wirklich ist. Die Muskulatur ist ziemlich angegriffen, aber grundsätzlich gesund. Meine Kollegen im Krankenhaus haben Sie wirklich hervorragend zusammengeflickt. Sie brauchen nur noch Physiotherapie, um die Beweglichkeit wieder herzustellen. Ich werde Ihnen alles Nötige dazu vorbereiten." Er ging zu seinem Computer und tippte einige Minuten. „So, jetzt haben Sie schon heute den ersten Termin. Jeff ist zurzeit im Haus und kann Sie gleich einschieben. Sie haben noch genügend Zeit, vorher den nächsten Termin zu verabreden und etwas trinken zu gehen. Hier ist der Ausdruck. Jeff wird die Hand massieren und ihnen einige Übungen zeigen, die die Muskulatur stärken. Danach können Sie die Termine bei ihm in seiner Praxis in Citrus Heights wahrnehmen. Wie hört sich das an?"

Deacon wirkte fast enttäuscht und Crick zwinkerte ihm aufmunternd zu. „Keine Sorge, Deacon. Wir finden schon Gründe, um wieder nach Sacramento zu kommen."

Deacon wurde rot und erinnerte Crick mit seiner Reaktion daran, dass er den Arzt noch etwas fragen wollte. „Deacon, könntest du uns bitte kurz allein lassen?"

Deacon sah ihn überrascht an. Aber da er Deacon war, erfüllte er Cricks Wunsch. Crick war darüber sehr erleichtert, denn wenn Deacon den nächsten Teil ihrer Unterhaltung gehört hätte, wäre er seinen roten Kopf wahrscheinlich vor Weihnachten nicht mehr losgeworden und Crick hätte ihn nie wieder nackt gesehen.

„Er hat sich wirklich hervorragend um Sie gekümmert", meinte der Arzt, als Deacon das Zimmer verlassen hatte. „Ist er Ihr Bruder?"

Crick verzog das Gesicht. „Sie sind mein persönlicher Arzt, nicht wahr?"

Der Arzt nickte verwirrt.

„Sie sind also nicht verpflichtet, der Armee alles über mich zu berichten, oder?"

Der Arzt nickte wieder, war aber offensichtlich immer noch im Unklaren über den Verlauf dieses Gesprächs. „Solange Sie weder für sich noch andere eine Gefahr darstellen, bleibt alles hier unter uns, mein Sohn. Warum? Was haben Sie auf dem Herzen?"

Crick seufzte erleichtert. „Gut. Die Sache ist nämlich so … Der Mann ist *nicht* mein Bruder und ich bin lieber der Bottom. Wenn Sie mir nicht eine offizielle Erlaubnis für diese Art von Sex geben, wird er mich nie wieder anfassen. Also, wie sieht es aus?"

Crick war nicht auf die Reaktion des Arztes vorbereitet gewesen. Dem Mann traten fast die Augen aus dem Kopf und er brach in einen längeren Hustenanfall aus. Aber nach einigen Minuten bekam Crick die schriftliche Erlaubnis, sich von Deacon ficken zu lassen, bis er um Gnade schrie (obwohl der Arzt es in etwas anderen Worten beschrieb). Es bestand keine Gefahr mehr, dass seine empfindlichen Innereien auf irgendeine Art und Weise geschädigt werden konnten. Crick nahm das kleine Stück Papier dankbar entgegen und plante, es in einem strategisch günstigen Moment hervorzuzaubern. Als sie sich auf den Weg zur Krankengymnastik machten, war er bester Laune.

Der Physiotherapeut, Jeff Beachum, war der schwulste Mann, dem Crick jemals über den Weg gelaufen war. Er zwitscherte beim Reden und seine Hüften wackelten beim Gehen, dass Marylin Monroe noch von ihm hätte lernen können. Die unverhohlene Lust in seinen Augen, als er Deacon erblickte, ließ den feuerrot werden und fluchtartig das Zimmer verlassen – angeblich, weil er sich dringend eine Cola besorgen musste. Crick blieb allein in dem kleinen Behandlungszimmer zurück, in dem sich eine Liege, Massagegeräte und Jeff befanden, der kicherte, als würde er gleich in die Hose pinkeln und der wahrscheinlich der einzige Mann auf der Erde war, der Crick wie einen Macho wirken ließ.

„Vielen Dank", sagte Crick und gab sich alle Mühe, ernsthaft zu wirken. In Wirklichkeit war er erleichtert, Jeff kennenzulernen. Er fand den Mann sogar bezaubernd. Nach seinen Erfahrungen in Levee Oaks und bei der Armee hatte er schon fast den Eindruck gewonnen, dass er und Deacon die beiden einzigen schwulen Männer im Universum wären. „Und wer nimmt mich jetzt vor dir in Schutz?"

Jeff grinste ihn strahlend an. „Oh Püppchen, wenn du auch nur das leiseste Wimmern von dir gibst, wird dein heißes Testosteronpaket schneller von dem Getränkeautomat zurück sein, als du gucken kannst. Jetzt setzt dich hin, zieh dein Hemd aus und strecke den Arm aus, ja?"

Crick folgte den Anweisungen und Physiotherapeut Beachum begann mit der Behandlung, die sich von der des Arztes nur dadurch unterschied, dass sie engagierter und kraftvoller war. Crick musste die Zähne zusammenbeißen, um nicht zu stöhnen.

„Wie hast du es so schnell gemerkt?", fragte er keuchend. „Mir ist es erst aufgefallen, als ich schon erwachsen war. Und auch dann musste er es mir erst ausdrücklich sagen."

Jeff lachte. „So. Jetzt die Finger spreizen. Weiter. Noch weiter, verdammt. Wenn du die Finger nicht richtig bewegen kannst, wirst du dir nie wieder einen runterholen können, verstanden?"

Damit brachte Jeff ihn so aus dem Tritt, dass Crick es tatsächlich schaffte, seine verkrampfte Krallenhand zu öffnen.

„Siehst du? Man muss nur motiviert genug sein, schon klappt es wieder. Was deine Frage angeht – deinem Freund habe ich es auch nicht angesehen. Aber dir. Du siehst aus, als hätte dir jemand ,für den Mann strecke ich jeden Tag den Arsch in die Luft und sonntags sogar zweimal' auf die Stirn tätowiert."

„Gott sei Dank", meinte Crick und atmete tief durch. Dass Jeff seine Hand losgelassen hatte, war nur einer der Gründe für seine Erleichterung. „Ich dachte schon, der Arzt hätte mittlerweile die gesamte Belegschaft informiert."

Jeff lachte wieder überschwänglich. Es schien eine Angewohnheit von ihm zu sein, aber Crick wollte sich nicht darüber beschweren. Deacons Lachen war leise und zurückhaltend, da war Jeff mit seiner intensiven Art eine nette Abwechslung. „Warum? Was hast du Herbert denn erzählt? Er ist sonst nicht so leicht aus der Ruhe zu bringen."

Crick wiederholte die Unterhaltung mit dem Arzt und Jeff hörte tatsächlich für kurze Zeit auf, die Sehnen in Cricks Arm zu foltern. Stattdessen legte er die Hände in den Schoß und brach in fröhliches Gelächter aus. „Oh, mein Gott! Bitte, du musst mir erlauben, ihn damit auf die Schippe zu nehmen! Bitte, bitte, bitte! Bitte, bitte mit einer Kirsche obendrauf, ja?"

Crick grinste ihn breit an und Jeff legte sich mit einer dramatischen Geste die Hand aufs Herz. „Es kommt ganz darauf an, von wessen Kirsche du redest", erwiderte Crick lachend. Jeff lachte noch lauter und Crick meinte: „Mach schon und tu dir keinen Zwang an. Ich verstehe sowieso nicht, was daran so lustig ist."

„Was daran so lustig ist? Dass Herbert unerschütterlich ist. Er ist gewissermaßen eine Legende. Sein Sohn hat es uns bestätigt. Er hat sich seinem Vater geoutet, als der ihn in die Fakten des Lebens eingeweiht hat. Herbert war voll in Fahrt mit seinem Vortrag über Kondome – ‚sie schützen gegen Krankheiten und unerwünschte Schwangerschaft und sind deshalb immer eine gute Idee' – als der Junge ihn unterbrach und zu ihm sagte: ‚Dad, mach dir keine Sorgen über eine unerwünschte Schwangerschaft. Ich bin schwul'. Und Herbert, ohne auch nur Luft zu holen, hat einfach weitergeredet und gesagt: ‚In diesem Fall kommen wir jetzt zum Thema Gleitmittel, weil du das auch wissen solltest'. Schätzchen, Herbert sprachlos zu machen, ist nahezu unmöglich. Du bist kein gewöhnlicher Mensch, du bist ein Wunderwerk der Schöpfung."

Crick lachte leise und wurde dann wieder ernst. „Ja, da würde Deacon dir wahrscheinlich sogar zustimmen. Warum auch immer."

Jeff brummte zustimmend und drückte dann so unvermittelt Cricks Arm nach oben, dass dem fast schwarz vor Augen wurde. „Ja? Dann muss es sehr schwer für ihn gewesen sein, als du zur Armee gegangen bist. Erzähl mir darüber, Baby. Ich bin ganz Ohr."

Als sie mit der ersten Sitzung zu Ende waren, konnte Crick sich nicht erinnern, wann er jemals so viel gelacht hatte und er fühlte sich leichter ums Herz. Jeff half ihm nach der letzten, besonders grausamen Übung, das Hemd wieder anzuziehen und Crick ließ sich erschöpft auf den Stuhl fallen. „Oh, Mann. Bezahlen sie dich eigentlich extra für deine psychologischen Verdienste? Ich habe seit Jahren nicht mehr so viel geredet."

Jeff senkte bescheiden seinen dunkelhaarigen Kopf. „Das ist alles im Service inbegriffen, mein Junge." Er sah Crick mit funkelnden Augen an. „Ehrlich. Die meisten Heimkehrer haben viel auf dem Herzen, das sie loswerden müssen. Ich hoffe, es hat dir die körperlichen Schmerzen, die ich dir zumuten musste, etwas erträglicher gemacht."

Crick nickte begeistert. Ja, es war anstrengend gewesen. Er versuchte, seine Finger zu bewegen. Es tat weh, aber es ging. Damit hatte er nicht gerechnet. Jeff nickte ihm aufmunternd zu.

„Gut. Mach weiter so. Und wenn du der Hand etwas extra Gutes tun willst, solltest du anfangen, zu stricken oder zu spinnen. Es gibt viele Fälle, in denen deine Art von Verletzung wieder vollkommen geheilt worden ist. Es dauert einige Jahre und es ist nicht sehr angenehm, aber wenn du dir Mühe gibst, dann kannst du wieder alles mit der Hand machen, was du willst. Ich kenne eine Frau, die strickt sogar wieder Spitzendeckchen."

Crick verdrehte die Augen. „Spitzendeckchen? Ich weiß ja nicht. Aber meine Schwester strickt viel. Sie könnte es mir beibringen. Im Moment interessiert es mich mehr, ob ich irgendwann wieder den Stall ausmisten kann. Was meinst du?"

Jeff sah ihn erstaunt an und wollte mehr hören. „Es ist wirklich ein besonderer Tag, wenn ich jemanden darauf vorbereiten soll, wieder Pferdemist zu schippen, Leutnant. Gibt es einen besonderen Grund, warum das auf deiner Liste steht?"

239

„Deacon braucht meine Hilfe. Ich würde alles dafür geben, dass er wieder mehr als vier Stunden Schlaf findet", erklärte Crick frustriert. Jeff zog die Augenbrauen hoch und sah ihn nachdenklich an.

„Das ist der süßeste Grund, den ich je gehört habe. Aber weißt du, was ihm wirklich helfen würde?"

Crick hob ratlos die Hände und zuckte mit den Schultern. „Klär mich auf."

„Gerne. Guter Sex. Glaub mir, danach sieht die Welt schon wieder viel weniger düster aus."

Crick lächelte, obwohl es viele Dinge gab, über die Jeff nicht Bescheid wusste und die Crick immer noch Sorgen bereiteten. „Die Welt würde schon weniger düster aussehen, wenn er kein Magengeschwür bekommt, weil er Angst hat, die Ranch zu verlieren. Wir haben viele Verluste einstecken müssen, dank der freundlichen Unterstützung von Stief-Bob und dem Biest, das mich auf die Welt gebracht hat." Er hatte die beiden erwähnt, als er Jeff über Deacons ‚Schwul am Steuer'-Erlebnis erzählte.

Jeff sah ihn nachdenklich an. „Hmm. Ich bin jetzt vielleicht deine gute Fee oder so, aber … Süßer, ich glaube ich habe eine Idee, wie ihr eure Probleme lösen könnt. Hast du jemals von dem RIDE-Projekt gehört?"

Als Crick kurz darauf das Behandlungszimmer verließ, war er schon etwas optimistischer, was die Zukunft der Ranch betraf. Jeff hatte ihm einen Prospekt mit allen Details über das Projekt gegeben und Crick hatte ihm versprochen, sich demnächst telefonisch zu melden.

„Und vergiss nicht, deinem furchteinflößenden Freund zu sagen, dass du nicht mein Typ bist", gab Jeff ihm noch mit auf den Weg. Sein bedauerndes Grinsen sagte Crick, dass Jeff vielleicht mehr über Einsamkeit hätte sagen können, als er es in den letzten fünfundvierzig Minuten getan hatte. „Aber wir können alle Freunde brauchen, nicht wahr? Selbst wenn es nur eine gute Fee ist."

Crick hatte seit dem Anschlag und seiner Einlieferung in das Krankenhaus in Deutschland jeden Gedanken an Lisa gemieden. Jetzt fühlte er sich an sie erinnert, wie sie sich abends neben ihm in den Sand hockte, um zu scherzen und sich seine Sorgen anzuhören. Ja, es war gut, einen Freund zu haben, besonders in einer Situation, in der zuhause mit seiner Familie noch so vieles ungeklärt und im Fluss war.

„Du hast recht", erwiderte Crick und drückte Jeff die Hand zum Abschied. „Wenn ich Deacon ganz lieb frage, lässt er mich sogar die Pantoffeln aussuchen und eine Pyjamaparty organisieren."

Jeff grinste ihn verschmitzt an. „Dürfen wir ihn auch schminken?"

Crick schüttelte bedauernd den Kopf, als er sich Deacons Reaktion vorstellte. „Hmm. Ich glaube nicht."

Das verschmitzte Grinsen wurde noch einen Deut frecher. „Schade. Aber es hätte bestimmt viel Spaß gemacht."

Deacon und Crick fuhren zum Essen ins *Outback*. Crick erzählte ihm alles über das RIDE-Projekt und steckte Deacon mit seiner Begeisterung schnell an. „Und sie brauchen einen neuen Stall? Das hört sich gut an. Hast du ihre Telefonnummer?" Deacon schob sich genießerisch ein Stück Steak in den Mund und Crick stellte erfreut fest, dass auf Deacons Teller kaum noch etwas übrig war.

„Ja. Sie benutzen die Pferde für das therapeutische Reiten. Deshalb brauchen sie gutmütige und geduldige Tiere. Sie arbeiten vor allem mit freiwilligen Helfern, aber für einige Dinge können sie auch bezahlen. Sie bekommen oft Pferde geschenkt, die noch nicht zugeritten sind. Das könnten wir ihnen in Rechnung stellen. Und sie bekommen öffentliche Mittel als Unterstützung ..." Crick verstummte. „Das ist vielleicht keine so gute Sache."

Deacon lachte leise und Crick spürte, wie sich seine Brust zusammenzog. Er lächelte Deacon zu. Das war der Unterschied zwischen einem Freund und einem Geliebten – keine noch so gute Unterhaltung mit Jeff konnte mit dem Gefühl mithalten, das ein einziges, leises Lachen von Deacon in ihm auslöste.

Deacon war Cricks Reaktion nicht entgangen und er sah ihn fragend an. „Was ist los?"

Crick grinste verlegen und schüttelte den Kopf. „Ich habe über den Unterschied zwischen Freundschaft und Liebe nachgedacht."

Deacon stieg die Röte ins Gesicht. „Du hattest eine wirklich interessante Unterhaltung mit Jeff, nicht wahr?"

Crick senkte den Blick. „Ich hatte es ganz vergessen. Wie schön es ist, einen Freund zu haben, meine ich."

Deacon griff über den Tisch nach Cricks verletzter Hand. Hier in Sacramento, selbst in Citrus Heights oder Roseville, war das kein Problem. Levee Oaks war eine andere Sache. Crick spürte Deacons warme Hand auf seiner vernarbten Haut. Für Deacon war es keine verkrüppelte Kralle, die man besser nicht berührte. Für ihn war es nur Cricks Hand, und alles andere spielte keine Rolle.

„Ich habe dir noch gar nicht gesagt, wie leid mir Lisas Tod tut."

Crick hob den Kopf und sah ihm in die Augen. Deacons Blick sagte Crick alles über seine Gefühle – da war keine Eifersucht auf Jeff, da waren nur ein tiefes Verständnis und der Wunsch, Crick zu helfen und beizustehen.

„Ich vermisse sie. Ohne sie wäre ich dort drüben durchgedreht. Ich ..." Er schluckte und starrte auf seinen leeren Teller. Deacon hatte ihm das Steak schneiden müssen. Er hatte es so unaufgeregt und selbstverständlich erledigt, dass es Crick kaum aufgefallen war. „Ich will sie ständig anrufen oder ihre Nachrichten schicken, um ihr zu berichten, wie es mir geht und was hier los ist. Ich denke immer noch, wir sind Freunde und sie kommt irgendwann zurück. Ich kann es einfach nicht loswerden."

„Du wirst sie noch lange vermissen. Sie steckt noch in deiner Brust und es wird dauern, bis du sie endgültig loslassen kannst. Aber du kannst jederzeit mit mir darüber reden."

241

Crick blinzelte sich die drohenden Tränen aus den Augen. Sobald sie alleine waren, würde er Deacons Angebot annehmen. „Jeff ist ein guter Anfang", meinte er dann.

Crick seufzte und drückte Cricks Hand. „Du und Benny … ihr brecht mir das Herz. Ihr seid so furchtlos und gesellig – ihr solltet mehr Freunde haben. Ihr solltet auf Partys gehen. Als du noch studieren wolltest und die Prospekte über Universitäten gesammelt hast, habe ich mir oft vorgestellt, wie es für dich sein würde. Du würdest in deiner Studentenbude mit Freunden feiern, umgeben von lauter Menschen, die dich mögen und bewundern."

Deacons Worte und sein verkniffenes Lächeln stimmten Crick traurig. Deacon wünschte sich immer nur das Beste für ihn und wollte ihm seine Wünsche erfüllen. Aber nie dachte er dabei auch an sich selbst und seine eigenen Wünsche.

„Du sagst immer, dass du dir nichts wünschst, außer mir und der Ranch. Aber ich möchte mehr für dich. Ich möchte, dass du mehr vom Leben erwartest. Du hast für jeden von uns Pläne, nur nicht für dich selbst. Du hast recht, ich habe gerne Freunde und ich brauche sie auch. Aber meine Familie ist mir wichtiger. Du, Benny und das Baby, Jon und Amy und sogar Private Blutlos … ihr seid meine Familie, und wir wollen für dich da sein."

Deacons Lächeln nahm einen verträumten Ausdruck an, der Cricks Herz höher schlagen ließ. Seine vernarbte Hand klammerte sich fest um Deacons perfekte, schwielige Finger.

„Gut", sagte Deacon mit seinem süßen, vertrauensvollen Lächeln. „Dann wünsche ich mir das auch für dich."

AN DIESEM Abend ließ Deacon seine Büroarbeit auf dem Schreibtisch liegen und überließ Andrew das Ausmisten der Ställe. Er verschwand in der Dusche, während Crick noch wach im Bett saß und der Fernseher lief, den Deacon auf die Kommode im Schlafzimmer gestellt hatte. Frisch rasiert und gekämmt kam Deacon, nur mit einer Unterhose bekleidet, ins Schlafzimmer. Als Crick erkannte, wieviel Mühe Deacon sich gegeben hatte, sah er ihn hoffnungsvoll an.

„Du siehst aus, als hättest du heute noch etwas vor", begrüßte er Deacon, der verlegen grinste.

„Ich … ich kann auch gehen und …", stammelte Deacon und ging zum Schrank, um sich ein T-Shirt zu holen.

„Deacon … wenn du heute auch nur eine Rechnung anrührst, dann trete ich dir in den Hintern, sodass du bis nach Kanada fliegst. Komm jetzt ins Bett, ja?"

Deacon kam und Crick lehnte sich zur Seite, um die Lampe auf dem Nachttisch auszuschalten.

„Nein", flüsterte Deacon. „Ich will dich sehen …"

Crick schaltete sie trotzdem aus. „Bitte. Ich möchte mir einbilden, dass ich noch gesund und perfekt bin. Nur heute Nacht." Er hasste es, Deacon auch nur einen einzigen Wunsch abzuschlagen.

Deacon lag so nahe, dass Crick den Rasierschaum riechen und die Feuchtigkeit auf Deacons Haut spüren konnte. Deacon grüne Augen wurden in der Dunkelheit unergründlich und seine perfekten Lippen verzogen sich zu einem sanften Lächeln. Crick musste die Augen schließen.

„Du *bist* perfekt, Carrick."

Crick spürte Deacons Atem in seinem Gesicht. Ihn überlief ein Schauer und sein Schwanz wurde hart. Als Deacon ihn küsste, schlang Crick sein vernarbtes, aber gesundes Bein um Deacons hageren, starken Körper und zog ihn mit einem Stöhnen an sich. Er hob die Hüften, drückte sich an Deacon und stöhnte laut, als er Deacons harten Schwanz an seinem fühlte.

Deacon presste seine Zunge in Cricks Mund und nahm ihn in Besitz – wieder und wieder. Crick hätte sich in diesem Kuss verlieren können, aber Deacon beendete ihn und deckte sein Kinn und seinen Hals mit kleinen Küssen.

Crick bog sich ihm entgegen, um ihn am ganzen Körper spüren zu können. Er drückte sich an Deacons Brust und legte den Kopf in den Nacken, um ihm seinen Hals anzubieten. Ihre Haut rieb sich geschmeidig aneinander und Crick konnte nicht genug davon bekommen. Deacon schien es genauso zu gehen. Sein Mund wanderte nach unten und er fuhr mit den Zähnen über Cricks Schulterbein, ohne den Kontakt zu seiner Haut zu verlieren. Der Duft des Duschgels mischte sich mit dem Geruch von Schweiß, der ihre Körper glitschig machte.

Als Deacons Mund Cricks Brust erreichte, hielt er inne und saugte an den empfindlichen Nippeln, bis Crick zu wimmern begann und fürchtete, in seiner Hose zu kommen, bevor es wirklich gut wurde. Deacon ließ den Nippel los und widmete sich Cricks Narben. Er küsste die neue, zarte Haut an Cricks Schulter, die Schrappnelnarben auf seiner Brust und die verunstaltete Haut an der linken Seite seines Bauches. Jeder Kuss war ein Segen und eine Wohltat, war eine Inbesitznahme und eine Bestätigung. *Das bist immer noch du. Ich liebe dich. Keine Angst, Crick, ich liebe alles an dir.*

Crick wand sich unter Deacons Küssen und stieß ihm mit den Hüften an den Bauch und die Brust, während Deacons Mund über ihm über den Körper glitt.

„Wenn du nicht bald etwas tust, komme ich in meiner Hose", keuchte er. Deacon lachte leise und brachte Cricks Bauch zum Vibrieren, bis der stöhnend den Kopf in den Nacken warf. Mit zitternden Händen versuchte Deacon zweimal vergeblich, Cricks Hose nach unten zu ziehen. Crick legte seine Hände – die gesunde und die vernarbte – auf Deacons und half ihm dabei, die lästige Hose loszuwerden. Sie war schon feucht, weil sein Schwanz tropfte wie ein alter Wasserhahn. Crick atmete zischend ein, als er die kühle Luft an seinem feuchten Schwanz spürte. Er fühlte Deacons Zunge, die ihm warm und rau über die Eichel leckte. Es war so gut, dass er darüber in glückliches Lachen ausbrach. Deacon legte ihm die Lippen um den Schwanz, beendete sein Vorspiel und schob ihn sich tief in den Mund.

Crick keuchte überrascht. Es war so schnell gegangen, und Deacons Mund war so warm und feucht. Sein Kopf bewegte sich auf und ab und …

Crick fühlte das Zittern von Deacons Brustmuskeln an seinem Schenkel und kleine Sterne explodierten hinter seinen Augen. Deacons Bewegungen waren ruckhaft, zitternd und unbeherrscht.

Oh Gott. Oh Gott, er hält sich zurück. Er … er hat die Kontrolle verloren vor Begehren …

Die Erkenntnis traf Crick wie ein Schlag. Er wollte sich zurückhalten, wollte Deacon trösten und es für ihn genauso gut machen, aber Deacon ließ es nicht zu. Sein Mund bewegte sich ruckhaft auf und ab und seine Zähne schabten leicht über die zarte Haut von Cricks Schwanz. Und dann, als Crick tief, tief in Deacons Kehle war, konnte er es nicht mehr aushalten und kam.

„Oh Gooooott", stöhnte er und seine Finger verkrampften sich in Deacons Haaren. Deacon griff mit zitternden Händen nach seinem Arsch, klemmte Cricks Knie zwischen seine eigenen und vergrub den Kopf in Cricks Lenden. Dann verkrampfte sich sein ganzer Körper und er zuckte zusammen, wieder und wieder, bis ihn die Kraft verließ.

Cricks erschlaffter Schwanz rutschte aus Deacons Mund. Er griff Deacon unter die Arme und zog ihn nach oben an seine Seite. Dann schmiegte er sich an Deacon und drückte ihn mit dem Gesicht an seine Brust. An der Hüfte fühlte er den feuchten Stoff von Deacons Unterhose.

„Gott, Deacon … du …"

„Ja", keuchte Deacon atemlos. „Ich hoffe, du hast heute nicht zu viel von mir erwartet. Er konnte sich nicht zurückhalten und ist einfach in der Hose gekommen."

Crick erschauerte und drückte Deacon noch fester an sich. „Das ist ja so verdammt heiß", murmelte er ehrfürchtig.

„Du bist nicht sehr anspruchsvoll", erwiderte Deacon. Crick konnte an der Brust spüren, wie Deacons Gesicht vor Verlegenheit warm wurde und rot anlief.

„Unsinn. Mit dir ist alles sexy."

Deacon lachte leise und – Wunder über Wunder – schlief ein. Einfach so. Keine Abrechnungen und kein Pferdemist hielten ihn davon ab. Crick hielt den zufriedenen Deacon an die Brust gedrückt und war glücklich. Es war alles, was er sich jemals erträumt hatte.

Es war keine Nacht voller Leidenschaft und Sinnlichkeit, aber es war ein guter Anfang. Crick war sich sicher, dass es bei diesem Anfang nicht bleiben würde. Deacon hatte ihn so sehr begehrt und vermisst, dass er nur von dem Gefühl von Cricks Schanz in seinem Mund gekommen war. In seiner Unterhose und ohne jede Stimulierung. Crick wusste, dass ihnen eine unvergleichliche Zeit bevorstand, in

244

der sie alle Versäumnisse der letzten Jahre wieder aufholen würden. Die schriftliche Bestätigung des Arztes wäre wahrscheinlich gar nicht nötig gewesen.

EINE WOCHE später war er kurz davor, die Wände hochzugehen, wenn Deacon ihn nicht bald und richtig ficken würde.

„Mein Gott, Süßer. Wieso bist du so verspannt?" Jeff hörte sich nicht sehr zufrieden an. Crick konnte ihn gut verstehen.

Er hatte in der vergangenen Woche gewissenhaft seine Übungen gemacht und sogar Benny gebeten, ihm Stricken beizubringen. Er musste immer noch oft ausruhen, aber so konnte er wenigstens seine Hände beschäftigen, um etwas Sinnvolles zu tun. Er hatte auch mehr Hausarbeiten übernommen und mistete jeden Abend vier Boxen aus, nur um einen Beitrag zu leisten.

Deacon war ihm dankbar dafür und unterstützte ihn. Im Gegenzug für Cricks Hilfe kam er jeden Abend vor Mitternacht ins Bett, sodass sie noch Zeit für Zärtlichkeiten hatten. Einer von ihnen – in der Regel Crick – kam meistens noch zum Orgasmus, bevor sie erschöpft einschliefen.

Aber das war alles. Noch nicht ein einziges Mal war Crick richtig gefickt worden, und dieser Stress machte sich bemerkbar.

„Wir hatten in der letzten Woche viel zu tun", wich er Jeffs Frage aus. Er wollte ihn nicht schon wieder mit ihren finanziellen Problemen langweilen. Sie hatten in der vergangenen Woche mehrmals miteinander telefoniert und Crick erkannte in ihren Gesprächen bereits den Beginn einer Freundschaft.

„Ihr macht euch schon wieder Sorgen ums Geld. Das ist es doch, oder?", fragte Jeff und hob Crick den Arm über den Kopf, um ihn zu dehnen. Crick gab sich alle Mühe, nicht zu jammern, sondern die Folter zu ertragen wie ein Mann.

„Deacon hat mir die finanzielle Lage geschildert. Es sieht ziemlich schlimm aus. Nicht so schlimm, wie er es befürchtet, aber schlimm genug."

Es war die Wahrheit. Das RIDE-Projekt würde helfen, wenn sie erst zu einer Einigung kamen – und sie drückten alle die Daumen. Aber sie brauchten auch mehr Pferde, die sie zureiten und ausbilden konnten. Deacon war ein hervorragender Trainer, aber niemand wollte ihnen eine Chance geben.

„Nun, mein Süßer – weißt du, was am besten gegen Stress hilft und dazu noch kostenlos ist?"

„Sex", antwortete Crick trocken. Dazu brauchte er kein Diplom.

„Verdammt richtig. Dann weißt du ja auch, wozu du deinen Prachtkerl von Mann überreden musst."

Crick seufzte. „Er hat immer noch Angst, dass er mich verletzen könnte und … autsch!"

Jeff lachte. „Ich darf das. Ich bin dein Physiotherapeut, nicht der Mann in deinem Bett. Weißt du, Crick, manchmal muss man die Dinge einfach selbst in die Hand nehmen, wenn man etwas erreichen will."

Crick ließ sich von Jeff den Arm verdrehen wie eine Brezel und starrte nachdenklich vor sich hin. Als der Arm nach einiger Zeit wieder an seinem gewohnten Platz war, hatte er einen Plan entwickelt. Er war sich ziemlich sicher, dass es diesmal eine bessere Idee war als die, die mit seinem zweijährigen Ausflug in den Irak geendet hatte.

22
RETTUNGSVERSUCH FÜR
EINEN VERLORENEN STOLZ

DEACON MOCHTE Private Blutlos wirklich gut leiden. Er wollte ihm nicht kündigen, aber es ließ sich nicht vermeiden.

„Hör zu, Andrew", sagte er und lief unruhig in der kleinen Kammer im Stall, in dem Andrew lebte, hin und her. „Wir lieben dich alle. Ehrlich gesagt, ohne dich hätte ich das letzte Jahr nicht durchgehalten. Du isst mit uns, spielst mit dem Baby – es gibt wenig, was ich nicht für dich tun würde. Aber … Noch nicht in diesem Monat und hoffentlich noch nicht im nächsten, aber danach …"

Er sah zu Boden. Andrew beobachtete ihn geduldig abwartend. Deacons Stolz war schwer angegriffen und wehrte sich gegen das Unvermeidliche. Andrew war nicht nur ein Mitarbeiter und Freund, er gehörte zu ihrer Familie. Deacon hatte das Gefühl, ein Mitglied seiner eigenen Familie im Stich zu lassen, und das machte diese Unterhaltung besonders schmerzhaft.

„Dir geht das Geld aus, um mich zu bezahlen", meinte Andrew. Deacon verzog das Gesicht.

„Ja. Um das Zimmer musst du dir keine Sorgen machen. Du kannst bleiben, so lange du willst. Wir haben dich gerne hier bei uns. Du kannst auch mit uns essen, aber wenn es nicht bald bergauf geht, habe ich in zwei Monaten kein Geld mehr. Du solltest dich nach einer anderen Arbeit umsehen."

Andrew schnaubte. „Aber sicher. Ich freue mich schon darauf, aus erster Reihe zuzusehen, wie du dich zu Tode schuftest. Vergiss es, Deacon. Ich kann hier wohnen und essen. Das reicht mir, bis es uns wieder besser geht."

Deacon konnte seine Überraschung über Andrews Reaktion kaum verbergen. Er sah sich betreten in Andrews Kammer um. In einem ähnlichen Raum nebenan waren das Sattelzeug und Säcke mit Getreide gelagert, sodass die Liege an der Wand kaum noch zu sehen war. Aber Andrews Zimmer hatten sie gut hergerichtet. Es hatte einen graublauen Teppichfußboden, die Liege war durch Cricks altes Bett, seinen Nachttisch und eine Lampe ersetzt worden. Sie hatten allerdings neues Bettzeug gekauft, weil das alte von Crick ziemlich unansehnlich und voller Flecken war. Crick hatte offensichtlich schon immer den Sexualtrieb eines Hamsters besessen, der zuviel Spanische Fliegen gefressen hatte. Deacon hatte noch einen kleinen Fernseher und Wandbehänge beigesteuert, sodass der Raum einen sehr gemütlichen Eindruck machte. Es war zumindest besser, als ein billiges Apartment oder ein Platz in einem Wohnheim.

„Du kannst doch nicht einfach …" Deacon schluckte, um seine Verlegenheit zu überspielen. „Ich meine … Hast du nicht mehr mit deinem Leben vor?"

Er warf Andrew einen kurzen Blick zu. Der lächelte ihn sarkastisch an. „Ich glaube, wir sind uns sehr ähnlich, Deacon. Für Männer wie uns gibt es auf dieser Welt nicht mehr viel Bedarf. Mir gefällt es hier. Und wenn du nichts dagegen hast, möchte ich diese Ranch noch einige Zeit als mein Zuhause betrachten."

Deacon hatte das Gefühl, als ob allein durch seine Verlegenheit die Raumtemperatur um zehn Grad gestiegen wäre. „Ich habe nichts dagegen", sagte er und musste wieder schlucken. „Ich bin dir sogar sehr dankbar dafür."

Andrew grinste. „Gut. Dann geh jetzt schlafen. Mann, du brauchst Ruhe. Crick braucht dich morgen voller Saft und Kraft."

Andrew hatte recht. Crick war in der letzten Woche ziemlich mürrisch und schlecht gelaunt gewesen. Deacon wusste sehr wohl, dass der Grund dafür sexuelle Frustration war. Es ging ihm selbst nicht viel besser. Es war … Verdammt. Deacon sehnte sich einfach nach ihm. In den letzten Nächten waren sie nie sehr weit gekommen. Deacon hatte sich zurückgehalten, um Rücksicht auf Cricks Gesundheit zu nehmen, und dann … war er meistens eingeschlafen.

Trotzdem war es ihm peinlich, von Andrew darauf hingewiesen zu werden, dass er Crick vernachlässigte.

„Ich muss heute noch die Abrechnungen erledigen", seufzte er. Es war der Erste des Monats und er musste entscheiden, welche Rechnungen er bezahlen sollte und welche noch warten mussten. Es war nicht gerade seine Lieblingsbeschäftigung.

Andrew schüttelte resigniert den Kopf. „Deacon, du weißt, dass ich diese Ranch liebe. Und ich weiß, dass dein Vater sie selbst aufgebaut hat. Aber Levee Oaks ist nicht der einzige Ort auf der Welt oder in diesem Bundesstaat, an dem man eine Pferderanch betreiben kann. Vielleicht solltest du über einen Umzug nachdenken, bevor es zu spät ist. Ich würde jederzeit mitkommen."

Deacon blieb wie angenagelt stehen und schnappte nach Luft. Der Vorschlag war … er war …

Staub kitzelte ihn in der Kehle und er musste husten. Blinzelnd versuchte er, seine Gedanken zu sortieren, aber der Schlafmangel und die Hektik der letzten Wochen machten sich bemerkbar. Sein Schädel brummte.

„Entschuldige, Drew", murmelte er schließlich. „Du hast mich gerade ziemlich vom Hocker gehauen."

Andrew lachte leise, streckte sich gähnend und sah Deacon bedeutungsvoll an. Der verstand den Hinweis und grinste. Es war an der Zeit, Andrew schlafen zu lassen.

Als Deacon ins Haus zurückkam, nahm er als erstes eine erfrischende Dusche, um wieder einigermaßen wach zu werden. Dann widmete er sich seinen Rechnungen und legte sich eine Strategie zurecht, welche davon er bezahlen und wen er noch abwimmeln sollte. Als es ihm zu viel wurde, nahm er sich Jons Unterlagen zu ihren Rechtsstreitigkeiten vor. Jon war erfolgreich gewesen und hatte tatsächlich einige Gläubiger dazu gebracht, endlich ihre Außenstände zu bezahlen und mit dem Gejammere über ‚Pferde-AIDS‘ aufzuhören (die Arschlöcher!). Er wollte gerade aufhören, als er aus dem Schlafzimmer Geräusche hörte.

„Autsch!“

Deacon richtete sich in seinem Stuhl auf. „Crick? Was ist passiert? Hast du dich verletzt? Ist alles in Ordnung?“

„Es ist nichts passiert, verdammt. Nur ein Muskel, der zu lange nicht beansprucht worden ist. Ich …“ Crick ließ ein sexy Stöhnen hören. Deacons Hände wurden feucht und sein Schwanz fing zu zucken an. „Hmm … ja. Einen Moment …“

Der Kuli rutschte aus Deacons Hand und fiel mit einem Knall auf den Holzfußboden. Umständlich bückte er sich, um ihn wieder aufzuheben. Als er es endlich geschafft hatte, konnte er Crick auf der anderen Seite der Wand keuchen hören und vergaß darüber fast seinen eigenen Namen.

„Deacon?“, rief Crick. Seine Stimme klang atemlos vor Erregung.

Deacon. Ja, das war sein Name. „Ja?“ Deacons Stimme brach mitten im Wort und er erhob sich schwerfällig von seinem Stuhl. Was war in ihrem Bett los?

„Komm kurz her, ja?“

Deacon stand in der Tür und hatte schon wieder seinen Namen vergessen.

Crick lag auf dem Rücken, seine verwundete Seite kunstvoll unter der Decke versteckt. Ansonsten war er komplett nackt. Er hatte die Beine angezogen und gerade genug gespreizt, um Deacon den Blick auf seinen ölglänzenden Körper zu ermöglichen – von dem harten Schwanz über die schweren Hoden bis zu dem Plastikplug, der in seinem Arschloch steckte.

Deacon rührte sich nicht vom Fleck. Ein merkwürdiges Geräusch entrang sich seiner Kehle.

Crick grinste ihn schief an und knabberte an seiner Unterlippe. „Deacon?“

Deacon erkannte, wie schwer es Crick fallen musste, sich so vor ihm zu entblößen, seine Wunden von der Decke bedeckt und sein Körper zur Schau gestellt.

„Sei still“, flüsterte er und schlüpfte aus seiner Hose und dem T-Shirt. „Ich ziehe mich aus.“

„Ja?“ Die Hoffnung in Cricks Stimme war kaum wahrnehmbar.

„Hast du Blumen und Sekt erwartet?“, murmelte Deacon und machte sich an dem Plug zu schaffen. Er zog vorsichtig daran, bis er Widerstand spürte. Crick stöhnte und sein Schwanz zuckte, richtete sich auf und fiel mit einem Plumps wieder auf seinen Bauch zurück.

„Nein“, erwiderte Crick mit erstickter Stimme.

Deacon zog wieder an dem Stöpsel. „Keine Geduld mehr, wie?“

„Nein …“ Cricks Körper wand sich unter Deacons Händen.

Deacon kroch über ihn und spielte mit Cricks Nippel, während er mit der anderen Hand weiter seinen Unterkörper bearbeitete. „Und eine andere Art ist dir nicht eingefallen, um mir das mitzuteilen?", fragte er lüstern, während er nach Cricks Schwanz griff und zudrückte.

„Der Arzt hat es mir schriftlich gegeben", jammerte Crick. Deacon widmete sich wieder dem Plug und dem, wozu das Spielzeug gedacht war. „Ich bin noch nicht dazu gekommen, es dir zu … Gott, Deacon! Hör auf, mit dem Ding zu spielen und fick mich!"

Deacon lachte tief und nahm Cricks Schwanz in den Mund. Crick wimmerte und zuckte mit den Hüften. Deacon rutschte nach unten und kniete sich zwischen Cricks Beine.

„Willst du wirklich mich?", fragte er aufgeregt und konnte sich kaum zurückhalten. „Ich meine … der Stöpsel ist vielleicht sogar größer als ich … bist du sicher, dass er sich nicht besser anfühlt?"

„Gooott … Deacon!", bettelte Crick. Deacon zog an dem Plug, bis er Cricks Arsch mit einem leisen Plopp entglitt. Crick stöhnte laut, sein Körper bog sich durch und hob sich von der Matratze. Sein Schwanz zuckte an Deacons Bauch und mit einem heiseren Aufschrei kam er.

Deacon ließ den Plug aufs Bett fallen und rutschte näher, bis sein Schwanz Cricks feuchtes, gedehntes Loch berührte. Er beugte sich nach unten und küsste ihn hungrig auf den Mund.

„Das war's also", scherzte er und stieß mit der Spitze seines Schwanzes an Cricks pochendes Loch. „Du hast deinen Spaß gehabt und bist gekommen, und ich gehe unter die Dusche und kümmere mich um mich selbst." Crick stöhnte.

„Fuck you, Deacon", keuchte er und Deacon lachte. Er fühlte sich gut und ein Gefühl von Macht durchfuhr ihn. So lange hatte er sich Crick ausgeliefert gefühlt und in dem Bewusstsein gelebt, dass Crick sein Herz in Händen hielt. Heute hatte sich das endlich geändert.

„Ich dachte eigentlich, das machen wir umgedreht", meinte Deacon. Aber dann konnte er es selbst nicht mehr aushalten und er stieß mit seinem Schwanz in Cricks Arsch, bis er dort war, wohin er immer gewollt hatte – zuhause.

Cricks bog stöhnend den Rücken durch. Deacon legte ihm die Hände auf die Schultern, drückte ihn wieder aufs Bett zurück und küsste ihn hungrig. Crick erwiderte seinen Kuss mit der gleichen Aggressivität, schloss die Augen und ließ den Kopf aufs Kissen fallen, als Deacon anfing, ihn hart und unnachgiebig zu ficken. Gott, wie sehr er Crick begehrte, wie sehr er Cricks Hingabe, seinen hilflosen Körper unter sich fühlen wollte. Deacon knurrte und gab jede Zurückhaltung auf.

Er konnte spüren, wie er mit seinem harten Schwanz an Cricks Prostata stieß. Crick schrie auf, sein Kopf schoss vom Kissen hoch und seine Zähne schlugen in Deacons Schulter und bissen zu. Deacon kämpfte um den letzten Rest seiner Selbstbeherrschung.

„War's das? Bist du schon soweit?", forderte er Crick heraus und stützte sich neben dessen Kopf auf der Matratze ab. Crick ließ sich wieder zurückfallen, klammerte sich mit den Armen an Deacon und bettelte um mehr, mehr …

„Oh Gott, Deacon … Fick mich und … Gott, fick mich und … jeeetzt …", jammerte Crick. Sein Körper verkrampfte sich und fing zu zucken an.

Deacon konnte es keine Sekunde länger aushalten. Mit einem letzten, brutalen Stoß versenkte er sich bis zum Anschlag in Cricks Arsch, dann wurde ihm schwarz vor Augen und er kam. Ein Stöhnen, das direkt aus seinem Unterkörper zu entspringen schien, entrang sich seiner Kehle und er drückte sich mit dem Gesicht an Cricks Hals. Crick antwortete mit erstickten Wimmern, klammerte sich haltsuchend an ihn und drückte ihn noch fester an sich, während der Orgasmus ihre verwundeten Seelen zu einer Einheit verschmolz, in der sie alles andere um sich herum vergaßen und nur noch ihre Liebe existierte.

Es dauerte eine Weile, bis Deacon sich wieder einigermaßen gefasst hatte und sich aus Crick zurückzog, der ihn nicht gehen lassen wollte. Er ließ sich an Cricks Seite auf die Matratze gleiten. Crick legte ihm einen Arm um die Schultern und Deacon ließ sich keuchend mit dem Kopf auf Cricks Brust fallen.

Er war Crick dankbar, als der die Decke hochzog und sie vor neugierigen Blicken verbarg. Parry Angel konnte schon selbstständig aus ihrem Bett klettern. Deacon lebte in ständiger Angst, dass sie demnächst lernen würde, wie man alleine eine Tür aufmachte.

„Hast du wirklich eine ärztliche Bescheinigung?", fragte er Crick, als er wieder einigermaßen Luft bekam. Crick brummte zustimmend.

„Ja. Ich dachte mir, dass du wahrscheinlich ziemlich stur sein würdest, weil du mich nicht verletzen willst. Und ich hatte recht, oder etwa nicht?"

„Warum hast du mir das Papier dann nicht gezeigt?", wollte Deacon wissen und schloss lächelnd die Augen. Er war da, Crick war da, und die Welt war wieder in Ordnung.

Crick gab ihm keine Antwort und Deacon hob den Kopf, um nachzusehen, was mit ihm los war. Crick hatte den Blick abgewandt und wirkte besorgt.

„Was ist los? Warum hast du mir nicht einfach die Bescheinigung gezeigt und gesagt, dass ich dich um den Verstand ficken soll?"

„Hättest du es denn getan?", fragte Crick leise.

Deacon grinste, weil er ausnahmsweise derjenige sein wollte, der die Stimmung aufhellte. „Ich dachte, das hätte ich gerade getan."

„Ja. Aber hättest du es auch dann getan, wenn ich einfach gefragt hätte? Du bist in letzter Zeit sehr verschlossen. Ich weiß, dass du nur die Probleme mit der Ranch von mir fernhalten willst, aber es fühlt sich an, als ob …" Crick seufzte und strich Deacon die Haare aus dem Gesicht. „Es ist, als hättest du dich daran gewöhnt, allein zu sein. Obwohl du Benny und Jon hast, bist du allein. Du bist so darauf fixiert, die Ranch zu retten und die Rolle deines Vaters zu übernehmen, dass

… Du hast vergessen, Deacon zu sein. Der alte Deacon ist nur noch zu erkennen, wenn du mit dem Baby spielst."

„Ja", murmelte Deacon und entzog sich Cricks tröstender Hand. „Das Baby kann noch nicht reden. Warte nur ab, bald laufe ich auch vor ihr davon."

Crick rieb ihm über die Schulter und den Arm. Dann drückte er ihm sanfte Küsse in den Nacken und auf den Rücken.

„Wäre es nicht schöner für uns alle, wenn du uns mitnehmen würdest?", fragte er leise.

Deacon schloss die Augen und überließ sich Cricks beruhigenden Berührungen. Seine Haut kribbelte unter Cricks zärtlichen Küssen. Ein sehnsuchtsvolles Stöhnen entrang sich seiner Kehle.

„Ich habe dich lieber hier, in unserem Zuhause", erwiderte er. Crick legte ihm die Arme um die Schultern und drückte sich mit der Wange an seinen Rücken.

„Aber ohne dich ist *The Pulpit* kein Zuhause mehr", meinte er leise.

„Ich werde in Zukunft daran denken." Deacon schmiegte in Cricks Arme, entspannte sich und ließ sich von ihm trösten. Er schloss die Augen und stellte seine innere Uhr auf ein kurzes Nickerchen ein. Dann schlief er in Cricks Armen ein.

EINIGE STUNDEN später wachte Deacon wieder auf. Crick hatte sich im Schlaf umgedreht und sie lagen Hintern an Hintern. Deacon kroch leise aus dem Bett, zog eine Pyjamahose an, wusch den Plug ab und machte sich wieder an die Arbeit, bei der Crick ihn unterbrochen hatte.

Gut eine Stunde später saß er vor einem Stapel Rechnungen und starrte sie unglücklich an, als Crick unvermutet hinter ihn trat.

„Deacon", schnaubte Crick und gähnte, während er sich mit der gesunden Hand eine Unterhose anzog und mit der anderen die Augen rieb. „Sex ist nur dann entspannend, wenn man anschließend einschläft. Seit wann dauert es so lange, bis die Rechnungen bezahlt sind?"

Deacon grinste ihn an. Der verschlafene und verstrubbelte Crick war ein verdammt viel hübscherer Anblick, als das düstere Szenario auf dem Schreibtisch vor ihm. „Seit wir kein Geld mehr haben, um sie alle zu bezahlen. Willst du sehen, was ich damit mache?", fragte er und war über sich selbst überrascht, weil er Crick einen Einblick in seine alltägliche Folter gewährte.

Crick sah ihm blinzelnd über die Schulter. Sein offensichtliches Interesse weckte Deacons Schuldgefühle. Als er *The Pulpit* übernommen hatte, war er im gleichen Alter gewesen, wie Crick jetzt. Deacon hätte ihm mehr zutrauen und ihn in ihre Probleme einweihen sollen.

„Ich habe zwei Hauptstapel. Auf dem einen sind die Rechnungen, die ich unbedingt bezahlen muss. Die anderen können bis zum nächsten Monat warten. Der Trick ist, mit nur ungefähr zwei Drittel des Geldes auszukommen, das wir früher hatten. Und ich darf eine Rechnung nicht zweimal aufschieben, sonst ist unsere Kreditwürdigkeit zum Teufel."

Crick sah sich die Rechnungen in den beiden Stapeln genau an. Dann hob er eine hoch. „Wieso sind unsere Hypothekenzahlungen höher geworden?", fragte er erstaunt.

Deacon rieb sich seufzend über die müden Augen. „Früher hatten wir einen Kredit bei der örtlichen Bank. Aber dann sind Stief-Bob und Melanie aus Virginia zurückgekommen und haben überall rumerzählt, wir beide hätten hier eine Zweigstelle von Sodom errichtet. Die Bank hat mich aufgefordert, den Kredit sofort in einem Schlag zu begleichen."

„Mein Gott!", fluchte Crick und legte Deacon die Hand auf die Schulter. Es war seine linke Hand, weil er zu überrascht gewesen war, um auf die Verletzung Rücksicht zu nehmen. „Das war gleich nach meiner Rückkehr. Damit hast du die ganze Zeit zu kämpfen gehabt? *Deacon* – warum hast du nicht mit mir darüber gesprochen?"

„Weil du geschlafen hast. Was hätte ich denn tun sollen? Dich wecken und dir mitteilen, dass die Arschlöcher, die dich misshandelt und rausgeworfen haben, ihre frohe Botschaft jetzt weiterverbreiten?" Deacon kicherte, aber Crick konnte nicht mitlachen. „Außerdem haben Jon und ich eine neue Bank gefunden. Aber dort sind die Zinssätze höher und deshalb bezahlen wir jetzt mehr."

Crick sagte nichts dazu. Er blätterte immer noch durch die Rechnungen und versuchte, sich einen Überblick über ihre finanzielle Lage zu verschaffen. Dann griff er nach den drei ungeöffneten Umschlägen, die auf einer Ecke des Schreibtischs lagen.

„Parry Angel bekommt schon Post?", wollte er wissen. „Halt – nein. Das ist ein Ausbildungs-Sparvertrag. Ich erkenne es am Umschlag. Und einer für Benny. Und ..." Angespannte Stille breitete sich aus, als Crick nach dem dritten Umschlag griff.

„Deacon?", fragte er dann und seine Stimme klang gefährlich ruhig.

„Was?" Deacon versuchte gerade, sich zwischen der Wasserrechnung und der Müllabfuhr zu entscheiden. Den Müll konnten sie auch selbst auf die Deponie bringen.

„Das ist ein Bankauszug auf meinen Namen."

Deacon sah auf. „Ja. Es ist dein Studiengeld und das, was du als Stalljunge verdient hast. Die Schecks mit deinem Sold und die Entschädigung für deine Verletzung haben wir auch auf das Konto einbezahlt. Wir mussten die Bank wechseln – glücklicherweise hattest du mir eine Vollmacht gegeben –, aber ansonsten hat sich nichts geändert. Du weißt doch, wir haben das Konto vor deiner Abreise eingerichtet."

„Deacon, das ist ein sechsstelliger Betrag."

Deacon sah ihn erstaunt an. Er konnte sich nicht vorstellen, warum Crick so verärgert reagierte. „Stimmt, Crick. Du musst dir also keine finanziellen Sorgen machen …"

Deacon war nicht darauf vorbereitet, dass Crick ihm die Bankunterlagen für die Ranch aus der Hand reißen würde. Dann ging Crick damit zum Telefon, das neben dem Schreibtisch stand, nahm mit der gesunden Hand zitternd den Hörer ab und wählte mit dem Daumen der anderen ungeschickt die 24-Stunden-Verbindung der Bank. Er folgte dem automatisierten Menü, bis er schließlich einen menschlichen Ansprechpartner erreichte.

Deacon sah ihm verwirrt zu. Er wusste nicht, was Crick vor hatte, wusste auch nicht, warum Crick so wütend war und wozu er die beiden Kontoauszüge brauchte. Schließlich fing Crick zu reden an. Seine Stimme klang angespannter und wütender, als Deacon sie jemals gehört hatte.

„Ja, hier spricht Carrick Francis. Ich möchte mein Konto auflösen und den gesamten Betrag auf das Konto meines Bevollmächtigten überweisen."

Deacon schnappte nach Luft und wurde bleich, als er hörte, wie Crick der Bankmitarbeiterin die Anweisung gab, sein gesamtes Vermögen – Geld, mit dem er sich seine Träume erfüllen, seine Studienpläne verwirklichen und sich eine Zukunft aufbauen sollte – in den unersättlichen Schlund des Groschengrabs zu stecken, das aus der Ranch geworden war.

„Das wirst du sein lassen!", knurrte er und war jetzt genauso wütend, wenn nicht sogar noch wütender als Crick.

„Halt den Mund", fauchte Crick ihn an.

„Das kann uns auch nicht mehr helfen, du Idiot!", brüllte Deacon. „Wenn sich das Scheißding nicht mehr rentiert, gibt es uns noch acht Monate Galgenfrist, und danach ist dein Geld auch zum Teufel!"

„Nun, dann hast du acht Monate Zeit, um dir etwas zu überlegen und das zu verhindern!", schrie Crick zurück. „Verdammt, wie war der Geburtsname deiner Mutter?"

„Holmes! Oh, Mist … Nicht, Crick!" Aber Crick hatte das Passwort schon wiederholt. „Verdammt! Den Rest des Passworts wirst du nicht erfahren!"

„Muss ich auch nicht, du Arschloch." Crick widmete sich wieder seinem Telefongespräch. „Worauf Sie sich verlassen können, meine Dame. Ich weiß genau, was ich will, also legen Sie jetzt nicht auf. Ja, ich gebe es ein. Einen Moment bitte."

Crick nahm den Hörer in die andere Hand und tippte mit der gesunden auf der Tastatur. „I-M-I-S-S-C-R-I-C-K-2", murmelte er. Als Deacon merkte, dass Crick den Rest des Passworts wirklich kannte und ihm den Hörer aus der Hand reißen wollte, war es schon zu spät.

„Ich wusste doch, dass du es nicht ändern würdest. Du hast es mir verraten, als ich im Irak war. Ich dachte erst, du willst mich nur hochnehmen", zischte Crick. Deacon drehte sich frustriert um und schlug mit der Faust an die Wand. „Scheiße!", fluchte er, während Crick seine Transaktion beendete.

In das betretende Schweigen, das auf Deacons Wutausbruch folgte, platzte Benny, die die Tür aufriss und sich aufgeregt und verängstigt im Zimmer umsah.

„Was ist hier los?", fragte sie und sah die beiden wütend an. „Ihr weckt das Baby auf. Verdammt, worüber habt ihr euch denn gestritten?"

„Zeig her, Deacon", sagte Crick zu Deacon, der seine schmerzende Hand an die Brust drückte.

„Nicht wichtig", murmelte Deacon. „Dein Bruder hat nur gerade seine Zukunft aus dem Fenster geschmissen …"

„Du bist ein sturer Idiot", fauchte Crick und griff nach Deacons Hand. Dann tupfte er mit einem Tuch das Blut von den aufgeschrammten Knöcheln. Benny verschwand und kam kurz darauf mit einem Verband und einer Tube Creme zurück. „Ich habe mein Geld in unser Zuhause investiert."

„Die Ranch ist *mein* Problem!", knurrte Deacon. Er war in seinem Stolz verletzt und am Boden zerstört.

„Ich will nur verhindern, dass du dich noch vor deinem dreißigsten Geburtstag zu Tode schuftest! Ich bin gerade erst wieder nach Hause gekommen. Ich möchte dich länger sehen, als nur zehn beschissene Minuten am Tag!"

„Wo hast du so viel Geld her?", wollte Benny wissen, während sie professionell Deacons Hand verband.

„Von meinem Studium-Sold-Behinderungs-Konto", knurrte Crick und warf Deacon einen zornigen Blick zu. „Kannst du dir vorstellen, wieviel Geld dieser Idiot auf die Seite gelegt hat, während er sich hier fast zu Tode gearbeitet hat, damit wir über die Runden kommen?"

„Das war nicht mein Geld!", protestierte Deacon verletzt.

„Cool!", meinte Benny praktisch. „Kann ich mein Studiengeld auch investieren?"

„Nein!", schrien Deacon und Crick wie aus einem Mund. Benny trat einen Schritt zurück und funkelte die beiden wütend an.

„Deacon, du weißt genau, was wir alles für dich tun würden. Und Crick? Wie hat es sich angefühlt?"

„Leck mich, Schwesterherz", grummelte Crick. Benny warf ihm eine Kusshand zu.

„Danke, Shorty", erwiderte Deacon höflich und Benny fiel ihm um den Hals.

„Er hat es doch nur gut gemein, Deac. Daran darfst du niemals zweifeln."

„Das habe ich auch nie", murmelte Deacon. Sie ließ ihn los und verschwand im Flur.

Wortlos schob sich Deacon an Crick vorbei und setzte sich wieder an den Schreibtisch. Er hatte schon alle nötigen Schecks ausgefüllt und sie warteten nur darauf, dass er genug Geld auf dem Konto hatte, um sie zu bezahlen. Er steckte einen nach dem anderen in die adressierten Umschläge und klebte sie zu.

Crick sah ihm einige Minuten abwartend zu. Nachdem er erkannte, was Deacon beabsichtigte, kam er an den Tisch und half ihm bei seiner Arbeit.

Als alle Schecks eingetütet und die Umschläge frankiert waren, brachte Deacon sie zu dem Korb mit dem Postausgang, drehte sich um und ging zum Bett. Crick löschte das Licht und folgte ihm. Deacon kroch auf seiner Seite des Betts unter die Decke und wickelte sich darin ein wie ein Weihnachtsgeschenk.

An seinem Rücken spürte er Crick, der sich an ihn kuschelte und ihm, so wie sie vorhin eingeschlafen waren, den Arm um die Schultern legte und ihm einen Kuss in den Nacken gab. Wider Willen entspannte sich Deacon und drückte sich an ihn. Mein Gott, er hatte Crick schließlich auch den Ausflug in den Irak verziehen, oder?

Crick hob den Kopf und flüsterte ihm leise ins Ohr: „Deinetwegen, Deacon. Deinetwegen werde ich nie wieder nach Hause kommen und meine Sachen im Vorgarten finden."

Deacon entspannte sich noch mehr und drückte sich an ihn. „Ja", gab er zu.

„Geht es dir wieder besser?"

„Natürlich."

Crick seufzte leise und drückte ihn an sich. „Je öfter du das sagst, umso mehr hört es sich wie eine Lüge an."

AM NÄCHSTEN Morgen wachte Deacon erst spät auf. Er fluchte vor sich hin, als er hörte, dass die anderen alle schon in der Küche waren. Auch Crick. So schnell wie möglich schlüpfte er in seine alten Jeans, putzte sich die Zähne und kam gerade noch rechtzeitig in die Küche, um Benny und Andrew verschwinden zu sehen, die sich auf den Weg zu Amy machten. Amys Schwangerschaft war schon recht weit fortgeschritten. Seit es Crick besser ging, hatte Benny ihre Besuche bei ihr wieder aufgenommen, um Amy im Haushalt zu helfen.

„Mist", murmelte Deacon. „Ich wollte Benny noch daran erinnern, dass sie mir Shampoo aus dem Supermarkt mitbringen soll."

„Sie hat ein Handy, Deacon", meinte Crick und trank einen Schluck Kaffee aus der Tasse, die er vor vielen Jahren Parish zu Weihnachten geschenkt hatte.

Deacon sah aus dem Küchenfenster und runzelte die Stirn. Ein alter, brauner Ford kam in die Einfahrt gefahren und hielt vor dem Haus. Er hatte das Auto noch nie gesehen.

„Ja. Aber ich vergesse es immer wieder. Deshalb benutzen wir schon seit einer Woche Seife zum Haare waschen." Er warf Crick über die Schulter einen Blick zu, sah ihm aber nicht in die Augen. „Du hast mich ausschlafen lassen."

„Du hattest es nötig." Crick stellte die Tasse ab, kam zu Deacon und legte ihm die Arme um die Taille. Deacon atmete erleichtert aus und ließ sich gegen ihn fallen. Er konnte Crick nicht böse sein. Es war einfach nicht möglich, Deacons ganzes Wesen sträubte sich dagegen. Er war sich nicht sicher, ob er sich jemals bei Crick entschuldigen könnte, aber andererseits erwartete er von Crick auch keine Entschuldigung.

„Es tut mir leid", sagte Crick in diesem Moment. Deacon wäre fast mit dem Hintern auf dem Fußboden gelandet.

„Was?", fragte er und drehte sich um, um Crick in die Augen zu sehen. Gott, Crick war so schön. Obwohl er mittlerweile erwachsen war, hatte sein schmales Gesicht mit den großen, braunen Augen nichts von seinem Zauber verloren. Deacon fragte sich, ob andere Menschen Crick wohl genauso sahen, oder ob es nur seine eigene Verliebtheit war, die Crick in einem verklärten Licht erscheinen ließ.

„Ich vergesse immer, dass du auch ein stolzer Mensch bist. Du bist so bescheiden und selbstlos, dass ich manchmal vergesse, wie stolz du auf uns alle bist."

Deacon wollte gerade antworten – ‚Vergiss den Stolz, ich habe doch dich' oder etwas ähnlich Intelligentes –, da ließ Benny im Hof einen lauten Schrei hören. Er sah zu ihr hin und fluchte laut. Dann rannte er, ohne Hemd und Schuhe, zur Tür hinaus, als wäre der Teufel hinter ihm her.

Am Steuer des fremden Autos saß Melanie, und in Deacons Hof stand Stief-Bob. Andrew lag auf dem Boden. Sie sollten später erfahren, dass Stief-Bob ihm von hinten an die Beinprothese getreten und ihn so zu Fall gebracht hatte. Im Moment war Coates mit Benny in ein Handgemenge verstrickt, weil er ihr Parry Angel abnehmen wollte.

„Lass deine dreckigen Pfoten von meinem Baby, du Arschloch!", schrie Benny. Dann war Deacon da.

Bob sah ihn nicht kommen, so fixiert war er darauf, Benny das schreiende kleine Mädchen zu entreißen. „Mein Fleisch und Blut wird nicht von schwulen Niggern aufgezogen, du Nutte!", keifte er und zerrte wild an Parrys Arm.

Es waren hässliche und gemeine Worte, aber Deacon hörte sie schon gar nicht mehr. Sein erster Schlag war hart genug, um Bob von Parry abzulenken. Beim zweiten Schlag wäre Bob in die Knie gegangen, hätte Deacon ihn nicht am Kragen gepackt und wieder hochgezogen.

Mit dem dritten Schlag brach Deacon ihm die Nase und das Blut spritzte in alle Richtungen. Danach sah Deacon rot und konnte sich an nichts mehr erinnern, bis Crick, Andrew und Patrick ihn von Bob zurückzogen.

23
GAR NICHT IN ORDNUNG

GUTER GOTT, Deacon war kurz davor, Stief-Bob totzuschlagen.

Er machte das Arschloch richtiggehend fertig, schlug ihm immer wieder mit den Fäusten ins Gesicht und schrie dabei wütend auf ihn ein.

„Du wirst meine Familie nicht anrühren, du Arschloch … *meine* Familie, verstehst du? Lass meine Familie in Frieden …"

Sein Gesicht war wutverzerrt und sein Körper, immer noch abgemagert von den zurückliegenden Ereignissen, war unnachgiebig und hart wie eine verwitterte, knorrige Baumwurzel. Crick half Andrew wieder auf die Beine und wartete, bis der seine Prothese gerichtet hatte. Allein hatte er keine Chance, Deacon zur Räson zu bringen.

Sie nahmen Deacon an den Armen, um ihn von Bob wegzuziehen. Aber selbst zu zweit schafften sie es kaum, ihn von seinen Mordabsichten abzuhalten. Glücklicherweise kam Patrick dazu und gab Deacon mit der Handfläche einen leichten Schlag auf den Hinterkopf. Deacon reagierte instinktiv so, wie er es aus seiner Kindheit gewohnt war. Er zog den Kopf ein und die fürchterliche Wut, die von ihm Besitz ergriffen hatte, ließ sofort nach.

Crick und Andrew lösten seinen Griff um Stief-Bobs Hemdkragen. Deacon ließ los und Bob sackte in sich zusammen. Deacon sah ihn zu Boden fallen, schüttelte Cricks und Andrews Hände ab und drehte sich um. Dann stakste er auf nackten Füßen über den Schotter der Einfahrt davon. Das Baby schrie immer noch und Melanie saß heulend hinter dem Steuer ihres Autos. Nachdem Deacons wütende Attacke auf den Mann, der das ganze Chaos zu verantworten hatte, unterbunden war, wirkte die Lage trotzdem nahezu friedlich. Crick und die anderen sahen Deacon nach. Der blieb stehen und drehte um. Von dem Racheengel war nichts mehr zu erkennen. Er war wieder der alte Deacon.

„Patrick, informiere die Polizei", krächzte er und sah voller Hass und Abscheu Stief-Bob an. Stief-Bob stöhnte und Melanie ließ ein ersticktes Schluchzen hören. Deacon spuckte auf Stief-Bobs fetten Wanst und drehte sich zu Benny und dem Baby um.

„Ist alles in Ordnung?", fragte er sie leise. Benny nickte und hielt ihm Parry hin, damit er sich selbst überzeugen konnte.

Das Baby beruhigte sich in Deacons Armen sofort, klammerte sich an seinen Hals und legte leise schluckend den Kopf an seine Brust.

„Sorry, mein Schatz", beruhigte Deacon sie. „Ich wollte dir keine Angst machen. Kein böser Mann nimmt dich uns weg, nicht wahr? Das wird Deacon niemals erlauben, Parry."

„Diek-diek", schniefte sie leise und drückte sich wimmernd an ihn. Er drückte ihr einen Kuss auf ihre verstrubbelten braunen Haare. Dann kam Crick und legte ihm von hinten eine Hand auf die Schulter. Dankbar lehnte Deacon sich zurück.

„Alles in Ordnung?" Die Frage kam automatisch, aber Crick wusste Deacons Antwort schon, bevor der den Mund öffnen konnte. Es war immer die gleiche Lüge.

„Alles glänzend, Carrick. Mach dir keine Sorgen."

„Die Polizei kommt gleich!", rief Patrick. Er stand mit dem Handy einige Meter entfernt. Crick sah ihn an und bemerkte, wie alt der Mann geworden war. Patrick sollte eigentlich schon lange nicht mehr arbeiten und war mit Sicherheit auch zu alt, um an dieser Art von Scheißkram noch Spaß zu haben.

„Gut", murmelte Deacon. „Kannst du bitte auch Jon anrufen? Wir werden ihn wahrscheinlich brauchen."

Als der Sheriff kam, hatte Bob sich schon wieder berappelt und ins Auto gesetzt. Melanie wendete und der Ford Sowienoch verschwand vom Hof, gerade als der Wagen des Sheriffs in die Einfahrt einbog. Patrick war dabei, das Pferd wieder einzufangen, das in dem Chaos aus der Koppel entkommen war. Die anderen saßen in der Küche, kümmerten sich um ihre Wunden und warteten auf den Sheriff.

Benny wollte Andrews aufgeschürften Ellbogen eincremen, aber der zog ihre Hand sanft zur Seite. „Lass schon, Benny. Es ist nicht so schlimm", sagte er leise.

„Wirklich, Benny", meinte Crick trocken. „Der Mann hat im Krieg ein Bein verloren. Die paar Kratzer bringen ihn bestimmt nicht um. Deacon, hör auf zu jammern. Es ist nur Desinfektionsmittel."

Deacon grunzte. Stief-Bobs falsche Zähne hatten seinen Knöcheln ziemlich zugesetzt. Crick flickte sie mit Pflastern sorgfältig zusammen, weil er sich sicher war, dass Deacon nicht zum Arzt gehen und die Risse in der Haut nähen lassen würde.

Der junge Mann in seiner Uniform stand in der Tür und wartete höflich darauf, dass er von den Anwesenden zur Kenntnis genommen würde. Er war auf eine bodenständige Art gut aussehend, hatte kurz geschnittene braune Haare, braune Augen und ein kräftiges Kinn. Alles an ihm wirkte vertrauenerweckend.

„Hallo, wir haben Sie schon gesehen", sagte Deacon. „Sie haben die beiden knapp verpasst, aber treten Sie trotzdem ein."

„Ich bin Officer Perkins", stellte der Mann sich vor. Seine Stimme klang ruhig und selbstbewusst. Deacon wischte sich die blutigen Hände an einem Küchenhandtuch ab. Dann streckte er zur Begrüßung den Arm aus und der junge Sheriff griff ohne zu zögern zu.

„Deacon Winters. Sie sollten sich vielleicht in den Krankenhäusern umhören. Ich habe ihn ziemlich zugerichtet."

Der Officer zog fragend die Augenbrauen hoch. „Gab es dafür einen triftigen Grund?"

Deacon sah ihn grimmig an. „Der Mann ist hier eingedrungen und hat meine Familie körperlich bedroht. Niemand fasst meine Familie an. Absolut niemand, verstehen Sie?"

Crick konnte nur mit Mühe ein unangemessenes Kichern unterdrücken. Deacon war unübertroffen, wenn er den Neandertaler auspackte.

Perkins zog die Augenbrauen hoch und nickte. Dann zog er ein Notizbuch aus der Tasche und fing an, ihnen ernsthafte Fragen zu stellen.

„Gut. Wessen Kind ist das?"

„Unseres!", antworteten Crick, Deacon, Benny und Andrew wie aus der Pistole geschossen. Der arme Mann musste wieder von vorne anfangen.

„Ich nehme an, dass Sie die Mutter sind?"

Benny nickte und schürzte die Lippen. Parry Angel saß in ihrem Hochstuhl und knabberte an einem von Diek-dieks Lieblingsplätzchen, um das schreckliche Erlebnis zu überwinden. Benny streichelte ihr liebevoll über den Kopf.

„Und Sie sind …"

„Benny Coates."

„Coates wie der Mann, der sein Gesicht vermöbelt bekommen hat?"

„Das ist der Samenspender, der mich gezeugt hat, ja."

Officer Perkins riss die Augen auf. „Und wer ist der Vater des Babys?"

„Ein Kerl mit Kontaktverbot und einer Verurteilung als Sexualstraftäter", erwiderte Benny ungerührt. „Möchten Sie wissen, wer sie erzieht und für sie da ist? Sie sehen sie alle vor sich sitzen. Aber am liebsten hat sie Deacon."

Officer Perkins sah Deacon an und hob hilflos die Hände. „Und wie sind Sie mit dem Baby verwandt?"

Deacon wurde so rot, dass Crick fast die Hitze spüren konnte, die er ausstrahlte. „Ich bin der Freund von Bennys Bruder."

Die braunen Augen öffneten sich noch weiter und sahen jetzt Crick an, der sich zwischen Deacon und die neue Bedrohung geschoben hatte.

„Und wie kommt es, dass Benny und das Baby hier leben, anstatt bei Bennys Eltern?"

Crick knurrte und es war Benny, die die Frage beantworten musste. „Weil mein dämlicher Bruder im Irak war, um sich in die Luft jagen zu lassen. Deacon hat mich vor dem Haus abgeholt und aufgenommen. Wollen Sie mein Zimmer sehen? Die Sozialarbeiterin wollte es sehen. Und auch das Zimmer des Babys und meinen Medizinschrank, weil sie wissen wollte, ob ich empfängnisverhütende Mittel nehme. Und mein dämlicher Vater …" Sie malte mit den Fingern Anführungszeichen in die Luft. „… hat sich in seinen hohlen Kopf gesetzt, dass es dem Baby bei ihm besser gehen würde."

Officer Perkins nickte und versuchte, das Gespräch wieder an sich zu ziehen. Schließlich musste er einen Bericht schreiben. „Gut. Und hat er auch gesagt, warum er das denkt?"

Jetzt mischte sich Deacon ein. „Wenn ich mich recht erinnere, dann wollte er nicht, das sein ‚Fleisch und Blut von schwulen Niggern' aufgezogen wird."

Perkins zuckte zusammen und sah die drei Männer an. „Äh … und wen hat er damit gemeint?"

Deacon und Andrew sahen sich an. „Keine Ahnung", meinte Deacon und lachte leise. „Was meinst du, Drew?"

Andrews Lachen war schon etwas lauter. „Ich weiß nicht, Sir. Du bist tatsächlich etwas braun gebrannt."

Crick schüttelte vehement mit dem Kopf. „Das ist nicht lustig", schimpfte er und wurde noch nachträglich wütend auf Stief-Bob. „Wie kommt er auf den Gedanken, hier aufzutauchen und sich so aufzuführen? Ich habe die offizielle Vormundschaft für Benny und Parry. Er ist hier unrechtmäßig eingedrungen. Das war versuchte Kindesentführung. Was geht nur in seiner hohlen Birne vor?"

Officer Perkins räusperte sich. „Das kann ich Ihnen nicht beantworten", meinte er und nickte Jon zu, der in diesem Moment die Küche betrat. „Ist Mr. Coates ein regelmäßiger Kirchgänger?"

„Ja, Gott steh ihm bei", erwiderte Crick.

„Nun, auf dem Feld bei Elverta findet gerade eine Zeltmission statt. Dort hat sich gestern ein sogenannter Prediger über die Übel der Homosexualität und der gemischtrassigen Ehen ausgetobt. Das Übliche eben. Vielleicht war Mr. Coates dort und hat sich deshalb erleuchtet und berufen gefühlt."

„Es wundert mich, dass Sie nicht auch dort waren", mischte sich Jon ein und lehnte sich neben Crick und Deacon an den Küchenschrank.

„Ganz ruhig, Cowboy", meinte Deacon. „Officer Perkins war sehr anständig zu uns."

„Ja", bestätigte Benny gereizt. „Aber wir können uns noch gut an seinen Vorgänger erinnern."

Officer Perkins schien zu wissen, worauf sie anspielte. „Das tut mir leid. Aber Sie müssen wissen, dass wir nicht alle so sind. Ich wäre hier gerne als Freund willkommen."

Jon nickte und sah ihn nachdenklich an. „Ich nehme an, das hängt davon ab, ob Sie Deacon dafür verhaften werden, dass er seine Familie beschützt hat."

Officer Perkins sah auf seine Notizen und zuckte mit den Schultern. „Das kann ich mit Bestimmtheit ausschließen. Obwohl es auch davon abhängt, wie schwer Mr. Coates verletzt wurde. Hat Mr. Winters unangemessene Gewalt eingesetzt, um das Verbrechen zu verhindern?"

„Wenn der Bastard noch selbst ins Auto steigen konnte, dann möchte ich das bezweifeln", schnappte Crick Officer Perkins an. Deacon legte ihm beruhigend die Hand auf den Arm. Crick sah auf seinen Arm und auf Deacons verbundene Knöchel und wurde wieder wütend.

„Ich kann mich wirklich nicht erinnern", sagte Deacon. Seine Stimme klang merkwürdig abwesend und leblos. Crick musste an den Tag denken, als Parish gestorben war. Oder an den Tag, als er Deacon gestanden hatte, sich verpflichtet zu haben. „Ich … Es ist seltsam. Ich wollte einfach nur, dass er das Baby loslässt. Das ist alles."

Plötzlich stand Deacon im Mittelpunkt der Aufmerksamkeit. Es behagte ihm gar nicht. „Ich muss jetzt …" Er schluckte und wurde wieder rot. „War das alles, Officer?", wollte er dann wissen. Crick sah Deacon an, wie schwer ihm die Frage fiel und wie sehr er sich zusammenreißen musste.

„Ja, Sir. Ich denke, das war alles."

Deacon nickte und schüttelte ihm wieder die Hand. „Das ist übrigens Jon Levins, ein Freund der Familie. Er ist unser Anwalt. Falls Sie mich verhaften müssen, wenden Sie sich wegen der Kaution bitte an ihn."

„Sie nehmen das wirklich sehr gelassen hin", merkte Perkins an. Deacon zuckte mit den Schultern.

„Wenigstens werde ich dieses Mal wach sein, wenn ihr an meine Tür hämmert." Mit diesen Worten machte er sich – barfuß und immer noch mit freiem Oberkörper – auf den Weg in den Waschraum, um das Haus zu verlassen. „Ich muss das Heu wenden", erklärte er.

Andrew rollte mit den Augen. „Stimmt, das hatten wir heute vor", murmelte er, während die Tür hinter Deacon zuknallte. Crick lehnte sich an den Küchenschrank und rieb sich mit dem Finger über die Nase.

„Es ist warm. In spätestens einer Stunde wird er müde sein", meinte er. Es war zwar erst Anfang Juni, aber die gegenwärtige Hitzewelle würde die Temperaturen heute bestimmt auf über dreißig Grad klettern lassen. Trotzdem, Deacon musste irgendwie seinen Stress abbauen. Die Arbeit kam da gerade richtig. Aber … Gott, Crick hasste den Ton, den er in Deacons Stimme gehört hatte. Es musste offensichtlich erst eine mittlere Katastrophe passieren, bevor die Mauern zusammenbrachen, die Deacon zwischen sich und der Welt errichtet hatte.

Officer Perkins sah Crick nachdenklich an. „Der Mann ist entweder ein Muster an Gelassenheit oder er steht kurz vor der Explosion."

„Warum?", fragte Jon und spülte Cricks Tasse aus, um sich einen frischen Kaffee einzuschenken. „Was hat Crick denn jetzt schon wieder angestellt?"

„Die Ranch gerettet", grummelte Benny. „Aber wie er das getan hat, ist nicht sehr gut angekommen."

„Die Ranch steckt in Schwierigkeiten?", wollte der junge Sheriff wissen und sah so sehnsüchtig auf den Kaffee, dass Jon ihm auch eine Tasse einschenkte. Crick hatte den Eindruck, Jon fühlte sich schuldig wegen seiner Bemerkung.

„Wegen der gleichen Arschlöcher, die Sie eigentlich jetzt festnehmen sollten", antwortete Jon trocken und reichte ihm die braune Tontasse. „Sie verbreiten in der Stadt Gerüchte über ‚Pferde-AIDS‘. Deacon verliert deshalb Kunden, die ihre Pferde nicht mehr bei ihm unterstellen und ausbilden lassen wollen. Es ist eine Schande. Niemand kann so gut mit Pferden umgehen wie Deacon."

Perkins nahm den Kaffee dankbar entgegen und trank einen Schluck. „Keine Sorge. Ich habe schon eine ganze Ladung Uniformierter losgeschickt, die die Krankenhäuser und auch die Adresse in Levee Oaks überprüfen, die Sie mir gegeben haben. Aber Ihr Freund scheint seine Familie sehr ernst zu nehmen", sagte er an Crick gerichtet. Der schüttelte den Kopf.

„Es ist eben seine Familie. Wir sammeln uns um ihn wie Satelliten. Er … er strahlt so hell wie eine Sonne, wissen Sie?" Crick wurde rot.

Jon grinste ihn schief an. „So kann man es auch ausdrücken", stimmte er zu. „Raus damit, Crick – was hast du getan, um die Ranch zu retten?"

Crick schnaubte. „Unsere Bankkonten zusammengelegt. Hast du gewusst, wie viel er für mein Studium auf die Seite gelegt hat?"

Jon nickte. „Natürlich, du Idiot. Und hast *du* eine Ahnung, wie viel es ihm bedeutet, dass du diese Chance hast?"

Crick schüttelte den Kopf, obwohl ihm klar war, wie recht Jon hatte. „Ich werde nicht studieren. Nicht nach allem, was ich ihm angetan habe. Ich will überhaupt nicht mehr weggehen. Deacons Leben ist diese Ranch, also bleibe ich auch hier. Zeichnen kann ich überall. Aber Deacon ist an diese Ranch gebunden, wenn er mit Pferden arbeiten will."

Jon legte ihm kopfschüttelnd die Hand auf die Schulter. „Vielleicht kann ich dir doch noch vergeben, du Idiot."

Crick nahm Jons Hand und seine Bemerkung erleichtert zur Kenntnis. Er machte sich Gedanken, was wohl in diesem Moment durch Deacons Kopf geisterte, wurde aber durch Officer Perkins unterbrochen. „Was zeichnen Sie?", wollte der junge Sheriff wissen.

Crick lachte leise. „Was mir so einfällt."

„Aber meistens Deacon", ergänzte Benny trocken. Crick wurde rot.

„Ich vermisse meinen Zeichenblock", gestand er.

„Wo ist er denn?", fragte Benny. Crick hätte sich vor Scham am liebsten verkrochen.

„Vermutlich bei Lisas Eltern. Gott, ich habe noch nicht mit ihnen gesprochen. Sie leben in Seattle. Jetzt, wo ich wieder gesund bin, sollte ich sie besuchen." Crick sollte es wirklich tun. Es stand zwar nicht im Regelbuch, aber er war der letzte Mensch gewesen, der ihre Tochter lebend gesehen und mit ihr gesprochen hatte. Er und Lisa waren über ein Jahr lang Freunde und Vertraute gewesen. Ihre Eltern würden mit ihm reden wollen. Wenn er bei dem Anschlag gestorben wäre, hätte er sich jedenfalls gewünscht, dass Lisa gekommen und mit Deacon geredet hätte.

„Ich weiß nicht, Crick", meinte Benny nüchtern. „Das musst du selbst entscheiden."

„Wer ist Lisa?", fragte Officer Perkins und fand plötzlich alle Blicke auf sich gerichtet.

„Sie war meine Fahrerin im Irak", sagte Crick aufgewühlt. „Wieso sind Sie noch hier?"

Der Mann wurde rot. „Ich …" Er lachte unsicher und ging zur Tür. „Es tut mir leid. Ich … ich bin erst vor einem Monat hierher gezogen. Sie sind die netteste Familie, die ich bisher kennengelernt habe."

Jon fing zu kichern an und Benny machte es ihm nach. Es war fast wie in der Schule. Andrew rieb sich mit der Hand über die Augen und Crick starrte den Sheriff kopfschüttelnd an. „Das ist das Verrückteste, was ich heute gehört habe. Und das will einiges heißen. Mein Gott, Kumpel. Es wäre vielleicht besser, wenn du uns an einem anderen Tag besuchst. Wenn wir uns nicht gerade gegen tollwütige Verwandte wehren müssen oder so. Was meinst du?"

Der arme Perkins wurde jetzt vor Verlegenheit fast so rot wie Deacon. Er wollte sich gerade zur Tür umdrehen, als Jon ihn zurückrief. „Keine Angst, Crick meint es nicht so. Ich sage Ihnen was – kommen Sie am Sonntagabend zum Essen vorbei, dann können wir uns besser kennenlernen. Aber die Blumen nicht vergessen. Meine Frau ist im Moment mehr schwanger als erträglich. Wie wär's?"

Der Mann blinzelte verwirrt. Er schien zwischen Hoffnung und Skepsis zu schwanken. „Leben Sie denn auch hier?", fragte er Jon.

„Das hätte er wohl gerne gehabt", meinte Crick trocken. „Aber ich bin der Glückspilz, der mit dem Schwulen-Gen auf die Welt gekommen ist."

Jon zuckte mit den Schultern. „Ja, ich bin verflucht. Haben Sie meine Frau schon kennengelernt? Wenn sie nicht gerade tobt, weil sie im vierten Monat schwanger ist, kann sie verdammt heiß sein."

„Da müsste ich Deacon fragen", sagte Crick selbstzufrieden. „Ich habe mit ihr keine Erfahrung."

Jon lachte herzlich und klopfte Crick auf die Schulter. „Schon gut, ich gebe auf. Ich habe dich auch vermisst, und jetzt habe ich dir auch endgültig vergeben." Er sah ihren neuen Freund an, der immer noch feuerrot war vor Verlegenheit. „Sie sind trotzdem zum Essen eingeladen. Aber wir wüssten gerne Ihren Namen."

„Shane", sagte der junge Officer. „Shane Perkins. Und ich freue mich schon auf Sonntagabend. Mann, die Leute in dieser Stadt verdursten lieber, als dass sie zugeben, noch Wasser übrig zu haben. Verstehen Sie, was ich meine?"

Crick vergaß sein Geplänkel mit Jon und sah ihren neuen Freund grimmig an. „Kumpel, wir wissen sehr genau, was du damit meinst. Ich gehe jetzt zu Deacon, um mit ihm zu reden. Ich kann es nicht ertragen, wenn er alleine vor sich hin schmort und sich abarbeitet."

UND WIE sich Deacon abarbeitete!

Er lud mit einer Heugabel die schweren Heuballen vom Truck, um sie an der Stallwand unter einem kleinen überdachten Bereich, der extra dafür gedacht war, aufzustapeln. Sein Oberkörper war schweißgebadet und die Muskeln in seinen Armen, seinem Rücken und seiner Brust traten von der Anstrengung hervor. Unter dem Stoff seiner Jeans konnte Crick das Spiel der Muskeln in Deacons Oberschenkeln beobachten und er musste sich daran erinnern, dass es im Moment wichtigere Dinge gab, als Deacons sexy Körper zu bewundern. Deacon war ein sehr effizienter Arbeiter und die Heuballen waren ordentlich in Reih und Glied aufgestapelt. Es war seine Aufgabe, seit er groß genug gewesen war, die schweren Ballen zu heben, ohne sich dabei zu überanstrengen oder zu verletzen.

Deacon führte Selbstgespräche und es hörte sich an, als würde er Stief-Bob verfluchen. „Verdammtes Arschloch … Du Bastard, ich bringe dich um … Kommst einfach auf meine Ranch und bedrohst meine Familie. Wenn du noch einmal hier auftauchst, reiß ich dir die Eier ab. Arschloch, verdammtes …"

Crick beobachtete ihn in seiner hilflosen Wut und überlegte, ob er lieber etwas warten sollte, bis Deacon mit dem Abladen fertig war und die potenzielle Waffe in seiner Hand wieder abgestellt hatte. Vielleicht hätte sich Deacon dann auch abreagiert und wäre ansprechbarer. Crick wollte gerade wieder gehen, als Deacon einen klaren Moment hatte und ihn überraschend ansprach.

„Es tut mir leid, Crick. Wolltest du mit mir reden?"

„Ich wollte nur sehen, wie es dir geht", erwiderte Crick und war froh, ein kleines Lächeln auf Deacons Gesicht zu sehen.

„Ich verarbeitete nur die Scheiße von vorhin."

„Das dachte ich mir. Aber es wird heiß. Vielleicht solltest du mit der schweren Arbeit bis heute Abend warten, wenn es kühler ist."

Deacon zuckte mit den Schultern. „Dann habe ich anderes zu tun."

„Ja", gab Crick zu und fügte, weil er schon in der Küche darüber nachgedacht hatte, hinzu: „Deacon, ich würde gerne Lisas Familie in Seattle besuchen. Meinst du, dass du mich demnächst für einige Tage entbehren kannst? Ich bin es ihnen schuldig."

Er hatte nicht mit Deacons Reaktion gerechnet. Der ließ einfach die Heugabel fallen – regelrecht *fallen*, ohne sie an die Wand zu lehnen oder in einen der Ballen zu stecken –, zog dann seine Arbeitshandschuhe aus und warf sie ebenfalls auf den Boden. Crick, der hinter ihm stand, konnte erkennen, wie sich seine Nackenmuskeln anspannten.

„Du willst mich verlassen?"

„Nur für einige Tage", erklärte Crick. „Ich würde dich gerne bitten, mich zu begleiten. Aber du hast hier so viel zu tun und ich will dich nicht …"

„Mich verlassen?" Cricks Herz pochte wie wild. Das war die gleiche abwesende Stimme wie vorhin. Die Stimme mit dem verlorenen Klang, die aus der Kehle eines kleinen Jungen gekommen war, der mit seiner toten Mutter allein im Haus war und der nichts hören konnte, als seinen eigenen Herzschlag.

„Nein", versuchte Crick, ihn zu beruhigen. „Ich verlasse dich nicht. Ehrenwort. Du kannst mitkommen … oder ich bleibe hier …"

„*Du hast verdammt recht! Du wirst nicht weggehen!*", brüllte Deacon und wirbelte zu Crick herum. Eine Sekunde, einen *Herzschlag* später fand Crick sich mit dem Rücken an die Stallwand gepresst. Er spürte das Pochen in Deacons schweißnasser, nackter Brust, die sich fest an ihn drückte.

„Du wirst mich nicht verlassen!", befahl Deacon und Crick nickte heftig.

„Ich verlasse dich nicht." Oh Gott, Deacon roch nach Sex und Schweiß und Wut und sah aus, als würde er nach Salz schmecken.

„Nie wieder … Du wirst mich nie wieder verlassen. Du hast es versprochen!"

„Ich habe es versprochen", flüsterte Crick und starrte wie hypnotisiert in Deacons grüne Augen, die ihn zornig anfunkelten. Der Gedanke, dass Crick ihn verlassen würde, hatte all die Wut und Angst in Deacon freigesetzt, die er in den letzten beiden Jahren gefühlt, aber nie ausgesprochen und gezeigt hatte.

„Du wirst mich nicht verlassen", zischte Deacon wieder und zog Cricks Kopf nach unten, um ihn zu küssen. Er drückte Crick dabei so fest an die Stallwand, dass der jeden Augenblick damit rechnete, seine Brust würde sich öffnen und Deacon in sich aufnehmen. Deacons Kuss war hart, bestrafend und besitzergreifend. Er schmeckte wie … wie Deacon, nur bitterer. Da war nichts Süßes oder Sanftes, als er seinen Mund so fest auf Cricks Lippen presste, dass es schmerzte und nach Blut schmeckte.

Crick drehte den Kopf zu Seite. „Ich verlasse dich nicht. Nie wieder, das verspreche ich", sagte er keuchend, dann verschloss ihm Deacon wieder den Mund mit seinem Kuss. Sie waren beide erregt und Crick presste sich mit den Hüften an Deacon. Sein Schwanz war schmerzhaft hart, so schnell war es gegangen.

Deacon erwiderte Cricks Druck mit aller Macht. „Du wirst mich nicht verlassen, nein … Du wirst nicht mehr von meiner Seite weichen, Carrick … Verdammt, du hast es mir versprochen", keuchte er.

„Ich habe es versprochen", knurrte Crick. „Deacon … die Sattelkammer …"

Deacon küsste Crick wieder und wieder, biss ihn hart genug in den Hals und die Brust, um seine Zeichen zu hinterlassen. Er legte Crick die Hände auf die Schultern und schob ihn nach hinten durch das offene Stalltor. Crick ließ sich stolpernd durch den Stall führen. Sie kamen an Andrews Kammer vorbei zu dem unbenutzten Raum mit der Liege und dem Sattelzeug. Dorthin schob ihn Deacon, einen stolpernden Schritt nach dem anderen, einen harten Kuss und Biss nach dem anderen.

Crick fasste nach hinten, tastete nach dem Griff und öffnete die Tür. Sie fielen fast über die Schwelle in den dunklen, stickigen Raum. Deacon knallte die Tür hinter ihnen zu und legte den Riegel vor. Crick ließ seine Hose fallen und küsste ihn. Deacon ließ ihn für einen Augenblick los und zog ihm das T-Shirt über den Kopf. Dann drehte er ihn um und beugte ihn übers Bett, den nackten Arsch in die Luft gestreckt.

„Bleib so", knurrte er und Crick gehorchte. Er hörte, wie Deacon hinter ihm in den Taschen wühlte und seine Jeans zu Boden fiel. Deacons Daumen, feucht und nach Kirsche duftend, zogen Cricks Arschbacken auseinander und pressten sich rau in sein Loch, dehnten seinen Schließmuskel. Stöhnend drückte Crick das Gesicht in die staubige Matratze, direkt neben dem Sack mit dem Pferdefutter.

„Gott … Deacon!"

„Hierbleiben habe ich gesagt!"

„Ich halte doch still", stöhnte Crick. Die Daumen in seinem Arsch bewegten sich hart und schnell. Cricks Hüften zuckten. Er wollte nach seinem pochenden Schwanz greifen, aber Deacon nahm seine Hand und schob sie wieder nach oben auf die Matratze.

„Bleib so, verdammt", knurrte Deacon und drückte sich mit dem Schwanz an Cricks Hintereingang.

„Ja, Sir", jammerte Crick und ergab sich Deacons Verlangen. Er hatte beim Militär gelernt, wie man Befehlen gehorchte, hatte gelernt, dass es eine Sache von Leben und Tod sein konnte. Und in diesem Moment hing Deacons Leben davon ab, dass Crick ihm zeigte, dass er ihn nie verlassen und immer für ihn da sein würde.

Deacon hatte sich zwar eingerieben, aber was immer er auch als Gleitmittel benutzt hatte, es war nicht sonderlich wirkungsvoll. Cricks Arsch brannte, als Deacon in ihn eindrang. Trotzdem stöhnte er und genoss den leichten Schmerz und Deacons Rücksichtslosigkeit, denn es bewies ihm, wie sehr Deacon ihn brauchte. Und das – oh Gott! – war genug, um einen Heiligen um den Verstand zu bringen. Crick spürte nur noch Deacons harten, dicken Schwanz in sich, der ihn dehnte und sich in ihm versenkte, bis er Deacons Schamhaare fühlte, die sich an seinen Hintern pressten. Dann prallten ihre Hoden unter der Wucht von Deacons Stoß zusammen.

Crick presste sein Gesicht in die Matratze und wimmerte laut vor Lust.

Deacons Stöße kamen hart und unerbittlich. „Du wirst mich nicht verlassen, nie wieder, hörst du?", keuchte er. Crick nahm jammernd und bettelnd seinen Rhythmus auf.

„Fick mich, Deacon, bitte, oh Gott, bitte, nimm mich … Ja! … Oh Gott!" Deacon hatte in seiner Weisheit und Güte nach Cricks Schwanz gegriffen. Seine feuchte, schlüpfrige Hand bewegte sich auf und ab und auf und ab und … Crick konnte nur noch stammeln und Deacons Worte gingen in ein unverständliches Keuchen über. Mit einem lauten Heulen kam Crick und Samen spritzte an seinen Bauch und seine Brust. Dann fühlte er Deacons Schwanz an seine Prostata schlagen und heulte und spritzte wieder und wieder, bis er nicht mehr konnte.

Deacon nahm in an den Haaren, die mittlerweile nachgewachsen waren und einen festen Griff erlaubten. Er zog Cricks Kopf zurück und zischte ihm ins Ohr: *„Verdammt, du wirst mich nicht verlassen!"* Crick stöhnte nur und überließ sich Deacons hämmernden Stößen, die ihn in die Matratze drückten. „Ich meine es ernst, verdammt!"

„Ich werde dich nicht verlassen", keuchte Crick leise, während Deacon ihn fickte, bis er zu zerfließen glaubte. „Ich liebe dich, Deacon. Ich werde dich nie wieder verlassen."

Mit einem letzten, mächtigen Stoß kam Deacon zum Höhepunkt. Er schrie auf und schlug seine Zähne in Cricks Schulter. Keuchend und bebend presste er sich an Cricks schweißgebadeten Rücken. Mit unkontrolliert zuckenden Hüften ergoss er sich in Cricks Arsch.

„Verdammt richtig. Das wirst du nie wieder tun", japste er, als ihre Körper wieder zur Ruhe gefunden hatten.

Sie blieben noch lange unbeweglich liegen. Deacon bebte ab und zu leicht und Crick versuchte, seinen überwältigten Sinnen etwas Erholung zu gönnen. Er konnte kaum atmen, so fest klammerte sich Deacon an ihn. Mit seinem ganzen Körpergewicht auf der verletzten Schulter fasste er nach hinten und nahm Deacon an der Hand. Deacons Hände zitterten – nein, sie bebten! – und der Schweiß, der seine Wange an Cricks Rücken klebte, war unnatürlich heiß.

„Deacon", flüsterte Crick leise in die Stille zwischen ihnen. „Deacon, geht es dir gut?"

Deacons Stimme war wieder seine eigene – nicht mehr die des kleinen, verlassenen Jungen, und auch nicht mehr die des aggressiven, dominanten Liebhabers. Er war wieder Cricks Deacon, und er hatte Schmerzen.

„Nein, Crick. Es geht mir nicht sehr gut", murmelte er und Crick nickte. Er streckte sich und Deacons Schwanz glitt aus seinem Körper. Dann setzte er sich mit seinem nackten Hintern aufs Bett und legte die Arme um Deacons Taille. Deacon versteckte das Gesicht an seiner eigenen Schulter. Crick legte ihm die gesunde Hand an den Kopf, um ihn zu sich herabzuziehen. Deacon gab nach und sank vor dem Bett auf die Knie. Dann drückte er sein Gesicht an Cricks Brust und fing an zu weinen.

24
NACKTE WORTE, BLOßE HERZEN

DAS GRÖßTE Problem war, sich unbemerkt vom Rest der Familie in die Dusche zu schleichen. Sie waren vollkommen verschwitzt, von oben bis unten mit Staub und Heu bedeckt und stanken … nun, als hätten sie im Heu staubigen, verschwitzten Sex gehabt. Außerdem waren ihnen die Spuren ihrer Tränen noch anzusehen, die sie mit Cricks T-Shirt nur notdürftig abgewischt hatten.

Sie hatten sich so gut wie möglich wieder angezogen und vorsichtig den Kopf aus dem Stalltor gesteckt, um sicherzugehen, dass Patrick nicht in der Nähe war und bei ihrem Anblick einen Herzinfarkt bekam. Dann waren sie zum Haus gelaufen und hatten gehofft, dass der Sheriff mittlerweile wieder gegangen war. Das war er glücklicherweise auch. Nur Jon und Benny saßen in der angenehm kühlen Küche und aßen Apfelkuchen, den sie sich offensichtlich besorgt hatten, während Deacon und Crick anderweitig beschäftigt gewesen waren.

Die beiden hoben den Kopf und sahen Deacon ins Gesicht, als er in Richtung Badezimmer verschwand. Aber weil sie zur Familie gehörten, verloren sie kein Wort über seinen Zustand. Deacon hörte, wie Jon hinter ihm nach Crick rief und ihn etwas fragte. Aber er blieb nicht stehen, um Cricks Antwort abzuwarten. Als Crick kurz darauf ebenfalls ins Badezimmer kam, stand Deacon schon unter der Dusche und hatte die Flasche mit dem Shampoo in der Hand, die Benny netterweise besorgt hatte.

„Hmm", brummte Crick und nahm ihm die Flasche ab. Dann kümmerte er sich um Deacon, wusch ihm die Haare und rieb ihm mit seinen warmen, seifigen Händen über die Brust, den Rücken und den Hals.

„Was hat Jon von dir gewollt?", fragte Deacon und überließ sich Cricks fürsorglichen Händen.

„Er hat mir gesagt, dass Bob festgenommen worden ist. Aber wir sollten ihn besser nicht anzeigen, weil du sonst wegen Körperverletzung belangt werden kannst."

Deacon knurrte leise. Verdammt, dann kam der Scheißkerl wieder ungeschoren davon. „Sonst noch was?"

„Er wollte wissen, wie es dir geht." Crick seifte ihm die Brust ein und Deacon musste sich ein Wimmern verkneifen, so gut fühlten sich Cricks Hände auf seiner Haut an.

„Und?"

„Ich habe ihm gesagt, dass es dir nicht sehr gut geht."

Deacon fragte sich, wie er mit seinem Zusammenbruch leben sollte. Er war in sich zusammengefallen wie ein morscher Baumstamm.

„Was hat Jon dazu gesagt?"

„Endlich!"

Deacon schnaubte und hätte beinahe gelacht. Das Wasser prasselte ihm ins Gesicht und auf den Körper. Crick legte die Arme um ihn und wiegte ihn sanft hin und her, während der Schaum von ihm abgespült wurde und im Abfluss verschwand.

Als das Wasser kalt wurde, trockneten sie sich ab. Deacon wollte gerade in seine Unterhose schlüpfen, da meinte Crick: „Lass es bei der Unterhose. Andrew und Patrick haben alles im Griff. Du hast heute offiziell frei. Ich habe es so beschlossen."

„Oh ja, allmächtiger Boss. Und was fangen wir mit meinem freien Tag an?"

„Ich dachte, wir könnten uns ins Bett legen, miteinander reden und ausschlafen. Und wenn wir sehr – wirklich *sehr* – abenteuerlustig sind, können wir zum Baden an den Fluss fahren, mit oder ohne Familie. Aber erst kommt das Bett. Ich will dich in den Armen halten, ohne dass du von der Arbeit oder vom Sex nach Schweiß stinkst."

Sie redeten. Dann verließ Crick das Zimmer und kam kurz darauf mit belegten Broten zurück. Sie redeten weiter. Danach schlief Deacon ein, was ihn selbst genauso überraschte wie Crick. Als er wieder aufwachte, war Crick immer noch da, lag an seiner Seite und beobachtete ihn mit seinen ruhigen, dunklen Augen. Deacon lächelte ihm verschlafen zu.

„Du bist nicht weggegangen", flüsterte er.

„Ich habe es dir doch versprochen. Ich halte mein Versprechen. Ehrenwort."

EINEN MONAT später stand Deacon am Bug der weißen Fähre, die an den San Juan-Inseln vorbei durch die Wellen des Puget Sound glitt. Es war ein strahlender Sonnentag im Juli und das Meer war eisblau.

Er und Crick hatten beschlossen, gemeinsam Lisas Eltern zu besuchen. Deacon hatte seine Vorbehalte gegen die Reise aufgegeben und die ganze Familie – Benny, Jon, Amy, Patrick, Andrew und Crick – hatten ihn davon überzeugt, dass er die vier Tage Urlaub brauchen konnte, bevor Amys Baby auf die Welt kam.

„Ich will dich auch in dreißig Jahren noch bei uns haben, du Idiot!", waren Jons letzte Worte zu dem Thema gewesen. Deacon hatte nicht mehr die Kraft gefunden, ihm zu widersprechen. Und er wollte nicht von Crick getrennt sein, selbst wenn es nur wenige Tage waren.

Jetzt waren sie also hier und Deacon konnte es nicht bedauern. Crick war zur Bar gegangen, um ihnen Kaffee zu besorgen. Er hatte hart an seiner Hand gearbeitet und war mächtig stolz darauf, die beiden Becher mit dem Kaffee halten zu können.

Deacons gebrochenes Herz war noch nicht wieder ganz verheilt. Wahrscheinlich würde er die Narben sein ganzes Leben lang spüren, aber damit stand er nicht allein. Auch Cricks Herz hatte schwere Wunden davongetragen und sie hatten es geschafft, damit zu leben. Und wenn die Wunden wieder zu bluten anfingen, würde Deacon einfach die Worte jenes Tages nehmen und es damit verbinden, sodass es weiterschlagen und heilen konnte und stark genug war für eine Zukunft mit dem Mann, der es gebrochen hatte.

„DEACON?"

„Ja?"

„Du hast mir nie gesagt, warum du aufgehört hast zu trinken. Benny hat mir erzählt, du wärst wieder von dem Spirituosenladen weggegangen, aber du hast mir nie den Grund dafür gesagt."

„Es war der Brief, den du mir geschickt hast. In dem du mich gebeten hast, dir die Wahrheit zu schreiben." Deacon unterbrach sich und sah, den Kopf auf die verschränkten Arme gelegt, Crick von der Seite an. „Die einzige Wahrheit wäre gewesen, dass ich mir Schnaps kaufe und mich anschließend betrinke. Und das wollte ich dir nicht schreiben. Ich musste eine bessere Wahrheit finden."

Crick strich ihm mit der vernarbten linken Hand die Haare aus der Stirn. „Du wirkst immer so stark, Deacon. Heute ist das erste Mal seit dem Tod deines Vaters, dass ich dich weinen sehe."

Deacon griff nach Cricks Hand und streichelte sie zärtlich. „Weil du mich nicht erlebt hast, fünf Minuten, nachdem du mich in dem Hotel in Georgia verlassen hast."

„Deutschland", war Cricks Stimme in der schläfrigen Stille zu hören.

Deacon riss die Augen auf. Er wäre beinahe eingeschlafen, den Kopf auf Cricks Bauch gebettet und ihre Hände über seiner Brust verschlungen.

„Tibet", antwortete er spontan.

„Nein, du Idiot. Ich will mit dir darüber reden, was in Deutschland passiert ist."

Deacon runzelte unglücklich die Stirn. „Ja. Als wir das letzte Mal darüber gesprochen haben, war Tibet auch schon nicht die richtige Antwort gewesen."

Crick gab ihm mit seiner verletzten Hand einen spielerischen Klaps an den Hinterkopf. „Mann, Deacon! Ich habe mit Lisa darüber reden wollen, aber sie wollte es nicht hören. Sie war wütend, weil ich dich betrogen habe. Du bist der einzige Mensch, der die Geschichte genauso lächerlich findet wie ich selbst."

„Als du in Deutschland warst, hat Lisa dich noch gar nicht gekannt", murmelte Deacon. Crick nickte.

„Ich muss dir etwas gestehen, Deacon. Ich hätte gerne ein einziges Mal einen Freund oder eine Freundin, bei denen ich nicht gegen dich konkurrieren muss. Lisa war total verschossen in dich."

„Jeff ist nicht ..."

„Blödsinn. Jon, Amy, Lisa, Jeff – sogar Officer Perkins hat sich in dich verguckt."

„Officer Perkins ist nicht schwul!"

„Schon wieder Blödsinn. Glaub mir, Deacon – ich kenne diesen Blick, wenn sie dich ansehen. Lisa musste nur einen einzigen Blick in meinen Zeichenblock werfen, und schon war es um sie geschehen."

Deacon stütze sich auf den Ellbogen und sah Crick verwundert an. „Du willst mich auf den Arm nehmen."

Crick schüttelte den Kopf. „Was soll ich dazu sagen, Baby – du bist eben ein ganz besonderer Fang. Darf ich jetzt die Geschichte zu Ende erzählen?"

„Die, in der du in Berlin mit einem Fremden ins Bett gehst? Natürlich, Crick. Erzähl nur."

Crick erzählte weiter, ohne Deacons Sarkasmus zur Kenntnis zu nehmen. Aber er behielt recht. Als er mit seiner Geschichte am Ende war, musste Deacon laut lachen.

„Er hat dich angesehen und gesagt: ,Einsam? Ja, das kann ich sehen'? Mann, Crick! Das ist beinahe so erbärmlich wie mein Versprecher, als ich mit Becca im Bett war."

„Dazu kommen wir später noch", drohte ihm Crick. „Aber du hast recht. Ich habe die halbe Nacht damit verbracht, ihm Bilder von dir zu zeigen und ihm deine Briefe vorzulesen." Er schüttelte den Kopf. „Er hat mir gesagt, ich sollte die Augen schließen und deinen Namen sagen, wenn er mich küsst. Das habe ich dann auch getan."

Deacon rollte auf den Bauch und kroch nach oben, um Crick in die Augen zu sehen. „Mach die Augen zu und sag meinen Namen", flüsterte er.

Und das tat Crick dann auch.

Eine halbe Stunde später, nachdem sie wieder zu Atem gekommen waren und sich ihre Unterhosen angezogen hatten, sagte Crick: „Oh, ja – ich habe übrigens getoppt."

Deacon musste wieder lachen. „Und warum sollte mich ausgerechnet das interessieren?"

Crick wurde rot. Die Röte breitete sich langsam über seinen Hals und seine Brust nach unten aus, bis sie fast seinen ganzen Körper erfasste. Nur das Narbengewebe an seiner Seite blieb davon ausgenommen. „Ich ..." Er schluckte tief und senkte verlegen den Blick. „Ich hatte ... Du weißt schon – diese romantische Idee, dass mein Arsch nur dir gehört."

Deacons Lachen begann mit einem leisen Rumpeln in seiner Brust, brach sich dann Bahn und endete in einem tiefen, lauten Gelächter, das seinen ganzen Körper erfasste. Er hielt sich den Bauch und wischte sich die Tränen aus den Augen. Als er sich wieder einigermaßen gefangen hatte, sah er den beleidigt dreinblickenden Crick reuelos an.

„Carrick James, das war verdammt süß von dir. Aber ich muss dir ehrlich sagen, dass dein Arsch wirklich nicht der Körperteil ist, an dem mir am meisten liegt."

„Na gut", erwiderte Crick und verdrehte die Augen. „Ich gebe auf. Welcher Körperteil interessiert dich mehr als mein Arsch?"

Deacon belohnte seine lange Leitung mit einem Klaps an den Kopf. „Dein Herz natürlich, du Spätzünder. Mann, dein Arsch beschäftigt mich im Durchschnitt fünfzehn Minuten täglich. Aber dein Herz will ich vierundzwanzig Stunden lang und an jedem einzelnen Wochentag. Gott, Crick! Denk doch nicht immer nur mit deinem Schwanz."

Crick strahlte ihn über alle Backen an und attackierte ihn mit kleinen, verspielten Küssen. In den nächsten fünfzehn Minuten redeten sie nicht viel.

Crick beugte sich vor und wischte Deacon mit dem Daumen den Milchbart von der Oberlippe. Deacon ließ es geduldig über sich ergehen. Er stellte sein Glas auf den Beistelltisch und balancierte den Teller mit den Sandwiches auf seinem Schoß. Crick nutzte die Gelegenheit und strich ihm mit dem Zeigefinger über den Nasenrücken.

„Es ist schon schlimm genug, dass dir in meiner Abwesenheit drei neue Brusthaare gewachsen sind. Aber musstest du dir auch noch die Nase brechen?"

Deacon verzog das Gesicht und stellte seinen Teller auf den Tisch zu dem Glas mit der Milch. Er hatte plötzlich keinen Appetit mehr auf das Bratensandwich. „Das musst du gerade sagen. Wer ist denn in Kuwait fast in die Luft gesprengt worden?"

„Ja, schon. Aber ich habe gewusst, dass ich mich dort in Gefahr begebe. Du hast mir bisher noch nicht erzählt, wie das mit deiner Nase passiert ist."

Deacon wurde rot. Das war eines der schmerzlichsten Kapitel ihrer Beichtstunde. „Genauso, wie mir das mit Becca Anderson passiert ist. Ich kann mich nicht daran erinnern."

Crick war ehrlich überrascht. „Deacon!"

Deacon wünschte sich mittlerweile, er hätte nicht so viel von dem Sandwich gegessen. „Ich bin ein Koma-Säufer, Crick. Ich trinke nicht nur, um mich besser zu fühlen. Ich trinke, bis ich umkippe. Eines Morgens bin ich aufgewacht und habe eine Blutspur vorgefunden, die vom Türpfosten bis an mein Bett führte. Mein Hemd und das Kissen waren auch blutverschmiert. Meine Nase hat höllisch wehgetan, aber ich konnte noch atmen. Vermutlich habe ich sie mir auf dem Weg ins Bett wieder gerichtet."

„Deacon, wenn du so lange und so viel getrunken hast, dann ... wie schlimm war der Entzug?"

Okay. In Ordnung. Sieh dem Ungeheuer ins Gesicht und nenne seinen Namen, dann hat es keine Macht mehr über dich. So oder ähnlich hieß es doch in der Geschichte, oder?

273

„Patrick hat mich nackt in der Badewanne gefunden, von oben bis unten mit Kotze bedeckt. Wenn Jon nicht die Valium besorgt hätte, wäre ich wahrscheinlich nicht mehr am Leben."

Crick hatte sein Sandwich schon lange aufgegessen und warf sich jetzt auf Deacon, um ihn fest zu umarmen.

„Ich bringe diese Becca um", schluchzte er und presste sein tränenfeuchtes Gesicht an Deacons Brust. „Ich gehe in diese verdammte Bar und reiße dem Biest die ..."

Deacon lehnte sich zurück und fasste ihn am Kinn. „Lass das, Carrick. Ich habe den Gin geschmeckt, noch bevor ich ihn geschluckt habe. Wenn ich stark genug gewesen wäre, hätte ich ihn nicht ..."

„Nein." Crick schüttelte den Kopf. „Nein. Du kannst mir nicht einreden, es wäre deine Schuld gewesen. Wenn ein Mann eine Bar betritt und eine Cola bestellt, dann hat er einen Grund dafür. Und wer diesen Grund nicht respektiert, ist nicht besser als die Kotze auf seinen Schuhen."

Deacon schüttelte den Kopf. „Das kannst du nicht tun. Du kannst mich nicht einfach so von aller Verantwortung freisprechen, Crick. Das ist nicht richtig und ..."

„Du hast recht. Es war nicht richtig. Aber es war nicht dein Fehler. Gut, du hast mir die Sache in Deutschland vergeben. Dafür bin ich dir von Herzen dankbar. Ich werde es dir nie vergessen und liebe dich dafür umso mehr. Aber du musst mir jetzt gut zuhören, und wenn es sein muss, wiederhole ich mich hundert Mal am Tag – obwohl wir eigentlich Besseres zu tun hätten. Es gibt an der Sache mit dem Weib nichts, was ich dir vergeben müsste. Hast du mich verstanden? Sie hat dir Alkohol untergeschoben und das war's. Okay?"

Crick liefen immer noch die Tränen übers Gesicht und Deacon tröstete ihn, wie er es früher getan hatte, als Crick noch ein kleiner Junge gewesen war. So schliefen sie zusammen ein, Deacon mit dem Rücken an die Kissen gelehnt und mit Cricks Kopf auf der Brust.

Als sie von ihrem Nickerchen wieder aufwachten, schien die Sonne durch das Fenster aufs Bett. Sie spielten träge mit ihren verschränkten Händen. „Bob", sagte Crick nach einigen Minuten.

„George", erwiderte Deacon.

„Du willst schon wieder ablenken, aber mir ist die Sache ernst. Verdammt ernst sogar. Du hättest ihn fast umgebracht."

Deacon zuckte verblüfft mit den Schultern. „Und was wäre daran so schlimm gewesen?"

„Dass du im Knast gelandet wärst, du Idiot! Das nächste Mal ... Ach, ich weiß auch nicht. Lass ihn einfach stehen."

Deacon dachte lange nach, bevor er darauf antwortete. „Ich kann dir nichts versprechen", sagte er schließlich. „Ich kann dir nur versprechen, dass ich es für dich versuchen will. Aber wenn er noch einmal jemanden verletzt, den ich liebe,

274

dann ... Er ist ein Idiot und er ist hundsgemein. Ich verspreche dir, ihn nicht mehr zu provozieren."

Crick wandte den Blick ab, hob Deacon Hand an den Mund und gab ihm einen Kuss auf die Knöchel. „Du musst es ihm verzeihen."

Deacon zog seine Hand zurück. „Einen Scheißdreck werde ich tun! Ich habe ihn erlebt, Crick! Parish und ich haben dir mehr als einmal Eisbeutel auf deine blauen Flecken gelegt, wenn du am Wochenende gekommen bist. Weil während der Woche niemand da war, der auf dich aufgepasst hat. Hast du gewusst, dass wir das Sozialamt verständigt haben? Aber er hat dich immer härter verprügelt und diese Idioten haben nicht das Geringste dagegen unternommen. Wenn ich gewusst hätte, dass dein Outing ausreicht, um von ihm rausgeschmissen zu werden ... Mein Gott, ich hätte dich noch vor meinem achtzehnten Geburtstag vor aller Öffentlichkeit in seinem Vorgarten geküsst, nur damit du ihn losgeworden wärst! Ihm verzeihen? Verzeihen? Ich habe deine Schwester dort abgeholt und sie hatte ein Baby in ihrem Bauch. Und ein blaues Auge! Dieser Mann meint, er könnte meine Familie fertig machen und ..."

Deacon war wütend. Er tobte. Crick sah ihn mit einem sanften Lächeln an, bis er sich wieder beruhigte.

„Deacon, wieso hast du mir vergeben?"

Deacon verstummte. „Es war an dem Tag, als der Damm gebrochen ist", sagte er dann. Crick zog fragend die Augenbrauen in die Höhe. Das war noch so ein Thema, über das Deacon nie gesprochen hatte. Deacon zuckte mit den Schultern, zog die Knie an und umklammerte sie mit den Armen.

„Es war ... Ich hatte gerade dein Pferd erschossen ... Gott, Crick. Ich habe immer noch Albträume deswegen. Ich will nicht ..." Der Gedanke war so unerträglich, dass er ihn nicht zu Ende denken wollte. In seinen Träumen war es nicht der Comet, den sie alle gekannt hatten. Er war kein Pferd mehr, nur noch eine tote, gebrochene und blutige Masse, die zu seinen Füßen im Regen lag. „Wie auch immer, ich ... ich weiß nicht mehr, wie lange ich geschaufelt habe wie ein Wilder, um das Grab auszuheben. Jon hat mir gesagt, sie hätten zwei Stunden auf mich gewartet; also müssen es etwas eineinhalb Stunden gewesen sein. Ich habe gebrüllt und das tote Tier verflucht, weil es mich verlassen hat. Dann habe ich dich verflucht, weil du mich auch verlassen hast. Und dann hat Gott diesen verdammten Damm brechen lassen, direkt vor meinen Augen, und ich habe Gott verflucht. Und das Wasser ... Gott, Crick. Es hat mir bis zur Brust gestanden und mich fast weggespült. ,Ist das alles?', habe ich gedacht. ,Erst hast du mir Crick genommen, und jetzt soll das schon alles gewesen sein?' Dann ist das Wasser wieder zurückgewichen und ich war wie von Sinnen. Ich habe mich gefühlt wie ein Sieger nach einer Schlacht. Verstehst du das?"

Crick sah ihn mit großen Augen an und Deacon wurde rot.

„Ich will nicht behaupten, dass das alles einen Sinn ergibt. Aber ich dachte: ,Das war's. Ich habe Gott niedergerungen.' Und dann hat Gott mich in Comets

Grab gespült, als das Wasser wieder abgeflossen ist. Ich wäre beinahe nicht mehr rausgekommen. Da ist mir klar geworden, dass es nicht darum ging, Gott zu besiegen. Es ging darum, was mir nach dem Kampf noch übrig blieb. Ich wollte nur dich. Ich wollte, dass du am Leben bleibst und ... und dann war der Kampf wirklich vorbei und ich hatte The Pulpit *und ... ich hatte dich. Wie sollte ich dir noch böse sein, wenn ich dich immer noch hatte? Es ging einfach nicht.«*

Crick schwieg lange und Deacon bedauerte schon, ihm die Geschichte erzählt zu haben. Vielleicht war es nicht gut gewesen, ihm alles so unverhüllt zu schildern. Vielleicht wäre es doch besser gewesen, wenn er geschwiegen und die Geschichte in seinem Herzen für sich behalten hätte.

»Deacon ... mein Gott Deacon. Du erstaunst mich immer wieder.« Crick sah ihn ungläubig an und in seinem Gesicht war die gleiche Bewunderung zu lesen wie vor vielen Jahren, als Crick noch zur Schule ging und Deacon sein Held gewesen war, nicht nur der schüchterne Junge mit einer wunderbaren Familie.

»Daran war nichts erstaunlich. Ich war erwiesenermaßen nicht ganz bei Verstand, Crick. Verrückt.«

Crick schüttelte den Kopf und nahm ihn an der Hand. »Komm her.« Er zog an Deacons Hand, bis der auf Cricks breite Brust fiel und ihn überrascht und verlegen von unten ansah.

»Worüber haben wir eigentlich gesprochen?«

»Wir haben darüber gesprochen, dass du Stief-Bob das nächste Mal einfach stehen lässt. Wer trotz Sturm und Flut Gott niederringt und dabei froh ist, mich noch zu haben, der kann auch einen menschlichen Abschaum wie Stief-Bob ignorieren.«

»Er hat dich verletzt.« Deacon war es egal, wie trotzig sich das anhörte.

»Nicht so sehr, wie ich dich verletzt habe«, sagte Crick sanft. »Und du hast mir trotzdem vergeben.«

Deacon seufzte aus tiefstem Herzen. Er sah in das schmale Gesicht mit den braunen Augen und dem schiefen Grinsen, und dann vergaß er alles, was ihn eben noch bekümmert hatte. Er hatte keinen Platz mehr für Rache und Sühnegedanken – Crick lächelte ihn an, nur ihn, und Deacons Wut und Zorn verzogen sich wie die Regenwolken unter den Strahlen der Sonne.

»Wenn ich dir verspreche, ihn nicht absichtlich umzubringen, können wir das Thema dann vergessen?« Gut. Gut, gut. Es reichte. Keine Fantasien mehr, wie er dem Arschloch die Fresse polieren würde. Schluss damit.

»Kein Problem. Gibst du mir noch einen Kuss?«

Deacon lächelte ihn von seinem Platz auf Cricks breiter Brust strahlend an. »Ja, kein Problem.« Und so war es auch.

»AN WAS denkst du?«, fragte Crick, der geschickt die beiden Kaffeebecher balancierte, um sie nicht in die Nähe seiner Umhängetasche zu bringen und eine kleinere Katastrophe zu verursachen. Deacon wendete den Blick vom Meer ab, drehte sich zu ihm um und nahm einen der Becher in Empfang. Dann hob er den Kopf und hielt sein Gesicht in die Sommersonne.

„Ich denke, dass ich noch nie einen so schönen Ort gesehen habe", erwiderte er ernst. „Ich glaube, hier könnte ich leben. Auf einer der Inseln, so wie Lisas Eltern. Wir könnten einfach alles einpacken und mit unseren Pferden auf eine Insel ziehen. Dann müssten wir den Rest der Welt nur noch einmal im Monat sehen und hätten ein beschauliches Leben."

Crick sah in den strahlenden Himmel und auf die blaue See. Sie hatten in Seattle ein wunderschönes Hotelzimmer mit Blick aufs Meer bekommen. Als sie heute früh aufgewacht waren, konnten sie in der Ferne Wale schwimmen sehen. Deacon hatte sie, aufgeregt wie ein kleines Kind, beobachtet, bis ihm auffiel, dass Crick sich nicht für die Wale interessierte, sondern stattdessen ihn anstarrte.

„Was ist?"

„Ich vergesse manchmal, was du für ein Kind sein kannst."

Deacon wurde rot. „Ich bin immer noch älter als du."

„Schon, aber nicht viel."

„Du würdest die Ranch vermissen", antwortete Crick liebevoll. Deacon sah ihn an, um ihm zu erklären, was ihm auf der Seele lag, seit sie gestern das Flugzeug verlassen hatten.

„Ich könnte auch hier zuhause sein. Verstehst du das nicht, Crick? Nur weil sich unser Leben bisher immer auf *The Pulpit* abgespielt hat, müssen wir nicht dort bleiben, falls wir unsere Finanzprobleme nicht lösen können."

„Deacon!" Crick war ernsthaft erschrocken. Er stand reglos an der Reling, während ihm der Wind die langen Haare ins Gesicht blies.

Aber Deacon war noch nicht zu Ende. „Die Sache ist so. Dein Geld hat uns wieder etwas Spielraum verschafft. Wenn wir das Land verkaufen und die Pferde behalten, können wir an einem anderen Ort neu anfangen. Wahrscheinlich nicht hier, aber vielleicht in Gilroy oder Salinas. Irgendwo, wo uns niemand kennt und wo sich niemand für unsere Vergangenheit interessiert. Wo es nur uns gibt und die Pferde – und das Meer in der Nähe."

Crick trat auf ihn zu und legte ihm den Arm um die Schultern. Er stützte sich an die Reling und zog Deacons Kopf zu sich herab, um ihm einen Kuss an die Schläfe zu geben. Es war für sie beide ungewöhnlich, in aller Öffentlichkeit Zärtlichkeiten auszutauschen. Crick kam sich vor, als wären ihm Flügel gewachsen und er würde sich vom Wind tragen lassen, würde in die Sonne fliegen, so wie die Adler, sie sie vorhin beobachtet hatten. „Du hast die Asche deines Vaters auf dem Land verstreut, Deacon. Du kannst mir nicht erklären, es würde dir nichts bedeuten."

„Es ist ein heiliger Ort wegen dem, was wir in unseren Herzen tragen, Crick. Wenn wir wollen, können wir einen neuen Platz finden und ihn mit unseren Erinnerungen füllen. Ein neues Zuhause, das uns nicht unser Blut und unsere Ruhe kostet."

Sie schwiegen. Nichts war zu hören außer dem Rauschen des Windes und dem Brummen der Schiffsmotoren.

„Werden wir die Ranch sonst wirklich verlieren?", wollte Crick wissen. Er ließ die Schultern hängen und stützte sich auf Deacon. „Ich will unser Zuhause nicht verlassen, Deacon. Ich kann verstehen, wieviel Kraft es dich gekostet hat. Ich weiß, wie sehr du den Ärger um die Verträge und die Gerichtsverfahren hasst. Ich hatte mir immer vorgenommen, so schnell wie möglich aus Levee Oaks zu verschwinden. Aber *The Pulpit* ist eine andere Sache. Ich will die Ranch nicht verlassen."

„Glaubst du, ich will sie einfach aufgeben?", fragte Deacon bitter. „Aber wenn wir weiter so viel Geld verlieren, werden wir irgendwann unsere Schulden nicht mehr bezahlen können. Dann haben wir nicht mehr genug Reserven, um irgendwo neu anzufangen. Wäre es nicht besser – wenn wir unser Zuhause schon aufgeben müssen –, wenigstens noch genug zu haben, um etwas Schönes zu kaufen und nicht wieder ganz neu anfangen zu müssen?"

Er spürte Cricks warmen Atem an seinem Ohr. „Nun", meinte Crick. „Wie wäre es, wenn wir noch etwas abwarten? Sobald wir das erste Mal einen Monat lang nicht mehr genug verdienen, halten wir einen Familienrat ab und entscheiden gemeinsam."

„Einen Familienrat?"

„Ja. Benny, Jon, Amy, Andrew, Patrick – die ganze Familie eben. Du musst diese Last nicht alleine tragen. Wir sind auch noch da und unterstützen dich."

Deacon schluckte. Er fühlte sich erleichtert und gestärkt durch Cricks Worte. Wenn die Familie an seiner Seite stand, konnten sie es gemeinsam schaffen.

„Na gut. Familienrat."

In diesem Moment kam die Ansage für ihren nächsten Anlegepunkt. „Anacortes." Hier mussten sie die Fähre verlassen. Sie hatten Deacons Dämonen besiegt und jetzt kam der Zeitpunkt, wo Crick sich seinen eigenen stellen musste.

DIE ARNOLDS lebten in einem unkonventionellen, dreistöckigen Haus, das teilweise in einen Hügel eingebaut war. Es war von Mammutbäumen und Farnen umgeben, deren dichtes Grün es fast gänzlich vor neugierigen Blicken verbarg. Das Haus selbst war in verwitterter, blauer Farbe gestrichen und wirkte, als käme es direkt aus einem Märchenbuch. Crick lachte leise, als sie die Eingangsstufen emporstiegen.

„Ich habe sie immer Popcorn genannt, aber Pixie wäre vielleicht passender gewesen."

Deacon lächelte ihn zuversichtlich an und errötete. Für ihn war es unglaublich tapfer von Crick, Lisas Eltern diesen Besuch abzustatten, und das sagte er ihm auch.

Crick blieb stehen und drehte sich zu ihm um. Sie berührten sich nicht, aber Cricks Augen strahlten Deacon liebevoll an. „Ich glaube nicht, dass ich es ohne dich geschafft hätte. Habe ich mich eigentlich schon dafür bedankt, dass du mit mir gekommen bist?"

„Nicht nötig", murmelte Deacon und gab Crick einen aufmunternden Klaps auf die Hüfte.

Crick klopfte an die Tür. Eine freundliche Frau in mittleren Jahren öffnete. Sie trug Jeans und ein Sweatshirt. Ihre silberblonden Haare waren zu einem Pferdeschwanz zusammengebunden. Crick wollte sich und Deacon vorstellen, aber das war offensichtlich überflüssig.

Die Frau, deren Gesicht traurig und bekümmert ausgesehen hatte, fing zu strahlen an, als sie Deacon erblickte.

„Dich kenne ich!", rief sie lachend, öffnete die Tür weiter und winkte sie ins Haus. „Du bist Cricks Deacon. Dann musst du Crick sein. Oh, mein Gott! Ich bin so froh, dass ihr gekommen seid."

Deacons Gesicht verfärbte sich dunkelrot. „Vielen Dank, Ma'am", murmelte er, während die Frau sie ins Haus führte.

„Mein Mann wird es bedauern, dass er euch verpasst hat", sagte Mrs. Arnold, als sie im Wohnzimmer Platz nahmen. Es war ein gemütliches Zimmer, trotz der vielen Spitzendeckchen auf den Möbeln und des wild gemusterten Teppichs auf dem Holzfußboden. Der Boden war mit Kratzern übersät, die offensichtlich von dem großen Hund stammten, der es sich vor dem Kamin bequem gemacht hatte. Der Teppich war sauber, hatte aber einige alte Flecken. Die Möbel und Deckchen waren etwas eingestaubt, aber das waren Crick und Deacon gewöhnt. Es half ihnen, sich in einem Haus, das offensichtlich von Elfen oder Kobolden eingerichtet worden war, sofort behaglich zu fühlen.

„Wir können morgen wiederkommen", bot Crick an, obwohl sie eigentlich einen Ausflug geplant hatten. Mrs. Arnold schüttelte den Kopf und Deacon bekam ein schlechtes Gewissen, so erleichtert war er darüber.

„Nein. Es tut mir leid, aber er ist mit unserer jüngsten Tochter in Kalifornien, um Colleges zu besichtigen. Sie überlegt, entweder in Valencia Kunst zu studieren oder die Universität in Los Angeles zu besuchen. Er wollte ihr vorher alles zeigen, damit sie sich besser entscheiden kann."

Deacon sah Crick an und sie grinsten schief. Es tat gut zu wissen, dass jemand sich seine Träume erfüllen konnte.

Crick sah die Frau seufzend an und kam direkt auf den Punkt. „Es tut mir leid, was mit Lisa passiert ist. Sie war eine der besten Freundinnen, die ich jemals hatte. Ich vermisse sie sehr."

Die Frau sah ihn mit strahlenden Augen an und tätschelte sein Knie. „Ich auch, mein Süßer. Aber ich bin froh, dass sie dich hatte und dort drüben nicht allein war. Sie hat viel über dich geschrieben. Das hast du doch gewusst, oder?"

Crick zuckte mit den Schultern. Lisa hatte ihn gefragt, ob sie ihren Eltern über ihn schreiben dürfte. Es hatte ihn nicht gestört. „Ja, Ma'am. Wir haben uns gegenseitig unsere Post vorgelesen. Es hat uns die Zeit vertrieben."

Deacon konnte seine Überraschung nicht verbergen und japste leise. Mrs. Arnold klatschte begeistert in die Hände und sah ihn erfreut an. „Er ist wirklich so wunderbar, wie sie uns geschrieben hat. Sie hat dich für einen sehr glücklichen Mann gehalten, Carrick."

Crick warf Deacon einen trockenen Blick zu, aber der war zu verlegen, um darauf zu reagieren.

„Ich weiß, Ma'am. Sie hat es mir mehr als einmal gesagt."

„Und du hast so wunderschöne Zeichnungen von ihm gemacht. Warte", sagte sie und stand auf. „Ich hole deine Zeichenblocks. Du willst sie bestimmt zurückhaben."

Der Rest des Nachmittags verlief … liebenswert. Anders hätte Deacon es nicht bezeichnen können. Die beiden Männer waren ihre mütterliche Art nicht gewohnt und Mrs. Arnold schaffte es, sie in der kurzen Zeit damit fast zu überwältigen. Sie hörten viel über Lisa, die sich ihr eigenes Studiengeld verdienen wollte und deshalb zur Armee gegangen war. Sie lasen die Briefe an ihre Eltern und betrachteten Fotos aus ihrer Kindheit. Und sie besichtigten ihr Jugendzimmer. Es war genauso märchenhaft wie der Rest des Hauses, in Pastellfarben gestrichen und voller mädchenhaftem Kitsch. Crick flüsterte Deacon zu, dass es bei dem Zimmer nicht verwunderlich wäre, dass Lisa ausgerechnet bei der größten Tunte der Armee gelandet wäre. Deacon gab ihm einen Klaps auf den Hinterkopf, als Lisas Mutter kurz wegsah.

Crick und Mrs. Arnold vergossen einige Tränen und sie trauerten gemeinsam um die außergewöhnliche Frau, die sie verloren hatten. Dann verabschiedeten sich Crick und Deacon, um den letzten Bus zu erwischen, der sie zurück zur Fähre brachte.

Deacon war noch nie in seinem Leben so stolz auf seinen Mann gewesen.

„Sie war wirklich eine wundervolle Frau, Crick", sagte er, als sie die Fähre betraten. „Und sie hat dich geliebt wie einen eigenen Bruder …"

„Schwester", korrigierte Crick schniefend. „Sie hat mir gesagt, ich wäre die große Schwester, die sie sich immer gewünscht hätte."

Deacon lachte und gab ihm noch einen Klaps an den Kopf. „Mir scheint, ihr wart beide nicht mehr ganz zurechnungsfähig." Dann nahm er Cricks Hand. „Aber ich bin verdammt froh, dass ihr da unten nicht allein ward. Ich wünschte nur, sie wäre wieder nach Hause gekommen."

Crick, in seiner üblichen, geradlinigen Sturheit, sah auch darin nur das Gute und nutzte die Gunst der Stunde. „Hast du ihr Haus gesehen, Deacon? Es war das Haus ihrer Großmutter. Lisa ist dort aufgewachsen und sie hat es geliebt. Ich will, dass unser Haus auch so wird. Ich will, dass Parry Angel noch ihre Kinder bei uns vorbeibringen kann und dass ihre Freunde mit ihr zum Essen kommen. Können wir das auch haben? Bitte, Deacon!"

„Mann, wir werden alles dafür tun, okay? Wir lassen das Haus auf die Familie übertragen und versuchen es."

Mehr konnten sie im Moment nicht geben.

25
DER BUND WIRD GESCHLOSSEN

Es war zwar sehr knapp, aber es ging gerade noch gut aus.

Gleich nachdem Jon sie vom Flughafen abgeholt hatte, präsentierten sie der Familie ihre Pläne. Jon war sofort dabei. „Wir ziehen mit euch um", verkündete er am Küchentisch, wo sie sich versammelt hatten. Deacon meinte, das sei sehr großzügig von ihm, wo doch seine arme Frau mit hochgelegten Beinen zuhause saß und die Geburt abwartete. Jon zog das Handy aus der Tasche und rief Amy an. „Amy, falls Deacon *The Pulpit* nach Gilroy oder Hintertupfingen verlegt, bist du doch dabei und willst mit ihm gehen, oder?"

Er hielt Deacon das Handy ans Ohr. „Worauf du dich verlassen kannst. Warum willst du das denn wissen?", war Amys Stimme zu hören.

Und so begann ihr erster Familienrat.

Am Anfang trafen sie sich einmal im Monat. Die ganze Familie versammelte sich in der Küche. Deacon legte die Abrechnungen vor und sie rechneten aus, wieviel Geld sie im letzten Monat verloren hatten. Er notierte die Zahlen auf einem großen Stück Papier und zeigte ihnen, was sie sich für das verbleibende Geld noch leisten konnten, falls sie die Ranch verlegen wollten.

Ab dem zweiten Treffen nahm auch Amy teil und brachte ein neues Familienmitglied mit. Miss Lila Lisa Levins war ein kleines, verschrumpeltes Wesen, das von allen enthusiastisch begrüßt wurde. Parry Angel war nicht davon abzubringen, dass das ‚Beebee' ihre neue Puppe wäre und wollte sie sofort behalten.

Aber Miss Lila Lisa war nicht das einzige neue Familienmitglied. Nachdem er schon seit einigen Monaten regelmäßig zum Abendessen auf die Ranch gekommen war, nahm auch Jeff an ihren Treffen teil. Officer Shane, der ebenfalls zu den wöchentlichen Familienessen kam – wo er und Jeff immer darauf bedacht waren, möglichst weit voneinander entfernt zu sitzen –, gehörte ebenfalls zu ihrem neuen Familienrat. „Ich beiße dich nicht, ich mag meine Männer etwas maskuliner", hatte er nach einigen Wochen zu Jeff gesagt. Die ganze Familie war sich einig, dass er sich damit geoutet hatte. Danach verliefen ihre Treffen weniger verlegen und die beiden Männer wurden wesentlich entspannter im Umgang miteinander.

Am ersten Februar, es war ein kalter, klarer Abend, konnte Deacon sich nicht mehr entscheiden, wie er abstimmen sollte.

„Wir stehen auf der Kippe", teilte er mit, als ihn die anderen abwartend ansahen. „Wir sind kurz davor, wieder Geld zu verdienen und uns zu erholen, aber … verdammt. Wir sind genauso kurz davor, unsere letzten Reserven aufzubrauchen, und dann können wir uns einen Umzug nicht mehr leisten. Leute, ich kann das einfach nicht tun …" Er konnte ihnen nicht in die Augen sehen. Selbst Crick nicht, der ihn besser verstand als alle anderen.

„Ich bin kurz davor, für einen Wegzug zu stimmen, weil es für uns alle das Beste wäre. Aber ich will hier nicht fort."

Mit diesen Worten erhob er sich und ging, barfuß wie er war, aus der Küche und nach draußen in die Kälte, um zu grübeln.

Der Winter in diesem Jahr war vergleichsweise mild gewesen – fast *zu* mild sogar. Viele sagten eine neue Trockenheit voraus, besonders angesichts des Wetters im vergangenen Sommer. Deacon stand eine halbe Stunde draußen auf der Terrasse und wippte auf seinen durchgefrorenen Füßen auf und ab. Er hatte wieder zugenommen und die Familie hatte endlich aufgegeben, ihn ständig ans Essen zu erinnern. Trotzdem flatterte sein Hemd noch in der kalten Abendluft. Ein heftiger Windstoß riss es ihm fast vom Körper und er überlegte, ob er auf seinen nackten Füßen in den Stall gehen sollte. In diesem Augenblick bog Shane in die Einfahrt ein. Er fuhr so schnell, dass er fast aus der Kurve geflogen und im Schlamm vor der Koppel steckengeblieben wäre.

Der ernsthafte, zurückhaltende junge Sheriff wartete kaum ab, bis der Motor seines mitgenommenen schwarzen Pontiacs verstummte – was bei der alten Kiste länger dauern konnte –, da sprang er auch schon aus dem Wagen und landete mit beiden Füßen im Matsch. Er stolperte, sprang aber sofort wieder auf und kam mit schlammbedeckten Hosen zu Deacon auf die Terrasse gerannt. Ein schlanker, muskulöser junger Mann folgte ihm ruhigen Schrittes.

„Nichts entscheiden! Deacon, noch nicht abstimmen! Ihr könnt noch nicht abstimmen, ich habe Neuigkeiten! Verdammt, ist es schon zu spät?"

Deacon konnte sich ein Lächeln nicht verkneifen. Shane war ein ruhiger Mensch, der nur dann aus sich herausging, wenn er sich ehrlich über etwas empörte. Und oft war er dann verlegen oder einfach nur unbeholfen. Aber so überschwänglich und aufgeregt hatte Deacon ihn noch nie erlebt.

„Ich weiß es nicht", erwiderte er und bekam ein flaues Gefühl in der Magengrube. „Ich … ich bin gegangen, weil ich nicht abstimmen wollte."

Shane nickte aufgeregt. *„Nicht abstimmen! Nicht abstimmen!"*, schrie er dann aus voller Kehle in Richtung Haus. Deacon traten fast die Augen aus dem Kopf. Dann hatte der fremde junge Mann die Terrasse erreicht und kam mit ausgestreckter Hand auf Deacon zu.

„Er ist ziemlich aufgeregt", meinte er mit einem leicht britischen Akzent. „Mein Name ist Mikhail Bayul. Ich bin …" Seine zarten, slawischen Gesichtszüge wurden von einer leichten Röte überzogen. Er trug eine gefütterte Jeansjacke und eine Strickmütze auf seinem blonden Lockenkopf. Deacon reichte ihm die Hand.

„Shanes Freund?", ergänzte er und fragte sich, wieso ausgerechnet drei sozial so unbeholfene Menschen hier zusammentreffen mussten.

„Ja. Shanes Freund. Wir haben …" Sie sahen Shane nach, der ins Haus gestürmt war und die Tür mit einem lauten Knall hinter sich zufallen ließ. Mikhail lachte leise und seine grauen Augen sahen liebevoll auf die Tür, hinter der gerade die über hundert Kilo wohlmeinender Tollpatsch verschwunden waren. „Wir haben Neuigkeiten. Shane redet schon seit Monaten über eure Familie. Ich bin Tänzer und trete überall in der Gegend auf Mittelalterfesten und ähnlichen Veranstaltungen auf. Weißt du, wovon ich rede?"

Deacon nickte überrascht. Benny hatte Andrew im vergangenen Juni überredet, mit ihr und Parry ein solches Fest in der Nähe zu besuchen. Sie war vollkommen begeistert zurückgekommen und hatte ihm die Kleider gezeigt, die sie sich gekauft hatte. Benny würde sie wahrscheinlich nur auf ähnlichen Festen tragen können, denn sie waren nicht sehr alltagstauglich. Aber ihre Erzählungen hatten Deacon einen eindrucksvollen Einblick in die Welt der Händler und Träumer gegeben, die sich auf solchen Veranstaltungen trafen.

Mikhail lächelte erleichtert, weil er Deacon nicht erklären musste, worüber er gesprochen hatte. „Wir haben auch Pferde für die Ritterturniere. Ich kenne viele der regelmäßigen Teilnehmer, weißt du?"

Deacon nickte wieder. Aus der Küche war Shanes tiefe Stimme zu hören. Wahrscheinlich erzählte er den anderen gerade die gleiche Geschichte, nur unbeholfener und überdrehter.

„Wie auch immer, es sind sehr besondere Pferde. Sie sind gleichzeitig geduldig und stark. Das müssen sie auch sein. Sie müssen Männer in schweren Rüstungen tragen und dürfen bei dem Lärm nicht nervös werden. Die Rüstungen scheppern ziemlich und manchmal fallen die Kämpfer vom Pferd. Und die Zuschauer sind auch sehr laut. Die Pferde müssen also sorgfältig trainiert und ausgebildet werden. Aber der Ausbilder setzt sich zur Ruhe und das Gestüt stellt den Betrieb ein. Wir brauchen jemanden, der ihn ersetzt und die Tiere mit den Waffen ausbildet."

Deacon blinzelte ungläubig und Mikhail fluchte. „Mist. Normalerweise ist mein Englisch besser", murmelte er. „Ich bin nervös. Ich habe noch nie mit jemandem aus Shanes Familie gesprochen. Er kommt mit seiner anderen Familie nicht sehr gut aus. Aber ihr seid ihm wichtig."

Deacon wurde schon wieder rot und es war offensichtlich ansteckend, denn Mikhail errötete ebenfalls. „Wir sind beide ziemlich schüchtern, nicht wahr?", fragte er und Deacon schüttelte den Kopf.

„Du meinst also, dass die Pferde wegen der Rüstungen und der Lanzen eine spezielle Ausbildung brauchen. Und weil das Gestüt geschlossen wird, habt ihr keinen Ausbilder mehr?"

„Der Eigentümer ist schon ziemlich alt und die Arbeit ist sehr anstrengend. Sie wollen sich zur Ruhe setzen. Shane hat von dir erzählt und sie möchten sich gern darüber informieren, wie du arbeitest. Wenn sie damit zufrieden sind, wollen sie dir ihre alten Kunden vermitteln."

Oh Gott. Das war ein Traumjob für Deacon, und er war ihm in den Schoß gefallen, nur weil er und Benny Shane eine Chance gegeben hatten und der Mann sich in ihren Küchentisch verliebt hatte.

Deacon konnte seine Hoffnung kaum zügeln und brach in ein breites Grinsen aus, das außer Crick kaum ein Mensch kannte. „Entschuldige mich", sagte er zu dem nachdenklichen Mikhail und rannte an ihm vorbei ins Haus.

„Nicht abstimmen!", rief er atemlos stolpernd. „Shane hat recht … Nicht abstimmen!"

Crick fing ihn mit seinen starken Armen auf, hob ihn hoch und stellte ihn wieder auf die Füße. „Beruhige dich, Deacon. Natürlich wollen wir auch hier bleiben und die Hoffnung noch nicht aufgeben. Und weißt du, was wir dir jetzt sagen dürfen? Das wir es dir gleich gesagt haben!"

Deacon grinste übers ganze Gesicht. „Es ist ein Traumjob, Crick!"

Crick nickte mit glänzenden Augen. „Ja, Shane hat uns alles darüber erzählt. Ich habe dir immer gesagt, dass du mehr vom Leben erwarten sollst. Manchmal erfüllen sich unsere Träume."

Deacon wurde wieder ernst. „Was ist denn in dich gefahren?"

„Das gleiche wie in dich. Unsere Familie und unser Zuhause."

Und das war mehr als genug.

IM APRIL veranstalteten sie ein Picknick am Schwurstein.

Crick sorgte dafür, dass Deacon sich schick machte. Sie trugen Westernhemden mit Bolos und ihre neuen Stiefel. Benny und Amy waren zusammen einkaufen gefahren und mit neuen Sommerkleidern in einem schönen Grün zurückgekommen. Parry Angel und Lila waren in passendem Lila ausgestattet und sahen so süß aus, dass Deacon sich ein Grinsen nicht verkneifen konnte, als er die beiden sah. Lila saß in einem kleinen Kindersitz und Parry ließ ihre kleinen, pummeligen Füße mit Deacons Hilfe im Wasser des Flusses baumeln. Sie schrie laut, weil es noch so kalt war.

Deacon sah nicht die verschwörerischen Blicke, die sich seine Liebsten zuwarfen. Aber es wäre auch keine richtige Verschwörung gewesen, wenn sie ihm aufgefallen wären.

Bennys jüngere Schwestern hatten nicht kommen können. Sie lebten jetzt bei ihrer Großmutter, die Crick und Deacon ablehnte. Es ließ sich nicht ändern, aber es warf einen Schatten auf einen wunderschönen Tag. Dafür waren Amys Eltern gekommen und Patrick hatte seine Schwester eingeladen. Das machte es teilweise wieder wett. Shane hatte Mikhail mitgebracht und Jeff … niemanden. Deacon hatte Crick in einem ruhigen Augenblick darauf hingewiesen, dass Jeffs Augen genauso traurig dreinblickten wie Cricks während seiner Zeit im Irak. Crick gab ihm erstaunt recht. Was auch immer der Grund dafür war, dass Jeff allein gekommen war, es machte ihren Freund traurig. Deacon nahm sich vor, ihren Lieblings-Physiotherapeuten gut im Auge zu behalten.

Aber heute wollten sie feiern. Andrew hatte auf der Ladefläche des Trucks die Musikanlage aufgebaut und unter der Eiche stand ein Tisch mit Erfrischungen. Jon tauchte auf und trug einen …

„Was zum Teufel machst du hier in einem Anzug?", fragte Deacon verblüfft. Jon trug normalerweise selbst vor Gericht seine Jeans.

Jon zog eine Grimasse. „Du hältst das hier wirklich für ein ganz normales Familien-Picknick, nicht wahr?"

Deacon zuckte mit den Schultern. „Na gut, wir unterschreiben einige Papiere. Das war doch der Grund für das Picknick – die Verträge zu feiern."

„Und das soll alles sein, meinst du?"

„Es ist euer Hochzeitstag", meinte Deacon. „Dafür habe ich Amy die Schokolade geschenkt. Soll sonst noch was sein?"

Jon schüttelte den Kopf und sah mit hochgezogenen Augenbrauen Crick an, der hinter Deacon stand. „Er wird uns umbringen. Wir sollten gleich anfangen, damit er sich rechtzeitig zusammenreißen muss, bevor es dazu kommt."

Crick nickte schadenfreudig. „Ja. Es ist dein Tag, Kumpel. Du hast die Papiere."

Jon nickte und schnickte sich professionell die Haare aus dem Gesicht. Dann winkte er alle Familienmitglieder und Freunde zusammen. Amy kam angerannt und legte einen Aktenordner und Stifte auf den Tisch. Dann fing Jon mit seiner Rede an.

„Also Leute, es wird Zeit. Sind wir soweit, Schatz?"

„Aber sicher, Baby!", rief Amy fröhlich. Sie hatte Lila auf der Hüfte sitzen und beschwerte die Papiere mit kleinen Steinen, damit der Wind sie nicht wegblasen konnte.

„Bestens. Also, Leute – ihr wisst alle, warum wir heute hier sind. Wir wollen einige Dinge offiziell machen, und ihr seid unsere Zeugen. Ihr wisst, was das bedeutet?"

Alle nickten und Jon redete weiter, ohne auf Deacon Rücksicht zu nehmen, der das alles nur verdammt dramatisch fand und protestierend vor sich hin grummelte.

„Wir haben hier zwei Dokumente, die …"

„Zwei?", unterbrach ihn Deacon, aber Jon sah ihn nur komisch an.

„Halt den Mund, Deacon. Crick hat gesagt, dass heute mein Tag ist. Also lass mich machen." Gelächter war zu hören und Deacon hatte den unangenehmen Eindruck, dass alle über etwas Bescheid zu wissen schienen, von dem er selbst noch keine Ahnung hatte.

„Also gut", fuhr Jon fort. „Von einem der Dokumente wisst ihr schon. Es ist ein Vertrag, der Crick die Hälfte der Ranch überschreibt. Das ist eine große Sache, denn dieser ausgetrocknete Steinhaufen ist nach Jahren endlich wieder in den schwarzen Zahlen, und allein das ist schon ein Grund, um ausgiebig zu feiern. Stimmt's, Leute?"

Deacon grinste, als um ihn herum Jubelrufe ertönten. Andrew stand neben Benny und hielt Parry Angel in den Armen, die fröhlich quietschte und in die Hände klatschte.

„Über das andere Dokument erzählt euch am besten Benny mehr, denn es war ihre Idee."

Benny lächelte und trat in die Mitte des Kreises. Ihre Haare waren in diesem Monat buttergelb und passten gut zu dem grünen Kleid. Sie war jetzt fast achtzehn und schon beinahe erwachsen, was man ihr auch ansah.

„Okay. Ihr wisst alle, dass die letzten Jahre für uns verdammt beschissen waren. Aber Deacon hat trotzdem eine Sache nie aufgegeben – nämlich die, für mein Studium zu sparen. Im Herbst gehe ich aufs College und meine Männer kümmern sich um mein Baby, bis ich mit dem Studium fertig bin und wieder zurückkomme." Ihr traten die Tränen in die Augen. Die Entscheidung war ihr nicht leicht gefallen. Sie hatte nächtelang mit Deacon in der Küche gesessen und darüber diskutiert. Sie war zu dem Entschluss gekommen, dass sie für Parry ein gutes Leben wollte und eine Mama, auf die ihr Baby stolz sein konnte.

„Aber die Sache ist die – Deacon muss den Leuten immer wieder erklären, was er mit Parry zu tun hat. Es ist nicht fair, weil ..." Benny schniefte. „... weil niemand meinem Baby ein besserer Vater war, als der Freund meines Bruders. Habe ich recht?" Alle lachten, nur Deacon wurde rot. „Deshalb werden wir heute eine Sorgerechtsvereinbarung unterzeichnen. Sie gibt Deacon alle Rechte eines Vaters, weil er diese Rechte niemals missbrauchen wird. Das ist so unvorstellbar wie ein Adler, der sich mitten im Flug in ein Stück Büffelscheiße verwandelt. Deacon kann niemandem wehtun und er hat nur das Beste verdient. Mein Bestes ist mein Baby. Und bis sie so alt ist, dass sie ihre Eltern in den Wahnsinn treibt, wird Deacon das Recht haben, sie zu besuchen, über ihre Zukunft zu entscheiden und alles zu tun, wozu auch ein Vater das Recht hätte. Und ihr werdet auch alle unterschreiben, sodass die ganze Welt es weiß und niemand es in Zweifel ziehen kann. Niemand wird ihm jemals wieder sagen, dass er nicht ein Teil von Parrys Leben ist. Und, Deacon – hör endlich auf, rot zu werden und ..."

Benny fing jetzt ernsthaft zu weinen an und Deacon nahm sie in die Arme. Sie drückte sich schluchzend an ihn und verschmierte sein schönes, neues Hemd mit ihrem Mascara. Aber das war ihm egal, weil ihm auch die Tränen in den Augen standen.

„Danke, Shorty. Das ist eine wunderbare Überraschung", sagte er leise. Sie sah ihn durch ihre Tränen schelmisch an.

„Die wirkliche Überraschung kommt noch, Deacon. Das war nur mein Hochzeitsgeschenk."

Deacon verdrehte die Augen, aber niemand machte es ihm nach. „Wir sind hier nicht auf einer Hochzeit. Es ist nur ein Picknick, und wenn Jon nicht endlich mit dem Reden aufhört, werden wir noch alle verhungern."

Jon räusperte sich. „Äh, Deacon … Wir sind hier zusammen, um deine Familie auf eine rechtliche Grundlage zu stellen, unter Zeugen und vor den Menschen, die dich lieben. Mit Versprechen, Unterhaltung und Erfrischungen."

„Du siehst aber nicht wie ein Pfarrer aus", meinte Deacon amüsiert und Jon streckte ihm die Zunge heraus.

Crick fasste Deacon am Arm. „Das muss er auch nicht, Deacon. Er ist nur unser Zeremonienmeister. Aber was er beschrieben hat … das ist doch eine Hochzeit, nicht wahr?"

Deacon blinzelte gerührt. „Das ist unsere Hochzeit?", wollte er wissen und sah sich fragend um. Alle nickten ihm zu. „Verdammt, ihr meint es ernst."

Cricks Lächeln war gleichzeitig verschmitzt und verletzlich. Er holte tief Luft und räusperte sich. Er sprach mit lauter Stimme, um von allen gut gehört zu werden. „Okay. Die Sache ist folgendermaßen. Vor drei Jahren haben Deacon und ich …" Er wurde feuerrot. Deacon konnte sehen, wie ihm der Schweiß auf die Stirn trat, trotz des angenehmen Wetters und obwohl sie auf einer blumenübersäten Wiese im Schatten eines Baumes standen. Dann drehte Crick sich zu ihm um und nahm seine Hand. Sie standen, von ihrer Familie und ihren Freunden umgeben, Seite an Seite, und Deacon wurde plötzlich klar, dass – ja – es wirklich eine Hochzeit war.

Ihre Hochzeit.

„Gut", fuhr Crick fort. „Bevor ich euch die Geschichte – oder diesen Teil der Geschichte – erzähle, muss ich auch noch etwas unterschreiben." Crick blickte zu Amy, die ihm zunickte.

„So bin ich", meinte sie trocken. „Die Herrscherin über alle Akten." Crick grinste sie an und alle lachten.

„Danke, mein Schatz."

„Jederzeit, Bruderherz." Darüber lachte niemand, selbst Amys Eltern nicht.

„Es ist ein Geschenk für Deacon", erklärte Crick. „Weil er immer Angst hat, uns im Stich zu lassen, habe ich für ihn ein Bild gezeichnet. Ich habe alles zusammengetragen, was ich in ihm sehe und was er mir bedeutet. Und ich möchte, dass ihr alle auf der Rückseite unterschreibt, weil ihr die Menschen seid, die ihn lieben und weil ich mir sicher bin, dass ihr ihn genauso seht." Crick warf einen prüfenden Blick auf den Tisch, als müsste er sich erst davon überzeugen, nichts vergessen zu haben. „Na ja, einige der Zeichnungen zeigen vielleicht nur das, was *ich* in ihm sehe. Aber ihr wisst schon, was ich meine."

Deacon hörte ein leises Lachen und wollte sich zum Tisch umdrehen, um sich das Bild anzusehen. Aber Crick nahm ihn am Kinn und zog ihn in die Mitte des Kreises zurück.

287

„Ich will es aber auch sehen!", beschwerte sich Deacon. Er war so froh darüber gewesen, dass Crick wieder zu zeichnen begonnen hatte. Und jetzt wusste er auch, woran Crick gearbeitet hatte.

„Später, Deacon …"

„Es ist ein so großes Bild!"

„Nun, es musste größer werden, als die Kätzchen-Kalender, die du immer kaufst. Damit ich sie zuhängen kann. Halt jetzt den Mund und lass mich zu Ende reden." Crick sah ihn grimmig an und Deacon gab nach. Dann wurde er wieder rot und seine Augen füllten sich mit Tränen – vor seiner Familie, seinen Freunden und … allen eben.

„Vor drei Jahren …", begann Crick erneut, „… hat Deacon mir jeden Wunsch erfüllen wollen, den ich jemals hatte, und …" Er unterbrach sich und seine Schultern bebten. Es war kein echtes Lachen, aber man hätte es doch nicht viel anders beschreiben können. „… und ich war ein absoluter Idiot, weil ich nicht verstanden habe, was er mir angeboten hat. Deshalb bin ich in der beschissenen Wüste gelandet, wo ich einen anderen Idioten davon abhalten musste, mit seiner M-16 auf eine Schlange zu schießen. Deacon hat geduldig darauf gewartet, dass ich wieder zu Verstand komme. Und er war für mich da, als ich zurückgekommen bin. Ihr alle – egal, wie lange ihr uns schon kennt – wisst, dass es nicht ganz so einfach war. Aber ich kann es nicht anders beschreiben. Heute wollte ich euch alle dabei haben, wenn ich Deacon bitte, mir dieses Angebot wieder zu machen. Mit Ausnahme des Studiums, Deacon. Dieser Zug ist abgefahren. Aber ich bitte dich, mich wieder zu fragen – vor Gott und allen Menschen. Frag mich, ob ich dich will, ein Zuhause bei dir und dein ganzes, großes und treues Herz. Frag mich."

Crick schloss die Augen, Deacon hatte ihn noch nie so nervös und ängstlich erlebt. Er wollte ihn wieder beruhigen, wollte ihm übers Gesicht streicheln und ihm sagen, dass alles gut wäre. Wollte ihm versichern, dass sie das alles nicht nötig hätten, weil sie genau wussten, was sie fühlten und weil das sonst niemanden etwas anging. Aber dann öffnete Crick wieder die Augen und lächelte ihn an. Es war das gleiche schiefe, freche Grinsen, mit dem er schon vor tausend Jahren, als er noch ein kleiner Junge war, Deacons Herz erobert hatte. Das gleiche Grinsen, mit dem er Deacon schon tausendmal das Herz gebrochen und wieder geheilt hatte.

„Mach schon, Deacon", murmelte Crick und war auf einmal erwachsen. Nur das Grinsen war noch da. „Frag mich."

Gott, Deacon musste jetzt etwas sagen. Er lief bis in die Zehenspitzen rot an vor Verlegenheit, obwohl er nur von Freunden umgeben war. Dann brachte er doch einige Worte hervor.

„Ich liebe dich, Carrick", krächzte er und war nervöser, als jemals zuvor in seinem Leben. „Bitte, bleib bei mir." Er hielt die Luft an und wartete auf Cricks Antwort. Er wusste genau, dass er sie niemals als gegeben voraussetzen durfte.

„Natürlich bleibe ich bei dir", flüsterte Crick und seine Augen glänzten feucht. Deacon würde den Anblick niemals vergessen, bis zu seinem letzten Atemzug nicht. „Welcher Idiot würde ein solches Angebot schon ablehnen?"

Glücklicherweise musste Deacon darauf keine Antwort mehr geben, denn Crick senkte den Kopf und küsste ihn. Es war ein süßer Kuss, wie ihn sich zwei Liebende geben, die sich ein Versprechen gegeben haben, das sie nie – niemals! – wieder brechen würden.

Alle jubelten. Jeder der Menschen, die sich hier am Schwurstein versammelt hatten, liebte sie und wusste, wie schwer sie um ihr Glück gekämpft hatten.

Später, als das Picknick sich dem Ende zuneigte und die Umarmungen langsam weniger wurden (obwohl Benny immer noch alle paar Minuten Glückstränen über die Wangen liefen), betrachtete Deacon sich das Bild in Ruhe.

Es zeigte ... ihn selbst. Deacon mit den Pferden, Deacon mit dem Baby im Arm, Deacon schlafend. Eine kleinere Zeichnung hatte das Foto als Vorlage, das Benny von ihm an dem Tag gemacht hatte, an dem der Damm gebrochen war. Auf einer größeren Zeichnung war er Nase an Nase mit einem Pferd abgebildet, das Comet verdächtig ähnlich sah. Im Zentrum des Bildes war eine Zeichnung, die ihn als jungen Mann zeigte, als den gottgleichen Helden, den Crick damals in ihm gesehen hatte. Er saß auf dem Schwurstein, die Arme auf die Knie gestützt und den Blick nachdenklich in die Ferne gerichtet.

„Gefällt es dir?", fragte Crick leise. Deacon nickte und musste um Worte ringen.

„Ich bin immer noch kein Gott", sagte er schließlich, als müsste er sich dafür entschuldigen.

Crick stand hinter ihm und zog ihn an seine starke, breite Brust. „Du bist besser als jeder Gott oder Held", flüsterte er Deacon ins Ohr. „Du bist der Grund, warum ich an etwas glauben kann."

Es war, als hätte sich ein Vorhang herabgesenkt und sie von der Welt abgeschnitten. Die Stimmen um sie herum schienen zu verstummen und für einen kurzen, süßen Augenblick gab es nur sie beide und den Schwurstein, endlich zuhause.

Amy Lane ist vierfache Mutter und strickt wie besessen. Außerdem schreibt sie, weil die Stimmen in ihrem Kopf nicht aufhören wollen, ihre Geschichten zu erzählen. Sie liebt Katzen, Chi-so-wie-nochs, Socken stricken und heiße Männer. Sie hasst Motten, Katzenstreu und dickköpfige MacSpazz-Matronen. So gut wie nie erwischt man sie beim Kochen, Putzen oder anderer Hausarbeit. Dann schon eher beim Stricken von Mützen/Decken/Socken, die sie für jeden passenden Anlass und manchmal auch ganz ohne bestimmten Grund in Massen anfertigt. Sie schreibt unter der Dusche, im Fitnessstudio und wenn sie ihre Kinder zum Fußball/Tanzen/ Sport/Konzert-wie-cool! fährt. Aus reiner Notwendigkeit hat sie gelernt, rasend schnell zu tippen. Sie lebt in einem von Spinnen heimgesuchten, abgewrackten Haus in einer schäbigen Wohngegend und verlässt sich darauf, dass ihr geliebter Mann Mack sie wieder auf den Boden der Tatsachen zurückholt, falls es nötig werden sollte. Und dass er ihr Handy regelmäßig auflädt. Sie ist seit über zwanzig Jahren mit ihm verheiratet und glaubt immer noch an die Wahre Liebe mit großem W und großem L. Und sie hat bisher noch keinerlei Veranlassung gehabt, daran etwas zu ändern.

Besuchen Sie Amys Website unter http://www.greenshill.com oder schreiben Sie ihr eine E-Mail an amylane@greenshill.com.

Von AMY LANE

Aufs Spiel gesetzt
Klar wie Kloßbrühe
Wenn Du meinst…

FISCHE AUF DEM TROCKENEN
Fische auf dem Trockenen

KEEPING PROMISE ROCK
Unvergessene Versprechen
Erhoffte Versprechen

TALKER
Talker
Am Ende einer langen Nacht
Talkers Reifeprüfung

Veröffentlicht von DREAMSPINNER PRESS
www.dreamspinner-de.com